AUF DER SPUR DER HOFFNUNG

KYLA STONE

BÜCHER VON KYLA STONE

Die postapokalyptische Reihe *Edge of Collapse* Serie:

Am Rande des Zusammenbruchs

Am Rande des Wahnsinns

Am Rande der Finsternis

Am Rande der Anarchie

Am Rande des Widerstandes

Am Rande des Überlebens

Am Rande der Tapferkeit

Die postapokalyptische Serie *Nuclear Dawn*:

Gefahrenzone

Aus Der Asche

Mitten Im Feuer

Die Finsterste Nacht

Die postapokalyptische Serie *Lost Light*:

Der Auf Suche nach Licht

Auf Der Jagd Nach Dunkelheit

Auf Der Spur Der Hoffnung

Auf Der Asche Der Welt

EINLEITUNG

Dieses Buch spielt auf der Upper Peninsula von Michigan. Die meisten Schauplätze sind real, aber die Autorin hat sich ein paar kreative Freiheiten genommen, um die Geschichte besser zu gestalten.

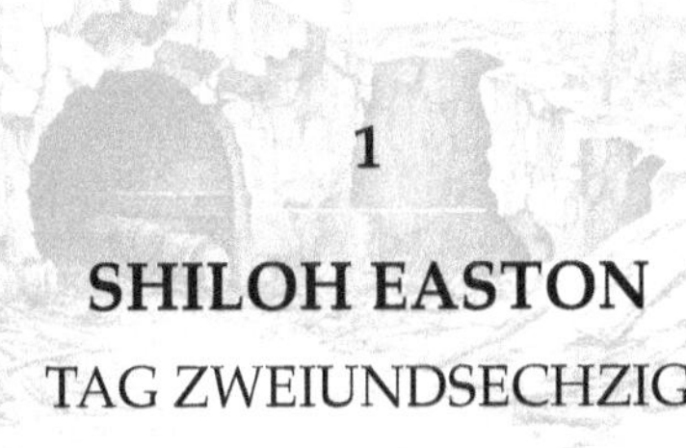

1

SHILOH EASTON
TAG ZWEIUNDSECHZIG

Hinter ihr knackte ein Zweig.

Die dreizehnjährige Shiloh Easton drehte sich um und legte ihre Armbrust an. Mit pochendem Puls in den Ohren ließ sie ihren Blick durch den Wald schweifen, von links nach rechts, von rechts nach links, auf der Suche nach Bedrohungen.

Dichte Schatten bedeckten den Wald. Die Sonne des späten Nachmittags brach in Streifen durch das dichte Blätterdach, das sie mit hohen Kiefern und üppigen grünen Balsamtannen wie Wachtürme umgab.

Vor ihr bog der Wildwechsel nach rechts ab und verschwand hinter einer Biegung. Rehhufe hatten frische Abdrücke in der feuchten Erde hinterlassen.

Die Haare in ihrem Nacken stellten sich kribbelnd auf. Es war mehr ein Gefühl als alles andere. Irgendetwas – oder jemand – war da draußen. Er verfolgte sie. Beobachtete sie.

Sie stellte sich in Position, schmiegte den Schaft der Armbrust an ihre Schulter, presste ihre Wange dagegen und richtete ihr dominantes Auge mit dem Visier aus. Sie zog ihren Griff fester an, wobei ihr Zeigefinger auf dem Abzugsbügel balancierte – der schlanke Fiberglasbolzen war bereit zum Abschuss.

Schwarze Eichhörnchen raschelten in der Laubschicht, die über den Waldboden verstreut war. Rotkehlchen und Spatzen zwitscherten von den Ästen einer großen, ausladenden Eiche. Shiloh atmete die wohltuenden Gerüche des Waldbodens, des feuchten Laubes und des Kiefernharzes ein. Ihr Mund war knochentrocken geworden. Sie hatte im Rucksack zwar eine Trinkflasche mit einem Filter, aber sie griff nicht danach. Der Schaft der Armbrust grub sich tief in ihre Schulter. Schweißperlen rannen ihr über den Nacken.

Aus dem linken Augenwinkel sah sie eine Bewegung. Ihr Herz hämmerte gegen ihre Rippen. Sie schwenkte die Armbrust nach links und blinzelte, während sie die Schatten und das Spiel des Lichts zwischen den Birken, Ahornbäumen und Eschen musterte. Unter den mit rosa Blüten besprenkelten Rhododendren sammelten sich noch intensivere Schatten.

Die glänzenden Blätter der Brombeersträucher fünf Meter rechts von ihr erzitterten, als wäre vor Kurzem etwas Großes vorbeigezogen.

Die Angst schnürte ihr die Kehle zu, aber sie versuchte, sie zu unterdrücken. Shiloh hielt die Luft an und spitzte die Ohren, sie beruhigte ihre Atmung, so wie Eli es ihr beigebracht hatte.

Es war der Hirsch, den sie gerade jagte, oder ein Schwarzbär. Oder ein Waschbär. Vielleicht war es auch nichts. Aber es fühlte sich nicht an wie nichts.

Da! Zehn Meter südöstlich von ihr lauerte ein Schatten inmitten noch dunklerer Schatten. War der Schatten dichter als die anderen? Er schien sich zu vertiefen und sich auf eine Weise zu bewegen, die der Natur widersprach. Es wirkte, als würden sich die Konturen des Waldes in die Form einer geduckten menschlichen Gestalt biegen.

Vielleicht war es ein Jäger, der ein Reh verfolgte, so wie sie. Vielleicht spielte ihre wilde Fantasie ihr auch einfach nur einen Streich. Vielleicht war es aber auch ein Monster, ein Windigo, der ihr auflauerte. Der Legende der Ojibwe zufolge war der Windigo ein bösartiger, fleischfressender Geist, der die Wälder durchstreifte und Menschen suchte, um sie mit Haut und Haaren zu verschlingen.

Sie war sich ihrer Abgeschiedenheit im Hiawatha National Forest bewusst, einem fast neunhunderttausend Hektar großen Gebiet mit sanften Hügeln, flachen Ebenen, Sumpfgebieten und sich schlängelnden Flüssen und Bächen – eine ausgedehnte Wildnis, die sich auf der Upper Peninsula in Michigan entlang der weiten und zerklüfteten Küstenlinie des Lake Superior erstreckte.

Das Funkgerät war an ihrem Hüftgürtel befestigt, aber es gab nur ein Rauschen von sich. Ohne es zu merken, war sie auf der Jagd nach ihrer Beute außer Reichweite geraten.

Die nächstgelegene Hilfe befand sich mehrere Kilometer entfernt in Munising, einer Stadt mit etwa zweitausend Einwohnern, die dem berühmten Pictured Rocks National Lakeshore am nächsten liegt. Sie war auf sich allein gestellt. Sie hatte den Tag damit verbracht, nach Rehen zu suchen, aber in der Nähe der Stadt gab es kaum noch welche. Jeder Hans und Franz und Hinz und Kunz waren in den Wäldern von Alger County unterwegs, um Weißwedelhirsche, Elche, Baumwollschwanzkaninchen, Wildschweine, Moorhühner und sogar Wiesel und Kojoten zu jagen – einfach alles, was sie finden konnten.

Ihr Magen knurrte laut. Das plötzliche Geräusch ließ sie zusammenzucken.

Der dichte Schatten, der zwischen den Bäumen lauerte, wurde dadurch aber nicht aufgeschreckt und bewegte sich auch sonst nicht. Ihr rasselnder Atem war das einzige Geräusch. Sie zwang sich, ruhig zu bleiben. Sie war einfach nur nervös, angespannt und schreckhaft. Aber in letzter Zeit waren wohl alle schreckhaft.

Vor zwei Monaten hatten wunderschöne Polarlichter den Himmel erhellt, als eine Reihe starker Supereruptionen auf der Sonnenoberfläche ausgebrochen waren. Als die gewaltigen Strahlungsstöße auf die Magnetosphäre der Erde eingeprasselt waren, wurden Stromnetze zerstört, Transformatoren überlastet und Hochspannungsleitungen in Brand gesetzt. Die induzierten Ströme brannten die Leiterplatten der Satelliten durch und legten GPS, Telefon, Internet, Fernsehen, Bankennetzwerke und Hochfrequenzkommunikationssysteme lahm.

Innerhalb weniger Tage wurde die Infrastruktur der halben Welt ausgelöscht.

Alles war aus den Fugen gerissen worden.

Das Tageslicht, das durch die Bäume schimmerte, begann sich zu verändern und färbte sich golden, während die Schatten länger wurden und sich über die Blätter streckten. Der erste Hauch von Kühle küsste ihren Nacken. Sie hatte noch ein paar Stunden bis zum Sonnenuntergang; es war allerhöchste Zeit, den Rückweg anzutreten.

Während sie die flatternden Schatten untersuchte, wurde sie das beklemmende Gefühl nicht los, dass hier draußen etwas lauerte, das nicht hierhergehörte – das Böse, das sie weder sehen noch benennen konnte, lungerte an geheimen Orten herum, schlich durch die Schatten und wartete auf seine Gelegenheit.

Sie wurde das Gefühl nicht los, dass sie die Gejagte war und nicht die Jägerin.

Wieder ein Geräusch. Blätter knisterten links von ihr. Ein schleichendes Rauschen, während sich etwas heimlich über den Waldboden bewegte.

Die Vögel waren verstummt. Stille legte sich über den Wald. Die Geräusche wurden leiser, bis auf das Rauschen ihres Blutes in ihren Ohren. Trotz der Hitze brach ihr der kalte Schweiß auf der Stirn aus.

Ihr Puls pochte in ihrer Kehle. Ihr Finger glitt vom Abzugsbügel ihrer Armbrust auf den Abzug. Jeder Instinkt schrie ihr zu, wegzurennen, zu fliehen.

Aber sie tat es nicht. Entschlossen machte sie einen leisen Schritt darauf zu. Sie bewegte sich vorsichtig, von Ferse zu Zehen, mit verengten Augen, um die undeutliche Form dieses Dings zu erkennen, das sich in den Bäumen versteckt hielt, die Armbrust in Bereitschaft.

Moskitos landeten auf ihrer nackten Haut. Kriebelmücken schwirrten ihr unaufhörlich im Gesicht herum. Sie wagte nicht, sie wegzuschlagen.

Noch einen Schritt näher und ...

Eine plötzliche Bewegung. Mit einem Flattern der Flügel stürzte sich ein wilder Truthahn aus dem Unterholz. Sie erhaschte einen Blick auf die braunen und weißen Federn und das schillernde Gefieder. Zehn Meter vor ihr huschte der unbeholfene Vogel kreischend über den Wildpfad und steuerte auf das tiefere Dickicht aus Zaubernuss und Apfelbeere zu.

Shiloh fing sich blitzschnell wieder. Mit dem Finger am Abzug schwenkte sie nach rechts, visierte den Truthahn an und löste den Glasfaserbolzen.

Der Schuss traf ins Schwarze. Er bohrte sich in die gefiederte Brust des Truthahns. Der Vogel stieß einen erschrockenen Schmerzensschrei aus und kippte dann auf die Seite, wobei sich sein dürrer Hals und sein Kopf im Dreck verrenkten.

Erleichterung floss durch ihre Adern. Shiloh rannte zu dem Tier, fiel mit der Armbrust neben ihm auf die Knie und erlöste es schnell von seinem Leid. »Und ich dachte schon, du wärst der lebendig gewordene Windigo. Ich Dummerchen.«

Sie schnallte ihren Rucksack ab, riss den Bolzen aus dem Kadaver und warf den toten Vogel in den Leinensack, den sie mitgebracht hatte. Dann verstaute sie ihn in ihrem Rucksack und warf ihn sich über die Schulter. »Danke für das Abendessen ...«

Hinter ihr knackte ein dicker Ast unter einem Fuß. Shiloh wirbelte herum und griff nach ihrer Armbrust. Zu spät.

Ein Schatten tauchte über ihr auf. Bevor sie reagieren konnte, packte sie jemand von hinten, ergriff ihre Arme und riss sie von den Füßen. Eine große, schwielige Hand klammerte sich über ihren Mund und ihre Nase. Ihr rechter Arm wurde schmerzhaft hinter ihrem Rücken verrenkt.

Die Angst bohrte sich wie ein Haken in sie hinein. Einen Moment lang war sie erstarrt. Dann setzte Elis Training ein. Sie kämpfte wie eine Wildkatze, zappelte, kratzte und schrie, wobei das Geräusch von seinen fleischigen Fingern gedämpft wurde. Die Hand bedeckte vollständig ihre Nase; sie konnte nicht atmen.

Verzweifelt krallte sie sich an der Hand ihres Angreifers fest, packte den kleinen Finger und riss so fest sie konnte daran; der Knochen brach. Sie warf ihren Kopf zurück und traf mit ihrem Schädel auf sein Gesicht. Ein Knochen knirschte.

Der Angreifer knurrte vor Wut. Sein Griff um ihr Gesicht lockerte sich, aber nicht genug.

Sie krümmte sich in seinen Fängen, ihre Lungen drohten zu platzen, doch sie schaffte es, sich halb umzudrehen, und stieß ihm die Spitze ihres Ellbogens ins Auge. Mit einem Fluchen glitt die Hand des Angreifers von ihrem Mund. Sie riss ihren Kiefer auf und biss in die dünne Stelle zwischen seinem Daumen und seinem Zeigefinger. Warmes, nach Kupfer schmeckendes Blut strömte auf ihre Zunge.

Sie befreite sich aus seinem Griff und fiel auf die Füße. Sie wirbelte herum und schlug ihm mit dem Handballen gegen die Kehle. Er gab ein entrüstetes Würgegeräusch von sich, als sie ihm ihr Knie in die Leistengegend stieß.

Bevor sie erneut zuschlagen konnte, holte ihr Angreifer mit einem gewaltigen Schwung aus. Er rammte ihr seine Faust in die Seite. Der Schmerz schoss durch ihre Rippen. Weiße Flecken tanzten vor ihren Augen.

Dann traf er sie erneut, diesmal in den Solarplexus, wodurch sie zu Boden ging und ihr der Atem aus der Brust gerissen wurde. Ihre Lunge verkrampfte und zuckte. Eine Ewigkeit luftleerer Sekunden verging.

Er stand halb über sie gebeugt, atmete schwer und umklammerte seine verletzte Hand. Er war groß und muskulös und hatte abfallende Schultern und ein breites, gerötetes, schweißnasses Gesicht. Aus seinen Poren quoll der Gestank von etwas Fauligem und Ungewaschenem.

Er starrte sie mit blutunterlaufenen Augen an. »Du kleine Schlampe! Dafür wirst du bezahlen!«

Hektische Gedanken wirbelten in ihrem Kopf herum: *Mexiko-Stadt, Mexiko; Managua, Nicaragua; Panama-Stadt, Panama.* Sie zwang sich, in der Gegenwart zu bleiben und so hart und schnell zu kämpfen, wie sie konnte. Sie kämpfte sich auf Hände und Füße und kroch rückwärts – ein verzweifelter Versuch, von ihm wegzukommen.

Er schnitt eine Grimasse und entblößte bräunlich-gelbe Zähne im fortgeschrittenen Verfall, deren Zahnfleisch rot und geschwollen war, während er entsetzt auf seine blutige Hand starrte. »Du hast mich gebissen, du dumme kleine …«

»Fass mich noch einmal an und ich trete dir die Eier bis in den Hals!« Wut mischte sich mit der Angst, die in ihrem Bauch brodelte. Die Armbrust lag drei Meter entfernt unter der Buche. Sie würde sie nicht erreichen, bevor er es tat. Sie war ungeladen und im Grunde nutzlos. Der Bolzen, der den Truthahn erschossen hatte, steckte halb vergraben in den Tannennadeln neben ihren Füßen. Er hatte ihn nicht bemerkt.

»Du bist ein mutiges Ding. Zu schade, dass du trotzdem sterben musst.« Er richtete sich auf und stolzierte auf sie zu, wobei er ein Messer zog. »Tot bist du einfach zu viel wert, Shiloh.«

In ihren Ohren rauschte der Puls. Verzweifelte Gedanken ratterten durch ihr Gehirn: Woher zum Teufel kannte er ihren Namen? Warum war sie tot Geld wert? Keine Zeit, sich jetzt darüber Gedanken zu machen.

Immer noch auf Händen und Knien, griff sie mit einer Hand nach dem Bolzen, während sie mit der anderen eine Handvoll Dreck aufhob.

Ihr Angreifer beugte sich herunter, um sie am Hals zu packen. Shiloh schleuderte ihm den Dreck ins Gesicht. Zur gleichen Zeit sprang sie nach oben und stieß den Bolzen so tief wie möglich in seine Leistengegend. Sie verdrehte ihn und zerrte heftig daran.

Der Mann zuckte mit einem Aufschrei zurück, wodurch ihr der Bolzen aus den Fingern gerissen wurde. Sie verlor das Gleichgewicht und fiel zurück auf ihren Hintern. Ihre Brust vibrierte vor Panik und Adrenalin.

Der Mann packte den bebenden Bolzen mit beiden Händen an der Stelle, an der er aus seinem Becken ragte, wobei er vor Schmerz aufschrie. Hellrotes Arterienblut pulsierte aus der Wunde.

Sie hatte seine Oberschenkelarterie getroffen. Das hatte ihn gebremst. Aber er konnte sie immer noch töten, bevor er ausblutete.

Mit Gebrüll stürzte er sich auf sie.

Shiloh sprang auf die Füße und rannte los. Sie sprintete zur Armbrust und griff sie, während sie in den Wald rannte. Angst vibrierte unter ihrer Haut und rauschte durch ihre Zähne.

Beim Rennen durch den Wald stolperte sie über eine Wurzel. Taumelnd kam sie wieder auf die Beine und rannte weiter. Äste schlugen ihr ins Gesicht. Dornen zerkratzten ihre Arme und Beine. Ihre Umgebung verschwamm und sie verrenkte ihren Hals, um nach hinten zu sehen, denn sie war überzeugt, dass ihr die Gefahr auf den Fersen war und der Tod sie verfolgte.

Es war nichts hinter ihr. Das bedeutete aber nicht, dass er sie nicht verfolgte und sie in Sicherheit war.

Endlich erreichte sie den M-28 und brach einen halben Kilometer nördlich der Abzweigung in den Wanderweg aus dem Wald heraus. Sie rannte zu dem verborgenen Plätzchen, an dem sie Elis Fahrrad zwischen den Bäumen versteckt hatte, schloss das Vorhängeschloss auf, packte den Lenker mit zitternden Fingern und zerrte das Rad auf die Straße, wobei sich Unkraut in den Speichen verfing.

Shiloh fuhr wie ein geölter Blitz nach Hause.

Die Julihitze brannte ihr auf den Kopf und die Schultern, obwohl die Sonne schon hinter den Wipfeln der Bäume versank. Auf der Straße gab es keine Fahrzeuge außer den verlassenen. Gras und Unkraut wucherten um Kotflügel und Stoßstangen herum, Ranken krochen aus dem Wald und umschlangen die Reifen, als ob Mutter Natur die Erde zurückerobern wollte – ein Auto nach dem anderen.

Ihr Herz pochte immer noch in ihrer Brust wie das Klopfen eines Kaninchens. Ihre Rippen schmerzten von den Schlägen, aber ansonsten war sie unverletzt.

Der Angriff war nicht willkürlich gewesen. Er hatte sie durch die Wälder verfolgt. Er hatte ihren Namen gekannt. Jemand hatte dafür bezahlt, sie zu töten. Aber warum? Und was hatte das zu bedeuten?

Shilohs Beine pumpten wie Kolben und ihre Handflächen klebten schweißnass am Lenker, als sie auf dem M-28 um die Kurve fuhr und das Willkommensschild für die Ortschaft Christmas außerhalb von Munising erblickte.

Da war etwas am Straßenrand, etwas, das dort nicht hingehörte.

Sie legte eine Vollbremsung hin. Die Reifen quietschten und hinterließen Bremsspuren auf dem Asphalt, wobei sie fast über den Lenker geschleudert wurde. Das Fahrrad kam in der Mitte der Straße zum Stehen.

Sie dachte, dass dieser Tag nicht mehr schlimmer werden könnte, aber das konnte er sehr wohl. Es konnte immer schlimmer werden.

Auf der linken Straßenseite hing etwas von der Spitze eines Telefonmastes herab. Die Gestalt drehte sich langsam, als würde sie von einer unsichtbaren Hand bewegt. Es schien nicht echt zu sein – wie eine Halloween-Dekoration oder eine Vogelscheuche, die in einem Maisfeld aufgestellt war.

Wie von einem schaurigen Zwang getrieben, ging Shiloh näher heran und betrachtete die gruseligen Details: die ungepflegten nussbraunen Haare, die blasse, gummiartige Haut des Gesichts, das zerrissene und zerfledderte Hemd, das einmal weiß gewesen war. Um die Kehle war eine Schlinge gewickelt. Der Kopf hing zur Seite, das Kinn ruhte auf der Schulter, als würde der Tote nur träumen.

Fliegen schwirrten in dichten Wolken um den Leichnam herum.

Eine Pfütze aus getrocknetem Blut befleckte den Schmutz am Straßenrand. Als sie sich näherte, schlugen Aasgeier mit den Flügeln und krächzten sie angriffslustig an, als ob diese Todesser mehr Recht auf diese Stelle hätten als sie selbst.

Shiloh erschauderte. Ein toter Körper, der so grausam aufgehängt war, sollte gefunden werden, sollte Schrecken verbreiten und die Herzen derer, die ihn sahen, in Angst versetzen.

Da war etwas im Anmarsch – etwas, das schlimmer war als alles, was sie bisher erlebt hatten.

2

LENA EASTON
TAG DREIUNDSECHZIG

Lena Easton schirmte ihre Augen mit der Hand gegen die brennende Sonne ab. Die feuchte Luft war erdrückend. Schweiß benetzte ihre Schläfen, ihre Achselhöhlen und ihren Rücken. Selbst in Jeansshorts und einem Tanktop und mit ihren langen kastanienbraunen Haaren hochgebunden zu einem Pferdeschwanz schmolz sie dahin.

Die Hitze brachte die Leute in Aufruhr. Die Menschen drängelten sich an sie heran, schoben sich vorwärts wie ein größerer Organismus, der zur Trommel der lautlosen Verzweiflung schlug, die mit jeder Sekunde lauter wurde.

Der Geruch von säuerlichem Schweiß erfüllte ihre Nasenlöcher. Ellbogen stießen sie an und jemand trat ihr in die Hacken. Sie versuchte zurückzuweichen, aber es war kein Platz, kein Durchkommen. Jemand schubste sie von hinten an.

Sie vergewisserte sich, dass Shiloh dicht an ihrer Schulter war, denn sie hatte Angst, sie in der wimmelnden Menge zu verlieren. Der Gedanke an den gestrigen Angriff im Wald verursachte ein Engegefühl in ihrer Brust. Sie hatte ihre Nichte fast verloren und war fest entschlossen, Shiloh nie mehr aus den Augen zu lassen.

»Das ist eine schlechte Idee«, sagte sie leise. »Wir sollten gehen.«

Ein paar hundert Menschen hatten sich auf dem Parkplatz der

Munising Highschool versammelt. An der Spitze der Menge war ein FEMA-Sattelschlepper geparkt, der durch die Seitentüren der Turnhalle entladen wurde. Zwei Gardisten hielten an den Eingangstüren der Schule Wache, um potenzielle Diebe von der Turnhalle fernzuhalten, aber soweit Lena sehen konnte, waren die meisten, wenn nicht sogar alle Hilfsgüter bereits verteilt worden.

Vier Nationalgardisten standen um den Sattelschlepper herum, ihre Körpersprache angespannt, die Schultern zurückgezogen, die Füße fest auf dem Boden, ihre Mienen grimmig, fast feindselig, während sie die Menge zurückhielten. Sie zielten mit ihren M4-Sturmgewehren auf niemanden, sondern hielten ihre Waffen gesenkt und bereit. Alles an ihnen vermittelte den Eindruck von Aggression.

Shiloh musterte die Menge vorsichtig. »Wir müssen die Antibiotika besorgen.« Lena wollte topische und orale Antibiotika, Steroide, Antihistaminika und andere Medikamente, um der Gemeinde zu helfen und den Rückstau an Patienten im örtlichen Krankenhaus zu reduzieren. Sie war nicht für Insulin hier, obwohl sie natürlich gerne Diabetikervorräte mitnehmen würde, wenn die FEMA sie anbieten würde.

Bevor sie weitergehen konnten, trat ein Mann mit Brille auf ein behelfsmäßiges Podium vor dem Lastwagen. Obwohl es dreiunddreißig Grad heiß und schwül war, trug er eine dunkelblaue Jacke mit dem weißen FEMA-Schriftzug auf dem Rücken.

Unter ihm versuchte Untersheriff Jackson Cross zusammen mit seinen Deputys Devon Harris und Jim Hart sowie dem Polizeibeamten Ramon Moreno die Menge zu beruhigen. Neben der Polizeichefin von Munising, Sarah McCallister, stand Sheriff Underwood mit hängenden Schultern und einem missmutigen Gesichtsausdruck am vorderen Ende des Lastwagens.

Jackson begegnete ihrem Blick über die Menge hinweg und schüttelte reumütig den Kopf. Ihr Herz wurde schwer; sie würde die Antibiotika, die sie sich erhofft hatte, nicht bekommen.

»Wo ist unser Essen?«, rief jemand.

»Sorgt dafür, dass unsere Kinder zu essen bekommen!«

»Wir warten schon seit Stunden!«

Sie hatten nicht unrecht. Lenas Magen grummelte. Ihre Beine

waren wie Gummi und ihre Muskeln schmerzten vom dreistündigen Stehen. Die FEMA-Notlieferung war mit stundenlanger Verspätung eingetroffen. In ihrem Rucksack hatte sie ein paar Snacks – selbstgemachte Müsliriegel, eingewickelt in Alufolie –, aber sie rührte sie nicht an.

Lena wurde immer nervöser und ihr Blick schweifte wieder über die Menge. Einige Leute sahen aus, als hätten sie seit einer Woche nichts mehr gegessen. Ihre Gesichter waren dünner geworden; einige waren bereits abgemagert, ihre Kleidung zerknittert und ungewaschen. Alle sahen ausgezehrt, zerlumpt und erschöpft aus. Die Angst vor der kommenden Katastrophe hatte eine ganz eigene zerstörerische Kraft, eine unsichtbare Macht, die sich in die Herzen und Köpfe der Menschen grub und ihre Krallen tief in ihre Gehirne bohrte. Sie machte alle verrückt.

Zum Glück war die UP eine ländliche Gegend, in der die Menschen jagen, fischen und gärtnern konnten, aber die komplette erzwungene Eigenverantwortlichkeit ohne Zugang zu Geschäften, Tankstellen oder Apotheken erwies sich als eine unvorstellbare Strapaze – selbst für die am besten Vorbereiteten.

»Guck mal.« Shiloh reckte ihr Kinn in Richtung der rechten Seite des einundzwanzig Meter langen Sattelschleppers. Mehrere Löcher verteilten sich über die Aluminiumseitenwand. »Einschusslöcher.«

»Sie müssen auf der Straße in einen Hinterhalt geraten sein.«

»Das erklärt, warum die Wachen so nervös sind.«

Lena unterdrückte ein Schaudern. »Ja, das stimmt.«

»Danke für Ihre Geduld!«, sagte der FEMA-Vertreter in sein Megafon. Er war Mitte dreißig, klein und schlank, seine blonden Haare waren zerzaust und unter seinen Augen befanden sich dicke Tränensäcke der Erschöpfung. Außerdem war seine schwarzgerahmte Brille schief. Er stellte sich als Milton Sanders vor.

»Womit sollen wir unsere Kinder ernähren?«, rief jemand.

»Meine Mom wird bald an Herzversagen sterben! Wir brauchen diese Medikamente!«

»Wir verstehen das, wir arbeiten daran, das verspreche ich.« Seine Stimme war hoch und schrill vom Stress. »Wir werden euren Sheriff informieren, sobald wir sie haben.«

»Wo zum Teufel ist der Rest der versprochenen Vorräte?«, rief eine Frau mittleren Alters.

Eine andere Frau drängte sich an die Spitze der Schlange. Lena erkannte Dana Lutz, eine toughe, dreiste Frau in den Vierzigern, die sich immer mitten im städtischen Drama zu befinden schien.

»Ihr lügt!« Sie hatte kein Megafon, aber sie brauchte auch keins. Ihre röhrende Stimme übertönte das ängstliche Gemurmel der Menge. »Ihr habt uns Vorräte und Medikamente versprochen und habt nichts mehr! Ihr habt nur genug für hundert Leute mitgebracht. Was ist mit dem Rest von uns?«

»Ma'am, treten Sie bitte zurück«, sagte Sanders. »Dies ist eine geordnete Veranstaltung.«

»Ich war schon sehr früh hier. Ich habe gehört, wie ihr dem Sheriff gesagt habt, ihr würdet nicht zurückkommen. Plünderer haben FEMA-Lieferungen auf den Highways angegriffen. Die Straßen von Detroit und Chicago sind viel zu gefährlich. Ist das nicht genau das, was ihr gesagt habt? Dass die FEMA sowieso keine Vorräte mehr hat, zumindest nicht für uns Normalbürger? Es wurde alles von den Reichen abgezapft.«

Lena versteifte sich.

Shiloh atmete scharf ein. »Oh, verdammt, nein.«

Einen angespannten Moment lang war die Menge absolut still. Dann brach eine Kakofonie aus panischen Rufen aus.

»Gebt mir meine Blutverdünner!«

»Wir brauchen Herzmedikamente!«

»Meine Mutter hat Krebs!«

»Ich habe keine Schilddrüse. Ich brauche Medikamente zum Überleben!«

»Ich habe Steuern bezahlt! Wo zum Teufel ist die FEMA, wenn wir sie brauchen?«

»Ihr habt kein Recht dazu!«

Sanders rief nutzlose Floskeln ins Megafon und fuchtelte vergeblich mit einem Arm, um die Aufmerksamkeit und das Vertrauen der Menge zurückzugewinnen. Das würde nicht passieren.

Die Empörung der Menge summte durch Lenas Adern und vibrierte in ihrer Brust. Die Sonneneruptionen waren nicht die Schuld der FEMA, aber die Regierung hätte diese Katastrophe weitaus besser bewältigen können, als sie es bisher getan hatte.

Da sie sich geweigert hatten, Vorbereitungen zu treffen, hatten die Staatsoberhäupter der Welt durch ihre Überheblichkeit und Dummheit alle kopfüber in die Zerstörung gestürzt. Ihr mit Lügen, Klebeband und Wahnvorstellungen zusammengehaltenes Kartenhaus war endgültig zusammengebrochen.

Jetzt litt der gesamte Planet darunter.

»Zeit zu gehen«, sagte Lena. »Bleib an meiner Seite.«

»Ich bin kein kleines Kind«, sagte Shiloh.

»Die Menschen sind verzweifelt. Sie tun Dinge, die sie früher nie getan hätten, nicht in einer Million Jahren. Überleben ist ein mächtiger Motivator.«

Sie dachten beide an den Mann, der Shiloh im Wald angegriffen hatte, ganz zu schweigen von der Leiche, die an einem Telefonmast aufgehängt war. Bei keiner dieser Taten ging es um das Überleben, sondern um etwas wesentlich Niederträchtigeres. Das ängstigte Lena bis ins Mark.

Shiloh verzog mürrisch das Gesicht. Mit ihren pechschwarzen Haaren und Augen wie zwei Stückchen Kohle in ihrem elfengleichen Gesicht sah sie Eli so ähnlich. Die uralte Pfeilspitze, die an einer in ihren Zopf geflochtenen Schnur aus Rohleder befestigt war, glitzerte im Sonnenlicht. Das Mädchen war scharf wie eine Klinge, fünfundvierzig Kilo pures Feuer – und genauso wild und stur wie ihr Vater.

Lena sagte: »Wir müssen vorsichtig sein.«

»Okay, okay«, murmelte Shiloh. »Von mir aus.«

Bevor sie sich bewegen konnten, brach am Rande der Menge ein Tumult aus. Die Leute schrien Beleidigungen. Zwei Männer schubsten sich gegenseitig, wobei der zweite Mann zurückfiel und eine Frau mittleren Alters und einen älteren Mann umstieß. Ein Dutzend Menschen stürzten sich in den Kampf, ihre Stimmen wurden lauter und die Fäuste flogen.

Sheriff Underwood trat auf die Plattform und nahm dem FEMA-Beamten das Megafon ab. Brad Underwood war ein imposanter schwarzer Mann in seinen Fünfzigern mit stämmiger Haltung, einem glatt rasierten Kiefer und strengen Augen. Er war es gewohnt, seinen Willen durchzusetzen.

Der Sheriff rief: »Bewahren Sie alle Ruhe! In Panik zu geraten, wird nichts ändern!«

Underwood sprach weiter, aber seine Worte besänftigten niemanden. Die Menge wurde immer unruhiger und stürmte auf den FEMA-Truck zu. Sie schrien und stellten Forderungen, die niemand erfüllen konnte, schon gar nicht der handlungsunfähige FEMA-Beamte.

Angespannt musterte Lena die Menge erneut, ihre Nerven lagen blank. Die Menschen balancierten auf dem schmalen Grat der Zivilisiertheit. Eine Art Wahnsinn hatte sie ergriffen, ein Bienenstock aus Wut, Angst und Verzweiflung.

Sie packte Shilohs Arm, und gemeinsam drängten sie sich durch die Menschenmassen in Richtung des hinteren Teils des Parkplatzes. Die Menge lichtete sich, als sie den Rand des rissigen Asphalts erreichten. Sie hatte gar nicht bemerkt, dass sie den Atem angehalten hatte, bis sie schließlich ins Freie traten.

Etwas Hartes stieß ihr in den Rücken. Lena drehte sich um und griff instinktiv nach ihrer Pistole.

3

LENA EASTON
TAG DREIUNDSECHZIG

Lena hielt ihre Hand auf dem Kolben ihrer Pistole. »Ach, du bist es.«

Astrid Cross stützte sich schwer auf ihren Stock, um ihre vernarbten Beine zu stützen. Sie war eine große, beeindruckende Frau mit einer porzellanfarbenen Haut und blonden Haaren, die ihr seidig auf die breiten Schultern fielen. Ihre blassblauen Augen begegneten Lenas Blick mit einem unbeirrbaren Ausdruck.

Sie versuchte, ihre Abneigung zu bändigen, aber es gelang ihr nicht. Lena wusste nicht, was sie getan hatte, um sich Astrids Missgunst einzufangen, aber irgendwie hatte sie es getan. Astrid hatte ein paar Drogensüchtigen, die Lena und Shiloh in ihrem alten Haus angegriffen hatten, von Lenas Insulinvorrat erzählt. »Ich schätze, sie lassen die Patienten aus der Irrenanstalt.«

Astrid grinste. »O Schatz, ich bin diejenige, die die Anstalt leitet.« Ihr Lächeln verzerrte sich zu einer Grimasse, und der Schweiß stand ihr auf der Stirn, weil sie sich nur mit Mühe am Stock aufrecht halten konnte. Es war offensichtlich, dass sie große Schmerzen hatte.

Lena verspürte einen Anflug von Mitleid, ungeachtet dessen, was Astrid getan hatte und mit wem sie zusammen gewesen war. Schlechte Männer nutzten immer wieder Frauen aus. Das bedeutete aber nicht, dass Astrid wusste, was für ein Monster Cyrus Lee war oder was er getan hatte.

Lena unterdrückte ein Erschaudern. »Wie bist du hierhergekommen?«

»Ich würde denken, dass du um mein Wohlergehen besorgt bist, aber irgendwie bezweifle ich das.« Sie winkte vage mit einer Hand hinter sich. »Mein Vater hat einen pickeligen Teenager angeheuert, um mich herumzufahren. Wir haben das Auto in einer Seitenstraße versteckt, weil die Einheimischen gerne mal was mitgehen lassen. Ein paar Monate ohne jeglichen Lebenskomfort und man kann sein Haus nicht verlassen, ohne Gefahr zu laufen, entführt zu werden.«

»Ihr habt immer noch Benzin«, sagte Lena als Feststellung, nicht als Frage. Sie war nicht überrascht. Horatio Cross und seine Tochter fanden immer einen Weg zu überleben – wie Kakerlaken.

Astrid zuckte mit den Schultern. »Klar, aber wir rationieren natürlich. Vater überlegt, ob er uns ein paar Pferde besorgen soll. Jackson wird uns dabei helfen.« Sie lenkte ihre Aufmerksamkeit auf Shiloh. »Du bist das Mädchen von Lily Easton.«

Shiloh schaute Astrid misstrauisch an, als wäre sie sich noch nicht sicher, was sie von ihr halten sollte. »Ja.«

»Wir sind zusammen aufgewachsen, auch wenn man das nicht vermutet, wenn man sieht, wie deine Tante mit mir umgeht. Man könnte meinen, dass sie mit einem silbernen Löffel im Mund geboren wurde und nicht umgekehrt. Die Eastons waren schon immer so.«

»Es ist immer wieder eine Freude, dich zu sehen, Astrid«, sagte Lena.

Astrid ignorierte Lena und konzentrierte sich weiter auf Shiloh. »Ich habe gehört, dass du im Wald angegriffen wurdest und dich verteidigt hast. Ich bin beeindruckt.«

Shiloh zuckte mit den Schultern, als ob es keine große Sache wäre. Es war aber eine große Sache. Lena unterdrückte ein Schaudern bei dem Gedanken, dass Shiloh allein im Wald um ihr Leben gekämpft hatte. Das versetzte sie sowohl in Angst als auch in Rage. Shiloh hätte getötet oder gekidnappt werden und spurlos verschwinden können.

Der Angriff war nicht willkürlich gewesen, was bedeutete, dass es wieder passieren könnte. Jemand wollte sie tot sehen. Lena vermutete, dass derjenige, der Lily vor all den Jahren umgebracht hatte, noch lose Enden verknüpfen wollte. Und Shiloh war ein großes loses Ende.

»Er hat es nicht anders verdient«, sagte Shiloh. »Ich bereue nur, dass ich ihm nicht die Eier in den Hals getreten habe.«

»Nächstes Mal.« Astrid zögerte. »Ich habe gehört, dass du besser mit der Armbrust umgehen kannst als die meisten Männer.«

»Ich treffe alles, worauf ich ziele.«

»Ich wette, du könntest es einigen der Mädchen beibringen. Ich arbeite ehrenamtlich im Obdachlosenheim, weißt du? Im Moment ist es überfüllt. Wir könnten deine Hilfe gebrauchen, falls du mal vorbeikommen willst.«

Shiloh errötete bei dem Lob. »Klar.«

»Mein Bruder hat zwar Walter Boone und Cyrus Lee Jefferson ausgeschaltet, aber wir sind von Wölfen umgeben. Wir können nur überleben, wenn die Schafe Zähne haben.«

Shiloh erstarrte bei der Erwähnung von Boone. »Ich habe Zähne. Und ich bin kein Schaf.«

»Oh, das kann ich sehen.«

Astrid beobachtete Shiloh auf eine Art und Weise, die Lena beunruhigte, obwohl sie nicht genau sagen konnte, warum. Ihr Blick war intensiv und durchdringend; sie musterte Shiloh wie einen Käfer unter einem Mikroskop.

»Wir gehen jetzt«, sagte Lena. »Das hier ist ein Pulverfass, das gleich explodieren wird.«

»Lena«, sagte Astrid, die immer noch auf Shiloh starrte. »Du siehst ... gesund aus.«

»Das habe ich nicht dir zu verdanken.«

»Ich weiß wirklich nicht, was du meinst.«

»Da bin ich mir sicher«, sagte Lena steif. Sie hatte keine Lust, Astrid hier und jetzt zur Rede zu stellen. Astrid würde es sowieso nie zugeben; sie lebte vom Drama. Ihre Spielchen zu spielen, lieferte ihr nur noch mehr Munition.

Astrid lächelte. Ein wunderschönes Lächeln, strahlend und scharf. »Grüß meinen Bruder von mir.«

Lena und Shiloh liefen parallel zur Menschenmenge in Richtung des hinteren Teils des Parkplatzes, wo sie ihre Fahrräder abgeschlossen hatten, wobei sie sich an Leuten vorbeidrängten, um Abstand zu Astrid zu gewinnen. Nach ein paar Sekunden hatten sie sie hinter sich gelassen.

Zu ihrer Linken schrien die Leute den FEMA-Beauftragten an, die Spannung wie das Rauschen der Ozonschicht, bevor ein Sturm ausbrach. Ein Stein schlug gegen die Seite des Sattelschleppers, dann noch einer.

Devon und Moreno wateten an der Spitze der Menge in den Tumult, während die Nationalgardisten zurückdrängten, Befehle riefen und versuchten, die Ordnung wiederherzustellen.

In Lenas Bauch verdichtete sich die Angst. »Lass uns gehen.«

Als sie sich abwandte, blieb ihr Blick an etwas hängen. Eine Frau stand am Ende der Menge und weinte unter bebendem Schluchzen. Sie war Mitte vierzig und trug ein rostoranges Tanktop und abgeschnittene Shorts, die ihr von den Hüften herabhingen. Ihre lockigen blonden Haare klebten in feuchten, verschwitzten Strähnen an ihrer gerunzelten Stirn.

Ein kleiner Junge von ungefähr acht Jahren stand direkt neben ihr. Der Junge hielt einen nicht funktionierenden Gameboy in einer schlaffen Hand, sein Blick war leer und seine Augen glasig. »Lena.« Shiloh blieb auf halbem Weg stehen und zeigte auf eine verräterische Ausbeulung rechts unten unter dem *Avengers*-T-Shirt des Jungen. Ein durchsichtiger Schlauch schlängelte sich kaum sichtbar unter dem Saum seines T-Shirts heraus, aber sie wusste, was es war: ein Infusionsset, eine Kanüle und eine Pumpe.

Lenas Kehle schnürte sich zu. Sie mussten gehen, bevor ein Aufstand ausbrach. Aber sie ging nicht. Stattdessen machte sie einen Schritt auf die beiden zu.

»Ma'am?«, fragte sie. »Ist Ihr Sohn Typ 1?«

Die Frau schaute Lena mit verzweifelten Augen an. Dann nickte sie stumm. Ihre Finger gruben sich in die Schulter ihres Sohnes, als hätte sie Angst, er könnte verschwinden, wenn sie ihn losließe.

»Wie viel Insulin haben Sie noch?«

»Seit heute Morgen haben wir keins mehr. Was sollen wir jetzt tun?«, murmelte die Frau halb benommen. »Was können wir jetzt tun?«

»Lassen Sie uns reden. Folgen Sie mir.« Lena deutete ihr, ihnen von der Menschenmenge weg zu einer Reihe von Picknicktischen in der Nähe des mittleren Schulflügels zu folgen. Tannennadeln übersäten den Boden und bedeckten die Oberseite der Picknicktische. Wucherndes Gras kratzte an Lenas Beinen.

Die Frau ließ sich auf die nächstgelegene Bank sinken. Der Junge sackte neben seiner Mutter zusammen. Ein Kranz aus blonden Locken umgab seinen Kopf wie ein Heiligenschein. Er starrte auf irgendetwas in der Ferne, sein Gesicht war blass, seine Augen glasig. Lena beugte sich vor und fühlte seine Stirn – seine Haut war heiß und trocken, seine Atmung flach. Wahrscheinlich war er hyperglykämisch.

Die Frau strich sich die Haare aus dem eingefallenen Gesicht. »Ich bin Traci Tilton. Das ist Keagan. Wir kommen aus Detroit. Wir waren hier im Urlaub, als der Strom für immer ausgefallen ist. Wir hatten keinen Sprit, um nach Hause zu kommen, und die Tankstellen waren geschlossen ... Als die Berichte über die Unruhen in Detroit kamen, haben uns die Besitzer des Northwoods Inn bleiben lassen. Wir leisten unseren Beitrag. Ich helfe beim Putzen, trotz meiner Fibromyalgie, während mein Mann Curt kocht. Er ist von Beruf Anwalt, aber jetzt brauchen wir keine Anwälte mehr ...« Ihre Stimme versiegte und sie blinzelte schnell, während sie die Fäuste in ihrem Schoß ballte, als ob sie mit aller Kraft an ihrem Verstand festhalten wollte.

»Tim und Lori Brooks sind gute Menschen. Sie und ihre Familie haben Glück.«

Traci nickte. »Ja, ja, das haben wir. Wir haben niemandem gesagt, dass Keagan Diabetiker ist. Mein Mann wollte es, aber ich hatte diese Sorge ... diese Angst, dass sie uns rauswerfen würden, wenn sie es wüssten. Dass sie uns als Belastung betrachten würden.«

»Sie sind keine Belastung. Und Ihr Sohn auch nicht.«

»Wir sind bei jeder FEMA-Lieferung dabei gewesen. Wir haben die Vorräte mitgenommen, die sie verteilt haben, aber es waren immer nur eine Insulinampulle, ein paar Teststreifen, mehrere Infusionssets, Sensoren und Reservoire und nie Batterien für das Blutzuckermessgerät. Wir haben die Reservoire wiederverwendet, aber die Infusionssets und Sensoren müssen alle sieben Tage ausgetauscht werden. Wir haben nie genug.«

Sie strich sich zittrig über das Gesicht. »Dieses Mal kam die FEMA zwei Wochen später als geplant. Wir hatten schon Angst, dass sie gar nicht kommen würden. Ich habe so viel wie möglich rationiert, weil ich so vorsichtig mit seinen Kohlenhydraten war, aber sehen Sie ihn sich an. Ich weiß nicht, was ich tun soll. Wir haben jede Apotheke abgeklappert, die wir finden konnten. Wir waren im Krankenhaus. Keiner hat mehr etwas. Schon seit Wochen nicht mehr.«

In Lena wallte das Mitgefühl auf. Sie kannte die Angst dieser Mutter, sie kannte sie genauso gut wie sich selbst. Sie sah den Jungen an und war hin- und hergerissen, ihr Herz war aufgewühlt.

Sie kannte diese Menschen nicht. Es war nicht so, als wären sie Freunde, lebenslange Nachbarn oder Kinder, mit denen sie aufgewachsen war. Sie hatte keine Beziehung zu ihnen, keine Verbundenheit. Sie waren Fremde, Außenstehende, Trolle, wie Shiloh sie so gern nannte, was bedeutete, dass sie von südlich der Brücke stammten.

Der Junge war nur ein Kind, vielleicht in der dritten Klasse, klein für sein Alter und zu dünn.

Im Geiste zählte sie ihre Insulinfläschchen. Mit ihrem großen und ihrem kleinen Vorrat hatte sie noch zweiundzwanzig Monate. Zweiundzwanzig Monate in einer Welt, die im Dunkeln lag. Es gab keinen Strom, kein GPS, keine Banken oder Börsen. Es gab auch keine Produktion oder halbwegs funktionierende Lieferketten.

Eine Unze Insulin abzugeben, bedeutete, ihr Leben wissentlich zu verkürzen.

Und doch lag es in ihrer Natur, anderen zu helfen. Sie war eine Versorgerin, eine Ernährerin. Eine Finderin der Verlorenen. Sie wollte glauben, dass die Bundesregierung ihre Bevölkerung nicht völlig im Stich lassen würde; dass der Kongress wichtige Medikamente, die in der südlichen Hemisphäre hergestellt wurden, beschaffen und sie im ganzen Land verteilen würde. Es musste doch einen Weg geben.

Wenn sie ihre Medikamente jetzt hortete, würde der Junge innerhalb von ein oder zwei Wochen sterben. So viel war sicher.

Es war gefährlich, ihr Insulin zu teilen. Wenn sie dem Jungen etwas davon gab, würde die Mutter sofort zurückkommen und um mehr betteln, sobald es aufgebraucht war. Schlimmer noch, sie könnten jemandem von Lenas Vorrat erzählen, der es vielleicht sogar stehlen würde.

»Mom, ich habe Durst«, murmelte Keagan.

»Ich weiß, Schatz.« Traci holte eine Wasserflasche mit Filter aus ihrem Rucksack und reichte sie Keagan, während sie Lena mit besorgtem Stirnrunzeln ansah. »Er hat ständig Durst.«

Das war ein weiteres Symptom der Hyperglykämie, also des hohen Blutzuckerspiegels. Lena nickte resigniert, ihr Entschluss stand fest. Sie würde ihnen nicht sagen, wie viel sie hatte und wo sie es aufbewahrte. Dennoch kannte sie das Risiko, das sie damit einging.

»Ich glaube, ich kann Ihnen helfen«, sagte sie verhalten.

Shilohs Augen weiteten sich vor Entsetzen. Sie starrte Lena an, als wären ihr zwei Köpfe gewachsen. »Auf keinen Fall. Denk nicht mal dran.«

Traci blickte verwirrt von Shiloh zu Lena. »Was meinen Sie damit?«

Shiloh rümpfte die Nase. »Eli würde das nicht gefallen.«

Lenas Herz zog sich bei dem Gedanken an Eli Pope zusammen. »Er ist nicht für mich verantwortlich. Sondern ich.«

Shiloh schnaubte missbilligend, aber das interessierte Lena nicht. Es gab Dinge, mit denen sie leben konnte, und Dinge, mit denen sie nicht leben konnte. Einen unschuldigen Jungen an der Krankheit sterben zu sehen, die sie selbst quälte, war definitiv etwas, mit dem sie nicht leben konnte – besonders nicht, wenn sie etwas dagegen tun konnte.

Lena wandte sich an Traci und Keagan und schenkte dem Jungen ein warmes Lächeln. »Ich weiß, wo es noch eine kleine Menge gibt. Gehen Sie zurück zum Gasthaus, wir treffen uns dann dort.«

Nachdem sie aufgebrochen waren, drehte sich Shiloh zu Lena. »Das ist eine schreckliche Idee.«

»Wenn wir unsere Menschlichkeit nicht wahren, was bringt das alles hier denn dann?«, fragte Lena.

Shiloh verdrehte die Augen. »Es bringt Leben, Lena. Wir sind am *Leben*. Das ist der Sinn des Überlebens, schon vergessen?«

»Nicht der einzige Sinn«, sagte Lena.

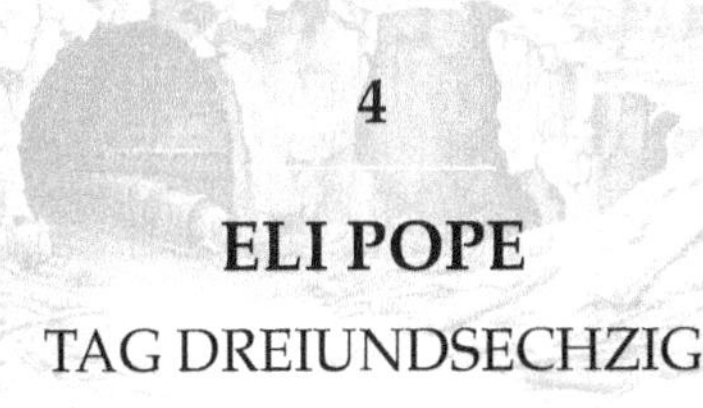

4

ELI POPE

TAG DREIUNDSECHZIG

Eli Pope schlug sich auf den Arm und verursachte eine Blutspur in seiner Handfläche. Kriebelmücken schwirrten um sein Gesicht, stachen in seine entblößte Haut und folterten ihn.

Die Dämmerung senkte sich tief hinter den Bäumen. Die schwüle, windstille Luft war stickig und heiß und voller Mückenschwärme. Er atmete den Gestank der Verwesung ein und kämpfte gegen seinen Würgereflex an.

Er stand mit mehreren Deputys und Polizeibeamten da und starrte auf die Leiche, die an einem Telefonmast auf dem Seitenstreifen des M-28, sechseinhalb Kilometer nordwestlich von Munising, baumelte.

Der Tatort war abgesichert, mit Absperrband markiert und mit Fotos dokumentiert worden. Dem Opfer war aus nächster Nähe mit einer kleinkalibrigen Pistole ins Gesicht geschossen worden, bevor es ausgeweidet und für einen dramatischen Effekt aufgehängt worden war. Der grausame Anblick war übertrieben, aber äußerst effektiv.

Sein Magen verkrampfte sich vor Entsetzen und Abscheu – und vor Wut.

Er hasste es, dass Shiloh die schauerliche Inszenierung entdeckt hatte. Noch mehr hasste er es, dass irgendein Drecksack ihr im Wald aufgelauert hatte. Gestern waren er und Jackson zum Ort des Angriffs gewandert und hatten den Widerling eineinhalb Kilometer weit bis zu einer Schlucht verfolgt, wo er offenbar aufgrund von Blutverlust in Ohnmacht gefallen, den Abhang hinuntergestürzt und mit dem Kopf auf einen Felsblock aufgeschlagen war. Er war mausetot. Technisch gesehen hatte Shiloh ihn nicht umgebracht – das brauchte nicht auf ihrem Gewissen zu lasten. Jackson hatte den Täter vor Jahren wegen Körperverletzung verhaftet. Sie befürchteten, dass der Angriff auf Shiloh ein Anschlag gewesen war. Es gab nur eine Person, die einen Auftragskiller anheuern würde, um ein Teenager-Mädchen zu ermorden – der Killer von Lily Easton.

Der Mörder war immer noch da draußen und versteckte sich vor aller Augen.

Eine frische Welle der Wut durchströmte ihn. Seine Hände ballten sich an seinen Seiten zu Fäusten. Er wollte jemanden erwürgen. Er würde die ganze Welt bekämpfen, um sie zu beschützen.

Er spürte, dass ihn wachsame Augen beobachteten. Seine Anwesenheit war alles andere als willkommen; die Cops starrten ihn misstrauisch und feindselig an und fragten sich, was zur Hölle er hier zu suchen hatte.

Jackson räusperte sich. »Falls ich es noch nicht erwähnt habe, ich habe Eli Pope zum Deputy ernannt.«

Einige der Beamten schnappten erschrocken nach Luft. Sie wussten, dass er kein Mörder war, aber das bedeutete nicht, dass jahrelange negative Gefühle über Nacht verschwunden waren. Sie vertrauten Eli nicht.

Das war in Ordnung. Er vertraute ihnen auch nicht.

Eli beobachtete Jackson. Sein Rücken war gerade und sein Blick entschlossen. Seine zerzausten straßenköterblonden Haare fielen über seine Stirn. Eine Hand ruhte auf der Dienstpistole, die an seinem Gürtel befestigt war.

Sie waren keine Feinde mehr, aber sie waren auch keine Freunde. Irgendwann einmal hatte er diesen Mann wie einen Bruder geliebt. Irgendwann einmal hatte er vorgehabt, ihn zu töten. Es war kompliziert. Alles an seiner Beziehung zu Jackson war kompliziert.

Jackson starrte sein Team an. »Um ehrlich zu sein, habe ich ihn vor

Monaten zum Deputy ernannt, als wir Boones Hütte gestürmt und Shiloh Easton gerettet haben. Muss ich euch daran erinnern, dass er undercover für uns Sawyers kriminelle Organisation infiltriert und sein Leben riskiert hat, um einen Serienmörder zu entlarven? Eli war ein Ranger, ein Tier One Operator. Er hat eine Ausbildung in Geiselbefreiung und verfügt über Fachwissen in den Bereichen Nachrichtenbeschaffung, Gegenspionage, Gegenscharfschützen-Teams und Terrorismus-Ermittlungen. Seine Einheit hat Generäle, Botschafter und Politiker des Außenministeriums in Kriegsgebieten von Serbien bis in den Irak beschützt. Jeder, der über die gleichen Erfahrungen und Fähigkeiten verfügt, möge bitte vortreten und seine Meinung äußern.« Keiner sprach. Die Cops und Deputys starrten Eli mit mürrischem, missmutigem Schweigen an. Es war eine Sache, eine Rettungsaktion für einen Mann zu organisieren, aber eine ganz andere, mit ebendiesem Mann Seite an Seite zu arbeiten und darauf zu vertrauen, dass er einem im Kampf den Rücken freihielt.

Jim Hart war der Erste, der kapitulierte. Der ehemalige Marinesoldat und langjährige Cop aus Munising war in seinen Fünfzigern, kahlköpfig und hatte einen dicken Bauch, aber er war zäh und in anständiger Kampfform. »Wenn du ihm vertraust, dann geht das klar für mich.«

Die Zikaden zirpten im Gras. Die Schatten wurden länger und die Mücken wirbelten wie kleine Tornados umher.

Die anderen nickten widerwillig. Sie zögerten, aber sie waren mit an Bord. Das war das Einzige, was zählte.

Moreno klatschte auf eine Mücke und zeigte auf den sich langsam drehenden Leichnam. »Um ehrlich zu sein, jagt mir das hier eine Scheißangst ein. Wir bekämpfen Bösewichte mit einer Hand auf dem Rücken. Wenn Eli uns helfen kann, den Täter zu fangen, bin ich mit von der Partie.«

Devon Harris schenkte ihm ein aufrichtiges Lächeln. »Willkommen im Team, Eli.«

Eli nickte ihr dankbar zu. Devon war eine der neueren Deputys, Mitte zwanzig, klein und fit, mit langen schwarzen Zöpfen, die ihr über den Rücken fielen. Ihre braune Haut kräuselte sich um ihre Augen, wenn sie lächelte.

Devon war zäh und mutig. Sie hatte Lena und Shiloh am Leuchtturm gerettet. Von Jacksons Team vertraute Eli ihr am meisten.

»Ich bin froh, dass wir die Hausarbeit hinter uns gebracht haben.« Jackson wandte sich an Eli. »Ist er das?«

»Das ist er«, sagte Eli. »Das ist Sykes' Werk.«

»Bist du dir sicher?«

»Ja. Er will, dass wir wissen, dass er die Upper Peninsula nicht verlassen hat und immer noch in der Nähe ist. Angst zu verbreiten, ist sein Metier. So kontrolliert er Feinde und Verbündete gleichermaßen.«

»Wer ist dieser Kasper?«, fragte Phil Nash. Er war ein Neuling und war während der Schreckensherrschaft der Hells Angels ein Kind gewesen. Er war zwar noch grün hinter den Ohren, aber er war hier, und das war mehr, als man von den meisten Leuten heutzutage behaupten konnte.

Jacksons Mund verzog sich, als hätte er etwas Ungenießbares geschmeckt. »Darius Sykes ist der ehemalige Anführer eines gewalttätigen Chapters der Hells Angels. Er hat nicht nur seine Rivalen ermordet, sondern auch gleich deren Familien, darunter sogar Kinder. Er ist berüchtigt dafür, dass er Leichen entlang des Highways aufhängt, als groteske Warnung an alle, die ihm in Zukunft in die Quere kommen könnten.«

Jackson sah angespannt aus. »Vor zehn Jahren legte er eine Mordserie hin und tötete sechs Mitglieder einer rivalisierenden Gang. Sie wurden erschossen, ausgeweidet und dann an Telefonmasten entlang des M-28 alle dreißig Kilometer zwischen Wakefield und Sault Ste. Marie aufgehängt. Sykes ist skrupellos und brutal.«

Hässliche Erinnerungen brannten sich in Elis Kopf. Er hatte acht Jahre in einem Käfig verbracht, lebendig begraben in der Alger Correctional Facility mit ihren Betonwänden, vergitterten Fenstern und beengten, heißen Zellen.

Sykes hatte mindestens sieben Männer im Gefängnis getötet. Er hatte ein Dutzend weitere zusammengeschlagen und verstümmelt. Er wurde der Vergewaltigung, Einschüchterung und Nötigung beschuldigt. Das alles war Teil seiner manipulativen Spiele, seiner Unterhaltung.

An dem Tag, an dem Eli aus dem Gefängnis entlassen worden war, nachdem sein Fall wegen eines Formfehlers verworfen worden war, hatte Sykes versucht, ihn zu ermorden. Eli hatte Sykes im Gefängnis überwältigt, weil er den Überraschungseffekt auf seiner Seite gehabt hatte. Außerdem hatte er die beiden besten Männer von Sykes schwer verwundet – eine ernsthafte Beleidigung, die Sykes nicht ignorieren würde.

Er hatte Sykes' letzte Worte nicht vergessen: *Ich werde dich holen kommen. Ich werde alle finden, die du liebst, und ich werde sie jagen und ihnen vor deinen Augen die Kehle durchschneiden, einem nach dem anderen.*

Als ehemaliger Tier One Operator, als Elitesoldat des 75. Ranger-Regiments, hatte Eli nie Angst vor Männern wie Sykes gehabt. Jetzt schon. Jetzt konnte er alles verlieren. Seine Gedanken schweiften zum Leuchtturm. Er wollte dort sein, bei Lena und Shiloh – überall, nur nicht hier, wo er auf Sykes' abscheuliches Kunstwerk starrte.

Jahrelang hatte er versucht, die Gedanken an Lena aus seinem Kopf zu verdrängen, und war kläglich gescheitert. Der Vanilleduft ihrer kastanienbraunen Haare, ihr freundliches Lächeln, wie ihre kobalt-blauen Augen funkelten, wenn sie lachte. Wie sie ihn immer angesehen hatte, als ob er etwas Besonderes, als ob er ihrer würdig wäre.

Das war der Mann, der er sein wollte, der er unbedingt werden wollte.

Er bezweifelte, dass Lena ihn akzeptieren würde – zumindest nicht so, wie er es sich wünschte –, aber er würde annehmen, was er hatte: ihre Freundschaft. Er würde alles wertschätzen, was sie ihm geben konnte, würde sie aus der Ferne lieben und sein Leben geben, um diese Frau und seine Tochter zu beschützen. Er presste seine Lippen zu einer dünnen Linie zusammen. Die offensichtliche und gegenwärtige Gefahr, die Sykes darstellte, bedrohte alles, was ihm lieb und teuer war.

Shiloh wusste immer noch nicht, dass sie seine Tochter war. Der Gedanke daran, es ihr zu sagen, ließ ihm das Blut in den Adern gefrieren. Was, wenn er nicht gut genug war? Was, wenn er nicht das Zeug dazu hatte, ein Vater zu sein? Was, wenn sie ihn hasste?

Er verdrängte die quälenden Gedanken und konzentrierte sich auf die aktuelle Aufgabe. Eins nach dem anderen.

»Kennen wir die Identität des Opfers?« Alexis Chilton schob ihre übergroße, schwarz gerahmte Brille auf dem Nasenrücken nach oben. Sie war Ende zwanzig und hatte ihre erdbeerblonden Haare an den Seiten rasiert und den Rest zu einem wirren Dutt gebunden. Sie war ein technisches Genie – oder zumindest war sie es gewesen, bevor die Hälfte der Technik auf der Welt den Geist aufgegeben hatte.

»Das ist ein Hells-Angel-Tattoo.« Moreno zeigte auf die Tätowierung eines Totenschädels mit Helm und klingenartigen Flügeln auf dem rechten Bizeps des Toten. »Das Opfer ist Marcus Delaney. Er ist der Spitzel, der Sykes verraten und dafür gesorgt hat, dass er eingebuchtet wurde. Ich glaube, es waren fünf aufeinanderfolgende lebenslange Haftstrafen.«

»Sykes nimmt Rache«, sagte Eli.

Jackson strich sich mit der Hand durch seine widerspenstigen Haare. Auf seinem markanten Kinn prangte ein Fünf-Uhr-Bartschatten und seine Augen waren von Dunkelheit durchzogen. »Wir haben seit drei Wochen nichts mehr von den entflohenen Sträflingen gehört. Es ist, als ob sie sich in Luft aufgelöst hätten. Wir hatten gehofft, dass sie nach Norden gegangen sind, über die International Bridge nach Kanada, oder westlich nach Wisconsin oder sogar nach Süden, wo es mehr Menschen, mehr Vorräte und mehr Opfer gibt.«

»Er ist noch hier«, sagte Eli. »Er hat seine Kräfte gesammelt. Er wird nur aus einer Position der Macht heraus zuschlagen. Wahrscheinlich vergrößert er seine Truppen mit Mitgliedern der Hells Angels, die mit ihm zusammenarbeiten und Vorräte, Waffen und so weiter stehlen. Er hat ein Schlupfloch gefunden, um sich zu verstecken, sich zu sammeln, eine Bestandsaufnahme seiner Männer zu machen und für sich und seine Leute nicht nur Ressourcen zu beschaffen, sondern auch Informationen, um seinen nächsten Schritt zu planen. Inzwischen werden sie genug Waffen gestohlen haben, um bestens gewappnet zu sein. Er mag ein Psychopath sein, aber er ist alles andere als dumm. Er ist der Anführer. Sie sind ihm im Gefängnis gefolgt und sie werden ihm auch draußen folgen. Ihr habt eine Gruppe von dreißig bis vierzig gewalttätigen Sträflingen, die auf Rache aus sind. Sie lauern wie Wölfe in den Wäldern, beobachten und warten, bereit zuzuschlagen, sobald sich eine Gelegenheit auftut.«

Hart rückte seinen Waffengürtel zurecht und strich sich mit der

Hand über sein gerötetes, schwitzendes Gesicht. »Wir haben einen drastischen Anstieg der Meldungen über Diebstähle, Raubüberfälle und Einbrüche zu verzeichnen. In den Bezirken Delta und Schoolcraft wurden in den letzten zwei Wochen mehrere Hausüberfälle gemeldet, bei denen nicht nur gestohlen, sondern auch alles zertrümmert und zerstört wurde. Meist handelt es sich um Luxushäuser, deren Besitzer woanders wohnen. Bisher wurde niemand verletzt.«

»Das könnte er sein«, sagte Eli. »Aber es gibt zu wenig Informationen, um es genau zu wissen.«

Jackson sah sich den Tatort noch einmal an und schüttelte den Kopf. »Lasst uns das Opfer runterholen. Dann werden wir diesen kranken Spinner aufspüren, bevor er noch mehr Schaden anrichten kann. Wir bilden eine Task-Force und holen noch weitere Freiwillige dazu. Wir brauchen mehr Leute. Wir müssen die Patrouillen verstärken und zusätzliche Kontrollpunkte einrichten. Wir brauchen Fußtruppen, die an Türen klopfen, um Zeugen zu finden.«

»Verdammte Scheiße«, stöhnte Moreno, während er sich mit einem feuchten Taschentuch den Schweiß von der Stirn wischte. Sein linkes Bein knickte leicht ein, als ob er ein kaputtes Knie schonen würde. »Verflucht, aber hier draußen ist es heiß wie in der Arschritze des Teufels.«

»Wo wir gerade vom Teufel sprechen«, sagte McCallister und starrte stirnrunzelnd auf den Leichnam. »Das sind ganz schön viele Teufel für eine kleine Stadt.«

»Es gibt überall Teufel«, entgegnete Eli. »Das war schon immer so. Die Leute wollten sie nicht sehen. Jetzt haben sie aber keine andere Wahl.«

Die Polizeichefin schüttelte den Kopf. »Das hier ist eine kleine Gemeinde auf dem Land. Die Leute hier sind anständig.«

»Das ist wahr«, sagte Jackson. »Aber Menschen können zu allen möglichen Verrücktheiten getrieben werden, wenn sie verzweifelt sind. Dann tun sie Dinge, die sie sonst nie tun würden und zu denen sie nie fähig gewesen wären.«

»Sie waren schon immer dazu fähig«, sagte Eli.

»Was?«, fragte McCallister.

Eli verzog leicht das Gesicht. »Was Menschen in einer Krise tun, entlarvt sie als das, was sie wirklich sind. Ihr wahres Ich, losgelöst von der Gesellschaft, von Vorschriften und Regeln, von sozialen Spielereien. Es ist leicht, ein anständiger Mensch zu sein, wenn es einem gut geht, die eigenen Bedürfnisse befriedigt werden und alles läuft, wie man will. Es ist eine andere Sache, wenn die Hölle ausbricht. Wenn die Menschen ihre Maske ablegen und dir zeigen, wer sie wirklich sind, musst du ihnen glauben.«

Devon wirkte erschüttert, nickte aber grimmig. McCallister schürzte die Lippen, als ob sie ihm nicht zustimmen würde. Eli war es egal, was sie von ihm hielt, solange sie ihren Job erledigte.

Er sah Jackson an. »Es ist ein Unterschied, ob man das Gute in anderen sieht oder ob man nicht ehrlich zu sich selbst ist.«

Jackson senkte seinen Blick nicht, was Eli ihm hoch anrechnete. »Zur Kenntnis genommen.«

Eli machte auf dem Absatz kehrt und ging zurück zu seinem geparkten Quad.

»Wo willst du hin?«, rief Devon ihm hinterher.

Die Cops brauchten ihn für diesen Teil der Ermittlungen nicht. Er sehnte sich danach, irgendwo anders zu sein. Seine Brust zog sich zusammen, als er die Worte aussprach: »Nach Hause.«

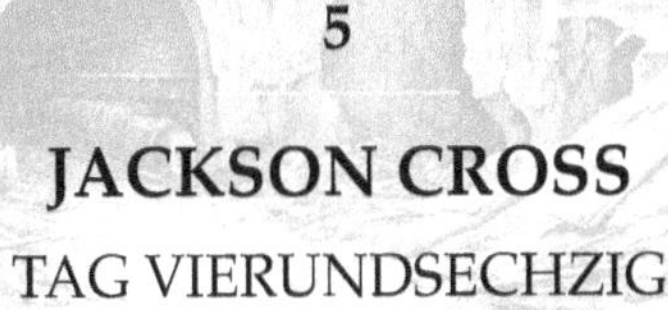

5

JACKSON CROSS
TAG VIERUNDSECHZIG

Astrid verzog ihr Gesicht. »Ich war es nicht, egal, was es ist.«

»Niemand wirft dir irgendwas vor.« Jackson bemühte sich, ruhig zu bleiben, obwohl er sich alles andere als ruhig fühlte. Die bloße Anwesenheit seiner Schwester konnte ihn in Rage bringen. »Wir wollen nur reden.«

Astrid saß auf der graubraunen Stute Cinnamon, die derzeit dem Büro des Sheriffs von Alger County gehörte. Devon ritt eine weiße Stute namens Marshmallow, während Jackson neben seiner Schwester auf einem schwarzen Wallach namens Midnight ritt.

Im Horseshoe Falls Stable außerhalb von Munising waren fünfzehn Pferde untergebracht, die für Touristenausritte auf den beliebten Wanderwegen Pine Marten Run Trail und Grand Island Trail genutzt wurden. Da die Touristensaison nun endgültig vorbei war, boten die Besitzer ihre Pferde im Tausch gegen Waren und Dienstleistungen zur Miete an.

Die Polizei von Munising hatte drei Pferde übernommen und das Büro des Sheriffs hatte sich vier ausgeliehen. Im Winter würde es ein Problem sein, genügend Heu zu beschaffen, aber im Moment grasten die Pferde frei auf Höfen, Feldern und Wiesen.

Es wurde ein Team aus Freiwilligen zusammengestellt, das einige der wuchernden Grasflächen mähte und erntete um sie für den Winter als Futter für die Pferde einzulagern. Ein anderes Team sammelte den Dung ein, um ihn zu kompostieren und als Dünger für die überall entstehenden Nachbarschaftsgärten zu verwenden.

Astrid beugte sich vor und streichelte den verschwitzten Hals ihrer Stute. Sie murmelte etwas in das Ohr des Pferdes, das sich zu Astrid drehte, als würde es aufmerksam zuhören. Jackson hatte sie noch nie so ausgeglichen mit sich selbst oder anderen gesehen. Sie war ein Naturtalent auf dem Pferderücken und bewegte sich mühelos im Rhythmus des Tiers.

Jackson hingegen konnte es kaum erwarten, wieder festen Boden unter den Füßen zu haben. Der Sattel wackelte unter ihm; er hatte das Gefühl, jeden Moment herunterzurutschen. Er saß steif und ruckelte bei jedem Schritt seines Pferdes mit. Das Pferd zuckte mit den Ohren und schnaubte verärgert.

Astrid zupfte an den Zügeln und blickte geradeaus. Mit ihrer Größe von etwas über einen Meter achtzig, ihren breiten Schultern und ihrer kräftigen Statur war sie eine beeindruckende, athletische Schönheit, in deren eisblauen Augen und weißblonden Haaren sich die skandinavische Abstammung ihrer Familie widerspiegelte. »Ich habe mich schon gefragt, wann ihr euch mit mir unterhalten wollt.«

»Es waren ein paar anstrengende Wochen«, sagte Devon.

»Ihr werdet mich fragen, wie ich nicht wissen konnte, dass Cyrus Lee ein Mörder ist.«

»Nicht mit diesen Worten«, sagte Devon.

»Ihr mit eurer reißerischen Neugierde, genau wie alle anderen.« Ihre Lippe kräuselte sich vor Spott. »Früher haben mich alle mitleidig angeschaut, jetzt starren sie mich mit Misstrauen an. *Wie konnte sie es nicht wissen?* Sie alle denken, sie wären klug genug, intuitiv genug und scharfsinnig genug, um die Wölfe von den Schafen unterscheiden zu können. Aber sie sind alle nur Schafe und genauso dumm und verblendet wie jeder andere auch.«

»Wir unterstellen niemandem etwas«, sagte Devon. »Wir sind hier, um uns deine Seite der Geschichte anzuhören.«

»Cyrus Lee Jefferson ist tot. Was spielt das also noch für eine Rolle?«

»Wir wollen ein paar letzte Fragen klären«, sagte Devon schlicht. »Damit wir den Fall abschließen können.«

»Ich dachte, der Fall sei abgeschlossen.«

»Ist er auch«, antwortete Jackson. »Wir sind dabei, alles klarzustellen, was wir wissen wollen. Es ist zwar unwahrscheinlich, aber für einen eventuellen Fall vor dem Staatsanwalt möchte ich sicher sein, dass wir alles nach Vorschrift gemacht haben.«

»Es gibt keine Vorschriften mehr«, sagte Astrid.

»Doch, gibt es.«

Jackson konnte sich auf dem Pferd keine Notizen machen, ohne dabei umzukippen, also benutzte er die Aufnahme-App auf seinem Handy. Auch ohne Internet und Mobilfunkmasten waren Handys nützliche Helferlein. Er fürchtete sich vor dem Tag, an dem der Akku kaputtgehen oder einen Kurzschluss erleiden würde.

Er stellte Astrid eine Reihe von Fragen, auf die er die Antworten bereits kannte. Sie antwortete pflichtbewusst, wobei sie gelangweilt klang. »Er hat nie Hand an mich gelegt. Er hat nie seine Stimme erhoben. Er war ein perfekter Gentleman.«

Devon hob ungläubig die Brauen.

»Das war er«, beharrte Astrid. »Er war schüchtern, unterwürfig und gefügig. Rückgratlos. Er hat alles gemacht, was ich von ihm verlangt habe. Wenn ich gesagt habe, dass er springen soll, hat er gefragt, wie hoch.«

»Mach dir keine Vorwürfe«, sagte Jackson. »Serienmörder wie Cyrus Lee sind sehr geschickt in ihrer Tarnung.«

»Er hat in mir das perfekte Ziel gesehen. Und das war ich ja auch, nicht wahr?« In ihrer Stimme schwang Verbitterung mit. »Das arme, kleine, verkrüppelte Mädchen bekommt niemanden besseren ab als einen Killer. Das denken sie alle.« Sie warf Jackson einen stechenden Blick zu. »Ich hasse sie alle.«

Eine Minute lang sagte niemand etwas. Die Pferde schnaubten, und ihre Hufe stampften auf den festen Boden. Ein Rotschwanzbussard flog von einer Eiche, deren Äste wie knorrige Finger über den Weg ragten.

Mitleid schwoll in seiner Brust an, was ihn überraschte. Keiner konnte sie dumm nennen. Sie war scharfsinnig, vor allem, wenn es um die menschliche Natur ging; sie wusste, wie die Stadt sie sah, und sie hasste es. Das konnte er ihr nicht verdenken.

»Wusstest du, dass er mit Sawyer unter einer Decke gesteckt und mit Drogen gedealt hat?«, fragte Jackson.

Astrid schürzte ihre hübschen Lippen. »Nein. Ich hatte keine Ahnung. Natürlich hätte ich es dir gesagt, wenn ich es gewusst hätte.« Sie klimperte mit den Wimpern, ein Abbild der Unschuld.

Er war sich nicht sicher, ob er ihr glaubte, aber er hatte keinerlei Beweise für das Gegenteil. Der Gedanke, dass ein Drogendealer, der mit Sawyer verbandelt war, bei ihm zu Abend gegessen und sein Haus betreten hatte, bereitete ihm eine Gänsehaut. Der Typ war nicht nur ein Drogendealer gewesen, sondern ein Serienmörder. Wenn sie es gewusst hätte, wenn sie etwas gesagt hätte ... hätten so viele Leben gerettet werden können.

»Hast du jemals irgendwelche Hinweise gesehen?«, fragte Devon. »Eine der Halsketten? Irgendein anderes Andenken, das er von den Morden behalten haben könnte?«

»Ich hatte keinen Grund, in den verwahrlosten Schuppen zu gehen, geschweige denn den Angelkasten auszugraben. Alles andere im Haus war normal. Ich meine, er hat es von seiner Großmutter gemietet, also hätte sie es jederzeit, wenn sie gewollt hätte, betreten können. Ich war zwar ab und zu dort, aber sein Haus war klein und roch wie eine muffige alte Dame. Außerdem musste er dafür den Rollstuhl ins Auto laden, und das war ihm zu viel Arbeit. Meistens kam er also einfach zu mir nach Hause.«

Sie warf Jackson einen vorwurfsvollen Blick zu. »Zu *uns* nach Hause, meine ich natürlich, denn dort hat er den Insider-Zugang zu den Vermisstenfällen bekommen. Nicht von mir, sondern von dir.«

Jackson hatte keine Argumente dagegen. Schuldgefühle machten sich in ihm breit. Wieder herrschte einen Moment lang Schweigen.

Sein Pferd senkte immer wieder den Kopf, um an dem Gras zu knabbern, das am Wegesrand wuchs. Jackson ruckte vergeblich an den Zügeln. Kriebelmücken schwirrten um sie herum und die Pferde wedelten ständig mit dem Schweif, um sie zu verscheuchen.

»Es ist immer noch schwer zu glauben, dass Cyrus Lee Lily getötet hat«, sagte Astrid.

Jackson hielt seinen Blick geradeaus gerichtet. Nur er und Devon kannten die Wahrheit, und das sollte auch so bleiben, besonders nach dem Angriff auf Shiloh. Er war sich sicher, dass der Mann, der sie angegriffen hatte, von Lilys wahrem Mörder angeheuert worden war.

Der Mörder befürchtete, dass sich das Mädchen an ihre Vergangenheit erinnern könnte, und wollte daher jetzt verzweifelt versuchen, alle Beweise loszuwerden. Als einzige Zeugin des Mordes an ihrer Mutter war Shilohs bloße Existenz bedroht; sie würde nicht sicher sein, bis der Täter gefasst war.

»Und du hast deinen besten Freund dafür eingesperrt. Verdammt, das muss doch Spuren hinterlassen haben.«

Er knirschte mit den Zähnen angesichts der neuen Welle der Scham, die ihn durchströmte.

Astrid hatte es schon immer geliebt, ihm seine Demütigungen unter die Nase zu reiben. »Wenigstens kannst du jetzt aufhören, dich nach ihr zu verzehren.«

Jackson umklammerte die Zügel und weigerte sich zu antworten. Astrid wollte ihn nur aus Spaß an der Freude provozieren. Die beste Reaktion war keine Reaktion.

»Ich habe nie verstanden, was du in ihr gesehen hast. Das Mädchen war vom Start weg ein hoffnungsloser Fall.«

In der Highschool waren Lily und Astrid Rivalinnen gewesen, Bienenköniginnen, die einander heimtückisch bekriegt hatten. Es ergab wenig Sinn, sich jahrzehntelang an einen Groll zu klammern, aber Astrid hütete Beleidigungen und empfundene Kränkungen wie wertvolle Besitztümer: Sie hegte und pflegte sie und züchtete Wut, Groll und Bitterkeit. Wo keine Beleidigung beabsichtigt war, fabrizierte Astrid eine. Sie gehörte zu den Menschen, die Dinge in Brand setzten, nur um zu sehen, was als Nächstes passierte.

Astrid schenkte ihm ein mitleidiges Lächeln. »Lass los, Bruderherz.«

»Ich arbeite daran«, sagte er gleichgültig.

»Sind wir hier fertig?«

Zögernd nickte Jackson. Sie hatten nicht viel erfahren, was sie nicht schon wussten. Trotzdem war es ein Punkt, den sie abhaken konnten.

»Wann kommst du nach Hause?«, fragte Astrid.

»Du weißt, dass ich ausgezogen bin. Ich werde nicht zurückkommen.«

Astrid zog einen Schmollmund. Das tat ihrem guten Aussehen keinen Abbruch. »Mom vermisst dich. Genau wie ich.«

Sie überraschte ihn immer wieder. War das ein weiterer manipulativer Schachzug, damit er sich schuldig fühlte, oder ein echtes Eingeständnis? Bei ihr konnte er das nie genau wissen. »Hör zu, Astrid, ich …«

»Ich behalte das Pferd.«

»Das Pferd ist Eigentum der Dienststelle …«

Astrid ignorierte ihn und trieb ihr Pferd mit einem Schnalzen an. Sie beschleunigte ihr Tempo auf einen Trab und ritt zügig von ihnen weg, den Rücken gerade, die weißblonden Haare im Wind wehend und das Sonnenlicht auf ihrem Kopf wie eine Krone.

»Wo willst du hin?«, rief er ihr nach.

Ihr Lachen hallte in den tiefen Wäldern wider. »Wohin ich will!«

Jackson sah ihr mit einem Gefühl der Erleichterung hinterher. »Wenigstens ist es vorbei. Ich muss von diesem verdammten Pferd absteigen, bevor ich mich noch eine Woche lang nicht mehr bewegen kann.«

Er hatte eine Million Dinge auf seiner To-do-Liste. Sykes und seine Ex-Sträflinge waren eine gefährliche Bedrohung, die im Bezirk lauerte. Und trotz allem, was er Astrid gesagt hatte, konnte er Lilys Fall nicht auf sich beruhen lassen, nicht solange er atmete und nicht solange der Mörder eine Gefahr für Shiloh darstellte.

Jackson musste den Fall lösen. Er würde nicht lockerlassen, selbst wenn es ihn umbringen würde. Und das könnte durchaus passieren.

»Sie tut mir leid«, sagte Devon.

»Wenn du sie kennen würdest, würdest du das nicht sagen.« Schuldgefühle durchzuckten ihn. Sie war seine Schwester; er liebte und verachtete sie gleichermaßen. Er seufzte und rieb sich seinen stoppeligen Kiefer. Er hatte sich seit zwei Wochen nicht mehr rasiert.

»Was ist los, Boss?«

»Es ist kompliziert. Die Familie sollte doch das Wichtigste sein. Ich schulde es ihnen.«

Devon legte den Kopf schief, als wäre sie ein wenig enttäuscht von ihm. »Nein, Boss, das tust du nicht.«

Er wollte ihr glauben, mit den Fingern schnippen und sich von seinen Pflichtgefühlen, seiner Scham und der Liebe befreien, die er trotz allem, was sie getan hatten, immer noch für sie empfand.

Wie so vieles im Leben war auch das leichter gesagt als getan.

Jacksons Funkgerät knisterte. Morenos kiesige Stimme meldete sich. »Cross, wir haben zwei weitere Leichen.«

JACKSON CROSS
TAG VIERUNDSECHZIG

»Das ist echt übel da drin«, hauchte Moreno. »Ich sags dir.«

Jackson stand mit Devon auf dem glühend heißen Bürgersteig und starrte die Verandastufen hinauf zu dem roten Backsteinhaus im Ranch-Stil. Dicke, gestreifte Vorhänge verdunkelten die Fenster. Wie in den meisten Gärten war das Gras über einen halben Meter hoch, Unkraut überwucherte den Gehweg, und die Dornen der verwilderten Rosensträucher stachen in ihre Knöchel und Schienbeine.

Ramon Morenos bronzefarbene Haut war aschfahl und er sah aus, als müsste er sich übergeben. Als Polizeibeamter von Munising gab sich Moreno gerne tough und sarkastisch, aber unter all seinem Getue hatte er ein weiches Herz.

Moreno kratzte sich nervös an seinem Bart. »Die Nachbarn haben heute Nachmittag gegen fünfzehn Uhr dreißig einen Schuss gehört.«

Jackson sah sich auf der Straße um. Die Leute verbarrikadierten ihre Fenster, stellten Maschendrahtzäune auf, um ihre Grundstücke zu schützen, und arbeiteten mit Hacken und Schaufeln, um Grasflächen aufzubrechen und Hinterhofgärten anzulegen.

Manche saßen schwitzend in Campingstühlen vor ihren Garagen und tauchten ihre nackten Füße in Wassereimer, um sich abzukühlen.

Ohne Klimaanlage war die Luftfeuchtigkeit erdrückend und die Gefahr eines Hitzeschlages eine reelle Bedrohung.

Jackson ertappte einige Leute dabei, wie sie gierig auf ihre Elektrofahrräder starrten. Bei ihrer Ankunft hatten Devon und er ihre Räder mit Fahrradketten an dem Laternenpfahl am Ende der Sackgasse befestigt. Es gab nur noch wenige Kraftstoffreserven. Was sie übrig hatten, sparten sie für Notfälle auf.

Seit einigen Wochen waren die Deputys und Polizisten mit Pferden oder Elektrofahrrädern unterwegs, wobei sie letztere jede Nacht mit dem solarbetriebenen Generator im Sheriffsamt aufluden. Sie hatten sechs Elektrofahrräder von Fred Combs gekauft, dem Misanthropen, dem die Autowerkstatt am Adams Trail gehörte. Der mürrische alte Mann war ein Genie in Sachen Mechanik und hatte eine Schwäche für Wodka.

Jackson betrat das Haus als Erstes, Devon hinter ihm. Er hatte seine Dienstpistole gezogen, obwohl Moreno das Haus bereits gesichert hatte. An seinem Waffengürtel trug Jackson eine Glock 17 mit einer Patrone im Lauf, Handschellen, eine taktische Taschenlampe, zwei 17-Schuss-Magazine in einer Tasche und eine Ersatzpistole in einem Fußgelenkholster.

Die Tür stand offen. Der ranzige Gestank von etwas Totem schlug ihm wie eine Faust ins Gesicht. Das Innere des Hauses war dunkel und stickig.

Er wischte sich den Schweiß von der Stirn, hielt sich die Nase mit seinem Taschentuch zu und schritt durch das Wohnzimmer. Devon gab ein würgendes Geräusch von sich, wobei sie sich den Mund mit der Hand zuhielt.

»Reiß dich zusammen, Harris«, ermahnte sie sich selbst.

»Alles okay?«, fragte Jackson sie.

Sie nickte, aber sie sah nicht aus, als ob alles in Ordnung wäre. Sie spürten es beide, die Falschheit dieses Ortes. Hier war etwas Schlimmes passiert.

Moreno trat hinter ihnen ein. Er bewegte sich zögernd, als ob er sich vor jedem Schritt fürchtete. »Die Nachbarin, Mrs. Lauren Cola, kam aufs Revier, um es zu melden. Sie hatte weder die Tochter, Finley, noch den Vater, Justin Martz, in den letzten drei Tagen gesehen und sie meinte, dass das Mädchen kränklich ausgesehen hätte, als sie sie das letzte Mal gesehen hat.«

»Das scheint im Umlauf zu sein«, murmelte Jackson.

In der schattigen Küche bedeckte Staub die Arbeitsplatten und die kargen Regale. Nirgendwo gab es etwas zu essen, weder in den Schränken noch in der Speisekammer oder im nicht angeschlossenen Kühlschrank. Die Bewohner des Hauses hatten das Olivenöl und den Balsamico-Essig ausgetrunken und das Salz aus den Streuern gegessen.

Jackson drehte sich der Magen um. So sollte es nicht sein. Die Lage sollte nicht so sein.

Moreno schien seine Gedanken zu lesen. »Die Nachbarin meinte, dass sie sehr zurückgezogen lebten und für sich blieben. Dass der Vater nie um Hilfe gebeten hat, niemals. Er hat nicht einmal um Zucker oder ein Ei gebeten.«

Devon schnitt eine Grimasse. »Die Leute hätten doch geholfen, selbst wenn ihre Vorräte knapp geworden wären. Wir haben Gärten. Sammelteams, die einen Teil der Vorräte an die Tafeln spenden. Die FEMA-Notfalllieferungen. Wir haben zwar langsam keine Lust mehr auf Fisch, aber wir haben den See und all diese Flüsse. Das ist doch zumindest etwas.«

»Sie sind vor aller Augen verhungert«, sagte Jackson.

»Nicht nur die beiden«, sagte Moreno. »Alle werden immer dünner, wenn nicht geradezu abgemagert. Verdammt, ich habe fast zehn Kilo abgenommen. Nicht, dass ich nicht auch ein paar Pfunde loswerden musste, aber viele Leute können es sich nicht leisten, weiter abzunehmen, und da bringt auch der Fisch nichts. Alle versuchen zu gärtnern, aber das reicht einfach nicht. Wisst ihr, dass eine ganze Schüssel voll mit Salat, Gurken, Tomaten und Zwiebeln gerade mal zweihundert Kalorien hat? Das ist nicht genug.«

»Da kann ich nicht widersprechen«, sagte Devon.

Sie gingen den Flur entlang, die Wände waren mit Familienfotos tapeziert, ein lächelnder, alleinerziehender Dad mit einem strahlenden kleinen Mädchen von etwa sechs oder sieben Jahren.

Sie betraten das erste Schlafzimmer. Die Tür öffnete sich knarrend. Der Geruch wurde noch schlimmer.

Bilder von Einhörnern und Ponys schmückten die rosa Wände. Die

Vorhänge waren mit lila Tupfen verziert. Unter der lila Bettdecke lag die eingerollte Gestalt eines kleinen Mädchens. Eine rotbraune Lockenpracht erstreckte sich über das rosa Satinkissen.

Devon versteifte sich neben ihm. Sie gab keinen Laut von sich – das brauchte sie auch nicht. Er wurde von demselben unsichtbaren, aber dennoch toxischen Entsetzen durchströmt.

Moreno sprach mit einer fast ehrfürchtigen Stimme. Cops waren zäh, aber Kinder hatten es allen angetan. »Laut der Nachbarin hatte das kleine Mädchen einen Herzfehler. Sie war ohne Nahrung extrem schwach geworden. Ihr Herz muss im Schlaf versagt haben, oder ihr wurde schwindlig, sie rutschte aus, fiel hin, verlor das Bewusstsein und wachte nicht mehr auf. An ihr ist kein einziger Kratzer zu sehen.«

»Und der Vater?«, fragte Devon mit angespannter Stimme.

»Er hat einen Kratzer«, sagte Moreno. »Er ist in seinem Zimmer, auf einem Stuhl am Fenster sitzend. Er hat seine Schrotflinte geschluckt. Wahrscheinlich war er so voller Trauer über den Verlust seiner Tochter, dass er das Leben nicht mehr für lebenswert hielt und den einzigen Weg wählte, der ihm blieb. Er wollte bei seiner Tochter sein.«

Jackson wurde übel. Die Last, die er trug, wurde von Tag zu Tag schwerer, ein Gewicht, das tief in seinen Knochen saß. Das tragische Bild des kleinen Mädchens, tot in ihrem Bett, und ihres toten Vaters, der so verzweifelt darüber war, dass er sie nicht hatte beschützen können, weigerte sich, seinen Kopf zu verlassen. Es würde nie verschwinden.

Wie konnte er verhindern, dass sich solche Tragödien in seinem Bezirk, in seinem Bundesstaat, im ganzen Land wiederholten? Er wusste es nicht. Seine Hilflosigkeit drohte ihn zu überwältigen.

»Ich hoffe, sie sind jetzt an einem besseren Ort als hier«, sagte Devon und in ihren Worten schwangen Trauer und Wut mit.

Jackson legte ihr tröstend die Hand auf die Schulter. Sie zitterte. »Wir können nichts mehr für sie tun.«

Sie flüchteten aus dem dunklen, bedrückenden Haus. Die Fliegengittertür quietschte in den Angeln, als sie hinter Moreno zuschlug. Jackson sog die frische Luft ein. Er spürte die bohrenden, neugierigen Blicke der Nachbarn in seinem Rücken.

Ein lauter dumpfer Schlag kam von hinter ihm. Moreno stieß einen gedämpften Fluch aus. Jackson drehte sich rechtzeitig, um zu sehen, wie der stämmige Polizist stolperte, die Verandastufen hinunterfiel und hart auf seinem Hinterteil landete.

Jackson zog eine Augenbraue hoch. »Du warst noch nie eine Ballerina, aber jetzt sind sogar Treppen zu viel für dich?«

»Fahr zur Hölle.« Moreno versuchte aufzustehen, verzog das Gesicht und griff nach dem Geländer, um sich zu stützen. Er sah wirklich angeschlagen aus.

»Geht es dir gut?«, fragte Devon.

»Bestens«, keuchte Moreno. »Es ging mir nie besser. Lass uns eine Partynacht veranstalten. Ich melde mich als Tribut.«

Devon verschränkte ihre Arme vor der Brust. »Mir ist aufgefallen, dass du hinkst.«

Moreno hatte sich in den letzten Tagen seltsam bewegt. »Was ist los mit dir? Hast du dir im Dunkeln den Zeh gestoßen oder so? Du schlurfst herum wie eine alte Dame.«

Moreno zog eine Grimasse. »Es ist nichts.«

»Sieht aber nicht nach nichts aus.«

Morenos Augen huschten zur Seite. Er weigerte sich, Devons Blick zu erwidern. »Es ist nur ein kleiner Schnitt an meinem Schienbein, eine kleine Infektion. Keine große Sache.«

Devon runzelte besorgt die Stirn. »Zeig mal her.«

Moreno murmelte einen missmutigen Fluch, aber er gehorchte. Er ließ sich auf die Verandastufen sinken, krempelte sein Hosenbein hoch und präsentierte seinen linken Unterschenkel, der auf das Doppelte seiner normalen Größe angeschwollen war. Ein heftiger, fünfzehn Zentimeter langer Schnitt teilte sein Fleisch auf halber Höhe des Schienbeins. Eiter und Blut sickerten aus der Wunde, und rötliche Adern zogen sich über sein Fleisch. Es war infiziert.

»Was zum Teufel hast du getan?«, fragte Jackson.

»Ich habe einen Autodieb verfolgt und zwei Babys, die in ihren Sitzen festgeschnallt waren, gerettet, bevor ihr Minivan in eine Schlucht gestürzt ist. Ich habe sogar einen Dankeskuss von ihrer hübschen Mama bekommen.«

Devon verengte ihre Augen. »Das ist nicht der richtige Moment für dumme Spielchen.«

Moreno seufzte. »Dumme Spiele spielen, dumme Preise gewinnen.«

Devon und Jackson starrten ihn an.

»Ihr zwei habt null Sinn für Humor. Hat euch das schon mal jemand gesagt?«

»Andauernd«, sagte Jackson.

Schließlich lenkte er ein. »Meinetwegen. Na gut. Es ist dumm, okay? Letzte Woche habe ich die Holzwerkstatt von Eddie Auburn am M-28 außerhalb von Christmas durchsucht. Er hatte behauptet, dass ein Haufen Zeug verschwunden war. Überall lagen Bretter und Sperrholz rum, ebenso wie große Teile von Aluminiumverkleidungen. Da drin war es stockdunkel, da es ja keinen Strom gibt. Ich bin ausgerutscht und hingefallen. Das wars, nur ein dummer Unfall. Es geht mir gut.«

»Von wegen«, sagte Devon. »Du brauchst medizinische Hilfe, Moreno.«

Moreno schnaubte. »Ich bin keine Memme, die jedes Mal zum Arzt rennt, wenn sie eine Schürfwunde hat. Ich ignoriere es, dann geht es weg. So gehe ich mit der Sache um, so gehe ich mit allen Angelegenheiten um. Am Ende wird alles gut, Mann. Keine große Sache.«

Jackson hatte Mühe, seine Frustration zu zügeln. »Verdammt noch mal, Moreno! Ich bin hier voll und ganz auf Devons Seite. Die Zeiten haben sich geändert. Wir können nicht endlos Antibiotika in die Infektion pumpen. Du könntest dein Bein verlieren oder noch Schlimmeres. Du könntest an Wundbrand sterben.«

Morenos Haut wurde aschfahl, als hätte er zum ersten Mal an diese Möglichkeit gedacht. »Wirklich? Ich könnte mein Bein verlieren?«

Devon warf verärgert die Hände hoch. »Ja, du Idiot!«

»Um ehrlich zu sein, wusste ich, dass es nicht gut aussieht, aber andere Leute brauchen die medizinischen Hilfsmittel dringender als ich. Ich wollte nichts mitnehmen, was das Leben eines Kindes retten könnte, wisst ihr?«

Devons Gesichtszüge wurden weicher, und sie drückte seine Schulter. »Das verstehen wir. Aber deine Gesundheit ist auch wichtig,

Ramon. Und wenn du draufgehst, wer soll dann die Kinder vor den bösen Jungs beschützen?«

Moreno nickte ernüchtert. »Ich habe die Botschaft verstanden, laut und deutlich.« Jacksons Funkgerät knisterte. Die Stimme von Alexis Chilton wurde von einem Rauschen begleitet. »Wo seid ihr Jungs? Ihr solltet doch bei der großen Pressekonferenz im Büro des Sheriffs sein, schon vergessen?«

Jackson hatte es nicht vergessen, aber der Fund des toten Kindes hatte ihm die Pressekonferenz aus dem Kopf getrieben. Er verachtete Komitees, endlose Sitzungen und unnütze Pressekonferenzen.

Sheriff Underwood dagegen liebte es, seine eigene Stimme zu hören. Nach dem gestrigen Beinahe-Debakel mit der FEMA brauchte Underwood dringend gute Werbung. Die Einwohner von Alger County waren unruhig, nervös, verärgert und verletzlich. Underwood dachte, er könnte sie besänftigen oder zumindest davon abhalten, das Büro des Sheriffs zu terrorisieren und zu attackieren.

»Wir sind auf dem Weg.« Er schnallte das Funkgerät wieder an seinen Gürtel. »Underwood will, dass die Abteilung des Sheriffs und die Polizeibehörde anwesend sind. Lass Nash den Tatort absichern. Wir kümmern uns danach um die Leichen.«

Jackson zog Moreno auf die Beine. Er knirschte mit den Zähnen, als er sein infiziertes Bein belastete. Er konnte damit humpeln, aber nur gerade so.

»Das Krankenhaus hat eine fünftägige Warteliste«, sagte Devon. »Geh zuerst zu Lena. Sie wird die hässliche Wunde reinigen, desinfizieren und verbinden. Du solltest sofort gehen.«

Moreno schüttelte den Kopf, stur wie immer. »Nach der Pressekonferenz. Underwood wird mir das Fell über die Ohren ziehen, wenn ich nicht mitkomme.«

»Wenn ich dich sterben lasse, wird er dafür mir das Fell über die Ohren ziehen«, grummelte Jackson.

Moreno schenkte ihm ein freches Grinsen und zwinkerte Devon zu. »Ich schätze, dann werde ich eben nicht sterben. Jedenfalls noch nicht.«

7

JACKSON CROSS
TAG VIERUNDSECHZIG

Jackson zog eine Grimasse, als er die wachsende Menschenmenge vor dem Büro des Sheriffs musterte. Die Menschen drängten sich auf dem verwilderten Rasen bis auf die Straße.

Es war eine Pressekonferenz, aber es gab weder Presse noch Medien, Fernsehen oder Internet. Wer auch immer kam, erfuhr die Neuigkeiten, die dann durch Mundpropaganda verbreitet wurden.

Ein Dutzend Deputys und Polizisten postierten sich zu beiden Seiten von Sheriff Underwood, der vor einem Holzpodium stand und in ein Megafon sprach. Die Menge war laut, aufmüpfig und wütend. Sie brauchten jemanden, dem sie die Schuld für ihr Elend in die Schuhe schieben konnten.

In diesem Moment war Sheriff Underwood diese Person.

Nach der Schlacht auf Sawyers Yacht und dem Tod von Cyrus Lee Jefferson hatte Underwood nur eine kurze Pressekonferenz abgehalten. Ihm waren Umfragen und Beliebtheit wichtiger als das Lösen von Fällen, vor allem, wenn die Lorbeeren eigentlich anderen gebührten. Aber letztendlich hatte er sich dem Druck gebeugt.

Stück für Stück gab er den Menschen einen detaillierten Bericht über die Jagd und Festnahme von Cyrus Lee. Dabei ließ er einige relevante Details unerwähnt: dass die Gesetzeshüter nur knapp mit dem Leben von der brennenden Yacht entkommen waren und dass der Serienmörder Sawyers brutaler Rache überlassen worden war.

Jackson war gezwungen gewesen, sich zwischen dem Gesetz und der Rettung der Männer und Frauen unter seinem Kommando zu entscheiden. Er hatte sich für seine Leute entschieden.

Underwood erhob seine Stimme über den Lärm der aufgebrachten Menge und schrie fast, als er eine handschriftliche Erklärung vorlas: »Die Ermittlungen führten unsere ausgezeichneten Strafverfolgungsbeamten zum Haus von Cyrus Lee Jefferson, wo im Schuppen ein Werkzeugkasten entdeckt wurde, in dem sich die passenden anderen Hälften der Halsketten von den Opfern befanden, die im Wald hinter dem Schuppen von Walter Boone, dem Komplizen von Cyrus Lee Jefferson, vergraben gewesen waren.« Der Sheriff las eine Liste mit den Namen der bekannten Opfer vor: »... Summer Tabasaw, Elice McNeely, Lily Easton.«

Bei der Erwähnung von Lily stieß die Menge ein hörbares Keuchen aus. Underwood hatte zu lange mit der offiziellen Erklärung gewartet; die Gerüchte hatten drei Wochen lang die Runde gemacht. Die meisten Leute wussten, dass Cyrus als Serienmörder entlarvt worden war.

Jackson und Devon hatten beschlossen, die Tatsache, dass Cyrus Lee ein Alibi für die Nacht von Lily Eastons Ermordung hatte, nicht zu veröffentlichen. Sie hofften, dass der wahre Mörder seine Deckung lockern würde, in dem Glauben, dass wieder jemand anderes die Schuld für sein Verbrechen bekommen hatte.

»Leider hat sich der Verdächtige bei seiner Festnahme der Verhaftung widersetzt und wurde dabei getötet«, dröhnte Underwood. »Ich gratuliere der Spezialeinheit des Sheriff-Büros von Alger County in Zusammenarbeit mit dem Munising Police Department. Ein freiwilliger Zivilist und zwei Beamte kamen bei dem Einsatz ums Leben. Ein Beamter, Jim Hart, wurde verwundet, hat sich aber vollständig erholt. Wir haben die Ermittlungen abgeschlossen und ...«

»Ihr habt uns angelogen!«, rief jemand in der Menge.

»Der Mörder hätte unsere Töchter in ihren Betten ermorden können!«, schrie Pam Broskey.

»Ruhe!«, befahl Underwood. »Der wahre Broken-Heart-Killer ist identifiziert und ausgeschaltet worden. Das ist hier das Wichtigste ...«

»Das verdanken wir nicht Ihnen!«, rief ein Buchhalter mittleren Alters namens Marty James.

»Sie haben uns gesagt, dass es keinen Mörder gibt!«

»Wie konnten Sie sich nur so irren?«

»Sie haben versagt, Sheriff!«

Sheriff Underwoods übliches Gehabe verschwand. Schweiß rann ihm die Schläfen hinunter und seine braune Haut wurde aschfahl. Seine Augen weiteten sich und er gestikulierte wild mit den Händen, als könnte er so die Flut, die sich gegen ihn richtete, in Schach halten. »Jetzt hören Sie mal alle her! Beruhigen Sie sich oder wir sind gezwungen, Sie wegen Ruhestörung zu verhaften!«

Devon und Jackson tauschten vorsichtige, aber auch skeptische Blicke aus. Moreno rollte seine Augen gen Himmel. Hart sah gelangweilt aus. Nash starrte Underwood an, als würde er einen Mann vor seinen Augen implodieren sehen.

Devon stieß Jackson ihren Ellenbogen in die Rippen und reckte ihr Kinn einem Mann entgegen, der auf das Podium zuging. »Ist das nicht dein Vater?«

Horatio Cross näherte sich dem Sheriff und nahm ihm mitten im Satz das Megafon ab. Underwood war zu schockiert, um sich zu wehren.

Horatio führte das Megafon an seinen Mund. »Meine Damen und Herren! Ich bitte Sie um eine Minute Ihrer Aufmerksamkeit.« Seine Stimme war beherrscht und klar und forderte Respekt. Achtzehn Jahre lang hatte er diesem Bezirk als Sheriff gedient; mit jedem Blick, mit jedem Wort hatte er Macht ausgeübt, und der Nachhall dieser Macht hatte noch immer Einfluss auf die Menschen in der Stadt.

Sie wurden still – wenn auch sehr ungeduldig – und warteten darauf, was er sagen würde. »Sheriff Cross«, sagte Johannes Heikkinen, ein griesgrämiger finnischer Fischer, voller Ehrerbietung.

Horatio lächelte. Ein Netz aus winzigen Fältchen überzog die Haut um seine Augen, die so blau waren, dass sie das Licht der batteriebetriebenen Laternen reflektierten. »Du weißt, dass ich den Hut schon vor Jahren an den Nagel gehängt habe, Johannes, aber ich glaube, dass ich verdammt gute Arbeit geleistet habe, um Alger County sicher zu halten, und ich glaube, ihr alle würdet dieser Einschätzung zustimmen.«

Ein Gemurmel der Bestätigung ging durch die Menge. Nicht von allen, aber von vielen.

»Vielleicht hätten wir Sheriff Underwood verzeihen können, dass er es nicht geschafft hat, Walter Boone zu fangen, den Mann, der unsere kleinen Mädchen, unsere Schwestern und Töchter, gestalkt und entführt hat. Der Verbrecher, der sich Ruby Carpenter geschnappt hat. Einige von euch erinnern sich sicher daran, dass ein gewisser Gesetzesvertreter darauf bestanden hat, dass ein anderes Raubtier unter uns jagt. Er wurde von Sheriff Underwood abgewiesen und verspottet. Es ist Underwoods Inkompetenz zu verdanken, dass nicht nur ein, sondern gleich zwei Raubtiere so lange unter uns leben konnten. Und jetzt wurde eine weitere Leiche gefunden, erschossen und erhängt. Wir werden uns nicht länger mit Ausreden abfinden. Das können wir uns nicht leisten. Wir sind an einem Krisenpunkt angelangt – nicht nur in Alger County, sondern im ganzen Land, in der ganzen Welt. Wir brauchen jetzt mehr denn je Kraft und Mut zum Handeln.«

»Hört, hört!«, rief Dana Lutz.

»Der Mann, den wir jetzt brauchen, ist kein Feigling, der sich hinter seinem Amt und seinem Titel versteckt, wenn es hart auf hart kommt. Der Anführer, den wir brauchen, ist moralisch furchtlos. Der Held der Stunde hat nicht nur Boone erwischt, sondern auch den Serienmörder Cyrus Lee Jefferson. Und dieser Mann ist mein Sohn, Jackson Cross.«

Die Leute sahen einander verwirrt an, weil sie nicht wussten, worauf Horatio hinauswollte. Horatio machte eine Geste in Richtung Underwood, der schweigend vor sich hin schmorte. Mit seinem grauen Gesicht sah er aus wie ein Mann, dessen Hund gerade gestorben war. »Underwood stimmt dem zu, nicht wahr?«

Die Menge grölte und ihre lauten Stimmen vermischten sich zu einem lärmenden Gebrüll. Horatio musste mehrere Leute geschmiert haben, damit sie die Menge anstachelten und das Geschehen so steuerten, dass er sein Ziel erreichte, was auch immer das sein mochte.

»Es gibt Protokolle«, sagte Polizeichefin McCallister. »Der Sheriff ist ein gewähltes Amt …«

»Hey«, sagte Johannes, wobei seine Stimme in dem Aufruhr unterging. »Das ist kein juristisches Verfahren! Ihr könnt das Gesetz nicht einfach in eure eigenen Hände nehmen!«

»Halt die Klappe, alter Mann!«, rief ein anderer zurück.

In der Menge herrschte eine sichtbare Spannung. Einige jubelten, andere höhnten, während die Menge immer aufgeregter wurde. Einige sahen ihren Nebenmann fassungslos und bestürzt an.

Das war nicht richtig. So etwas sollte nicht passieren.

Jackson schüttelte verärgert den Kopf. Sie hatten recht. Ein Sheriff in Michigan konnte rechtmäßig durch eine Sonderwahl oder aus wichtigem Grund auf Anordnung des Gouverneurs abgesetzt werden. Selbst wenn die Bevölkerung wütend war – und das war sie –, würden viele dies als Staatsstreich ansehen, was nicht weit von der Wahrheit entfernt war.

So konnte es nicht ablaufen. Das war ein Handeln weit außerhalb des Gesetzes. Wenn man sich das Gesetz erst einmal zu eigen gemacht hatte, gab man das Recht auf den Titel des Gesetzeshüters auf – Apokalypse hin oder her.

Jackson musste das beenden.

Als er auf die Bühne zuging, beugte sich Horatio vor und flüsterte Sheriff Underwood etwas ins Ohr. Underwoods Schultern sanken herab. Sein Körper entspannte sich.

Horatio reichte ihm das Megafon und Underwood räusperte sich. »Ich bin stolz auf meine Jahre im Dienst von Alger County. Ich trete hiermit mit sofortiger Wirkung von meinem Amt als Sheriff zurück.« Horatio reckte der Polizeichefin sein Kinn entgegen. Polizeichefin McCallister ging zum Podium, nahm Underwoods Arm und führte ihn von der linken Seite der Bühne. Underwood ging wie ein Mann, der keinerlei Kampfgeist mehr in sich hatte, und flüchtete wie ein geschlagener Hund mit eingezogener Rute.

Die Menge schien vor Schreck innezuhalten und den kollektiven Atem anzuhalten. Horatio drehte sich zu Jackson und deutete mit einer Geste und einem strahlenden Lächeln an, dass er zu ihm kommen sollte. »Durch Underwoods Rücktritt haben wir einen neuen amtierenden Sheriff, bis eine Wahl abgehalten werden kann. Komm hoch, Jackson Cross!« Jackson beobachtete das Geschehen wie aus weiter Ferne. Lärm trommelte durch sein Gehirn. Er konnte sich des Gefühls nicht erwehren, dass sein Vater das geplant hatte. Horatio hatte dreckige Informationen über Underwood und nutzte sie, um ihn zum Rücktritt zu zwingen.

Durch den erzwungenen Rücktritt von Underwood wurde Jackson automatisch Sheriff, ohne dass ihm der Gestank eines Putsches anhaftete. Das war die einzige Erklärung, die Sinn ergab.

Moreno beugte sich vor und gestikulierte ihm zu. »Beweg deinen dürren Hintern auf die Bühne, bevor es einen Aufstand gibt.«

Die Nerven kribbelten in seinem Magen, aber er ließ es sich nicht anmerken. Er hatte das nicht gewollt, er hatte nicht darum gebeten, aber er würde die Beförderung nicht ablehnen. Er hatte keine andere Wahl, selbst wenn er diese höhere Position gewollt hätte.

Die Menschen brauchten einen Anführer. Ohne einen amtierenden Polizeipräsidenten und mit einem Gouverneur, der nicht anwesend war, hatte der Sheriff diese Aufgabe übernommen.

Jackson straffte seine Schultern und schritt zum Podium. Sein Herz hämmerte in seiner Brust. Er wusste nicht, ob er entsetzt oder erfreut sein sollte.

Er begegnete Horatios stolzem Blick, als dieser Jackson das Megafon reichte. Sein Vater nickte ihm zustimmend zu und lächelte seinen Sohn wohlwollend an. Jackson versuchte sich zu erinnern, wann sein Vater ihm das letzte Mal eine solche Freundlichkeit, eine solche Bestätigung entgegengebracht hatte – aber er konnte es nicht.

»Danke für euer Vertrauen in mich«, sagte er zu den Leuten. »Wenn sich die Situation verschlimmert, werden immer mehr Menschen zu Verbrechen und Gesetzesbruch greifen, um zu überleben. Wir werden für Gerechtigkeit eintreten, egal, welche Regierenden auch fallen mögen. Die Lage ist schwierig und sie wird noch schwieriger werden. Ich kann euch keine Bequemlichkeit und keinen Komfort versprechen, aber ich verspreche euch, dass ich mein Bestes tun werde. Ich verspreche, dass ich dieses Land nicht aufgeben werde – dass ich uns nicht aufgeben werde.«

Die Menge brach in tosenden Beifall aus. Die Leute klatschten, lächelten und johlten, als wäre er eine Art Berühmtheit. Ein flaues Gefühl beschlich ihn, aber er zwang sich, Zuversicht auszustrahlen.

Sie würden diese Begeisterung nicht lange spüren. Vor ihnen allen lagen schwierige Zeiten – schwierige und harte Zeiten.

»Was ist mit der Leiche, die ihr gefunden habt?«, fragte Dana Lutz laut. »Die, die wie eine Weihnachtsdeko am M-28 aufgehängt war?«

»Wir werden die Täter finden«, sagte Jackson. »Gemeinsam sind wir stärker und ich habe Vertrauen, dass wir einen Weg vorwärts finden werden.«

Er ließ das Megafon sinken und musterte die Dutzenden von grinsenden Gesichtern, bis er das eine Gesicht fand, das er suchte. Eli Pope stand unbeteiligt im hinteren Teil der Menge. Seine schwarzen Haare und Augen waren unverwechselbar, und die markanten Wangenknochen verrieten seine Ojibwe-Herkunft.

Er stand groß und aufrecht da, war breitschultrig und hatte mächtige, raue Muskeln, die sich unter seinem grauen T-Shirt abzeichneten. Seine steinernen Augen blickten Jackson unverwandt an.

Sie hatten eine gemeinsame Vergangenheit, er und Eli – jahrzehntelanges Blut, gutes und böses, lag zwischen ihnen. Jackson hatte Eli verraten und dann sein Leben gerettet. Eli hatte geschworen, ihn zu töten, und war Jackson dennoch zu Hilfe gekommen, als es nötig gewesen war. Er war sogar undercover gegangen, um einen Mörder zu fangen.

Sie waren keine Freunde, aber sie waren von Feinden zu etwas anderem aufgestiegen – etwas, das sie widerwillig respektierten.

Regungslos und mit starrem Gesichtsausdruck begegnete Eli seinem Blick. Einen Moment lang schauten sie sich über die Menge hinweg an. Sosehr er auch versucht hatte, es nicht zu tun, so sehr hatte Jackson sein ganzes Leben lang die Anerkennung von Eli gesucht – genauso, wie er die seines Vaters gesucht hatte.

Schließlich nickte Eli fast unmerklich.

Eine Art Erleichterung durchflutete ihn. Vielleicht konnten sie eines Tages die Freundschaft zurückgewinnen, die sie einst geteilt hatten. Jackson durfte hoffen.

Er richtete seine Aufmerksamkeit auf die Menschen vor sich. Sein Volk. Er spürte ihr Elend, ihre Erschöpfung und ihre Angst. Der ständige, niederdrückende Angstzustand betraf alle. Er konnte es in ihren angespannten Gesichtern, ihrer zusammengesunkenen Haltung und ihrem leeren Lächeln sehen: die Taubheit und Depression, die Angst und Verzweiflung.

Sie erwarteten, dass er sie retten würde. Er wusste, dass es keine Rettung geben würde.

8

LENA EASTON
TAG FÜNFUNDSECHZIG

»Das kann doch nicht wahr sein.« Lena stand im Warteraum der Notaufnahme des Munising Memorial Hospitals. In der Luft lag nicht der Geruch von Antiseptika, sondern von Blut und Erbrochenem. Frustration und Wut loderten in ihr auf. »Sag mir, dass du Witze machst.«

»Ich wünschte, es wäre so.« Dr. Kathleen Baldwin starrte sie mit Bedauern in ihren Augen an. »Es ist ein schrecklicher Witz, und niemand versteht die Pointe.«

Lena stemmte die Hände in die Hüften. »Die Menschen brauchen euch. Ihr könnt das Krankenhaus nicht schließen. Das ist keine Option.«

Dr. Baldwin wischte sich mit einem Taschentuch, das schon bessere Tage gesehen hatte, über die Stirn. Die Frau Mitte fünfzig hatte ihre grau melierten braunen Haare im Nacken zu einem struppigen Dutt gebunden. Ihre verschmierte Brille rutschte ihr die Nase hinunter und ihre Haut war grau vor Müdigkeit. Sie glättete die Falten in ihrem Laborkittel, als ob das einen Unterschied machen würde.

Hinter ihr standen zwei Wachmänner mit Gewehren vor der Brust. Sie sicherten die Türen zur Notaufnahme, um verzweifelte Familienmitglieder fernzuhalten, die alles tun würden, um ihren sterbenden Angehörigen zu helfen.

Lena runzelte die Stirn. »Wer sind diese Wachen?«

»Angeheuerte Sicherheitsleute. Wir hatten mehrere ... Auseinandersetzungen ... zwischen verzweifelten Patienten, wütenden Familienmitgliedern und den Krankenschwestern. Ein Ehemann hat einen Arzt angegriffen, als dieser die Operation, die seine Frau brauchte, nicht durchführen konnte.«

»Das sind keine Sicherheitsbeamten. Das sind Sawyers Vollstrecker.«

»Na und?«, schnauzte Dr. Green. »Wir tun, was wir tun müssen, wie jeder andere auch. Ich sehe nicht, dass der Sheriff freiwillig Personal für den Wachdienst zur Verfügung stellt. Die haben alle Hände voll zu tun. Und siehst du irgendwo jemanden von der Nationalgarde, der uns zu Hilfe kommt?«

Die Geräusche von Weinen und Stöhnen drangen durch die geschlossenen Doppeltüren der Notaufnahme. Der Warteraum war bis zum Rand und darüber hinaus gefüllt. Dutzende von Patienten hockten auf Stühlen und auf dem Boden oder standen an der Wand.

Ein kleines Mädchen hatte einen starken, schleimigen Husten, der nach Bronchitis klang. An einer anderen Ecke warteten ein Vater und eine Mutter mit ihrem Kind, das einen gebrochenen Arm hatte. Eine Mutter in einem fleckigen Schlafanzug wiegte ein in eine dünne Decke eingewickeltes Baby und sang leise, während das Baby wimmerte und plärrte.

Lena gestikulierte entsetzt auf die wartenden Patienten. »Wie könnt ihr diese Menschen abweisen?«

Dr. Baldwin räusperte sich. »Wir haben keine andere Wahl. Das Krankenhaus verwendet batterie- und solarbetriebene tragbare Lampenmasten. Wir haben keinen Strom, um die Geräte zu betreiben, die wir brauchen, wenn wir Menschen am Leben erhalten wollen: Beatmungsgeräte, EKG-Maschinen, Ultraschallsysteme, Röntgengeräte, Computertomografen, Anästhesiegeräte und Patientenmonitore. Die einzigen Medikamente, die wir noch haben, sind gewöhnliches Paracetamol und Aspirin. Wir können nichts tun ...«

Lena schnaubte. »Man kann immer irgendwas tun.«

Die Miene der Ärztin verhärtete sich. Sie verlor langsam die Geduld. »Ich spreche nur der Höflichkeit halber mit dir, Lena. Die lebenserhaltenden Maschinen wurden vor zwei Wochen abgeschaltet – Beatmungsgeräte, alles. Alle Ärzte und Krankenschwestern haben alles getan, was sie konnten. Unsere Mitarbeiter sind auch Menschen. Ich habe mehr als zwei Monate lang rund um die Uhr, sieben Tage die Woche, gearbeitet. Gestern haben wir einen weiteren Kinderarzt und zwei Krankenschwestern verloren. Sie haben gekündigt, weil sie versuchen wollen, ihre eigenen Familien zu ernähren. Ich schaffe das nicht mehr. *Wir* schaffen das nicht mehr. Wir sind inzwischen eine Leichenhalle statt ein Krankenhaus.«

»Was sollen die Leute tun, wenn sie verletzt sind oder krank werden? Wenn es einen medizinischen Notfall gibt ...«

»Die Gemeindevorsteher haben beschlossen, die Ressourcen zu bündeln. Ich weiß, dass es sich nicht so anfühlt, aber das ist die beste Lösung. Das ist es wirklich. Die Krankenstation des UP Health System in Marquette hat noch Treibstoff für ihren Generator. Sie haben Strom, sie haben Anästhesie und können Operationen durchführen, ebenso wie das War Memorial Hospital im Bezirk der Soo Locks. Wir haben das alles nicht. Genauso wenig wie das Helen Newberry Joy Hospital in Newberry oder Bay Mills oder das Schoolcraft Memorial oder irgendeines der anderen. Da wir so getrennt sind, haben wir keine Vorräte mehr, aber wenn wir nur die beiden Krankenhäuser in Marquette und Soo erhalten, können wir den Menschen immer noch helfen.«

»Du gehst nach Marquette«, sagte Lena düster.

»Ja.« Schuldgefühle flackerten in ihren müden Augen auf. Sie schürzte die Lippen, als ob sie diese Schuld irgendwo in die Tiefe drängen wollte. »Die Mitarbeiter, die es wünschen, werden morgen früh abreisen. Jemand von der Gemeindeverwaltung in Marquette County wird uns mit ein paar auf Biokraftstoff umgerüsteten Transportern abholen, zusammen mit einem Sicherheitsdienst, der uns auf der Fahrt schützen wird.«

Langsam dämmerte ihr das Grauen dieser Situation. Keine Krankenhäuser in Reichweite. Es gab zwar schon seit einiger Zeit keine Krankenwagen mehr, aber wenn man es in die Stadt geschafft und die tagelange Schlange ausgehalten hatte, hatte man immer noch einen Arzt konsultieren und eine Behandlung bekommen können.

Aber jetzt?

Lenas Brustkorb schnürte sich zu. Es fiel ihr schwer zu atmen. »Und wie sollen die Patienten ohne Benzin und Fahrzeuge dahin kommen? Das ist viel zu weit. Wie soll die krebskranke Mutter mit ihren zwei Kindern dorthin kommen? Oder ein Opa mit einem gebrochenen Bein?«

Dr. Green wurde blass. »Ich habe nicht gesagt, dass es perfekt ist, aber es ist alles, was wir tun können.«

»Wie viele?«, fragte Lena. »Wie viele Ärzte werden gehen?«

»Soweit ich weiß, alle.«

Lena blinzelte. »Was?«

»Sie bieten uns eine Unterkunft für unsere Familien, Essen, Verpflegung und warme Duschen in einer sicheren Gegend. Das ist ein guter Deal.« Sie hob die Brauen. »Vielleicht können sie ja eine gute Sanitäterin gebrauchen. Ich bin sicher, sie könnten dich und deinen Hund bei der Suche und Rettung einsetzen. Ich könnte ein gutes Wort für dich einlegen.«

»Nein. Ich werde nicht gehen. Ich ...« Eine halbe Sekunde lang zögerte sie, hin- und hergerissen von der Verlockung. Wenn sie Shiloh und Eli mitnehmen könnte ... Aber würde Eli gehen? Sie wusste es nicht. Würde Jackson gehen? Nein, das würde er nicht. Und sie konnte es auch nicht. Das hier war ihr Zuhause, in guten wie in schlechten Zeiten. »Ich werde hier gebraucht.«

Dr. Baldwin nickte kurz. »Ich verstehe. Wir müssen tun, was wir für notwendig halten.«

Bevor Lena widersprechen konnte, tauchte eine Frau hinter Dr. Baldwin auf. Es war die Gerichtsmedizinerin des Bezirks, Dr. Venla Virtanen.

Lena drehte sich zu ihr um. »Bitte sag mir, dass du bleibst.«

Dr. Virtanen war eine stämmige finnische Frau in ihren Fünfzigern mit kurzen weiß-blonden Haaren. Anstelle eines Laborkittels trug sie eine Schutzausrüstung über einer Hose und einem Pullover. Jackson hatte voller Respekt über sie gesprochen. Sie war engagiert und gut in ihrem Job.

Die Gerichtsmedizinerin schüttelte den Kopf. »Meine Tochter und ihre Familie sind in der Stadt Paradise. Ich habe nichts mehr von ihr gehört, seit der Himmel in Flammen aufgegangen ist. Vielleicht ist sie tot oder noch am Leben. Meine Verantwortung gilt ihr. Die Verwalter des War Memorial Hospitals haben mir eine Stelle angeboten und werden uns ein Haus zur Verfügung stellen. Die Soo Locks generieren Strom, aber nicht nur für das Krankenhaus – es gibt auch einige Häuser und Geschäfte, die Strom haben. Ich kann dort mehr Gutes tun als hier.«

Lena starrte sie fassungslos an. Wie sollte Jackson ohne eine Gerichtsmedizinerin Mordfälle lösen? Die Chancen waren verschwindend gering und wurden mit jedem Rückschlag unmöglicher.

Es gab nichts, was Lena sagen oder tun konnte, um sie umzustimmen. Obwohl sie wütend war, verstand der rationale Teil ihres Gehirns, dass medizinische Fachkräfte sich genauso um ihre Familien kümmern mussten wie jeder andere auch. Dr. Baldwin und Dr. Virtanen hatten den Anstand, reumütig dreinzuschauen, aber das änderte nichts an der Situation.

»Gibt ... gibt es in den Krankenhäusern in Marquette oder Soo Insulin?«, schaffte Lena es zu fragen.

Dr. Green schüttelte den Kopf. »Es tut mir leid, aber nein. Soweit ich weiß, ist es überall ausgegangen, zumindest im Mittleren Westen.«

Lena dachte, dass sie auf Dr. Greens Antwort vorbereitet gewesen wäre, aber dennoch traf es sie wie ein Schlag in den Solarplexus. Mit einem Stich in der Brust dachte sie an den kleinen Keagan Tilton.

In der Notaufnahme rief eine Krankenschwester verzweifelt einen Code. Dr. Baldwin trat einen Schritt zurück. »Ich muss wieder an die Arbeit. Bevor wir gehen, werden wir unser Bestes tun, um möglichst vielen Menschen zu helfen. Pass auf dich auf, Lena.« Die Ärzte machten auf dem Absatz kehrt und gingen in Richtung der Notaufnahme. Die Sicherheitsleute öffneten die Türen und achteten darauf, dass die Kranken und Sterbenden im Warteraum nicht versuchen würden, einfach hinterherzurennen.

Dr. Virtanen schaute mit einem bedauernden Blick über ihre Schulter.

Dann war sie verschwunden.

Niedergeschlagen ging Lena zurück durch den überfüllten Warteraum. Draußen reihten sich weitere Dutzende humpelnder, bandagierter und fiebriger Menschen auf dem Bürgersteig auf. Eine erschöpfte Mutter mit Zwillingen im Vorschulalter, ein Vater, der die Hand seines blassen, von der Chemotherapie geschwächten Kindes hielt, ein älterer Mann mit einem Gipsarm und eine Frau, die eine ältere Frau – wahrscheinlich ihre Mutter – in einem Rollstuhl schob.

Mehrere Menschen, die in der Schlange warteten, lagen auf dem Gehweg, entweder schlafend oder tot. Niemand war gekommen, um sie zu retten. Lenas Herz schmerzte vor Mitleid und Entsetzen. Sie wollte jeden von ihnen retten.

Moreno wartete auf dem Parkplatz auf sie. Er lehnte am Türrahmen eines Honda Odyssey und starrte missmutig auf den Eiter, der aus seinem bandagierten Bein sickerte. »Was machen wir jetzt?«

Frustration, Sorge und Beklemmung wirbelten in Lenas Magen herum. Sie war kein wirklicher Ersatz für einen Arzt oder Chirurgen, aber sie war auch nicht komplett nutzlos. Es gab Dinge, die sie bei leichten Fällen wie Fieber und Infektionen tun konnte, um Schmerzen zu lindern. Sie konnte Moreno und anderen wie ihm helfen.

»Ich kümmere mich um dich, Moreno. Ich werde dich zum Leuchtturm bringen. Ich kann nichts versprechen, aber ich werde mein Bestes geben.« Sie warf einen Blick zurück auf das Krankenhaus sowie auf die Schlange der Kranken und Verwundeten, die es nicht durch die Türen der Notaufnahme geschafft hatten und auch nie schaffen würden. »Ich werde eine Klinik gründen. Ich werde diesen Menschen helfen.«

Moreno schaute sie besorgt an. »Du kannst nicht jeden retten, Lena.« Lena biss entschlossen die Zähne zusammen. »Ich werde es verdammt noch mal versuchen.«

9

LENA EASTON
TAG SIEBENUNDSECHZIG

Shilohs Schrei weckte Lena aus dem Tiefschlaf.

Lena sprang auf, schnappte sich die M&P, die sie geladen auf dem Nachttisch liegen hatte, und ging durch die fließenden Schatten in den Flur, wo sie mit der Pistole in der Hand auf Shilohs Schlafzimmer zusteuerte.

Es war wahrscheinlich ein Albtraum, aber Lena wollte kein Risiko eingehen.

Bear hatte wie ein Güterzug auf dem Teppich am Fußende ihres Bettes geschnarcht, aber er war aufgewacht, als sie sich erhoben hatte. Er rappelte sich auf und seine Pfoten stapften über den Holzboden, als er ihr aus dem Schlafzimmer folgte.

Sein dickes zimtfarbenes Fell war zerzaust. Als er gähnte, zogen sich seine Lefzen zurück und gaben den Blick auf sein beeindruckendes Gebiss frei, während Sabber an seiner Schnauze glitzerte. Der siebzig Kilo schwere Neufundländer war ein riesiger Teddybär – mit Zähnen.

Shiloh schrie erneut. Lena erhöhte ihr Tempo.

Das Mädchen schlief oft in einem Schlafsack im Laternenraum oben im Leuchtturm, aber manchmal bevorzugte sie den Komfort eines warmen Bettes und eines weichen Kissens. Dies war eine dieser Nächte.

Lena betrat ihr Zimmer, musterte die Dunkelheit, das weiße

59

Laken, das vor dem Fenster flatterte, und die leeren Ecken – keine Bedrohung – und eilte dann zum Bett, wo sie die Pistole neben Shilohs Messer auf den Nachttisch legte. Ihre Armbrust lehnte am Kopfende. Shiloh saß kerzengerade und wimmernd auf dem Bett, die Laken waren weggetreten, ihre Hände zu Fäusten geballt, als könnte sie die Dämonen abwehren, die in ihren Schlaf eindrangen und sie in ihren Albträumen verfolgten. Die Tränen liefen ihr über die Wangen und sie stieß ein gequältes Wehklagen aus, das Lenas Herz in Stücke zerriss.

»Oh, Schatz.« Lena setzte sich auf den Rand des Bettes und nahm ihre Nichte in die Arme. Zitternd sank Shiloh in ihre Umarmung und weinte. Lena hielt sie behutsam fest und bot ihr einen sicheren Hafen, einen Anker in ihrem Meer der Trauer.

»Ich bin ja hier«, flüsterte sie in Shilohs verworrenes Haar. »Ich bin bei dir.«

Lena und Bear blieben eine Stunde lang bei Shiloh, bis der Einfluss des Albtraums sie freigab und die Anspannung in ihrem Körper schließlich nachließ, als sie wieder in den Schlaf sank. Lena wickelte sie in die Bettdecke und strich ihr die schweißnassen Haare aus dem Gesicht.

Bear sprang auf das Bett, wobei die Matratze unter seinem Gewicht nachgab, und zwängte sich mit seiner beachtlichen Masse zwischen Shiloh und die Wand. Er ließ sich hinplumpsen und stützte seinen großen Kopf auf seine Pfoten, während er seinen pelzigen Körper an ihren presste. Shiloh gab ein leises Stöhnen von sich und rollte sich an ihn heran. Ihre Hände krallten sich in sein Fell und sie wurde allmählich ruhiger, als ob sie seine wachsame Präsenz, die über sie wachte, sogar im Schlaf spürte.

Lena kraulte die Stelle hinter seinen Ohren, die er am liebsten mochte. »Vertreibe die Albträume, Bear. Pass gut auf sie auf.«

Bear schaute sie mit seinen sorgenvollen braunen Augen an. Da er intelligent und sensibel war, konnte er den Schmerz seiner Menschen spüren und schien instinktiv zu verstehen, dass Shiloh ihn brauchte. Er würde heute Nacht nicht von ihrer Seite weichen. Sie war unglaublich tapfer und widerstandsfähig, aber sie war trotzdem nur ein Kind. Sie hatte mehr durchgemacht, als ein Mensch jemals durchmachen sollte.

Lena stand auf, blieb aber am Bett stehen. Sie betrachtete Shiloh im schwachen Licht des schwenkenden Lichtstrahls, der durch das Fenster fiel und von dem feuchten Tuch, das sie über die Fenster gehängt hatten, um die Luft in der Nacht zu kühlen, gestreut wurde.

Vor ihrem geistigen Auge sah sie all die toten Mädchen in ihren flachen Gräbern. Sie sah die vermissten Mädchen und Jungen, Mütter und Väter und Geschwister, nach denen sie im Laufe der Jahre gesucht hatte – sie und Bear.

Sie sah Ruby, ein sechzehnjähriges Mädchen, das von ihrem Trauma zerrüttet war, deren Herz ein pulsierender Abgrund von Schmerz war. Sie sah ihre ermordete Schwester Lily, ein Geist, der darum bettelte, dass ihr Mörder gefunden wurde. Und sie sah Elice McNeely, die aus ihrem Leben gerissen und im Wald vergraben worden war wie ein Stück Abfall.

Sie waren alle da, aufgereiht hintereinander, alle unterschiedlich, aber in gewisser Weise alle gleich. Mädchen, die in ihrem eigenen Leben verschwunden waren, alle auf der Suche nach etwas, bevor man sie gesucht hatte, völlig verloren gegenüber sich selbst und anderen, als ob sie durch einen Spalt im Zentrum des Universums geschlüpft wären.

Ein mächtiges Gefühl der Angst ergriff sie – ein Gefühl, wie sie es noch nie erlebt hatte. Sie spürte sie da draußen, diese gesichtslose Bedrohung, den unbekannten Feind, der auf sie zustürmte.

Es war kein einzelner Feind, der besiegt werden konnte, sondern etwas viel Größeres, Unkontrollierbares, ein Tsunami der Zerstörung, der über sie alle hinwegfegte. Sie konnten nichts tun, um ihn aufzuhalten, ihn zu verhindern oder ihn in Schach zu halten.

Wie konnte man so etwas Unbegreiflichem entgegentreten? Wie überlebte man diese undenkbaren Momente? Ihre unaufhörliche Angst um Shiloh fühlte sich an wie ein gewaltiges Gewicht, das auf ihr lastete.

Sie schaute auf Shiloh hinunter. Für die Menschen, die sie liebte, würde sie das alles ertragen. Das war es, was die Leute taten – sie ertrugen es.

Das Cottage quietschte und knarrte in der Stille. Das Bettlaken, das am Fenster befestigt war, blähte sich auf, als eine Windböe über den See wehte und durch den fünfzehn Zentimeter breiten Spalt zwischen der Fensterbank und dem teilweise geöffneten Fenster drang. Das Fenster hatten sie aus Sicherheitsgründen festgenagelt.

Seit Tausenden von Jahren hatten die Ägypter feuchte Tücher in Fenster und Türöffnungen gehängt, um ihre Häuser durch Verdunstung zu kühlen. Jeden Abend tauchten sie und Shiloh die Laken in Eimer mit Seewasser, wrangen sie aus und hängten sie mit Nägeln in die Fenster. Die sanft wogenden weißen Laken erinnerten sie an Leichentücher.

Der Schlaf verweigerte sich ihr, also stapfte sie durch die stillen Zimmer und machte sich auf den Weg zur Veranda, während ihr Nachthemd um ihre Schienbeine flatterte. Draußen atmete sie die Stille ein, die Ruhe und den Frieden.

Die kühle Nachtbrise streichelte die entblößten Stellen ihrer Haut. Sternenkonstellationen trieben über ihr. Die Wellen plätscherten sanft an die Küste, während das Leuchtfeuer des Turms hin und her schwenkte und den Garten und den dahinter liegenden Strand in ein unheimliches, fast unwirkliches Licht tauchte.

Das Leuchtfeuer erinnerte sie daran, dass der Treibstoff für den Dieselgenerator zur Neige ging. Während Benzin fast überall verbraucht war, gab es noch Restbestände an Diesel, aber die Leute mit Booten und Lkws hatten so viel davon eingelagert, wie sie konnten. Bald würden sie die Lichtquelle auf eine Kerosin- oder Öllaterne umstellen und das Prisma der Fresnel-Linse benutzen müssen, um den Lichtstrahl zu streuen.

Es gab immer noch Boote, die die Küste des Lake Superior entlangfuhren und die das Leuchtfeuer brauchten, um die gefährlichen Untiefen und Felsen in Küstennähe zu umgehen.

Sie wünschte, Eli wäre hier. Der Gedanke tauchte unaufgefordert auf, aber er war dadurch nicht weniger wahr. In gewisser Weise hatte sie sich noch nie so einsam gefühlt. Sie war sich des Lochs in ihrem Herzen, das Eli hinterlassen hatte, noch nie so deutlich bewusst gewesen. Es war ein Loch, das niemand sonst hatte füllen können.

Sie schloss ihre Augen und atmete tief durch. Es tröstete sie, dass er da draußen war, irgendwo auf dem Grundstück. Er war ihr physisch nahe, und doch trennte sie eine Kluft, eine Schlucht, die sie sowohl überqueren wollte, als auch fürchtete.

Als hätte sie Eli heraufbeschworen, näherte sich eine Gestalt aus Osten, von der Waldgrenze her, seine große, muskulöse Gestalt vom Sternenlicht beleuchtet. Er hatte einen weiteren Kontrollgang durchgeführt. Selbst mitten in der Nacht war er auf der Hut und wachsam.

Eli blieb ein paar Meter vor der Veranda stehen und sah zu ihr hoch. Sein Gewehr hatte er quer über die Brust geschnallt und die Pistole steckte in seinem Gürtel. In der Dunkelheit konnte sie seinen Gesichtsausdruck nicht lesen. »Du bist spät auf.«

Gegen ihren Willen flatterte ihr der Magen. »Das musst du gerade sagen.«

»Touché.« Er deutete mit seinem Kinn in Richtung Veranda. »Darf ich?«

»Natürlich.« Sie machte ihm Platz, damit er neben ihr auf der Veranda stehen konnte. »Shiloh hatte einen Albtraum.«

Er erstarrte. »Geht es ihr gut?«

»Gut ist so ein nutzloses, substanzloses Wort, aber ja. Sie ist stark und mutig und sie wird es schaffen.« Lena warf ihm in der Dunkelheit einen strengen Blick zu. »Sie ist wie ihr Vater.«

Eli antwortete nicht. Er starrte in den Garten und in die Dunkelheit. Er wirkte heute Abend nachdenklich, nervöser als sonst.

»Ist irgendetwas nicht in Ordnung?«

»Nichts ist in Ordnung.«

Das war die nackte, unverblümte Wahrheit. Lena zögerte. »Jackson sagte, der Mann, der Shiloh umbringen wollte, ist tot.«

»Das ist er.«

»Wer auch immer ihn geschickt hat, könnte es wieder versuchen.«

»Das ist möglich.«

»Jackson glaubt, dass derjenige, der Lily getötet hat, dahintersteckt. Die Enttarnung von Cyrus Lee hat die Person aufgeschreckt und jetzt wollen sie dafür sorgen, dass Shiloh gar nicht erst die Chance bekommt, sich an die Ereignisse dieser Nacht zu erinnern.«

»Wir werden sie in der Nähe behalten. Wir werden ihm keine Gelegenheit mehr geben, sie anzugreifen.«

»Die Leiche, die Shiloh gefunden hat ... Jackson meinte, das war Sykes' Werk.«

»Er ist hier. Wenn er von euch erfährt, wird er hinter dir und

Shiloh her sein und euch benutzen, um mir zu schaden. Das ist seine Art. Ich werde nicht zulassen, dass er euch wehtut.«

Sie holte tief Luft, um sich zu beruhigen. Die Bedrohungen fühlten sich überwältigend, geradezu alles verzehrend an. Sie wurden von allen Seiten angegriffen.

»Ich habe Angst«, flüsterte sie in die Nacht.

»Ich auch«, sagte Eli knapp.

Was sie über Angst gelernt hatte, war, dass sie Klarheit schaffte. Alles Unwichtige wurde weggewischt: Unsicherheiten, Fehler, Regeln und Erwartungen.

Nichts anderes war mehr von Bedeutung. Die Angst machte deutlich, wem man vertraute und wem nicht. Sie reduzierte das Leben auf das Wesentliche: den Schutz der Menschen, die man liebte.

»Es ist gut, Angst zu haben«, sagte Eli. »In dem Moment, in dem du keine Angst hast, bist du tot. Angst kann nicht ausgelöscht werden, aber sie kann genutzt werden. Man kann sie kontrollieren und kanalisieren, um sich und andere zu beschützen. Um zu tun, was man tun muss.«

Lenas Lippen zuckten. »Wie Shiloh die Wahrheit zu sagen?«

Eli brummte. Einen Moment später stieß er einen resignierten Seufzer aus. »Ja, das werde ich. Ich verspreche es.«

»Sie beißt nicht, weißt du?«

»Reden wir von der gleichen Person?«, fragte Eli ungläubig.

»Touché.« Lena kicherte, dann wurde sie wieder ernst. »Wir werden sie beschützen. Wir müssen sie beschützen.«

»Das werden wir«, sagte Eli.

Sie standen schweigend nebeneinander und beobachteten, wie der helle weiße Strahl des Leuchtfeuers in einem faszinierenden Spiel aus Licht und Dunkelheit über die schwarzen Wellen rollte. Die Sterne waren wie Diamanten, die über den Samt des Himmels verteilt waren. Millionen und Abermillionen von Sternen, hell und dicht, Schichten über Schichten. Die Milchstraße war ein gestreuter Bogen über ihren Köpfen.

Ohne den störenden Dunst der Zivilisation konnte man so klar sehen. Es gab so viele Gefahren auf dieser Welt, aber hier, in diesem Moment, fühlte sie sich sicher. Sicher und irgendwie, für den Moment, zufrieden. Sie spürte die Wärme von Elis Körper neben sich, seine breiten Schultern, die fast die ihren berührten, und die Kraft, die von jeder seiner Bewegungen ausging. Er schien auffallend angespannt zu sein.

Sie biss sich auf die Unterlippe und dachte an die vielen Male, die sie zusammen die Sterne beobachtet hatten, als Kinder, als verliebte Teenager, als junge Erwachsene voller Träume. Sie hatten sich unter denselben Sternen geküsst, am Strand getanzt und im selben Mondlicht gebadet.

Ihr Magen flatterte wild. Vielleicht dachte er an die gleichen Dinge. »Lena, ich ...«

Ein Kreischen hallte über das Wasser. Das Geräusch kam aus den Wäldern jenseits des Leuchtturmlichts. Es hörte sich an, als würde eine Frau schreien, vielleicht auch mehrere Frauen.

Erschrocken spannte Lena sich an.

»Kojoten«, sagte Eli. »Ein Rudel Kojoten.«

Sie lauschten dem stakkatoartigen Jaulen, dem langen, klagenden Aufheulen und dem schrillen Gebell. Bellen und Kläffen durchbrachen die Stille und vertrieben sogar das unaufhörliche Zirpen der Insekten. Den Geräuschen nach zu urteilen, zogen die Kojoten gemeinsam irgendwo im Osten, tief im Wald, auf der Jagd nach Beute umher.

Lena erschauerte und schlang ihre Arme um ihre Rippen. Sie standen da und lauschten der Natur in ihrer ungezügelten Wildheit. Nach einigen Minuten wurde das Heulen leiser und das Rudel entfernte sich immer weiter.

Lena blickte zu Eli auf. Das silberne Sternenlicht wurde von den scharfen Konturen seines Gesichts reflektiert. Sein Ausdruck war hart, sein Mund flach zusammengepresst. Sie kannte diesen Blick. »Was wolltest du sagen?«

Eli zuckte mit den Schultern. »Nichts.«

Sie holte Luft, um etwas zu sagen, schürzte dann aber ihre Lippen und schwieg. Sie hatten beide Geheimnisse, die sie jahrelang für sich behalten hatten. Es war schwierig, das auszusprechen, was gesagt werden musste, besonders zwischen Menschen, die sich schon so lange kannten und so viel Ballast mit sich herumschleppten wie sie selbst. Er litt und es tat ihr weh, das zu sehen – fast so, als wäre sein Schmerz auch ihr eigener. Und wenn Eli Schmerzen hatte, drängte er alle weg, auch sie.

Er hatte sich abgeschottet. Es war eine feste Mauer zwischen ihnen, die unmöglich zu durchbrechen schien.

Es war ein alter Tanz, mit dem sie bestens vertraut war. Eine jüngere Version von ihr war verletzt worden und hatte sich von ihm wegstoßen lassen; sie war nicht stur oder stark genug gewesen, dem Schmerz ins Gesicht zu sehen, ohne zurückzuweichen.

Aber sie war nicht mehr dieses Mädchen. Er war nicht mehr der Junge, der sie verletzt hatte.

»Du kannst mit mir reden«, sagte sie. »Über alles. Ich bin für dich da.«

»Ich weiß«, sagte Eli.

Er schritt von der Veranda und zog sich in die Nacht zurück. Und wieder einmal musste Lena mit zerrissenem Herzen zusehen, wie Eli Pope verschwand.

10

JACKSON CROSS
TAG ACHTUNDSECHZIG

Jackson stand auf der oberen Terrasse der Villa seiner Familie neben Horatio. Er hielt sich am Geländer fest und genoss die spektakuläre Aussicht auf die Kalksteinfelsen und die Weite des Lake Superiors.

Die Oberfläche des riesigen Sees glitzerte wie Alufolie und spiegelte das Kobaltblau des mit Wattewolken übersäten Himmels wider. Die Ureinwohner, die Ojibwe, nannten den See *Gichigamiing* – das *große Wasser*.

Im Laufe der Jahrtausende hatten heftige Winde die Baumkronen und das Blätterwerk abgetragen, sodass die Klippen wie die Bugspitzen großer Schiffe in den See ragten. Mächtige Wellen hatten Buchten und Höhlen in den vielfarbigen Kalkstein gegraben.

Hinter ihm erhob sich das palastartige Haus seiner Kindheit, ein Herrenhaus aus Stein und Zedernholz, das einer herrschaftlichen Tahoe Lodge nachempfunden war – was sich für ihn als Kind eher wie ein Gefängnis angefühlt hatte.

Das Anwesen war von Generation zu Generation weitervererbt worden. Die Cross-Großeltern und -Urgroßeltern waren Holzbarone gewesen, die das Land und das Wasser ausgebeutet, die Upper Peninsula von ihren großen Bäumen befreit und riesige Friedhöfe mit verwüsteten Baumstümpfen in ihrem Gefolge hinterlassen hatten.

Jackson hatte nichts davon gewollt. Er hatte seinen eigenen Weg eingeschlagen. Jetzt war er zu Hause, was er nicht wollte, aber er war gezwungen gewesen, zurückzukehren und Antworten von seinem Vater zu verlangen.

Er war gerade aus dem Munising Krankenhaus gekommen. Das Krankenhaus hatte seine Pforten geschlossen und Hunderte von kranken, verletzten und verzweifelten Menschen zurückgelassen. Menschen, die Antworten suchten, die Jackson ihnen nicht geben konnte. Er war wütend, frustriert und hilflos.

»Du hast irgendetwas getan, damit Underwood zurücktritt«, sagte er zu seinem Vater. »Er ist nicht von sich aus abgetreten.«

Horatio starrte Jackson mit unverwandten Blick an. Groß und schlank, wie er war, Mitte sechzig, die silbernen Haare aus der hohen Stirn gekämmt, wirkte Horatio Cross wie ein bedeutender Gentleman. Als einflussreicher ehemaliger Sheriff von Alger County war er wohlhabend und gut vernetzt, und er war es gewohnt, Befehle zu erteilen und alle um sich herum zu kontrollieren und zu manipulieren, auch seine Familie.

Horatio klopfte ihm auf den Rücken. »Du hast Underwood jetzt schon zweimal gedemütigt, erst mit Boone und dann mit Cyrus Lee Jefferson ...«

Jackson versteifte sich, während er mit den Zähnen knirschte. »Das war nicht meine Absicht ...«

Horatio sprach über ihn hinweg. »Underwood hat dem ganzen Bezirk bewiesen, dass er nicht mal als Hundefänger taugt. Ich habe dir nur gegeben, was du verdient hast. Ich habe mich immer um dich gekümmert und dafür gesorgt, dass du dein volles Potenzial ausschöpfst. Du bist ja schließlich ein Cross.«

Die Brust seines Vaters blähte sich vor Stolz auf, als ob Jacksons Erfolge seine eigenen Triumphe wären, als ob Jackson nur aufgrund seiner Abstammung Erfolg hätte. Die Anerkennung gebührte Horatio und Horatio allein.

Sein Vater strahlte ihn an, so stolz, wie er es noch nie zuvor gewesen war. Nicht, als Jackson seinen Abschluss als Klassenbester gemacht hatte, nicht, als er seinen ersten Tag als Deputy verbracht hatte, und auch nicht, als er zum Undersheriff befördert worden war.

Jackson rutschte unruhig hin und her und hatte Mühe, das verworrene Dickicht an Gefühlen zu verbergen, das ihm wie Dornen ins Herz stach. »Was wird jetzt mit Underwood passieren?«

Horatio warf ihm einen verachtenden Blick zu, genau so, wie er es immer getan hatte, als Jackson noch ein Kind gewesen war – als wäre er ein zappelndes Insekt unter einem Vergrößerungsglas. Jackson war unter der unerbittlichen Missbilligung seines Vaters verwelkt. »Vergiss ihn und schau nach vorn, Jackson. Schau einfach nur nach vorn. Was hinter dir ist, ist bloß Ablenkung, eine Falle, um dich zum Stolpern zu bringen. Erlaube dir nicht zu fallen.«

Die Worte waren eigentlich ganz harmlos, aber sie klangen ein wenig wie eine Drohung. Ein mulmiges Gefühl machte sich in seinem Bauch breit. Wie sehr hatte er sich bemüht, es seinem Vater recht zu machen und sich den zufriedenen Blick zu verdienen, mit dem Horatio Jacksons Geschwister immer so großzügig beschenkt hatte.

Doch egal, was er tat, er war nie gut genug.

Horatios Zähne blitzten auf, zu weiß, zu hell. »Du bist ein Cross. Vergiss nicht, woher du kommst und wem deine Loyalität gebührt.«

Das dunkle, unbehagliche Gefühl wuchs und wuchs. Sein Vater erwartete ein Quidproquo. Jackson war ihm etwas schuldig. Horatio war der Meinung, dass er Jackson die Beförderung auf einem Silbertablett serviert hatte. Dieser Gefallen musste hundertfach zurückgezahlt werden; mit einem Mann wie Horatio Cross war man nie quitt.

Jackson straffte die Schultern und versuchte, die Beleidigungen und Schuldzuweisungen, die er schon sein ganzes Leben lang gehört hatte, zu ignorieren. »Ich werde meinen Job machen. Keine speziellen Privilegien. Ich werde bei nichts ein Auge zudrücken.«

Horatio machte eine abweisende Geste, drehte sich um und ging zur Treppe der Terrasse. Wenn Horatio ein Gespräch beendet hatte, dann war es auch beendet. Am Rande der Terrasse hielt Horatio inne und warf einen Blick über seine Schulter. »Glaube ja nicht, dass du der Mann bist, von dem wir beide wissen, dass du es nicht bist.«

Dann war er weg.

Jackson klammerte sich mit weiß gewordenen Fingern an das Geländer. Ein Falke schwebte hoch über den Klippen auf einer Windböe. Unter ihm funkelte der See hell und klar wie ein Diamant.

Kindheitserinnerungen voller Angst, Scham, Enttäuschung und Sehnsucht wurden wieder lebendig. Die traurige Tatsache, der er nicht entkommen konnte: Der ungewollte Junge in ihm sehnte sich immer noch nach der Liebe, der Akzeptanz, dem warmen, hellen Kreis der verwehrten Zuneigung seines Vaters.

Er konnte sein Pflichtgefühl gegenüber seiner Familie nicht einfach abschalten.

Liebe war der Anker, der an seinen Hals gekettet war und ihn ertränken würde. Oder war es die Pflicht ... oder die Schuld? Er fürchtete, dass er das eine nicht mehr vom anderen unterscheiden konnte. Das war das Problem.

11

SHILOH EASTON
TAG NEUNUNDSECHZIG

»Jetzt ist es offiziell.« Shiloh stöhnte, setzte sich zurück auf ihre Fersen und schleuderte ihren Spaten angeekelt gegen die nächste Regentonne. »Ich hasse Gartenarbeit.«

»Was? Warum?«, fragte Ruby Carpenter. »Ich liebe Gärtnern.«

Ruby kniete gegenüber von Shiloh und jätete pflichtbewusst ihren Teil des Gartens. Ihre feuerroten Haare hatte sie zu einem Pferdeschwanz zusammengebunden und darüber trug sie einen Strohhut mit breiter Krempe, um ihre empfindliche Haut vor der Sonne zu schützen.

Sie jäteten den dämlichen Garten schon seit zwei quälenden Stunden. Letzte Woche hatten sie einen Zaun gebaut, um Schädlinge fernzuhalten. Das hatte so gut wie nichts gebracht.

Bear beobachtete die Arbeit von seinem bequemen Platz im Schatten des Cottages aus, wo er sich auf den Bauch hatte plumpsen lassen, die Pfoten ausgestreckt und jetzt fröhlich hechelnd. Er lag neben Shilohs Armbrust, Pistole und Messer, als ob er ihre Waffen hüten würde.

Shiloh blickte Ruby missmutig an. »Das liegt daran, dass du einen grünen Daumen hast. Mein Daumen ist schwarz, schwärzer als schwarz, schwärzer als Kohle. Die Tomatenpflanzen werden ständig

71

von Käfern befallen, die dummen Kaninchen graben sich unter dem Maschendraht durch und fressen jeden Salat, den ich zum Sprießen bringe, und das Unkraut wächst besser als die Kartoffeln!«

»So schwer ist das nicht.«

»Sag das noch mal und ich mache mir eine Halskette aus deinen Zähnen.«

Ruby warf ihr einen vorwurfsvollen Blick zu. Sie hatte die Geduld einer Heiligen, verdammt noch mal. Shiloh hingegen nicht. Sie würde lieber irgendetwas jagen. Und die bösen Jungs lebendig häuten.

»Ist auch egal. Lena sagt, wir können erst Mittagspause machen, wenn wir das Unkraut losgeworden sind. Ich sehe den Sinn nicht. Das kommt morgen doch eh einfach wieder.«

Normalerweise fuhr Ruby mit ihrem Fahrrad her, um bei der Arbeit am Leuchtturm zu helfen. Im Gegenzug schickte Lena sie mit wilden Brombeeren, Gemüse oder Kräutern aus dem Garten nach Hause. Shiloh schätzte die Gesellschaft, auch wenn Ruby unglaublich nervig sein konnte – wie jetzt zum Beispiel.

Ruby verdrehte die Augen. »Diese Käfer auf den Tomatenpflanzen sind Fruchtwürmer, Blattläuse und Flohkäfer. Wir können die Pflanzen mit einfachem Talkumpuder bestäuben, um sie fernzuhalten. Deine Tante baut Basilikum an, damit funktioniert es auch. Wir können ein selbstgemachtes Spray mit ein paar Tropfen Spülmittel herstellen.«

Shiloh starrte sie an, als ob ihr ein zweiter Kopf gewachsen wäre. »Was redest du da überhaupt? Du sprichst eine fremde Sprache. Alles, was ich höre, ist bla, bla, bla.«

Ruby lächelte ein wenig. »Denkst du, du bist die Einzige, die Ahnung von irgendwas hat? Meine Mom hat immer mit meinem Dad im Laden gearbeitet, also hat sich meine Oma um mich gekümmert, als ich klein war. Sie hat mir beigebracht, wie man Apfelmus einmacht, wie man Erdbeeren einfriert und wie man etwas anbaut. Weißt du, was ich meine?«

»Nein, weiß ich nicht. Mein Großvater hat mir beigebracht, wie man was tötet und wie man ihm aus dem Weg geht, wenn er sturzbetrunken war.«

Eine Erinnerung an Cody schoss ihr durch den Kopf: Sie waren sechs oder sieben Jahre alt gewesen, hatten hinter dem Holzstapel gekauert und durch die Stämme gelugt, als ihr Großvater gestolpert war und betrunken gebrüllt hatte, wobei er seine Fäuste zur Gewalt bereit geballt hatte. Cody hatte neben ihr gehockt, einen Finger an seine Lippen gelegt und mit seiner kleinen Hand ihre Schulter umschlossen, um sie zu trösten. Er war bereit gewesen, sie vor dem großen bösen Wolf zu schützen.

Der Schock des Kummers traf sie wie ein Pfeil in die Brust. Es raubte ihr den Atem.

Ruby zog die Stirn in Falten, und ihre blauen Augen glänzten vor Sorge. »Geht es dir gut?«

»Bestens. Einfach nur prima.« Shiloh wedelte mit einer Hand in Richtung Garten, um Ruby und auch sich selbst abzulenken. »Okay, Superstar. Ich beuge mich deinem Genie. Warum zum Teufel hast du mich so lange einen Affen aus mir machen lassen? Du hättest mir doch sagen können, was ich falsch mache.«

Das kleine Lächeln wurde noch breiter. »Es war irgendwie lustig.«

»Wenn du das sagst. Jetzt geh wieder an die Arbeit, Klugscheißer.«

Shilohs Magen knurrte. Sie und Lena waren weit davon entfernt zu verhungern, aber sie aßen weniger, als sie es gewohnt waren. Jede Mahlzeit erforderte so viel verdammte Vorbereitungsarbeit – keine Stopps mehr bei Pizza Hut oder Subway für Fast Food oder Abstecher zu Dunkin' Donuts für Milkshakes.

Sie holte den blöden Spaten zurück und machte sich wieder ans Unkrautjäten. Ihre Knie waren voller Dreck, ihr Rücken schmerzte und die Sonne brannte ihr auf den Kopf. »Ich habe so die Nase voll von Salat, Bohnen aus der Dose und Fisch. Fisch, Fisch, Fisch. Wenn ich noch eine Forelle sehe, werde ich sie jemandem in den Hals stopfen. Für einen doppelten Cheeseburger mit Cheddar-Käse, Ketchup und Mayo, gekrönt von einem ganzen Haufen saftiger Gürkchen, würde ich töten. Oder für einen Snickers-Riegel. Diese schmelzende Schokolade, das klebrige Karamell und die knackigen Nüsse …«

Ruby stieß einen wehmütigen Seufzer aus. »Ich vermisse die Truthahn-Paninis und die Brokkoli-Cheddar-Suppe aus dem Falling Rock Café, unserem Lieblingsrestaurant. Jeden Freitagabend haben Mom und ich uns nach Lust und Laune und ohne jegliche Rücksicht auf die

Kalorien geholt, worauf wir Lust hatten, und uns gemeinsam eine Rom-Com angesehen.«

Shiloh schnitt eine Grimasse. »Kotz, würg. Kein Wunder, dass du abgehauen bist.«

»Mach es nicht schlecht, bevor du es nicht selbst versucht hast. Es war gar nicht so schlimm.«

»Ja, aber ich habe keine Mom, also werde ich es wohl nie versuchen können, was?«

Rubys Augen weiteten sich vor Entsetzen, als ihr klar wurde, was sie gesagt hatte. »So habe ich es nicht gemeint, Shiloh. Es tut mir leid …«

Shiloh zwang sich zu einem lässigen Achselzucken. Sie wollte von niemandem Mitleid, nicht einmal von Ruby. »Is schon in Ordnung, es geht mir gut. Mach dir keine Gedanken darüber.«

Ruby sah besorgt aus. »Bist du sicher?«

»Klar.« Shiloh zupfte ein paar Gräser, die die aufkeimenden Erbsen erstickten, aus dem Boden und warf sie in die Schubkarre. »Außerdem glaube ich nicht, dass Mom der Rom-Com-Typ war. Wenn sie auch nur annähernd so war wie ich, hätten wir beide uns eine Barbecue-Chicken-Pizza, Snickers-Riegel zum Nachtisch und einen *Avengers*-Film gegönnt. Oder *Star Wars*, aber nur die Original-Trilogie.«

Shiloh warf einen Blick nach unten auf das übergroße grüne *Die-letzten-Jedi*-T-Shirt, das eines von Codys Lieblingskleidungsstücken gewesen war: Es trug das Bild eines flauschigen Ewoks, versehen mit der Aufschrift *Endor Forest Summer Camp*.

»Erinnerst du dich noch an deine Mom?«, fragte Ruby leise.

Shiloh versteifte sich. »Nö.«

»Überhaupt nicht?«

Shiloh schloss ihre Augen. Sie sah die Dunkelheit. Ein Schatten, der sich über die Wand bewegte. Angst und ein kupferner Geschmack wie Pfennige in ihrem Mund. Lange dunkle Haare, die über einem Kopfkissenbezug ausgebreitet waren, Blutspritzer auf den Satinlaken.

Ihre stärksten Erinnerungen an ihre Mutter waren die an diese Nacht. Blasse Bilder, wie Rauchschwaden, die sich durch ihre Finger verflüchtigten, Geister, die verschwanden, als sie sie verfolgte.

Sie öffnete die Augen und konzentrierte sich auf das Sonnenlicht, das wie ein Flickenteppich aus Licht und Schatten durch die Bäume fiel, auf die grünen Grashalme, die ihre nackten Beine kitzelten, den Dreck unter ihren Fingernägeln und das gleichmäßige Geräusch der Wellen, die an die Küste schlugen.

Trauer war wie ein Dolch. Sie schnitt in alles, was sie berührte.

»Ich arbeite daran, mich zu erinnern, aber meistens sehe ich sie so, wie andere Leute über sie reden. Lena und Jackson erzählen mir Geschichten darüber, wie strahlend und lebenslustig sie war, wie schön. Jeder ist perfekt, nachdem er gestorben ist.«

»Ich verspreche, nur nette Dinge über dich zu sagen, wenn du stirbst.«

»Wahre Freunde nehmen die Geheimnisse ihrer Freunde mit ins Grab«, scherzte Shiloh.

Ruby verstummte. Sie warf Shiloh einen fragenden Blick zu. »Ist es das, was wir sind? Freunde?«

»Es lief alles so gut, bis du so weinerlich und gefühlsduselig werden musstest.«

Rubys nüchterner Gesichtsausdruck verzog sich zu einem zaghaften Lächeln. »Wir sind Freunde.«

»Wenn du weiter so einen sentimentalen Blödsinn laberst, werde ich deinen faulen Hintern zurücklassen, damit du das Unkraut alleine jäten kannst.«

Ruby machte sich wieder an die Arbeit, aber das zufriedene Lächeln blieb auf ihrem Gesicht.

Shiloh sah ihr eine Sekunde lang zu, wobei sie heftig blinzelte. Ruby war wieder in ihre Albträume eingedrungen, ihre klagenden Schreie hatten sich mit denen von Cody vermischt. Ihre traurigen Stimmen quälten Shiloh, während sie suchte und suchte und sie niemals fand.

In der realen Welt hatte Shiloh Ruby unter den Dielen von Walter Boones Hütte ausgegraben, sie aus der Tiefe gezogen und sich Boone gestellt, während Ruby traumatisiert, aber lebendig geflohen war.

Allmählich, Tag für Tag, erwachte Ruby wieder zum Leben und blühte auf wie eine Blume, deren Blütenblätter sich im Licht der Sonne öffneten. Shiloh würde es nie zugeben, aber wenn Ruby ein echtes

Lächeln ausstrahlte, wärmte es einen kleinen Fleck in der Mitte von Shilohs Brust.

Zehn Minuten später hatte Shiloh ihren Bereich erledigt. Der Dreck verkrustete ihre Hände, säumte ihre Fingernägel und verfärbte ihre Knie und Schienbeine. Sie hockte sich auf ihre Fersen und rieb sich mit einer Hand den schmerzenden Rücken.

Um sie herum herrschte Stille. Die Hitze war erdrückend. Sie blinzelte gegen die grelle Sonne, die sich auf dem glatten Wasser des Sees spiegelte. Bear hatte sich auf die Seite gedreht und schnarchte laut, wobei seine Lefzen bei jedem Atemzug flatterten.

Schweiß benetzte Shilos Nacken. Sie hob ihre dicken Haare hoch und band sie mit dem Haargummi von ihrem Handgelenk zu einem Dutt zusammen. Dann streifte sie ihr Polyester-Schlauchtuch ab, tauchte es in den Wassereimer, wrang es aus und legte es sich in den Nacken, was ihren ganzen Körper mindestens eine gute Stunde lang kühlte.

Ruby folgte ihrem Beispiel. Sie tranken aus ihren Wasserflaschen, die mit gefiltertem und desinfiziertem Regenwasser aus dem Wasserspeichersystem gefüllt waren.

Lena hatte sie über die Gefahren eines Hitzeschlages belehrt, vor allem ohne Klimaanlage und ohne Krankenhaus, wenn mal etwas schiefging.

»Ich glaube, wir sind gleich fertig«, sagte Shiloh. »Ich brauche eine verdammte Pause.«

»Ich könnte etwas Himbeersaft zusammenmixen. Willst du welchen?«

Lena hatte ihnen beigebracht, wie man aus den Himbeeren, die sie auf dem Grundstück gesammelt hatten, ein fruchtiges Getränk herstellte: Die Beeren auf dem Holzofen erhitzen, um sie weich zu machen, mit einem Kartoffelstampfer und einem Seihtuch die Kerne auspressen und dann mit kaltem, sauberem Wasser vermischen.

»Ich würde dir für Himbeersaft auf der Stelle meine Seele verkaufen.«

»Du unterschätzt deine Seele.«

»Das tue ich nicht. Meine Seele ist so schwarz wie mein schwarzer Daumen.«

Ruby lenkte die Schubkarre über den Hof, um das Unkraut zwischen den Bäumen auszukippen, und stöhnte, während sie die schwere Last durch das wuchernde Gras schob.

Shiloh räumte die reifen Gurken und Zucchini in ihren Korb, wischte den Dreck vom Spaten und steckte ihn in den Korb, damit sie ihn später abspülen konnte. Ihr lief das Wasser im Mund zusammen, als sie von einem kalten Getränk träumte, in dessen Glas Eiswürfel klirrten – Ruby stieß einen kleinen Schrei aus. »Was zur Hölle!«

Das Adrenalin peitschte durch ihre Brust. Shiloh ließ den Korb fallen. Tomaten, Zucchini und Gurken flogen in alle Richtungen. Sofort war sie auf den Beinen, hatte die Armbrust in der Hand, spannte einen Bolzen und rannte auf Ruby zu. Bear schüttelte sich und trottete ihr hinterher. »Was ist los?«

Ruby zeigte auf einen kahlen Fleck am Fuße einer hohen Fichte. Auf Brusthöhe zeichneten sich tiefe Kratzspuren in der weichen Rinde ab. Mehrere Pfotenabdrücke verunstalteten die Erde rund um den Baum. Große Pfoten, zu groß, um von Bear zu stammen.

Shiloh schnappte nach Luft. »Ein Schwarzbär. Und zwar ein großer.«

»Warum sollte er so nah ans Haus kommen?«

»Ich wette, das ist derselbe verdammte Bär, den Lena vor ein paar Wochen gesehen hat. Mrs. Grady meinte, dass irgendwas letzte Woche drei ihrer Hühner erwischt hat. Vielleicht war es der Bär.«

Das Tier wurde immer dreister. Shiloh liebte die Geschöpfe Gottes über alles, aber ein Schwarzbär, der keine Angst vor Menschen hatte, war gefährlich.

Der Neufundländer schnüffelte interessiert am Fuß des Baumes. Ein tiefes Knurren drang aus seiner Brust und seine Nackenhaare stellten sich auf.

Shilohs Nacken kribbelte, als sie den Wald musterte. Der Armbrustschaft lag eng an ihrer Schulter und ihre Muskeln waren angespannt. Mit einem Schaudern trat Ruby näher an sie heran. »Glaubst du, er ist jetzt gerade da draußen? Beobachtet er uns?«

Unaufgefordert blitzte eine andere Erinnerung hinter Shilohs Augen auf – das beunruhigende Gefühl, im Wald verfolgt zu werden, eine schwielige Hand, die sich über ihren Mund legte, der Schrecken des Angriffs. Sie blinzelte und verdrängte die schrecklichen Bilder aus ihrem Kopf.

»Ich weiß es nicht«, sagte Shiloh.

Sie redete sich ein, dass sie jetzt in Sicherheit war. Aber sie fühlte sich nicht sicher. In der Wildnis waren die Tiere nicht die einzigen Prädatoren. Das wusste sie nur zu gut.

12

JACKSON CROSS

TAG SIEBZIG

Jackson saß an seinem neuen Schreibtisch im Büro des Sheriffs, die Schultern gebeugt, die Ellbogen auf die polierte Eichenoberfläche und den Kopf in die Hände gestützt. Die Akten stapelten sich gefährlich hoch auf beiden Seiten des Schreibtischs, auch wenn die Ordner arm an Beweisen waren.

Eine Coleman-Campinglaterne warf warmes, gelbes Licht auf die gerahmten Fotos, die hinter ihm an der Wand hingen – Underwood, der vor der Kamera mit dem Polizeipräsidenten, dem Gouverneur, mehreren Senatoren und ein paar Richtern schäkerte.

Das Büro des Sheriffs hatte keinen funktionierenden Generator mehr. In der Hitze des Tages war es selbst bei geöffneten Fenstern fast unerträglich. Die Hälfte der Abteilung hatte gekündigt.

Die verbliebenen Beamten erschienen ohne Bezahlung, ohne Dank und ohne einen Grund zu bleiben – dafür mit einem untrüglichen Pflichtgefühl, einem sturen Engagement für die Sache und dem Wunsch, ihre Gemeinde zu schützen.

Diejenigen, die blieben, waren überzeugte Gläubige – Menschen, denen er sein Leben anvertrauen würde.

Außerhalb des Sheriff-Büros war der große Hauptraum voll mit zusammengepferchten Arbeitsplätzen, die durch Stellwände vonein-

79

ander getrennt waren. Die Luft roch nach abgestandenem Kaffee und Waffenöl.

Es war schon weit nach Mitternacht, aber der Schlaf blieb ihm verwehrt. Lily Eastons Fallakte lag ungeöffnet in der Mitte des Schreibtischs. Sie verfolgte ihn: ihr tiefes, kehliges Lachen, ihre dunklen Locken, die sich im Wind wiegten, das verschmitzte Funkeln in ihren braunen Augen.

Spät in der Nacht konnte er hören, wie sie ihm etwas zuflüsterte. Im Wind, der durch die Dachrinne pfiff, rauschte und heulte es wie der klagende Schrei einer Frau.

Er würde ihren Mörder finden; er hatte es Lilys Geist, Lena und Shiloh geschworen. Mit jedem Tag, der verging, versank die Welt mehr und mehr im Chaos; er fühlte sich weiter davon entfernt, ihren Mord aufzuklären, als je zuvor.

Darius Sykes und seine entflohenen Sträflinge stellten eine eindeutige und greifbare Gefahr dar. Sawyer war eine ständige Bedrohung, ebenso wie Diebe, Plünderer und verzweifelte Bürger, die am Rande eines Aufstands balancierten.

Er war jetzt der Sheriff. Es war seine Aufgabe, die Lebenden zu schützen.

»Bald«, flüsterte er. »Bald, Lily. Ich verspreche es dir. Aber zuerst muss ich deine Schwester und deine Tochter beschützen.«

Schwerfällig erhob er sich und ging zum Whiteboard, das er aus dem Konferenzraum hergebracht hatte. Eine detaillierte Karte von Alger County war auf die eine Seite geklebt worden. Auf der anderen Seite hatte er eine größere Karte der UP angepinnt.

Ein roter Magnetpin markierte die Stelle, an der die erste Leiche gefunden worden war. Er zweifelte nicht daran, dass es noch weitere geben würde. Es war nur eine Frage der Zeit.

Morgen früh würde er eine Spezialeinheit, eine Task-Force, für die Jagd nach Sykes zusammenstellen.

Bevor die Welt zusammengebrochen war, hätte er die Sicherheitsvideos der örtlichen Geschäfte, Geldautomaten und Wohnhäuser in der Nähe durchforstet. Er hätte Baupläne und Grundrisse abrufen, Kreditwürdigkeitsprüfungen durchführen und das öffentliche Register durchsuchen können.

Es gab Social-Media-Accounts, die er hätte scannen, und Nummernschilder, die er hätte überprüfen können. Er hätte Fotos durch Gesichtserkennungssoftwares laufen lassen, Mobilfunkanbieter vorladen und Computer und Telefone nach Beweisen durchsuchen können – jeder Hinweis wie eine Brotkrume, der er hätte folgen können.

Das alles war weg, zu Staub und Asche zerfallen.

Jackson erkannte, dass er wieder einmal auf der Jagd war, auf der Suche nach einem Mörder – im Dunkeln.

13

ELI POPE
TAG EINUNDSIEBZIG

Eli beugte sich über einen Baumstumpf neben dem Schuppen, den er zum Lagern von Feuerholz gebaut hatte, während er in der Dunkelheit Holz spaltete.

Das gleichmäßige *Wump, wump, wump* der auf und ab schwingenden Axt übertönte die Stimmen in seinem Kopf und hielt die Albträume in Schach – zumindest für eine Weile.

Er stöhnte bei jedem Schlag und spannte sich an, als würde ihn jedes Anheben der Axt körperlich verletzen. Schweiß benetzte seine Haut, lief ihm die Schläfen hinunter und klebte ihm die feuchten Haare auf die Stirn. Er war nur mit Cargo-Shorts bekleidet und sein Bizeps wölbte sich, während er die Axt hob und senkte, hob und senkte, wobei sich seine sehnigen Muskeln unter der von Kämpfen vernarbten Haut spannten.

Der Stapel frisch geschlagenen Brennholzes neben ihm war brusthoch. Heute Morgen war noch nichts da gewesen. Er hatte stundenlang Holz gehackt. Eli und Shiloh hatten Fallholz gesammelt. Eli hatte Eichen und Ahornbäume am Rande der Wiese gefällt, um diese für das nächste Jahr vorzubereiten.

Zuvor war er seine sechzehn Kilometer gejoggt, als könnte er den Dämonen, die ihm auf den Fersen waren, davonlaufen. Es war schon spät, nach dreiundzwanzig Uhr. Eigentlich sollte er in der Assistentenhütte sein und sich ruhelos hin und her wälzen, aber stattdessen war er draußen im Dunkeln, müde und erschöpft, während seine Muskeln brannten und er unfähig war, aufzuhören.

Noch bevor er sie sah, hörte Eli ihre Schritte, denn seine Sinne waren auf seine Umgebung eingestellt. Lena kam um die Ecke der Assistentenhütte und blieb ein paar Meter entfernt stehen. Sie trug gestreifte Pyjamashorts und ein übergroßes weißes T-Shirt, das von einer Schulter herabhing, ein Glas Wasser in der einen Hand und ihre M&P – die sie tief an der Seite hielt – in der anderen.

Obwohl er es nicht wollte, hämmerte sein Herz in seiner Brust. Wütend wischte er sich mit der Rückseite seines Arms über sein nasses Gesicht. Er wusste, was sie sah: Ihr Blick tastete das schrumpelige Fleisch einer Schusswunde und die markanten weißen Narben mehrerer Schnittwunden ab. Verblassende gelbliche Blutergüsse von den Schlägen auf der Yacht zierten noch immer seine Rippen, seinen Rücken und seine Brust.

»Hey«, sagte sie leise.

»Hey.« Seine Schultern versteiften sich, dann hackte er weiter. *Wump, wump.* Er legte einen neuen Holzscheit auf den Baumstumpf. Die Axt schlug wieder und wieder zu. *Wump, wump.*

Sie beobachtete ihn in der Dunkelheit. »Du brauchst eine Pause.«

»Ist schon okay.«

»Rede mit mir«, sagte sie.

»Ich sagte doch, es ist alles okay.«

»Nein, ist es nicht.« Sie trat näher heran. »Eli, hör auf.«

Gehorsam ließ er schwer atmend die Axt sinken. »Akzeptierst du jemals ein Nein als Antwort?«

»Nein.«

Er brummte.

Sie drückte ihm das Glas Wasser in die Hand. »Nimm es. Du bist ohnehin schon dehydriert.«

Seine Arme zitterten vor Müdigkeit, als er die Axt in dem Stumpf versenkte. Er trank das Wasser aus und stellte das Glas neben die Axt auf den Baumstumpf.

Sie starrten einander in der Dunkelheit an. Das Leuchtfeuer des Leuchtturms wanderte hin und her und warf einen unheimlichen Schimmer über das Gras, während die Gebäude lange Schatten warfen und die nächtlichen Insekten zirpten.

»Bei dir ist nicht alles okay.«

Ein unwillkürlicher Schauer durchfuhr ihn.

»Was ist los?«

»Du hast schon genug um die Ohren. Ich will dich nicht belasten.«

»Ich entscheide selbst, womit ich belastet werden will.«

Er starrte auf die Axt, die aus dem Herzen des Baumstumpfes ragte. »Du willst es nicht wissen. Niemand will das.«

Wut flammte in ihrem Gesicht auf. »Das kannst du nicht wissen. Du hast nicht das Recht, für jemand anderen zu entscheiden. Das ist nicht fair.«

Sie machte einen Schritt auf ihn zu, bis sie gerade mal einen halben Meter voneinander entfernt waren. »Ich frage dich, Eli, weil ich es wissen will. Ich werde nicht gehen, bis du es mir gesagt hast.«

Er schaute sie an, musterte sie mit einer Härte, die sie eigentlich hätte einschüchtern sollen – aber das tat sie nicht. Sie erwiderte seinen Blick, ohne mit der Wimper zu zucken. Lena war stur, schon immer gewesen. »Es ist nicht schön.«

Sie hob ihr Kinn an. »Ich kann mit nicht schönen Sachen umgehen.«

Instinktiv berührte er die Sankt-Michael-Medaille, die neben seiner Erkennungsmarke um seinen Hals hing. Sein Mund wollte nicht richtig funktionieren. Die Stille dehnte sich zwischen ihnen aus. Er erwartete fast, dass sie gehen würde, aber das tat sie nicht. Sie wartete einfach.

Nach einem langen Moment sackten seine Schultern resigniert nach unten. Er würde das sagen, was er bisher nicht laut ausgesprochen hatte. Und er hatte Angst davor, was dann folgen würde: in ihren Augen sehen, wer er wirklich war und die Ablehnung, wenn sie ihn fürchtete und hasste.

Die Worte waren wie Stacheldraht auf seiner Zunge. »Ich habe einen Unschuldigen getötet. Einen Unbeteiligten.«

Lena starrte ihn schockiert an. Er wartete auf den Abscheu, das Entsetzen und die Verurteilung. Nichts davon kam.

»Erzähl mir alles«, sagte sie.

Und das tat er.

»Auf Sawyers Yacht«, sagte er mit gebrochener Stimme, »als ich aus dem Sicherheitsraum ausgebrochen bin. Einer der Kellner kam rein. Er war noch ein Kind, nur ein Handlanger, den Sawyer als Laufbursche für seine Crew einsetzte. Er hat mir gegen Sawyers Anweisung Wasser gebracht. Und dafür ist er gestorben. Ich habe ihn dafür getötet.«

Er trug die Last ständig mit sich, die Schuld und die Scham. Er trug sie seit der Nacht, in der die Yacht abgebrannt war und Jackson ihn aus Sawyers Fängen gerettet hatte. Dieser blutige Mühlstein befleckte seine Seele und peinigte seinen Verstand.

Er sah sie Hilfe suchend an. Er fühlte sich, als ob er ertrinken würde. »Ich kriege sein Gesicht nicht aus meinem Kopf. Er ist in meinen Träumen, meinen Albträumen. Ich sehe ihn überall. Dieser Junge und David Kepford – ein Mann, den ich nie getroffen habe und der für mich gestorben ist. Wie soll ich damit leben? Zu was für einem Menschen macht mich das?«

»Eli ...«

Er schüttelte unnachgiebig den Kopf. »Ich habe einen Unschuldigen ermordet, einen Jungen, der nur eine gute Tat vollbringen wollte. Ich habe ihn ermordet. Er war keine Bedrohung für mich. Ich war im Killermodus, im Überlebensmodus, ich habe nur noch rotgesehen. Wenn ich auch nur einen Augenblick gezögert hätte, hätte ich es verhindern können. Das habe ich aber nicht.«

»Du hast um dein Leben gekämpft.«

»Das ist keine Entschuldigung.«

Lena verschränkte die Arme vor der Brust. »Du hast alles getan, was in deiner Macht stand, um mich und Shiloh zu beschützen. Du hast dein Leben riskiert, um einen Frauenmörder auszuschalten, Eli. Du hast es geschafft, Jackson zu verzeihen, was er dir angetan hat. Du hast bisher nichts anderes getan, als dich für andere aufzuopfern. Wie kannst du das nicht sehen?«

Er hörte ihre Worte, aber sie sprach von jemand anderem,

jemandem ohne eine durch Tod und Mord entstellte Seele, jemandem, an dessen Händen kein unschuldiges Blut klebte. Es war der Teufel in ihm, vor dem er sich selbst am meisten fürchtete.

»Ich bin nicht ...«

»Ich weiß, wer du bist.«

»Nein ...«

»Ich kenne dich.«

Er wollte etwas sagen, um noch einmal zu widersprechen.

»Hör mir zu«, sagte sie.

Er hörte zu.

»Die Dinge, die du getan hast, die du gesehen hast, was dir passiert ist und was du für andere geopfert hast, für dein Land, für dein Überleben – das alles verfolgt dich. Ich weiß das. Ich sehe das. Du kannst das, was dir passiert ist, nicht begraben. Du tust so, als wäre es gestorben, aufgegeben und in der Vergangenheit geblieben, aber das ist es nicht. Die Vergangenheit ist in jedem Atemzug, in jeder Erinnerung, in jedem Gefühl und in jeder Reaktion, die du erlebst. Soldaten und Überlebende – wir alle haben etwas gemeinsam. Es ist das Trauma. Wir versuchen, es zu ertränken, zu betäuben oder auszulöschen. Das funktioniert aber nicht. Niemals.«

Sie berührte ihr Herz. »Es gibt verschiedene Arten von Schlachtfeldern. Nicht alle befinden sich in Syrien, Afghanistan oder der Ukraine. Manche sind hier.« Dann berührte sie ihren Kopf. »Und andere sind hier. Du hast Schlachten geschlagen, die du nie hättest austragen müssen. Du hast Jahre im Gefängnis gelitten für ein Verbrechen, das du nicht begangen hast. Du bist immer noch auf diesem Schlachtfeld, aber du musst nicht allein kämpfen. Du musst nicht allein leiden.«

Elis Brust zog sich zusammen. Es fiel ihm plötzlich schwer, richtig zu atmen. Lena hatte irgendwie tief in ihn hineingeschaut; sie kannte seine Geschichte, seine Vergangenheit, seine Dämonen, all die hässlichen Seiten, die er an sich hasste. Er fühlte sich entblößt und verletzlich.

Und doch sah sie nicht weg. Sie kannte das Schlimmste in ihm und rannte nicht davon. Eine seltsame, ungewohnte Wärme durchströmte ihn, von seinen Fingern bis zu seinen Zehen. Es war unangenehm,

verwirrend, beunruhigend – und dennoch nicht vollkommen uner-
wünscht.

Er wollte es. Er sehnte sich danach, aber er wusste nicht, wie er
darum bitten und es sich verdienen sollte.

»Man muss die Dunkelheit loslassen, um das Licht hereinzulas-
sen.« Er wurde still.

Sie machte einen Schritt auf ihn zu. »Du musst darüber reden.
Nur so können wir heilen.«

»Ich weiß nicht, wie.«

Lena kam noch näher. Ein weiterer Schritt und sie würde die
Lücke zwischen ihnen schließen. Sie griff nach ihm, schlang ihre Arme
um seine Taille und lehnte ihren Kopf an seine entblößte Brust.

Seine Arme hingen starr an seinen Seiten; er hatte Angst, sich zu
bewegen – Angst, sie zu verscheuchen. Sein Herz pochte in seiner
Brust und ihm blieb die Luft weg, als er ihren Vanilleduft, ihre Süße
und ihre Wärme einatmete.

Sein Blut vibrierte unter seiner Haut. Schlagartig kehrte alles
zurück: wie sie sich in seinen Armen anfühlte, die Leidenschaft, die
zwischen ihnen loderte. Er erinnerte sich deutlich daran, vielleicht zu
deutlich.

Über ihren Köpfen hing die Sichel des Monds in der riesigen
Kuppel des Himmels. Fledermäuse flogen auf und tauchten wieder in
die Tiefe, während Frösche durch die Nacht quakten.

Er hätte für immer in diesem Moment leben können.

Lena zog sich zurück und starrte zu ihm nach oben. »Du sorgst
dich, Eli. Versuch nicht, es zu leugnen. Du hast Fortschritte gemacht.
Du versuchst mit allem, was du hast, dieser Mensch zu sein, besser zu
sein. Du bist gut.«

Als er anfing, den Kopf zu schütteln, sah sie ihn stirnrunzelnd an.
»Versteh mich nicht falsch. Gut zu sein bedeutet nicht, nett zu sein.
Und es bedeutet sicher nicht, harmlos zu sein. Es bedeutet, dass du
dich kümmerst und dich bemühst. Das sehe ich jeden Tag. Ich sehe es
in dir.«

Er sehnte sich danach, sie in seine Arme zu ziehen und sie so zu
küssen, wie sie noch nie geküsst worden war – wie niemand in der
Geschichte der Welt jemals jemanden geküsst hatte.

Er hielt sich zurück. Sie war die Gute. Sie war freundlich, mitfüh-lend, sanft und zärtlich – er hatte sie nicht verdient. Er hatte sie niemals verdient gehabt.

Aber vielleicht hatte er etwas mehr verdient. Zu heilen, sich zu verzeihen, sich Momente des Friedens, der Zufriedenheit und der Freude zu gönnen. Vielleicht war so etwas in dieser Welt möglich.

14

LENA EASTON
TAG ZWEIUNDSIEBZIG

»Ich bin gleich wieder da«, sagte Lena zu Moreno, der auf dem Sofa saß und umgeben von Verbänden und antiseptischen Cremes sein Bein auf den Couchtisch stützte. Mit der richtigen Pflege und einer Dosis wertvoller Antibiotika verbesserte sich die Infektion.

»Lass dir Zeit.« Moreno lehnte sich zurück, breitete die Arme auf den Sofakissen aus und schloss genüsslich die Augen. »Ich werde ein kleines Nickerchen machen, während meine hübsche Krankenschwester mich wieder gesund pflegt.«

Sie schnaubte. »Schmeicheleien bringen dich hier nicht weiter.«

Er ließ seine Augen geschlossen und grinste schelmisch. »Ich sage nur die reine Wahrheit, Ma'am. Ich bin vollkommen unschuldig. Ich habe keine Hintergedanken, das verspreche ich. Außerdem würde Eli mich mit einem Arschtritt in die nächste Postleitzahl befördern, wenn mein gutes Aussehen und mein elektrisches Charisma deinen hübschen Kopf verdrehen würden.«

»Oh, Eli und ich sind nicht ...«

Moreno tat so, als würde er laut schnarchen.

Es war gut, dass seine Augen geschlossen waren. Verlegen schüttelte sie den Kopf, ließ ihn im Wohnzimmer zurück und ging in die

Küche, um ein paar Lavendelzweige zu holen, die die Entzündung um seine Wunde herum lindern sollten.

Sie hatte den Vor- und Nachmittag damit verbracht, sich um leichte Verletzungen und Krankheiten zu kümmern. Vor zwei Tagen hatte sie die Leuchtturmklinik offiziell für die Öffentlichkeit geöffnet. Das hatte sich schnell herumgesprochen. Trey Gleason, ein pensionierter Kinderarzt aus der Gegend, hatte sich bereit erklärt, ihr an drei Nachmittagen in der Woche zu helfen – im Gegenzug für einen wöchentlichen Korb mit frischem Gemüse, im Winter dann eingemachtes.

Letzte Woche hatten sie und Jackson den Aquarienladen in der Innenstadt von Munising geplündert. Die Antibiotika für Fische ähneln denen, die Menschen verschrieben werden – Amoxicillin, Ciprofloxacin und Penicillin.

Obwohl sie die Anwendung von Tierantibiotika für Menschen damals, als die Welt noch in Ordnung gewesen war, nie befürwortet hatte, war das jetzt anders. Irgendetwas war immer noch deutlich besser als nichts. Aber auch die Fischantibiotika würden bald ausgehen, und sie brauchten Alternativen. Die Antibiotika würde sie für die schlimmsten Fälle, wie Moreno und sein entzündetes Bein, rationieren.

Sie war in die Bibliothek gegangen – die jetzt nur noch eingeschränkt geöffnet war, aber immer noch von der beeindruckenden Mrs. Grady geleitet wurde – und hatte sich jedes Buch über natürliche und pflanzliche Heilmittel ausgeliehen. Dann hatte sie sich die empfohlenen Kräuter in einem leerstehenden Gartenbauladen außerhalb der Stadt besorgt.

Niemand hatte die Päckchen mit Lavendel, Nachtkerzenblüten, Ingwer, Gelbwurzel oder Kamillensamen angerührt. Die meisten Leute dachten eher an den unmittelbaren Bedarf an Kalorien als an langfristige Lösungen.

Bisher hatte sie dem Kind, das unter Durchfall litt, Zichorienwurzel verabreicht, um die Entzündung zu lindern, und Sandra Miles gegen ihre Arthritis und James Wood gegen seine ständigen Zahnschmerzen Kamille verordnet. Aloe vera und Rohhonig hatten antiseptische Eigenschaften und eigneten sich hervorragend zur Linderung kleinerer Schnitt- und Schürfwunden.

Als Lena die Küche betrat, schloss eine gekrümmte Gestalt die Tür zur Speisekammer und wankte herum, um sich ihr zuzuwenden. Eine alte Frau beugte ihre schmalen Schultern und strich sich mit einer leberfleckigen Hand über ihre strähnigen Haare. Mit der anderen Hand drückte sie eine übergroße Stofftasche an ihren mageren Oberkörper. Lena erkannte die alte Dame als eine der Nachbarinnen, aber sie wusste nicht, wie sie hieß.

Erschrocken blieb Lena stehen. »Was machen Sie denn hier?«

»Sie haben sich hier ganz schön was aufgebaut.« Der verkniffene Blick der alten Frau schweifte über die Hydrokulturen an der Wand, die Theke, die mit Tomatensoße in Gläsern vollgepackt war, und den Tisch, auf dem eine Schüssel mit reifen Zucchini stand. Ihre trüben Augen leuchteten gierig.

Ein mulmiges Gefühl machte sich in Lenas Bauch breit. »Die Klinik ist im Wohnzimmer. Dieser Teil des Cottages ist für Patienten nicht freigegeben. Das ist unbefugtes Betreten.«

»Ist das so? Haben Sie etwas zu verbergen, ist es das? Sind Sie ein Hamsterer?«

Lena versteifte sich. »Ich habe nichts zu verbergen. Wir haben ein Recht auf unsere Privatsphäre. Sie befinden sich auf einem Privatgrundstück.«

Die alte Frau deutete mit einem verwelkten Arm auf die Wand mit den Hydrokulturpflanzen. »Was ist das alles? Warum haben Sie das und wir nicht?«

Hydrokultur war ein System für den Anbau von Pflanzen ohne Erde, das weniger Wasser verbrauchte, schnelleres Wachstum und höhere Erträge ermöglichte und womit vor allem das ganze Jahr über in Innenräumen angebaut werden konnte.

Zurzeit verwendet sie es für ihre Heilkräuter – Rosmarin, Minze, Salbei, Basilikum und Pfefferminze –, aber sie hatte vor, in einem der freien Schlafzimmer eine Anlage zu bauen, um Gemüse zu ziehen, das für Hydrokulturen geeignet war, wie Salat, Spinat, Paprika und Gurken.

Jackson hatte ihr erzählt, dass David Kepford, der Schulleiter der Munising Highschool und ein herausragender Marinesoldat, sie in seinem Büro eingesetzt hatte. Bevor er gestorben war, hatte er Jackson noch gesagt, er solle es sinnvoll einsetzen. Lena konnte sich für das Geschenk, das Kepford ihr und anderen gemacht hatte, zwar nie revanchieren, aber sie konnte es selbstlos zurückgeben, so wie er es getan hatte.

Allerdings sagte sie dem Eindringling nichts davon. »Das sind Heilpflanzen, die ich in meiner Klinik verwende. Bitte gehen Sie jetzt und kehren Sie ins Wohnzimmer zurück, wenn Sie als Patientin behandelt werden möchten.«

Die alte Frau kratzte sich an einem roten Ausschlag, der an ihrem Handgelenk begann, ihren Arm hinauf wanderte und unter dem Ärmel ihres weiten, verblichenen Sommerkleides verschwand. Schmutz verkrustete ihre High Heels, ein seltsames Schuhwerk für eine Großmutter.

»Ist das ein Ekzem? Sowohl Kokosöl als auch Sonnenblumenkernöl haben beruhigende und antibakterielle Eigenschaften, die den Juckreiz und die Blasenbildung lindern und die Hautbarrierefunktion verbessern können. Ich kann Ihnen helfen, aber Sie müssen bei den anderen warten.«

Die alte Frau ignorierte ihr großzügiges Angebot. »Warum haben Sie all diese Sachen, die sonst niemand hat? Diese Frage hätte ich gerne beantwortet. Müssen wir Ihnen Waren und Nahrung bringen, um Sie mit dem wenigen zu bezahlen, was wir noch haben, während Sie bereits so viel haben?«

Lena knirschte mit den Zähnen. »Ich nehme nur eine kleine Bezahlung. Ich helfe den Menschen, anstatt andere wertvolle Aktivitäten mit meiner Zeit zu unternehmen.«

Die alte Frau schürzte ihre faltigen Lippen. »Was zum Beispiel?«

»Wie zum Beispiel Mahlzeiten komplett frisch zuzubereiten, meinen Garten anzulegen und zu pflegen, Vorräte zu beschaffen, Lebensmittel für den Winter zu konservieren, zu jagen und zu fischen, Feuerholz zu hacken und Wasser aus dem See zu holen und es dann zum Trinken und Kochen zu reinigen, Erste Hilfe und Notfallmedizin zu erlernen, damit ich Patienten ohne Krankenhaus oder Ärzte heilen kann, wilde Pflanzen, die für Lebensmittel und medizinische Zwecke verwendet werden können, zu identifizieren und zu nutzen. Die Liste ist endlos.«

Die Frau schnaubte verächtlich. »Ich habe seit zwei Tagen nichts mehr gegessen. Das Einzige, was ich für meinen Neffen zubereiten kann, sind wässrige, klumpige Pfannkuchen und ein paar Kartoffeln. Mehr haben wir nicht. Was wollen Sie dagegen tun?«

Eine Mischung aus Abscheu und Mitleid flammte in Lena auf. Sie zögerte, weil sie sich nicht sicher war, was sie tun wollte. Einerseits war die ältere Frau zu alt, um noch viel für sich selbst zu tun, und Lena empfand Mitleid mit ihrer Notlage. Andererseits erwartete die Frau Almosen, und wenn sie diese nicht bekam, fühlte sie sich anscheinend berechtigt, sie einzufordern.

Der Gedanke an eine gierige Fremde, die ihre Besitztümer durchwühlte und in ihr heiliges Zuhause eindrang, verursachte Lena ein Jucken auf der Haut. »Ich verstehe, dass Sie sich in einer schwierigen Situation befinden. Das tun wir alle ...«

»Das sagen Sie immer wieder, aber ich sehe nicht, dass Ihnen vor lauter Hunger die Haut von den Knochen fällt. Sie sind gut gefüttert und fühlen sich doch pudelwohl, nicht wahr?«

Lena erwartete fast, dass die alte Frau sie in die Wange kneifen würde wie die Hexe in Hänsel und Gretel.

»Und ich sehe auch nicht, dass Ihr Mädchen hungern muss, stimmts?«, fuhr die Frau mit einem garstigen Tonfall fort. »Sie haben hier genug Vorräte, um sie mit der ganzen Straße zu teilen, aber ich sehe nicht, dass Sie irgendetwas teilen. Ich sehe, dass Sie das, was Sie haben, vor allen verstecken. Sie horten einen Geheimvorrat, als ob Sie besser wären als wir. Denken Sie etwa, Sie seien besser als ich? Dass Sie es verdienen, in Saus und Braus zu leben, mit Wärme aus Ihrem Holzofen und Wasser aus dem See hinter Ihnen? Mit all den Lebensmitteln in Ihrer Vorratskammer und dem schicken Quellhaus, das Sie da draußen haben?« Sie zeigte mit einem knorrigen Finger zum Küchenfenster, das den Blick auf den Garten und den Bach freigab. »Sie verdienen nichts davon.«

Lena erstarrte bei der Erwähnung des Quellhauses. »Sie kennen mich nicht.«

Die Frau verzog ihre Lippen zu einem spöttischen Grinsen, während sie unentwegt den Ausschlag auf ihrem verschrumpelten Arm kratzte. Blutperlen traten hervor. »Tu ich nicht? Jeder weiß, wer Sie sind und wen Sie im Gepäck haben. Sie sind die Schwester des toten Mädchens, das so viel Ärger gemacht hat. Sie sind abgehauen, aber jetzt sind Sie wieder da und machen noch mehr Ärger.«

Lena blinzelte verdutzt, aber fasste sich schnell wieder. Sie würde sich in ihrem eigenen Zuhause keine verbalen Angriffe gefallen lassen, selbst wenn sie von einer alten Dame kamen. »Verlassen Sie mein Haus.«

»Nicht ohne meinen Anteil«, knurrte die Greisin, wobei ihr die Spucke aus dem Mund spritzte.

»Du hast sie gehört.« Shiloh betrat die Küche, während sie entspannt eine Hand auf den Pistolenschaft an ihrer Hüfte legte. Der feurige Blick in ihren Augen war alles andere als entspannt. »Verschwinde jetzt, oder wir befördern deinen knochigen Hintern vor die Tür.«

Bear trottete neben Shiloh ins Zimmer, spitzte die Ohren und wedelte zur Begrüßung mit seiner buschigen Rute. Eher würde er den Eindringling zu Tode lecken, als ihn zu beißen, aber das wusste die alte Frau nicht. Seine bloße Anwesenheit wirkte einschüchternd.

Die Frau warf Shiloh einen bösen Blick zu, bevor sie mit gesenktem Kopf an ihnen vorbei humpelte, wobei sie etwas vor sich hin murmelte, das sich wie ein Hexenfluch anhörte.

Lena sagte mit fester Stimme: »Nächstes Mal, wenn Sie etwas wollen, können Sie kommen und fragen, anstatt hier herumzuschleichen.«

Lena ging zum Badezimmerfenster und beobachtete mit einer Mischung aus Erleichterung und Bestürzung, wie die Frau die lange Auffahrt entlangschlurfte. Ihre knorrigen Schultern waren wie Kleiderbügel und die Rückseite ihrer gefleckten Kopfhaut schimmerte durch die dünnen, spinnennetzweißen Haarbüschel.

Als die alte Frau verschwunden war, kontrollierte Lena die Speisekammer, um zu sehen, ob etwas gestohlen worden war. Glücklicherweise war alles noch an seinem Platz, einschließlich der Konserven, die sie bereits für den Winter eingelagert hatten, wobei die meisten Vorräte im Wurzelkeller gelagert waren.

Trotz ihrer Bedenken schwoll Mitleid in ihrer Brust an. Die Frau war zu alt, um sich selbst zu helfen. »Ich weiß nicht, ob wir sie wirklich hätten wegschicken sollen. Ich hätte ihr wenigstens eine Mahlzeit geben können.«

»Wenn sie Hilfe gebraucht hätte, hätte sie wie ein normaler Mensch fragen können. Hat sie aber nicht. Sie hat uns ausspioniert, um uns blindlings auszurauben.«

Lena seufzte. »Vielleicht.«

»Ich sage dir, die alte Hexe ist suspekt.«

»Vielleicht, aber sie ist gebrechlich und alt. Sie hätte uns nicht verletzen können.«

»Vielleicht nicht, aber ihr Neffe, der bei ihr lebt, ist ein erwachsener Mann. Ein bisschen zurückgeblieben, aber stark. Er kann eine Menge Schaden anrichten.«

»Wer ist ihr Neffe?«

Shiloh verengte ihre Augen. »Die schrullige alte Hexe ist Mrs. Fitch. Sie wohnt ungefähr achthundert Meter die Straße runter, in dem hässlichen grünen Haus, das zu ihrem Kleid passt. Ich habe sie schon ein paar Mal am Briefkasten stehen sehen. Sie schaut immer wieder rein, als ob eines Tages ein Brief oder eine Rechnung, die sie bezahlen muss, kommen würde. Ihr Neffe ist Calvin Fitch, der gruselige Hausmeister der Schule. Er hat in einem heruntergekommenen Mobilheim am Stadtrand gewohnt, aber Mrs. Carpenter hat mir erzählt, dass er nach der Sache mit seinem Cousin Boone wieder in das Haus seiner Tante gezogen ist.«

Manchmal vergaß Lena, wie sehr die Kleinstädte der Upper Peninsula ineinander verwoben und doch voneinander abgeschottet waren. Ihre Jahre in Tampa hatten es leicht gemacht, das zu vergessen. »Mrs. Fitch ist doch nicht Boones ...?«

»Seine Mutter? Nein.« Shiloh wedelte mit der Hand, als ob sie sich nicht mit den verworrenen Stammbäumen gestörter Erwachsener beschäftigen wollte. »Keine Ahnung. Die Frau des Bruders seiner Mutter, glaube ich. So ungefähr. Der Bruder, ihr Ehemann, ist vor langer Zeit an Krebs gestorben. Ich habe nur gehört, dass Mrs. Fitch Calvin Fitch bei sich aufgenommen hat, nachdem der Besitzer des Mobilheims ihn rausgeschmissen hatte. Boone hatte ihn reingelegt, sodass sie gemeinsam als gruselige Perverse abgestempelt wurden. Mrs. Carpenter sagt, er sei ein Einsiedler, der sich nicht aus dem Haus traut, weil die Erwachsenen ihn beschimpfen und die Kinder ihn mit Steinen bewerfen.«

Lena beobachtete das Mädchen aufmerksam. Shiloh zuckte nicht mehr zusammen, wenn sie Boones Namen aussprach. Das war schon mal positiv. »Geht es dir gut?«

»Prima. Ich bin glücklicher als ein Einhorn, das Regenbögen scheißt.« Shiloh warf ihr einen genervten Blick zu. »Wir reden hier von dieser verrückten alten Hexe. Sie wird Ärger machen, das sage ich dir. Das ist der Grund, warum Eli keine Fremden hier haben will.«

Lena rieb sich die Schläfen. Ihre Nerven lagen blank. Sie verstand Elis Standpunkt und stimmte ihm sogar zu. Aber sie wollte auch etwas für die Leidenden in diesem Ort tun. Sie konnte nicht tatenlos zusehen, denn Teilnahmslosigkeit war nie Teil ihres Wesens gewesen.

»Hast du die Leute gesehen, denen wir heute geholfen haben? Die kleine Keeley mit ihrer bakteriellen Infektion? Nick Pipers Fuß, weil er auf einen rostigen Nagel getreten ist?«

»Ja, ja, ich weiß. Wir müssen mehr geben, als wir nehmen. So bringen wir das Karma, das Schicksal und das Universum ins Gleichgewicht. Bla, bla. Es geht trotzdem niemanden etwas an, was wir haben und was nicht.«

»Dem kann ich nicht widersprechen.« Lenas Glieder fühlten sich schwer an. Sie brauchte ein Nickerchen, aber es warteten noch zwei Patienten in ihrem Wohnzimmer. Wenn sie mit Moreno fertig war, war da noch Ned Warden, ein hingebungsvoller alleinerziehender Vater in seinen Fünfzigern, der etwas zur Linderung seiner rheumatoiden Arthritis brauchte.

Sie ging durch die Küche zum Tresen, wo ihre Diabetiker-Utensilien aufbewahrt wurden. Auf der Arbeitsplatte standen neben einem Eimer mit Spülwasser und einer Coleman-Laterne fein säuberlich geordnet: Glasspritzen und Nadeln, ein Behälter für scharfe Gegenstände, Ersatzbatterien, das Blutzuckermessgerät, Teststreifen und eine Schachtel mit Glukosetabletten.

Die Pumpe war nutzlos, da sie keine Infusionssets und Sensoren mehr hatte und ihre letzte Notfall-Glukagon-Injektion während des Angriffs auf den Leuchtturm benutzt hatte. Die lang- und kurzwirkenden Insulinfläschchen lagerten in ihrem solarbetriebenen Minikühlschrank im Schlafzimmer und draußen im Quellhaus.

Ohne ihre Pumpe konnte sie nicht mehr einfach die Anzeige der Maschine überprüfen; sie musste sich mehrmals am Tag selbst piksen und ihren Blutzuckerspiegel mit dem Blutzuckermessgerät und den Teststreifen regelmäßig überprüfen. Ihre Fingerspitzen waren bereits schmerzhaft geschwollen und super empfindlich.

Shiloh beobachtete sie dabei, wie sie eine der wenigen verbliebenen Stellen an ihrem kleinen Finger fand, die nicht geschwollen war, sich in die Haut stach – wobei der schmerzhafte Einstich sie zusammenzucken ließ – und dann einen Tropfen Blut auf den Teststreifen gab und ihre Blutzuckerwerte überprüfte.

Ihr Blutzucker war über vierhundertfünfzig. Wieder mal zu hoch, also zog sie eine Ampulle mit Kurzzeitinsulin aus ihrem Frio Wallet und spritzte sich die entsprechenden Einheiten – die sie auswendig gelernt hatte –, um ihre Werte wieder in einen normalen Bereich zu bringen.

»Es muss einen goldenen Mittelweg geben zwischen der Hilfe für andere und unserem eigenen Schutz«, sagte Lena, während sie arbeitete. »Wir werden Eli von Mrs. Fitchs Besuch erzählen, und wir müssen aufpassen, dass niemand herumschnüffelt, aber ich will den Menschen helfen und etwas zurückgeben, solange wir können. Ich werde nicht aufhören.«

»Wir werden niemandem helfen, wenn all unsere Sachen gestohlen werden.«

Lena knirschte mit den Zähnen. »Das weiß ich selbst. Ich bin stur, nicht dumm.«

»Bist du dir da sicher?« Shiloh schenkte ihr ein böses Grinsen. »Willst du, dass ich diesem Knochenhaufen eine Tracht Prügel verpasse, die sie nicht so schnell vergessen wird? Ich wette mit dir, dass ich dafür sorgen kann, dass sie niemandem ein Wort über unseren Vorrat verrät.«

»Shiloh«, sagte Lena in einem vorwurfsvollen Ton.

»Was denn? Ich meine ja nur. Es ist eine Möglichkeit.«

»Verbrannte Erde ist nicht die einzige Möglichkeit, die uns zur Verfügung steht.«

»Du bist voll langweilig.«

»Wir können nicht einfach losziehen und die Leute präventiv verprügeln.«

»Vielleicht sollten wir das«, erwiderte Shiloh.

Bears Ohren spitzten sich. Sein großer Kopf schwang zwischen den beiden hin und her, als ob er versuchte herauszufinden, worüber sich seine Menschen stritten. Er schien es aufzugeben, denn kurz darauf schlenderte er zu seinem Wassernapf, trank einen großen Schluck und spritzte das Wasser dabei in alle Richtungen.

Shiloh hatte nicht ganz unrecht. Der Gedanke an Eindringlinge, die hier herumschnüffelten, jagte ihr ein unangenehmes Kribbeln auf die Haut. Sie konnten nicht rund um die Uhr im Leuchtturm sein, und sie brauchte einen besseren Weg, um die Insulinvorräte zu schützen. »Du hast recht. Du kannst mir heute Abend helfen, den Solarkühlschrank auf den Turm zu bringen. Plünderer werden dort wahrscheinlich nicht zuerst suchen. Wir haben schon Büsche um das Quellhaus gepflanzt, um es vor neugierigen Blicken zu verstecken.«

»Klar, meinetwegen.« Shiloh wirbelte auf den Fersen herum und ging zur Hintertür. Sie schnappte sich einen der Zwanzig-Liter-Eimer, die sie neben dem Schuhregal aufbewahrten, und die geladene Schrotflinte, die an einem Haken hing.

Shiloh warf sich das lange Gewehr über die Schulter. Seit sie vor ein paar Tagen die Schwarzbärenspuren gefunden hatten, verließen sie das Haus nicht mehr ohne die Waffe.

»Komm mit«, rief sie dem Neufundländer zu.

Bear hob den Kopf, wobei ihm der Sabber von den Lefzen tropfte, und sprang eifrig hinter Shiloh her. Als er vor ihr die Tür erreichte, schubste er sie mit seinem kräftigen Oberkörper fast zur Seite.

»Wohin gehst du?«, fragte Lena.

»Ich werde einen Eimer Wasser ins Bad schleppen, damit ich die verdammte Toilette benutzen kann!«, sagte Shiloh über ihre Schulter, gerade als die Fliegengittertür hinter ihr und Bear zuschlug. »Willst du ein paar Einzelheiten hören?«

Lena seufzte müde. Einen Teenager in der Apokalypse zu erziehen, war schwieriger, als es aussah.

15

SHILOH EASTON
TAG VIERUNDSIEBZIG

»Ich werde mehr Fische fangen als du«, sagte Shiloh mit den Händen in die Hüften gestemmt.

Eli grinste. »Das werden wir ja sehen.«

»Ich weiß, wie man fliegenfischt«, höhnte Shiloh.

»Natürlich weißt du das.«

Eli nahm die Fliegenfischerrute, die an einem nahe gelegenen Felsen lehnte, zusammen mit einem Netz und einem Jutesack, den er an seinem Gürtel befestigte, bevor er zum Ufer ging und flussaufwärts lief.

Sie waren mit ihren Fahrrädern zum Au Train River gefahren, um sich ihr Abendessen zu fangen. Der fünfundzwanzig Kilometer lange Fluss schlängelte sich westlich von Munising durch Alger County. Er entsprang im Cleveland Cliffs Reservoir und floss nach Norden durch den Au Train Lake, bevor er in den Lake Superior mündete.

Shiloh hatte die Nase voll von Fisch, aber das sagte sie Eli nicht. Sie genoss es, mit ihm durch die Wälder zu streifen, obwohl sie viel lieber auf Dinge schießen würde. Eli hatte ihr versprochen, ihr Kampf- und Waffentraining fortzusetzen – und sie würde ihn darauf festnageln.

Shiloh legte ihre Armbrust auf dem Felsen ab und folgte Eli. Farnmyrten kitzelten ihre nackten Schienbeine. Birken, Zedern und Kiefern ragten an den Ufern empor. Sie kletterte über umgestürzte Baumstämme, die vom Wasser glatt und grau geworden waren und sich glitschig anfühlten.

Das Sonnenlicht glitzerte auf dem teefarbenen Wasser. Sie zog ihre Socken und Wanderschuhe aus, krempelte ihren abgeschnittenen Overall hoch und watete knietief durch das eisige Wasser, was ihr eine Gänsehaut bescherte. Die Felsen waren scharfkantig, aber sie war es gewohnt, barfuß unterwegs zu sein.

Kleine Stromschnellen und Strudel wirbelten durch die Untiefen und um moosbewachsene Felsen herum und bildeten tiefe Becken, wo sich der Fluss um den Fuß eines hohen Felsens schlängelte. Der kieselige Boden glänzte klar im schummrigen Sonnenlicht.

Nach dreißig Minuten biss bei Eli eine große Forelle an. Er hob die Rute an und holte den Fisch ein, dann nahm er das Netz von seinem Gürtel und legte es unter den Fisch. Er befeuchtete seine linke Hand, bevor er die Forelle umfasste und den Widerhaken aus ihrer Lippe entfernte.

Die goldbraune Forelle zappelte und wand sich in seiner Hand. Er öffnete den Jutesack und warf den Fisch hinein. Dabei ließ er den Sack im Wasser hängen, damit der Fisch nicht an der Luft ertrank.

»Du bist dran«, sagte Eli. »Bist du sicher, dass du weißt, was du tun musst?«

Sie warf ihm einen vernichtenden Blick zu. Er zuckte mit den Schultern und reichte ihr die Angelrute und das Netz. Shiloh watete bis zu den Knien ins Wasser und warf dann die Angel aus. Jackson hatte es ihr beigebracht, als sie noch klein gewesen war, und ihr Wurf war geschmeidig und geübt.

Die Zeit verging wie im Flug. Der Fluss plätscherte über Felsen, Vögel sangen in den Bäumen und Gnitzen sausten über die Oberfläche des Wassers. Sie zogen von Strudel zu Strudel und von Becken zu Becken. Nach einer Stunde hatte sie einen Schwarzbarsch und einen zappelnden Flussbarsch an Land gezogen.

»Gute Arbeit«, sagte Eli.

Shiloh konnte sich das Grinsen nicht verkneifen. »Das war doch noch gar nichts.«

Sie liebte den Leuchtturm, aber sie fühlte sich auch im Wald zu Hause. Der Wald war ihr Zufluchtsort gewesen, wenn ihr Großvater schlechte Laune, eine Flasche Jack Daniels in der Hand und Gewalt in den Augen gehabt hatte.

Shiloh reichte Eli die Rute und setzte sich auf einen sonnenüberfluteten, flachen Felsen, von wo aus sie ihn beobachtete. Cody hätte das gefallen. Sie betrachtete das Licht, das auf dem Wasser glitzerte, bis ihre Sicht verschwamm. Sie blinzelte heftig. Ihre Hände fingen an zu zittern.

Ein plötzlicher Anfall von Trauer machte sich in ihrer Brust breit. Ihr Großvater war tot und begraben. Cody sollte hier bei ihr sein, lachen, malen, rennen und leben, aber er war nicht hier. Er war tot und nicht mehr da, so wie ihre Mutter tot und nicht mehr da war, für immer und ewig, amen.

Shilohs Kehle schnürte sich zu. Das Wasser glitzerte hell durch die Nässe, die sich an ihre Wimpern klammerte. In ihr tat sich ein Schmerz auf, der wie ein Abgrund war, voller Trauer um etwas, an das sie sich nicht erinnern konnte.

Ihre Mutter. Sie war nur noch ein Hauch einer Erinnerung, ein Fetzen eines Liedes, ein Traum von einem herzlichen Lächeln, weichen Händen und langen, glänzenden Haaren.

Jedes Mal, wenn Shiloh zurückdachte, brach alles auseinander. Bruchstückhafte Erinnerungen dümpelten wie Flöße auf dem grauen Meer ihres Bewusstseins. Winzige Lichter, die in der Tiefe flackerten. Sie konnte sie nicht ausgraben, konnte sie nicht in einer Flasche einfangen, bevor sie erloschen.

Dunkle Geheimnisse, die sie tief in sich hineingestopft hatte ... schlummernd und auf den richtigen Moment wartend. Sie spürte es wie einen Schrei, der in ihrer Kehle stecken geblieben war. Ein tiefes Grauen, das sich in ihr Mark gewoben hatte.

Als sie wieder klar sehen konnte, stand Eli vor ihr, bis zu den Knien im Fluss, die Angel in einer Hand, während er sie aufmerksam anschaute. »Was ist los?«

Sie zuckte verlegen mit den Schultern und wandte den Blick ab. »Nichts.«

»Ist es wegen dem Angriff? Geht es dir gut?«

»Er hat verdient, was er bekommen hat. Er hat versucht, mich zu töten, also habe ich mich verteidigt. Ende vom Lied.«

»Bist du sicher?«

»Ja.«

»Denn es wird dir niemand mehr wehtun. Dafür werde ich sorgen.«

Sie antwortete nicht. Er konnte ihr das nicht versprechen und das wusste sie. Nach langem Schweigen sagte er: »Du kannst mit mir reden, weißt du?«

Sie rieb sich mit der Rückseite ihres Arms über die Augen und verfluchte sich innerlich für ihre Schwächen, ihre Verletzlichkeit. Sie sah auf das Wasser hinunter, unfähig, seinen Blick zu erwidern. Sie war es so leid, Angst zu haben. Sie hasste es. »Alle gehen. Großvater. Cody. Meine Mom. Alle.«

»Nicht alle. Lena und Jackson werden mit Sicherheit nicht gehen.« Eli zögerte. »Und ich auch nicht.«

Shiloh gab ein unverbindliches Geräusch aus ihrem Rachen von sich. Sie griff nach der Armbrust, die auf dem Felsen neben ihr lag, und schlang ihre Hände um den Griff. Das Berühren der Waffe brachte sie irgendwie ins Gleichgewicht, sodass sie sich weniger entblößt fühlte.

»Ich meine es ernst.«

Sie zwang sich, nichts zu fühlen, ihm nicht zu zeigen, dass er sie verletzen konnte. Aber das war eine Lüge, eine fette, blubbernde Lüge. »Du hast mich in der Hütte gerettet. Du hast es eine Weile mit mir ausgehalten, aber du schuldest mir nichts. Irgendwann geht jeder, auf die eine oder andere Weise.«

»Ich nicht.«

»Warum zur Hölle sollte ich dir glauben?«

Eli sah sie mit diesen durchdringenden Augen an – dunkel wie Anthrazit, wie ihre eigenen. »Shiloh«, sagte er. »Ich muss dir etwas sagen.«

16

ELI POPE

TAG VIERUNDSIEBZIG

li konnte nicht richtig atmen. Seine Lunge verkrampfte sich. Er hatte bewaffneten Mördern im Kampf gegenübergestanden, aber solche Ängste wie diese hier hatte er noch nicht erlebt.

Er versuchte, sich abzulenken und das zu verdrängen, was ihm mehr Angst machte als der tödliche Kampf.

Er holte sein Messer heraus, steckte es in einen nahe gelegenen, moosbewachsenen Baumstamm und schnappte sich den Sack, der an seinem Gürtel befestigt war. Dann griff er hinein und holte eine der Forellen heraus. Sie zappelte und war glitschig, während ihre Schuppen in der Sonne schimmerten.

Eli packte sie an der hinteren Flosse und schlug sie hart gegen den Baumstamm.

Der Fisch bebte, das Genick war gebrochen. Eli legte ihn auf den Stamm und wiederholte den Vorgang mit der zweiten Forelle. Nachdem er die Fische ausgenommen hatte, legte er sie in die gusseiserne Pfanne und stellte diese über das Feuer – er hatte Shiloh beigebracht, wie man mit einem Feuerstahl ein solches machte. Als Anzünder hatten sie einen Streifen Trocknerflusen in Wachspapier eingewickelt – beides war leicht entflammbar. Überall gab es Trockner voller Flusen, also ein leicht zu erbeutender Gegenstand aus den Waschküchen verlassener Häuser.

Eli stellte den Solarwasserkocher auf einen sonnenbeschienenen Felsvorsprung, um Wasser für den Kaffee zu kochen. Als der Fisch über dem Feuer brutzelte, hockte er sich auf seine Fersen und lehnte sich zurück. Er spürte Shilohs kohlenschwarze Augen auf sich gerichtet, aufmerksam und durchdringend. Sie stellten die Frage, die er beantworten musste. Er erinnerte sich an das halbwilde Kind, das sich auf seinen Zeltplatz geschlichen hatte. Wie ihre Armbrust auf seine Brust gerichtet gewesen war – wachsam und neugierig, schüchtern und mutig. Es hatte sofort eine Verbindung zwischen ihnen gegeben, aber er hatte ihre Macht nicht erkannt.

Jetzt erkannte er sie. Jetzt wusste er es.

Still verstrichen die Minuten. Moskitos schwirrten um sie herum und Wolken von Schnaken wirbelten über die ruhige Oberfläche des Flusses. Die Luft duftete frisch, nach Moos und Wildblumen.

Er räusperte sich.

Sie rümpfte ihre kecke Nase. »Was auch immer du sagen willst, spucks endlich aus.«

»Schon gut«, sagte er. »Ich weiß, dass du nicht wusstest, wer dein Vater ist. Ich ... ich wusste es auch nicht, bis ich aus dem Gefängnis gekommen bin. Hätte ich es gewusst, hätte ich einiges anders gemacht. Ich hätte alles anders gemacht.«

Shiloh starrte ihn mit einer Falte zwischen den Augenbrauen an, ihr Blick war wie eingefroren. Ihre Augen waren weit aufgerissen wie die eines Rehs im Scheinwerferlicht. Sie kauerte wie ein wildes Tier, bevor es die Flucht ergreift.

»Sag es«, flüsterte sie so leise, dass er sich anstrengen musste, um es zu hören. »Sprich es laut aus.«

Gewaltige Gefühle stiegen in ihm auf, etwas, von dem er nicht wusste, dass es existierte, bis Lena die Worte ausgesprochen hatte und die Sache real geworden war – Vaterschaft.

Was, wenn er ihr gegenüber versagte? Sie enttäuschte? Was, wenn er nicht das sein konnte, was sie brauchte? Was, wenn sie ihn hasste? Das Einzige, worin er gut war, war, Menschen zu töten. Was zum Teufel wusste er schon darüber, wie man ein Vater war?

Was er nicht wusste, spielte keine Rolle. Die ganze Welt war voll von Dingen, die er nicht wusste. Aber dieses Kind, das hier vor ihm saß, mit seinem mürrischen Blick und den wilden Augen, war jede Angst, jeden Misserfolg und jede schlaflose Nacht wert.

Lena glaubte, dass Liebe alle Hindernisse überwinden konnte. Er wusste nicht, woran er glaubte, wenn er überhaupt an etwas glaubte, aber er wusste, dass er es mit aller Kraft versuchen würde.

Dieses Mädchen war das Beste, was er je geschaffen hatte. Sie zu lieben, würde das Beste sein, was er je tun würde.

Das allein reichte.

»Du bist meine Tochter«, sagte Eli. Sie bewegte sich nicht und reagierte nicht. Sie verharrte einfach nur ganz still. Er sah sich selbst in ihren Augen: ihre Zweifel und Ängste, ihre Schutzhaltung, ihre Erwartung des Schlimmsten, ihre Scheu, an etwas zu glauben. Er sah es an der Art, wie sie ihre Waffe umklammerte, als ob sie sie vor dem Verlust schützen könnte.

»Ich werde nirgendwo hingehen. Ich werde dich nicht verlassen. Niemals.«

Sie starrte ihn mit funkelnden schwarzen Augen an, ohne zu blinzeln. Eine endlose Minute lang sagte sie nichts. Schließlich sprach sie. »Hast du vor, mich genauso herumzukommandieren wie Lena?«

»Ist das nicht einer der wenigen Vorteile des Elternseins?«

Shiloh stieß ein Schnauben aus. Die Spannung in ihren Schultern löste sich, bevor sie sich zurücklehnte und ihren Todesgriff um die Armbrust etwas löste.

Eine Weile beobachteten sie beide einen Falken, der am blauen, wolkenlosen Himmel seine Kreise zog und im Tiefflug die Wipfel der Bäume streifte, bevor er auf einer Brise höher trieb und im Sonnenlicht verschwand.

Shiloh reckte ihr Kinn in Richtung der Forelle, die in der Pfanne brutzelte. Ein verbrannter Geruch erfüllte die Luft. »Holst du die raus, bevor sie schwarz werden? Also, bis jetzt bin ich von deinen Kochkünsten absolut unbeeindruckt.«

Eli grinste sie an. Shiloh grinste zurück.

Er spürte, wie sich alles zusammenfügte, wie es passte, dieser

Moment des Glücks. Die Welt könnte brennen und es wäre egal, solange er sie hatte. Seine Tochter.

17

LENA EASTON
TAG FÜNFUNDSIEBZIG

Lena versteifte sich und spitzte die Ohren. Das Geräusch, das sie gehört hatte, ertönte erneut: ein schnaubendes, schnaufendes Geräusch.

Irgendetwas war da in den Wäldern.

Adrenalin peitschte durch ihre Brust. Sie drehte sich in Richtung des Waldes und griff nach ihrer M&P. Sie löste den Riemen ihres Holsters und hob die Pistole so weit an, dass sie sie mit einer Hand am Abzugsbügel halten konnte. Die Schrotflinte hatte sie sich über die Schulter gehängt.

»Riechst du etwas?«, fragte sie Bear.

Bear spitzte die Ohren, schnupperte und wedelte mit der Rute. Er neigte seinen Kopf von einer Seite zur anderen und sah sie verwirrt an. Was auch immer da draußen war, es lag entgegen der Windrichtung; der Neufundländer konnte es nicht wittern.

Die Dämmerung war hereingebrochen und färbte den Himmel tiefviolett, während Fledermäuse über den Bäumen kreisten und nach Insekten jagten. Bear trottete neben ihr her und schnüffelte den Boden ab. Sie war so beschäftigt gewesen, dass sie die Such- und Rettungsspiele, die sie beide in Form hielten, nicht weiter geübt hatten.

Sie setzten ihre abendlichen Patrouillen in der Umgebung fort und überprüften das Gelände auf seltsame Fußspuren oder alles, was nicht an seinem Platz war. Da sich dort die Hälfte ihrer Insulinvorräte befand, hatte Lena dieses zwanghafte Gefühl, das Quellhaus, das sie am Ufer des Baches, der in den Lake Superior mündete, gebaut hatten, immer wieder und wieder zu überprüfen. Sie hatte die isolierte Kühlbox mit ihrem Insulin hinter den Milchkrügen und dem Ziegenkäse versteckt und war jedes Mal erleichtert, wenn sie sich vergewissert hatte, dass ihre Vorräte sicher waren.

Oft leisteten Eli und Shiloh ihr Gesellschaft, aber nicht heute Abend. Shiloh war oben im Leuchtturm und Eli trainierte eine Gruppe freiwilliger Bürgerinnen und Bürger in den Bereichen Gefahrenabwehr und Nahkampftaktik.

Von links war das Rascheln von Blättern zu hören. Das Geräusch kam von hinter der Baumgrenze im Westen.

Der Garten war leer, das Cottage ruhig und still. Die Dämmerung ließ die Farben der Welt in Grau übergehen. Die Äste der Bäume reichten wie Schattengeister in den Himmel. Im Norden rollten sanfte Wellen über den Kiesstrand. Sie verscheuchte einen Schwarm Mücken aus ihrem Gesicht und spähte in die Schatten.

Überall um sie herum pulsierte der Wald mit Geräuschen. Das Zirpen der Insekten wurde von einem weiteren lauten Rauschen übertönt. Etwas Schweres bewegte sich durch das Gestrüpp.

In Lenas Nacken stellten sich die Härchen auf. Sie sprach leise. »Bleib dicht bei mir, Junge.«

Vorsichtig schlich Lena durch Kanadische Akeleien und Seidelbastbüsche, suchte das dornige Brombeerdickicht und die Schlingen des Rhododendrons ab – das Unterholz war dicht und undurchdringlich. In der zunehmenden Dämmerung sahen die Bäume alle gleich aus – Zucker- und Rotahorn, Buchen, gelbe Birken und Hemlocktannen.

Vielleicht spionierte Mrs. Fitch ihnen wieder nach. Seit dem Streit im Cottage vor drei Tagen hatten sie sie schon zweimal auf ihrem Grundstück herumschleichen sehen. Einmal wurde sie dabei erwischt, wie sie durch das Wohnzimmerfenster spähte, wobei sie ihr verwelktes Gesicht an das Glas gepresst hatte.

Als Lena sie zur Rede gestellt hatte, hatte sie behauptet, sie habe den Hund bellen gehört und *›wollte sichergehen, dass ihr ihn richtig füttert‹*.

Lena sagte laut: »Wenn du da draußen bist, komm aus den Bäumen heraus. Ich gebe dir die Hälfte des Sauerteigbrots, das ich gerade gebacken habe, aber dafür musst du dich schon zeigen.«

Das Rascheln wurde lauter. Lena biss die Zähne zusammen, ging auf die Bäume zu und tauschte die Pistole gegen die Schrotflinte. Sie entsicherte das Gewehr und hielt es tief in beiden Händen.

Keine zwanzig Meter entfernt tauchte ein riesiges Wesen aus einem Brombeergestrüpp auf. Der enorme Schwarzbär blieb stehen und starrte sie überrascht an. Das schwer behaarte Tier war mindestens ein Meter achtzig groß, wenn es auf seinen Hinterbeinen stand, und wog gut zweihundertzwanzig Kilo.

Lena erstarrte. Bear an ihrer Seite stieß ein kehliges Knurren aus, um sie zu warnen.

Der Schwarzbär schüttelte den Kopf und stieß ebenfalls ein wütendes Knurren aus, das deutlich lauter war als das des Hundes. Das Geräusch hallte in ihrer Brust wider. Sie konnte ihren Blick nicht von dem mächtigen Gebiss lösen.

»Ganz ruhig«, sagte Lena mit gelassener Stimme, obwohl sie sich alles andere als gelassen fühlte.

Die Angst schnürte ihr die Kehle zu und ihr Puls rauschte in ihren Ohren.

Jede Warnung, die sie über Bären gehört hatte, schoss ihr durch den Kopf: Verhalte dich nicht bedrohlich. Gerate nicht in Panik. Bewege dich langsam und ruhig. Was auch immer du tust, laufe nicht weg und stell dich niemals tot; das ist eine Einladung, gefressen zu werden.

Seine kleinen, runden Ohren zuckten. Er schnüffelte, schüttelte den Kopf hin und her und starrte sie mit seinen Knopfaugen an. Er kam ein paar Schritte auf sie zu, blies laut durch seine Schnauze und schlug mit einer seiner riesigen Pfoten auf den Boden – eine klare Drohung.

Schwarzbären waren normalerweise scheue, zurückgezogene, nicht aggressive Tiere, mit Ausnahme von diesem hier. War das derselbe Bär, den sie vor einem Monat gesehen hatte? Das war schwer zu sagen. Aber es muss einer der Schwarzbären sein, die auf der Oswald's Bear Ranch in Newberry, achtzig Kilometer östlich, freigelassen worden waren.

Schwarzbären konnten unglaubliche Entfernungen zurücklegen, vor allem, wenn sie alte Jagdgebiete aufsuchten.

Für einen Schwarzbären, der einmal in Gefangenschaft gelebt hatte, bedeutete der Mensch Nahrung. In der Wildnis war es schwieriger, an Futter zu kommen. Vielleicht hatte dieser Bär vergessen, wie man jagte, oder er hatte eine Verletzung erlitten, die ihn daran hinderte, so zu überleben, wie es die Natur vorgesehen hatte.

Dieser Schwarzbär sah Lena nicht als Futterquelle, sondern als das Futter selbst.

Bear stieß ein weiteres wildes Bellen aus. Seine Nackenhaare richteten sich auf, als er nach vorn stürmte, um sie tapfer zu verteidigen.

»Bear, bleib zurück!« Ihr Mund war wie ausgetrocknet, ihre Zunge klebte dick und geschwollen am Gaumen. Zitternd hob sie die doppelläufige 12-Gauge-Schrotflinte. »Geh weg!«

Sie verabscheute den Gedanken, eine so königliche Kreatur zu töten, aber sie würde es tun, wenn sie musste. Sie hatte eine Waffe. Sie war nicht hilflos. Aber wie viele Kugeln würden nötig sein, um ein zweihundertzwanzig Kilo schweres Tier zu Fall zu bringen, falls es sie angriff? Was, wenn sie danebenschoss? Der Bär war so nah, dass sie seine Nasenlöcher aufblähen und das Glitzern seiner Krallen sehen konnte, während er über den Boden harkte und sie hungrig anschnaufte.

»Geh!«, schrie sie. »Geh einfach!«

Er zog seine Lefzen zurück und stieß ein markerschütterndes Gebrüll aus. Er stellte sich auf seine Hinterbeine und war so unvorstellbar kräftig. Ein Hieb mit seinen mächtigen Pranken und der Neufundländer wäre tot. Genau wie sie.

Urzeitliche Angst strömte durch ihre Adern. Jahrtausendealte Instinkte schrien ihr zu, dass sie weglaufen sollte. Doch sie lief nicht. Lena stemmte den Gewehrkolben gegen ihre Schulter und presste ihre Wange an den Schaft. Ihre Beine waren schulterbreit auseinander platziert, während sie das Visier ausrichtete und den Abzug betätigte.

Die Schrotflinte dröhnte, während ihre Schulter den Rückstoß auffing. Nichts passierte. Sie hatte ihn verfehlt.

Der Neufundländer rannte bellend und knurrend auf den Schwarzbären zu. Dieser brüllte den Hund an. Er schlug mit einer riesigen Pranke nach ihm. Bear sprang gerade noch aus der Reichweite des Bären.

Mit einem lauten Krachen ließ sich das monströse Tier auf alle viere fallen. Der Boden unter Lenas Füßen bebte.

Die Zeit verlangsamte sich. Verzweifelt richtete sie die Waffe erneut auf das herannahende Ziel, drückte den Abzug und feuerte die zweite Patrone ab. Der Knall des Schusses hallte in ihren Ohren.

Der Bär wankte, aber er bewegte sich weiter. Sein Hinterbein schleifte. Sie hatte ihn getroffen, aber das war nicht genug. Ein Schuss in die Brust oder in den Kopf würde ihn zu Fall bringen. Sie musste noch einmal schießen, und zwar schnell.

Sie öffnete den Lauf und beide Hülsen landeten im Gras. Ihre tauben Finger fummelten in ihrer Tasche nach zwei weiteren Patronen. Sie klappte die Schrotflinte auf und legte zwei Patronen in den Lauf, dann schloss sie die Waffe fest, um sie zu laden, aber nicht schnell genug.

Der Bär rumpelte auf sie zu. Er war jetzt dreißig Meter entfernt. Viel zu schnell ...

Ein zischendes Geräusch. Irgendetwas schoss an ihrem Gesicht vorbei, so nah, dass ihre Haare herumwirbelten.

Der Schwarzbär brüllte wütend auf. Ein Bolzen zuckte im zerzausten Brustfell des Tiers. Mit einem unglaublichen Brüllen attackierte der Schwarzbär.

Im selben Moment griff der Neufundländer an.

»NEIN!« Lena hob die Schrotflinte, drückte den Kolben an ihre Schulter und feuerte zweimal schnell hintereinander. Der Schwarzbär zuckte, stürmte aber weiter auf sie zu.

Wieder ein Surren und Zischen. Der zweite Bolzen landete in der Hüfte des Bären. Das Tier brüllte und wurde langsamer, blieb aber nicht stehen. Der Bär kam immer näher und verringerte den Abstand zwischen ihm und dem Hund. Zehn Meter, dann fünf.

Der Hund schnappte nach dem dicken Hals des Schwarzbären, der wiederum seinen großen Kopf drehte und im Gegenzug nach der Kehle des Neufundländers schnappte mit dem Ziel, dessen Wirbelsäule mit seinen kräftigen Kiefern zu zerquetschen.

Shiloh rannte zur Seite, die Armbrust eng an ihre Schulter gepresst, und feuerte einen weiteren Bolzen ab. Er zischte durch die Luft und schlug in der Mitte der Kehle des Schwarzbären ein – direkt unter seinem Maul.

Mit einem gewaltigen Stöhnen schüttelte sich der Schwarzbär und schwankte kräftig. Schließlich kippte er um. Das große Tier krachte weniger als drei Meter von Lena und Shiloh entfernt auf den Boden.

Der Neufundländer stürzte mit ihm und wurde mit einem Salto von den Beinen gerissen. Glücklicherweise wurde er dadurch von dem zermalmenden Gewicht des Schwarzbären befreit.

Einen schrecklichen Moment lang lag der Hund still da. Lena rannte zu ihm. »Bear!«

Der Hund rappelte sich auf und schüttelte sich, benommen, aber quicklebendig. Er schnaubte angesichts der Demütigung, die ihm widerfahren war.

»Es geht ihm gut«, sagte Shiloh. »Es geht ihm gut und es geht uns gut.«

Bear schien von seinem Namensvetter ganz und gar nicht beeindruckt zu sein. Er trottete im Kreis um den riesigen schwarzen Kadaver herum, stellte die Nackenhaare auf und zog die Lefzen zu einem beleidigten Knurren nach hinten. Er schoss ganz nah heran und sprang auf die Hüften und die schlaffen Hinterbeine des Bären, als wolle er ihn dazu bringen, sich zu erheben, damit er sich ihm erneut stellen konnte.

»Er ist tot, Bear. Die Gefahr ist überwunden.« Shiloh packte ihn an seinem Nackenfell und zog ihn an sich heran. Er winselte vor Vergnügen und schlabberte ihr Gesicht ab. Shiloh beugte sich zu ihm herunter und flüsterte in sein Schlappohr: »Das hast du so gut gemacht. Du hast Lena beschützt. Braver Junge.«

Bear wedelte mit der Rute und plusterte sich bei ihrem Lob auf.

Lena starrte auf das tote Tier, wobei sie keinen Triumph empfand, sondern nur eine tiefe Traurigkeit. Im Gegensatz zu Menschen konnten wilde Tiere zwar gefährlich sein, aber sie waren nicht hasserfüllt. Sie waren nicht grausam, nicht hinterhältig und hatten kein Konzept für das Böse. Töten war eine Notwendigkeit, um sich zu ernähren, aber der Tod dieser Kreatur schien überflüssig und sinnlos.

Als hätte sie ihre Gedanken gelesen, sagte Shiloh: »Er wollte dich und Bear töten. Beim nächsten Mal wäre es vielleicht ein kleines Kind gewesen. Wenn wir nichts getan hätten, wäre irgendetwas Schlimmes passiert.«

Lena nickte benommen. Auch wenn man wusste, dass etwas der Wahrheit entsprach, hieß das noch lange nicht, dass es sich gut anfühlte. Manchmal fühlte sich das Richtige geradezu schrecklich an.

Bear trottete zu ihr und drückte seine Schnauze an ihre Hand. Er schleckte besorgt über die Finger, spitzte die Ohren und legte den Kopf schief, als wollte er wissen, ob es ihr gut ging. Sie kraulte ihn hinter den Ohren.

»Wir werden das hier nicht verschwenden.« Shiloh umkreiste den Kadaver und begutachtete ihn. Ihre tiefschwarzen Augen leuchteten im Halbdunkel, und in ihrem Blick lag eine stählerne Entschlossenheit, die Lena von Eli kannte: pragmatische Sachlichkeit, die Bereitschaft, auch schwierige Aufgaben zu erledigen. »Die Ojibwe haben einen tiefen Respekt vor dem Land und all seinen Geschöpfen. Wir danken dir, Schwarzbär, für das Geschenk deines Lebens. Wir versprechen, dass wir jeden Teil deines Geschenks nutzen werden, um zu überleben.«

Shiloh blickte über den toten Schwarzbären hinweg und begegnete Lenas Blick. »Wir müssen ihn zerlegen, bevor das Fleisch verfault. Das wird eine schmutzige und harte Arbeit. Wenn wir ihn richtig konservieren, haben wir genug Fleisch für die nächsten Monate, vielleicht sogar für den Winter.«

Stolz erfüllte Lenas Brust. Sie empfand heftige Zuneigung für das Mädchen, das ihr bis vor Kurzem noch fremd gewesen war. In nur wenigen Monaten war ihr Shiloh so ans Herz gewachsen, als wäre sie ihre eigene Tochter. »Ich glaube, es wird Zeit, dass wir diese Räucherkammer bauen.«

18

JACKSON CROSS
TAG SIEBENUNDSIEBZIG

»Was ist los?«, fragte Jackson.

Lenas Gesicht war blass und gezeichnet, zwischen ihren Brauen bildete sich eine Linie und ihr Mund war flach zusammengepresst. »Jemand ist in den Leuchtturm eingebrochen.«

Lena hatte Jackson und Devon am Tor zur Einfahrt empfangen, das Vorhängeschloss geöffnet und das Gatter aufgeschwungen. Die beiden rollten ihre Fahrräder hindurch und lehnten sie an den Zaunpfosten.

Bear begrüßte sie aufgeregt, wedelte mit der Rute und schnüffelte an ihren Händen, bevor er zu seinem Frauchen zurückkehrte und dicht bei ihr blieb, als ob er ihren Kummer spürte.

Lena vergrub ihre Hände in seinem dicken Fell, während sie erklärte, dass sie von einem Hausbesuch bei den Millers aus Christmas zurückgekommen war, wo sie die ausgekugelte Schulter ihres zehnjährigen Sohnes wieder eingerenkt hatte. Er war aus dem dreieinhalb Meter hohen Scharfschützennest gefallen, das die Eltern gebaut hatten, um ihr Gehöft vor Dieben zu schützen.

Lena zeigte auf das Cottage. »Die Eingangstür ist einen Spalt offen, aber ich habe sie abgeschlossen, bevor ich gegangen bin.«

Er machte sich nicht die Mühe zu fragen, ob sie sicher war, dass sie

114

die Tür abgeschlossen hatte. Wenn sie sich Sorgen machte, gab es einen Grund dafür.

»Wo ist Eli?«, fragte Devon.

»Ich habe Eli und Shiloh über das Funkgerät kontaktiert. Sie sind zu einer Lichtung im Wald gegangen, um Zielübungen zu machen. Eli trainiert Shiloh an den Waffen und im Kampf. Sie werden in zehn Minuten zurück sein.«

»Ich werde das Cottage sichern«, sagte Jackson. »Devon, bleib bei Lena.«

Devon runzelte die Stirn, nickte aber, während sie ihre Dienstwaffe zog. Sie trennte sich nur ungern von ihrem Partner, aber sie verstand, dass der Schutz einer Zivilperson das Wichtigste war. »Verstanden, Boss. Bei mir wird sie sicher sein.«

»Bleibt hier hinten an der Baumgrenze«, befahl Jackson.

Nachdem er Elis Hausmeisterhütte überprüft hatte, die ebenfalls geplündert worden war, aber in der sich niemand befand, näherte sich Jackson dem Haupthaus. Der achtstöckige Leuchtturm ragte über ihm auf und warf einen langen Schatten auf die Wiese.

Die Eingangstür stand offen und der Türpfosten war zersplittert, als hätte jemand die Tür eingetreten.

Mit wachsender Beklemmung drückte Jackson seinen Rücken gegen die Wand links von der Eingangstür. Er atmete einmal tief durch und stählte sich. Mit erhobener Waffe, die er in beiden Händen vor sich hielt, drehte er sich zur Tür und sicherte den Raum von links nach rechts, von oben nach unten und nahm alles in Sekundenschnelle auf.

Sein Herz schlug ihm bis zum Hals. Drinnen lauerten die Schatten in den Ecken, die Luft war dick und schwer von der Hitze des Tages. Die Wohnung war durchwühlt worden, Lampen umgestoßen, antiker Nippes zerbrochen, Kissen vom Sofa gerissen und im Wohnzimmer verstreut.

Der Küchentisch war auf die Seite gekippt, die Schubladen der Schränke aufgerissen und ihr Inhalt auf dem Holzboden verteilt worden. Das Regal mit den Hydrokulturpflanzen war von der Wand gerissen und zur Seite geworfen worden, die Kräuter waren zertrampelt.

»Hier ist die Polizei! Kommen Sie mit erhobenen Händen heraus!« Stille. Hinter ihm knarrte die Fliegengittertür.

Das Grauen ließ seine Adern gefrieren. Schnell durchsuchte er das kleine Cottage, kontrollierte jedes Zimmer, hinter den Möbeln, unter den Betten und in den Schränken – nichts. Der Boden war bis auf ein paar rötliche Kieselsteine, die möglicherweise von den Schuhen des Täters hineingeschleppt worden waren, ordentlich gefegt.

Er war allein in dem Cottage. Doch das Gefühl von Falschheit verflog nicht.

Er blieb im Türrahmen von Lenas Schlafzimmer stehen. Er musterte den Raum und richtete seinen Blick auf die Ecke, in der Lena ihren solarbetriebenen Minikühlschrank aufbewahrte. Die Ecke war leer.

Erleichtert erinnerte er sich daran, dass sie den Kühlschrank jetzt oben im Turm versteckt hatte.

Er stürmte die wackeligen Turmstufen hinauf und kontrollierte den Laternenraum.

Auch der war leer. Die Solarzellen waren verschwunden, ebenso wie der Kühlschrank.

Das Leuchtfeuer in der Mitte des Raumes war zerschlagen worden, als hätte es jemand mit einem Baseballschläger bearbeitet. Der Boden war mit Glas, Plastik und Metall übersät.

Sein Herz hämmerte ihm bis zum Hals. Derjenige, der das getan hatte, hatte die Fresnellinse aus purem Spaß an der Freude zerstört. Wer tat so etwas?

Etwas in der Ecke erregte seine Aufmerksamkeit. Mehrere zerbrochene Glasscherben glitzerten im Sonnenlicht, das in den Laternenraum fiel. Der Boden unter dem Glas war nass.

Jackson ging in die Hocke, streckte die Hand aus und berührte eine der zylinderförmigen Glasscherben. Er erkannte die Form: die Überreste mehrerer Insulinfläschchen. Die Diebe hatten nicht nur das Haus geplündert, sondern auch den Solarkühlschrank und das Insulin mitgenommen.

Entweder hatten sie gewusst, dass es hier gelagert worden war, oder sie waren nur zum Spaß gekommen, um das Leuchtfeuer zu zerstören, und hatten es dabei entdeckt. Aber hatten sie das ganze Insulin gestohlen? Sein Puls beschleunigte sich vor lauter Angst.

Er schloss für einen Moment die Augen und atmete tief durch, bevor er sich dazu zwang, aufzustehen und die acht Stockwerke des Turms hinunterzugehen. Als er zum Cottage zurückkehrte, überprüfte er die Hintertür zur Küche. Sie war geschlossen, aber nicht verschlossen. Ein blutiger Fleck in Form eines Daumenabdrucks zierte die Tür über dem Türknauf.

Jackson wandte sich ab und sprintete zum Quellhaus neben dem plätschernden Bach, das in das Ufer hineingebaut und mit kunstvoll angeordneten hohen Büschen sorgfältig getarnt war. Schlammige Fußabdrücke zertrampelten das platte Gras rund um das Betonbauwerk.

Im Inneren des Quellhauses verdeckten ein paar Sperrholzkisten die Kühltasche, in der Lena ihr zweites Insulin lagerte. Er schob sie zur Seite und fand ein leeres Regal. Die Kühltasche lag draußen auf der Seite, ein Dutzend Meter weiter unten am Kiesstrand. Auch sie war leer.

Jackson starrte entsetzt auf die Kühltasche. Die Diebe hatten den größten Teil des Insulins gestohlen und in ihrer Eile ein paar Fläschchen zerstört. Möglicherweise hatten sie aber auch einfach nur Spaß daran gefunden, etwas Wertvolles zu zerstören, genau wie das Leuchtfeuer im Leuchtturm.

»Die Luft ist rein«, sagte er dumpf ins Funkgerät. »Du kannst Lena in den Hinterhof bringen.«

Einen Moment später stürmte Lena mit Bear an ihrer Seite über die Wiese.

Devon folgte dicht hinter ihnen, ihre Waffe immer noch gezogen.

Mit einem Ächzen ließ sich Lena auf die Knie fallen und beugte sich über die zerbrochenen Fläschchen, die am Flussufer verstreut lagen. Mit hängendem Kopf wühlte sie sich durch das Gras, die Kieselsteine, den Sand und die Zweige und grub sich in den Dreck auf der Suche nach unversehrten Fläschchen.

Die Flüssigkeit, die ihr Leben schenkte, tränkte den Boden unter ihr.

Es gab keine Möglichkeit, sie aus der Erde zu saugen.

Verzweifelt hob sie den Kopf. Eine Haarsträhne klebte an ihren schweißnassen Wangen, ihre Augen waren vor Schreck geweitet. »Der Kühlschrank im Turm.«

Jackson schüttelte den Kopf. »Es tut mir leid. Den haben sie auch mitgenommen.«

Ein erstickter Laut brach aus ihrer Kehle hervor. »Wer hat das getan? Wer würde so etwas tun?«

Jackson hockte sich neben Lena hin. Er wollte sie trösten, aber das war unmöglich. »Ich weiß es nicht, aber ich werde es herausfinden.«

»Der Dieselgenerator für den Leuchtturm ist weg«, sagte Devon leise. »Den haben sie auch mitgenommen.«

Jackson kramte einen Beweismittelumschlag aus seiner Tasche, steckte einige Scherben hinein und zückte sein Notizbuch. Er konzentrierte sich auf das, was er als Nächstes tun konnte, nämlich den Schuldigen für diese Katastrophe zu finden. »Wer ist in letzter Zeit hier gewesen? Gib mir Namen.«

»Viele Leute«, sagte Lena hölzern, als wäre das eine Sache, die jemand anderem passierte, ein Albtraum, aus dem sie jeden Moment aufwachen würde – aber das würde sie nicht. »Nachbarn, Freunde, ganz gewöhnliche Leute aus der Stadt, die Hilfe brauchen. Keiner, der so etwas tun würde ...«

»Erzähl mir trotzdem alles, was verdächtig oder ungewöhnlich war. Alles, was dir in den Sinn kommt.«

Ihre Schultern sackten besiegt in sich zusammen. Sie schaukelte nach hinten und ließ die Scherben von ihren schlammverkrusteten Fingern gleiten. Aus einem Schnitt an ihrem Zeigefinger tropfte Blut; sie schien es nicht zu bemerken.

Bear saß neben ihr und winselte mit einem besorgten Blick in seinen ausdrucksstarken braunen Augen. Er schnupperte an ihrem Gesicht und leckte ihr über die Wangen, um sie zu trösten. Sie lehnte sich zur Stärkung an seinen pelzigen Körper. »Mrs. Fitch, die neugierige Nachbarin, die am Ende der Straße wohnt. Sie ist über siebzig, aber ich habe das Gefühl, dass sie alles beobachtet, was ich tue, und alles katalogisiert, was ich habe. Vor ein paar Tagen habe ich sie dabei erwischt, wie sie sich in die Küche geschlichen und unsere Speisekammer durchwühlt hat.«

Er hatte das Gefühl, auf blankem Blitzeis auszurutschen. »Janet Fitch? Wie die Tante von Calvin Fitch?«

Lena nickte und starrte mit glasigen Augen auf den Bach. Sie war benommen, stand unter Schock. Jackson bezweifelte, dass sie etwas anderes sah als den Albtraum in ihrem Kopf.

»Wir sehen uns das mal an«, sagte Devon, als Jackson sich erhob. »Sobald Eli hier ist, damit er bei dir bleiben kann, machen wir uns auf den Weg.«

Die Sonne schien hell und heiß, keine einzige Wolke am kobaltblauen Himmel. Klares Wasser plätscherte über moosbewachsene Felsen. Hinter ihnen erstreckte sich der spiegelglatte Lake Superior bis zum fernen Horizont, wo sich Grand Island erhob.

Es war zu schön für eine solche Tragödie.

Eine Minute später erschien Eli an der Ecke des Cottages, Shiloh neben ihm. Eli steuerte direkt auf Lena zu. Schweißperlen standen auf seiner Stirn. Sein Gesicht war gerötet von der Anstrengung – und von der Wut. Seine Hände waren zu Fäusten geballt, als wäre er bereit, gegen die ganze Welt zu kämpfen, wenn es nötig wäre.

Aber es gab nichts zu kämpfen. Das Insulin war weg. Alles davon.

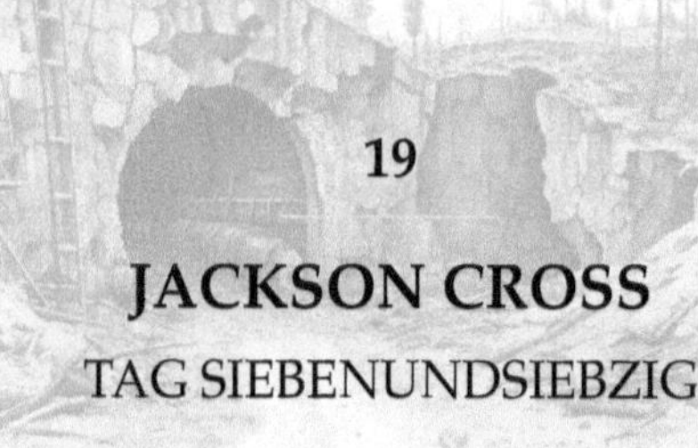

19

JACKSON CROSS
TAG SIEBENUNDSIEBZIG

Jackson und Devon näherten sich dem Grundstück von Mrs. Janet Fitch und ihrem Neffen Calvin Fitch. Das marode Ranchhaus lag abseits der Straße, etwa achthundert Meter vom Leuchtturm entfernt.

Sie wateten durch schenkelhohes Gras. Heuschrecken brummten und sprangen von Halm zu Halm. Im Hof wuchs Unkraut durch die Sprungfedern eines verrosteten Bettgestells. Zwei alte Rasenmäher lehnten an einem baufälligen Schuppen.

In der Einfahrt stand ein mit Schmutz bespritzter Ford F150 Pickup-Truck in der Farbe Velocity Blue, der mit speziell angefertigten Maxxis-Trepador-Geländereifen bestückt war. Der Pickup gehörte Calvin Fitch – derselbe Pickup, der Shiloh Easton auf ihrem Quad gerammt hatte.

Jackson unterdrückte ein Schaudern und deutete mit einer Geste auf den rötlichen Kies in der Einfahrt, der die gleiche Farbe hatte wie die Kieselsteine, die er im Cottage gefunden hatte. Die Steinchen hatten sich wahrscheinlich im Profil der Schuhe des Täters verfangen und waren so an den Tatort gelangt.

Ein Glitzern erregte seine Aufmerksamkeit – winzige Glasscherben mit geschwungenen, zylindrischen Formen mischten sich in den Kies am Rande der Einfahrt. Es war von dem Verdächtigen, der auf ein paar Fläschchen getreten war, zurückgetragen worden.

Wahrscheinlich war Calvin der Täter, angestachelt von seiner eifersüchtigen, anspruchsberechtigten Tante. Sein Herz hämmerte gegen seine Rippen, als sie die Veranda erreichten und die Treppe hinaufstiegen. Abgestorbene Blätter, die der letzte Sturm abgerissen hatte, knirschten unter seinen Füßen. Drei verstaubte Schaukelstühle standen auf der Veranda und quietschten in der leichten Brise.

Eine Krähe krächzte von irgendwo in der Nähe. Schweiß rann über Jacksons Stirn, tropfte ihm den Rücken hinunter und nässte seine Achselhöhlen.

Weder im Haus noch außerhalb des Hauses rührte sich etwas. Keine rauschenden Vorhänge oder verstohlenen Schatten. Auf dem Grundstück war es gespenstisch still.

Jackson übernahm die eine Seite der Eingangstür und Devon die andere, wobei er fast gegen das Windspiel stieß, das von der Decke der Veranda hing.

»Hier ist der Sheriff!«, rief Jackson. »Machen Sie die Tür auf!«

Bevor der Strom ausgefallen war, wären sie nicht mit Gewalt eingedrungen. Wenn sich ein Verdächtiger geweigert hatte, die Tür zu öffnen, mussten die Ordnungskräfte wieder gehen und mit einem Durchsuchungsbeschluss zurückkehren. Wenn sie ein Haus illegal betreten hatten, waren die dort gefundenen Beweise vor Gericht unzulässig gewesen. Die einzige Ausnahme waren Notfallsituationen.

Da die Zivilisation zunehmend ausfranste, war es schwer zu sagen, welche Regeln noch galten und welche auf der Strecke geblieben waren. Recht und Unrecht starben nicht aus, nur weil das System mit der Hälfte des Planeten zusammengebrochen und verbrannt war.

Das Gesetz war der beste Versuch der Menschheit, für Gerechtigkeit zu sorgen. Jackson war fest entschlossen, sich so gut es ging an die Vorschriften zu halten.

»Mrs. Fitch?«, rief Devon. »Wir sind um Ihr Wohlergehen besorgt. Wir wollen uns vergewissern, dass es Ihnen gut geht. Bitte antworten Sie, wenn Sie können.«

Immer noch nichts. Es gab keine Geräusche außer dem Quietschen der Schaukelstühle, dem Klimpern der Windspiele und dem Surren der Insekten im Gras.

Devon deutete mit einem Nicken auf eine Stelle an der abblätternden Haustür, die nur wenige Zentimeter von der Messingtürklinke entfernt war. Die Tür war rot gestrichen, daher hatte er ihn übersehen: ein Blutfleck, genau wie der an der Hintertür des Cottages.

Das war die Notfallsituation, die sie brauchten, um einzutreten. Frisches Blut bedeutete, dass jemand im Haus vermutlich verletzt war oder eine andere Person verletzt hatte. Die Sorge um die Hausbesitzer war die goldene *Du-kommst-aus-dem-Gefängnis-frei*-Karte.

Jackson zog seine Dienstwaffe. Auf der anderen Seite der Tür tat Devon dasselbe.

Er reckte sein Kinn in Richtung Tür und murmelte: »Ich zähle bis drei«. Auf drei drehte er sich zur Seite, hob sein Bein und rammte die Sohle seines Fußes gegen die schwächste Stelle der Tür, direkt unter dem Schloss. Einmal, zweimal, dreimal.

Das Holz zersplitterte und die Tür zersprang nach innen.

Devon stürmte mit erhobener Waffe und nach rechts schwenkend ins Innere. »Polizei! Runter auf die Knie!«

Jackson kam gebückt hinter ihr hinein und schwenkte nach links. Sein Herz hämmerte und sein Puls raste, während er nach Bedrohungen suchte. Alle seine Sinne waren in höchster Alarmbereitschaft.

Erdrückende Hitze schlug ihnen wie eine Wand entgegen, dann kam der Geruch, ranzig und faulig. Hustend erhaschte er einen Blick auf ein schattiges Wohnzimmer, ein niedriges Sofa, einen Flachbildschirm in der Ecke und einen kleinen Klapptisch, der vor einem schmuddeligen Fernsehsessel stand.

Sein Blick wurde auf den Fernsehsessel gelenkt. Eine tiefe Schnittspur zog sich durch das Kunstleder, wodurch der innere Schaumstoff aus dem ausgefransten Schnitt quoll. Es sah aus, als hätte jemand den Sessel mit einer Axt bearbeitet.

Hinter dem Fernsehsessel lugten zwei dünne, mit Strümpfen bekleidete Füße hervor.

»Gib mir Deckung.« Jackson ging zu dem übergroßen Sessel und spähte dahinter. Der Gestank war überwältigend: der faulige Geruch von Fäkalien gemischt mit Erbrochenem sowie der Ammoniakgeruch von Urin und der Kupferduft von Blut.

Mrs. Fitch lag ausgestreckt hinter dem Fernsehsessel. Das gleiche Schicksal, das den Sessel ereilt hatte, hatte auch sie heimgesucht. Sie lag auf dem Rücken, die verschrumpelten Arme an den Seiten. Auf ihren Handflächen waren Abwehrspuren zu sehen. Im Tod hatte sich ihr mürrischer Gesichtsausdruck gelockert.

Er musste sich fast übergeben, konnte es aber unterdrücken. »Wir haben eine Leiche.«

»Was zum Teufel ist hier los?«, fragte Devon. »Glaubst du, Calvin hat das seiner Tante angetan?«

»Es ist durchaus möglich.«

Während Devon ihm Deckung gab, hockte sich Jackson neben das Opfer. Die Pupillen der Frau waren geweitet, und die Totenstarre machte sich in ihrem Gesicht und ihren Gliedmaßen bemerkbar. Er untersuchte ihren Körper auf Leichenflecken: Ihre Fersen, Waden und ihr Gesäß hatten sich durch die Blutansammlungen violett verfärbt.

Der Angriff war innerhalb der letzten paar Stunden verübt worden. Falls noch irgendjemand im Haus lebte und vielleicht verletzt war, drängte die Zeit.

Devon forderte Verstärkung an, obwohl es dreißig Minuten bis zu einer Stunde oder länger dauern könnte, bis weitere Beamte vor Ort sein würden. Sie drehte sich etwas zur Seite, um ihren Blick auf den Flur zu den Schlafzimmern und den Durchgang zu richten, der zu dem Raum führte, von dem Jackson annahm, dass es die Küche war. Jackson gab Devon ein Zeichen. Sie nickte, ohne ein Wort zu sagen. Gemeinsam sicherten sie den Rest des Hauses.

Ein Haufen verrottender Abfälle in der Küche verströmte einen ekelerregenden Gestank. Auf der Arbeitsplatte stapelte sich ungewaschenes, mit Essensresten verkrustetes Geschirr. Die Badezimmer waren noch schlimmer.

Die Schlafzimmer waren klein, dunkel und leer. Im zweiten Schrank befand sich Männerkleidung, und am Ende des ungemachten Bettes standen Stiefel der Größe sechsundvierzig. Von Lenas Mini-Kühlschrank war keine Spur zu sehen.

An der Kellertreppe deutete Devon auf einen blutigen Handabdruck an der Wand in Brusthöhe. Sie schaltete ihre taktische Taschenlampe ein, hielt sie unter ihre Pistole und leuchtete die gefährliche, enge Treppe aus.

Jackson tat das Gleiche, während er als Erster hinunterstieg. »Sei vorsichtig«, sagte sie hinter ihm.

Unheimliche Dunkelheit empfing ihn, so verdichtet, dass es sich anfühlte, als würde er sich durch pechschwarzes Wasser bewegen, weit draußen in den Tiefen des Unbekannten. Jacksons Lunge schnürte sich zu. Die Treppe knarrte, als er hinunterstieg. Er hielt die Waffe vor sich und sein Finger am Abzugsbügel kribbelte.

Der schmale Lichtstrahl der Taschenlampe beleuchtete einen typischen Michigan-Keller mit Betonwänden, einem schmutzigen Boden, einem großen verrosteten Ofen in der Ecke, unzähligen Pappkartons und einer alten Waschmaschine samt Trockner an der gegenüberliegenden Wand.

Die modrige Luft kühlte seine Haut. Der faulige Gestank des Todes war auch hier unten.

Vorsichtig duckte er sich, um sich nicht den Kopf an der freiliegenden Decke zu stoßen – einem Netz aus Blei- und Kupferrohren, das mit Spinnweben übersät und mit Mäusekot verschmiert war.

Als Devon die Treppe hinunterstieg, hallten ihre Schritte hinter ihm wider, während ihre Taschenlampe über die mit Wasserflecken besudelten Wände wackelte.

Sein Licht fing die tieferen Schatten eines zweiten Raums ein. Jackson bog um die Ecke und leuchtete mit seiner Lampe in das Zimmer. Wie der Rest des Kellers war auch dieser Raum schmal und die Decke niedrig.

Ein Gesicht hob sich aus der Dunkelheit ab. Die Leiche war mit einem Verlängerungskabel von den niedrigen Dachsparren gehängt. Jackson erkannte den rundlichen Körper in der schmutzigen Latzhose, die graubraunen Haare und die stumpfsinnigen Gesichtszüge. Es war Calvin Fitch. Er unterdrückte ein Keuchen, trat näher heran und richtete die Taschenlampe auf den geschwollenen Kopf, die herausgestreckte violette Zunge und die Petechien – winzige rote Punkte im Weißen des Augapfels, die von einer Blutung infolge von Strangulation stammen. Blutige Risse im Shirt des Opfers über der Brust verwiesen auf eine Reihe von Stichwunden.

Er dachte an die Leiche, die an der Telefonleitung des M-28 aufgehängt worden war – Sykes' Visitenkarte. Dieses Opfer war aufgehängt und zerlegt wie das letzte. Es war erschreckend ähnlich, zu ähnlich.

»Ist das Sykes' Werk?«, fragte sie.

»Es sieht so aus. Egal, ob es Sykes selbst oder seine Schergen waren. Dem roten Kies in der Nähe des Quellhauses nach zu urteilen – dem gleichen Kies, der in der Einfahrt der Fitches liegt –, waren sie zuerst hier. Vielleicht hat die alte Dame Lenas Vorräte geboten, um sich selbst zu retten. Die Täter sind von hier aus zum Leuchtturm gegangen und dann zurückgekommen, um sie zu töten, vielleicht einfach nur aus Spaß. Es sieht nicht so aus, als hätte die Familie Fitch viel gehabt, was sich zu stehlen gelohnt hätte.«

»Woher weißt du, dass sie nach dem Leuchtturm wieder hierher zurückgekommen sind?«

»Scherben der Insulinfläschchen auf der Fitch-Veranda – mindestens ein Verdächtiger hat Beweise in den Fußspuren seiner Stiefel hinterlassen.«

Devon nickte und blieb einen Moment lang still. »Sykes wollte, dass wir die Leichen finden«, sagte sie, »und dass wir Calvin hier unten finden. Wenn der Einbruch bei Lena nicht gewesen wäre, wären die Opfer vielleicht bereits wochenlang tot gewesen, bevor jemand daran gedacht hätte, nach ihnen zu sehen. Glaubst du, dass er Calvin kannte und dies ein Racheakt wie bei dem letzten Fall war?«

»Das müssen wir herausfinden.«

Devon nickte, ohne den Blick von dem Opfer abzuwenden, steckte ihre Pistole ein und zückte ihr Handy, um sich Notizen zu machen und Fotos zu knipsen. Sie wollten ihr Bestes tun, um den Tatort zu untersuchen, indem sie Beweise markierten, Fingerabdrücke sammelten und DNA-, Haar- und Blutproben nahmen.

Die Vorgehensweise bei der Bearbeitung eines Falles bewahrte einen gewissen Anschein von Normalität, obwohl nichts auf der Welt normal war und es auch nie wieder sein würde.

»Was ist mit Lena?«, fragte Devon. »Was ist, wenn die beiden Sykes von Lenas Verbindung zu Eli erzählt haben?«

»Wenn das der Fall wäre, wären Lena oder Shiloh oder beide bereits tot oder entführt. Wenn das die Rache für etwas war, das Fitch getan hat, würde Sykes nicht auf die Idee kommen, nach Eli zu fragen. Der Leuchtturm war ein zufälliges Ziel – dieses Mal.« Ein Gefühl der Bedrohung beschlich ihn, die dunkle Angst, dass nichts, was er tat, den aufkommenden Sturm der Gewalt aufhalten würde. »Solange wir ihn nicht zur Strecke gebracht haben, ist keiner von uns sicher.«

20

ELI POPE

TAG SIEBENUNDSIEBZIG

»Wie viel Insulin hast du noch?«, fragte Eli.

»Nur das, was in dem Frio Wallet ist.« Lena rollte sich auf der großen Fensterbank zusammen. Bear streckte sich auf dem Teppich unter ihr aus. Sie starrte aus dem Fenster auf den Regen, der das Glas bedeckte, und hielt ihre Bauchtasche mit dem Frio Wallet fest in ihrem Schoß. Solange sie diese kleine, handliche Kühltasche alle vierzig Stunden in Wasser tauchte, blieb ihr restliches Insulin frisch.

Sie hatte kaum ein Wort gesagt, seit sie den Leuchtturm vor Stunden geplündert vorgefunden hatten. Ihr Gesicht war teilnahmslos, ihre Augen glasig und distanziert. Sie stand immer noch unter Schock.

Devon hatte Shiloh zu einem Spaziergang über das Grundstück mitgenommen, damit Lena, Eli und Jackson offen reden konnten. Jetzt stand Jackson im Wohnzimmer des Cottages mit angespannter Miene und vor der Brust verschränkten Armen an die Wand gelehnt.

»Wie viel?«, wiederholte Eli.

Lena schaute keinen der beiden an, sondern fixierte ihren Blick auf irgendetwas außerhalb des verdunkelten Fensters. Dichte Wolken verdeckten den Mond und die Sterne. »Drei Wochen.«

Die Worte trafen Eli wie ein Schlag in den Solarplexus. Er konnte sie nicht verlieren. Unmöglich. Das war keine Option. Sein Verstand

127

weigerte sich, das in Betracht zu ziehen. Seine Kampferfahrung, seine Überlebenskünste, sein Talent für gewalttätige Aktionen und den Tod – nichts davon half ihm gegen diese Krankheit, diese schreckliche Sache, die er nicht bekämpfen, besiegen oder überwinden konnte.

Er war ihr hilflos ausgeliefert und das zerriss ihn innerlich.

Eli schritt in dem kleinen Wohnzimmer auf und ab wie ein ruheloser Panther. Er hielt seine Angst fest in sich verschlossen. »Wir müssen jede Apotheke und jeden großen Laden von hier bis Wisconsin durchsuchen. Wir werden unterhalb der Brücke suchen …«

»Du weißt, dass diese Medikamente schon seit Monaten nicht mehr erhältlich sind«, sagte Jackson. »Das haben wir schon längst versucht.«

Eli wusste das genauso gut wie er. »Dann durchsuchen wir jedes Haus, jede Klinik, jedes …«

»Das haben wir«, sagte Jackson verbittert. »Das hat jeder! Jede Apotheke ist leer. Jede Klinik und jedes Krankenhaus in der UP wurde durchkämmt. Ich arbeite daran, all unsere Informanten mit Verbindungen zum Rauschgifthandel ausfindig zu machen, an die wir uns gewandt haben, um Informationen über unsere Drogenfälle zu erhalten. Ich habe schon einige aufgespürt und sie zu ihren Insulinquellen auf dem Schwarzmarkt befragt. Letzte Woche bin ich zu den örtlichen Apotheken gegangen und habe mir Listen von Diabetikern besorgt und sie mit unseren bekannten Meth- und Kokainkonsumenten abgeglichen. Es waren drei. Ich habe sie persönlich besucht, um zu sehen, ob sie über ihre Kontakte an Medikamente gekommen sind. Ich dachte mir, wenn sie Insulin haben, dann haben sie auch eine Quelle, die ich finden kann.«

»Und?«, fragte Eli ungeduldig.

»Und …« Jackson schluckte. »Sie sind tot.«

Lena gab ein Geräusch aus ihrer Kehle von sich, wie ein Tier, das in einer Falle festsaß.

»Es gibt nichts mehr zu holen, nirgendwo. Nicht einmal im Süden des Bundesstaates. Wir haben über Amateurfunk mit allen Bezirken kommuniziert, mit denen wir Kontakt aufnehmen konnten. Es gibt nichts. Es tut mir so leid.«

»Nein.« Elis Hände ballten sich zu Fäusten und in seinem Hals pulsierte eine Ader. »Was ist mit den Produktionsanlagen?«

»Das Pharmaunternehmen *Eli Lilly* ist der größte Insulinhersteller in den USA. Sie haben eine Fabrik in Indianapolis und eine weitere in North Carolina ...«

»Dann fahren wir dorthin. Ich werde gehen.«

»Alleine?« Jackson lachte spöttisch. »Selbst wenn du es schaffen würdest, wäre der Ort bewacht wie Fort Knox, wenn er in Betrieb wäre, was er nicht ist.«

Eli drehte sich zu ihm um. »Woher weißt du das?«

»Ich habe vor dem Aufstand mit Milton Sanders, dem Vertreter der FEMA, gesprochen. Er meinte, das ganze Land befände sich in einer pharmazeutischen Krise.«

»Was für ein Genie«, sagte Eli.

Jackson ignorierte ihn. »Neunzig Prozent der Notfallmedikamente der USA werden in Indien und China hergestellt. Das Gleiche gilt für unsere Antibiotika. Wir stellen nicht mehr viel her. Nur noch Insulin. Oder zumindest haben wir das. Sanders hat berichtet, dass der Gouverneur von Indiana noch versucht hat, die Fabrik im ersten Monat am Laufen zu halten, aber er konnte weder die Arbeiter mit Lebensmitteln versorgen noch die für die Herstellung von synthetischem Insulin wichtigen Rohstoffe anliefern.«

Jacksons Stimme sank ein wenig. »Vor ein paar Wochen ging der Treibstoff für die Generatoren zur Neige, selbst die Notvorräte für Regierungsbeamte und Rettungskräfte. Sie haben eine Einheit der Nationalgarde zum Schutz der Anlage losgeschickt, aber verzweifelte Menschen haben sie überrannt. Ein paar Wissenschaftler sind bei der Konfrontation ums Leben gekommen. Es war ein einziges Chaos. Sanders meinte, dass die Bundesbehörden versprochen haben, wichtige Medikamente aus der südlichen Hemisphäre – Südafrika, Indonesien und Australien – anzuliefern, um die Produktion zu steigern, aber anscheinend verlangen die Unsummen an Geld dafür. Sobald die Ware im Hafen ankommt, werden die Gouverneure sie an die Diabetiker in ihren Staaten verteilen.«

»Wann wird das passieren?«, stieß Eli hervor. »Was ist der Zeitrahmen? Wie lange genau kann ein Typ-1-Diabetiker darauf warten, dass die nutzlosen Bundesbehörden ihren Scheiß auf die Reihe bekommen?«

Jackson schüttelte den Kopf und sein Mund verzog sich, als würde er versuchen, seine Frustration und seinen Kummer zu zügeln. Er liebte Lena auch.

»Dieser FEMA-Agent lügt. Der hat keine Ahnung, wovon er redet ...«

»Doch, das hat er. Ich habe es vom Gouverneur bestätigt bekommen.«

Eli warf seine Hände hoch.

»Ich werde hier nicht rumsitzen und warten, während Lena ... während Lena ...« Er konnte die Worte nicht aussprechen, konnte diesen Horror nicht in die Welt setzen. »Was glauben die, wie lange Diabetiker ohne Insulin auskommen? Was glauben die, was jetzt gerade passiert?«

»Sie sterben«, sagte Lena leise. »Sie sterben oder sie sind schon tot.« Eli stoppte abrupt und starrte sie an.

Sie drehte ihren Kopf vom Fenster weg und schaute sie mit gequälten Augen an. »Die meisten Leute hatten nicht das Glück, sich so eindecken zu können wie ich. Seien wir doch mal ehrlich. Die mit Typ 2 haben eine Chance. Sie können ihre Kohlenhydrate stark reduzieren und eine extrem strenge Diät einhalten, um ihren Insulinbedarf zu senken. Aber Typ 1? Es gibt 1,5 Millionen Amerikaner mit Typ-1-Diabetes. Und die fast sieben Millionen Menschen mit Typ-2-Diabetes brauchen ebenfalls Insulin, um ihren Diabetes zu kontrollieren. Unkontrollierter Diabetes führt zu Blindheit, Nierenversagen, Wundbrand und dem Verlust von Gliedmaßen, Koma und Tod. Die Bundesregierung hat uns alle zum Sterben zurückgelassen.«

Ihre Worte durchdrangen den Raum mit einem unheilvollen Schauer, der in den Ecken kauerte und in den Schatten lauerte und darauf wartete, sein Opfer zu finden.

»Dann werden wir Insulin herstellen«, sagte Eli. »Wir werden einen Chemiker finden, die Zutaten besorgen und uns etwas überlegen.«

Lena schüttelte verbittert den Kopf. »Das ist unmöglich oder zumindest fast unmöglich. Früher brauchte man etwa dreieinhalb

Tonnen Bauchspeicheldrüsen von mehr als dreiundzwanzigtausend Tieren, um nicht mal ein halbes Kilo Insulin herzustellen. Anders ausgedrückt: Es werden also knapp zwei Tonnen Schweineteile benötigt, um gerade mal etwas über zweihundert Gramm gereinigtes Insulin zu gewinnen. Und selbst wenn wir so viele Schweine auftreiben könnten, wie könnten wir das Insulin reinigen, messen und sicherstellen, dass die Verunreinigungen mich dann nicht trotzdem umbringen? Vor den Sonneneruptionen habe ich recherchiert, um zu sehen, was passieren würde. So nach dem Motto: Was wäre, wenn …? Es gab eine Gruppe von Chemiestudenten, die jahrelang versucht haben, in ihrer Garage Insulin herzustellen. Sie haben es nicht geschafft, es richtig hinzukriegen. Ich habe im Internet ein paar Ammenmärchen über eine zuckerkranke Frau gefunden, die während des Zweiten Weltkriegs im Warschauer Ghetto überlebt hat, aber als ich versucht habe, eine zuverlässige Quelle zu finden, gab es nur Hörensagen und Gerüchte. Das ist nichts, was wir selbst herstellen können. Das wird nicht passieren.«

»Es muss eine Antwort geben.« Schmerz lag in seiner Stimme und verzerrte seine Gesichtszüge. »Sag mir, was ich tun soll, und ich tue es.«

Lenas Stimme war kaum noch ein Flüstern. »Ich weiß es nicht.«

»Ich werde nicht aufgeben«, beharrte Eli.

Jackson rieb sich mit den Händen über das Gesicht. »Keiner gibt auf.«

»Irgendjemand irgendwo muss doch wissen, wo man Insulin herbekommt.«

Lena drehte sich zu ihm um, ihr Gesicht im Profil. Ausnahmsweise war die Nacht draußen dunkel, ohne den Schein des Leuchtfeuers. Das schwache Lampenlicht schimmerte um sie herum. Sie war so schön, dass ihm die Brust schmerzte. Sie sah überirdisch aus, geisterhaft, als wäre sie schon halb verschwunden. »Shiloh kann dich nicht verlieren«, sagte er, aber eigentlich meinte er: *Ich kann dich nicht verlieren.* Er konnte die Worte nicht laut aussprechen.

Elis Brust fühlte sich zu eng an, als würde sein Herz vor lauter Druck explodieren. Er musste etwas tun, handeln, das Problem, vor dem sie standen, in die Flucht schlagen. Nach all den Dingen, die die

Sonneneruptionen ihnen genommen hatten, sollte das nicht auch noch passieren. Nicht sie.

Drei Wochen. Lena hatte nur drei Wochen.

Die Tür öffnete sich und Shiloh trat ein. Devon bot an, draußen auf der Veranda zu bleiben und Ausschau zu halten. Shilohs Blick ging direkt zu Lena und Angst und Sorge zeichneten sich auf ihrem Gesicht ab. »Geht es dir gut?«

Lena nickte energisch. »Es geht mir gut«, sagte sie, obwohl jeder wusste, dass dem nicht so war. Es ging ihr alles andere als gut.

Der Mangel an Insulin war nur ein Teil der Bedrohung, die auf sie zukam. Eli zwang sich, seine Aufmerksamkeit auf die Gefahr zu richten, gegen die sie etwas tun konnten. Sie hatten mehr als nur einen Feind, der da draußen lauerte, eine Tatsache, die sie nicht eine Sekunde lang vergessen durften.

»Wir müssen über Sykes reden«, sagte Eli.

21

ELI POPE

TAG SIEBENUNDSIEBZIG

Eli stand an der Hintertür, halb zur Seite gedreht, damit er die Ausgänge und gleichzeitig die Leute im Raum im Auge behalten konnte. Sein HK417-Gewehr lag auf dem Küchentisch neben einer Schüssel mit Tomaten, mit drei geladenen Magazinen daneben.

Lena und Shiloh saßen am Küchentisch gegenüber von Jackson. Jackson hatte infrage gestellt, ob Shiloh bei einem solchen Gespräch anwesend sein sollte, aber Eli hatte darauf bestanden. Es spielte keine Rolle, dass sie dreizehn war; sie hatte schon mehr als einmal um ihr Leben kämpfen müssen. Seine Tochter war vielleicht die Zäheste in diesem Raum.

Er war froh, dass er Shiloh die Wahrheit gesagt hatte. Sie war nicht weggelaufen, sie war nicht ausgeflippt. Sie würden es gemeinsam meistern, Vater und Tochter. Jedes Mal, wenn er sie ansah, füllte sich seine Brust mit hellen Funken der Freude wie von einem Feuerwerk. Und mit Angst.

Er musste einen Weg finden, um sie beide zu beschützen.

Jackson starrte unverwandt über den Tisch hinweg auf Lena. »Ich vermute, dass der Überfall auf den Leuchtturm rein zufällig zustande kam, weil die alte Dame Lenas Vorräte zum Tausch gegen ihr eigenes

133

Leben angeboten hat – obwohl das nicht so gut für sie gelaufen ist. Aber ich weiß es nicht genau.«

Eli schüttelte den Kopf. »Wenn Sykes gewusst hätte, was Lena und Shiloh mir bedeuten, wäre die Sache ganz anders gelaufen. Das war ein zufälliger Angriff seiner Lakaien, um Angst zu schüren oder Informationen zu sammeln, aber er wird es herausfinden. Irgendwann wird es ihm jemand sagen. Jeder bricht unter Folter zusammen. Jeder.«

Regen prasselte auf das Dach, rieselte unaufhörlich an den Fensterscheiben herunter und verdunkelte die Sicht nach draußen. Das ließ Eli unruhig werden. Er spähte durch das Glas und schaute über den Hof in der regenverhangenen Dunkelheit.

Die Handlanger hatten Elis Hütte verwüstet, aber er hatte seine Waffen und Munition in einem Lüftungsschacht versteckt und sie hatten nichts Wertvolles gefunden. Nur die Räucherkammer hatten sie unberührt gelassen; vielleicht war es zu viel Arbeit gewesen, das Bärenfleisch abzutransportieren, das noch nicht vollständig geräuchert war.

In seinem Kopf schwirrten Pläne und Ausweichpläne, Maßnahmen und Gegenmaßnahmen durcheinander. Jeder einzelne davon hatte Schwachstellen und würde seine geliebten Menschen ungeschützt und verwundbar machen.

»Hier ist es nicht sicher«, sagte er. »Darius Sykes ist ein gefährlicher Mann. Im Gegensatz zu Sawyer, der wenigstens einen Grund für sein Handeln hat, ist Sykes ein Psychopath. Er genießt das Chaos, die Zerstörung und die Grausamkeit um der Grausamkeit willen. Er *will*, dass wir wissen, dass er hier ist. Darüber hinaus ist er dafür bekannt, dass er es auf die Familien seiner Gegenspieler abgesehen hat. Er hat Kinder ohne jegliche Gewissensbisse abgeschlachtet. Für einen Mann wie Sykes ist nichts und niemand tabu. Er hat keinen Moralkodex, keine Grenzen oder Hemmungen. Vor allem aber ist Sykes rachsüchtig. Er rächt sich für jede Beleidigung, ob sie nun real oder eingebildet ist – und das mit ungeheurer Brutalität. Wenn er herausfindet ...« Er konnte den Satz nicht zu Ende bringen. Der Gedanke war unerträglich.

»Ganz zu schweigen von dem Auftragskiller, der Shiloh angegriffen hat«, sagte Jackson. »Jemand hatte ihn angeheuert, um Shiloh auszuschalten. Nur weil dieser spezielle Junkie keine Bedrohung mehr ist, heißt das nicht, dass der Mörder es nicht wieder versuchen wird.«

Es gab keine weiteren Hinweise auf Lilys Mörder oder darauf, wer den jetzt toten Schläger angeheuert hatte. Wer auch immer das gewesen war, konnte jederzeit jemand anderen schicken.

Die Bedrohungen gegen sie schienen von Tag zu Tag mehr zu werden.

Shiloh starrte ihn an und verschränkte trotzig die Arme. »Ich habe keine Angst vor Sykes oder demjenigen, der diesen Kerl geschickt hat, um mir wehzutun. Ich habe mich um ihn gekümmert. Ich kann es wieder tun. Ich habe keine Angst.«

»Das solltest du aber!« Die Worte sprudelten aus ihm heraus, bevor er sich zurückhalten konnte. »Denn ich habe Angst.«

Shiloh blinzelte erschrocken. »Du hast Angst?«

»Ich habe Todesangst. Angst ist das urzeitliche Warnsignal in deinem Gehirn, das dir sagt, dass du die Beute bist und nicht das Raubtier. Ignoriere es auf deine eigene Gefahr hin. Angst hält dich am Leben.«

Einen Augenblick später nickte Shiloh.

Eli hatte seine Entscheidung getroffen. »Ihr beide müsst den Leuchtturm verlassen.«

Lena wurde bleich. »Was?«

Er wusste, dass sie so reagieren würde, und hatte sich schon auf einen Kampf eingestellt. Wenn er sie sich über die Schulter werfen und sie schreiend und tretend herauszerren musste, dann würde er es tun, so wahr ihm Gott helfe. Er würde sowohl Lena als auch Shiloh mit sich schleifen, wenn es sein musste.

Zähneknirschend versuchte er es noch einmal und bemühte sich dabei, eher höflich zu sein, als Forderungen zu stellen. »Ich möchte, dass ihr aus Sicherheitsgründen in das Northwoods Inn umzieht.«

»Der Leuchtturm ...«

»Ist ein Sicherheitsalbtraum.«

»Wir können auf uns selbst aufpassen«, betonte Shiloh.

»Nicht gegen diese Bedrohungen, nein, das könnt ihr nicht. Und ich kann es auch nicht.«

Shiloh biss sich auf die Unterlippe und sah verzweifelt aus. »Für immer?«

Elis Unterkiefer spannte sich an. Wenn es nach ihm ginge, ja. Aber er konnte nicht leugnen, wie sehr Lena und Shiloh im Leuchtturm aufblühten. Sie brauchten diesen Ort. Er hatte den gleichen Frieden, die gleiche Zurückgezogenheit und die gleiche Verbundenheit gespürt. Der Leuchtturm war wie Balsam für seine Seele.

»Vorübergehend«, sagte er.

»Glaubst du, dass das Gasthaus sicherer ist?«, fragte Shiloh.

»Das tue ich. Tim und Lori werden einen Platz für euch finden. Es sind mindestens hundert Leute dort. Sie haben einen gesicherten Bereich mit Wächtern, Posten und Scharfschützenverstecken. David Kepford hat ein privates Sicherheitsteam ausgebildet, und ich habe mich bereiterklärt, die Leitung zu übernehmen. Ich kann nicht jede Sekunde in eurer unmittelbaren Nähe sein. Es wird nicht leicht für Sykes und seine Lakaien sein, in das Gelände einzudringen. Lena kann immer noch Patienten im Gasthaus behandeln. Das ist die beste Lösung.«

Lena warf Shiloh einen fragenden Blick zu. Etwas Unausgesprochenes ging zwischen den beiden vor. Nach einer Weile nickte Shiloh grimmig. »Okay.«

»Okay?« Elis Augenbrauen zogen sich überrascht hoch. »Habe ich dich richtig verstanden?«

Shiloh stieß einen langen, leidvollen Seufzer aus. »Wir sind stur, nicht dumm. Stimmts, Lena?«

»Stimmt ganz genau«, sagte Lena leise. Eli suchte den Hof noch einmal nach Bedrohungen ab, aber er sah nichts. Bear lag auf dem Boden vor Lenas Füßen, den Kopf gesenkt, die Schnauze auf die Pfoten gestützt, aber seine Augen waren hellwach und seine Ohren zuckten, während er den Gesprächen seiner Menschen lauschte.

»Wir können gleich morgen früh eure Sachen zusammenpacken und losfahren«, sagte Jackson.

»In der Zwischenzeit muss ich mit Sawyer sprechen«, erklärte Eli.

»Dafür gibt es ein klares Nein von mir«, sagte Jackson. »Wir werden nicht zu Sawyer gehen.«

»Sawyer hat sein Ohr am Puls des Geschehens, wenn es um kriminelle Aktivitäten geht. Wenn jemand in sein Territorium eindringt, wird er es wissen. Vielleicht kann er Informationen über Sykes liefern.

Verdammt, vielleicht hat er sogar Zugang zu Insulin auf dem Schwarzmarkt oder weiß, wer welches hat.«

»Falls du dich erinnerst: Das letzte Mal, als du Sawyer gesehen hast, hat er dich gefoltert und dann versucht, dich zu töten. Er würde nichts lieber tun, als uns beide umzubringen. Das ist eine sehr schlechte Idee – es sei denn, du hast einen Todeswunsch.«

»Ich weiß damit umzugehen.«

Jackson zog eine Grimasse. »Das ist genau das, wovor ich Angst habe.«

Beinahe hätte Eli gelächelt. Sofort fühlte er sich in ihre Kindheit zurückversetzt, in Insiderwitze und verschmitztes Grinsen, in faule Nachmittage beim Angeln, Schwimmen und Klippenspringen. Die Zeiten, in denen er in Jacksons Haus aufgetaucht war, um der schweren Stille in seinem eigenen Zuhause zu entkommen, das sich nach dem Tod seiner Mutter wie ein Sarg angefühlt hatte.

Er dachte, das böse Blut zwischen ihnen hätte die guten Erinnerungen weggespült, aber sie waren immer noch da, schwach wie Glühwürmchen, die in der Dunkelheit flackern: zwei Jungen, die sich gegenseitig den Rücken freihielten, ihre Geheimnisse miteinander teilten und die Gedanken des anderen wie ihre eigenen kannten.

Sosehr er sich auch bemühte, die Vergangenheit ließ sich nicht auslöschen.

In seinem Hinterkopf bildete sich der Anflug einer Idee. »Ich habe einen Plan. Ich werde nicht direkt zu Sawyer gehen. Ich habe einen Plan B, eine Hintertür.«

»Wen?«

»Einer von Sawyers Männern. Ich habe Antoine das Leben gerettet. Er schuldet mir einen Gefallen. Den werde ich einfordern.«

Jackson stieß ein ungläubiges Brummen aus. »Hat Antoine dir nicht, als du ihn das letzte Mal gesehen hast, einen Sack über den Kopf gestülpt, dich bewusstlos geschlagen und dem Mann übergeben, der dich töten wollte?«

»Ich habe gesagt, dass ich einen Plan habe«, antwortete Eli. »Ich habe nicht gesagt, dass es ein guter ist.«

22

JACKSON CROSS
TAG NEUNUNDSIEBZIG

Devon stürmte in Jacksons Büro, ließ die Tür hinter sich zuschlagen und setzte sich auf die Kante seines Schreibtischs, ihren Lieblingsplatz. Sie schaute sich im Büro des Sheriffs um und pfiff anerkennend. »Nette Bude. Viel besser als meine beengte Kabine. Vielleicht kannst du zur Abwechslung mal richtige Polizeiarbeit erledigen.«

Jackson verdrehte die Augen. »Du hältst dich selber für richtig witzig, oder?«

»Ich halte mich nicht für witzig, ich *weiß*, dass ich es bin.« Devon holte zwei in Alufolie eingewickelte Gegenstände aus ihrem Rucksack und legte sie in die Mitte des Schreibtischs auf Jacksons aktuelle Fallakte. »Ich habe mir schon gedacht, dass du vergessen hast, was zu essen. Mal wieder.«

Sein Magen knurrte laut. Sie hatte recht. Den ganzen Tag über hatte er kaum mehr als einen Schluck Wasser getrunken. »Du hast mir Pastys mitgebracht. Ich vergebe dir all deine Unzulänglichkeiten.«

»Was ziemlich einfach sein dürfte, da ich keine habe.«

Es war nach zweiundzwanzig Uhr, und vor den Fenstern war die Nacht hereingebrochen. Sie hatten zwölf- bis vierzehnstündige Tage ohne Pausen geschuftet. Jacksons Augen waren trüb vor Müdigkeit. Dunkle Ringe umrahmten Devons braune Augen.

»Du siehst erschöpft aus«, sagte er, während er einen leckeren Bissen Zwiebeln, Rinderhack und Steckrübe in einer köstlichen Teighülle genoss. Die berühmte Pasty war Mitte des neunzehnten Jahrhunderts als tragbare Mahlzeit für die Bergarbeiter in Cornwall erfunden worden und wurde mit einem kurzen *a* ausgesprochen, wie in *nass*.

»Hast du in letzter Zeit mal in den Spiegel geguckt? Hast du dich im letzten Monat rasiert?« Jackson rieb sich mit der freien Hand über die dicken Bartstoppeln entlang seines Kiefers.

»Ich strebe den robusten Bergmann-Look an.«

»Und ich dachte schon, du wolltest wie ein obdachloser Junkie aussehen.«

Jackson lachte. Egal, wie schlimm die Umstände waren, Devon konnte ihn immer zum Lachen bringen. »Du solltest zu Hause sein und schlafen, anstatt deine kostbare Freizeit mit mir zu verschwenden.«

Devon nahm einen Bissen und wischte sich ein paar Krümel aus den Winkeln ihres Mundes. »Wir haben den ganzen Tag damit verbracht, das Land vor dem Zusammenbruch zu bewahren, und trotzdem sitzt du hier und schuftest, als würdest du damit angeben wollen oder so. Ich konnte nicht zulassen, dass du den ganzen Ruhm für dich einheimst, Boss.«

»Das ist die richtige Einstellung.« Devon war ein frischer Wind, wenn er ihn am meisten brauchte. Er wusste nicht, wie sie es schaffte, in egal welcher Situation ihre gute Laune zu bewahren. Sie war zwar auch nicht unbedingt eine Frohnatur, aber sie war beständig, ausgeglichen und auf eine Art optimistisch, die er bewunderte.

Sie aßen die Pastys und kosteten jeden Bissen aus. Es war übernatürlich ruhig. Alles war still. Kein Geräusch außer ihrem Atem. Kein Brummen des Generators oder das Summen der Neonröhren, kein Gemurmel von Kollegen.

Daran hatte er sich immer noch nicht gewöhnt. Es fühlte sich an, als wären sie ganz allein im Universum, als wären sie in ein schwarzes Loch gesaugt worden, aus dem es kein Entkommen gab.

Devon wischte die Krümel von der Alufolie, faltete sie ordentlich zusammen und steckte sie in ihre Tasche. Vorbei waren die verschwenderischen Zeiten, in denen die Menschen Dinge mit so lässiger Gleichgültigkeit wegwarfen. Jetzt war alles wertvoll; alles, was wiederverwendet oder recycelt werden konnte, wurde aufbewahrt.

»Was gibts Neues?« Sie deutete mit dem Kinn auf das Whiteboard, das mit Karten, Fotos und Notizen bedeckt war. Jackson hatte einen zweiten roten Magnetpin an den neusten Mordschauplatz geklebt – den Fitch-Tatort.

Sie hatten die letzten zwei Tage damit verbracht, Beweise im Haus der Familie Fitch zu sammeln, während sie die Morde untersuchten. Wie beim ersten Fall hatten sie nur wenige Anhaltspunkte gefunden.

Sie waren die Straße rauf und runter von Tür zu Tür gegangen. Drei weitere Häuser waren ausgeraubt worden. Zum Glück hatten sie zu dem Zeitpunkt leergestanden. Wie der Leuchtturm waren auch sie verwüstet und persönliche Gegenstände zerstört worden. Die Täter hatten einen Propangasgenerator, mehrere Solarladegeräte und einen in einer Garage geparkten Diesel-Pickup gestohlen.

An den Tatorten gab es keine Beweise, die mit Sykes' möglichem Aufenthaltsort in Verbindung gebracht werden konnten, obwohl sie nach Fingerabdrücken gesucht, Fotos gemacht und Abdrücke von mehreren Reifenspuren angefertigt hatten. Wenn die Nachbildungen der Spuren mit vergangenen oder zukünftigen Tatorten übereinstimmten, konnten sie die Verbrechen miteinander in Verbindung bringen.

Seltsamerweise hatte niemand etwas gehört. Die Wohngebäude lagen weit von der Straße entfernt und jedes Grundstück war mehrere Hektar groß, also war das nicht weiter verwunderlich. Aber Motorengeräusche hätten in dieser neuen Welt, in der es nur wenige fahrende Fahrzeuge gab, auffallen müssen.

Morgen würden sie ihre Tür-zu-Tür-Suche auf die umliegenden Stadtteile ausweiten. Jackson musste zwei Dutzend zusätzliche Freiwillige einsetzen, die den ganzen Bezirk nach Personen absuchen sollten, die Sykes' Kommen und Gehen beobachtet hatten.

Irgendjemand musste doch etwas gesehen haben.

Jackson zeigte auf die Reihe von Namen, die unten rechts auf die Tafel gekritzelt waren. »Wir haben eine Liste mit den geflohenen Sträflingen aus dem Gefängnis. Einige sind von hier. Ein paar haben wir selbst verhaftet. Das Büro des Sheriffs und das Polizeirevier kennen einige ihrer Verbindungen zur Gemeinde. Moreno und ich haben eine

Liste mit bekannten Freundinnen, Ex-Frauen, Kindern, Eltern und so weiter erstellt. Morgen werde ich ein Dutzend Freiwillige aus der Bevölkerung losschicken, die die uns bekannten Häuser und Geschäfte überwachen werden. Ihre Aufgabe ist die reine Beobachtung, aber wir brauchen ihre Augen und Ohren. Wenn sie etwas sehen, werden sie uns alarmieren und wir werden die Familie verhören oder eine Falle stellen, je nachdem, was die Situation erfordert.«

»Habt ihr eine Verbindung zwischen Fitch und Sykes gefunden?«

»Fitchs Onkel mütterlicherseits hat zehn Jahre wegen Betrugs gesessen. Er hatte die Bücher für kriminelle Organisationen gefälscht und hatte Verbindungen zu den Hells Angels und anderen Biker-Gangs. Es wurde gemunkelt, dass Sykes ihn letztes Jahr im Gefängnis wegen eines Streits um sein Territorium getötet hat. Es sieht so aus, als hätte Sykes gedacht, dass er noch nicht genug gelitten hat, und beschlossen, es auf seine verbliebene Familie abzusehen. Das hat er schon mal getan.«

»Noch mehr Rache. Sykes rechnet ab.«

Jackson nickte.

»Aber er weiß nichts von Lenas Verbindung zu Eli?«

»Sieht zumindest nicht so aus. Wenn er auf Rache aus ist, wird er irgendwann auch Eli holen. Wir müssen ihn fangen, bevor das passiert.«

Sykes hatte Alger County ins Visier genommen und er würde nicht aufhören zu plündern und die Einwohner zu ermorden, bis Jackson ihn aufhielt.

In der Zwischenzeit waren Lena und Shiloh zusammen mit Eli ins Northwoods Inn gezogen. Dort würden sie sicher sein – so sicher, wie es in einer Welt, die an der Schwelle zur Anarchie stand, möglich war.

Den ganzen Tag über hatte er sich hin- und hergerissen gefühlt, während seine Gedanken zu Lenas schwindendem Insulin gewandert waren. »Ich habe es geschafft, drei meiner besten Informanten ausfindig zu machen: einen kleinen Drogendealer von Sawyer, der vor ein paar Jahren im Gefängnis gesessen hat, einen Mann, der nach einem bewaffneten Raubüberfall auf Bewährung entlassen wurde, und eine Drogenabhängige mittleren Alters, die ihre Kinder an das System verloren hat und immer noch nicht von ihrer Sucht losgekommen ist.

Ich habe ihnen Bargeld und Propan-Campingkocher angeboten, wenn sie es schaffen, Insulin von Sawyer oder einer anderen Schwarzmarktquelle, die sie finden können, zu kaufen. In der Sekunde, in der sie etwas Wertvolles in die Hände bekommen, werden sie es gegen Crack oder Opioide eintauschen, aber darum kann ich mir jetzt keine Sorgen machen. Wenn es etwas gibt, das einen Süchtigen motiviert, dann ist es die Aussicht auf ein High.«

Er hatte keine großen Hoffnungen, aber er war verzweifelt.

»Das ist doch wenigstens schon mal was.« Devon schaute auf ihre Uhr, löste sich vom Schreibtisch, streckte sich und knetete ihren Rücken mit den Fäusten. »Es ist schon spät. Du musst aufhören, die Kerze an beiden Enden abzubrennen. Du bist kein Vampir, auch wenn du langsam wie einer aussiehst. Befolge ausnahmsweise mal deine eigenen Befehle und schlafe ein bisschen. Morgen können wir weiter machen.«

»Aye, aye, Boss-Lady.«

»Du darfst mich auch einfach nur Boss nennen.« Sie grinste. »Boss.«

Er nickte müde. Devon nahm seine Hand und zog ihn auf die Beine. Als sie das Büro des Sheriffs verließen, hatte er das ungute Gefühl, dass sie sich im Kreis drehten, wie ein verirrter Mann, der in einem Schneesturm nur wenige Meter von seinem Haus entfernt ist und in greifbarer Nähe eines sicheren Ortes erfriert.

23

SHILOH EASTON
TAG NEUNUNDSIEBZIG

Shiloh hasste das Northwoods Inn jetzt schon, und sie hatte es noch nicht einmal vom Parkplatz geschafft.

Sie war nicht dumm; sie verstand, warum sie und Lena die Geborgenheit des Leuchtturms verlassen mussten. Sykes war ein brutaler Psychopath, und sie hatte keine Lust, noch einmal angegriffen zu werden. Der Kampf um ihr Leben im Wald und der Überfall auf den Leuchtturm waren noch frische Wunden in ihrer Erinnerung.

Das bedeutete aber nicht, dass sie das hier gut finden musste, und es bedeutete auch nicht, dass sie auch nur einen Funken Freude zeigen musste. Ein weiterer Mörder war hinter ihnen her. Mindestens einer, vielleicht auch mehr. Und Lena hatte fast kein Insulin mehr.

Die Angst, Lena zu verlieren, war wie eine Schlinge, die sich um ihre Kehle zog, wie ein Amboss, der ihre Brust zusammendrückte. Lena würde es schaffen; sie musste daran glauben, dass sie es schaffen würde. Es gab keine andere Möglichkeit.

Shiloh hievte sich ihren Seesack über die Schulter und wischte sich mit dem Armrücken eine Schweißperle von der Stirn. Bear trottete an ihrer Seite, während Devon half, Lenas Koffer und den Rucksack mit den medizinischen Lehrbüchern aus dem Streifenwagen zu holen.

Devon hatte sie mit einem der Pickups des Sheriffs vom Leucht-

143

turm hergebracht, da Lenas Köttelkarre keinen Sprit mehr hatte – zum Glück hatten die Ordnungskräfte noch einen Notvorrat an Benzin.

Eli ermittelte irgendwas zusammen mit Jackson, also hatte Ruby angeboten, mitzukommen und beim Einzug zu helfen. Später am Abend würden Eli und Jackson die Hydrokulturanlage, die restlichen Lebensmittelvorräte aus dem Wurzelkeller und alles, was sie sonst noch transportieren konnten, in einem von Pferden gezogenen Anhänger zum Gasthaus bringen. Das geräucherte Bärenfleisch würde folgen, sobald es fertig war.

Trotz ihrer gegenteiligen Absichten musste sie zugeben, dass das Northwoods Inn einen imposanten Eindruck machte. Erbaut in den glorreichen Zeiten der Holzfällerei des neunzehnten Jahrhunderts, sah das Gasthaus aus wie eine prächtige Residenz aus massiven Baumstämmen, großen Steinen und riesigen Fenstern.

Sie hasste es trotzdem.

Eine Ziege blökte sie an.

Shiloh drehte sich erschrocken um. »Was zum Geier ist das?«

Die große weiße Ziege stand auf dem Dach eines schwarzen Pickups und starrte sie und Bear mit einem verärgerten, unverfrorenen Blick an, als wäre sie beleidigt, weil die beiden in ihr Territorium eingedrungen waren.

Bear versteifte sich neben ihr. Seine Nackenhaare gingen hoch.

»Das ist Faith«, sagte Devon. »Das Maskottchen des Northwoods Inn.«

»Schläft die immer auf Autos?«

»Ja, das scheint ihre Lieblingsbeschäftigung zu sein. Ich glaube, sie kackt auch auf sie.«

»Das ist Jacksons Pickup, an dem sie da mit ihren Hufen kratzt.«

Lena lächelte. »Ja, das ist richtig.«

Faith kletterte vom Dach des Pickups, wobei ihre Hufe über die Windschutzscheibe schrammten, und sprang von der Motorhaube auf den Asphalt. Sie stolzierte mit klappernden Schritten und wackelndem Hintern direkt auf die beiden zu.

Bear winselte alarmiert und stieß mit dem Hinterteil gegen Shilohs Beine.

Faith starrte Bear mit ihren merkwürdigen rechteckigen Pupillen an. Die Ziege hatte einen stämmigen Körper, kleine Hörner, die sich von ihrem Schädel nach hinten wölbten, und einen kurzen, struppigen Bart am Kinn, der ihr einen immerwährenden störrischen Ausdruck verlieh.

Obwohl der Neufundländer locker fünfundvierzig Kilo schwerer war als die Ziege, hatte Bear eindeutig Angst vor diesem seltsamen Geschöpf. Seine Ohren lagen flach an.

Faith senkte den Kopf, wobei ihre kleinen Hörner im Sonnenlicht aufblitzten, und gab ein nervtötendes blökendes Geräusch von sich.

Bear kläffte vor Schreck.

Die Ziege stürmte mit dem Kopf voran auf ihn zu und versuchte, dem großen Hund einen Kopfstoß zu versetzen. Bear drehte sich um und floh, wobei er seine buschige Rute zwischen die Beine klemmte. Faith blökte wütend und jagte ihm hinterher, als würde sie ihn anschreien, er solle zurückkommen und sich ihr wie ein Mann stellen.

Shiloh verschluckte sich fast an ihrem Lachen. Lena hielt sich den Bauch, weil sie so heftig mitlachte.

»Ganz ehrlich, das hat mir den Tag versüßt«, sagte Devon mit einem Lächeln. »Lass uns reingehen, bevor wir an einem Hitzschlag sterben.«

»Was ist mit Bear?«, fragte Shiloh. Er war irgendwo in den Wald gelaufen.

»Bear wird schon wieder auftauchen, sobald er seine Würde zurückgewonnen hat«, sagte Lena.

Shiloh schnaubte. »Nach diesem Auftritt ist seine Würde wohl die geringste seiner Sorgen.«

»Sollen wir ihn retten?«, fragte Ruby.

Lena grinste. »Vielleicht sollten wir das.«

Einen Moment später tauchte die Ziege wieder auf, den Kopf gerade und hoch erhoben, und starrte sie alle wütend an, als wolle sie jeden Einzelnen zu einem Duell herausfordern. Sie sprang an ihnen vorbei und blökte fordernd an der Haustür.

»Nach Ihnen, die Dame.« Shiloh stieß die riesigen Zedernholztüren auf. Die Ziege hüpfte vor ihr hinein und bot ihr einen unverschämten Blick auf ihren weißen, flauschigen Hintern.

Shiloh folgte Faith in das große Foyer. Es war ein schickes, aber rustikales Haus mit holzgetäfelten Wänden und großen Zedernbalken, die sich über die zweistöckige Kathedraldecke wölbten. Das Sonnenlicht fiel durch die doppelstöckigen Buntglasfenster und verteilte sich auf dem Schieferboden. In der Mitte des Foyers stand ein deckenhoher gemauerter Kamin, umgeben von Ledersesseln, in denen die Gäste zusammensaßen.

Ein riesiger ausgestopfter Schwarzbär stand auf seinen Hinterbeinen in einer Ecke, die Arme ausgebreitet, als wollte er einen umarmen – oder zu Tode quetschen.

»Wow«, hauchte Ruby. »Ich habe schon von diesem Gelände gehört, aber ich war noch nie hier. Es ist der Hammer.«

»Es ist nicht unbedingt der schlimmste Schuppen, den ich je gesehen habe«, murmelte Shiloh missmutig. Sie sah zu, wie Faith loszog, um ein paar Gäste zu quälen. Die freche Ziege klaute einem Mann ein Sandwich aus der Hand.

»Da seid ihr ja!«, rief eine freundliche weibliche Stimme. Eine pummelige Frau in ihren Sechzigern schritt auf sie zu. Lachfalten bildeten sich um ihre blassblauen Augen, als sie herzlich lächelte. Sie trug Turnschuhe und ein kariertes Hemd, das bis zu den Ellbogen hochgekrempelt war; Mehl befleckte ihre Wangen, als käme sie gerade aus der Bäckerei.

Ein schlanker weißhaariger Mann etwa im gleichen Alter kam um die Bar herum und stellte sich neben sie, während er noch immer eine Tasse mit einem Handtuch polierte. Er hatte ein freundliches, wettergegerbtes Gesicht und seine Augen funkelten schelmisch, wie die eines Lieblingsonkels.

Mit seiner freien Hand legte er einen Arm um die Schulter der Frau und lächelte. »Willkommen.«

Devon stellte alle vor. »Shiloh, Ruby und Lena, das sind Tim und Lori Brooks.«

Bevor Shiloh reagieren konnte, zog die Frau sie in eine Umarmung und drückte sie sanft an sich. Der Duft von Holzrauch und Backmehl erfüllte Shilohs Nasenlöcher.

Shiloh stand steif da, die Arme an den Seiten, bis Lori sich zurückzog – immer noch lächelnd, als hätte sie gerade die Königin von

England getroffen. Falls sie Shilohs Unbehagen bemerkte, ließ sie es sich nicht anmerken.

»Wir sind so froh, dass ihr da seid!«, platzte Lori heraus. »Bitte, macht das hier zu eurem Zuhause, so lange ihr es braucht.«

»Vielen Dank«, sagte Lena. »Wir wissen eure Gastfreundschaft zu schätzen. Und wir werden für unsere Unterkunft arbeiten.«

»Daran haben wir keinen Zweifel«, sagte Tim. »Es ist wunderbar, euch bei uns zu haben. Wir haben einen Bereich, in dem du weiterhin Patienten behandeln kannst, Lena. Wir freuen uns, dass du bereit bist, uns auf diese Weise zu helfen.«

Entgegen ihren Vorsätzen mochte Shiloh sie sofort. Sie waren warmherzig und gutmütig und sie erkannte, dass sie gute Menschen waren, die ihr letztes Hemd geben würden, um anderen zu helfen, auch wenn diese es nicht verdienten.

Ein lautes Blöken ertönte, als Faith plötzlich auf die Restaurantküche zustürmte, wobei ihre Hufe über den Steinboden klapperten. Die Leute zerstreuten sich, als sie durch das Foyer hüpfte und jedem, der sich ihr in den Weg stellte, mit einem Kopfstoß drohte.

»Faith! Raus hier!« Lori klatschte in die Hände, um das beleidigende Geschöpf zu verscheuchen. »Raus mit dir! Bevor wir beschließen, dich fürs Abendessen zu verarbeiten!«

Faith huschte mit einem frechen Blöken, das mehr als nur ein bisschen selbstgefällig klang, aus Loris Reichweite.

Lori verdrehte die Augen. »Meine Güte, diese Ziege denkt, sie sei ein Mensch. Sie klaut den Leuten immer das Essen. Sie weigert sich, ihr eigenes verdammtes Heu zu fressen. Entweder das oder sie klettert auf die Autos der Gäste oder knabbert an deren Kleidung. Ich weiß nicht, was ich mit ihr machen soll.«

Tim schüttelte den Kopf und grinste gutmütig. »Diese Ziegen. Lori behandelt sie wie Kinder. Sie gehen einem zwar auf die ihr wisst schon was, aber sie sind sehr nützlich. Sie liefern so viel Milch, wie wir brauchen. Habt ihr schon mal Ziegenkäse gegessen? Lori hat ein paar großartige Rezepte. Und sie sind hervorragende Rasenmäher; sie fressen das ganze Gras, sodass es nicht zuwuchert. Sie haben ihren Nutzen.«

»Ich liebe sie«, sagte Ruby. »Ich würde gerne lernen, wie man Ziegenkäse macht.«

»Wir werden es dir beibringen.« Lori wischte das Mehl an ihren Händen an ihrer Jeans ab und signalisierte ihnen, ihr zu folgen. »Lasst eure Taschen hier; Tim wird sie auf eure Zimmer bringen. Ich werde euch herumführen.«

Sie folgten ihr durch das Foyer, vorbei an der Bar und dem Hauptflur, der zu den Gästezimmern führte. Lori zeigte auf Reihen von mit Wasser gefüllten Styroporbechern, die die Fensterbänke säumten. Aus jedem Becher ragte ein Salatblatt heraus, das mit Zahnstochern gestützt wurde.

»Das ist ein kleiner Teil unserer DIY-Hydrokultur. Wir bauen Lebensmittel aus Küchenabfällen an. Sobald die Römersalatstängel neue Wurzeln schlagen, siedeln wir sie nach draußen in den Garten oder in einen Topf um. Außerdem pflanzen wir Setzlinge für unsere Herbst- und Winterkulturen an, wobei wir uns auf kalorienreichere Lebensmittel wie Karotten, Kartoffeln, Süßkartoffeln und Kürbisse konzentrieren, die uns durch den Winter bringen werden. Ich zeige euch unseren Anbauraum mit den Hydrokulturpflanzen, den wir mit PVC-Rohren und einem Schwerkraft-Bewässerungssystem gebaut haben.«

Ruby nickte mit großen Augen. »Cool.«

Sie gingen an der großen Industrieküche vorbei, in der ein Dutzend Leute damit beschäftigt waren, etwas zu kochen, das himmlisch roch, und verließen den Gasthof. Das Anwesen lag auf einem zwanzig Hektar großen Grundstück an der Steilküste und bot einen spektakulären Blick auf den Lake Superior.

Überall wuchsen Gärten mit beerenreichen Himbeer- und Brombeersträuchern, Apfel- und Walnussbäumen und sogar einigen Birnbäumen. Ziegen und Hühner liefen auf dem Rasen unter riesigen Eichen und Hemlocktannen umher. Mehrere Einzimmerhütten waren über das Grundstück verstreut. Viele Menschen hämmerten und zimmerten und waren damit beschäftigt, neue Hütten zu bauen. Ein Dutzend Windturbinen, die entlang der Steilküste errichtet waren, drehten sich in der Brise, die vom See kam. Das Dach des Hauptgebäudes und einiger Hütten war mit Solarzellen bestückt. Die Leute gingen zu Fuß oder fuhren mit Golfwagen herum, auf deren Dächern ebenfalls Solarzellen angebracht waren.

Lori winkte mit einer Hand. »Als wir das Haus vor zwanzig Jahren gekauft haben, hatten wir die Vision von einer sich selbst versorgenden Enklave für Künstler und Schriftsteller, die sich von der atemberaubenden Schönheit der Upper Peninsula inspirieren lassen. Wir haben eine Schwerkraft-Brunnenanlage für fließendes Wasser gebaut. Die Lebensmittel, die wir servieren, stammen aus unseren Gärten und von unserer kleinen Farm.«

Mehrere Zweierteams patrouillierten mit Schrotflinten über den Schultern um das Gelände. Scharfschützenverstecke waren in die Bäume gebaut worden. Dünne Stolperdrähte mit Alarmvorrichtungen, die entlang der Baumgrenze gespannt waren, glitzerten im Sonnenlicht.

Lori folgte ihrem Blick. »David Kepford hat das für uns eingerichtet und begonnen, Freiwillige in operativer Sicherheit auszubilden. Wir waren am Boden zerstört, als wir hörten, dass er gestorben ist. Er war ein so wunderbarer Mann.«

Ein Schmerz durchzuckte Shilohs Brust. Sie hatte den Schulleiter immer gemocht; er hatte Naturwissenschaften unterrichtet und die Kinder immer mit Würde und Respekt behandelt.

»Eli Pope hat sich bereiterklärt, die Waffen-, Sicherheits- und Kampfausbildung fortzusetzen. Ich wünschte, es wäre nicht so, aber jeder muss wissen, wie man eine Waffe bedient und sicher schießt. Wir würden anderen niemals absichtlich Schaden zufügen, aber wir sind dennoch bereit, die Menschen zu verteidigen, die in unseren Grenzen Schutz gesucht haben. Ich glaube an die Notwendigkeit des Selbstschutzes.«

Das tat Shiloh auch. »Wer kann sich freiwillig melden?«

»Jeder, der hier wohnt, hat Aufgaben, die seinen Fähigkeiten und Interessen entsprechen. Die Aufgaben, die keiner will, wie Latrinen- und Mülldienst, werden rotiert.«

»Ich möchte Wachdienst übernehmen.«

Lori runzelte die Stirn. »Ich glaube nicht, dass das eine gute Idee ist ...«

»Ich kann gut mit Waffen umgehen, nicht mit Salat.«

»Aber du bist noch so jung, Schatz ...«

Shiloh stemmte ihre Hände in die Hüften. »Ich kann einer Mücke die Eier wegschießen. Na ja, wenn Mücken Eier hätten.«

Loris Augen funkelten belustigt. »Du bist ein echter Satansbraten, was?«

»Du hast ja keine Ahnung«, sagte Lena.

»Na gut. Wenn es für deinen Vormund okay ist, ist es auch für mich okay.« Lena zuckte resigniert mit den Schultern. »Das ist nicht meine Entscheidung.«

»Ich werde meinen ...« Shilohs Zunge verfing sich bei dem Wort *Vater*. Es war noch so neu und fremd. Daran musste sie sich erst einmal gewöhnen, auch wenn es etwas Gutes war.

Tief in ihrem Inneren hatte sie geahnt, dass Eli mehr für sie war als nur ein Kumpel. Sie hatte von Anfang an eine unmittelbare Verbindung zu ihm gespürt, selbst als sie ihn noch für einen Mörder gehalten hatte, eine Zusammengehörigkeit, die sie nicht erklären konnte. Irgendwie hatte sie gewusst, dass er gefährlich war und doch keine Gefahr für sie darstellte – ganz im Gegenteil.

Es war alles noch neu und fremd, aber sie hatte eine Familie. Sie war Teil einer richtigen Familie; sie war keine Waise mehr. Es war ein Gefühl von Wärme und Geborgenheit, als wäre man in eine kuschelige Decke eingewickelt und wüsste, dass einem nichts etwas anhaben konnte.

Das hatte sie noch nie in ihrem Leben gefühlt, und jetzt, wo sie es hatte, wollte sie es nicht mehr loslassen, niemals wieder. Trotzdem war sie noch nicht bereit, ihn Papa oder so zu nennen.

»Ich werde Eli fragen«, sagte sie stattdessen.

Lori ging weiter. »Wir haben Kurse eingerichtet, in denen wir einige der alten Bräuche lehren, die wir vergessen haben. Dazu gehören Einmachen, Räuchern, Dörren und Salzen. Wir bauen gemauerte Raketenöfen, Solaröfen, Quell- und Räucherhäuser. Morgen beginnt ein Kurs zum Feuermachen. Dazu gehört auch das Herstellen von selbstgemachten Anzündern, wie zum Beispiel in Vaseline getränkte Wattebällchen.«

»Wofür sind die?«, fragte Ruby und zeigte auf einen Stapel von Solarleuchten, die auf einem Picknicktisch gestapelt waren.

»Die sind sowohl super für draußen wie für drinnen. Wir lassen sie tagsüber in der Sonne aufladen, und die Leute bringen sie nachts als Beleuchtung ins Haus.« Lori zeigte ihnen die Latrinen, die sie weit weg von Wasserquellen gegraben hatten. »Es ist eklig, aber sanitäre Anlagen stehen weit oben auf unserer Prioritätenliste. Alle Waffen der Welt können euch nicht vor einer tödlichen Durchfallerkrankung schützen.«

»Habt ihr noch Platz für zwei weitere?«, fragte Ruby. »Ich weiß, dass meine Mom das hier lieben würde. Wir sind ausgezeichnete Gärtnerinnen. Und ich übernehme die hygienischen Aufgaben, kein Problem. Ich habe keine Angst vor ekligen Sachen.«

»Selbstverständlich, Schatz.« Lori drehte sich mit den Händen in den Hüften zu Shiloh um. Sie sah aus wie eine warme, liebevolle Oma, die einem jeden Tag nach der Schule Kekse backte. »Dies ist ein heilender Ort, ein guter Ort, wenn du ihm eine Chance gibst.«

»Ich vermisse den Leuchtturm«, platzte sie heraus. »Er ist mein Zuhause.«

»Wir würden dir dein Zuhause nie wegnehmen, Schatz. Sieh das hier als dein zweites Zuhause an – dein Feriendomizil. Ein Ort der Sicherheit, ein Schutz vor dem Sturm.«

Lena warf Shiloh einen nervösen Blick zu, belastet von all dem, was sie durchgemacht hatten und was ihnen bevorstand. Die Schlinge um ihren Hals schien sich zu lockern, wenn auch nur ein bisschen.

Shiloh nickte langsam. Sie hatte vorgehabt, diesen Ort zu hassen, aber ihr Hass wich aus ihr und wurde durch etwas ersetzt, das sie nicht genau benennen oder identifizieren konnte – etwas, das wie Hoffnung wirkte.

24

JACKSON CROSS
TAG ZWEIUNDACHTZIG

»Ich würde Ihnen gerne ein paar Fragen stellen«, sagte Jackson.

Scott Smith starrte ihn von seiner Veranda aus an. »Beeilen Sie sich, Sheriff«, murmelte er mit einem starken *Yooper*-Dialekt. »Es ist verdammt heiß und wir haben einiges zu tun, nicht?«

Jackson wischte sich den Schweiß aus dem Nacken und spürte, wie er selbst langsam verwelkte. Es war noch nicht einmal zehn Uhr morgens, aber die Temperatur stieg exponentiell an, die Luftfeuchtigkeit war fast unerträglich und die Sonne brannte unbarmherzig am wolkenlosen Himmel. Seine Uniform klebte an seinem Rücken und seine Unterarme waren durchnässt.

Es war der heißeste Juli aller Zeiten. Die Hälfte seiner freiwilligen Helfer hatte mehrere Nachmittage damit verbracht, batteriebetriebene Ventilatoren zu verteilen und den Leuten zu raten, draußen zu schlafen, die heißesten Räume in ihren Häusern abzusperren und hitzehemmende Vorhänge vor den Fenstern anzubringen.

Trotzdem hatte er allein in der letzten Woche fünf Fälle von Hitzschlag zu verzeichnen gehabt, bei denen zwei Menschen gestorben waren: Ein älteres Ehepaar war in seinem Haus zugrunde gegangen.

Jetzt stand er in einer nur allzu vertrauten Straße. Das Easton-Haus lag direkt auf der anderen Seite und er konnte das verbeulte Schild des Schrottplatzes von Amos Easton hinter sich sehen.

Ein hagerer junger Mann in den Zwanzigern hockte auf der Treppe neben Scott und hielt mit glasiger Miene eine zerknautschte, nicht angezündete Zigarette zwischen den Fingern, während seine Hand zitterte und bebte. Es war höchstwahrscheinlich seine letzte Zigarette. Jackson erkannte Mark Smith, einen Highschool-Abbrecher, der schon ein paar Mal wegen Drogenbesitzes verhaftet worden war. Unter seinem zerfetzten T-Shirt zeichneten sich deutlich seine Schlüsselbeine ab, während er nach vorn gekrümmt dasaß, seine Augen glasig und blutrot. Aus einer offenen Stelle an seinen rissigen Lippen quoll der Eiter heraus.

Meth war sein Lieblingsgift. Abscheu erfüllte Jackson. Sawyer verteilte ungeachtet der Umstände weiterhin seine Ware des Todes.

Scott schaute mit verengtem Blick auf Jackson. »Wenn Sie wegen dem Diesel hier sind, ja, ich habe noch welchen, aber hier gibt es nichts für lau. Ich muss ihn von Hand mit einer Pumpe rausholen, und das ist nicht wirklich 'n Zuckerschlecken. Sie werden dafür bezahlen, wie jeder andere auch.«

Scott war in seinen Fünfzigern und trug eine fettverschmierte Latzhose über einem kurzärmeligen Hemd und hellbraune Arbeitsstiefel. Seit dreißig Jahren gehörte ihm die Shell-Tankstelle in der Cedar Street, davor hatte sie schon seinem Vater gehört. Wahrscheinlich hatte er damit gerechnet, dass eines seiner Kinder sie von ihm erben würde.

»Das ist gut zu wissen, aber ich bin wegen der Morde in unserer Straße hier. Chad und Cindy Marlowe.«

Heute Morgen wurden eineinhalb Kilometer die Straße runter zwei weitere Leichen gemeldet. Chad Marlowe, in seinen Sechzigern, ein ehemaliger Manager des örtlichen Family-Dollar-Ladens, war ausgeweidet und an einer Eiche in seinem Vorgarten aufgehängt worden. Seine Frau Cindy hatte die Tafel der Episkopalkirche geleitet. Sie hatte ein halbwegs weniger grausames Schicksal erlitten.

Jackson hatte sie gekannt. Sie waren gute Menschen gewesen, das Salz der Erde. Die sinnlose Gewalt machte ihn krank.

Dieses Mal schienen die Opfer keine Verbindungen zu den Hells Angels oder dem organisierten Verbrechen zu haben. Die Leichen wiesen Spuren von Folter auf. Dass der Angriff so nahe am Easton-Haus stattgefunden hatte, beunruhigte ihn. Hatte Sykes eine Verbindung zwischen Eli und Lena entdeckt? Oder waren die Sträflinge zu willkürlichen Gemetzeln übergegangen?

Jackson und sein Team durchkämmten die gesamte Straße und durchsuchten jedes Haus, ohne eine einzige verwertbare Spur zu finden. Mehrere Häuser waren verlassen worden. Diejenigen, die zu Hause waren, konnten sich an nichts erinnern.

Selbst ohne Telefon und Internet verbreitete sich die Nachricht wie ein Lauffeuer. Die Menschen waren verängstigt und nervös, nicht nur wegen Sykes, sondern wegen allem und jedem. Er konnte es ihnen nicht verdenken. Unter seinem dichten rötlichen Bart verzog sich Scotts Mund finster. »Bevor Sie es sich hier zu bequem machen: Wir haben nichts gesehen. Und wir haben auch nichts gehört. Gar nichts.«

Vielleicht hatte er wirklich nichts gesehen, vielleicht hatte er auch einfach nur Angst, das nächste Ziel zu sein.

Der zweistöckige Bungalow hinter Scott und seinem Sohn war aufgeräumt. An der Westseite des Hauses wuchs Gemüse im Garten in langen hölzernen Pflanzkübeln, die mit Sonnensegeln versehen waren, um Rehe, Kaninchen und Kojoten fernzuhalten. An der Seite des Hauses waren tragbare Solarzellen an einem Generator befestigt. Ein halb errichteter Zaun schützte den Generator vor neugierigen Blicken.

»Ich habe eh nie erwartet, dass die Regierung sich um uns kümmert, aber ihr könntet wenigstens dafür sorgen, dass diese mordenden Psychopathen, die ihr entkommen lasst, uns gute gesetzestreue Bürger nicht abschlachten.«

»Wir haben sie nicht entkommen lassen«, sagte Jackson. Seine Worte stießen auf taube Ohren. »Sir, ich versichere Ihnen, dass wir alles in unserer Macht Stehende tun, um die entflohenen Sträflinge zu fassen.«

Scott versteifte sich. »Tja, wir können euch nicht helfen. Warum lassen Sie uns nicht in Ruhe?«

Eine junge Frau kam um die Ecke des Hauses. Sie hatte einen Krug mit Trinkwasser in der Hand, war in ein schweißnasses Tanktop und abgeschnittene Jeans gekleidet und trug ein feuchtes Tuch um den Hals gebunden.

Ihre roten Haare hatte sie zwar nicht mehr zu Zöpfen gebunden, aber ihre runden Wangen und strahlenden Augen waren ihm vertraut.

Als sie noch ein Kind gewesen war, hatte sie einen Limonadenstand in der Einfahrt betrieben. Jackson und Lena waren nach der Schule oft dort vorbeigefahren und hatten für einen Vierteldollar Limonade in Plastikbechern gekauft.

»Fiona, richtig?«, fragte er.

Sie schirmte ihre Augen mit der Hand ab und schenkte ihm ein halbes Lächeln, das zwei schiefe Schneidezähne enthüllte. Bei ihr war das sehr charmant. »Das ist richtig.«

Zu ihren Füßen lag ein Gewirr von Schläuchen, daneben ein Haufen PVC-Rohre. An jeder Ecke des Hauses befanden sich zwei große Fässer unter einer Dachrinnenöffnung.

Fiona sah, wie er die Umgebung musterte. »Unser Regenrückhaltesystem. Wir haben ein Schwerkraftsystem für die Bewässerung des Gartens installiert. Eine Außendusche steht als Nächstes auf meiner Liste. Im Winter ist das zwar blöd, aber besser als Katzenwäsche.«

In ihrem Blick lag ein Anflug von Mutlosigkeit. Doch dann blinzelte sie es weg und zwang sich zu einem zerbrechlichen Lächeln, als ob man es wie einen Aufkleber von ihrem Gesicht abziehen könnte. »Ich studiere Architekturdesign an der University of Michigan. Oder zumindest habe ich das. Ich sollte jetzt dort sein und Sommerkurse belegen. Ich wollte schöne Gebäude entwerfen. Wolkenkratzer, Museen. Jetzt ist es schwer vorstellbar, so etwas zu bauen.«

Er sah es in ihrem Gesicht – die Trauer um eine verlorene Zukunft, verlorene Träume und verlorene Möglichkeiten. Die Menschen konnten über Kaffee und Netflix jammern, aber die Fähigkeit, Kreativität und Leidenschaft zu verfolgen, Kernfusion zu erschaffen oder Astronauten auf den Mond zu schicken, war keine Kleinigkeit.

Die Menschheit hatte Monumente gebaut, die am Himmel kratzten. Jetzt kratzen sie nur noch im Dreck, um zu überleben.

Er hatte keine Energie, um leere Plattitüden von sich zu geben. »Es tut mir leid.« Sie neigte leicht ihr Kinn, um seine Worte zu bestätigen.

Jackson lenkte seine Aufmerksamkeit auf den Junkie-Sohn. Er ließ den Kopf hängen und starrte immer noch auf die nicht angezündete Zigarette, als könnte sie alle seine Probleme lösen. Während man Meth herstellen konnte, waren Zigaretten auf dem Schwarzmarkt eine heiß begehrte Ware. Insulin könnte das ebenfalls sein.

»Darf ich dir eine Frage stellen?«

Der junge Mann antwortete nicht und verhielt sich nicht so, als ob er ihn gehört hätte.

»Er muss Ihre Fragen nicht beantworten. Ihr habt nichts gegen ihn in der Hand.«

»Ich bin nicht seinetwegen hier«, sagte Jackson ruhig und gleichmäßig. »Aber wenn er mir mit ein paar Informationen helfen könnte, wäre ich ihm sehr dankbar.«

Scott wollte noch etwas sagen, aber Jackson ignorierte ihn. »Ich habe kein Interesse daran, dich oder deinen Lieferanten zu verhaften, aber ich interessiere mich für Medikamente auf dem Schwarzmarkt. Ich möchte wissen, ob dein Lieferant vielleicht Zugang zu Insulin hat.«

Da hob Daniel den Kopf. Seine Hände zuckten in seinem Schoß. Seine Fingernägel waren abgeknabbert, sein Daumennagel blutig. »Ich weiß es nicht, Mann. Ich weiß gar nichts.«

»Wenn du etwas Nützliches herausgefunden hast, würde ich dich dafür bezahlen, in bar oder mit anderen Waren, die du gegen alles eintauschen kannst.«

Daniels blutunterlaufene Augen funkelten. »Ja, ja. Okay.«

»Das reicht jetzt aber.« Aufgebracht stellte sich Scott vor ihn und versuchte, ihn vor Jacksons Blicken zu schützen. »Diese Polarlichter, die Sonnenstürme, sie haben uns alles genommen. Unsere Zukunft ist in einem Wimpernschlag verschwunden. Er hat nichts mehr. Was soll ich denn tun? Ihn rausschmeißen? Er würde sterben. Ich nehme ihn so, wie er ist.« Sein Unterkiefer knirschte, als er die Zähne zusammenbiss. »Und jetzt verschwinden Sie verdammt noch mal von meinem Rasen.«

Jackson ließ sich nicht beirren. Scott war keine Bedrohung – er war gestresst und ängstlich und machte sich Sorgen um seinen Sohn. »Bist du sicher, dass du letzte Nacht keine Fahrzeuge gesehen hast? Oder in den letzten paar Tagen? Irgendetwas Ungewöhnliches?«

»Sind Sie taub? Wir haben nichts gesehen.« Scott machte auf dem Absatz kehrt, riss die Fliegengittertür auf und gestikulierte mit der anderen Hand zu seinem Sohn. »Daniel, geh rauf und reparier die Solaranlage.«

Mürrisch gehorchte der Junge mit hängenden Schultern und gesenktem Kopf, um Jacksons Blick auszuweichen, während er die Zigarette in seine Tasche steckte.

»Wenn du etwas hörst oder dich an etwas erinnerst ...«, rief Jackson ihm nach. Die Haustür schlug hinter Scott und seinem Sohn zu und ließ Jackson allein auf der Treppe zurück. Einen Drogensüchtigen um Insulin zu bitten, war ziemlich gewagt, aber im Moment war er verzweifelt genug, um alles zu versuchen.

Hinter ihm räusperte sich jemand. »Ich habe etwas gesehen.« Langsam drehte er sich um.

»Mein Dad hat Angst«, sagte Fiona. »Wenn er Angst hat, wird er gemein und defensiv. Dann kauert er sich in eine Ecke, weißt du?«

»Er hat guten Grund, Angst zu haben.«

»Mein Bruder ... Er kommt mit den harten Situationen nicht klar. Und jetzt ist alles hart, jede verdammte Minute an jedem verdammten Tag. Er nimmt Drogen, um der Realität zu entkommen, und das vergiftet ihn, und zwar eher schnell als langsam. Er weiß es und ich glaube, es ist ihm egal. Ich glaube, er würde lieber an einer Überdosis sterben, als sich damit auseinanderzusetzen.« Sie gestikulierte mit der Hand, als wolle sie die ganze Welt mit all ihrer Grausamkeit, ihrem Leid und ihrer schrecklichen Ungerechtigkeit einbeziehen. »Willst du ihn verhaften?«

Jackson hatte kein Interesse daran, einen erbärmlichen, nicht gewalttätigen Drogenabhängigen zu verhaften. Die Strafverfolgungsbehörden hatten nicht die Mittel, um Gefangene in der örtlichen Arrestanstalt unterzubringen, und das Gefängnis hatte seine Türen geschlossen. Er wusste nicht mal, was er mit den echten Kriminellen machen sollte.

»Ich versuche nur, die Monster zu stoppen, die Menschen töten.«

Zikaden und Grillen zirpten in den langen Gräsern. Die Luft hing schwer und träge am Himmel, während die Hitze in Wellen von der Asphaltstraße zu ihrer Linken herüberschwappte. Fiona sah ihn einen Moment lang an, die Stirn unschlüssig gerunzelt. »Ohne Informationen können wir die bösen Jungs nicht fangen. Wenn du etwas gesehen hast, könnte das, was du weißt, uns helfen, sie zu fangen, bevor sie noch jemanden verletzen.«

Fiona nickte. »Okay. Ich werde helfen, wenn ich kann.«

Er holte sein Notizbuch und seinen Stift hervor. »Erzähl mir alles, woran du dich erinnerst. Lass nichts aus, auch wenn es unwichtig erscheint. Jedes Detail könnte wichtig sein.«

»Es war spät letzte Nacht. Mein batteriebetriebener Wecker funktioniert noch. Als ich aufgewacht bin, habe ich auf die Uhr geschaut. Es war nach Mitternacht. Ich bin aufgestanden, um auf die Toilette zu gehen. Wir verfügen über eine Kläranlage, also können wir die Toiletten benutzen, aber wir müssen jedes Mal einen Eimer Wasser in den Tank kippen. Dafür benutzen wir das Wasser aus den Regentonnen. Normalerweise hole ich einen frischen Eimer, bevor ich ins Bett gehe, aber gestern Abend habe ich es vergessen, also musste ich mit dem Eimer nach draußen gehen, um Wasser zu holen. Ich war an der Seite des Hauses, als plötzlich diese SUVs vorbeigefahren sind. Ich habe sie nicht einmal kommen hören. Und ich hätte es bemerkt. Es war mitten in der Nacht, dunkel und still. Und Motoren sind ein Geräusch, das man nicht mehr oft hört. Ich meine, ich habe seit zwei Monaten kein Flugzeug mehr über mir gesehen. Sie waren so verdammt leise, dass es fast wie eine Fata Morgana wirkte. Ich dachte, ich würde träumen. Ihre Scheinwerfer waren mit einem roten Film überzogen, sodass sie einen rötlichen Schein verströmten, der alles andere als hell war.«

Sein Puls beschleunigte sich. »Elektrofahrzeuge. Deshalb hat sie auch niemand gehört.«

»Ja. Das leuchtet ein.«

»Wie viele Fahrzeuge?«

»Drei. Vielleicht vier. Sie sind nicht sehr schnell gefahren, sonst hätte ich die Reifen und den Wind gehört. Sie fuhren direkt hintereinander.«

»Konntest du die Marke oder das Modell erkennen? Die Farbe? Irgendwelche charakteristischen Merkmale?«

»Eine Art großer, sperriger SUV. Alle waren dunkel gefärbt. Dunkelblau oder schwarz, vielleicht auch grau. Die Scheiben waren verdunkelt und ich konnte nichts erkennen.«

»Aus welcher Richtung sind sie gekommen?«

Sie zeigte nach Osten, in die Richtung des Tatorts. »Sie waren in Richtung Westen unterwegs.«

Trotz der Hitze lief ihm ein kalter Schauer über den Rücken. Sie befanden sich auf dem County Highway 589, nordwestlich von Munising. Im Westen lag die Gwinn State Forest Area, im Südosten der Hiawatha National Forest, eine kilometerlange, dichte Wildnis.

»Konntest du sehen, ob oder wo sie abgebogen sind?«

»Am Ende der Straße, auf die alte Holzfällerstraße. Dort sind sie links von der geteerten Strecke abgebogen.« Sie zuckte mit den Schultern. »Mehr habe ich nicht gesehen.«

Sykes benutzte die Hunderte von Kilometern alter Holzfällerstraßen, die quer durch die UP verliefen und im Winter vor allem für Geländetouren und Motorschlittenfahrten genutzt wurden. Außerdem war er meist nachts mit Elektrofahrzeugen unterwegs. Wenn er die von der nationalen Verkehrssicherheitsbehörde vorgeschriebenen Sicherheitsgeräusche ausgeschaltet hatte, waren ihre Fahrzeuge unterhalb von dreißig Kilometern pro Stunde quasi lautlos. Mit ihren dunklen SUVs und den abgeblendeten Scheinwerfern konnten sie nahezu unbemerkt in ländlichen Städten ein- und ausfahren.

Das war der beste Durchbruch, den sie bis jetzt erreicht hatten. »Das ist reichlich«, sagte er.

»Mrs. Marlowe war eine nette Dame. Im Sommer hat sie mir jeden Tag eine Tasse Limonade abgekauft. Manchmal hat sie mich in Fünfzig-Cent-Stücken bezahlt und mir gesagt, ich solle fürs College sparen. Es ist nicht in Ordnung, was mit ihr passiert ist – was jedem von uns passieren könnte.«

»Nein, das ist es nicht.«

Fiona schürzte ihre Lippen. »Ich habe gehört, dass sich Bürger freiwillig melden können, um der Polizei zu helfen.«

»Das ist richtig. Wir brauchen jede Hilfe, die wir bekommen können, um unsere Gemeinde zu schützen.«

»Ich möchte etwas tun, weißt du? Sonst fühlt es sich an, als würde ich darauf warten, zu sterben, langsam oder schnell, aber trotzdem einfach nur ... warten. Als würde ich aufgeben. Ich *muss* etwas tun, um mich zu wehren.« Sie sagte nicht, wogegen, aber das musste sie auch nicht.

»Willkommen im Team«, sagte Jackson.

25

SHILOH EASTON
TAG DREIUNDACHTZIG

»**D**anke, dass Sie uns helfen, Mrs. Grady«, sagte Lena.

»Es ist mir ein Vergnügen.« Mrs. Grady lächelte. »Und bitte, nenn mich Ana.«

»Geht klar, Mrs. Grady«, sagte Shiloh und grinste. Einmal Mrs. Grady, immer Mrs. Grady.

Ana Grady war eine schlanke, attraktive Frau in den späten Vierzigern, die wallende, bunte Röcke und weite Bauernblusen trug; ihre langen silbergesträhnten Haare waren zu Zöpfen geflochten. Obwohl sie noch nicht so alt war, war sie schon so lange die Stadtbibliothekarin, wie Shiloh sich erinnern konnte.

Mrs. Grady lebte auf einem Gehöft und wusste daher, wie man viele Dinge auf altmodische Art und Weise machte, weshalb Lori Brooks sie gebeten hatte, zum Northwoods Inn zu kommen und einen Kurs über Lebensmittelkonservierung zu geben.

Sie hatten den Vormittag damit verbracht, mit ein paar Hammern, Nägeln und einer Handsäge mehrere Solar-Dörrgeräte aus Sperrholz und Fensterscheiben zu bauen. Getrocknetes Essen war einfacher zu lagern als Konserven und musste nicht gekühlt werden. Da sie die Kraft der Sonne nutzten, brauchten sie auch keinen Strom, um zu funktionieren.

161

Sie bauten eine große, offene Kiste, die etwa eineinhalb Meter hoch war, deren Vorderseite zum Himmel gewinkelt war und deren Beine aus fünfzehn Zentimeter langen Holzblöcken bestanden. Die Einlegeböden wurden aus Fenstergittern gebaut und die bewegliche Plexiglasabdeckung schützte die getrockneten Lebensmittel vor der Witterung. Jetzt saßen Ana Grady und Lena an einem der vielen Picknicktische auf dem weitläufigen Northwoods-Grundstück und tranken selbst gemachten Weißen-Zimthimbeeren-Tee. Nachdem er sich vergewissert hatte, dass keine Ziegen in der Nähe herumliefen, war Bear vor Lenas Füßen eingeschlafen, wobei seine Pfoten zuckten, als wäre er in einem Hundetraum, in dem er Kaninchen oder vielleicht Schwarzbären jagte.

Shiloh und Ruby ließen sich an den Picknicktisch gegenüber von Mrs. Grady plumpsen. Bear wachte auf, stellte sich hin und streckte sich mit einem breiten, großmäuligen Gähnen, bevor er sich in der Hoffnung auf einen Snack an ihre Hände schmiegte.

»Es ist sehr nett von dir, uns zu helfen, Ana«, sagte Lena.

»Das mache ich aus Eigennutz. Wenn ich euch jetzt helfe, helft ihr mir das nächste Mal, wenn ich etwas brauche. Außerdem müssen Menschen, die sich selbst versorgen, einander nicht bestehlen und ausrauben und wir können untereinander handeln – auch mit unseren Fähigkeiten. So erklärt sich jedes Mitglied bereit, das Wissen mit seinen Freunden und seiner Familie zu teilen, und so weiter.«

Tränen glitzerten in Lenas Augen. Sie lehnte sich über den Picknicktisch nach vorn und ergriff Mrs. Gradys Hände. »Gerade wenn ich anfange, mich zu fragen, was aus dieser Welt werden soll und warum wir uns ständig gegenseitig umbringen, taucht jemand wie du auf und erinnert mich daran, weiter Glauben zu haben.«

»Gern geschehen, meine Liebe.«

Shiloh schlürfte ihren köstlichen Tee und hörte den beiden zu. Ihre Augenlider fielen zu. Sie könnte neben Bear ein Nickerchen machen, sie würde auf der Stelle einschlafen.

»Wie gefällt dir das Northwoods-Grundstück, Shiloh?«, fragte Mrs. Grady.

Shiloh blinzelte die Müdigkeit weg. »Es ist okay, denke ich.«

Ehrlich gesagt, war Shiloh regelrecht überwältigt von diesem Ort. Wenn sie nicht gerade mit Eli trainierte, hatte sie Pflichten im Gasthaus, genau wie auf dem Leuchtturm. Es gab Gärten zu pflegen, Feuerholz zu sammeln, Mahlzeiten vorzubereiten und Putzschichten zu übernehmen sowie Wäsche zu waschen, was noch viel schlimmer war als Unkrautjäten.

Obwohl das Northwoods Inn über Solar- und Windenergie verfügte, reichte sie nicht für eine vollständige Stromversorgung aus, sodass ein Großteil der Wäsche von Hand mit Waschbrett und Eimer oder einem handbetriebenen Rührwerk gewaschen wurde. Flatternde Laken, Kissenbezüge und Handtücher hingen an Dutzenden von Wäscheleinen, die zwischen Bäumen aufgespannt waren, um an der Luft zu trocknen.

Hühner watschelten herum, gackerten und pickten im Dreck nach Würmern. Überraschenderweise mochte Shiloh das Eiersammeln fast genauso gern wie Loris Ziegenkäse-Omeletts.

Sie liebte die Ziegen. Vor allem die widerspenstige Faith, die ihr folgte, blökte, um gefüttert oder gestreichelt zu werden, auf Autos, den Hühnerstall und den Schuppen kletterte und alles, was sie sah, fraß, von Alufolienresten bis zu Kissenbezügen. Es war ein Wunder, dass Faith noch nicht erstickt war.

Wann immer Faith Bear sah, senkte sie ihren gehörnten Kopf mit einem streitlustigen Blöken und jagte ihm hinterher. Bear hatte immer noch Angst vor ihr und klemmte jedes Mal seine Rute ein, wenn sie ihm ihre Hörner zeigte. Es war zum Totlachen.

Auf dem Grundstück herrschte reges Treiben. Überall liefen Kinder herum, und die Leute arbeiteten an verschiedenen Aufgaben, lachten und redeten und hörten Musik auf solarbetriebenen Handys. Das war aber kein utopisches Nirwana – es gab viele Streitereien und Beschwerden, Ungeziefer und Schweiß, Blasen und Muskelkater.

Die Menschen waren immer noch Menschen, aber Lori hatte recht. Dieser Ort brachte eine sonderbare Ruhe in Shilohs Seele, eine Atempause von dem Chaos, das sich jenseits der Grundstücksgrenzen zusammenbraute.

»Es ist ein sicherer Ort«, sagte Lena. »Das ist das Wichtigste. Was ist mit dir, Ana? Kommst du damit zurecht, allein zu leben? Die Situation wird jeden Tag gefährlicher. Tim und Lori nehmen Leute in ihrer Gemeinschaft auf. Ich bin sicher, sie hätten auch Platz für dich.«

Mrs. Grady schüttelte den Kopf. »Danke für deine Besorgnis, aber ich habe meine Tochter in meinem Haus zur Welt gebracht. Ich habe siebenundzwanzig Jahre lang mit meinem Mann auf dem Homestead gelebt. Es ist mein Zuhause. Ich werde nicht weggehen.«

»Sie haben eine Tochter?«, fragte Ruby.

Ein Schatten überzog Mrs. Gradys Gesicht. »Hatte. Sie ist vor fünfzehn Jahren bei einem Autounfall gestorben.«

»Ich erinnere mich an Allison«, sagte Lena. »Ich war auf dem College, als der Unfall passiert ist.«

»Was für ein Unfall?«, fragte Shiloh.

Mrs. Gradys Worte waren langsam und bedächtig, ihre Hände zitterten auf dem Tisch. »Manchmal wache ich auf und es fühlt sich an, als wäre es gerade erst passiert. Ein Frontalzusammenstoß auf einer kurvenreichen Straße. Es hat in dieser Nacht in Strömen geregnet und die Straßen waren rutschig. Gideon Crawford war zu der Zeit mit meiner Tochter zusammen. Sie waren seit zwei Jahren ein Paar. Wir dachten, sie würden eines Tages heiraten. Sie gingen auf die Michigan Tech in Houghton auf der Keweenaw-Halbinsel, wo Allison Wildlife Management studierte. Sie wollte Försterin werden und auf der Isle Royale stationiert sein. Sie waren zum Spring Break nach Hause gekommen und hatten sich auf den Weg zu einem beliebten Club in Marquette gemacht, um dort zu feiern. Ich hatte sie gebeten, nicht zu gehen, aber Allison war jedes Mal, wenn sie zu Hause war, völlig über-dreht. Sie wollte nicht auf mich hören. Es hieß, sie sei auf der Stelle gestorben und habe keine Schmerzen gespürt.«

»Astrid Cross ist das andere Auto gefahren«, erklärte Lena. »Ich erinnere mich. Lily hatte mich angerufen und mir davon erzählt. Sie war sehr bestürzt. Die beiden waren befreundet.«

Mrs. Grady rieb sich die Schläfen, und in ihren Augen lag eine tiefe Traurigkeit. Sie war Shiloh nie alt vorgekommen, aber jetzt plötzlich schon. Aus der Nähe betrachtet zog sich ein Netz von Falten über ihr Gesicht, und um ihren Mund zeichneten sich Linien der Trauer ab.

»Es war eine Tragödie. Die ganze Stadt war in Trauer. Der Kummer brachte schließlich meinen Mann um. Er starb zwei Jahre später an gebrochenem Herzen.«

»Es tut mir so leid, Ana«, sagte Lena.

»Mir auch«, sagte Mrs. Grady. »Er war ein guter Mann und ein guter Vater. Er ist nie darüber hinweggekommen, dass er sein kleines Mädchen nicht beschützen konnte.«

Mrs. Grady neigte ihr Kinn und betrachtete Shiloh. »Du hast mich immer an sie erinnert, weißt du? Sie war klein, aber stark, mit langen dunklen Haaren, so wie du. Sie liebte Tiere, Bäume, Flüsse und Seen. Sie konnte den ganzen Tag draußen auf Entdeckungstour sein und kam oft erst nach dem Abendbrot nach Hause. Jedes Mal, wenn du in die Bibliothek gekommen bist, als du noch klein warst, war es, als würde ich einen Blick auf mein Baby erhaschen. Für einen Moment, für die Dauer eines Atemzugs, hatte ich das Gefühl, sie wieder bei mir zu haben.«

Vielleicht war das der Grund, warum Mrs. Grady all die Jahre auf sie aufgepasst hatte. Sie war die einzige Person außer Jackson, die sich um die halbwilden Kinder, die am Rande der Zivilisation überlebten, gekümmert hatte.

Immer wenn Amos Easton besonders betrunken und aggressiv gewesen war, hatten sich Shiloh und Cody stundenlang in der Bibliothek versteckt. Shiloh las Science-Fiction-Bücher wie Dune oder Per Anhalter durch die Galaxis, während Cody in einer der Arbeitskabinen über einem Zeichenblock hockte.

Mrs. Grady hatte sie nie gemeldet, weil sie unbeaufsichtigt waren oder die Schule geschwänzt hatten. Einmal hatte sie sogar ihren Großvater aus der Bibliothek geworfen, als er betrunken und schreiend in die Räume gestürmt war und mit zu Fäusten geballten Händen nach ihnen gesucht hatte.

Shiloh blinzelte die Erinnerung weg und ihr Herz krampfte sich bei dem Gedanken an Cody zusammen. Ihre Erinnerung an ihn verblasste bereits, löste sich langsam auf, während sie nach ihnen griff. Jeden Tag schien er sich weiter von ihr zu entfernen, sein Grinsen, sein Lachen, die Art, wie er sich konzentriert auf die Lippe biss.

Mrs. Grady beobachtete sie. »Ich weiß auch, wie viel du verloren hast, Schatz.« Sie streckte die Hand aus und drückte die von Shiloh. Ihre Finger waren trocken, ihre Haut hauchdünn. »Sie sind immer bei uns.«

»Es fühlt sich aber nicht so an.«

»Gib dem Ganzen Zeit. Trauern ist ein langwieriger Prozess.«

Shiloh war sich ziemlich sicher, dass er nie enden würde. Die Trauer war wie die Wellen, die an die Küste des Lake Superior schlugen und den Widerstand des Ufers unbarmherzig und unaufhaltsam zermalmten.

26

JACKSON CROSS
TAG FÜNFUNDACHTZIG

Jackson stand auf dem Parkplatz des Northwoods Inn. Die Überreste von ein paar Dutzend Fahrzeugen umgaben ihn. Abgestorbene Blätter, Zweige und Blütenstaub verschmierten Motorhauben und Kofferräume. Unkraut sprießte aus den Rissen im Asphalt und erstickte Räder und Kotflügel.

Eine große weiße Ziege lag auf dem einst makellosen kirschroten BMW M760i, der neben Jacksons Chevy Silverado geparkt war. Ihre Hufe hatten überall auf dem Sportwagen Dellen und Kratzer hinterlassen. Verfilzte weiße Haarbüschel klebten an der Windschutzscheibe.

Faith starrte Jackson mit ihren rechteckigen Pupillen an und blökte verärgert.

»Tut mir leid, dass ich Euch bei Eurem Nickerchen gestört habe, Eure Hoheit«, sagte er, während er beobachtete, wie sich sein Informant auf seinem Fahrrad über den Parkplatz schlängelte und dabei im Zickzackkurs zwischen den Fahrzeugen hin und her wankte.

Mikael Kotila machte sich nicht die Mühe, den Ständer zu betätigen, als er vom Fahrrad stieg und es gegen den roten BMW lehnte. Faith brummte missbilligend.

Mikael, ein hibbeliger, dünner Skinhead in seinen Zwanzigern, grinste und entblößte mit seinem zu breiten Lächeln vergilbte Zähne.

167

Er trug ein schmutziges *Avengers*-T-Shirt, herunterhängenden Shorts und ungeschnürte rote Nike-Schuhe. »Nette Ziege.«

»Nettes Fahrrad.« Das Fahrrad war ein glänzendes, teuer aussehendes BMX, das wahrscheinlich gestohlen war. Jackson hatte größere Probleme. »Bitte sag mir, dass du etwas Gutes hast.«

Mikael kratzte sich an den roten Narben, die die Innenseite seiner Arme verunstalteten. »Tut mir leid, Kumpel. Ich habe mein Ding gemacht, war überall und habe mit meinen üblichen Dealern gesprochen. Niemand hat so etwas wie das Insulin, von dem du redest. Ich habe gehört, dass es mehr wert ist als ein Gramm Koks, Mann. Das ist Hardcore. Die Jungs von Sawyer haben allerdings Süßigkeiten in Hülle und Fülle. Brauchst du Tafil, Chill-Pillen, oder Hydros? Hero? Angel Dust, damit du die ganze Nacht wach bleibst? Du siehst aus, als könntest du was vertragen, Mann. Ich kann dir all das zu einem guten Preis besorgen, ein guter Deal, nur für dich.«

Jackson knirschte mit den Zähnen. »Ich passe.«

Mit größter Aufrichtigkeit versicherte Mikael ihm, dass er sich für das Gesetz aufgeopfert hatte und in sieben verschiedene Apotheken eingebrochen war – sie waren bereits alle vor Wochen ausgeraubt worden.

Mikael begutachtete seine schmutzigen Fingernägel. »Vergiss nicht, dass ich dir einen Gefallen getan habe, Mann. Hast du was für mich?«

»Nicht, bevor du nicht auch was für mich hast«, sagte Jackson. »Such weiter. Oh, und geh rein zu Lena. Sie wird dir eine Glasspritze geben und dir zeigen, wie man sie desinfiziert. Pass bloß auf. Es gibt keinen Notruf, den du anrufen kannst, wenn du dich mit einer dreckigen Nadel infizierst.«

Mikael wippte mit dem Kopf auf seinem dürren Hals. »Ja, ja, Mann. Auf jeden Fall.«

»Und iss was. Bitte.«

Sein Informant schenkte ihm ein zweites, zu breites Grinsen, dann schnappte er sich sein Fahrrad, sprang auf und fuhr davon, wahrscheinlich um seine Sucht zu stillen. Jackson schaute ihm hinterher, während sich die Frustration in seinem Bauch festsetzte.

Er hatte keine Lösung für Lenas Insulinproblem gefunden und hatte keinerlei Ansatzpunkte. Die Situation wurde von Tag zu Tag schlimmer. Wenn sie kein Insulin auftreiben konnten, würden Lena und alle anderen Diabetiker innerhalb weniger Wochen sterben.

Wenigstens konnte er etwas tun, wenn es um Sykes ging. In dieser Woche hatte er fünfundzwanzig weitere Freiwillige abgestellt, darunter Gideon Crawford und Fiona Smith, und ihnen Posten an verschiedenen Kontrollpunkten entlang der Bezirksstraßen zugewiesen.

Er hatte weitere Kontrollpunkte auf dem M-28 westlich des Au Train River, dem Highway 58 beim Bear Trap Inn, der Interstate 94 an der Kreuzung in Shingleton im Osten und gegenüber dem Village Inn in Chatham im Westen. Außerdem hatte er entlang des Highway 13, der in Nord-Süd-Richtung zwischen der Nahma Junction in Delta County und Munising verläuft, einige weitere Kontrollpunkte eingerichtet.

Dank der Auskunft von Fiona Smith hatten sie endlich eine Spur, der sie folgen konnten. Auf der Upper Peninsula gab es mehr als zehntausend Kilometer staatliche Forststraßen, die vom Nationalen Forstamt verwaltet wurden. Jackson hatte sich im Down Wind Sports Outdoor, einem Laden in der Innenstadt von Munising, mehrere Karten besorgt. Das Geschäft war geplündert worden, Zelte, Campingkocher, Propangasflaschen und Überlebensausrüstung waren verschwunden, aber die Karten waren unversehrt geblieben.

Bei Tausenden von Meilen an Forststraßen, die es zu überwachen galt, war es unmöglich, alle zu überprüfen. Jackson beauftragte eine Gruppe, die örtlichen Outdoor-Läden nach Wildkameras abzuklappern. Viele Einheimische waren Jäger; sie hatten leerstehende Häuser nach Jagdausrüstungen in Kellern und Garagen durchforstet und noch einiges mehr zusammengeschnorrt.

Mithilfe von solarbetriebenen Batteriesystemen hatten sie die letzten drei Tage damit verbracht, die Kameras an verschiedenen Stellen entlang der Holzfällerstraßen in Alger County und den benachbarten Bezirken Delta, Schoolcraft und Marquette anzubringen. Sie waren tief im Hiawatha National Forest, in der Gwinn State Forest Area und sogar noch weiter westlich in der Crystal Falls State Forest Area nördlich von Iron Mountain unterwegs.

Wo immer sie konnten, benutzten sie Fahrräder, Pferde oder

Quads, aber für die weiter entfernten Gebiete genehmigte Jackson die Verwendung ihrer Notkraftstoffvorräte.

Sobald sie es schaffen würden, Sykes mit der Kamera zu erwischen, konnten sie seinen Aufenthaltsort eingrenzen und ihm zu seinem Versteck folgen – was oder wo auch immer das war. Jackson hatte weiterhin Freiwillige, die die Freunde und Familienangehörigen der entflohenen Sträflinge observierten.

Das würde Zeit brauchen. Und Zeit war das, was ihm langsam ausging. »Na, sieh mal einer an, wer da ist.«

Jackson drehte sich zu der vertrauten Stimme um.

Bradley Underwood wankte auf ihn zu und ein Einmachglas mit bernsteinfarbener Flüssigkeit schwappte über seine Hand, während er sich spöttisch verbeugte. »Wenn das mal nicht der falsche König von Alger County ist.«

Jackson versteifte sich. Er erkannte das Knistern der Wut hinter der betrunkenen Miene. Obwohl er zurückgetreten war, war Underwood stinksauer auf die Welt, weil er seinen Posten verloren hatte – und dann auch noch auf so demütigende Weise. »Was willst du, Underwood?« Underwood nahm einen weiteren Mundvoll, wobei sein Adamsapfel wippte, als er ihn hinunterschluckte, bevor er in sein Einmachglas schaute. »Dana Lutz' Großvater hat früher Schnaps gebrannt. Er hat es ihr beigebracht; die Geräte, die er benutzt hat, stehen noch in seiner Werkstatt. Sie brennt das Zeug selbst und verkauft es an Tim und Lori, damit sie die Bar offen halten können. Schmeckt wie warme Pisse.«

Jackson reagierte nicht.

»Was glaubst du, wer du bist?«, lallte Underwood.

Jacksons Hand wanderte zu seiner Dienstpistole. Er hatte keine Angst vor Underwood, aber der Mann war wütend, verbittert und verzweifelt, und verzweifelte Männer konnten unberechenbar sein. »Falls du es vergessen hast: Du warst derjenige, der zurückgetreten ist.«

»Ja, dank deines Vaters.« Underwood taumelte und schwankte auf seinen Füßen. »Ich hatte keine Wahl. Für mich hieß es, mitspielen oder du bist raus, und ich habe mitgespielt. Denkst du, nur weil du sein Sohn bist, gelten für dich andere Regeln? Du solltest lieber wie wir anderen auch brav in Reih und Glied marschieren.«

»Mein Vater ist nicht mehr der Sheriff. Er hat keine Macht mehr.«

Underwood lachte spöttisch. »Wenn du das glaubst, kannst du dich auf eine Überraschung gefasst machen. Er hat seine Grabbelfinger in mehreren Pötten. Nicht alle davon sind sauber, wenn du verstehst, was ich meine.«

Jackson wollte es nicht verstehen, aber er tat es. Er dachte an den noch immer laufenden Generator im Haus seiner Eltern, an die Medikamente für seine Mutter und seine Schwester, die wie durch ein Wunder aufgetaucht waren. Wie auch immer sein Vater Zugang zu wichtigen Medikamenten bekommen hatte, vielleicht wusste er auch, wo Jackson Insulin bekommen konnte.

Er hielt seine Stimme ruhig. »Wenn du etwas zu sagen hast, dann rück raus mit der Sprache.«

»Vielleicht wurden Fehler gemacht. Ein oder zwei Ausrutscher. Aber ich bin nicht korrupt.«

Er redete sich immer noch heraus und lenkte von der Wahrheit ab. Der ehemalige Sheriff war ein Bürokrat, ein Jäger von Macht, Ruhm und Einfluss. Er wollte lieber im Rampenlicht stehen, als Bösewichte zu fangen. Weil Underwood unfähig, dickköpfig, streitlustig und kleinlich war, hatten seine Fehler die Ermittlungen behindert und seine Deputys lahmgelegt.

Jackson behielt seine Meinung für sich, da er einen Mann nicht treten wollte, wenn er schon am Boden lag. Und Underwood lag am Boden.

Underwood starrte mürrisch auf sein Einmachglas, ohne einen Schluck zu nehmen. »Ich habe nie einen Pakt mit dem Teufel geschlossen.«

»Willst du damit sagen, dass mein Vater es getan hat?«

»Du hast es nicht von mir gehört, okay?«

»Ich höre es doch jetzt gerade von dir.«

Bitterkeit schlich sich in seinen Tonfall. »Keine Sorge, *Sheriff* Cross, du wirst es schon noch herausfinden. Das Abzeichen ist nichts weiter als ein Stück Plastik, und die Rolle, die du spielst, ist die Schlinge, die sie dir um den Hals legen. Alles hat seinen Preis.«

»Meine Seele ist nicht käuflich.«

Underwood lachte höhnisch. »Rede dir das nur weiter ein. Jeder ist käuflich, wenn der Preis stimmt.«

»Nein«, beharrte Jackson. »Ich nicht.«

»Merk dir meine Worte – eines Tages wirst du in den Spiegel schauen und feststellen, dass du denselben Deal mit demselben Teufel gemacht hast. Oder vielleicht sogar mit einem noch schlimmeren Teufel.«

»Nein, das werde ich nicht«, sagte er, während ihn die Schuldgefühle plagten. Er hatte die Rolle des Teufels schon einmal verkörpert; er kannte diese Scham sehr gut. »Geh an einen sicheren Ort und werd nüchtern.«

»Frag deinen Vater«, lallte Underwood. »Vielleicht sagt er dir die Wahrheit.«

Jackson hatte weder Zeit noch Mitleid, die er an Bradley Underwood verschwenden konnte. Er hatte tausend Dinge zu tun, wenn er ein noch größeres Monster als Cyrus Lee fangen wollte. Er ließ den ehemaligen Sheriff torkelnd auf dem Parkplatz zurück, wo er seinen Selbstgebrannten trank und irgendwas von Teufeln murmelte.

Eine Reihe von Wolken wanderte vor die Sonne und hinterließ lange Schatten. Zum ersten Mal seit Monaten fröstelte Jackson, als ob ein Geist über sein Grab spaziert wäre.

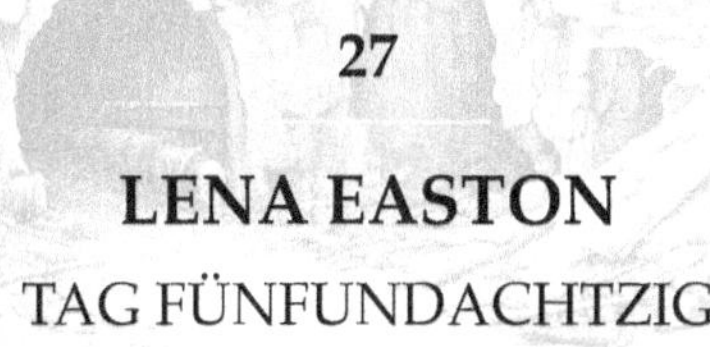

27

LENA EASTON
TAG FÜNFUNDACHTZIG

Lena starrte auf ihren leeren Teller. Sie hatte ein paar Stücke Bärentrockenfleisch gegessen und drei Blätter mit Zitronensaft beträufelten Römersalat. Ihr Bauch war ein leeres Loch und der Hunger nagte unaufhörlich an ihren Eingeweiden.

»Du musst mehr essen«, ermahnte Shiloh sie.

Ihr Magen knurrte. »Ich kann nicht.«

»Doch, kannst du. Und du musst es auch.«

Bear streckte sich auf dem Teppich vor ihren Füßen aus, wobei sein Fell ihre nackten Zehen kitzelte. Sie und Shiloh saßen an einem Tisch im Konferenzraum, der früher für Schreibkritiken und Dichterlesungen genutzt worden war. Das Zimmer lag hoch oben im dritten Stock eines Hauses auf der Klippe und hatte raumhohe Fenster und eine fantastische Aussicht.

Die restlichen Wände waren von Bücherregalen gesäumt, die mit ledergebundenen Erstausgaben von Gedichten von Emily Dickinson und Dylan Thomas gefüllt waren. Romane von Daphne du Maurier und Earnest Hemingway mischten sich mit modernen Bestsellern von John Grisham, Karin Slaughter und Lee Child.

Ein gemütliches Feuer flackerte im Kamin, der zwischen zwei Bücherregalen eingefasst war. Über dem Feuer hatte Lena einen Topf an einer dünnen Eisenstange aufgehängt. Die Glasspritzen, die in dem

Topf kochten, klimperten wie Windspiele. Da ihr die Einwegspritzen ausgegangen waren, hatte sie auf Glasspritzen umgestellt, die sterilisiert und wiederverwendet werden konnten.

Lena nahm ihr Blutzuckermessgerät vom Tisch, stach sich in den Finger und drückte einen Blutstropfen auf einen Teststreifen, den sie dann in das Messgerät steckte. Ihre Fingerspitzen waren geschwollen und wund von den wiederholten Einstichen für das Blutzuckermessgerät.

Sie hielt den Atem an und wartete. Die Zahl erschien. Eiskaltes Entsetzen schoss durch ihre Adern.

»Was ist los?«, fragte Shiloh.

»Die Zahl ist ein bisschen höher, als mir lieb ist.« Das war keine Lüge. Aber es war auch nicht die Wahrheit. Der Wert lag in den oberen Vierhundertern – viel zu hoch.

Mit zitternden Fingern zog sie ein Fläschchen aus ihrem Frio Wallet und zückte eine Spritze. Ihr Mund bewegte sich, als sie leise die Kohlenhydrate zählte, bevor sie sechs Einheiten Insulin abzog und sich mit der Nadel selbst injizierte. Sie sollte sich mehr spritzen, aber sie musste das bisschen, das sie noch hatte, rationieren.

»Was ist mit deinen Fingern passiert?«, fragte Shiloh entgeistert.

»Mir sind die Sensoren und Infusionssets für meine Pumpe ausgegangen. Spritzen und Insulinfläschchen konnte ich auf Vorrat kaufen, aber nicht die Teile für die Pumpe. Sie wurden von meiner Versicherung immer nur in Neunzig-Tage-Paketen geliefert. Mehr habe ich nicht bekommen. Also bin ich jetzt gezwungen, alles auf die alte Art und Weise zu machen, indem ich mir mehrmals am Tag in die Finger steche. Außerdem spritze ich mir jeden Morgen Langzeitinsulin. Darüber hinaus zähle ich bei jedem Essen die Kohlenhydrate und spritze mir zu jeder Mahlzeit das kurzwirksame Insulin.«

Shiloh rümpfte die Nase. »Das sieht schmerzhaft aus.«

»So schlimm ist es nicht«, log sie.

»Deshalb isst du auch nicht so viel. Weniger Kohlenhydrate, weniger Insulin?«

»So ungefähr.« Lena deutete auf den Stapel Bibliotheksbücher, der auf dem Tisch lag. »Ich habe ein paar Bücher gelesen, um die ich Mrs. Grady gebeten hatte. Sie behandeln die Geschichte der Medizin.

Ich habe die Entdeckung des Insulins in den 1920er-Jahren recherchiert und wie man Typ-1-Diabetiker vor der modernen Medizin behandelt hat. Diabetes gibt es schon seit den alten Zivilisationen. Archäologen haben alte Papyrusrollen gefunden, in denen ägyptische Ärzte die Krankheit nach bestem Wissen und Gewissen beschrieben haben.«

»Und?«

»Es sieht nicht gut aus. Ich hatte gehofft, einen kleinen Tipp oder ein Ammenmärchen zu finden, das hilfreich sein könnte, wie zum Beispiel, dass Ärzte jahrzehntelang getrocknete Schweineschilddrüse zur Behandlung von Schilddrüsenunterfunktion verwendet haben, bevor synthetisches Thyroxin entwickelt wurde. Manche Menschen verwenden es auch heute noch. Aber Insulin ist anders.«

Lena atmete tief durch. »Vor den 1920er-Jahren setzten die Ärzte neu diagnostizierte Typ-1-Kranke auf eine strenge, geradezu rigorose Hungerkur. Keine Kohlenhydrate oder so wenig wie möglich.« Die Lektüre über die Qualen des Verhungerns und den grausamen Tod – den gleichen Tod, der ihr bevorstand – war beunruhigend. Es war eine schreckliche Art der Folter. »Das gab den Patienten ein paar Wochen mehr, manchmal ein paar Monate mehr.«

»Und was dann?«

»Du kennst die Antwort«, sagte Lena leise. Da sie nie vor der Wahrheit zurückschreckte, zwang sie sich, die Worte laut auszusprechen. »Es ist ein Todesurteil.«

»Eli und Jackson werden sich schon etwas einfallen lassen«, sagte Shiloh voller Zuversicht. »Das tun sie immer.«

Lena wünschte sich so sehr, ihr glauben zu können. Sie wusste, dass sie alles taten, was sie konnten. Aber es war nicht genug. Die Welt befand sich in einer schlimmen Lage, mit Tod und Leid auf globaler Ebene. Mit jedem Tag, der verging, starrte sie ihrem bevorstehenden Untergang tiefer ins Gesicht.

Es war schrecklich. Sie hasste es; die Angst war wie ein Stein in ihrer Magengrube, ein ständiges Bewusstsein, das nie verschwand, weder im Schlaf noch im Wachzustand. Sie tat ihr Bestes, um sich abzulenken, aber es nützte nicht viel.

Lena hatte die letzten Tage damit verbracht, Patienten zu empfangen, und wenn sie sich nicht um die Patienten kümmerte, wälzte sie medizinische Lehrbücher und Kräutermedizin. Einige Male waren sie auf Heilpflanzensuche gegangen.

Lori Brooks war ein wahrer Quell des Wissens. Lena hatte gelernt, Holunderblätter und -blüten zur Linderung von Schmerzen, Schwellungen und Entzündungen zu verwenden und die getrockneten Beeren gegen Atemwegserkrankungen und Kopfschmerzen einzusetzen. Sie hatten weißblütige Schafgarbe geerntet, deren adstringierende und antiseptische Eigenschaften sie zu einem starken Wundheilmittel machte. Lena hatte einen Schafgarbenumschlag auf Morenos infiziertes Bein geklebt, um die Entzündung zu lindern. Es schien zu wirken. Das Kauen auf den Blättern hatte Rubys Zahnschmerzen gelindert.

Sie lernte Stück für Stück. Shiloh warf ihr einen vorwurfsvollen Blick zu. »Du bist viel zu dünn.«

Ihr Kopf pochte und ihr Mund war zu trocken, obwohl sie ständig trank. Keine noch so große Menge Holundersaft konnte diese Kopfschmerzen vertreiben. Es war nicht der Mangel an Kohlenhydraten, der ihr die Energie raubte, sondern der unaufhörliche Anstieg ihres Insulinspiegels, weil sie die verbliebenen Vorräte rationierte, sodass ihr Blutzuckerspiegel auf gefährliche Werte anstieg.

»Es ist alles in ...« Angesichts Shilohs besorgter Miene schluckte sie die restlichen Worte hinunter.

»Du hast versprochen, dass du nicht lügen würdest.«

»Du hast recht. Es tut mir leid. Es ist nicht alles in Ordnung. Es geht mir nicht gut.« Ihre Stimme wurde brüchig. Lena wünschte sich, mutig zu sein, dem Tod mit Anmut und Würde ins Gesicht blicken zu können. Doch die Angst war da, ein Schatten mit scharfen Zähnen, der ihr im Nacken saß.

»Warum hilfst du allen anderen, wenn du dir selbst helfen solltest?«

»Ich tue, was ich kann. Ich rationiere das Insulin so, dass ich gerade genug nehme, um mich am Leben zu erhalten, und nicht viel mehr. Außerdem ernähre ich mich fast wie jemand auf einer Hungerkur, um das Unvermeidliche noch ein paar Wochen hinauszuzögern.

Jackson und Eli suchen intensiv nach einer Antwort. Ich recherchiere alles, was ich kann ...«

»Das ist nicht genug!«

Lena beugte sich vor und ergriff am anderen Ende des Tisches die Hand ihrer Nichte. Shiloh warf einen Blick auf ihre zerschundenen Finger, riss ihre Hand zurück und schoss auf die Beine, wobei sie ihren Stuhl nach hinten schleuderte. Er klapperte auf den Boden und landete auf der Seite – das Geräusch war so laut wie ein Pistolenschuss.

Erschrocken hob Bear seinen Kopf und brummte.

Lena stand auf und ging um den Tisch herum, um nach ihrer Nichte zu greifen, aber Shiloh wich zurück. Sie standen sich gegenüber und der Schmerz in Shilohs Augen war so deutlich, dass er Lena den Atem raubte. »Shiloh ...«

»Nein!« Shilohs Brust hob sich heftig. Ihre Augen waren geweitet, ihre Fäuste waren vor Trauer und Wut geballt. »Das ist nicht genug.«

»Ich helfe Menschen. Das ist meine Aufgabe, mein Sinn. Ich tue das, wozu ich bestimmt bin.«

»Was für eine Aufgabe? Was für ein Sinn?« Lena winkte hilflos mit einer Hand, die mehr ausdrückte, als sie sagen konnte. »Um etwas Gutes zu tun. Um etwas zu bewirken, solange ich noch kann.«

»Du glaubst, wenn du etwas Gutes für andere tust, macht das wieder gut, dass du weggelaufen bist und mich und Cody zurückgelassen hast? Das wird es nicht und das kannst du auch nicht wiedergutmachen.«

Lena wurde kreidebleich. »Das ist nicht ...«

»Es gibt keinen Grund dafür – keinen Grund für irgendetwas. Die blöden Sonneneruptionen haben die ganze Welt zerstört! Ohne Sinn. Nichts hat einen Sinn. Nicht, dass Cody von einer Klippe gestürzt ist. Nicht, dass Eli ins Gefängnis musste. Nicht, dass meine Mom in ihrem Bett getötet wurde, während ich mich in einer Ecke versteckt habe. Du kannst mir nicht erzählen, dass das alles einen bestimmten Sinn hat!«

»Shiloh, bitte versteh doch ...« Es klopfte an der Tür.

»Entschuldigung«, sagte eine tiefe Männerstimme. »Ich bin hier, um Lena Easton wegen der Lupuserkrankung meiner Frau zu sprechen.«

Shilohs Gesicht verhärtete sich. »Geh lieber zu deinem Patienten. Wir können sie schließlich nicht warten lassen.«

Lena öffnete den Mund, um ihr hinterherzurufen, aber Shiloh drehte sich um und stapfte aus dem Konferenzraum. »Ihr seid ihre oberste Priorität«, schnauzte Shiloh die Wartenden an, bevor sie die Tür hinter sich zuknallte.

Das Mädchen rannte vor dem Schmerz davon. Lena verstand das, aber das bedeutete nicht, dass es weniger weh tat. Denn es tat weh. Alles tat weh.

Bear erhob sich und ging zu Lena. Er drückte seinen Kopf unter ihre Handfläche, um sie zu trösten, legte die Ohren an und neigte den Kopf, während seine sanften braunen Augen Lena mit einem traurigen Ausdruck musterten – als ob er irgendwie spüren konnte, was kommen würde.

Lenas Herz brach in tausend Stücke, für Shiloh und für sie selbst. Trotzdem zwang sie sich zu einem Lächeln, als ihr nächster Patient durch die Tür schlurfte.

28

JACKSON CROSS
TAG SECHSUNDACHTZIG

»S ohn?« Dolores' Stimme war schwach und nasal.

»Ich bins, Mom.« Jackson setzte sich auf den Stuhl neben dem Bett, beugte sich vor und umarmte seine Mutter, deren Rückgrat sich unter seinen Fingern spitz und knorrig anfühlte. Ihre Wangen waren eingefallen und ihre Haut papierartig, fast schon transparent.

Dolores ließ sich im schattigen Schlafzimmer gegen die Satinkissen sinken und betrachtete ihn mit trüben Augen, deren Pupillen von einem Schleier überzogen waren. Die Klarheit, die Schärfe ihres Blicks, war verschwunden.

Seine Mutter war einst eine umwerfende Gesellschaftsdame gewesen, die sich um Wohltätigkeitsveranstaltungen, Ausflüge in den Country Club, Tennisturniere und üppige Weihnachtsfeiern gekümmert hatte. Auch wenn ihre Schönheit verblasst war, war Dolores eine fesselnde Frau. Sie war immer schlank wie ein Windhund, aber anscheinend war sie über Nacht geschrumpft.

Nein, nicht über Nacht. Wann war er das letzte Mal zu Hause gewesen? Vor drei Wochen? Vor einem Monat? Er arbeitete fast jede Minute des Tages und versuchte mit seinen bloßen Händen zu verhindern, dass alles zusammenbrach.

Selbst jetzt kam er nicht wegen seiner Mutter oder Schwester nach

179

Hause, sondern um seinen Vater nach seiner Medikamentenquelle zu befragen, in der Hoffnung, der Spur folgen und Insulin finden zu können. Aber Horatio war nicht zu Hause.

Schuldgefühle hinterließen einen bitteren Beigeschmack in seiner Kehle. »Es tut mir leid, Mom.«

»Ich habe dich vermisst, Garrett.«

Jackson versteifte sich. »Mom, ich bins, Jackson.«

Sie blinzelte nicht, gab ihm kein Anzeichen dafür, dass sie ihren Fehler bemerkte. Sie schaute ihn mit einem matten Lächeln an. »Warum hast du uns verlassen, Garrett? Wir brauchen dich. Alles fällt auseinander.«

»Ich bin hier, Mom. Ich bin dein anderer Sohn. Garrett ist schon vor langer Zeit gegangen.«

Garrett Cross, der verschollene Sohn. Er war Jacksons älterer Bruder, der Goldjunge, der Highschool-Quarterback und Homecoming-König – zumindest bevor er in die Drogen- und Suchtspirale abgerutscht war, sein Sportstipendium verloren hatte und im Frühjahr vor Astrids Autounfall von der MSU verwiesen worden war. Wochen nach dem Unfall war Garrett geflohen und nie wieder zurückgekehrt. Er hatte gelegentlich Postkarten von Mackinac Island und Saginaw Bay geschickt – und dann nichts mehr, keine Geburtstagsanrufe, keine Besuche, nicht einmal eine Weihnachtskarte.

Es war, als ob er wie vom Erdboden verschluckt worden wäre.

Der doppelte Schlag von Astrids Unfall und Garretts Verschwinden hatte Dolores zutiefst zerrüttet. In vielerlei Hinsicht hatte sie sich nie davon erholt.

»Wir können das in Ordnung bringen«, sagte sie mit einer Stimme, die so kratzig war wie totes Laub auf dem Bürgersteig. »Wir werden uns darum kümmern, dein Vater und ich, so wie wir uns immer um alles kümmern.«

Ihm lief ein Schauer über den Rücken. »Was in Ordnung bringen, Mutter?«

Dolores klammerte sich mit schrumpeligen Fingern wie Krallen an ihn. Alles an ihr fühlte sich instabil an, als könnte sie beim nächsten starken Wind zu Staub zerfallen.

Mitleid zerrte an seinem Herzen, Mitleid und eine tiefe, beständige

Liebe. Das war die Frau, die ihn auf die Welt gebracht hatte, die ihm als Kleinkind vorgesungen und die mit ihm in der Küche getanzt hatte, während er auf ihren Füßen gestanden und gelacht hatte.

Er musste Horatio finden, aber er konnte ein paar Minuten seiner Zeit entbehren. »Mom, hast du Hunger? Wie wäre es mit einer Suppe? Hühnernudelsuppe ist dein Lieblingsessen. Ich wärme dir eine Dose auf.«

»Verzeih uns«, flüsterte sie mit zittriger Stimme, die ihm einen weiteren Schauer über den Rücken jagte.

»Euch was verzeihen?«

»Komm zurück zu mir. Komm nach Hause.«

»Mutter, warum muss Garrett euch verzeihen? Was ist passiert?«

Dolores murmelte irgendetwas Unverständliches, ihre Gedanken trieben im Nebel der Erinnerungen umher. Er beugte sich vor, spitzte die Ohren, wobei er das Mahagoni-Himmelbett, den großen Steinkamin und den Marmorfliesenboden kaum wahrnahm. In den Ecken des gut ausgestatteten Schlafzimmers sammelten sich mächtige Schatten, düster und wenig einladend.

Trotz der Hitze des Tages überkam ihn ein kalter Schauer. Sie sprach unzusammenhängend und sie war verwirrt und fast im Delirium. So hatte er sie noch nie gesehen. Sie hatte jahrelang Beruhigungsmittel genommen, aber das hier war anders.

»Verlass mich nicht.« Tränen schimmerten in ihren spärlichen Wimpern. »Es ist so dunkel.«

Er beugte sich hinunter und küsste ihre Stirn. »Es wird alles gut. Ich werde dir etwas zu essen machen.«

Sosehr er sie auch liebte, er konnte dem dunklen Schlafzimmer nicht schnell genug entkommen. In der Küche durchwühlte er die Schränke. Die Vorräte, die er vor drei Monaten in Marquette gekauft hatte, stapelten sich in den Regalen. Sie hatten immer noch Essen.

Krümel übersäten die Marmorarbeitsplatten, und in der Spüle stapelte sich schmutziges Geschirr. Staub wirbelte im Sonnenlicht umher. Seine Mutter hielt das Haus normalerweise in einem tadellosen Zustand. Anscheinend entglitt ihr mehr als nur der Verstand. Das beunruhigte ihn in höherem Maße, als er zugeben wollte.

Er hatte zu viel zu tun, aber er konnte Dolores nicht in diesem

Zustand zurücklassen. Er fühlte sich verpflichtet, auch für sie zu sorgen. Sie war seine Mutter, um Himmels willen.

Jackson öffnete eine Dose Campbell's-Hühnernudelsuppe mit dem Handdosenöffner und schüttete den Inhalt in einen Kupfertopf. Er drehte den Knopf am Gasherd und die kleine Flamme erwachte zum Leben. Er starrte auf das Flackern, bis seine Augen verschwammen.

Er war seit über einem Monat nicht mehr in einem Gebäude mit vollständiger Elektrizität gewesen. Das Northwoods Inn verfügte über Solarzellen, die einen Teil des Stroms lieferten – einmal pro Woche gab es warme Duschen und zweimal im Monat wurde Wäsche gewaschen. Saubere Kleidung wurde zum Trocknen aufgehängt und die Mahlzeiten wurden auf dem Grill und im Holzofen zubereitet, um Energie zu sparen.

Der Generator in diesem Haus hier funktionierte noch, was bedeutete, dass sein Vater für den Treibstoff mit Sawyer zusammenarbeitete. Er schluckte seine Verärgerung hinunter. Die Nutzung von Strom, vor allem nachts, machte das Haus zu einer Zielscheibe. Immerhin war das Haus von der Straße aus gut getarnt, aber es war trotzdem nur eine Frage der Zeit.

»Es ist ein Ofen. Willst du ihn den ganzen Tag anstarren oder was kochen?« Astrids Stimme schallte durch das stille Haus. Sie kam aus dem Wohnzimmer und humpelte durch die Küche, wobei sie sich stark auf ihren Stock stützte, der auf die Fliesen knallte. »Ich dachte, du wärst zu gut für dieses Haus.«

Er stellte den Topf auf die Herdplatte und drehte sich zu ihr um. »Wo ist Vater?«

»Ich habe keine Ahnung. Irgendein Treffen oder so. Ich glaube, er hat gesagt, dass er mehr Treibstoff für den Generator holen will.«

Jackson brummte. »Wusstest du davon?«

»Da musst du schon etwas genauer sein.«

»Mutters Gedächtnis – oder das Fehlen eines solchen.«

In Astrids Augen blitzte Wut auf – und noch etwas anderes, das ihn überraschte: Traurigkeit. »Vater sagt, es ist Alzheimer.«

Das überraschte ihn ebenfalls. »Wirklich?«

»Ja. Oder Demenz. Bald wird sie anfangen, ohne jemandem

Bescheid zu sagen, nach draußen zu spazieren und sich über den Rand der Steilküste verirren.« Ihre Stimme war hart und hämisch, aber er hörte den Unterton, den Knacks am Ende ihrer Worte. Sosehr sie auch versuchte, es zu verbergen, so sehr bedrückte es Astrid auch.

»Du hast dir nicht die Mühe gemacht, es mir zu sagen.«

»Du bist doch derjenige, der hier rausgestürmt ist, schon vergessen? Nachdem du uns beschuldigt hast, deine kostbaren Staatsgeheimnisse zu klauen und zu verraten.«

Er hatte Astrid beschuldigt, nicht den Rest seiner Familie, aber bevor er sie korrigieren konnte, sprach sie weiter. »Vater hat Pillen besorgt, um sie während all dem hier ruhigzustellen, aber sie ist einfach ...« Astrid fuchtelte mit der Hand, als ob sie nach dem richtigen Wort suchte, das sie aus dem Äther ziehen konnte. »Sie verwelkt.«

»Isst sie?«

»Sie behauptet, sie hat keinen Hunger. Ich versuche, sie dazu zu bringen, aber ich bin der Aufgabe nicht gewachsen.«

»Das ist Blödsinn. Du bist absolut fähig dazu und das weißt du auch. Lass nicht zu, dass Mutter dich verhätschelt, wenn du selbst auf dich aufpassen kannst. Sie ist diejenige, die krank ist. Sie braucht dich. Du musst dich um sie kümmern.«

Astrids Augen verengten sich. »Das tue ich doch. Ohne dein Zutun. Es ist ja nicht so, als ob Vater sich gut um sie kümmern könnte, und er ist ohnehin die Hälfte der Zeit weg.«

»Wo ist er?«

Sie zuckte gleichgültig mit den Schultern. »Wer weiß? Wen interessierts?«

»Du hast keine Ahnung?«

»Bist du taub? Er hat Treffen mit Leuten. Woher soll ich was darüber wissen? Ich bin nicht seine Aufsichtsperson. Oder die von Mutter.«

Jackson versteifte sich vor Frustration, während er sich wieder dem Herd zuwandte und mit dem Holzlöffel in seiner Faust die Suppe umrührte. »Mom hat von Garrett gesprochen.«

Astrid humpelte zu ihrem Rollstuhl neben dem Frühstückstisch, ließ sich mit einem gequälten Seufzer hineinfallen und lehnte ihren

Stock an die Rückenlehne eines Stuhls. »Ein Glück, sind wir den los. Was hat sie gesagt?«

Jackson wiederholte alles, was seine Mutter gesagt hatte. Er drehte sich halb vom Herd weg, um Astrids Gesichtsausdruck beobachten zu können. Er erwartete, dass seine Schwester nach Strich und Faden lügen würde. Astrid log aus Spaß an der Freude, um die Leute zu ärgern, um in einem Ameisennest zu stochern und zu sehen, wie sie herausströmten und sich zerstreuten.

»Warum sollte sie Garrett um Vergebung bitten?«, fragte er.

»Ich habe nicht die leiseste Ahnung.« Ihr Gesichtsausdruck blieb ruhig und gelassen, aber er bemerkte das Zusammenziehen ihrer Pupillen und ein winziges Zucken in ihrem Mundwinkel.

»Du hast doch sicher eine Vermutung.«

»Wenn jemand um Verzeihung gebeten werden sollte, dann ich, meinst du nicht auch?« Sie legte ihre Hände auf die Oberseiten ihrer Oberschenkel, als wolle sie ihre Gebrechlichkeit betonen, bevor sie ihre Beine ausstreckte, um das unförmige Fleisch und die gezackten Narben zu zeigen, die ihre Haut von den Knöcheln bis zu den Oberschenkeln überzogen.

Sie hatte ihre Entstellung noch nie versteckt; es schien ihr ein perverses Vergnügen zu bereiten, sich über den Ekel und das Mitleid anderer lustig zu machen und deren Unbehagen über ihre Abscheulichkeit zu verspotten.

Jackson wandte seinen Blick nicht ab. Er hatte nicht vergessen, wie Astrid jede Nacht stundenlang vor Schmerzen geschrien hatte – die ganze Nacht, endlose Tage, wochen- und monatelang. Niemand und nichts hatte sie trösten können.

Mitleid packte ihn. Trotz all ihrer Fehler hatte Astrid unendlich gelitten, vielleicht mehr als jeder andere. »Es war ein Unfall, Astrid. Daran war niemand schuld.«

Astrid zog eine Augenbraue in die Höhe. »Ist das so?«

»Sicherlich nicht Mutter«, sagte er. »Das ergibt keinen Sinn.«

»Die hat langsam nicht mehr alle Tassen im Schrank, das musst selbst du sehen. Ihr Verstand verwandelt sich in Schweizer Käse. Warum sollte irgendwas, das sie sagt, Sinn ergeben?«

»Sie denkt, es ist die Vergangenheit. Das heißt aber nicht, dass es eine falsche Vergangenheit ist.«

Wut flammte in ihren Augen auf. »Vielleicht solltest du sie einfach in Ruhe lassen. Alles, was du tust, ist, an Menschen herumzustochern, die man lieber in Ruhe lassen sollte.«

Jackson seufzte. Er fühlte sich alt – alt und müde. Zwiespältige Gefühle zerrten an ihm. Er sollte eigentlich immer noch auf der Jagd nach Sykes sein und nach Lenas Insulin suchen, aber seine Mutter brauchte ihn.

Er nahm eine Schöpfkelle aus dem Behälter mit den Utensilien auf dem Tresen und eine Schüssel aus dem Schrank und füllte die dampfende Hühnernudelsuppe in die Schale. Er stellte sie zusammen mit einem Glas Wasser, einem Löffel und einer Serviette auf ein Holztablett und trug es in Dolores' Zimmer.

»Sie wird es nicht essen«, rief Astrid ihm nach. »Wie immer versuchst du, ein totes Pferd zu reiten!«

29

JACKSON CROSS
TAG SECHSUNDACHTZIG

Jackson stieß die Schlafzimmertür mit der Schulter auf und ging zum Bett seiner Mutter. Er stellte das Tablett auf den Nachttisch, hob Dolores in eine sitzende Position und schüttelte die Kissen hinter ihrem Rücken auf.

Dolores blinzelte heftig. »Wir haben das Falsche getan.«

Ihre Worte waren leise und leblos wie ein Federstrich an seiner Wange. Er beugte sich vor, um sie besser hören zu können. »Was?«

»Gott wird uns niemals vergeben«, flüsterte sie. »Ich habe dir gesagt, dass es falsch war, Horatio. Ich habe dir gesagt, dass wir bestraft werden würden.«

»Was meinst du damit, Mom?«

Irgendetwas veränderte sich hinter ihren trüben Augen. Ihr Mund verengte sich zu einem verkniffenen Runzeln. »Ich brauche meine Pillen. Gib mir meine Pillen.«

»Ich habe dir vor einer Stunde deine Blutdruckmedikamente gegeben.«

»Nein, die anderen.«

»Die Beruhigungsmittel ...«

»Die anderen!«

»Welche anderen?«

»Ich brauche sie. Wo sind sie? Hast du sie mitgenommen? Bring sie mir! Ich kann nicht schlafen, ich kann ohne sie nicht schlafen ...«

»Was für Pillen? Wie sehen sie aus? Wie viele nimmst du?« Dolores erhob nur aufgebracht ihre Stimme. »Du hast es mir versprochen! Ich muss schlafen! Ich kann nicht schlafen. Ich brauche meine Pillen!«

»Okay, Mom. Ich werde sie finden.«

Erst nach wiederholten Versprechungen beruhigte sie sich wieder. Er schaffte es, dass sie drei oder vier Happen aß, bevor sie ihre runzligen Lippen zusammenpresste und sich weigerte, mehr zu essen. Schließlich stellte er die ungegessene Suppe zurück auf das Tablett und hielt die Hand seiner Mutter, während sie in einen unruhigen Schlaf fiel.

Die Worte seiner Mutter gingen ihm nicht mehr aus dem Kopf. Was hatte Dolores so sehr beschämt, dass es sich derart in ihrem Kopf festgesetzt hatte und durch Tausende von unzusammenhängenden Erinnerungen aufstieg, um ausgerechnet jetzt aufzutauchen?

Was hatte Garrett damit zu tun? Hatte das etwas mit dem Hier und Jetzt zu tun oder war es einfach nur die Schuld einer Mutter, die ihr Kind nicht vor dem großen Schmerz hatte schützen können, so wie Astrid es behauptete? Er wusste es nicht, und das ärgerte ihn, denn das Unbekannte schwirrte in seinem Hinterkopf herum wie eine lästige Mücke.

Die Zeit verging. Seine Augenlider fühlten sich schwer an; vielleicht war er auch ein wenig eingeschlafen. Der Himmel verdunkelte sich vor den Fenstern, Schatten krochen über den Boden wie Schemen, die mit krummen Fingern nach den Lebenden griffen, um sie zu verschlingen.

Schwerfällig erhob er sich und schaute auf seine schlafende Mutter hinunter. Ihre Haare lagen dünn und silbrig wie Spinnweben auf dem Satinkissen. Im Schlaf war ihr Gesicht erschlafft und ihre Brust hob und senkte sich in unregelmäßigen Atemzügen.

»Ich werde dich öfter besuchen, versprochen.« Er zögerte, gleichermaßen von Liebe und Schuldgefühlen geplagt. »Es tut mir leid.«

Jackson flüchtete aus dem Schlafzimmer. Er musste aus diesem Haus entkommen. In jeder Ecke lauerten Erinnerungen: die Vorwürfe, die Boshaftigkeit, die Verbitterung. Es war eine Kindheit gewesen, in der niemand die Hand erhoben hatte, aber die Schläge hatten trotzdem nie aufgehört.

Er verließ das Haus durch die Flügeltüren und ging auf die Terrasse.

»Jackson.« Astrid rollte auch nach draußen und ihr starker Bizeps spannte sich an, als sie den Rollstuhl geschickt zu ihm hin manövrierte. »Geh nicht weg.«

Jackson blinzelte sie misstrauisch an. »Was willst du?«

»Ich will wissen, wie es dir geht.«

»Das ist dir doch sonst auch egal.«

»Das stimmt nicht, es ist mir nicht egal.« Sie lächelte ihn mit verblüffender Zuneigung an. »Du weißt, dass ich dich liebe, oder?«

Er erschrak. »Was?«

»Kann eine Schwester nicht nett zu ihrem Bruder sein?«

»Nicht, wenn diese Nettigkeit einen Preis hat.«

Astrid zog einen Schmollmund. »Das ist nicht fair.«

»Nenn es Zynismus.« Und wann war er eigentlich so zynisch geworden? Er war der Idealist, der naive Mensch, der an das Beste im Menschen glaubte. In letzter Zeit spürte er, wie dieser Idealismus zusammen mit der Zivilisiertheit der Menschen verkümmerte. Zu viele Leichen veränderten eine Person.

Sie rollte näher heran. Das Sternenlicht glättete ihre Züge. Sie sah jünger aus, verletzlich und schön. »Du hattest recht, Jackson. Vater hat sich getäuscht. Du hattest recht, als du uns zusätzliche Lebensmittel und Vorräte gekauft und eingelagert hast. Du wusstest, was passieren würde, und hast versucht, uns zu warnen. Ich hätte deine Vorräte nicht weggeben sollen. Es tut mir leid.«

Jackson starrte sie fassungslos an. Er konnte sich nicht erinnern, dass sie sich jemals entschuldigt hatte, schon gar nicht bei ihm. Sie war arrogant, hochmütig und boshaft, genau wie ihr Vater.

»Was willst du von mir?«, fragte er misstrauisch.

Sie warf ihm einen unschuldigen Blick zu. »Nichts. Ich schwöre es.«

Er öffnete den Mund und schloss ihn dann wieder, weil er nicht wusste, was er antworten sollte. Er war sich nicht sicher, ob er ihr glaubte.

»Ich will nicht, dass es so zwischen uns endet. Wir sind immer noch eine Familie, du und ich.«

Der harte Klumpen in seiner Brust wurde weicher. Er streckte die Hand aus und berührte ihre Schulter. Sie ergriff seine Hand. Ihre Finger waren kühl und trocken.

Manches konnte sich ändern. Menschen konnten sich ändern. Fehler konnten ungeschehen gemacht und Ungerechtigkeiten korrigiert werden. Daran glaubte er noch immer. Er musste es glauben.

Als er sie anlächelte, war es aufrichtig.

30

LENA EASTON
TAG SIEBENUNDACHTZIG

Irgendjemand hämmerte an die Tür zu Lenas Büro.

Lena schob ihren Stuhl zurück und stand auf. Eine Welle von Schwindelgefühl überkam sie, sodass sie auf ihren Füßen schwankte. Sie hielt sich am Schreibtisch fest und blinzelte gegen die weißen Flecken an, die vor ihren Augen herumschwammen. »Komm rein.«

Sie hatte ihren letzten Patienten für den Tag behandelt und wollte gerade weitere Kräuter und Pflanzen beschaffen, während Shiloh und Eli auf dem Schießstand übten, den die Brooks im hinteren Teil des Grundstücks gebaut hatten.

Die Tür flog auf. Traci Tilton und ihr Mann Curtis stürmten in den Raum. Curtis trug ein schlaffes Bündel in seinen Armen. Traci Tiltons Gesicht war kreidebleich, ihre blonden Locken waren durcheinander und ihre Augen vor Panik geweitet.

»Wie kann ich helfen?«

»Es geht um Keagan!«, schrie Traci. »Er ist ohnmächtig geworden. Ich habe Angst, dass er in ein diabetisches Koma fällt. Er wird sterben.«

Curtis legte seinen Sohn sanft auf das Sofa gegenüber dem Kamin, bevor er sich aufrichtete und Lena mit gequälter Miene ansah. »Bitte hilf uns.«

190

Als sie den Tiltons das erste Mal Insulin angeboten hatte, hatte Lena bewusst darauf geachtet, weder den Lagerort noch die Menge zu verraten. Obwohl sie so getan hatte, als hätte sie das Insulin woanders besorgt, hatte Traci die List schnell durchschaut.

»Ich weiß, wie viel wir von dir verlangen«, sagte Curtis, »aber du bist die einzige Person, die Insulin hat.«

»Hatte.« Lenas Mund wurde knochentrocken. »Diebe sind eingebrochen und haben es gestohlen. Den Rest haben sie zerstört.«

Traci schaute sie verzweifelt an. »Alles?« Sie sahen das Flackern des Zögerns.

»Bitte, Lena«, flehte Traci. »Bitte.«

Lena zwang sich, nicht auf die Schreibtischschublade zu schauen, in der sie ihr Frio Wallet und die letzten Reste ihres Insulins aufbewahrte. Stattdessen richtete sich ihr Blick auf den Jungen, der kaum bei Bewusstsein auf dem Sofa lag. Sein schweres Atmen erfüllte den Raum. Seine magere Brust hob und senkte sich und seine Haut war schaurig grau-blau.

Lena kniete sich neben das Sofa, tastete seine klamme Haut ab und überprüfte seinen Puls und seine Vitalwerte, als ihre Erfahrungen als Sanitäterin wieder zum Vorschein kamen. Ihre Bewegungen waren verlangsamt, ihre Gedanken durch den Hunger verworren. »Hol mir das Blutzuckermessgerät und einen Teststreifen aus dem Bücherregal.«

Ohne ein Wort zu sagen, gehorchte Curtis.

Bear trabte mit gesenkter Rute und angelegten Ohren auf Keagan zu. Er drückte seinen pelzigen Körper gegen ihre Schulter, wuffte leise und stupste Keagan an die Wange, als wolle er ihn wecken.

Der Junge rührte sich kaum. Sein flacher Atem roch süßlich; sein Urin roch wahrscheinlich genauso. »Mein Bauch tut weh«, murmelte er. »Mein Kopf tut weh.«

»Ich weiß, mein Schatz. Halte durch.« Zunehmend besorgt überprüfte Lena sein Blut mit einem Teststreifen und dem Blutzuckermessgerät: über sechshundert und steigend. Seine Werte waren gefährlich hoch. Wenn sie seinen Blutzucker nicht schnell senkten, könnte er in ein diabetisches Koma fallen und nicht mehr aufwachen.

Sie musste nicht mal für den Bruchteil einer Sekunde überlegen. Es ging nicht nur darum, zu leben, sondern auch darum, wie man leben wollte. Lena konnte nicht zusehen, wie dieses Kind starb. Das konnte sie nicht.

Lena öffnete das Frio Wallet und holte das letzte Fläschchen und eine Glasspritze heraus. Anspannung knisterte durch den Raum. Keiner bewegte sich. Alle starrten auf das Fläschchen mit der klaren Flüssigkeit – dieses wundersame Produkt der modernen Medizin war so klein, unscheinbar und gewöhnlich.

»Das ist der letzte Rest«, sagte Lena.

Curtis' Fäuste öffneten und schlossen sich an seinen Seiten, als würde er sich auf sie stürzen, ihr das Fläschchen aus den Händen reißen und es seinem Sohn selbst injizieren wollen. Blanke Angst zeichnete sich auf seinem Gesicht ab. Gierige Hoffnung blitzte in Tracis Augen auf.

»Traci«, sagte Curtis mit brüchiger Stimme. »Sie wird auch sterben. Wir können das nicht verlangen ...«

Tränen flossen über Tracis Gesicht. »Ich weiß das! Wir haben kein Recht, dich darum zu bitten, Lena. Überhaupt kein Recht. Als Frau bin ich von mir selbst entsetzt. Als Mutter bitte ich dich trotzdem. Ich hasse mich dafür und tue es trotzdem. Es ist unverzeihlich, unentschuldbar. Ich bitte dich um meines Sohnes willen.«

»Selbst wenn ich das Letzte, was ich habe, mit ihm teile, wird er in einer Woche wieder in der gleichen Lage sein, vielleicht sogar noch früher.«

Ebenso wie ich. Die Worte blieben unausgesprochen, aber sie hingen schwer in der Luft, wie der grausame Elefant im Zimmer. *Und dann werden wir beide sterben.*

»Das wird ihm wertvolle Zeit verschaffen«, krächzte Traci. »Zeit, in der der Sheriff etwas herausfinden kann.«

Lena nickte. Mit zitternden Händen injizierte sie die Insulineinheiten. Bear gab ein verzweifeltes Winseln von sich, legte seinen Kopf in den Schoß des Jungen und wedelte mit seiner buschigen Rute.

Sie brauchten nicht lange zu warten. Schon nach wenigen Minuten schnappte Keagan nach Luft. Seine papierartigen Augenlider flatterten auf. Er schaute sich erschöpft um und sein Blick fiel auf Lenas Gesicht. »W-was ist passiert?«

Traci schluchzte vor Erleichterung.

»Du warst hyperglykämisch und bist ohnmächtig geworden«, sagte Lena. »Jetzt geht es dir wieder gut. Es wird aber ein paar Stunden dauern, bis deine Werte wieder in einem gesunden Bereich sind. Deine Eltern werden dich im Auge behalten, okay?«

Bear schleckte ihm eifrig das Gesicht ab. Der Junge zwang sich zu einem schwachen Grinsen und streichelte Bear, der mit tierischer Zufriedenheit seufzte.

Lena überprüfte Keagans Werte erneut, als seine Wangen Farbe bekamen, sein Herzschlag und sein Puls sich stabilisierten und seine Blutdruckwerte langsam sanken. Vor ihren Augen erlangte er seine Vitalität zurück.

Ein paar Minuten später taumelte Keagan auf die Beine, wenn auch unsicher, während seine Mutter ihn in die Arme schloss und sein Vater sie beide umarmte und ihm liebevoll die Haare zerzauste.

Es war ein glücklicher Moment. Er würde nicht andauern, konnte nicht andauern. Diabetes war ein heimtückischer, unerbittlicher Killer. Ohne Insulin hatten sie keine Waffen, mit denen sie kämpfen konnten.

Der Tod würde sie beide einholen.

Keagan drehte sich halb um, wobei seine Wange an den Oberkörper seiner Mutter gepresst wurde, und schenkte ihr ein zaghaftes Lächeln, sodass süße Grübchen zum Vorschein kamen, während sich eine blonde Locke über ein Auge schob.

Er war so jung. Zu jung, um zu sterben.

»Du hast mir geholfen.« Er verzog sein knabenhaftes Gesicht. »Danke.«

Lena schluckte den Kloß in ihrem Hals hinunter. »Gern geschehen.«

Traci ließ ihren Sohn los und berührte Lenas Arm, Dankbarkeit und Erleichterung deutlich in ihrem Gesicht. »Das werde ich dir nie vergessen. Niemals.«

»Kommt heute Abend und morgen früh noch mal. Ich werde den Rest von dem, was ich habe, mit ihm teilen, bis es weg ist.«

»Das können wir nicht ...«, fing Curtis an, aber Traci warf ihm einen flehenden Blick zu. »Wir können das niemals zurückzahlen ...«, sagte Traci.

Plötzlich gaben Lenas Beine nach. Sie war müde, so müde. Sie hatte kaum noch die Kraft, aufzustehen. »Bitte nehmt euren Sohn und geht.«

Wortlos taten sie es.

Lena sank in einen der Ledersessel und rieb sich mit den Fäusten die trüben Augen, während sie gegen die Wellen der Verzweiflung ankämpfte. Hatte sie das Richtige getan? Der Junge war am Leben. Es war das Richtige gewesen, das musste es gewesen sein. Das Richtige fühlte sich nicht edel, wohlwollend oder rechtschaffen an. Es fühlte sich furchtbar an.

Lena stand am Rande einer Klippe, als der Boden unter ihren Füßen zusammenbrach, Sekunden bevor sie in die Tiefe stürzte. Es gab nichts, was sie hätte tun können, um es aufzuhalten.

Das Einzige, was blieb, war der Fall.

31

ELI POPE
TAG ACHTUNDACHTZIG

Eli bewegte sich leichtfüßig durch die Schatten der dichten Bäume, die den Munising Tourist Park Campground westlich der Fährengebäude in Munising säumten.

Minuten zuvor hatte der Mann, den er suchte, sein Motorboot auf dem Sand angelegt. Er war von Grand Island – Sawyers Festung – gekommen.

Eli hatte ihn bereits erwartet. Seine Zielperson hatte eine Schwäche für die Delikatesse der UP – bekannt als Pastys. Das einzige Lokal in Alger County, das sie noch herstellte, war das Falling Rock Café. Eli hatte gewusst, dass Antoine die Festung irgendwann verlassen würde, um sich dort damit zu versorgen.

Eli musste die Sache ohne jegliche Satelliten- oder Drohnenaufnahmen in Angriff nehmen, ohne technische Überwachung, ohne ein Aufklärungs-Team, das die Festung überwachte, und ohne HUMINT – Human Intelligence – oder irgendwelche Bodeneinheiten. Alles, was er hatte, war eine Gruppe hungriger, rauflustiger Teenager.

Da Eli Grand Island nicht selbst rund um die Uhr überwachen konnte, bezahlte er mehrere Teenager, die ein Auge auf die Situation haben sollten. Er arbeitete mit dem, was er hatte. Im Gegenzug musste er seinen Biolite-Campingkocher aufgeben, der kleine elektronische

Geräte durch das Verbrennen von Holz auflud. Die Kinder wollten ihre Handys aufladen, um ihre heruntergeladene Musik zu hören.

Es hatte über eine Woche gedauert, aber dann hatte er endlich einen Treffer gelandet. Er hatte gerade seinen Sechzehn-Kilometer-Lauf in voller Montur beendet, als ihn eines der Kinder mit der Nachricht erreichte, dass sein Ziel unterwegs sei.

Eli trat aus dem Schatten. »Keine Bewegung!«

Mit einem erschrockenen Fluch drehte sich Antoine Toussaint um und griff nach dem NATO-Gewehr – einem FAMAS 5,56 x 45 mm –, das er auf dem Rücken trug. Antoine Toussaint, der in der französischen Legionsarmee gedient hatte, nannte seine Waffe wegen ihrer markanten Form liebevoll *die Trompete*.

»Das würde ich nicht tun«, sagte Eli ruhig und bedächtig, während er mit seiner VP9 zwischen Antoines buschige Augenbrauen zielte. Er würde nicht danebenschießen; Antoine wusste das.

Der Franzose starrte ihn an, starrte auf die Waffe und starrte dann wieder zu ihm. »Du bist es«, zischte er mit einem schwachen Akzent.

Der ehemalige französische Legionär war in seinen Dreißigern, kräftig gebaut, hatte kurze hellbraune Haare, einen dichten Vollbart und schielte. Er hatte ein Jahrzehnt lang als Sicherheitsbeauftragter für Sawyers kriminelle Unternehmen gearbeitet und war für seine Waghalsigkeit im Kampf bekannt. Er ging rücksichtslos Risiken ein und gewann. Er stürzte sich mit einem blutrünstigen Grinsen im Gesicht in jeden Kampf.

»Willst du mich jetzt töten, Bruder?«, fragte Antoine, dem die Schuld ins Gesicht geschrieben stand.

Eli erinnerte sich an den Kampf gegen das Côté-Kartell, als er Antoine das Leben gerettet hatte. Antoine hatte sich für Elis Loyalität revanchiert, indem er ihm einen Sack über den Kopf gestülpt und ihn an Sawyer ausgeliefert hatte. »Das liegt ganz bei dir, *Bruder*.«

»Du bist mir gefolgt.«

»Ich hätte dich ein Dutzend Mal umbringen können.«

»Das bezweifle ich ernsthaft.«

»Vor fünf Minuten hätte ich mich anschleichen und dir die Kehle durchschneiden können, während du gegen die Birke gepinkelt hast. Snoopy Boxershorts, hm?«

Antoine errötete wie eine überreife Tomate. »Jetzt gibst du einfach nur an.«

»Die Waffe auf den Boden, du auf die Knie und die Hände auf dem Kopf verschränkt.«

»Komm schon, Mann …«

»Von mir aus. Dann zieh deinen Gürtel aus, lass deine Hose fallen und knie dich in diesen süßen Boxershorts hin.«

Antoine fluchte.

»Du hast die Wahl.«

Während er Eli einen bösen Blick zuwarf, gehorchte Antoine.

Eli senkte die Pistole ein paar Grad. Er holte tief Luft, um seine Nerven zu beruhigen und die ständige, verzehrende Sorge um Lena und seine Tochter zu verdrängen. »Ich muss mit dir reden.«

»Sawyer will deinen Kopf auf einem Silbertablett.«

»Das weiß ich.« Eli schürzte seine Lippen. »Ich brauche ein paar Informationen. Du bist der Einzige in Sawyers Team, dem ich genug vertraue, dass er mir die Informationen direkt gibt, ohne zu Sawyer zu rennen oder mir in den Rücken zu schießen.«

»An deiner Stelle würde ich das Fell des Bären nicht verteilen, bevor er nicht erlegt ist«, murmelte Antoine mit mürrischer Miene.

Eli blieb vollkommen ruhig. Er strahlte eine entspannte Gelassenheit aus, ein Mann, der völlig zuversichtlich war, aber sein Herz raste und seine Nerven lagen blank. Er brauchte Antoine viel mehr, als er sich anmerken lassen durfte. »Wie läuft es auf der Insel?«

»Gut«, sagte Antoine. »Nicht genug Frauen und zu viele verschwitzte, ungewaschene, notgeile Männer für meinen Geschmack. Es ist irgendwie klaustrophobisch, um ehrlich zu sein. Ich vermisse mein altes Leben, das Pokerspielen mit den Jungs, das Angeln mit meinem Dad und sogar meinen aussichtslosen Job in der Bank. Leichtigkeit und Vorhersehbarkeit haben durchaus ihre Vorteile. Du hasst es, bis du sie nicht mehr hast. Weißt du, was ich meine?«

»Die halbe Welt weiß, was du meinst.«

»Du wirst mir sagen, dass ich dir etwas schulde.«

»Ich muss dir einen Scheißdreck sagen. Du weißt es schon.«

Antoine verzog das Gesicht, als hätte er einen Bissen von etwas Saurem genommen. »Du bringst mich in eine Zwickmühle. Ich habe nichts gegen dich persönlich. Im Gegenteil. Aber der Boss, der mir ein Dach über dem Kopf und Essen auf dem Teller bietet, sieht das anders.«

»Er muss es nicht erfahren. Niemand muss es erfahren, wenn du nicht deine große Klappe aufmachst und es ihnen sagst. Die Entscheidung liegt bei dir.«

Antoine seufzte und fügte sich seinem Schicksal. »Was willst du?«

»Ich brauche Schwarzmarktmedikamente.«

»Sawyer hat genug. Die Nachfrage nach verschreibungspflichtigen Medikamenten ist enorm hoch. Keiner stellt mehr etwas her und die FEMA hat die Lieferungen eingestellt. Die Leute zahlen jeden Preis, alles, für ihre Herzmedikamente.«

»Sie wollen am Leben bleiben.«

»Wahrscheinlich. Was brauchst du genau?«

»Insulin.«

Antoine runzelte die Stirn. »Jemand, den du liebst, hat Diabetes.« Eli machte sich nicht die Mühe zu antworten.

Antoine schüttelte den Kopf. »Dich hats schwer erwischt.«

»Beantworte die Frage.«

»Es ist besser, allein zu sein. Wenn du etwas hast, das du liebst, hast du auch etwas zu verlieren. Diese kaputte Welt wird immer mehr und mehr nehmen. Die Menschen verhungern, sterben an Krankheiten und Unfällen und es gibt keine medizinische Versorgung und auch niemanden, der die Monster in Schach hält.«

»Doch, gibt es.«

»Was gibt es?«

»Jemanden, der die Monster in Schach hält«, sagte Eli. »Mich.«

»Wir werden alle zu Monstern, Mann.«

»Ich brauche keine philosophische Erörterung, Antoine. Ich brauche Informationen.«

»Sawyer hat kein Insulin. Nicht einen Tropfen. Da seine Quelle, Cyrus Lee Jefferson, nicht mehr da ist, sind seine Vorräte genauso versiegt wie die von allen anderen.«

Eli glaubte ihm. Er hatte keinen Grund zu lügen. Sawyers Drogenschwarzmarkt war Elis letzte große Hoffnung gewesen.

Die Züge des anderen Mannes zuckten. Sein Mund verengte sich und seine Augen huschten zur Seite; das war ein verräterisches Zeichen. Eli bemerkte den Mikroausdruck – Antoine wusste etwas, das er nicht unbedingt preisgeben wollte.

»Was weißt du?«, fragte Eli.

Antoine antwortete nicht.

»Du schuldest mir was. Wenn du auch nur einen Funken Moral in dir trägst, dann bezahle diese Schuld jetzt. Der Preis ist niedrig. Ich brauche nur Informationen.«

»Diese Information ist teurer als du denkst«, murmelte Antoine.

»Sag es mir.«

Er zuckte mit den Schultern. »Das wird deine Beerdigung sein.«

Eli stürmte vor und hob seine Waffe. »Antoine, so wahr mir Gott helfe …«

Antoine warf seine Hände hoch. »Hey! Ganz ruhig!«

Eli hatte keine Geduld mehr. Er kochte vor Angst, Schrecken und Wut – Gefühle, die er zur Genüge kannte. Er richtete die Pistole auf Antoines Schläfe.

Antoines Augen weiteten sich. Eli würde nicht zögern, den Abzug zu betätigen, und das wusste Antoine. Jeder, der sich dem Schutz derer, die er liebte, in den Weg stellte, war Freiwild. »Zwing mich nicht dazu.«

»Okay, okay!«

Eli wartete.

»Es wird ein Zug kommen.«

»Was für ein Zug?«

»Ein Zug mit Vorräten: Medikamente, Penicillin, Antibiotika, Chlorpromazin, Prozac, Morphium, Methadon, Oxy und Vicodin. Jede Pille ist mehr wert als Gold, mehr als Nahrung.«

Elis Gedanken wirbelten durcheinander. Tausend Gedanken kreisen in einer Mikrosekunde durch sein Gehirn. »Woher kommt er und wo fährt er hin?«

»Sie haben eine alte Lokomotive, die mit Dampf oder Kohle oder so angetrieben wird. Die Strecke führt in einer Schleife von Soo durch die UP nach Escanaba. Es gibt eine Abzweigung nach Copper Harbor, während die Hauptstrecke westlich nach Wisconsin führt, dann nach

Süden abbiegt und in Green Bay einläuft, bevor sie in Duluth, Minnesota, endet.«

»Woher kommen die Vorräte?«

»Von einem Frachter, der mit medizinischen Hilfsgütern der FEMA beladen war und offenbar aus Südamerika und Australien kommt, wo sie noch Strom haben. Er ist vom Atlantik über den Sankt-Lorenz-Strom, den Ontariosee, den Eriesee und den Huronsee gekommen, bevor er die Soo Locks erreicht hat. Sie können für alles, was sie exportieren, ein Vermögen verlangen. Ich nehme an, dass die Dollars der Regierung immer noch einen Wert haben, obwohl sie hier oben nur für Toilettenpapier gut sind.«

»WANN, verdammt noch mal!«

»Dritter August.«

Eli rechnete leise in seinem Kopf nach. Sein Herz rutschte ihm in die Hose. »Das ist morgen.«

»Scheiße, ich wusste noch nicht einmal, dass wir August haben.«

Eli musterte ihn und suchte nach Anzeichen für einen Schwindel: heftiges Schwitzen, ein Augenzucken, das Zittern einer Hand oder das Zusammenziehen des Mundes. Da war nichts. »Wie hast du davon erfahren? Wer hat dir das erzählt? Ist die Quelle verlässlich?«

»Einer von Sawyers Spionen in Sault Ste. Marie. Mein Informant, um genau zu sein. Mein Cousin zweiten Grades. Er arbeitet bei den Soo Locks an den Anlegestellen, die noch funktionieren, da sie durch Schwerkraft gespeist werden. Er hat gesehen, wie die Kisten entladen wurden. Ein umfangreiches Kontingent der Nationalgarde bewacht die Schleusen, obwohl das Côté-Kartell schon kleinere Angriffe auf sie verübt hat, bei denen Ladungen gestohlen und kleinere Schiffe versenkt wurden. Einer der Soldaten hat ihm gesagt, wohin der Zug unterwegs ist. Die FEMA überspringt uns Hinterwäldler und verteilt die Hilfsgüter in Green Bay, Detroit, Duluth und Chicago, als ob die spießigen Großstädter es mehr verdient hätten als wir.«

Eli rechnete nach. Egal, wie er es drehte und wendete, es kam keine angenehme Gleichung dabei heraus. Einen Zug anzugreifen, der vom US-Militär bewacht wurde, bedeutete, Landsleute, die guten Jungs, und seine Waffenbrüder zu verletzen.

Konnten sie den Zug überfallen, ohne Unschuldige zu töten? War es möglich? Konnten sie es sich leisten, es nicht zu riskieren?

»Warum zum Teufel hast du das vorhin nicht gleich gesagt?«

Antoine warf ihm einen reumütigen Blick zu. »Ich hätte nicht gedacht, dass du tatsächlich in Erwägung ziehen würdest, einen bewaffneten Zug anzugreifen.«

»Ich ziehe es nicht in Erwägung.«

Antoine ließ vor Erleichterung die Schultern hängen.

»Ich werde es tun.«

Antoine stieß eine Reihe farbenfroher Flüche auf Französisch aus. Mehrere aufgeschreckte Rotkehlchen flogen mit flatternden Flügeln von einem nahen Baum. »Verdammt, nicht mal Sawyer ist so verrückt. Er erkennt einen aussichtslosen Schachzug, wenn er einen sieht. Aber du scheinst echt verzweifelt nach Insulin zu suchen ...«

Eli ließ seine Pistole sinken. Die Waffe in seinen Händen fühlte sich unglaublich schwer an. »Sie hat weniger als zwei Wochen.«

»Es tut mir leid, Mann. Wirklich.«

»Ich muss irgendwas tun.«

»Es ist wahrscheinlich ein Selbstmordkommando.«

»Ich habe schon öfter Selbstmordkommandos überlebt.«

»Wenn jemand einen von der Regierung gesicherten Zug entführen kann, dann bist du es, mein Freund. Ich habe dich kämpfen sehen.«

Eli hatte keine Lust, Soldaten oder Bundesagenten zu verletzen. Aber er wollte Lena auch nicht dem Tod überlassen. Es musste einen Weg geben; er musste eine Lösung finden. Er hatte nur einen Tag Zeit dafür.

»Behalte das hier für dich, oder ich werde dich jagen und bei lebendigem Leib häuten.«

»Das versteht sich von selbst, mein Freund.« Antoine warf einen Blick auf seine mechanische Uhr. »Ich soll in dreißig Minuten zurück auf der Insel sein. Ich muss es noch zu Annelise Anders schaffen, um eine ihrer Pastys zu ergattern, bevor sie den Laden schließt. Das ist das Einzige, worauf ich mich im Leben noch freuen kann. Verweigere einem Mann nicht seine kleinen Vergnügen.«

Eli gab Antoine mit seiner Pistole ein Zeichen, dass er aufstehen und sein Gewehr holen konnte. »Würde mir im Traum nicht einfallen.«

Antoine grinste. »Lass uns das bald mal wieder machen.«

»Oder auch nicht.«

»Aber ich warne dich. Wenn du dich das nächste Mal so anschleichst, werde ich dich töten müssen. Ein Mann hat nun mal seinen Stolz.«

Trotz der Umstände zuckten Elis Mundwinkel. Er hatte Antoine immer gemocht. Seine Sympathie für den Franzosen war mit der Zeit sogar noch gewachsen. »Du kannst es gerne versuchen.«

Elis gesamte Chancen standen schlecht. Aber wann hatten die Chancen jemals zu seinen Gunsten gestanden? Er dachte nicht an das Risiko, sein eigenes Leben zu verlieren; es war ihm egal. Er dachte nur an Lena und Shiloh.

Für sie würde er alles tun.

32

JACKSON CROSS
TAG NEUNUNDACHTZIG

» **W**as willst du, Jackson?«, fragte Horatio.

Sein Vater stand auf den vorderen Stufen der Veranda und versperrte Jackson den Zugang zum Haus. Seine Gesichtszüge waren hart und scharf wie die Klinge eines Messers. Insekten surrten im Gras. Die Wellen schlugen in gleichmäßigem Rhythmus gegen den Fuß der Klippe hinter dem Haus.

»Ich mache mir Sorgen um Mutter.«

»Sie schläft.«

»Sie isst kaum noch. Sie verkümmert.«

»Keine Sorge, ich kümmere mich um meine Frau. Es ist ein bisschen spät, jetzt an deine Familie zu denken«, sagte Horatio kalt.

»Sie ist verwirrt, benommen und nicht bei Sinnen. Ich mache mir Sorgen.«

Horatio bewegte sich nicht von der Tür weg. »Es geht ihr gut.«

Die kühle Luft der Klimaanlage im Haus streichelte Jacksons Haut. Draußen schimmerte die Hitze in Wellen vom gepflasterten Gehweg. Die Sonne brannte auf ihn herab wie eine bösartige Kraft, die versuchte, ihm das Fleisch von den Knochen zu schmelzen. Die Brise vom See brachte wenig Linderung.

»Ihr Gedächtnis ist beeinträchtigt. Sie hat Dinge gesagt, die keinen

203

Sinn ergeben. Sie hat von Garrett gesprochen und den Unfall von Astrid erwähnt. Wovon redet sie?«

»Ich habe nicht die leiseste Ahnung. Patienten, die an Demenz leiden, haben einen veränderten Sinn für die Realität.«

»Sie hat keine Demenz.«

»Stressbedingt«, sagte Horatio, ohne eine Sekunde zu verlieren. »Es geht ihr schon seit Monaten immer schlechter. Du warst zu sehr mit dir selbst beschäftigt, um es zu bemerken.«

Die vertrauten Worte seines Vaters trafen ihn wie eine Ohrfeige. Er versteifte und stählte sich gegen die Schläge, die noch kommen würden. »Sie war unglaublich aufgebracht.«

Horatio verengte seine Augen. »Deshalb halte ich sie ruhig und gebe ihr Beruhigungsmittel. Das ist wichtig für ihre Gesundheit und ihr anhaltendes Wohlbefinden. Immer, wenn du in der Nähe bist, regt sie sich auf. Du scheinst diese Wirkung auf jeden zu haben.«

Als Kind war es vernichtend gewesen, diese elende Sehnsucht nach dem, was er nie haben würde. Eine langsam brennende Wut versengte seine Haut. Wut auf seinen Vater. Auf sich selbst.

Jackson wischte sich mit einem bereits feuchten Taschentuch den Schweiß von der Stirn. Er trug ein kühlendes Halstuch und eine Baseballmütze von den Wolverines, um sein Gesicht zu schützen. Die Temperaturen waren weit über dreißig Grad gestiegen und die Luftfeuchtigkeit hatte alle Rekorde der Upper Peninsula gebrochen.

In den letzten zwei Tagen wurde er dreimal wegen eines Hitzeschlags zu einem Einsatz gerufen. Ein Mann in den Achtzigern war dem erlegen. Ein zehnjähriges Mädchen war nackt und halluzinierend in ihrem Garten herumgelaufen, während sie mehrere Handvoll trockenes, verwelktes Gras herausgerissen und es gegessen hatte, um ihren leeren Bauch zu füllen.

Dieser schreckliche Anblick hatte sich in sein Gehirn eingebrannt. Und es würde noch mehr kommen. Chief McCallister hatte Richtlinien zur Vorbeugung von Hitzeschlägen verfasst, mit Jacksons tragbarem Solargenerator Fotokopien gemacht und Freiwillige losgeschickt, um an Türen zu klopfen und die Botschaft zu verbreiten.

Lori und Tim hatten die Kinder angeleitet, kühlende Halstücher zu basteln, die die Freiwilligen an junge und ältere Menschen verteilten. Der Baumwollstoff wurde mit Wasserperlen oder Kristallen vernäht, die sie in Bastelläden aufgetrieben hatten. Wenn sie in Wasser getaucht wurden, dehnten sich die Perlen aus, und dann verdunstete das Wasser über mehrere Stunden hinweg und kühlte das Blut, das durch die Halsschlagader im Nacken floss, was zur Kühlung des ganzen Körpers beitrug.

Jackson richtete seine Aufmerksamkeit wieder auf seinen Vater. »Lena hat fast kein Insulin mehr. Wir haben schon überall gesucht und können keins finden. Weißt du, wo ich welches herbekommen kann? Es ist wichtig.«

Sein Vater starrte ihn teilnahmslos an. »Nein, das weiß ich nicht.«

»Du hast Antidepressiva für Astrid und Beruhigungsmittel für Mutter besorgt.«

Horatio sagte nichts.

Jackson hatte keine Lust, seinem Vater etwas zu schulden, aber für Lena war er verzweifelt genug, um fast alles zu tun. »Ich wäre dir etwas schuldig.«

Horatio brach in schallendes Gelächter aus. »Du bist mir auch so schon etwas schuldig.«

»Deine Jahre als Sheriff haben dir Zugang zu einigen fragwürdigen Quellen verschafft ...«

»Ich werde deine unangebrachten Andeutungen ignorieren, mein Sohn. Niemand, den ich kenne, hat Insulin, Jackson. Niemand.«

Jackson nickte schwerfällig; das hatte er erwartet. Trotzdem hatte er auf Nummer sicher gehen müssen. Wider besseres Wissen formte sich in seinem Kopf eine Frage, die er nicht zu stellen gewagt hatte, die er aber nicht länger zurückhalten konnte.

Als Gesetzeshüter wusste er es besser. Er würde niemals einen Verdächtigen ohne Beweise konfrontieren. Mit denen konnte er ihn zusammen mit seinen eigenen Worten in die Falle locken. Er hatte keine Beweise, nur eine Anschuldigung von Underwood und einen dunklen Verdacht, für den er sich selbst verachtete.

Aber als Sohn konnte er nicht anders. Er musste es wissen. Er musste fragen, er musste die Antwort in den Augen seines Vaters sehen.

»Warst du korrupt?«, fragte Jackson. »Bist du korrupt?«

Horatio erstarrte. »Wie kannst du es wagen, mich so was zu fragen?«

»Underwood hat behauptet, du wärst korrupt gewesen.«

»Bradley Underwood ist ein Feigling, der es nicht erträgt, dass er kaum ein richtiger Mann ist, geschweige denn ein kompetenter Gesetzeshüter. Er war kein Cop. Er war ein Bürokrat, der kein Talent für die Jagd hatte, sondern nur die Fähigkeit, in die richtigen Ärsche zu kriechen.«

Horatio hätte auch von sich selbst sprechen können, aber Jackson beschloss, die Ähnlichkeiten nicht zu erwähnen. »Du sagst also, dass er lügt.«

»Natürlich sage ich das.«

Jackson sah zwar keine Anzeichen dafür, dass sein Vater log, aber andererseits sah er das auch nur selten. Sein Vater war undurchdringlich wie eine Ziegelmauer. Er wusste, dass er aufhören sollte, dass dieser Weg zu nichts Gutem führte. Er wollte seinem Vater glauben, diesem Mann, der seine ganze Kindheit über für Ehre und Gerechtigkeit gestanden hatte.

»Warst du als Sheriff kriminell? Hast du unter der Hand Geschäfte gemacht und vielleicht sogar ein Auge zugedrückt, wenn Kriminelle den richtigen Preis bezahlt haben?«

»Nein. Ich bin ehrlich gesagt beleidigt, dass du mich so etwas überhaupt fragst.« Horatio gab ein spöttisches Schnauben von sich. »Und außerdem hast du gut reden, nicht wahr?«

Jackson zuckte zusammen, als der Pfeil einschlug. Er konnte es sich nicht leisten, Schwäche zu zeigen. Für seinen Vater war Schwäche eine Art Signal zum Kampf. »Ich habe mit dem, was ich getan habe, Frieden geschlossen. Ich leiste Wiedergutmachung.«

»Wiedergutmachung? So nennst du das also? Oder Feigheit?«

Jackson sagte nichts, aber er senkte seine Augen auch nicht unter dem vernichtenden Blick seines Vaters.

»Vergiss nicht, dass du mir gehörst!« Horatio stieß mit dem Finger gegen Jacksons Brust, und seine Stimme erhob sich und enthüllte einen Riss in seiner eisernen Beherrschung. »Ich bin derjenige, dem du gehörst, mit Leib und Seele. Ich bin derjenige, der dich vom stümperhaften Deputy zum Undersheriff von Alger County befördert hat. Ich bin der Drahtzieher, der dich in deine jetzige Rolle gebracht hat, *Sheriff Cross*.«

»Ich bin gut in meinem Job«, sagte Jackson leise. »Ist es das, wovor du Angst hast?«

»Pass auf, was du sagst, mein Sohn. Du musst sehr vorsichtig sein, was du als Nächstes sagst und tust.« Ein Hauch von Wut schimmerte hinter den eisigen Augen. Sein Mund verengte sich zu einer blutleeren Linie, während er angewidert den Kopf schüttelte. »Manchmal frage ich mich, wie es wohl gelaufen wäre, wenn du derjenige gewesen wärst, der verschwunden ist, und wenn dein Bruder stattdessen hier wäre.«

Jackson zuckte zurück. Ein leises Summen des Grauens breitete sich in seinem Nacken aus und durchfuhr seine Glieder, seine Arme und Beine, seine Finger. Diese vertraute, züngelnde Scham erfüllte ihn. Ein nagendes Gefühl der Unwürdigkeit. Sein Vater hatte ihm schon immer das Gefühl gegeben, dass er minderwertig war.

»Du bist hier nicht mehr willkommen.« Mit geradem Rückgrat schloss Horatio die Fliegengittertür, zog sich in sein palastartiges Anwesen zurück und kehrte Jackson den Rücken zu.

Jackson zwang seine schlaffen Beine, sich in Bewegung zu setzen, drehte sich um und ging die Einfahrt hinunter. Er hatte nicht die Antworten bekommen, die er gewollt hatte, sondern nur noch mehr Fragen. Er wusste, dass sein Vater ihm niemals die Wahrheit sagen würde, nicht ohne Beweise, aber er hatte ihn trotzdem zur Rede gestellt.

Vielleicht hatte er ja *doch* die Wahrheit gesagt. Vielleicht hatte Jackson einen schrecklichen Fehler gemacht und damit seine eigene Familie vergrault.

Das Funkgerät knisterte. »Boss!«, sagte Devon. »Ich bin mit Eli im Gasthaus. Er hat einen Informanten, der behauptet, dass eine Liefe-rung von Medikamenten mit der Canadian National Railway nach Westen unterwegs ist. In einem Zug.«

Jackson verstummte. »Hast du gerade Zug gesagt?«

»Elis Quelle behauptet, dass es dort auch Insulin gibt.«

Ihm blieb der Atem im Hals stecken. »Bist du sicher?«

»Wir haben unser Wunder, Boss, aber es gibt einen Haken.«

»Der da wäre?«

»Der Güterzug fällt unter die Zuständigkeit der Bundesregierung. Die Bundesbehörden räumen den großen Ballungszentren Vorrang vor ländlichen Gebieten ein. Der Zug hält weder hier noch irgendwo in der UP. Der Zug wird direkt an uns vorbeifahren und wir werden nichts davon abbekommen.«

Jackson fluchte.

»Eli will, dass wir ihn angreifen.«

Jackson zögerte nicht. »Ich auch.«

»Das Problem ist, dass die Ladung der FEMA gehört und der Zug von der Nationalgarde bewacht wird.«

»Verdammte Scheiße noch mal.«

»Genau mein Gedanke. Der Zug wird morgen Abend durch Escanaba fahren. Wir haben nur ein kleines Zeitfenster, um zu handeln. Also ...«

»Ich bin auf dem Weg zu euch.«

Jackson beendete den Funkruf und blickte wieder zum Haus hinauf. Zu seiner Überraschung stand sein Vater drei Meter von ihm entfernt und starrte ihn mit einem unergründlichen Blick an. Er war Jackson heimlich die Einfahrt hinunter gefolgt, während er ihm den Rücken zugewandt gehabt hatte.

Jackson versteifte sich. Seine Hände an seinen Seiten ballten sich zu Fäusten. »Wenn du etwas versteckst, werde ich es herausfinden.«

Eine Sekunde lang blitzte Erstaunen in Horatios Augen auf. Und hinter der Wut und dem Spott schimmerte etwas – war es Angst oder irgendetwas anderes?

Bevor sein Vater antworten konnte, machte Jackson auf dem Absatz kehrt und eilte zu seinem Fahrrad. Das dunkle Summen des Grauens in seinem Hinterkopf wurde lauter. Die hässlichen Worte von Cyrus Lee hallten in seinem Kopf wider: *Du bist blind. Du warst schon immer blind.*

Daran konnte er jetzt nicht mehr denken. Sie hatten Insulin gefunden. Es war Zeit, Lena zu retten.

33

ELI POPE
TAG NEUNUNDACHTZIG

Eli spürte die Bedrohung, bevor er sie hörte. Irgendetwas kroch durch das Gestrüpp hinter ihm, lauerte in der Dunkelheit, verfolgte ihn.

Sein Herzschlag beschleunigte sich und Adrenalin schoss durch seine Adern. Er drehte sich, zog seine Pistole und zielte auf die Schatten.

Es war zweiundzwanzig Uhr dreißig. Er hatte das Northwoods Inn zu Fuß verlassen und war zu dem Ort gegangen, an dem er sein Quad in einem Versteck an der südöstlichen Grenze des Northwoods-Grundstücks versteckt hatte. Nach dem Abendessen mit Lena und Shiloh hatte er die Sicherheitsvorkehrungen des Gasthauses überprüft, bevor er mit einem Dutzend neuer Rekruten ein Waffentraining absolviert hatte.

Danach war er mit seinem fast zwanzig Kilo schweren Rucksack sechzehn Kilometer gejoggt, um seine körperliche Fitness aufrechtzuerhalten. Shiloh war mit ihm gelaufen. Sie hatte zehn Kilometer geschafft. Beim letzten Mal waren es acht gewesen.

Jetzt war er auf dem Weg zum Büro des Sheriffs in Munising, um sich mit Jackson und seinem Team zu treffen und eine Operation zu planen, mit der der Zug überfallen werden sollte.

Obwohl die Sonne schon untergegangen war, hatte die Hitze nicht nachgelassen. Schweißperlen standen ihm auf der Stirn und sammelten sich unter seinen Achseln. Die Feuchtigkeit klebte an seiner Haut und Moskitos in der Größe von Schwalben schwirrten um ihn herum.

Das Mondlicht vergoldete die Straße und die leeren Häuser, während die massiven Eichen hoch und schweigsam dastanden. Alles war ruhig. Nichts bewegte sich, außer diesen verdammten Mücken. Eli blinzelte, sein Finger am Abzugsbügel juckte. Die Härchen in seinem Nacken standen ihm zu Berge. Dort, auf neun Uhr, war das leiseste Flattern eines Blattes.

»Wenn du nicht in den nächsten drei Sekunden in Schweizer Käse verwandelt werden willst, schlage ich vor, du kommst jetzt raus.«

»Wir sind Verbündete«, sagte eine vertraute Stimme mit einem französischen Akzent. »Nicht schießen!«

Zwei Gestalten tauchten zwanzig Meter weiter nordöstlich aus der Dunkelheit auf.

Eli richtete seine Pistole auf sie. »Keinen Schritt weiter!«

Antoine grinste breit durch seinen Bart. Er trug eine Tarnhose und ein jägergrünes T-Shirt, *die Trompete* hing an einer Schlinge über seiner Brust. »Lange nicht mehr gesehen, Bruder.«

Eine Frau in den späten Zwanzigern stand neben ihm. Ihr Name war Natalia Reyes, aber alle nannten sie Nyx, wie die griechische Göttin der Nacht, und das aus gutem Grund.

Sie trug ein Kampfmesser an ihrem linken Oberschenkel über einer schwarzen Leggings, einen Revolver an ihrem rechten Oberschenkel und ein mit Schrotpatronen bestücktes Bandelier über der Brust. Eine Mossberg-500-Schrotflinte hing an einer Schlaufe an ihrer Schulter.

Eli machte eine Bewegung mit seinem Kinn. »Waffen weg und auf den Boden.«

Antoine stöhnte auf. »Komm schon, Mann ...«

»Sofort.«

»Immer langsam mit den jungen Pferden, verdammt. Wir machen ja schon.« Nyx hob beide Hände zur Kapitulation und ließ sich auf die Knie sinken. Sie entsicherte ihre Schrotflinte und legte sie vor sich auf den Boden.

Antoine folgte ihrem Beispiel und stöhnte, als seine Knie sich darüber beschwerten. »Ich bin zu alt für so nen Scheiß.«

»Du bist nicht mal dreißig. Was ist mit dem Revolver, Nyx?«

Mit großem Widerwillen und einigen gemurmelten Flüchen wurde der Revolver neben das Gewehr gelegt. Der lange, schlanke Lauf glitzerte im schwachen Mondlicht, der Holzkolben poliert und glatt wie Seide.

Der Revolver, ein Smith & Wesson Modell 29, der von Clint Eastwood in den *Dirty-Harry*-Filmen verwendet wurde, war ein präziser sechsschüssiger .44-Magnum-Revolver, der im Double-Action-Abzug sehr schnell und im Single-Action-Abzug noch präziser feuern konnte – ganz zu schweigen von seinem tödlichen, einschüchternden Aussehen. Nyx sah seinen bewundernden Blick. »Versuch, den zu klauen und wir werden sehen, was passiert. Ich habe Männern schon für weniger die Augäpfel ausgestochen. Den hat mir mein Großvater geschenkt, möge er in Frieden ruhen. Aber das Baby gehört mir.«

»Würde mir im Traum nicht einfallen.« Er gestikulierte mit der VP9. »Die Messer kommen auch weg. Ich weiß, dass du eine sieben Zentimeter lange Karbonklinge von Smith & Wesson in deinem Stiefel hast, Nyx.«

»Verdammte Scheiße!« Sie warf ihm einen finsteren Blick zu, aber gehorchte. Ihre weißblonden Haare waren kurz geschnitten, was ihre katzenhaften Wangenknochen und symmetrischen Gesichtszüge betonte. Sie schaffte es, muskulös und gleichzeitig feminin zu sein, und ihre Stärke betonte ihre Schönheit nur noch mehr.

Nachdem er sich vergewissert hatte, dass seine Gefangenen unbewaffnet waren, senkte Eli seine Pistole ein wenig. »Warum folgt ihr mir?«

»Wir folgen dir nicht«, sagte Antoine. »Kann ich jetzt aufstehen?«

»Nein. Und das ist ein stinkender Haufen Blödsinn, wie ich ihn noch nie gehört habe. Lüg noch einmal und ich jage dir eine Kugel durch die Zähne. Versuch mal, Lügengeschichten zu erzählen, wenn der Zahnschmelz auf deiner Zunge splittert.«

Antoine rollte mit den Augen. »Ich bin vorhin zurückgekommen, um mit dir zu reden, aber du warst in der Enklave des Northwoods untergetaucht. Die haben dort ein ordentliches Sicherheitsteam.«

»Ich weiß. Ich bilde sie aus.«

»Wir konnten ja nicht einfach zum Eingangstor gehen und nach dir fragen, oder? Wir wären wegen Verbrechen gegen den Staat verhaftet worden. Vielleicht würde Jackson aber auch einfach darauf scheißen und uns direkt hinrichten. Wir sind nicht gerade Freunde der örtlichen Strafverfolgungsbehörden.«

»Das ist wahr. Jackson hat eure Gesichter auf Fahndungsplakaten in der ganzen Stadt.«

Nyx wurde hellhörig. »Wie hoch ist die Belohnung?«

»Eine Rolle Toilettenpapier«, scherzte Eli.

»Nehm ich«, sagte Antoine.

Nyx schnitt eine Grimasse. »Wie enttäuschend. Ich wette, das können wir besser.«

Eli entspannte sich ein wenig und lockerte seine Schultern, so als hätte er seine Deckung fallen lassen, obwohl er alles andere als das getan hatte.

Er mochte Antoine, er respektierte ihn sogar. Sie hatten gemeinsam eine gefährliche Selbstmord-Mission überlebt und waren als Sieger vom Platz gegangen. Das hieß aber nicht, dass er ihm bedingungslos vertraute.

Nyx war gerissen und zäh. Im Gegensatz zu Antoine, der selbst in einem Fuchsbau frech, forsch und gut gelaunt war, war Nyx eine Jägerin. Sie war verstohlen und aufmerksam und konnte sich an jeden heranschleichen und einem Mann einen Dolch ins Herz stoßen, bevor dieser auch nur einen einzigen Schritt hörte. Außerdem war sie eine hervorragende Schützin.

Er konnte sie nicht lesen und das beunruhigte ihn. In Sawyers Lager war sie ein Chamäleon, das sich so mühelos an seine Umgebung anpasste wie an eine neue Mütze.

»Wir haben schon seit Stunden auf dich gewartet«, sagte Antoine.

»Warum?«

Nyx blickte zu ihm auf, ihr halbes Gesicht von einem dichten Schatten verdeckt, weil sich ein Wolkenband vor den Mond schob. »Antoine hat mir erzählt, was du vorhast. Du wirst Hilfe brauchen.«

»Von Sawyer brauche ich gar nichts.«

»Aber von uns brauchst du was.«

»Das sehe ich anders.«

»Ich habe dir schon geholfen, Bruder«, erinnerte Antoine ihn. »Ohne mich wüsstest du gar nichts von dem Zug.«

»Welcher Zug?«, sagte Eli todernst.

»Komm schon, der Zug, den du morgen Abend überfallen willst. Der bis oben hin mit Partyzubehör vollgestopft ist.«

Eli starrte sie ausdruckslos an. »Ich habe keine Ahnung, wovon du da redest.«

»Hör auf mit dem Theater, Eli. Wir meinen es ernst. Was glaubst du, warum wir uns deine Waffe ins Gesicht halten lassen? Nur so aus Jux und Tollerei? Denn ich kann dir sagen, dass dieser Teil alles andere als spaßig ist.«

»Ihr wollt helfen?«, fragte Eli ungläubig.

»Der hat echt ein schlechtes Gehör«, murmelte Nyx.

»Wo ist der Haken?«

»Kein Haken.«

»Sawyer hat immer einen Haken.«

»Sawyer hat uns nicht geschickt«, sagte Nyx. »Wir sind auf eigene Faust gekommen.«

»Weiß er, dass ihr hier seid?«

»Nein«, sagte Antoine. »Wir haben jemanden, der uns in der Festung vertritt. Wir werden uns um Sawyer kümmern, wenn es so weit ist.«

»Er wird euch umbringen, wenn er das herausfindet.«

»Er wird es nicht herausfinden«, sagte Nyx.

»Seid ihr euch da sicher?«, fragte Eli.

Antoine und Nyx tauschten einen vielsagenden Blick aus. Eli konnte Beziehungen schlecht einschätzen, aber er spürte etwas zwischen den beiden, eine Vertrautheit, die er auf Grand Island nicht bemerkt hatte. Hatten sie sich verschworen, um ihn zu hintergehen? Oder war es etwas anderes, etwas weniger Bedrohliches?

»Lass ihn mal unsere Sorge sein«, sagte Antoine. »Nicht deine.«

»Warum solltet ihr eure nette Party mit all dem Essen und den Vorräten, die ihr braucht, aufgeben? Ihr habt Wasser, Essen, Sicherheit und eine Bruderschaft.«

Nyx hob ihr Kinn. »Auf Grand Island ist nicht alles Friede, Freude, Eierkuchen. Sawyer wird immer paranoider, misstrauischer und kontrollsüchtiger. Seit wir die Waffen vom Côté-Kartell gestohlen haben, guckt er jede Sekunde über seine Schulter und erwartet, dass eine Bombe vom Himmel fällt oder ein U-Boot aus der Mitte des Superior eine Rakete abschießt und seine kleine Festung auslöscht.«

»Das war nicht die Bruderschaft, die wir uns vorgestellt haben«, sagte Antoine leise. »Ich werde nicht so tun, als wäre ich etwas, das ich nicht bin. Ich bin ein Söldner, den man anheuern kann. Ich wusste, dass Sawyer ein Drogenboss war, als er mich ins Boot geholt hat, und ich hatte kein Problem damit, aber dass die Welt mit Pauken und Trompeten den Bach runtergeht, hat alles verändert. Das Ende des Lebens, wie wir es kennen, verändert die Prioritäten eines Mannes.«

Eli war hin- und hergerissen. Zweifel beschlichen ihn. Er musste seinem Team hundertprozentig vertrauen. Auf der anderen Seite waren die Waffen und die Kampferfahrung, die die beiden mitbrachten, von großem Wert für diese Mission und alle zukünftigen Kämpfe. Außerdem könnten ihre Informationen über die Vorgänge auf Sawyers Gelände von unschätzbarem Wert sein.

Nyx biss sich auf die Unterlippe. Ein Hauch von Verletzlichkeit blitzte in ihren Zügen auf und milderte ihre harte Miene. »Diese Medikamente können uns helfen. Meine Großmutter lebt oben in Grand Marias. Sie hat eine Herzerkrankung. Vor einer Woche sind ihr die Betablocker ausgegangen. Sie hat mich großgezogen, sie und Grandpa, aber er ist tot. Ich stehe in ihrer Schuld. Wenn Sawyer die Medikamente zuerst bekommt, würde er ein Preisgeld verlangen, das sich kein normaler Mensch leisten kann. Wenn ihr bereit seid zu teilen, werde ich mit euch kämpfen.«

»Wir würden teilen«, sagte Eli.

»Du willst Nyx auf deiner Seite haben. Auch wenn du mich für das, was ich auf der Insel getan habe, nicht willst ...« Er räusperte sich mit schuldbewusster Miene. »Nyx hat militärische Erfahrung. Sie hat eine Ausbildung im Bereich Geheimdienst und Waffen. Sie hat sowohl die Armee- als auch die Marine-Scharfschützenschule absolviert.«

Nyx richtete ihr Rückgrat auf und grinste. »Ich bin auch verdammt gut in all dem.«

»Und was ist dann passiert?«

»Wie bitte?«

»Wie zum Teufel bist du so tief gefallen? Von einer guten Soldatin zu einem Bodyguard für einen Drogenboss.«

Ihr Kiefer verkrampfte sich und Wut stand in ihren Augen, aber ihr Blick blieb standhaft. »Vor vier Jahren war ich als Sergeant der Special Forces in Afghanistan im Einsatz. Ein Offizier verursachte unverhohlen einen Vorfall mit Eigenbeschuss, der hätte vermieden werden können … der hätte vermieden werden müssen. Er war schießwütig, unvorsichtig und hatte keine Disziplin. Eine Zivilistin und ihr sechsjähriger Sohn wurden zu Opfern. Ich bin stinksauer geworden und habe meinem Vorgesetzten eine Kopfnuss verpasst. Er ist zu Boden gegangen. Die Army hat das nicht gerne gesehen.«

»Du wurdest unehrenhaft entlassen.«

Sie nickte.

»Und jetzt bist du Teil einer kriminellen Organisation, die Drogen an Kinder vertreibt.«

Ihre Augen blitzten wieder auf. »Das ist nicht dasselbe. Die Söldnerarbeit zahlt die Rechnungen. Ich tue, was ich tun muss, um zu überleben.«

»Und wenn das Überleben erfordert, dass du dich gegen deine Teamkameraden stellst?«

»Ich habe einen Kodex, nach dem ich leben will. Das ist einer der Gründe, warum ich zu dir gekommen bin. Meine Moral mag grauer sein als die der meisten anderen, aber ich habe eine Grenze.«

Eli dachte über ihre Worte nach. Wenigstens war sie ehrlich. Das bedeutete schon mal etwas.

Er hatte seine Bedenken. Er konnte Antoine dafür verachten, dass er ihn den Wölfen zum Fraß vorgeworfen hatte, und Nyx dafür, dass sie danebengestanden hatte – oder er konnte weiterleben.

Er dachte unwillkürlich an den Jungen, den er in den Räumen der *Risky Business* getötet hatte. Schuldgefühle fraßen an ihm. Er verdrängte sie irgendwo in die Tiefen der Dunkelheit.

Antoine und Nyx hatten überlebt. Eli auch.

Die Wahrheit war, dass sie die Kämpfer dringend brauchten. Zwei erfahrene Soldaten erhöhten ihre Chancen, die Medikamente zu beschaffen, die das Leben der Frau, die er liebte, retten würden, um ein Vielfaches.

Hatte er am Ende überhaupt eine Wahl?

Die Pistole immer noch auf die Gefangenen gerichtet, holte er mit der freien Hand sein Handy aus der Gesäßtasche und machte ein paar Fotos mit der Kamera. Telefone waren heutzutage nur noch Briefbeschwerer, aber sie hatten ihren Nutzen, weshalb er sein Handy stets mit einem Solarladegerät auflud.

»Wofür war das?«, wollte Nyx wissen.

»Falls ihr euch gegen uns wendet, liefere ich diese Fotos an Sawyer aus. Ich werde ihm sagen, dass ihr euch bei Razzien den Deputys angeschlossen habt. Ich bin sicher, dass er das verstehen wird.«

Nyx' Mund verzog sich, als würde sie an einer Zitrone nuckeln. Sie wollte gerade etwas Unhöfliches sagen, aber Antoine ergriff das Wort. »Wir riskieren eine Menge, um das hier zu tun.«

»Und wir riskieren eine Menge, wenn wir euch mitnehmen. Ich bin sicher, ihr versteht *unser* Risiko. Ihr könntet uns verraten. Ihr setzt uns Sawyers Zorn aus. Er wird es nicht einfach hinnehmen, wenn zwei seiner besten Soldaten überlaufen.«

»Okay, wir haben es verstanden«, sagte Nyx.

Er ließ das Telefon in seine Tasche gleiten. »Das ist keine einmalige Sache, und ihr geht danach nicht mit eurer Beute zurück zu Sawyer. Wenn ihr die Seite wechselt, bleibt ihr auch auf der anderen Seite.«

Nyx und Antoine tauschten wieder einen sorgenvollen Blick aus. Zwischen ihnen liefen ganze Gespräche ab, die Eli nicht lesen konnte. Nyx nickte fast unmerklich.

»Das wissen wir«, sagte Antoine.

»Mein Team aus Deputys und Cops ist gut, aber sie sind keine Experten. Sie haben keine Ahnung von operativer Sicherheit und hatten noch nie Zugriff auf Staatsgeheimnisse. Egal, was ich sage, jemand wird ausplaudern, dass ihr übergelaufen seid. Sie werden es ihrer Mom, ihrer Frau oder dem Bruder ihres besten Freundes erzählen. Das wird für viel Klatsch und Tratsch sorgen und es wird sich rumsprechen. Wenn ihr zurück auf die Insel geht, ist die Gefahr groß, erwischt und gefoltert zu werden. Wir werden euch so wenig wie möglich über unsere Organisation und Ressourcen verraten, aber wenn ihr euch dieser Operation anschließt, erhaltet ihr Informationen über uns, die für Sawyer unglaublich wertvoll wären.«

»Wir sind dabei«, sagte Nyx. »Endgültig.«

Einen Moment lang herrschte angespannte Stille.

»Okay«, sagte Eli.

Antoine wurde munter. »Okay? Es ist also alles klar zwischen uns?«

»Solange ihr euer Wort haltet.«

Nyx steckte ihren Revolver in das Holster, griff nach ihrem Messer und ihrer Knöchelpistole und stand auf. »Was ist mit den anderen? Den Cops? Werden sie uns akzeptieren?«

»Ihr werdet sie überzeugen müssen.«

»Ein Kinderspiel.« Antoine sprang auf und stemmte eine Siegesfaust in die Luft. »Es ist gut, wieder da zu sein! Pope und Toussaint schlagen wieder zu!«

Eli konnte sich nicht zurückhalten; Wärme stieg in seiner Brust auf und breitete sich in seinem Oberkörper aus, ein seltsames, aber nicht unerwünschtes Gefühl. Ein leises Zucken wanderte über seine Lippen. »Denk bloß nicht, dass wir Freunde sind.«

Ein breites Grinsen erschien auf dem Gesicht des ehemaligen Legionärs. »Das würde mir im Traum nicht einfallen, Bruder.«

34

ELI POPE

TAG NEUNZIG

Das Team versammelte sich noch vor Mitternacht. Eli reinigte sein HK417 mit dem Dreißig-Zentimeter-Lauf und dem Nachtsichtgerät. Ein Stapel 7,62 x 51 mm NATO-Munition und leere Magazine lagen auf dem Klapptisch neben ihm und warteten darauf, befüllt zu werden.

Außerdem lag dort auch ein Nest aus Funkgeräten und Headsets, ein Stapel Schutzwesten und Panzerplatten sowie eine Reihe von Pistolen, Revolvern und Langwaffen. Seine anderen Waffen hatte er bereits auseinandergenommen, gereinigt und wieder zusammengesetzt.

Die Tür zum Konferenzraum öffnete sich und zwei bis zum Anschlag bewaffnete, düstere Gestalten schlenderten herein.

Eine schockierte Stille legte sich über den Konferenzraum des Büros des Sheriffs. Die Beamten tauschten misstrauische Blicke aus und starrten die Neuankömmlinge alarmiert an.

Nyx und Antoine starrten in offener Feindseligkeit zurück. »Euch auch Hallo«, brummte Nyx.

»Was zur Hölle soll das?«, rief Hart.

»Das sind Verräter«, fauchte Moreno.

»Pass auf, wen du beleidigst«, schnauzte Nyx zurück. »Du könntest dir eine gebrochene Nase oder Schlimmeres einfangen.«

Jackson hob eine Hand und stellte sich zwischen die Gesetzeshüter und die Neuankömmlinge. »Jetzt atmet alle erst einmal durch.«

»Ihr habt euch ganz schön Zeit gelassen«, sagte Eli.

»Du hast die hierher *eingeladen*?«, stammelte Alexis.

Hart war dabei, seine Waffe zu ziehen. »Oh, nein. Auf keinen Fall.«

Eli hatte kurzzeitig überlegt, ob er für Antoine und Nyx irgendwelche Alibis erfinden sollte, um die Beamten zu täuschen, aber er hatte die Idee schnell wieder verworfen. Ein französischer Legionär und eine schöne schießwütige Söldnerin waren nicht gerade unauffällig. Sie waren beide berüchtigte Profis.

»Sie gehören jetzt zu uns«, sagte Eli schlicht.

Nash verschränkte die Arme und schaute finster drein. »Sie arbeiten für Sawyer.«

»Nicht mehr«, sagte Nyx.

»Sie werden uns eine Kugel in den Rücken jagen, sobald sich einer von uns umdreht«, erwiderte Alexis.

»Das werden sie nicht«, sagte Eli. »Sie sind zuverlässig.«

Jackson ging nach vorn in den Raum. Seine Stimme war stählern, und seine Haltung und sein Gesichtsausdruck waren unnachgiebig. »Wenn Eli sagt, dass sie zuverlässig sind, dann sind sie zuverlässig. Wir brauchen die Manpower, und die beiden sind ehemalige Militärangehörige. Sie bringen ein Maß an Können und taktischer Erfahrung mit, das wir dringend brauchen.«

»Willst du deren Verbrechen begnadigen? Ist es das, was wir jetzt tun, Cross?« Chief McCallister starrte Jackson ungläubig an. »Mit Mördern und Drogendealern gemeinsame Sache machen?«

»Niemand wird von seinen Verbrechen freigesprochen.«

Hart schnaubte. »Ich werde auf keinen Fall Seite an Seite mit Kriminellen kämpfen. Mit Mördern! Sawyers Leute haben Charlie umgebracht. Sie haben mir ins Bein geschossen! Habt ihr beide euren verdammten Verstand verloren?«

McCallisters Haltung versteifte sich, eine Hand ruhte auf dem Kolben ihrer Dienstpistole, die andere hatte sie zur Faust geballt. Charlie Payne war einer ihrer Polizisten gewesen. Sie nahm den Verlust persönlich – Eli konnte den Groll in ihrem Gesicht sehen.

»Wir sind übergelaufen«, murmelte Antoine. Er war der Einzige, der ruhig blieb. Nyx verzog das Gesicht, als wollte sie jemandem eine Kopfnuss verpassen. Eli umklammerte seine VP9 fester; er wollte nicht, dass es so ablief, aber er hatte das Misstrauen und die Feindseligkeit erwartet.

McCallister schüttelte entsetzt den Kopf. »Woher wissen wir, dass sie die Befehle befolgen und sich nicht auf halbem Weg gegen uns wenden werden?«

»Wenn sie mit auch nur einem Zeh aus der Reihe tanzen, schleppe ich sie persönlich zu Sawyer«, sagte Jackson. »Sawyer wird sie für ihren Verrat enthaupten. Sie kennen das Risiko – und die Konsequenzen.«

McCallister erwiderte den Blick von Nyx, nicht im Geringsten eingeschüchtert. »Leute wie ihr seid der Grund, warum wir überhaupt in dieser Misere stecken.«

Nyx machte einen Schritt auf sie zu. »Was bitte soll das heißen?«

Antoine legte eine beruhigende Hand auf Nyx' Unterarm. Sie zuckte zusammen, wich aber nicht zurück. Ihre Zähne waren zusammengebissen und ihre Nasenlöcher flatterten vor Wut. »Wir haben gesagt, dass wir uns gut benehmen. Und das tun wir auch. Ihr traut uns nicht? Von mir aus. Dann gehen wir. Wir sind nicht hier, um uns beleidigen zu lassen. Ihr glaubt, dass ihr das, was wir mitbringen, nicht braucht? Dann wird das eure Beerdigung.«

»Chief«, sagte Jackson. »Wir müssen hier zusammenarbeiten.« McCallister runzelte die Stirn. »Das gefällt mir ganz und gar nicht.«

»Es interessiert niemanden, ob es dir gefällt«, sagte Eli. »Das ist, was hier passieren wird.«

»Chief«, sagte Moreno mit Nachdruck. »Eli und Jackson haben recht. Sosehr ich den Plan auch hasse, wir brauchen sie, um das durchzuziehen.«

»Bitte tritt zurück, McCallister«, sagte Jackson.

Die Anspannung war deutlich zu spüren. Schließlich sackten McCallisters Schultern in sich zusammen.

Sie hob eine Hand als Zeichen der Kapitulation. »Das geht auf deine Kappe.«

»Von mir aus.« Jackson war der Erste, der sich in Bewegung setzte.

Er schritt durch den Konferenzraum und streckte Antoine die Hand entgegen. »Schön, dich an Bord zu haben.«

Nach einem kurzen Zögern schüttelte Antoine seine Hand. Nyx starrte McCallister an, die immer noch missmutig aussah, aber keine Feindseligkeit mehr verströmte. Als Jackson Nyx die Hand reichte, zögerte sie zwar, nahm sie dann aber doch.

»Also gut«, sagte Jackson. »Jetzt, wo das geklärt ist, können wir uns an die Arbeit machen, oder?«

Man musste es Devon hoch anrechnen, dass sie den Neuankömmlingen die beiden leeren Plätze neben sich anbot, auch wenn ihr Gesichtsausdruck misstrauisch blieb. Widerwillig setzten sich Nyx und Antoine, mit steifem Rückgrat und den Waffen in der Hand – sie fühlten sich verdammt unwohl.

Eli war das egal, sie mussten nur gehorchen. »Weihe sie ein, Sheriff Cross.«

Das Team bestand aus vierzehn Personen: Eli und Jackson sowie Moreno, Devon, Alexis Chilton, dem ehemaligen Marinesoldaten Jim Hart, dem Neuling Phil Nash, Polizeichefin McCallister und vier ihrer Polizeibeamten, darunter Baker und Flores, die an dem Überfall auf die Yacht im letzten Monat beteiligt gewesen waren, und schließlich Nyx und Antoine.

Zu den freiwilligen Bürgern, die Jackson zu Deputys gemacht hatte, gehörten Gideon Crawford und Fiona Smith sowie mehrere pensionierte Polizisten, Justizvollzugsbeamte und ehemalige Soldaten. Sie würden an den Kontrollpunkten und Patrouillenpunkten bleiben, um den Bezirk zu schützen.

Eli berührte das Sankt-Michael-Medaillon neben seiner Erkennungsmarke unter seinem Shirt und dachte mit einem stechenden Schmerz in der Brust an David Kepford, den Mann, den er nie kennengelernt hatte.

Jackson wandte sich an einen alten Mann, der schweigend im Hintergrund stand. »Johannes, du bist dran.«

Johannes Heikkinen war in seinen Siebzigern und hatte als Lokführer gearbeitet, bevor er in seiner zweiten Karriere Fischerboote für reiche Leute aus dem Süden gechartert hatte. Er war robust und runzlig und trug ein jagdgrünes Hemd, eine Cargohose, die an seiner schmalen Statur herunterhing, und ein Tarnhalstuch, das er sich um die Stirn gebunden hatte.

Johannes beugte sich über die zerknitterte Landkarte, die auf dem Tisch lag, wobei Strähnen seiner weißen Haare an seinem leberfleckigen Schopf klebten. »Seit dem Zusammenbruch der Bergbau- und Holzindustrie wurden viele dieser Bahnstrecken aufgegeben oder ganz abgebaut. Die aktuelle Strecke der Canadian National Railway durch die UP beginnt in Soo, wo die Frachter ihre Container auf die Waggons laden. Die Strecke führt dann nach Südwesten, entlang der Südküste der UP am Lake Michigan entlang nach Escanaba.«

Johannes fuhr fort. »Von Escanaba, dem mittleren südlichen Punkt der UP, führt ein Abzweig nach Norden nach Marquette, wo die Escanaba and Lake Superior Railroad in die kleinen Städte in der Nähe alter Sägewerke oder Minen, wie der Iron Ore Mountain Mine, abzweigt. Diese Strecke führt südlich nach Green Bay, Wisconsin, während diese Linie wiederum südwestlich nach Duluth, Minnesota, führt.«

Jackson überlegte kurz. »Wer die Schienen kontrolliert, kontrolliert ein System zur Verteilung von Waren im gesamten Mittleren Westen.«

Antoine lehnte sich neben Johannes über die Karte. »Unseren Informationen zufolge verlässt der Zug morgen am späten Nachmittag die Soo Locks. Er wird Escanaba etwa zwischen neun und zehn Uhr heute Abend erreichen. Von dort aus fährt er nach Nordwesten in den Bundesstaat Wisconsin bis nach Green Bay. Wir müssen ihn vorher erreichen.«

Eli fuhr mit dem Finger den Escanaba River entlang, der sich nach Norden zu der Stelle schlängelte, wo der Zug die Brücke überquerte. Henry Wadsworth Longfellow beschrieb in seinem berühmten Gedicht, wie der amerikanische Ureinwohner Hiawatha *den rauschenden Escanaba überquert hatte*.

Die Stadt war ein alter Holz- und Bergbauhafen mit etwa zwölftausend Einwohnern und lag etwa hundert Kilometer südlich von Munising an dem Highway US 41, an der Küste der Little Bay de Noc, die in die Green Bay des Lake Michigan mündete.

Eli machte einige Berechnungen in seinem Kopf. Er bewegte seinen

Finger leicht nach Süden zu einer Eisenbahnspur, stellte Johannes ein paar Fragen und bekam die Antworten, die er brauchte.

Er wollte die Operation nicht in unmittelbarer Nähe von Zivilisten durchführen. Außerdem musste der Güterzug weit genug von den Soo Locks entfernt sein, damit eine schnelle Eingreiftruppe sie nicht mitten in der Mission überfallen konnte.

»Nördlich von Escanaba sollte es gehen«, sagte Eli. »Wie sieht es mit der Sicherheit auf dem Güterzug aus? Wie viele Gardisten?«

»Es sollten vier Nationalgardisten und zwei Eisenbahner sein«, sagte Antoine.

»Wie lauten die Einsatzregeln?«, fragte Nyx.

Eli überlegte kurz. »Wir halten den Zug an, überwältigen alle an Bord mit nicht-tödlicher Gewalt und legen ihnen dann unter Aufsicht Handschellen und Augenbinden an, während wir tun, was wir tun müssen.« Er warf Nyx und Antoine einen warnenden Blick zu. »Auf keinen Fall dürfen Kollateralschäden entstehen. Wir werden keine amerikanischen Soldaten verletzen.«

»Verstanden«, sagten sie unisono.

Devon biss sich auf die Unterlippe. »Selbst wenn wir das tun, ohne jemanden zu verletzen, nehmen wir die Medikamente von anderen, die sie brauchen. Ich sage nicht, dass wir es nicht tun werden, aber ich finde, das sollten wir zur Kenntnis nehmen.«

Elis Kiefer verkrampfte. »Ich werde mit dieser Schuld leben, wenn es die Menschen rettet, die mir wichtig sind.«

»Die Regierung hat uns aufgegeben«, sagte Jackson. »Ich verstehe deine Bedenken, aber unsere Leute haben genauso ein Recht auf Leben wie die in den Städten. Die FEMA kann eine weitere Lieferung schicken. Es ist nicht richtig, ganze Landstriche einfach zu ignorieren. Wir werden alles tun, was wir können, um den Wohlstand zu verteilen, das verspreche ich.«

Widerwillig nickte Devon.

Johannes räusperte sich. »Ich weiß nicht, wie dein Plan aussieht, aber es ist praktisch unmöglich, einen Zug anzuhalten, ohne erwischt zu werden. Sowohl die Federal Railroad Administration als auch das PTC, das Positive Train Control System, haben Tracking- und Alarmsysteme für so etwas eingerichtet. Sobald dieser Zug anhält, wenn er es nicht sollte, werden die Behörden alarmiert und innerhalb von Minuten ist die Hölle los.«

»Nicht dieses Mal«, sagte Eli. »Die Ortungs- und Sicherheitssysteme sind mit GPS verbunden. Ausnahmsweise werden uns die ausgefallenen Satelliten- und Kommunikationssysteme zugutekommen.«

Johannes kratzte sich an seinen Bartstoppeln. »Ich schätze, dann habt ihr eine Chance.«

»Und diese Chance werden wir nutzen«, sagte Nyx strahlend.

»Was ist mit Treibstoff?«, fragte McCallister. »Wir haben kaum noch Benzin. Wenn wir mit mehreren Fahrzeugen nach Escanaba fahren, werden unsere Vorräte komplett aufgebraucht sein.«

»Da können wir helfen«, sagte Antoine. »Sawyer hat Treibstoff. Wir wissen, wo er es auf dem Festland lagert. Wir können ganz entspannt hingehen und uns nehmen, was wir wollen.«

McCallister schaute zweifelnd, aber sie nickte.

»Wie zum Teufel sollen wir einen Zug aufhalten?«, fragte Moreno.

Eli analysierte die Topografie, dachte über die Möglichkeiten nach, spielte die potenziellen Szenarien und die Vor- und Nachteile durch. Eine Idee begann sich in seinem Kopf zu formen. Sie war riskant, aber sie könnte funktionieren.

Wenn Antoines Insider verlässlich war. *Wenn* es keine Überraschungen gab. Zu viele Wenns. Die Ungewissheit und das Unbekannte verdrehten Eli den Magen. Es fühlte sich an, als würde er blind in die Sache gehen.

Als Ranger auf einer genehmigten Mission hätte sein Team die Mission Dutzende Male wiederholt, bis sie jeden Zug und Gegenzug auswendig wussten.

»Überlass das mir«, sagte Eli.

35

ELI POPE
TAG NEUNZIG

Eli verlangsamte seine Atmung und seinen Herzschlag und schaltete in den Kampfmodus.

Alles wurde unwichtig, sogar Lena und Sykes – alles außer der anstehenden Operation.

In seiner Kampfausrüstung – dunkler Tarnanzug, gepanzerte Schutzweste und Helm mit Headset – betrachtete er durch ein Fernglas die Umgebung. Von seinem Beobachtungsposten auf einem Hügel aus blickte er auf eine Ansammlung von verfallenen Gebäuden, verrosteten Eisenbahnwaggons und einer Vielzahl von Gleisen einige Kilometer nördlich der Stadt Escanaba.

Dieses Gebiet – auch Nebengleis genannt – wurde genutzt, um Waggons zu lagern oder den Transport zu gewährleisten – in diesem Fall für eine Erzmine, die achthundert Kilometer entfernt lag. Die Erzmine hatte ihre Produktion schon vor Jahrzehnten eingestellt, aber die Eisenbahn nutzte das Gelände immer noch gelegentlich zum Abstellen von Waggons.

Das Nebengleis war bis auf einige Kesselwagen und ein Dutzend leerer offener Schüttgutwagen, die früher für den Transport von Kohle oder Erz verwendet worden waren, vollkommen verlassen.

Ein Kesselwagen mit flüssigem Propangas stand auf einem Nebengleis. Sie hatten den Wagen abgekoppelt und mit einer Rangierlok –

einer kleinen Lokomotive, die als Schlepper fungierte – dreißig Meter weit gezogen.

Antoine und Nyx hatten ihren Wert bereits unter Beweis gestellt. Sie hatten nicht nur für zusätzliches Benzin und Sprengstoff gesorgt, sondern auch den Propantank aus einem von Sawyers Depots in Chatham besorgt.

Als Mitglieder von Sawyers innerem Kreis waren sie an den Sicherheitskräften vorbeigekommen. Sawyer würde stinksauer sein, wenn er den Diebstahl entdeckte, aber das war ein Problem für einen anderen Tag.

Zwei Stunden zuvor hatten Eli, Antoine, Nyx und Devon mehrere Sprengladungen angebracht, während Eli ihnen erklärt hatte, wo und wie sie die Sprengladungen für die geplante Ablenkung platzieren sollten.

Die 75. Aufklärungskompanie der Ranger hatte dieses spezielle Verfahren zusammen mit anderen Einheiten der Special Forces gelernt. Es war Teil eines intensiven Trainingskurses zur Neutralisierung von Massenvernichtungswaffen und zum Umgang mit gefährlichen Stoffen bei der Eisenbahn, um sich auf geheime Missionen in Osteuropa vorzubereiten, bei denen alte sowjetische Militärdepots inspiziert worden waren.

Es war eine einfache Entlüftungs- und Verbrennungstechnik, um ein großes Feuer auf den Gleisen zu verursachen, das den entgegenkommenden Zug zum Anhalten zwingen sollte. Sie hatten einen Graben ausgehoben, um das Propan von den anderen Waggons und Gebäuden wegzulenken.

Ein einziger Fehler und der Tank könnte auf einen Schlag explodieren und nicht nur die Fahrzeuge zerstören, sondern auch die Gebäude in der Nähe einäschern, wobei das Feuer womöglich bis zu den Bäumen auf beiden Seiten der Gleise vordringen konnte. Der darauf folgende Waldbrand wäre verheerend.

Sie mussten bei dieser Operation sehr, sehr vorsichtig vorgehen.

Ein Feuer war nicht die einzige Möglichkeit, einen Zug zu stoppen, ohne dass er entgleiste, aber es war die sicherste Methode. Der Einsatz von Lastwagen oder das Fällen von großen Bäumen, um die Gleise zu blockieren, könnte den Zug zerstören und die Gardisten an Bord schwer verletzen.

Eli war entschlossen – den Guten durfte nichts passieren, auch wenn sie bei dieser Mission auf unterschiedlichen Seiten standen.

Er wollte den Zug auch nicht beschädigen, denn er war eine der wenigen Möglichkeiten, Waren zu den Menschen zu bringen, die sie dringend brauchten.

Acht Kilometer nordöstlich entlang der Gleise bezogen Johannes und Nash auf einem flachen Stück Land eine Überwachungsposition. Nash steuerte die taktische Drohne, während Johannes den Kühltransporter auf den Bildern der Drohne identifizieren sollte. Von den vierzig Eisenbahnwaggons war nur einer gekühlt. Eli ging den Plan zum hundertsten Mal im Kopf durch. Sobald der Zug anhielt, würden drei Teams mit je drei Personen in die Waggons eindringen und die Wachleute entwaffnen, fesseln und in Gewahrsam nehmen, ohne sie zu verletzen.

Parallel dazu würde Elis Team den Kühlwaggon ansteuern, ihn aufbrechen und das Insulin und alle Medikamente ausladen, die sie innerhalb eines Zeitfensters von sieben bis zehn Minuten mitnehmen konnten.

Die Türen der Container, die dicht an dicht gestapelt waren, würden sich erst öffnen lassen, nachdem sie mit einem Kran entladen worden waren, aber Eli wusste, wie er das umgehen konnte. In seinem Rucksack hatte er einen Schweißbrenner, eine batteriebetriebene Kreissäge, mehrere Stemmwerkzeuge, einen Vorschlaghammer und eine Schrotflinte zusammen mit seinem H&K-Gewehr.

Nyx und Devon trugen Rucksäcke mit Trockeneisbehältern für den Fall, dass sie ohne die Fahrzeuge zu Fuß abhauen und die Medikamente kühlen mussten, während die Pickups Styroporbehälter mit Kühlakkus enthielten.

»Hier ist Echo Five«, ertönte Nashs Stimme durch Elis Headset. »Unsere Augen am Himmel haben den Zug gesichtet.«

»Alpha One an Echo Five. Habt ihr den Zielwaggon gesichtet?«

»Noch nicht. Ich suche noch. Verdammt, das ist ein sehr langer Zug.«

Eli wartete einen Moment, sein Puls pochend in seinen Ohren.

Mücken schwirrten um sein Gesicht. Eine landete auf seiner Stirn. Er machte sich nicht die Mühe, sie wegzuschlagen. Er konnte die Drohne nicht sehen, er konnte den Zug nicht sehen. »Lagebericht?«

»Echo Three an Alpha One«, sagte McCallister in das Headset. »Ich sehe ihn. Drei Kilometer entfernt.«

Sein Herzschlag beschleunigte sich. Er zwang sich, ruhig zu bleiben, indem er tief und langsam einatmete.

Unter ihm bewegte sich nichts. Die Gleise glitzerten im Licht des Sonnenuntergangs und der Himmel war mit orangefarbenen, purpurroten und lavendelfarbenen Wolken übersät. Die schäbigen Gebäude neigten sich und die Schatten wurden länger, während die Sonne unter dem Horizont verschwand.

»Echo Five, hast du das Ziel im Blick?«, fragte er erneut.

Einen Moment lang herrschte Schweigen. Er wagte es nicht zu atmen. Wenn sie den Kühlcontainer nicht schnell ausfindig machen konnten, würde die Hölle losbrechen. Ein zentraler Bestandteil des gesamten Plans war Schnelligkeit. Jede Sekunde zählte.

In seinem Kopf gingen ihm alle Möglichkeiten durch den Kopf, wie die Mission aus dem Ruder laufen konnte ... »Ich hab ihn!«, sagte Nash. »Johannes hat das Ziel identifiziert. Vorletzter Waggon am Ende.«

Eli atmete heftig aus. »Verstanden.«

»Zweieinhalb Kilometer«, sagte McCallister.

Eli schwenkte sein Fernglas, spähte die Strecke entlang und wartete gespannt auf das verräterische Schimmern der entgegenkommenden Lichter. Bis jetzt war nichts zu sehen. Der Zug blieb außer Sichtweite.

»Hier ist Echo Two. Ich höre den Zug«, sagte Hart.

Einen Moment später hörte Eli ihn auch. Ein leises Rumpeln, das lauter und lauter wurde. Die Scheinwerfer tauchten auf, zwei starke Lichter, die über der oberen Schiene des Zuges angebracht waren. Je näher er kam, desto heller wurde der Lichtkegel, der die Gleise mit einem immer breiter werdenden Schein überzog.

»Eineinhalb Kilometer!«, sagte Devon.

»Showtime!«, sagte Jackson. Ich wiederhole: »Showtime!«

»Echo Two, lass uns was in die Luft jagen!«, rief Moreno vergnügt.

Zwei Klicks ertönten durch das statische Rauschen: Harts Signal zum Sprengen der oberen Ladungen. Sechzig Sekunden später war es so weit: ein lautes *Bumm, Bumm, Bumm.* Die Hohlladungen sprengten kleine Löcher in die Oberseite des Kesselwagens, um den Druck abzulassen. Eine Sekunde später gab es einen weiteren Knall, als die unteren Ladungen Löcher in den Boden des Tankwagens sprengten.

Flüssiges Propangas strömte auf den Boden und ging in Flammen auf. Das Feuer breitete sich schnell aus und explodierte in einem riesigen Ball über den Hauptgleisen.

Mit einem Dröhnen wie bei einem Raketentriebwerk, das sich in die Höhe kämpft, sprang der Feuerball über drei Stockwerke hoch. Genährt durch den strömenden Treibstoff, brannte das Feuer mit der Intensität einer glühenden Sonne.

Das Inferno auf der anderen Seite der Gleise war hundert Meter vom Bahngelände und dem Wald entfernt. Die Luft schien sich durch die sengenden Hitzewellen zu verbiegen und zu verzerren.

Für mindestens dreißig Minuten würde kein Zug durch den Feuerball fahren können.

Selbst in einer Entfernung von eineinhalb Kilometern würden der Schaffner und der stellvertretende Schaffner die gewaltige Explosion und den aufsteigenden Rauch sehen. Sie würden zwar in Panik geraten, aber sie würden wissen, dass es keine Möglichkeit gab, durch die Flammen zu fahren. Sie hatten keine andere Wahl, als die Notbremse zu ziehen.

Sie würden anhalten. Sie mussten anhalten. Ein ohrenbetäubendes Kreischen zerriss die Luft.

»Die Notbremsen wurden betätigt!«, sagte Jackson.

Der Lokführer schaltete den Zug in vollen Notstoppmodus. Der Zug bremste so schnell ab, wie es für einen Güterzug mit vierzig Waggons möglich war. Die Lokomotive bebte, als hätte eine große Faust auf sie eingeschlagen, und die Waggons hinter ihr zitterten so heftig, dass es schien, als würden einige von ihnen gleich von den Gleisen springen. Keiner tat es.

Eli blinzelte durch das Fernglas. Es war schwierig, durch die hochschlagenden Flammen und den wirbelnden Rauch etwas zu erkennen. Das Rauschen des Feuers und das Kreischen von Metall auf Metall erfüllten die Luft. Der Gestank von Asche und brennendem Plastik stach in seine Nasenlöcher und schnürte ihm die Luft ab. Er hustete und spuckte.

Der Zug kam keine zweihundert Meter von dem lodernden Feuerball entfernt schaudernd zum Stehen.

»Los, los, los!«, brüllte Eli.

Die Motoren heulten auf und drei Fahrzeuge brachen aus der Baumgrenze hervor. Die Teams warteten in Schnelleinsatz-Feuerwehrautos, die sie von der Feuerwache in Marquette County ausgeliehen hatten. Die Schwerlastfahrzeuge wurden extra so konstruiert, dass sie für die Bekämpfung von Waldbränden in der dichten Wildnis geländegängig waren.

Jedes Team raste zu dem ihm zugewiesenen Abschnitt des Zuges. Ihre Scheinwerfer leuchteten durch die Bäume und erhellten den Zug, die Gleise und die baufälligen Gebäude. Die Glut des Feuerballs loderte hell am geschwärzten Himmel.

Eli sprang von seiner Position auf und sprintete den Abhang hinunter – sein Rucksack knallte gegen seine Wirbelsäule, das Gewehr lag glitschig in seinen Händen. Er sprang über Wurzeln und Felsen, während ihm Äste ins Gesicht schlugen, bevor er ebenen Boden erreichte. Ein Pickup raste auf ihn zu, donnerte hinter die Gleisanlagen und kam keine drei Meter entfernt zum Stehen. Antoine, der am Steuer saß, brüllte und schlug mit der Faust auf das Lenkrad. »Los gehts, Lahmarsch! Wir haben nicht den ganzen Tag Zeit!«

Eli sprang auf die Ladefläche neben Nyx, die sich mit ihrer AK-47 an der Schulter hingekniet hatte und auf den hinteren Teil der vierzig Waggons zielte. Eine Reflektion des Feuers glitzerte auf ihrer Waffe und beleuchtete ihr Gesicht. Ihre Augen glühten wie die eines Dämons aus der Hölle. »Willkommen an Bord!«

Neben den Styroporbehältern lag ein Seesack mit zusätzlicher Munition und Magazinen. Eli bezog auf der gegenüberliegenden Seite des Pickups Stellung und richtete sein HK417 aus. Das erste Team näherte sich der Lokomotive. Plötzlich ertönten Schüsse. Die Windschutzscheibe des Wildland-Trucks flog heraus. Der Wagen wich heftig nach rechts aus und seine Reifen schlitterten über den unebenen Boden, während er weiteren Schüssen auswich.

Panisches Fluchen erfüllte Elis Kopfhörer. »Die schießen jetzt schon auf uns!«, brüllte Jackson.

Elis Atem geriet ins Stocken. »Das war AK-Feuer.«

Ein weiterer Beschuss ertönte in der Nacht. Wieder stammten die Schüsse aus AKs und nicht aus den kleineren Geschossen der M4. Ein halbes Dutzend schattenhafter Gestalten sprang aus dem hinteren Teil des Zuges und rannte die Gleise parallel zum Zug entlang. Eine zweite Gruppe von sechs bis acht Mann stürmte aus dem vorderen Teil des Zuges.

Eli brüllte in sein Funkgerät. »Wir werden angegriffen! Passt auf! Team One wird nördlich des Zuges und vom hinteren Teil unter Beschuss genommen. Eine Gruppe von Feinden ist ausgestiegen und bewegt sich mit Deckungsfeuer auf uns zu. Sie scheinen schwer bewaffnet und gefährlich zu sein. Besser gesagt, zwei. Zwei Gruppen mit je sechs Angreifern!«

In der Nähe des vorderen Teils des Zuges hockte eine Gestalt, die einen langen, dünnen Gegenstand auf den Schultern trug. Bevor Eli reagieren konnte, schoss eine Panzerfaust durch die Luft. Sie steuerte direkt auf den Wildland-Truck von Team Two zu.

»Echo Two, Achtung!«, rief Antoine.

Der Truck von Team Two geriet ins Schleudern, erhob sich auf zwei übergroße Reifen und überschlug sich fast, um der Panzergranate auszuweichen.

Die Granate schlug zehn Meter rechts neben dem rasenden Wagen ein. Sie durchschlug das nächstgelegene Gebäude wie Alufolie. Das Metalllager zersprang in tausend Teile aus verbogenem Stahl. Rauch und Flammen stiegen auf, als die Explosion den Himmel erhellte.

»Was zum Teufel!« Nyx duckte sich, um fliegenden Schrapnellen auszuweichen. »Das war eine verfluchte Panzerfaust!«

Eli schüttelte fassungslos den Kopf. Das ergab keinen Sinn. Es sei denn ...

Sie wurden nicht von amerikanischen Soldaten beschossen. Diese Idioten bewegten sich und kämpften nicht wie Soldaten. Ihre Waffen waren andere. Es waren mehr Kämpfer als die vier Gardisten, von denen der Informant berichtet hatte.

Diese Typen waren auf den Kampf vorbereitet, sie waren nicht überrascht, fast so, als hätten die Feinde gewusst, dass sie kommen würden.

Die Angst setzte sich wie ein Stein in seinem Bauch fest. »Das ist NICHT die Army National Guard. Ich wiederhole, das sind KEINE Gardisten. Feuer frei! Feuer frei!«

Gewehrschüsse ertönten von mehreren Stellen in den Wäldern auf beiden Seiten der Gleise. Die Mündungsblitze explodierten wie Feuerwerkskörper. Die Kugeln schlugen mit lautem Knallen und Scheppern in die Seite des Pickups ein.

Antoine wich aus und machte eine Gegenbewegung, um dem herannahenden Feuer auszuweichen. Eli packte Nyx' Arm und zerrte sie zu Boden. »Runter! Kopf runter!«

Eli lag in Bauchlage auf dem geriffelten Boden der Ladefläche und Nyx kauerte fluchend neben ihm, während er sein Mikrofon aktivierte. »Hier ist Alpha One! Zieht euch zurück! Alle ziehen sich so schnell wie möglich an die Spitze des Zuges zurück. Wenn ihr dort angekommen seid, sucht euch Deckung. Greift die Feinde nur aus der Deckung heraus an. Ich wiederhole, geht in Deckung!«

Wenn er sein Special-Ops-Team dabeigehabt hätte, würden sie die Feinde aggressiv angreifen. Ein Team der Spezialeinheit würde sich in den Angriff stürzen, schießen und in Bewegung bleiben und den Feind erlegen.

Aber Elis zusammengewürfeltes Team bestand aus Vollzugsbeamten und nicht aus einem Marine-Aufklärungstrupp. In erster Linie musste er sie beschützen.

»Haltet sie in Schach«, sagte Eli. »Gebt uns fünf Minuten!«

»Verstanden«, sagte Jackson. »Wir geben euch die nötige Deckung.«

»Nicht rumtrödeln!«, rief Moreno. »Diese Psychos haben eine wahnsinnige Feuerkraft!«

»Echo Four, bleib auf Kurs«, wies Eli Antoine an. »Verstanden?«

»Verstanden«, rief Antoine zurück.

Nyx hob ihren Kopf, feuerte einen kontrollierten Schuss ab und duckte sich dann wieder. »Wie ist der Plan? Rennen wir weg oder kämpfen wir? Bitte sag mir, dass wir ein paar böse Jungs umlegen werden.«

Ein Bild von Lena schoss ihm durch den Kopf, ihr freundliches Lächeln und ihre strahlenden Augen. Die Art, wie sie ihn einst angesehen hatte und vielleicht eines Tages wieder ansehen würde. Er würde auf keinen Fall weglaufen.

»Wir werden ein paar böse Jungs umlegen«, sagte Eli. »Und ich werde das verdammte Insulin holen.«

36

ELI POPE
TAG NEUNZIG

Der riesige Feuerball tauchte die Welt in ein schauriges orangefarbenes Licht. Der Rauch schlängelte sich flach am Boden entlang und breitete sich wie ein dichter Nebel über dem Rangierbahnhof aus. Die Umrisse von Gebäuden und Frachtcontainern verschwammen und wurden unscharf.

Eli kauerte auf der Ladefläche des Pickups, mit dem Rücken zum hinteren Kabinenfenster, und deckte Nyx den Rücken. Nyx erhob sich und zielte mit ihrer AK-47 in weiten Bögen auf die Schatten, die zwischen Bäumen, verlassenen Eisenbahnwaggons und leeren Gebäuden herumhuschten.

Antoine riss das Lenkrad herum und lenkte den Pickup in eine scharfe Kurve. Er rumpelte über den unebenen Boden, während sie parallel zum Zug an Reihen von Frachtcontainern vorbeifuhren, die auf flachen Waggons gestapelt waren – einer hinter dem anderen, vierzig Waggons lang.

Eli achtete mit einem Auge auf ihre Rückendeckung, während er mit dem anderen fieberhaft nach dem Kühlcontainer im vorletzten Waggon Ausschau hielt. »Komm schon, komm schon!«

»Echo Four an alle Echo, wir stehen unter schwerem Beschuss aus dem hinteren westlichen Gebäude!«, rief Jackson.

Eli reckte seinen Kopf über die Ladefläche des Pickups und feuerte

234

zwei schnelle Salven auf vier Feinde, die von der Vorderseite des Zuges auf sie zustürmten.

Eine Gestalt strauchelte und fiel. Die anderen drei flüchteten zwischen zwei Waggons, bevor er einen weiteren Schuss abfeuern konnte. Weiter hinten stiegen noch mehr Schatten aus dem Zug aus und verteilten sich mit aufblitzenden Mündungen.

»Ich habe das Ziel im Visier!«, sagte Antoine durch das Headset. »Direkt vor mir!«

Da war er, der vorletzte Waggon, ein weißer, zwölf Meter langer Container, auf dessen Seite in großen blauen Buchstaben *Cold Train INTERMODAL* stand.

Das Blei traf den Container direkt links von ihnen, einen Meter über Eli und Nyx, und bohrte eine Reihe von Löchern in die Metallplatte.

»Los! Los! Los!«, rief Eli. »Bring uns auf die andere Seite!«

Die Reifen des Pickups quietschten aus Protest, als Antoine das Lenkrad kräftig einschlug. Sie machten eine Kehrtwende am hinteren Ende des Zuges, wobei Schotter unter den Reifen aufgewirbelt wurde. Der Pickup holperte über die Gleise und schlingerte dann um die SBU – die Sensor- und Bremseinheit –, die am Ende des Güterzuges montiert war.

Eli scannte mit seinem HK die Schatten, auf der Suche nach einer Bewegung, dem Glitzern eines Laufs oder dem Aufblitzen eines Mündungsfeuers. Doch da war nichts. Der Gestank von Abgasen und geschmolzenem Plastik versengte seine Nasenlöcher. Die Eisenbahnwaggons warfen lange, flirrende Schatten auf den Boden.

Der anhaltende Schusswechsel konzentrierte sich auf die gegenüberliegende Seite der Gleise; der Zug selbst bot Deckung und Versteckmöglichkeiten. Antoine brachte den Pickup bis auf einen Meter an den Kühlcontainer heran und trat dann heftig auf die Bremse.

Eli warf sich sein Gewehr über die Schulter, sprang auf und kletterte an der Seite des Containers hoch, während Nyx ihm Deckung gab. Antoine blieb im Pickup, bereit, sich jederzeit aus dem Staub machen zu können.

Oben angekommen, ging Eli in die Hocke und legte seine Waffe an, den Schaft gegen die Schulter gepresst, das Auge durch die Optik gerichtet und den Finger am Abzugsbügel. Er drehte sich auf dem Absatz im Kreis, die Waffe im Anschlag, und suchte nach feindlichen Kämpfern.

Er gab Nyx Deckung, während sie nach oben kletterte. Zwei blockartige Reihen von Solarpaneelen säumten das Dach des Kühlwagens. Der Rauch machte es schwer zu atmen und noch schwerer zu sehen.

Weiter nördlich tobte ein Feuergefecht zwischen den Gebäuden, Eisenbahnwaggons und Frachtcontainern, die das Gelände des Rangierbahnhofs übersäten. Gestalten kauerten hinter ihrer Deckung. Andere huschten zwischen Bäumen und Gebäuden hindurch. Mündungsfeuer flackerten durch den orangefarbenen Rauch.

Eine Gestalt fiel um. Dann noch eine. Von hier aus war es unmöglich, die Guten von den Bösen zu unterscheiden. Er konnte nur beten, dass seine Leute unversehrt waren.

Entfernte Geschosse schlugen mit einem dumpfen Knall in die Container ein. Instinktiv duckte sich Eli, aber nicht bevor er eine kleine Gestalt bemerkte, die von der Baumgrenze aus ins Freie sprintete und auf eines der Lagergebäude zweihundert Meter nördlich zusteuerte.

Er spähte durch sein Visier und erkannte Devons lange Zöpfe, die hinter ihr flatterten. Dreißig Meter hinter ihr lösten sich zwei Gestalten aus ihrer Deckung hinter einem Frachtcontainer und bewegten sich auf sie zu. Rechts von ihr schälte sich ein weiterer Feind aus der Deckung, sodass sie in der Falle saß.

Eli zielte, atmete aus und drückte den Abzug. Der Feind, der auf Devon schießen wollte, fiel zu Boden. Eli drehte sich und fegte mit Sperrfeuer über den Container hinweg. Die Aktion verriet seine Position, aber das war egal. Zwei weitere Feinde gingen zu Boden, als Devon hinter einem der Gebäude in Deckung ging.

Das Gegenfeuer prasselte auf den Container vor ihm ein. »Kopf runter!«, brüllte Nyx.

Eli ließ sich auf den Bauch fallen, während sie mehrere kurze Ladungen abfeuerte. Die Kugeln zischten über seinem Kopf. Der Beschuss hörte für einen Moment auf.

Während Nyx ihm Deckung gab, öffnete Eli den Reißverschluss seines Rucksacks und holte die Kreissäge heraus. Er hatte dafür gesorgt, dass sie am Morgen mit einem Solarladegerät voll aufgeladen worden war. Er suchte sich einen Bereich, der nicht von den Solarzellen bedeckt war, und fing an, das Dach des Schiffscontainers aufzuschneiden.

Eli wünschte, er könnte die letzten beiden Waggons abkoppeln, um sicherzustellen, dass der Zug nicht wieder ansprang und mit den Medikamenten, die sie brauchten, verschwand, aber das ging nicht. Die Steuerkabel des Zuges wurden vom hinteren Teil des Zuges gespeist, und die Bremsentriegelung verlief von vorn bis hinten durch alle Waggons.

Wenn die Bremsverbindung an irgendeiner Stelle unterbrochen würde, würden die Bremsen den vollen Notbetrieb auslösen und alles würde zum Stillstand kommen.

Er musste das Insulin schnellstens herausholen.

Morenos angespannte Stimme drang durch sein Headset. »Es sind zu viele von ihnen!«

Angst machte sich in ihm breit. Sie hatten weder die Männer noch die Munition für eine Schlacht wie diese. Der Hinterhalt hatte sich zu einem FUBAR epischen Ausmaßes entwickelt. Er presste seine Kiefer so fest zusammen, dass er glaubte, seine Zähne könnten gleich brechen. Es gab nur noch eine einzige Möglichkeit, die infrage kam.

Er wandte sich an Nyx. »Lass einen der Rucksäcke mit dem Trockeneis hier. Du und Antoine fahrt zu Jackson und treibt die Feinde zurück. Dann sorgt dafür, dass sich alle Teams zurückziehen und verschwinden. Macht, dass ihr hier wegkommt.«

Nyx runzelte die Stirn. »Auf keinen Fall. Wir haben die Medikamente noch nicht.«

»Unsere Teams sind kurz davor, in die Enge getrieben zu werden. Ich kümmere mich um das hier.«

»Was ist mit den Betablockern?«

»Ich weiß nicht, ob ich noch Zeit habe ...«

»Die Medikamente für meine Oma sind nicht verhandelbar! Ich werde nicht ohne sie gehen. Oder ohne dich.«

»Doch, das wirst du. Das ist ein Befehl.«

Nyx schnaubte. »Ich bin keine Soldatin mehr. Ich bin eine Söldnerin. Und ich unterstehe dir nicht.«

»Auf dem Schlachtfeld aber schon!«

»Jackson wird dich nicht zurücklassen.«

»Dann sag Jackson, dass ich bei dir bin.«

»Eli ...«

»Was auch immer nötig ist, um sie hier lebendig rauszuholen. Das ist das Wichtigste. Hast du verstanden?«

»Ich will nicht ...«

»Aber du wirst es trotzdem tun. Deshalb sage ich es dir und nicht ihnen. Du bist eine Söldnerin, und du wirst tun, was du tun musst, um deine Haut zu retten. Guck dich doch mal um. Dies ist eine verlorene Schlacht. Es war ein gut organisierter Hinterhalt. Sie haben die dreifache Kampfkraft wie wir und bessere Waffen. Das ist nicht die Nationalgarde und schon gar keine Jugendoffizierseinheit aus Detroit. Das ist eine Todesfalle, wenn wir es nicht schaffen, unsere Leute rauszuholen. Das ist es, was du und Antoine für mich tun müsst.«

Das Licht des Feuers flackerte über ihre verhärteten Gesichtszüge und ihre grimmigen Augen. »Wenn es sein muss, werde ich das tun, aber so weit sind wir noch nicht. Arbeite weiter.«

Ein Schuss durchschlug den Container zu ihrer Rechten. Nyx erwiderte das Feuer, während Eli weiter mit der Kreissäge arbeitete. Innerhalb einer Minute hatte er ein Loch von einem Quadratmeter herausgeschnitten. Der Teil des Daches fiel nach unten und klapperte gegen etwas im Inneren des dunklen Containers. Ohne zu zögern, sprang Eli hinein. Er landete hart in der Dunkelheit. Sein Knie stieß gegen die Kante einer Kiste. Er ignorierte den stechenden Schmerz und setzte sich in Bewegung.

Reihen von Kühlboxen, Pappkartons und Styropor-Kisten füllten den langen, schmalen Container. Die kalte Luft verursachte eine Gänsehaut auf seinem Körper, während er seine taktische Taschenlampe einschaltete und die über ihm und zu beiden Seiten aufragenden Reihen absuchte. Er zwängte sich durch einen engen Durchgang. Es mussten hundert oder mehr Behälter sein.

Die Sekunden tickten wie eine Bombe durch sein Blut. Jede Sekunde, die er hier verbrachte, war eine Sekunde, in der einer seiner Leute erschossen werden konnte.

Alle seine Nerven arbeiteten in höchster Alarmbereitschaft,

während er sich schnell bewegte und die Kisten mit den Aufschriften Roche, Pfizer, Novartis, Vertex Pharmaceuticals und Merck durchsuchte. Jede Kiste war mit lebenswichtigen Medikamenten gefüllt, aber nicht mit denen, die er suchte.

Blei durchschlug den oberen Teil des Containers und bohrte sich in die gegenüberliegende Wand, wodurch Löcher in die Paneele gerissen wurden. Schmale Strahlen rötlichen Lichts schossen durch die Dunkelheit.

»Echo Two, wir haben keine Munition mehr!«, brüllte Moreno durch sein Headset. »Die bösen Jungs kommen immer näher!«

Über ihm fluchte Nyx. »Was dauert das denn so lange? Schläfst du da unten oder was?«

Eli nahm seine taktische Taschenlampe zwischen die Zähne und schob eine Kiste beiseite, sodass ein Kühlbehälter in der Größe einer Kühlbox zum Vorschein kam, auf dessen Seite Ethitech aufgedruckt war. Ethitech war der afrikanische Hauptvertrieb für einige der weltweit führenden Diabetesunternehmen wie BioCorp, Diasend Glooko und Dexcom.

Es gab ein Dutzend ähnlicher Behälter mit der Aufschrift Ethitech. Er riss die Verpackung ab und hob den Deckel des ersten Behälters an, um den Inhalt zu überprüfen: in Styropor eingebettete Insulinfläschchen.

Er holte schwer Luft. Erleichterung durchflutete seine Adern. Das war es: flüssiges Gold. Lenas Leben in seinen Händen.

Eli schnappte sich den ersten Behälter, quetschte sich zur Öffnung über ihm und schob ihn Nyx zu. Sie beugte sich herunter, packte ihn und hievte ihn auf das Dach.

Ein Kugelhagel von Schüssen zerfetzte die Luft. *Bumm, bumm, bumm!* Zwei Geschosse durchschlugen den Container einen Meter von seinem Gesicht entfernt. Dünne Linien aus glühendem Licht durchdrangen die Schatten wie Laserstrahlen. Seine Ohren klingelten.

Nyx jaulte auf. Ihre Gestalt über ihm verschwand.

Angst kroch seine Wirbelsäule hinauf. Er nutzte die gestapelten Kisten als Leiter und kletterte aus dem intermodalen Container. Mit der Mündung der VP9 im Anschlag hob er den Kopf über den Rand des Lochs und scannte jede Richtung. »Nyx!«

Zu seiner Rechten lag Nyx auf dem Bauch, eine Hand um ihre Schulter geklammert, während das Blut durch ihre Finger pulsierte und sie ihre Pistole einhändig abfeuerte.

Eine Gruppe von vier Feinden hatte sich an sie herangeschlichen und huschte zwischen den Waggons umher, wobei sie sich gegenseitig Deckung gaben. Sie waren nur noch zwei Waggons entfernt.

Eli holte sein HK417 heraus und verheizte ein Magazin, um sie zurückzudrängen, dann legte er ein neues Magazin ein, während Nyx mehrere Schüsse abfeuerte, bevor ihr die Munition ausging. »Ich habe keine Munition mehr!«

Er reichte ihr sein Gewehr und zog die VP9. Eli schaffte es, ein halbes Dutzend Schüsse abzugeben, bevor sie die nächsten Feinde hinter einen Eisenbahnwaggon zurückgedrängt hatten und ihre Köpfe in Deckung bringen konnten.

Eli riskierte einen Blick auf Nyx. »Du blutest!«

»Es geht mir gut!«, sagte sie mit zusammengebissenen Zähnen.

»Das ist das Adrenalin, das aus dir spricht.«

»Mach dir keine Sorgen um mich. Uns läuft die Zeit weg. Guck, da vorne!«

Es war unglaublich schwer, durch den schwarzen Rauch, der dick und schwer in der Luft hing, irgendetwas zu erkennen. Elis Kehle war wie ausgedörrt, seine Nasenlöcher waren versengt und seine Augen brannten, als er sich umdrehte und nach vorn blickte.

Der riesige Feuerball vor dem Zug war inzwischen deutlich geschrumpft. Er war jetzt nur noch drei oder vier Meter hoch und für einen herannahenden Güterzug nicht mehr annähernd so gefährlich. In ein oder zwei Minuten würde der Schaffner vielleicht den Mut aufbringen, trotz der Flammen weiterzufahren.

»Ich habe Gesellschaft!«, rief Antoine. »Vier weitere Männer sind auf meiner Seite und kommen mit Vollgas näher! Wir müssen los, sofort!«

Eli feuerte einhändig mehrere Deckungsschüsse ab, während er Nyx vom Dach des Containers schob. Leichtfüßig landete sie auf der Ladefläche des Trucks, sah zu ihm auf und gestikulierte wild mit seinem HK417. »Komm jetzt!«

Er reichte ihr den Insulinbehälter und wollte ihr gerade folgen, als ihn ein plötzlicher Schauer der Beunruhigung über seine Haut lief. Es kribbelte in seinem Nacken. Ein Urinstinkt. Eine Warnung in seinem Reptilienhirn.

Er witterte ein nahendes Raubtier wie ein Hai einen Blutstropfen im Ozean.

Eli tauchte ab und drehte sich um, sodass er die ganze Länge des Zuges überblicken konnte. Eine Gestalt kam auf sie zu. Nicht von unten, sondern von oben. Ein Mann schritt über die Waggondächer, zehn Waggons entfernt. Hinter ihm befanden sich zwei weitere Männer mit automatischen Waffen.

Jacksons panische Stimme ertönte über sein Headset. »Wir sind eingekesselt! Der Feind hat uns von zwei Seiten umzingelt. Wir sitzen in der Falle und haben keine Munition mehr!«

»Eli, komm schon!«, rief Nyx.

Eli riskierte einen Blick auf Nyx und wies sie ab. »Rette sie, verflucht noch mal!«

Widerstrebend gehorchte Nyx. Sie klopfte mit ihrem verletzten Arm auf das Dach. »Los! Los! Los!«

Unter ihm wirbelte Antoine den Pickup durch den Dreck, wobei die Räder quietschten und Kies in alle Richtungen wirbelte. Der Wagen entfernte sich in rasendem Tempo entlang der Gleise. Nyx feuerte mit dem HK417, während der Pickup auf den Gebäudekomplex zuschoss.

Die Männer auf den Waggons duckten sich und gingen in Deckung. Schüsse knallten aus verschiedenen Richtungen. Die Kugeln flogen über seinen Kopf, eine so nah, dass sie sein Ohr küsste. Er spürte keinen Schmerz.

Die erschütternden Geräusche donnerten in seinen Ohren, seinen Zähnen und seiner Brust. Eli ließ sich auf den Bauch fallen und feuerte die letzten drei Schüsse seiner VP9 ab. Der Schlitten rastete hinten ein.

Schnell griff er nach einem Magazin aus der Tasche an seiner Weste. Er hörte das bedrohliche Klicken der Sicherung, die sich auf ›Aus‹ stellte.

»Das würde ich nicht tun«, sagte eine vertraute Stimme. Eli drehte sich um und blickte seinem Widersacher entgegen.

Vor ihm stand Darius Sykes.

37

ELI POPE

TAG NEUNZIG

E li drehte sich zu Sykes um.

Angst kroch durch seine Brust. Seine Pistole war leer. Nyx hatte sein Gewehr. Seine einzige Waffe war das Messer mit der feststehenden Klinge an seiner Hüfte.

Darius Sykes war ein großer Mann, breit und kräftig, mit widersprüchlich feinen Gesichtszügen und vollen Lippen, seine Stimme seidenweich. Das war äußerst beunruhigend. Er trug eine schwarze Cargohose mit einem Brustpanzer über einem Tarn-T-Shirt und hatte sowohl ein Messer als auch eine Pistole an seiner Hüfte.

Sykes' Handlanger standen hinter ihm, grinsend und bis zum Anschlag bewaffnet. Eli erkannte das hispanische Gangmitglied Angel Flud und einen Handlanger mit riesigen Fäusten, den er schon im Gefängnis gesehen hatte.

Erinnerungen schossen ihm durch den Kopf: Jahre, in denen er in der Alger Correctional Facility lebendig begraben gewesen war, gefangen mit Mördern. Der Gestank von Verzweiflung und Terror, Resignation und Wut. In ständiger Alarmbereitschaft, in Erwartung eines Messerstichs in die Rippen, eines lautlosen Angriffs in der Nacht.

Als er Sykes das letzte Mal im Nahkampf gegenübergestanden hatte, hatte er mit der rücksichtslosen Kühnheit eines Menschen gekämpft, der wenig zu verlieren hatte.

Das war damals. Jetzt hatte er alles zu verlieren.

»Stell dir vor, wie angenehm überrascht ich war, als ich herausgefunden hatte, dass du den Angriff auf uns leitest«, sagte Sykes. »Ich habe mich um meine eigenen Angelegenheiten gekümmert und du bist mir direkt in den Schoß gefallen.«

»Wie zum Teufel hast du all die Waffen bekommen? Und so viele Männer?«

»Eine Partnerschaft zum gegenseitigen Vorteil.«

»Sawyer?«

Sykes schüttelte den Kopf. »Rate noch mal.«

Die Erkenntnis traf ihn wie ein Eimer Eiswasser ins Gesicht. »Du arbeitest für das Côté-Kartell.«

»Das Kartell hat heute Morgen die Soo Locks übernommen. Sault Ste. Marie gehört uns. All diese Frachter, all diese Container voller Waren – alles gehört jetzt uns.«

»Du meinst, dem Kartell.«

Sykes' Lippen zogen sich zu einem verruchten Lächeln von seinen Zähnen zurück. »Ich *bin* das Kartell. Der König der Côté-Familie hat mich und meine Anhänger persönlich eingeladen, uns mit ihm zu verbünden. Luis Gault hat sich seit Monaten kriminelle Organisationen zu eigen gemacht, um unser Territorium zu vergrößern und unsere Zahl zu erhöhen. Wir übernehmen erst die UP, dann den Mittleren Westen und danach das ganze Land.«

»Du hast Soldaten der Nationalgarde ermordet.«

Sykes zuckte gleichgültig mit den Schultern, aber er brüstete sich damit. Er wollte, dass Eli seine Macht erkannte. »Gault selbst hat uns den Befehl gegeben, den Zug zu überfallen. Der Zug wurde beladen, bevor das Kartell die Schleusen angegriffen hat, also haben wir ihn verfolgt und innerhalb einer Stunde nach Verlassen der Schleusen entführt. Sie haben sich gewehrt, aber das sind Kinder, die mit Spielzeugwaffen spielen. Keine Gegner für uns.«

Empörung kochte in Elis Brust. Amerikanische Soldaten waren von hartgesottenen Kriminellen ohne Seele und Gewissen ermordet worden.

Sykes musste sterben.

Eli wollte ihn töten, wollte ihn leiden lassen.

»Lass mich ihn erledigen.« Angel richtete sein Gewehr mit einer Hand auf Eli und massierte mit der anderen Hand das Schlüsselbein, das Eli ihm im Gefängnis gebrochen hatte. Die Tränen-Tattoos auf seinen Wangen dehnten und verzerrten sich im Schein des Feuers, als er mit Hass in seinen Augen eine Grimasse zog.

Auf Sykes' anderer Seite stand ein glatzköpfiger weißer Typ, so kräftig wie ein Nashorn, mit mächtigen, fleischigen Fäusten, riesigen Brustmuskeln und ausgeprägten Oberarmen, die mit Tattoos übersät waren.

Eli grinste. »Wo ist Fat Tommy?«

»Du hast ihn umgebracht, du Dreckschwein«, knurrte Angel. »Du hast ihm wie einem Tier das Genick gebrochen.« Er stürmte mit erhobener Waffe vor. »Dafür werde ich dich umbringen!«

»Er gehört mir«, sagte Sykes. »Pope, hol deine Pistole raus und wirf sie über den Rand.«

»Ich habe sie vor fünf Minuten leer geschossen.«

»Dann wird es dir nichts ausmachen, sie wegzuwerfen. Jetzt mach schon.«

Widerstrebend warf Eli seine VP9 über die Seite des Zuges. Sie knallte dreieinhalb Meter tiefer auf den Boden. Es war eine solide Pistole, und er würde sie vermissen.

Wenn er lange genug lebte, um überhaupt irgendetwas zu vermissen.

Angels Finger rutschte zum Abzug. Sykes streckte seine Hand aus, um ihn zu stoppen. »Ich sagte doch, er gehört mir. Geh zurück und beende den Kampf. Töte alle seine Freunde.«

»Aber ...«

Sykes' Augen blitzten. »Du hast einen Job zu erledigen. Also erledige ihn auch.«

Gehorsam zogen sich seine Kampfhunde zurück. Sie kletterten an der Rückseite des nächstgelegenen Containers hinunter. Sekunden später waren sie in Rauch und Schatten verschwunden. Das Dröhnen der Schüsse entfernte sich, während der Kampf zwischen den verfallenen Gebäuden weiterging.

Sykes und Eli standen allein auf dem Dach des Zuges.

»Ich hatte gehofft, dass du kommen würdest«, sagte Sykes mit seiner sanften Stimme. »Dass du es sein würdest.«

Sie standen einen Meter auseinander, von Angesicht zu Angesicht. Der Container, auf dem sie standen, war zweieinhalb Meter breit und zwölf Meter lang. Auf jedem Waggon waren zwei Container, mit etwas über einem Meter Abstand zwischen ihnen, aneinandergekoppelt.

Sykes zog ein Karambit-Messer aus der Scheide an seinem Gürtel. Die scharfe, gebogene Klinge glitzerte im dunklen Schein des Feuers. Die geschwungene Klinge ähnelte der Klaue eines Raubvogels, um dem menschlichen Körper in kürzester Zeit den größtmöglichen Schaden zuzufügen und jemanden damit auszuweiden.

Messerkämpfe waren brutal, schmutzig und tödlich. An manchen Tagen konnte sogar ein Amateur Glück haben. Jemand, der etwas zu verlieren hatte, sollte sich nicht dafür entscheiden.

Mit Ausnahme eines sadistischen Soziopathen wie Darius Sykes.

Er glaubte, er stünde über der Physik, über den Konsequenzen, über allem – er war ein Gott, den er selbst geschaffen hatte. Eli bildete sich nicht ein, dass die Chancen zu seinen Gunsten standen. Trotzdem war er entschlossen, Sykes das Gegenteil zu beweisen.

»Ich habe Fat Tommy wie einen Bruder geliebt. Er war meine Familie, und du hast ihn mir weggenommen. Jetzt werde ich mich dafür revanchieren, und zwar zehnfach. Ich lasse nichts auf sich beruhen, Pope. Ich bringe es zu Ende.«

»Fahr zur Hölle.«

»Ich habe dir gesagt, dass ich dich auf die Knie zwingen werde. Dass du betteln würdest, bevor du stirbst. Bevor ich dir die Kehle aufschlitze, deinen Bauch aufschneide, deine Eingeweide herausziehe und sie zu einer hübschen Schleife binde, um dich dann vor aller Augen an einem Telefonmast aufzuhängen. Dieser Tag ist gekommen, Pope. Dieser Zeitpunkt ist jetzt.«

»Ich werde dich zuerst töten«, sagte Eli.

Hass mischte sich in die tödliche Ruhe seiner Ausbildung und der Durst nach Gewalt in ihm wuchs. Das war es, was Eli weder Lena noch sonst jemandem gegenüber zugeben konnte – er genoss es, um sein Leben zu kämpfen, den unglaublichen Rausch im Angesicht des Todes und das Hochgefühl danach, wenn er überlebt hatte.

Wenn sein Gegner wirklich böse war, *wollte* Eli morden, ihm Schmerz zufügen. Er genoss den Akt des Tötens. Das war die Dunkelheit, die er um jeden Preis in sich verbarg. Das war der Teufel in ihm.

»Auf die Knie!«, schrie Sykes.

Eli verschwendete keine Energie mehr auf Worte. Seine Muskeln spannten sich an. Er verkrampfte und nahm eine Kampfhaltung ein, die Beine weit gespreizt und die Knie locker, um das Gleichgewicht zu halten.

Er zog sein Kampfmesser. Es fuhr scharf und tödlich aus seinem Holster.

Eli hielt das Messer mit der Klinge nach vorn gewinkelt und nach unten gerichtet, während er die linke Hand zu einer Faust vor der Brust ballte, um schneller zuschlagen zu können. Das verschaffte ihm eine kritische Reichweite von zusätzlichen fünfzehn Zentimetern, mit denen er eine Hand abtrennen oder sich in das Fleisch des Gegners stoßen konnte.

Sykes lächelte das schleimige, bösartige Lächeln eines Aals. »Du solltest wissen, dass ich mit philippinischen Großmeistern in Kali, Eskrima und Jeet Kune Do trainiert habe.« Kali und Eskrima waren Kampfsportarten, die für blitzschnelle Nahkampf-Techniken bekannt sind – vor allem mit verschiedenen Waffen wie Stöcken, Messern, Doppelmessern und sogar Schwertern.

»Was auch immer die Armee dir beigebracht hat, es ist nichts im Vergleich zu dem, was ich mit dir vorhabe. Ich werde dir die Haut von den Knochen ziehen. Und nachdem ich dich getötet habe, werde ich mir die holen, die du liebst. Dieses Versprechen habe ich dir vorher gegeben, und es ist eines, das ich bisher noch nie gebrochen habe. Nicht ein einziges Mal. Sie werden an dunklen Orten nach dir schreien, und du wirst sie nicht hören. Sie werden deinen Namen rufen, und du wirst nicht in der Lage sein, sie zu retten.«

Eli sah rot. Angst peitschte sein Herz und ließ seinen Atem in der Lunge stocken. Stärker als die Angst war seine Wut. Er würde diesen Mann töten, um die zu schützen, die er liebte.

Eli beruhigte seine Atmung und machte sich bereit. Die Zeit verlangsamte sich. Die Handlung schien sich Bild für Bild zu entfalten, wie ein ruckelnder Slow-Motion-Film.

Sykes grinste. »Ich werde das sehr genießen.«

»Nein, ich werde es genießen.« Eli griff an. Sein Messer zischte durch die Luft. Kein Anlauf und keine Andeutung. Kein Vorspiel. Nur ein schneller Schlag. Sein Messer stieß schräg nach unten und traf Sykes' Klinge.

Sykes wich rechtzeitig zurück, um seine Hand zu retten. Er parierte sofort. Das Karambit stach einmal, zweimal, ein halbes Dutzend Mal in schneller Folge zu.

Ihrer beider Bewegungen waren schnell und heftig. Ein verschwommenes Spiel. Ein grausamer Tanz.

Eli schaffte es, Sykes' Hand außerhalb des Bogens seiner Hiebklinge zu entkommen. Er wirbelte herum und rammte Sykes den Kolben des Messers gegen den Schädel.

Sykes warf einen Arm hoch und blockte ihn zum Teil ab. Stahl prallte gegen Knochen. Blut floss seitlich an Sykes' Gesicht hinunter.

Wutentbrannt wirbelte Sykes herum und schlug abwärts, wobei er auf Elis Schläfe zielte. Eli schaffte es, seinen Kopf zurückzuwerfen, aber die Klinge sauste bereits wieder auf ihn zu.

Scharfer Stahl schlitzte Elis untere rechte Seite direkt am Brustpanzer vorbei auf. Die Klinge schnitt einen tiefen Riss in sein Shirt und ritzte die Haut über seiner Hüfte auf. Der Schnitt brannte, aber das Adrenalin überdeckte den Schmerz.

Eli wich schnell aus, um zu verhindern, dass er Sykes gegenüberstand, wo die geschickten Stöße und Abwärtshiebe seines Gegners ihn treffen würden. Sykes blieb dicht an ihm dran, machte Ausfallschritte und Finten. Für einen so großen Mann war Sykes unglaublich wendig, seine Beinarbeit schnell und seine Messerstiche noch schneller.

Sykes ließ ihm keinen Raum zum Angriff, keine Lücke, keine Verwundbarkeit. Das Messer zischte wie die Zunge einer Schlange in der lodernden Dunkelheit. Das Licht des Feuers funkelte in seinen Augen wie in denen eines Dämons.

Klinge klirrte gegen Klinge. Keuchen und dumpfe Schläge schallten durch die Nacht. Ein weiterer Hieb und die Rückseite von Elis Oberschenkel klaffte auf. Sykes hatte versucht, die Sehnen hinter seinem Knie zu durchtrennen, aber Eli war im letzten Moment zur Seite ausgewichen. Als Sykes sich nach rechts drehte, täuschte Eli einen

Schritt nach links an, drehte schnell sein Handgelenk und stieß das Messer in Sykes' Brust. Die Klinge prallte harmlos ab. Sie hatte Sykes' Keramikplatten in seinem Brustpanzer getroffen.

Sykes sprang mit einem diabolischen Grinsen zurück. Sein Körperpanzer hatte ihn gerettet.

Bevor Eli erneut zuschlagen konnte, begann der Container unter ihren Füßen zu beben. Das Rumpeln des Lokomotivmotors durchbrach das Tosen der Flammen und das *Ratatata* der Gewehrschüsse.

Der Zug setzte sich in Bewegung.

Alarmierte Rufe hallten in seinem Kopfhörer wider. Der Feuerball hatte sich viel schneller als erwartet verflüchtigt; der Schaffner machte sich aus dem Staub, wahrscheinlich mit einer Waffe am Kopf, die einer der Sträflinge hielt, die den Zug entführt hatten.

Der Container wurde durchgerüttelt. Eli verlor fast das Gleichgewicht. Er richtete seine Füße aus und passte sich dem Rhythmus des Zuges an, der immer schneller wurde. Der Wind wehte ihm ins Gesicht. Der Rauch und der Schein des Feuers verzogen sich, als der Zug in die dunkle Nacht raste.

Sykes griff an. Wieder prallten sie in einem wilden Durcheinander von Körpern aufeinander, stießen zu und schlugen um sich, rangen Brust an Brust. Sykes' heißer, stechender Atem brannte in seinem Gesicht, während er vor Anstrengung keuchte.

Sykes riss sich los, um genug Platz für einen weiteren Angriff zu schaffen. Er holte tief aus und schlug nach der Arterie in Elis Leiste. Eli konnte das Glitzern der Klinge in der Dunkelheit kaum sehen, bevor er sich nach hinten warf. Er verfehlte nur knapp den Sturz, als Sykes zuschlug. Blitzschnell sauste das Messer durch die Luft. Ein heftiger Stich bohrte sich in Elis linken Unterarm. Blut floss seine Hand hinunter und tropfte von seinen Fingern. Auch seine Hüfte und sein Bein bluteten stark.

Auf der anderen Seite des Containers hockte Sykes und grinste ihn triumphierend an. Das war das Finale. Alles, was Sykes tun musste, war, sich außerhalb des Radius von Elis Stößen und Hieben zu bewegen. Eli würde langsamer werden, ihm würde kalt und schwindelig werden, sobald der Schock einsetzte. Dann würde Sykes zuschlagen und ihn töten.

Eli musste die Blutungen stoppen und einen Druckverband an seinem Arm und wahrscheinlich auch an seinem Oberschenkel anlegen, sonst würde er einen hypovolämischen Schock erleiden. Er hatte einen in seinem tragbaren Erste-Hilfe-Set, aber Sykes würde kaum warten, während er sich um seine Verletzungen kümmerte.

Eli stolperte und seine Beine machten schlapp. Sein Herz hämmerte, um den Blutverlust auszugleichen, den Mangel an roten Blutkörperchen, die wertvollen Sauerstoff in sein Gehirn, sein Herz und seine Muskeln transportierten. Er war ramponiert und blutete aus.

Als der Zug um eine Kurve tuckerte, schwankte Eli und rutschte mit den Fersen über den Rand des Containers. Die Schwerkraft zog ihn zur Kante, in Richtung Vergessenheit.

Sykes näherte sich ihm.

Er musste entkommen, musste leben, um den nächsten Tag erleben zu können. Er war das Einzige, was zwischen diesem Monster und Shiloh und Lena stand.

Der Wind rauschte und drohte, ihn zu packen und über den Rand zu werfen. Der Zug pfiff, ein eindringliches, wehmütiges Geräusch, eine Totenklage.

Aus dem Augenwinkel sah er weit unten ein mitternachtsblaues Band. Die Schienen ratterten, als der Zug auf die Brücke über den Escanaba River ratterte.

Dann stürmte Sykes auf ihn zu und setzte zum Todesstoß an. Mit einem mörderischen Funkeln in den Augen hob er das Messer.

Eli sprang nach hinten. Rückwärts und nach unten, nach unten, nach unten. Während der Zug über die Brücke raste, schlug er auf dem Wasser auf und sank wie ein Stein.

38

ELI POPE

TAG NEUNZIG

Das schwarze Wasser verschluckte Eli vollständig. Die eisige Kälte traf ihn wie ein Schlag. Ein Rauschen der Stille erfüllte seine Ohren. Als er die Augen öffnete, sah er nichts als triefende Dunkelheit.

Wasser strömte in seine Nase und seinen Mund, füllte seine Lungen und ertränkte ihn. Seine Brust zog sich zusammen. Seine Lungen lechzten nach Sauerstoff. Panik schrillte in seinem Schädel.

Er zog sich nach oben, riss die Arme herum und kam an die Oberfläche. Mit hämmernder Brust spuckte er brackiges Wasser aus. Bevor er Luft einsaugen konnte, wurde er wieder nach unten gezogen.

Wasser strömte in seine Nase und seinen Mund. Er würgte und strampelte mit aller Kraft, aber seine Panzerplatten waren ein Anker, der ihn geradewegs auf den Grund zog.

Mehrere Meter unter Wasser und schnell sinkend zerrte er an den Riemen und Klettverschlüssen, mit denen sein Brustpanzer und die Chromplatten befestigt waren. Das rauschende Wasser, die Dunkelheit, die Schmerzen und der Blutverlust verlangsamten seine Bewegungen. Er konnte weder sehen noch atmen und sein Puls dröhnte unaufhörlich in seinem Kopf.

Die Sekunden tickten nur so dahin. Es fühlte sich an wie Ertrinken. Was er auch wortwörtlich gerade tat.

Endlich befreite er sich von der Panzerung und seine Lungen explodierten, als er nach oben strampelte. Sein Kopf durchbrach die Oberfläche. Würgend und spuckend verkrampfte sich seine Lunge. Dann atmete er kostbare Luft. Der Schmerz brannte sich mit jedem Zug heftiger in seinem linken Arm und bohrte sich mit jedem Tritt tiefer in sein rechtes Bein, während das Blut im Takt seines Herzschlags aus der Wunde in seiner Seite pulsierte. Aus allen Wunden sickerte unaufhörlich Blut.

Sein Training übernahm die Kontrolle. Er drehte sich auf den Rücken und versuchte, sich treiben zu lassen. Er verbrauchte enorm viel Energie, um sich über Wasser zu halten, während er das Tourniquet aus seinem Erste-Hilfe-Set zog, das sich unter seiner Rüstung befand. Er kämpfte damit, ihn um seinen Arm knapp oberhalb des Ellbogens zu legen.

Während er sich abmühte, ihn festzuziehen, sank sein Körper und sein Kopf tauchte unter die Wasseroberfläche. Er war immer noch zu schwer. Seine durchnässten Klamotten und Stiefel rissen ihn weiter in die Tiefe und drohten, ihn wieder unter Wasser zu ziehen.

Er rollte sich im Wasser herum und kickte kräftig, wobei er seinen Fuß nahe an seine Brust heranführte. Er löste erst den einen und dann den anderen Stiefel von seinen Füßen und knotete die Schnürsenkel zusammen, um sie sich um den Hals zu hängen. Er fühlte sich schon jetzt leichter.

Die Erschöpfung zerrte an seinen Gliedern. Seine Lunge brannte und sein Herz pochte in seiner Brust. Ihm war eiskalt und er zitterte. Mit Entsetzen erkannte er das erste Stadium des Schocks.

Das Mondlicht glitzerte auf dem braunen Wasser des Escanaba River, während die starke Strömung ihn mit sich riss. Die Brücke über ihm entfernte sich viel zu schnell. Der Zug war längst außer Sichtweite und Darius Sykes mit ihm.

Er weigerte sich, so zu sterben. Er wollte nicht in einem Fluss ertrinken, wo seine Leiche an Land gespült und Aasfressern überlassen werden würde, die seine Knochen sauber pickten. Er musste Lena und Shiloh beschützen. Er musste leben.

Im Kampf gegen die Strömung schlug er seinen guten Arm in großen Bögen durch das Wasser und drehte den Kopf, um nach Luft schnappen zu können. Seine Beine und Arme wurden zu Blei, aber er strampelte weiter.

Mühsam schwimmend überwand er die Strömung. Seine mit Socken bekleideten Füße stießen auf Boden, der Schlick bewegte sich unter seinen Zehen. Die Strömung war hier stärker und zerrte an seinen Beinen und Hüften, zog ihn zurück ins tiefe Wasser, aber er schaffte es, durch die Fluten zu waten und das Ufer zu erklimmen.

Völlig erschöpft warf er die um seinen Hals geschlungenen Stiefel beiseite und legte sich für eine lange Minute auf das mit Kieselsteinen übersäte Ufer. Schlamm sickerte über seine Wange und Steine bohrten sich in seinen Bauch und seine Oberschenkel. Grillen und Zikaden sangen dem Mond ein Ständchen. Frösche quakten im Chor, während Kriebelmücken und Moskitos um ihn herumschwirrten.

Er machte eine Bestandsaufnahme seiner selbst – elend, verwundet, halb tot. Er hob den Kopf und betrachtete die in Schatten gehüllte Reihe von Eschen und Ahornbäumen, die ein Dutzend Meter vom Flussufer entfernt standen – er erwartete fast, dass jeden Moment eine Bedrohung daraus auftauchen würde. Es kam keine. Alles war still und in Dunkelheit gehüllt: der Wald, der Fluss, die dunklen, gedrungenen Formen der entfernten Gebäude.

Sorge verzehrte ihn. Darius Sykes hatte ihn besiegt. Der Psychopath wusste, dass er noch lebte und würde nicht eher ruhen, bis er sich die geholt hatte, die Eli am meisten liebte. An der Bahnstrecke waren Jackson und Devon von Sykes' Rowdys in eine Falle gelockt worden.

Er musste zu seinem Team und dann nach Hause.

Und er brauchte Waffen. Seine VP9 hatte er über die Seite des Güterzuges geworfen. Es war zu gefährlich, zurückzukehren und sie zu holen. Er hatte immer noch sein Messer.

Und er hatte knapp achthundert Meter vom alten Haus seines Vaters entfernt ein vergrabenes Versteck – einen Zwanzig-Liter-Eimer, der mit einem luft- und wasserdichten Deckel versiegelt und zur Sicherheit in eine industrielle Mülltüte eingewickelt war.

Darin befanden sich eine Glock-19-Handfeuerwaffe, Kisten mit 9-mm-Munition, Kleidung zum Wechseln, Wasserreinigungstabletten, ein Leatherman-Multiwerkzeug, eine Notfalldecke, ein Erste-Hilfe-Kasten und Proteinriegel.

Das Haus seines Vaters war kilometerweit entfernt. Zuerst musste er zum Sammelpunkt gelangen.

Mit einem Ächzen zwang sich Eli auf seine Hände und Knie und kam dann mühsam auf die Beine. Er streifte seine durchnässten Stiefel wieder über und zog eine Grimasse, als pure Höllenqualen durch seinen Unterarm, seine Seite und sein Bein schossen.

Mit seinem kleinen Erste-Hilfe-Set schaffte er es, einen Verband um seinen Oberschenkel zu wickeln, und er drückte etwas Mull auf seine Seite. Den größten Teil der Blutung hatte er gestoppt, aber die Wunden mussten gereinigt, desinfiziert und genäht werden.

Wie durch ein Wunder hatte er sein Headset noch, obwohl er weit außerhalb der Funkreichweite war. Er orientierte sich an den Sternen und ging in Richtung Westen.

Er war sich nicht sicher, wie weit ihn der Fluss getrieben hatte, aber er war mindestens acht bis elf Kilometer vom Sammelpunkt entfernt – einem verlassenen Lagerhaus knapp fünf Kilometer westlich von Escanaba, das an einer ländlichen Schotterstraße lag. Wenn sie überlebt hatten, würde das Team auf ihn warten. Wenn nicht – darüber konnte er nicht nachdenken. Er konzentrierte sich auf das Hier und Jetzt, den nächsten Atemzug, den nächsten Schritt.

Er stählte sich und startete den langen, zermürbenden Fußmarsch. Schmerzen und Sorgen waren seine einzigen Begleiter.

39

ELI POPE
TAG EINUNDNEUNZIG

ls Eli endlich das Lagerhaus erreichte, war es zwei Uhr nachts. Zerrissene Wolkenbänder zogen wie Leichentücher über den Mond hinweg. Abgesehen von den Käfern, dem Zischen des Unkrauts an seinen Oberschenkeln und dem leisen Rauschen einer Brise durch die Kiefernnadeln gab es keine Bewegung und kein Geräusch.

In höchster Alarmbereitschaft humpelte er auf das Gebäude zu, blieb aber im Schatten der Bäume.

Das Lagerhaus war seit ein paar Jahrzehnten verlassen. Graffitis zierten die Betonfassade, Ranken krochen an den Wänden hinauf, um sich über das Metalldach zu schlängeln, und überall lagen Müll und Schutt herum. Die oberen Fenster waren zerbrochen, die unteren mit Brettern verrammelt.

Er zögerte hinter einer Kiefer und hielt den Stamm zwischen sich und dem zwanzig Meter langen, offenen Bürgersteig. Sein Blick schweifte über die milchigen Schatten und sein Puls beschleunigte sich, als er ein Glitzern auf dem Dach des Lagerhauses wahrnahm: ein Scharfschütze.

Seine Hand glitt zu seinem Kampfmesser. Das würde ihm in einem Feuergefecht wenig nützen.

»Hier ist Alpha One«, flüsterte er in sein Headset. Er war sich nicht sicher, ob es noch funktionierte. »Ist da drinnen noch jemand am Leben?«

Ein Rauschen, dann meldete sich Morenos Stimme. »Ich schätze, du bist nicht tot, Alpha One. Schade. Wir hatten eine Wette um die letzten zwanzig Liter Benzin am Laufen.«

»Schade, dass du verloren hast. Ist das unser Mann, der auf dem Dach Wache hält?«

»Das bin ich«, sagte Hart. »Ich sehe dich nirgendwo.«

»Das war der Plan.« Sie hatten eine Verteidigungslinie errichtet, wie er es ihnen beigebracht hatte. Sie lernten dazu. »Lasst ihr mich jetzt rein oder nicht?«

»Hart gibt dir Deckung«, sagte Moreno. »Komm doch ins Hilton und mach es dir gemütlich. Ich hoffe, du hast deinen besten Anzug dabei. Im Speisesaal ist Smoking-Pflicht.«

»Verdammt. Mein Smoking ging im Fluss unter.«

Eli watete durch hüfthohes Unkraut, während sich Brombeersträucher in seinen Klamotten verfingen und an seiner nackten Haut kratzten. Vor ihm klafften Risse im Zickzack über den Parkplatz, während er sich seinen Weg zum Hintereingang bahnte.

Die rostige Stahltür hing in quietschenden Scharnieren, ein Zementblock hielt sie geschlossen – das Vorhängeschloss war längst kaputt. Ein schlurfendes Geräusch kam von hinter der Tür, dann schob Jackson die Tür so weit auf, dass Eli hindurchschlüpfen konnte.

Jackson trat zur Seite und gab Eli ein Zeichen, einzutreten, schloss die Tür hinter sich und schob den Zementblock wieder an seinen Platz. Er hielt eine mit roter Folie bedeckte Taschenlampe in der Hand, um nicht zu viel Aufmerksamkeit zu erregen.

Erleichterung machte sich in ihm breit. Ihm war nicht klar gewesen, wie tief die Angst gesessen hatte, dass Jackson nicht überlebt haben könnte, bis er das grimmige, verrußte Gesicht seines alten Freundes erblickte. Er widerstand dem seltsamen Drang, ihn zu umarmen.

Stattdessen räusperte er sich unbeholfen. »Ich schätze, deine hässliche Fratze hat es auch geschafft.«

Alexis stand hinter der Tür und bewachte den Eingang. Sie salutierte vor Eli. »Schön, Sie zu sehen, Sir. Wir haben angefangen, uns Sorgen zu machen.«

»Ich mir auch. Und ich bin kein Sir.«

Jackson begutachtete seine Verletzungen mit Sorge. »Du bist verletzt.«

»Ein paar Kratzer.«

Alexis runzelte die Stirn. »Ist das Ranger-Sprache für *auf dem Sterbebett*?«

»So ungefähr.«

»Wir haben drei Stunden gewartet. Wir dachten ...« Jackson sprach nicht aus, was er gedacht hatte, aber die Angst und die Sorge standen ihm ins Gesicht geschrieben.

»Tut mir leid, dass ich dich enttäuschen muss.«

Jacksons Mund verengte sich. »Ich bin froh, dass du es geschafft hast, du dummer Idiot.«

Eli brummte nur. Es waren drei Stunden in der Hölle gewesen. Sein ganzer Körper tat ihm weh. Er sehnte sich nach einer weichen Matratze, einem Teller Suppe und vielleicht einem Schmerzmittel oder zwei. Am liebsten hätte er sich einen Morphiumtropf angelegt, um sich dem Vergessen hinzugeben.

»Was ist mit unseren Leuten?«, fragte er. »Wer ist verletzt? Wie geht es Devon?«

»Devon geht es gut. Alle haben es geschafft.« Trotzdem lag irgendetwas in Jacksons Stimme, ein Hauch von Traurigkeit, eine Niederlage, die Eli innehalten ließ.

Er untersuchte Jacksons Gesicht, um nach Hinweisen zu suchen. »Was ist passiert?«

Jacksons Gesichtsausdruck verhärtete sich. Er ging den Flur entlang und winkte ihn weiter. »Ich erkläre es dir gleich.«

Alexis blieb zurück, um Wache zu halten. Jackson führte Eli tiefer in das Gewirr von Räumen und Gängen, während er mit seiner Taschenlampe tief und weit vor ihnen leuchtete. Das Lagerhaus roch schwach nach verbranntem Plastik und etwas Totem, vielleicht dem ranzigen Kadaver eines Waschbären oder eines Opossums.

Sie betraten den höhlenartigen Hauptraum, der drei Stockwerke hoch und im ersten Stock mit einem Metallgittersteg umgeben war. In den Ecken stapelten sich zerbrochene Limonadendosen, verschrumpelte Kondomverpackungen und zerfetzte Pappe. Tiefe, wabernde Schatten taumelten über die Wände.

Elis Stiefel knirschten auf zerbrochenem Glas. Mit jedem Schritt wuchs seine Beunruhigung.

In der Mitte des Raums saß das Team in einem Kreis auf gestapelten Kisten und Paletten, nach vorn gebeugt, die Ellbogen auf den Oberschenkeln, die Köpfe gesenkt. Kämpfer, die zwar dem Tod entkommen waren, aber ausgelaugt, erschöpft und müde bis auf die Knochen waren.

Es gab kein Hochgefühl, keine Freude daran, überlebt und den Feind besiegt zu haben. Sie hatten nicht gewonnen, sie waren nur knapp mit dem Leben davongekommen.

Als Nyx ihn erblickte, erhob sie sich, griff nach dem HK417, das sie auf ihren Schenkeln abgelegt hatte, und reichte sie ihm. »Ich dachte, du wärst erledigt.«

»Ich hatte Glück.« Er zuckte zusammen, als er sich das Gewehr über die Brust hängte. Er fühlte sich nicht so, als hätte er Glück gehabt. Er musterte Nyx und überprüfte sie unbewusst auf Verletzungen. Ihr Ärmel war abgetrennt und ihre Schulter bandagiert worden. Ihr rechter Arm hing schlaff an ihrer Seite.

Sie sah seinen Blick und zog eine Grimasse. »Ich kann ihn bewegen, aber es tut höllisch weh. Es war nur eine Fleischwunde. Sie hat keine Sehnen, Bänder oder Knochen getroffen. Zumindest glaube ich das. Du hingegen siehst aus, als wärst du von einem Kipplaster überrollt worden.«

»Es geht mir gut.« In Wahrheit fühlten sich sein Arm und sein Oberschenkel an, als hätte ihn jemand mit heißen Schürhaken aufgespießt. Er musste das Tourniquet entfernen und seinen Unterarm so schnell wie möglich nähen lassen. »Wenn ich es mir recht überlege, nehme ich ein Ranger Candy.«

Neben ihnen hob Devon ihren Kopf. Sie war dreckig und rußverschmiert. Blut klebte an ihrer Wange entlang einer üblen Schnittwunde oberhalb ihrer Augenbraue. Aber ansonsten war sie unverletzt. »Was ist Ranger Candy?«

Nyx rollte mit den Augen, als sie ein Päckchen aus ihrem Erste-Hilfe-Set zog, es mit den Zähnen aufriss und die Pillen in Elis ausgestreckte Hand schüttete. »Army-Sprache für Ibuprofen. Dank dir und Antoine sind das meine letzten, du Penner.«

»Danke.« Eli schluckte die Tabletten ohne Wasser herunter. »Was zum Teufel ist mit Antoine passiert?«

Nyx schenkte ihm ein scharfes Lächeln. »Er vermisst seine Mami.« Antoine fluchte auf Französisch. »Scheiße, ja, ich vermisse sie.«

Er saß neben Devon und verarztete eine Verbrennung zweiten Grades auf der linken Seite seines Gesichts. Sein Shirt hing in Fetzen von seiner linken Schulter, die Enden waren vom Hals bis zu den Rippen versengt. Blut sickerte aus einigen Wunden entlang seines Brustkorbs, wo ihn ein Schrapnell getroffen hatte.

»Was ist mit dir passiert?«, fragt Eli.

Antoine zuckte zusammen. »Ich wurde von einer Granate geküsst.«

»Du siehst aus wie der Tod auf Latschen.«

»Es braucht mehr als eine verdammte Granate, um mich zu töten, Bruder. Ich bin wie eine Kakerlake.«

»In mehr als einer Hinsicht«, sagte Nyx.

Antoine zwinkerte.

»Egal, du bist noch da, um den nächsten Tag erleben zu dürfen. Das ist das Wichtigste.«

»Ja, du hättest ihn vor zwei Stunden sehen sollen, als er wie eine Heulsuse geflennt hat.«

»Tränen der Freude über unser Wiedersehen«, scherzte Antoine.

Nyx rollte mit den Augen. »Er muss eindeutig seinen Kopf untersuchen lassen.«

»Wir hatten verdammtes Glück, dass wir keinen Mann verloren haben«, sagte Jackson leise. »Zusätzlich zu den Verletzungen haben wir einen Wagen durch eine Panzerfaust verloren. Wir haben kaum genug Treibstoff, um nach Hause zu kommen.« Devon warf Nyx und Antoine einen dankbaren Blick zu. »Wir saßen in der Falle, bevor die beiden wie Kamikaze-Kämpfer reingestürmt kamen. Sie haben die Schützen zurückgedrängt, damit wir entkommen konnten. Als der

Zug losgefahren ist, haben sich die bösen Jungs zurückgezogen. Zum Glück haben sie uns nicht verfolgt.«

Er konnte es in ihren Augen sehen: Nyx und Antoine hatten sich ihren widerwilligen Respekt verdient. Keiner konnte es leugnen – die Söldner hatten ihnen das Leben gerettet.

Eli lenkte seine Aufmerksamkeit auf das schattige Lagerhaus. Am anderen Ende waren zwei der Wildland-Trucks in leeren Buchten geparkt – die Rolltore waren heruntergezogen, um sie zu schützen. Er suchte den schmutzigen Betonboden um die Gruppe herum ab.

Er konnte nicht sehen, wonach er suchte. »Das Insulin. Wo ist es?«

Nyx' Gesicht verfinsterte sich. »Mitten in der Schießerei, als wir die Feinde zurückgetrieben haben, hat einer von ihnen eine verdammte Granate auf die Ladefläche des Pickups geworfen. Antoine und ich konnten gerade noch rechtzeitig abspringen. Wir sind hinter einem Betongebäude untergetaucht, das den größten Teil der Explosion abbekommen hat. Das Insulin war auf der Ladefläche des Pickups. Es tut mir leid, Eli, aber es wurde in tausend Stücke gesprengt.«

Das Blut schwand aus seinem Gesicht. Er konnte nicht mehr richtig atmen. Sie hatten alles riskiert, nur um zu scheitern, und zwar auf ganzer Linie. Sie hatten viel zu viele Verluste für so wenig Gewinn erlitten.

Alles, was er getan hatte, war, sich Sykes auszuliefern und eine Zielscheibe in der Größe von Kanada auf seinen Rücken zu malen – und auf die Rücken von den Menschen, die er liebte. Außerdem war er jetzt verletzt, was ihn für das nächste Mal, wenn er seinem Feind gegenüberstehen würde, deutlich schwächte.

Dann erinnerte er sich. Mit seinem guten Arm griff er in seine Tasche und suchte nach etwas. Er zog eine Handvoll Glasscherben heraus, auf denen eine klare, glitschige Flüssigkeit klebte.

Angst kroch die Tiefen seiner Wirbelsäule hinauf. Als er den Deckel der Kühlkiste abgenommen hatte, um das Insulin zu überprüfen, hatte er sich eine Handvoll Ampullen geschnappt und sie in seine Tasche gesteckt. Die Fläschchen waren zerbrochen, entweder während des Kampfes mit Sykes oder bei seinem Sprung von der Brücke in den Fluss.

Nein, nicht alle von ihnen.

Er hielt zwei unzerbrochene Ampullen in seiner Hand, ein paar Wochen Leben für die Frau, die er liebte. Er schloss seine Finger um die Fläschchen und schob sie vorsichtig in eine Tasche an seinem Brustgurt, direkt neben sein Herz.

»Die Betablocker?«, fragte Nyx leise. »Hast du sie gefunden?« Beschämt schüttelte Eli den Kopf. »Es tut mir leid.«

Nyx antwortete nicht. Ihr Mund verengte sich. Bestürzt starrte sie auf ein frisches Graffiti, das an die Wand der Lagerhalle geschmiert worden war: *Das Ende der Welt ist der Anfang der Hölle.*

In diesem Moment hätte er dem nicht mehr zustimmen können.

Moreno schnitt eine Grimasse. »Wie konnte das nur so schnell schiefgehen? Und wer zum Teufel war das, der uns angegriffen hat? Es waren keine Soldaten, aber sie waren verdammt bösartig und bis an die Zähne bewaffnet.«

»Das Côté-Kartell«, sagte Eli erschöpft. »Und Darius Sykes.«

Jackson wurde bleich. »Was?«

»Laut Sykes hat das Côté-Kartell die Nationalgarde an den Soo Locks abgeschlachtet und die Schleusen übernommen. Sie dehnen ihren Einfluss auf die Upper Peninsula aus. Das Kartell hat Sykes und seine Sträflinge angeheuert und ihnen Waffen und weitere Männer gegeben, um die Nationalgardisten und den Zug zu überfallen.«

Auf der anderen Seite des Kreises begegnete Eli Jacksons Blick. Jackson sah erschüttert aus. Er wusste, was das bedeutete. Es war nicht länger nur eine Frage der Zeit. Sykes war jetzt hinter ihnen her, hinter allem, was ihnen lieb und teuer war.

Eine schockierte Stille legte sich über den Raum.

Chief McCallister schüttelte entsetzt den Kopf. »Hier auf amerikanischem Boden?«

Devon stieß ein leises Stöhnen aus. »Heilige Scheiße.«

»Was wissen wir über das Côté-Kartell?«, fragte Nash.

»Das ist ein Netzwerk organisierten Verbrechens aus Quebec«, sagte Jackson. »Sie haben ihre Macht von Montreal über Toronto bis nach Vancouver ausgebaut. Jahrelang haben sie hauptsächlich mit Drogen gehandelt, bis Luis Gault vor sieben Jahren seinen Cousin und mehrere hochrangige Mitglieder der Côté-Familie auf einer Geburtstagsfeier in Cancun ermordet hat. Es war ein organisierter Putsch. Unter Gaults Führung haben sie im Untergrund Netzwerke mit den schlimmsten mexikanischen Kartellen, dem Sinaloa-Kartell und Los Zetas, aufgebaut und ihre Krallen in den Schwarzmarkt-Waffen- schmuggel und Menschenhandel gesenkt. Gault hat einen besonders bösartigen Vollstrecker, der als *Schakal* bekannt ist. Über ihn ist nicht viel bekannt, außer dass er eine Vorliebe für Brutalität hat.«

Jackson rieb sich übers Gesicht. »Das Kartell ist organisiert, effektiv und gnadenlos. Wenn man ihnen in die Quere kommt, hinter- lassen sie nichts als verbrannte Erde– sie löschen dich und deinen gesamten Stammbaum aus. In den letzten Jahren haben sie ihre Rekru- tierungsbemühungen verstärkt und sich eine Armee von Fußsoldaten aufgebaut. Sie haben ein ganzes Arsenal an Waffen, darunter Panzer- fäuste, Granaten und automatische Waffen. Sogar Hubschrauber und Raketen gehören zum Inventar.«

»Wir haben gesehen, wozu sie fähig sind«, sagte Antoine mit erschreckender Ehrfurcht. »Sie haben uns auf offener Straße ange- griffen und fast abgeschlachtet. Wir sind nur knapp entkommen. Die Nationalgarde und die örtliche Polizei sind aufgetaucht und wurden massakriert.«

»Sawyer hat sie beklaut«, sagte Eli. »Sie wissen nicht, wer oder wo er ist, sonst wären sie schon längst aufgetaucht. Wenn Sykes genug herumschnüffelt, könnte er es herausfinden und diese Information an Gault weitergeben. Das wären keine schlechten Nachrichten für Sawyer, aber es wären schlechte Nachrichten für uns. Das Kartell würde nicht nur Sawyer vernichten, sondern jeden töten, der ihnen im Weg steht.«

»Dann sollten wir uns überlegen, wie wir den Mistkerl fangen, und zwar schnell«, sagte Moreno.

Die düstere Stille wurde immer dicker und schwerer. Mehrere Minuten lang sagte niemand etwas. Sie lauschten dem Wind, der durch die zerbrochenen Fenster rauschte, dem Rascheln des Mülls und einer Ratte, die in den Ecken herumhuschte.

Jackson starrte auf seine Hände, als ob er einen Weg aus diesem Desaster finden könnte, wenn er nur intensiv genug darüber nach- dachte, oder als ob er durch bloße Willenskraft eine Lösung herbeizaubern könnte. Als er aufblickte, waren seine Augen gequält. »Sie wussten, dass wir kommen würden.«

»Was?«, sagte Nash.

»Wir haben sie nicht überrascht. Sie waren auf uns vorbereitet. Das war ein organisierter Gegenangriff.«

Ich hatte gehofft, dass du kommen würdest. Sykes' Worte hallten in Elis Kopf nach. *Dass du es sein würdest.*

Eli nickte. »Er hat recht.«

Die Gruppe starrte einander entsetzt an.

»Wer?« Morenos Stimme erhob sich vor Wut. »Die einzigen Leute, die von der Mission wussten, sind in diesem Moment hier. Verdammt, wir haben den Einsatz erst vor einem verfluchten Tag geplant! Was zum Teufel ist passiert?«

Misstrauische Blicke richteten sich auf Antoine und Nyx.

Nyx wurde böse. »Wir haben es niemandem gesagt. Unsere Ärsche standen auch auf dem Spiel.« Sie zeigte mit einem Daumen auf Antoine. »Guckt euch sein Gesicht an. Warum zum Teufel sollten wir unsere Operation in einen Hinterhalt locken? Wir haben keine Informationen weitergegeben.«

»Irgendjemand hat es aber getan«, murmelte Nash. »Irgendjemand hat uns an Sykes, an das Kartell oder an beide verraten.«

Jackson erhob seine Stimme. »Ich werde nicht ruhen, bis ich herausgefunden habe, wer das getan hat. Und die Person wird dafür teuer bezahlen. Glaubt mir.«

»Das ist erst der Anfang«, sagte Moreno – es war das, was sie alle dachten. »Sykes und seine muntere Mörderbande werden immer wieder kommen. Jetzt, wo das Kartell hinter ihnen steht, sind sie noch stärker und gefährlicher. Sie haben mehr Männer und bessere Waffen. Sie werden immer wieder kommen.«

Keiner reagierte auf die Worte.

Eli starrte auf seine entmutigten Teammitglieder, auf die Niedergeschlagenheit in ihren Gesichtern, ihre zusammengesackte Haltung. Er spürte es auch. Die Verzweiflung lauerte am Rande seines Bewusstseins, Dunkelheit schlich sich ein. Sein Versagen war schneidend wie eine Rasierklinge.

Devon stand unsicher auf und räusperte sich. »Das ist schlimm,

aber es ist noch nicht vorbei. Es ist nicht das Ende. Wir werden weiter-
kämpfen.«

Jackson reichte ihr die Hand und drückte sie. Sie schenkte ihm ein
verbissenes Lächeln.

Eli hatte keine Energie mehr für ein Lächeln oder tröstende Floskeln. Die Dunkelheit wollte nicht verschwinden.

40

LENA EASTON
TAG EINUNDNEUNZIG

»Halt still«, befahl Lena.

Sie beugte sich über Elis verwundeten Unterarm und nähte die Wunde geschickt mit einer sterilisierten Nadel und Fäden aus ihrem Medizinkoffer. Sie hatte keinen Zugang zu lokaler Betäubung, aber sie hatte die Wunde mit Eiswürfeln aus dem solarbetriebenen Kühlschrank in der Küche des Gasthauses gekühlt.

Das half. Ein bisschen.

Sykes' Messer hatte ihm eine böse Wunde von zehn Zentimetern Länge in den Unterarm geritzt, die sich tief in Fleisch und Muskel gebohrt und nur knapp eine Arterie verfehlt hatte. Er hatte Glück, dass keine Sehne durchtrennt worden war, sonst hätte er seine Hand vielleicht nie wieder benutzen können.

Die Schnitte an seiner Seite und an der Rückseite seines Beins waren nur oberflächlich, obwohl sie stark geblutet hatten. Lena hatte die Wunden mit sterilisiertem Wasser gereinigt und dann Antibiotika und eine antiseptische Creme aufgetragen, bevor sie die Fleischwunden genäht hatte.

Bei jedem Stich mit der Nadel in sein Fleisch verzog sie das Gesicht. Eli blieb stoisch und biss nur die Zähne gegen den Schmerz zusammen. Er hielt absolut still, wobei er nur gelegentlich einen Fluch ausstieß.

Das Feuer im Kamin flackerte fröhlich und die Flammen tauchten den Raum in ein warmes, beruhigendes Licht. Das ständige Klirren ihrer Glasspritzen, die in dem Topf über dem Feuer kochten, war das einzige Geräusch.

Sie saßen an dem Tisch im Konferenzraum, Lenas Lieblingsplatz. Sie war vernarrt in die übergroßen Ledersessel, den Papiergeruch von Hunderten von Büchern und die riesigen Fenster, durch die man tagsüber eine schöne Aussicht hatte, obwohl jetzt gerade die Nacht gegen die Scheiben drückte.

Es war vier Uhr morgens, aber Lena hatte nicht geschlafen und an nichts anderes gedacht, bis Eli und die anderen schließlich nach Munising zurückgekehrt waren. Shiloh hatte auch nicht geschlafen, aber als sie erfahren hatte, dass Eli in Sicherheit war, war sie sofort in ihrem Bett eingeschlafen, wobei Bear halb auf ihr lag, während die beiden tief und fest schnarchten.

»Letzte Naht.« Lena schnitt den Faden ab und lehnte sich auf ihrem Stuhl zurück. »Die Wunden werden noch eine Weile wehtun. Du musst dich schonen, sonst reißen die Verletzungen wieder auf. Eine tiefe Wunde wie die an deinem Arm kann sich leicht entzünden.«

»Ich kann mich nicht schonen.«

Sie legte ihre Hand über seine auf dem Tisch. »Ich sage dir, dass du es versuchen sollst. Ich würde meiner Verantwortung als Medizinerin nicht gerecht werden, wenn ich es nicht täte.«

Er schüttelte den Kopf, seine Lippen waren flach aufeinandergepresst, seine schwarzen Augen brennend vor Wut. »Ich habe versagt. Ich habe dich enttäuscht. Ich habe auf der Mission versagt. Sykes ist immer noch da draußen. Schlimmer noch, jetzt weiß er, dass ich hier bin. Er wird uns jagen. Er wird von dir erfahren. Von Shiloh.«

Sie hörte die Besorgnis in seiner Stimme, die ihr mehr Angst machte, als sie zugeben wollte. »Wir werden damit genauso umgehen wie mit jeder anderen Bedrohung, der wir bisher begegnet sind.«

Eli schob seinen Stuhl zurück und stand abrupt auf, als ob er ihre Berührung nicht ertragen könnte. Er lief im Raum auf und ab, sein Körper starr, seine Miene angespannt. »Ich habe kein Insulin bekommen, Lena. Sie waren auf uns vorbereitet. Ich hätte mehr Informationen einholen sollen, bevor wir angegriffen haben. Ich hätte es kommen sehen müssen.«

»Das ist nicht deine Schuld.«

»Ich habe dir Insulin versprochen.« Er blieb neben dem Schreibtisch stehen, griff in seine Tasche und holte zwei Ampullen heraus. Er stellte sie fast schon ehrfürchtig neben ihre Glasspritzen, ihre Teststreifen und ihr Blutzuckermessgerät. »Das ist alles, was ich kriegen konnte. Es tut mir leid.«

Lena stieß den Atem aus, den sie angehalten hatte. Das war wenigstens etwas. Sie versuchte, ihre Angst, ihre Erschöpfung und die Krankheit, die sie in ihren Zellen, ihren Knochen und ihrem Mark spürte, nicht zu zeigen. »Mit diesen Ampullen habe ich noch ein paar Wochen Zeit. Das ist gut. Das hilft.«

»Das ist gar nichts! Das ist nicht genug!« Er fing an, in engen Kreisen zu laufen, die Sehnen in seinem Hals traten hervor und seine Hände ballten sich zu Fäusten.

»Das ist doch wenigstens schon mal etwas, Eli. Danke.«

Er brummte, als ob er sie kaum gehört hätte.

Sie beobachtete ihn hilflos. Er war stumm, gequält und schmorte in seinem Leid. Es tat ihr weh, ihn so zu sehen – wie eine pulsierende Wunde in ihrem eigenen Herzen.

Sie erhob sich von ihrem Stuhl und ging zum Schreibtisch. Mit einem Zusammenzucken stach sie sich in eine empfindliche Stelle an ihrem kleinen Finger, um ihren Blutzucker zu überprüfen, dann injizierte sie acht Einheiten Insulin, bevor sie die benutzte Spritze in die Schale legte, um sie später zu sterilisieren.

»Eli«, sagte sie.

Er schaute sie mit glasigen Augen an, als ob er sie gar nicht sehen würde, als ob er sie nicht gehört hätte. »Ich werde ihn umbringen. Ich *will* ihn umbringen. Ich sehne mich mit jeder Faser meines Wesens danach, ihn zu töten.«

Er hielt vor dem Feuer inne und seine Gestalt zeichnete sich im Schein der Flammen ab. »Ich töte Menschen. Manchmal macht es mir sogar Spaß. Ich töte gerne. Ich will, dass es wehtut, dass die Menschen leiden.«

Er sah mit Abscheu auf seine Hände hinunter, als ob er das Blut eines anderen Menschen auf ihnen sehen würde. Scham verdunkelte sein Gesicht und belegte seine Stimme. »Ich bin ein Monster. Ich töte noch schlimmere Monster. Aber das beschönigt nicht, was ich bin.«

»Ich weiß, was du bist. Du bist kein Monster.«

Er schüttelte langsam den Kopf.

Ohne nachzudenken, durchquerte sie den Raum, unfähig, sich zu beherrschen – sie fühlte sich mit jeder Zelle ihres Körpers zu ihm hingezogen. Mit der Hand auf seinem unverletzten Arm zwang sie ihn, sie anzuschauen und ihren Blick zu erwidern. »Du bist gut, Eli. Das ist es, was du bist. Ein guter Mensch.«

So nah, wie sie ihm war, konnte sie seinen düsteren, waldigen Geruch einatmen, die schlanken Linien seines Gesichts, seine schrägen Wangenknochen und die harten schwarzen Augen, die ihr Herz durchbohrten, in sich aufnehmen.

Er beobachtete sie, verzweifelt, fast schon hungrig. Hitze stieg in ihrem Unterleib auf und beschleunigte ihren Puls. Sie standen nur wenige Zentimeter voneinander entfernt.

»Ich kenne dich«, sagte sie. »Ich kenne dich besser als jeder andere.«

»Lena.« Seine Augen verdunkelten sich vor Verlangen, vor Begierde. Die gleiche Begierde spiegelte sich in ihren Augen wider, das Verlangen, das sie nicht verbergen konnte, von dem sie es nicht ertrug, es zu verbergen – nicht noch länger.

Noch nie war sie sich der Zeit, die ihr geschenkt worden war, so bewusst gewesen. Nichts auf der Welt fühlte sich richtiger an als das hier – hier in diesem Raum mit ihm.

»Du musst dich nicht verstecken«, sagte sie. »Nicht vor mir. Ich will alles. Die dunklen Teile, die hässlichen Teile, die zerbrochenen Teile. Die Stücke, von denen du nicht willst, dass jemand anderes sie sieht.« Sie schluckte schwer. »Ich will das alles.«

Er starrte sie sehr lange an, als könne er ihre Worte nicht glauben, als könne das nicht wahr sein. Sein Blick war fragend, zögernd und voller Sehnsucht. »Bist du sicher? Ich will dir nicht wehtun ...«

»Halt die Klappe«, sagte sie. »Und küss mich.«

Die jahrelang aufgestaute Sehnsucht brach wie ein Damm. Mit einem kräftigen Schritt war er bei ihr, umfasste ihre Taille und zog sie an sich. Er drückte sie an seine Brust, nahm ihr Gesicht in seine rauen Hände und hob ihr Kinn an.

Eli neigte seinen Kopf und küsste sie innig. Seine Lippen auf ihren brachten ihre Haut zum Brennen. Ihre Lippen kribbelten und ihre Fingerspitzen zuckten. Lena küsste ihn ebenfalls. Erst zögerlich, dann genauso hungrig, wie er sie küsste.

Ihr Puls pochte wild in ihrer Kehle. Sie spürte, wie sein Herz im Einklang mit ihrem schlug. Ihre Körper pressten sich aneinander und Eli hielt sie fest, als könnte er es nicht ertragen, sie loszulassen.

Die Jahre der Entbehrungen, der Prüfungen, des Leids, der Einsamkeit und des Herzschmerzes – all das fiel von ihnen ab, verbrannte zu Asche und zerfiel zu Staub.

Lena löste sich von ihm, ihr Herz schlug wie wild in ihrer Brust, sie war atemlos und ihr wurde schwindelig. Sie streckte ihre Hand aus, berührte seine Wange und sah in seine dunklen Augen, die sie schon immer so angebetet hatte.

»Ich liebe dich schon mein ganzes Leben lang.« Elis Stimme wurde heiser vor Rührung. »Ich würde alles tun, um dich zu beschützen. Alles. Selbst wenn es meine Seele kostet.«

Sie blickte zu ihm auf. »Ich weiß.«

41

JACKSON CROSS
TAG EINUNDNEUNZIG

»Wo ist er?«, fragte Jackson. »Wo ist Horatio?«

Astrid blinzelte von ihrem Platz im Wohnzimmer zu ihm hoch, auf ihrem Schoß lag ein Roman. Ihr Rollstuhl stand neben dem Sofa, der Stock lehnte daneben an den Polstern. »Wo ist wer?«

»Vater.«

»Er ist ausgegangen.«

»Wohin?«

Astrid zuckte gleichgültig mit den Schultern. »Unterwegs mit wem auch immer. Wer weiß das schon? Ich bin nicht seine Aufpasserin. Er ist ein erwachsener Mann, falls du das noch nicht bemerkt hast.«

»Hat er gesagt, wann er zurückkommt?«

»Nein. Was interessiert dich das?«

Jackson zwang sich zu atmen, ruhig zu bleiben und sich zu stählen, damit er klar denken konnte. Seit dem Überfall auf den Zug war der Verdacht in seinem Hinterkopf gewachsen und hatte sich wie ein Krebsgeschwür vermehrt.

Er brauchte Gewissheit. Er musste Horatio persönlich gegenübertreten, von Angesicht zu Angesicht.

Jackson schritt durch die große Küche und das gewölbte Wohnzimmer, ging den langen Flur entlang zum Schlafzimmer seiner Eltern und suchte nach den Sachen seines Vaters, hielt Ausschau nach einem Hinweis darauf, wohin er gegangen sein könnte. Astrid hievte sich vom Sofa, griff nach ihrem Stock und polterte ihm durch den Flur hinterher. »Was auch immer du willst, du wirst es hier nicht finden.«

»Halt doch bitte einmal die Klappe.«

»Du kommst nur, wenn du etwas willst«, fauchte Astrid ihn von hinten an. »Was denkst du, wie Mom sich dabei fühlt? Oder ich?«

Jackson war zu gestresst, um sich über verletzte Gefühle Gedanken zu machen. Trotzdem beschlich ihn ein schlechtes Gewissen. Er machte sich Sorgen um seine Mutter; sie war ihm nicht egal.

Mit Handschuhen gerüstet – als würde er einen Tatort untersuchen – inspizierte er Horatios großen Kleiderschrank und seine Kommode: Mehrere Kleidungsstücke fehlten, seine Schuhe waren ordentlich auf dem Boden aufgereiht, aber einige waren verschwunden, während die Anzüge noch immer tadellos und unberührt dort hingen.

Sein Koffer war nicht im Schrank. Horatios Brieftasche und seine Autoschlüssel waren von der Kommode verschwunden. Zu sehen war ein sauberer Fleck mitten im Staub, wo sie normalerweise abgelegt hatten.

Sein Vater war verschwunden. Wo war er hin und warum? »Horatio«, krächzte seine Mutter.

Jackson drehte sich vom Schrank weg, tapste über den Teppich und setzte sich auf die Bettkante. Dolores lehnte an einem Kissen, ihre bleistiftdünnen Beine in eine rosafarbene Bettdecke gehüllt.

»Wo bist du gewesen?« Ihre Stimme war schwach und rau. »Ich will meine Pillen. Ich brauche meine Pillen.«

Er erschrak bei ihrem Anblick. Er beugte sich hinunter, küsste ihre Wange und nahm ihre Hand in die seine, wobei ihre Handgelenksknochen sich unter seinen Fingern hauchdünn anfühlten. »Ich liebe dich, Mom.«

Sie schien ihn nicht zu hören, geschweige denn seine Anwesenheit zu bemerken.

Im Haus konnte er nichts finden, also ging er in die Garage. Im hinteren Teil der Abstellfläche, die sechs Stellplätze hatte, befand sich eine Werkstatt voller glänzender Werkzeuge, die sein Vater zwar gerne besaß, aber nur selten benutzte. Die Werkstatt beherbergte ein halb offenes Marmorbad, ein Fenster für natürliches Licht und einen Mahagonischreibtisch mit Lederstuhl. Auf dem Schreibtisch stand eine neu aussehende Amateurfunkanlage.

Seltsam. Soweit er wusste, hatte sein Vater nie ein Amateurfunkgerät besessen. Jackson nahm das Mikrofon mit behandschuhten Händen auf und drehte es um. Neben dem Mikrofon lag ein laminiertes Buch mit Rufzeichen.

Warum hatte sich sein Vater ein Amateurfunkgerät zugelegt? Mit wem stand er in Verbindung? Warum hatte er Jackson nichts davon erzählt? Hatte er so mit Sawyer kommuniziert? Oder mit jemand anderem? Seine Besorgnis wuchs ins Unermessliche. Der Verdacht nagte an ihm und flüsterte ihm schreckliche Dinge ins Ohr. Als er sich zum Gehen wandte, fiel ihm etwas ins Auge. Auf dem zweiten Regal standen ein halbes Dutzend verschreibungspflichtige Pillenflaschen, die ordentlich neben einem Paar Lautsprecher aufgereiht waren.

Jackson untersuchte sie. Die Medikamente waren für Fremde verschrieben worden – Jason Myers, Callie Pine-Alton und Taylor Ferguson. Er erkannte die Medikamente nicht, also schrieb er sich die Namen auf seinen Notizblock.

Es waren weder die Antidepressiva von Astrid noch die Beruhigungsmittel seiner Mutter. Sein Vater war kerngesund und nahm außer einem Multivitaminpräparat nichts ein.

Warum bewahrte sein Vater die Medikamente in der Werkstatt auf und nicht im Medizinschrank im Haus? Er nahm eine weitere Flasche in die Hand, schüttelte sie und betrachtete die kleinen blauen, länglichen Pillen.

Ein Schauer des Unbehagens durchlief ihn. Sein Vater musste diese Medikamente von Sawyer bekommen haben, so wie er auch den Treibstoff für den Generator und das Benzin für seine Fahrzeuge von dort bezog. Als Gegenleistung wofür? Für die Jahre, in denen Horatio weggesehen und zugelassen hatte, dass ein Parasit wie Sawyer ungehindert Fuß fassen und gedeihen konnte?

Oder steckte sein Vater mit etwas noch Schlimmerem unter einer Decke?

Seine Wut ließ nicht nach, sondern brannte lichterloh und wurde glühend heiß.

Sie waren von Wölfen umgeben. Entflohene Sträflinge, die auf der Jagd waren und ungestraft mordeten und raubten. Ein Mörder, der unter ihnen lebte und sich vor aller Augen versteckte. Und das Côté-Kartell, eine Bedrohung, die immer näher kam.

Mit einem Knurren schlug er auf den Schreibtisch und fühlte sich an jeder Ecke durch fehlende Kommunikation, fehlende Transportmittel und fehlende Ressourcen in die Enge getrieben. Fehlend, fehlend, fehlend.

Frustriert trat er gegen den Bürostuhl. Die Räder quietschten. Neben dem Bürostuhl befanden sich parallele Kratzspuren auf dem glänzenden Holzboden.

Sawyer. Er musste Sawyer zur Rede stellen. Sawyer konnte ihm die Wahrheit über seinen Vater sagen. Er würde jede Sekunde davon genießen, aber Sawyer hatte jetzt keinen Grund zu lügen.

Jackson warf einen letzten Blick auf die mysteriösen Pillenflaschen und steuerte auf die Tür zu.

42

JACKSON CROSS
TAG ZWEIUNDNEUNZIG

Jackson stand auf dem Dock von William's Landing auf Grand Island, die Arme in die Luft gestreckt und die Handflächen zum Zeichen der Kapitulation nach vorn gerichtet, während ein Dutzend Gewehre auf seine Brust zielten.

Weitere bewaffnete Männer kamen vom Pfad herunter und verließen die Besucherstation – die Waffen erhoben und auf Jackson gerichtet. Zwei stämmige Männer traten vor und filzten ihn grob, dann untersuchten sie ihn auf Abhörgeräte. Jackson erkannte sie von früheren Verhaftungen und Überwachungen.

Er sprach ganz ruhig. »Ich bin unbewaffnet. Ich bin allein. Ich bin hier, um mit Sawyer zu reden.«

Einer der Männer trat einen Schritt zurück und sprach in sein Funkgerät. Jackson wartete – äußerlich ruhig –, aber sein Herz schlug ihm gegen die Rippen und seine Handflächen waren feucht.

Es war leichtsinnig, allein und ohne Waffen oder Verstärkung zu kommen. Eli würde ihn dafür häuten. Und Lena auch. Jackson brauchte Antworten, und er war entschlossen, sie zu bekommen – ungeachtet der Gefahr.

Am Morgen hatte er Lena wegen der verschreibungspflichtigen Medikamente kontaktiert, die er in der Garage gefunden hatte. Sie hatte gesagt: »Tolterodin ist ein Acetylcholinblocker. Acetylcholinblo-

273

cker werden gegen Reizdarmsyndrom, Depressionen, Herzkrankheiten, Parkinson und Schlaflosigkeit verschrieben. Behandlungen mit anticholinergen Wirkungen im Gehirn können Gedächtnisstörungen, Unruhe, Verwirrung und Delirium verursachen. Und Lorazepam ist ein Benzodiazepin, ein Medikament, das zur Behandlung von Angst und Schlaflosigkeit gedacht ist, aber es hat sedierende Eigenschaften und kann kognitive Probleme verursachen, besonders wenn er ihr sehr hohe Dosen verabreicht hat. Sie könnten Symptome von Demenz hervorrufen.«

Ihre Worte hatten seinen schlimmsten Verdacht bestätigt.

Er hatte sich bei ihr bedankt und dann sofort ein Fischerboot aus dem Yachthafen geliehen, um nach Grand Island zu rudern. Gerade mal achthundert Meter vom Yachthafen in Munising entfernt, war die Insel eine stark bewachte und befestigte Hochburg, eine Zitadelle auf einer fast hundert Meter hohen Sandsteinklippe, die von zweihundert hartgesottenen Söldnern, erfahrenen Ex-Soldaten und Gewaltverbrechern bewacht wurde.

Es war mitten im August. Die Hitzewelle war endlich vorbei und der Tag hatte angenehme vierundzwanzig Grad, während die Sonne am kobaltblauen Himmel strahlte. Ein halbes Dutzend Yachten dümpelte am Dock in den ruhigen Gewässern der Murray Bay.

Hoch über ihm, an den Klippen von Wick Point, glitzerte etwas. Das Schimmern von Scharfschützengewehren. Sawyer hatte Bewachungsteams, die rund um die Uhr für Sicherheit sorgten. Als ob die unzähligen Waffen, die auf seinen Kopf und seine Brust gerichtet waren, nicht genug wären.

Eine Minute später tauchte James Sawyer von einem Pfad auf, der zur Steilküste führte, und schritt mit gemächlichen Bewegungen den Steg entlang auf Jackson zu. Er war groß und muskulös, trug Cargoshorts und ein gestärktes Hemd. Seine gewellten Haare waren von der Sonne gebleicht und seine gebräunte Haut vom jahrelangen Aufenthalt auf dem Wasser gegerbt.

Er blieb auf dem Steg stehen, die Hände hingen locker an seinen Seiten, seine Haltung war gerade, aber entspannt, und in seinen blaugrauen Augen lag eine starre Wachsamkeit. In diesem Blick lag keine

Tiefe, keine Emotion, nur eine messerscharfe Vorsicht wie bei einem wilden Tier, das seine Beute jagte.

Sawyer lächelte nicht. »Na, wenn das nicht der Sheriff von Nottingham ist.«

Jackson begegnete seinem eisigen Blick. »Sawyer.«

»Das letzte Mal, als wir uns getroffen haben, war das unter ziemlich anderen Umständen.«

»Das letzte Mal, als wir uns getroffen haben, hast du einen meiner Männer entführt mit der Absicht, ihn zu foltern und zu töten.«

»Um fair zu sein, du hast eine Ratte in meine Organisation geschleust. Ich gehe mit Ratten dementsprechend um.«

Jackson dachte an David Kepford, wie Sawyers Männer ihn abgeschlachtet, in den Rücken geschossen und seine Leiche an einem Ort entsorgt hatten, an dem man sie nie finden würde. Seine Hände ballten sich zu Fäusten, während er versuchte, seine Wut zu unterdrücken und den Abscheu zu verbergen, die in seinem Inneren brannte.

Er sehnte sich danach, Sawyer auf der Stelle zu verhaften, ihm Handschellen anzulegen und ihn ins Gefängnis zu schleifen. Er würde ihn für den Rest seines erbärmlichen Lebens in einer Zelle verrotten lassen.

Diese Zeiten waren vorbei. Er musste sich mit der Realität auseinandersetzen, mit der sie jetzt konfrontiert waren. Gerechtigkeit war schon schwer zu erreichen gewesen, als die Gesellschaft noch funktioniert hatte; jetzt drohte sie ihm für immer zu entgleiten.

»Ich habe mich für dich um unser kleines Problem gekümmert.« Sawyer spielte damit auf Cyrus Lee an. »Er liegt gerade in Ketten gewickelt auf dem Grund des Sees. Nicht, dass ich etwas darüber wüsste.«

Jackson presste seine Zähne zusammen und die Anspannung strahlte von seinem Kiefer bis zu seinen Schläfen. »Er war mein Verdächtiger, den ich hätte verhaften sollen.«

»Gehüpft wie gesprungen.«

Er spürte ein Dutzend harte Augenpaare auf sich gerichtet, genau wie die Gewehrläufe von etlichen Männern und Frauen, die ihm am liebsten eine Kugel zwischen die Augen jagen würden, um dann Feierabend machen zu können.

»Ich würde mich wohler fühlen, wenn deine Leute freundlicherweise ihre Waffen runternehmen würden. Ich bin keine Bedrohung für sie.« Jackson wusste es besser, als Forderungen zu stellen. Sawyer war empfänglicher für Bitten, die sein großes Ego streichelten. »Bitte.«

»Im Moment bist du keine Bedrohung.«

»Richtig, im Moment«, stimmte Jackson bereitwillig zu.

»Was immer dir Freude bereitet.« Sawyer lächelte vergnügt und hob eine Hand. Zwei Dutzend Gewehre sanken in die niedrige Bereitschaftsstellung. Juckende Finger bewegten sich von den Abzügen, aber nur minimal.

»Was willst du, Jackson?«, fragte Sawyer mit leiser Stimme, die nicht bis zu seinen Männern durchdrang. »Ich bin ein sehr beschäftigter Mann.«

»Ich habe dein Werk gesehen. Überdosen sind auf einem Rekordhoch. Drogenbedingte Selbstmorde. Meth-Süchtige, die unschuldige Familien ausrauben, um ihre Vorräte gegen noch mehr Drogen einzutauschen.«

Sawyer setzte seinen unschuldigsten Blick auf. »Ich habe keine Ahnung, wovon du sprichst.«

»Doch, das hast du.«

Sawyer zuckte mit den Schultern. »Das Leben ist die Hölle. Was geht es dich oder mich an, wenn Menschen dieser Hölle entkommen wollen? Die Menschen haben das Recht zu entscheiden, wie sie leben wollen. Ehrlich gesagt, für jede Person, die sich entscheidet, nicht über Los zu gehen und nicht zweihundert Dollar zu kassieren, gibt es mehr Ressourcen, die für dich und mich übrig bleiben. Für Lena und für das Kind, um das du dich so sehr sorgst.«

»Du zerstörst das Leben der Menschen.«

»Rein hypothetisch. Und außerdem tue ich gar nichts.«

»Es wird sie umbringen.«

»Sie sind ohnehin schon tot. Der Abschaum der Gesellschaft. Die braucht niemand. Lass sie in ihrem Drogenrausch verrecken. So sind alle anderen besser dran. Du bist nicht dumm, Cross. Du bist stur und arrogant und nervtötend, aber du bist nicht dumm. Ich weiß, dass du das verstehst.«

Jackson dachte an Daniel, den Sohn von Scott Smith. Sie waren nicht besser dran. Er war zwar körperlich anwesend, aber sie hatten ihn bereits verloren, und das wussten sie.

Sawyers Miene hellte sich auf. »Brauchst du etwas, um dich abzureagieren? Du hast die freie Auswahl. Ich würde gerne einen Deal mit dem neuen Sheriff machen. Inoffiziell natürlich, unter alten Freunden.«

Sawyer war mit Jackson und den anderen aufgewachsen, aber er hatte nie zur *richtigen* Clique gehört, obwohl er zu allen Partys die Ware mitgebracht hatte und immer ein Mitglied der Gruppe hatte sein wollen. Sein Vater war Rauschgifthändler gewesen und hatte als Bindeglied zwischen Detroit und dem organisierten Verbrechen in Quebec fungiert. Als sein Vater ins Gefängnis gewandert war, hatte Sawyer das Geschäft übernommen und sich zum König der kriminellen Unterwelt auf der Upper Peninsula entwickelt.

Alles, was Sawyer für Jackson tat, hatte seinen Preis – das war immer so. »Ich bin nicht hier, um einen Deal zu machen.«

Sawyer sah enttäuscht aus. »Dann bitte, erleuchte mich, sage mir, warum du hier bist.«

Möwen kreischten über ihren Köpfen. Klares jadegrünes Wasser plätscherte an den Steg. Hinter Sawyer erhob sich die Insel mit ihren dichten Kiefern, Fichten, Buchen, Ahornbäumen und Erlen und den imposanten Sandsteinfelsen, die in den See ragten.

»Ich bin wegen meines Vaters hier.«

»Ich muss dich leider enttäuschen, aber er ist nicht hier.«

»Ich habe ein paar Fragen. Beantworte sie, dann gehe ich.«

Sawyers Gesichtsausdruck änderte sich nicht. »Du trägst keine Wanze. Das ist keine Falle, die sich das FBI ausgedacht hat. Gibt es das FBI überhaupt noch? Warte, sag es mir nicht. Es ist mir egal.«

»Ich will nur die Wahrheit über meine Familie wissen.«

Sawyers Lippe verzog sich. »Sei vorsichtig, was du dir wünschst.« Jackson beschloss, mit der Wahrheit zu beginnen. »Mein Vater hat Dolores und möglicherweise auch Astrid unter Drogen gesetzt, um sie willenlos zu machen. Er benutzt verschreibungspflichtige Medikamente, um bei meiner Mutter künstlich Demenz hervorzurufen. Ich glaube, sie weiß Dinge, von denen er nicht will, dass sie an die Öffentlichkeit gelangen.«

»Ich kann mit absoluter Sicherheit sagen, dass diese Medikamente nicht von mir stammen.«

»Mein Vater ist korrupt.«

Sawyers Augen verengten sich. »Davon weiß ich rein gar nichts.«

Jackson drückte seinen Verdacht endlich in Worten aus. »Ich weiß es schon, Sawyer. Mein Vater hat jahrelang mit dir zusammengearbeitet, dich vor Überwachungen gewarnt, dir Hinweise zu Razzien gegeben und seine Macht genutzt, um dir den Ärger vom Hals zu halten. Selbst nachdem er in den Ruhestand gegangen war, hatte er noch politischen Einfluss auf Underwood, den Bürgermeister, den Staatsanwalt und den Gouverneur. Er war immer noch wertvoll für dich. Im Gegenzug hast du ihn mit Treibstoff für seinen Generator, Lebensmitteln und den nötigen Schwarzmarktmedikamenten versorgt.«

Sawyer reagierte nicht, außer dass er ein durchtriebenes Lächeln aufsetzte. Und mit diesem Lächeln bestätigte er alles, was Jackson wissen musste. Das war zwar kein Beweis vor Gericht, aber es reichte aus.

Jackson atmete langsam aus. Magensäure brannte in seiner Kehle. Er wollte kotzen. Klammer Schweiß brach auf seiner Haut aus. Er fühlte sich krank.

Horatio war von Anfang an korrupt gewesen und hatte sich und sein Amt an den Meistbietenden verkauft, während er die ganze Zeit so getan hatte, als sei er der Verfechter der Moral. Wie weit reichte die Korruption seines Vaters? Er versuchte, sich nicht anmerken zu lassen, wie erschüttert er war – wie entsetzt und beschämt.

Sawyer legte den Kopf schief und musterte ihn einen Moment lang wie einen Käfer unter einer Lupe. Er trat einen Schritt näher. »Wer dein Vater ist und was er tut, geht mich nichts an. Wie du weißt, bin ich unschuldig und habe nichts verbrochen. Aber ich habe etwas, das dich sicher interessieren würde.«

Jackson wurde still. »Was denn?«

»Du wirst mir einen Gefallen schulden«, sagte Sawyer verschmitzt.

»Ich schulde dir gar nichts.«

»Das werden wir ja sehen.«

Jackson seufzte. »Sag es mir.«

»Ich werfe dir diesen Knochen nur zu, weil wir beide einen gemeinsamen Feind haben, den ich zufällig noch mehr verachte als dich.«

»Spucks endlich aus, Sawyer.«

Sawyers Augen funkelten vor Wut, aber diese Wut war nicht auf Jackson gerichtet. »Dein guter alter Papa hat die Seite gewechselt. Er hat einen größeren Fisch gefunden und ist zu ihm gegangen, um an dessen Zitze zu nuckeln. Mein Netzwerk hat mich informiert, dass er Informationen an unseren Feind weitergibt.«

Jackson fühlte sich, als ob er unter Wasser gesogen worden wäre. Er konnte nicht mehr atmen. »Das Kartell.«

Sawyer schnippte mit den Fingern. »Bingo.«

Jackson wollte es nicht glauben, aber da war er, der Beweis, der ihm ins Gesicht starrte. Das Amateurfunkgerät war die Methode, mit der Horatio mit dem Côté-Kartell in der Soo-Region und darüber hinaus in Kanada kommunizierte und mit der er sie vor dem Zugüberfall gewarnt hatte.

Horatio hatte Jackson und Devon an diesem Tag im Haus über das Funkgerät sprechen hören. Das war das Einzige, was Sinn ergab. Es gab keine andere undichte Stelle. Es war sein Vater, der mit brutalen Kriminellen unter einer Decke steckte. Sein Vater, der sie an das Kartell verpfiffen hatte.

Die Wut loderte in ihm auf. Zorn drohte aus seiner Haut zu brechen und seine Knochen zu verbrennen. Er kämpfte darum, seine Gefühle zu zügeln und die Kontrolle über sich selbst zu behalten.

Sawyer sah seine Wut und lächelte. »Ah. Die Wahrheit sticht, nicht wahr?«

Jackson warf seinem Erzfeind einen strengen Blick zu. Sawyer könnte ihn täuschen, aber das glaubte er nicht. Sawyer war ebenfalls wütend, dass Horatio ihn verraten hatte, und er wollte Blut sehen.

Jede Antwort, die er erhielt, warf noch mehr Fragen auf. Warum servierte sein Vater Sawyer ab, wenn es doch so gut lief, nur um mit einem noch schlimmeren Kriminellen unter die Decke zu steigen? War das der Grund? Horatio sah eine Chance, sich mit der mächtigsten Person in der Region zu verbünden, und das tat er auch.

Sawyer zu verraten, war keine Kleinigkeit. Sawyer hatte eine Armee und eine große Reichweite; er hatte überall Augen und Ohren – fast überall. Aber das Côté-Kartell war ein kriminelles Unternehmen, wie man es noch nie gesehen hatte, und sie bauten ihre Macht rapide aus, wuchsen exponentiell und streuten wie Krebs.

Es gab etwas, das ihm noch fehlte, ein Teil des Puzzles, das noch nicht an seinem Platz war.

»Ich werde deinen Vater finden müssen, Jackson«, sagte Sawyer.

»Er weiß, dass ich ihm auf der Spur bin. Er ist untergetaucht. Ich weiß nicht, wo er ist.«

»Das glaube ich dir, obwohl ich schon so eine Vermutung habe.«

»Du glaubst, dass er schon beim Kartell ist.«

Sawyer zuckte verächtlich mit den Schultern. »Du weißt, was ich zu tun habe.«

Jackson wusste, worauf Sawyer anspielte. Er liebte es, seine Feinde in Ketten zu legen und sie den Fischen in den tiefsten Tiefen von Lake Superior zum Fraß vorzuwerfen – dort, wo das Wasser so kalt war, dass die Leichen in den eisigen Tiefen jahrzehntelang erhalten blieben. »Ich werde ihn zuerst finden.«

Etwas Scharfsinniges und Berechnendes huschte über Sawyers Gesicht. »Möge der bessere Mann gewinnen.«

Jackson machte auf dem Absatz kehrt und ging den Steg entlang zu seinem kleinen Boot, das an den Pfeilern dümpelte. »Schieß mir nicht in den Rücken. Das ist kein Krieg, den du anfangen willst.«

»Das würde mir im Traum nicht einfallen.« Sawyer hielt inne. »Oh, und Jackson.«

Dreißig Zentimeter von seinem Boot entfernt, blieb Jackson stehen. Mit einem Knoten im Magen drehte er sich wieder zu Sawyer um. Seine Körperhaltung war entspannt, seine Stimme lässig. »Gibt es sonst noch was? Ich bin beschäftigt.«

»Apropos Krieg, du weißt nicht zufällig, wo sich zwei meiner treuen Soldaten aufhalten, oder?«

Jackson erstarrte. Sein Herz pochte, aber seine Miene blieb neutral.

Dieses Spiel konnten zwei spielen. »Wovon redest du?«

»Ich vermisse ein paar Männer. Um genau zu sein: einen Mann und eine Frau. Sie sind ziemlich eng miteinander verbunden. Es ist seltsam, dass sie beide zwei Tage hintereinander nicht zu ihrem Dienst erschienen sind. Außerdem fehlt mir etwas Treibstoff und Propangas. Sehr merkwürdig, findest du nicht auch?«

»Ich habe keine Ahnung, wie du die Dinge handhabst oder was deine Leute tun oder nicht tun, Sawyer.«

»Wenn du wüsstest, wo sie sich aufhalten, und es mir nicht sagen würdest, wäre das ein Grund für einen Krieg, den du und deine Pfadfinder mit Sicherheit verlieren würdet, selbst wenn Eli Pope für euer Team kämpft.«

»Zur Kenntnis genommen«, sagte Jackson.

Keiner der beiden Männer bewegte sich. Zwischen ihnen brodelte die Spannung. Sawyers Männer hoben ihre Waffen ein wenig an. Jackson schaute nicht auf die Gewehre um ihn herum, sondern hielt seinen Blick, ohne zu blinzeln, auf Sawyer gerichtet.

Sawyer schaute als Erster weg. Er winkte mit einer Hand und wies Jackson ab. »Sag niemals, dass ich alten Freunden keinen Gefallen getan habe.« Jackson biss sich auf die Zunge und unterließ es, eine schnippische Antwort zu geben. Sawyer glaubte immer noch, dass es eine Verbindung zwischen ihnen gab, und Jackson wollte ihn nicht eines Besseren belehren. Das Côté-Kartell war ein gemeinsamer Feind, und es könnte eine Zeit kommen, in der Alger County etwas von Sawyer brauchte. Ein beschwichtigter Sawyer war etwas, womit Jackson im Notfall arbeiten konnte. Er behielt seine wahren Gefühle für sich und zwang sich zu einem Lächeln. »Das werden wir ja sehen.«

Sawyer grinste, aber sein Grinsen reichte nicht bis zu seinen Augen, die so ausdruckslos und leer waren wie die eines Hais. »Wie ich schon sagte, sei vorsichtig, was du dir wünschst.«

Als Jackson ging, rechnete er fast mit einem Schuss in die Wirbelsäule, aber er kam nicht. Er saß im Fischerboot und ruderte zum Festland, als sein Funkgerät aufleuchtete. Es war Moreno. »Wir haben etwas über Sykes herausgefunden.«

43

ELI POPE
TAG ZWEIUNDNEUNZIG

Eli fluchte. »Wir haben ihn knapp verpasst!«

Er stand in der Mitte des riesigen Raums, Jackson an seiner Seite. Moreno und Hart arbeiteten auf der einen Seite der Fabrik, während Devon und Chief McCallister die andere Seite übernahmen. Nash war draußen und nahm Abdrücke von den Reifenspuren.

Sie befanden sich in einer Papierfabrik an der River Rock Road, vierundzwanzig Kilometer westlich von Munising und nördlich der Ortschaft Chatham. Ein Labyrinth aus Maschinen ragte über ihren Köpfen auf und gigantische Paletten mit Papier stapelten sich höher als sein Kopf. Er atmete den Geruch von Staub, Tinte und Papier ein.

In einer Ecke hinter einer der Druckmaschinen waren ein paar Schlafsäcke deponiert worden. Überall lagen ausgediente Verpackungen von Proteinriegeln sowie Tüten von Chips und Fertiggerichten verstreut. Er atmete den käsigen Geruch von Doritos ein – sein Magen knurrte.

Im hinteren Teil der Fabrikhalle befanden sich fünf Lkw-Laderampen. Schrammen und Kratzer im Staub verrieten, wo vor Kurzem große Gegenstände bewegt und wahrscheinlich in Lkws oder SUVs verladen worden waren.

»Einer der freiwilligen Beobachtungsposten hat es gemeldet«,

282

sagte Jackson. »Ich habe so viele Mitarbeiter der Sträflinge überwachen lassen, wie ich ausfindig machen und beschatten konnte. Dieses Lagerhaus gehört Jared Huffman, dem Onkel von Jacob Huffman, der verurteilt wurde, weil er seine Ex-Freundin erwürgt hatte, als sie versuchte, ihn zu verlassen. Wir wussten bis vor zwei Tagen nichts davon. Ich habe zwei Männer auf der anderen Straßenseite postiert, und gestern Abend sind wir fündig geworden. Sie haben gesehen, wie ein Haufen SUVs durch das hintere Tor gekommen sind. Sie sind von der Gasse aus reingekommen und haben das Vorhängeschloss am Tor aufgebrochen. Die Fabrik ist kilometerweit von der Stadt entfernt und selbst mit den von uns installierten Repeatern nicht zu erreichen. Es hat Stunden gedauert, bis die Freiwilligen wieder in der Stadt waren und uns alarmieren konnten. Als wir angekommen sind, waren die Verdächtigen schon weg.«

»Wie viele Fahrzeuge haben sie gezählt?«

»Vier.«

Devon trat mit der Spitze ihres Stiefels auf einige verstreute Bonbonverpackungen. »Sieht aus, als hätten sie genug zu essen.«

Jackson spazierte zwischen den Paletten umher, studierte die Szene und machte Fotos mit seinem Handy. »Das Kartell hat Sykes mit Medikamenten und Waffen versorgt. Es gibt keinen Grund anzunehmen, dass sie nicht auch für Nahrung sorgen.«

Er beugte sich hinter einen Palettenstapel, holte etwas heraus und kehrte zu Eli und Devon zurück, wobei er es fast ehrfürchtig auf seiner Handfläche hielt: einen Snickers-Riegel, ungeöffnet und unverdorben.

»Wow!«, hauchte Devon. »Ich habe seit ... zwei Monaten oder sogar noch länger keinen Schokoriegel mehr gegessen. Mir läuft direkt das Wasser im Mund zusammen. Wers findet, dem gehörts, verdammt. Ich würde dir meinen linken kleinen Finger für zwei Bissen geben.«

»Das ist Shilohs Lieblingsriegel«, sagte Eli.

»Ich weiß«, sagte Jackson und steckte den Schokoriegel in seine Hosentasche. »Ich werde ihn für sie mitnehmen.«

»Glückskind«, brummte Devon.

Moreno kam von der Seitentür der Fabrik auf sie zu. »Die Reifenspuren, die wir draußen gefunden haben, passen zu den Abdrücken, die wir an den Tatorten von Fitch, Marlowe und dem M-28 gefunden haben. Das ist ohne Zweifel Sykes.«

»Das *war* Sykes«, sagte Eli frustriert. »Er ist längst weg.«

»Wir werden mehr Wildkameras und Kontrollpunkte an allen Straßen aufstellen, die zur Papierfabrik und von ihr wegführen«, sagte Jackson.

»Zu spät«, sagte Eli. »Sie haben alles mitgenommen außer dem Müll. Sie werden nicht zurückkommen. Wenn ich Sykes wäre, würde ich auch weiterziehen. Niemals zu lange an einem Ort bleiben. Schon gar nicht in einem Unterschlupf, der mit meinem alten Leben verbunden ist und den jemand aufspüren könnte, wie wir es getan haben.«

»Irgendwelche Treffer bei den Kameras?«, fragte Jackson Devon.

»Noch nicht. Wir schicken jeden Tag Teams los, um sie zu überprüfen. Es ist nur eine Frage der Zeit.«

»Zeit, die wir nicht haben«, sagte Eli.

Jackson breitete die Karte der Waldwege auf einer Kiste mit Frachtpaketen aus. Er zeichnete mit seinem Finger mehrere rote X nach. »Die letzten drei Tatorte befanden sich westlich von Munising, einschließlich der Papierfabrik. Wir werden unsere Ressourcen auf den Westen konzentrieren.«

»Das sind Hunderttausende Hektar Wildnis und Tausende von Kilometern Holzfäller- und Forststraßen«, sagte Devon. »Was gibt es dort überhaupt?«

»Jede Menge alte Minen, Campingplätze, Höhlen, verlassene Holzfällerlager und ein paar kleine Gemeinden«, sagte Eli. »Ein idealer Ort, um sich zu verirren.«

»Sobald wir seine Spur erschnüffelt haben, haben wir ihn«, erklärte Jackson.

Eli nickte, obwohl er kaum zuhörte. Die Nähte juckten unaufhörlich. Er widerstand dem Drang, sich durch die Verbände zu kratzen, die er zweimal am Tag erneuerte, nachdem er topische Antibiotika aufgetragen hatte.

Bisher hatte er eine Infektion vermieden, aber die Wunden schmerzten höllisch und behinderten ihn in seiner Bewegungsfreiheit.

Er musste immer wieder an Lena denken. Er konnte sie immer

noch auf seinen Lippen schmecken, roch ihre nach Vanille duftenden Haare in seinen Träumen, fühlte ihre Arme um seine Taille, ihren Herzschlag an seiner Brust und hörte ihr Lachen in seinen Ohren klingen.

Sie war mehr, als er sich je hätte vorstellen können. Sie war echt, sie war fehlerhaft, und sie war alles, was er wollte. Diese Frau, stark und süß, hart und herzlich, die an das Gute glaubte, glaubte wie durch ein Wunder auch an *ihn*.

Lenas Ermutigung hatte ihm die Kraft und das Vertrauen gegeben, ein Vater für Shiloh zu sein. Sie und Shiloh hatten seine ganze Welt auf monumentale, erschütternde Weise verändert; er konnte nie wieder in das kleine, verkümmerte Leben zurückkehren, das er gelebt hatte, gefangen in einem Gefängnis, das er selbst geschaffen hatte.

Der Gedanke, dass Sykes Lena oder Shiloh etwas antun könnte, ließ sein Inneres vor Wut kochen. Wenn noch einmal jemand seine Tochter anfassen würde, würde er ihn mit bloßen Händen ausweiden. Er würde die ganze Welt zerstören, bevor er zulassen würde, dass ihr etwas zustößt.

»Wir müssen Abhörposten einrichten«, sagte er. »Wir machen es auf die altmodische Art, wie es das FBI und die Drogenfahndung vor der GPS-Ortung gemacht haben. Zeig mir, wo die Wildkameras sind. Wenn sie letzte Nacht nichts aufgenommen haben, konzentrieren wir uns auf die Forststraßen ohne Kameras, denn eine dieser Forststraßen ist der wahrscheinlichste Weg, den sie genommen haben, um von hier wegzukommen. Wo ist die nächstgelegene Straße, die nach Westen führt? Dort fangen wir an.«

Jackson sah sich die Karte an und zeigte dann darauf. »Diese Route führt nach Norden bis Au Train, bevor sie nach Westen abbiegt und über Marquette an der Küste entlangführt. Und diese hier verläuft westlich durch das Zentrum der UP, durch Chatham in Marquette County, bevor sie bei Gwinn, weniger als achtzig Kilometer südwestlich von Munising, in verschiedene Richtungen abzweigt.«

»Glaubst du, er hat sich so weit von Munising entfernt versteckt?«, fragte Devon.

»Mit Elektrofahrzeugen und einer Möglichkeit, sie aufzuladen – die er offensichtlich hat –, ist es eine Stunde Fahrt. Rechne etwas Zeit für die holprigen Forststraßen ein, aber es ist machbar. Ich werde die Task-Force wieder einberufen und wir werden heute Abend die Abhörposten einrichten.« Jackson wandte sich an Devon und Moreno. »Macht weiter mit der Arbeit am Tatort.«

Sie nickten und machten sich wieder an die Arbeit. Jackson zögerte und rieb sich den Kiefer. Dunkle Ringe umrahmten seine Augen und sein Mund war angespannt. Er hatte sich seit Tagen – wenn nicht Wochen – nicht mehr rasiert.

Eli konzentrierte sich auf die anstehende Aufgabe, aber er merkte, wenn Jackson etwas bedrückte. Das war schon immer so gewesen. »Was ist los?«

Jackson senkte seine Stimme. »Es geht um meinen Vater. Er ist derjenige, der uns an das Kartell verpfiffen hat. Deshalb wussten sie, dass wir den Zug überfallen wollten. Er hat mich am Funkgerät belauscht und ist direkt zu ihnen gegangen.«

Wut stieg in Eli auf. Horatio Cross war ein arroganter Drecksack, das war er schon immer gewesen. Sein Sohn hatte bei dem Überfall fast sein Leben verloren. Eli im Übrigen auch. Ein Bild von Sykes' ekelhaftem Lächeln tauchte in seinem Gedächtnis auf. Er hatte das Gefühl, wieder zu ertrinken.

»Es tut mir leid«, sagte Jackson entsetzt.

Eli zwang seine Wut in sich hinein, atmete tief durch und fasste sich wieder. »Wusstest du es?«

»Natürlich nicht, aber ...«

»Dann brauchst du dir keine Vorwürfe zu machen. Weißt du, wie du ihn erreichen kannst?«

»Er ist weg, wahrscheinlich hat er sich in den Schutz des Kartells geflüchtet.«

»Was geschehen ist, ist geschehen.«

Jackson schüttelte verzweifelt den Kopf. »Ich verstehe das nicht. Wie konnte er das tun?«

»Denk nicht mehr an ihn, Jackson. Er spielt schon seit unserer Kindheit Psychospielchen mit dir. Er beeinflusst dich und deine Psyche, und er ist nicht einmal hier. Lass ihn nicht gewinnen.«

Jackson nickte. »Ja, du hast recht.«

»Ich muss wissen, dass du einen klaren Kopf hast. Deine Leute brauchen dich in Topform. Zuerst holen wir Sykes und die Medikamente. Dann werden wir uns um deinen verdammten Vater kümmern.«

Ein leichtes Lächeln zeichnete sich auf Jacksons Gesicht ab. »Du hast gerade *wir* gesagt.«

Eli merkte, dass er an die alten Zeiten dachte, als es nur sie gegeben hatte, zwei einsame Jungs gegen die ganze Welt.

Eli runzelte die Stirn. »Werd nicht sentimental. Wir müssen einen ganzen Haufen böser Jungs töten.«

44

SHILOH EASTON
TAG DREIUNDNEUNZIG

Shiloh rümpfte die Nase. »Du willst, dass ich Rohrkolben esse? Widerlich.«

»Sumpfgebiet-Hotdogs«, korrigierte Lori sie. »Die meisten Teile sind essbar. Die Wurzel, das sogenannte Rhizom, ist knackig und frisch wie Sellerie. Ich schneide die Spitzen auf, wenn sie noch grün sind, und verwende sie in Pfannengerichten. Der Samenflaum kann als Feueranzünder verwendet werden. Wir können die Wurzeln auch trocknen und zu Mehl mahlen oder sie einweichen, um die Stärke zu extrahieren.«

»Klingt eklig. Ich verzichte.«

»Wenn du hungrig bist, wirst du anders denken«, sagte Ruby.

Shiloh zeigte ihr den Mittelfinger.

Ruby lächelte nur.

Lori führte eine kleine Gruppe über einen Pfad durch das Gelände, zeigte ihnen essbare Pflanzen und Pilze und erklärte ihnen, wann sie die einzelnen Pflanzen am besten ernteten, welche Teile sie essen konnten und wie sie zubereitet wurden.

Ruby und ihre Mutter Michelle Carpenter waren für einen Tag zu Besuch. Michelle überlegte, ins Northwoods Inn zu ziehen. Vor zwei Nächten waren ihre Nachbarn mit vorgehaltener Waffe ausgeraubt worden. Lena hatte mit Tim und Lori gesprochen, die daraufhin Michelle eingeladen hatten, sich das Haus anzusehen.

Lena bildete das Schlusslicht, machte Fotos mit ihrem Handy, kritzelte Notizen und sammelte Proben. Bear lief ihnen hinterher und schnupperte begeistert an jeder Pflanze, jedem Zweig, jedem Grashalm und jeder Baumwurzel. Er wedelte mit der Rute, während er die spektakulären Gerüche seines neuen Zuhauses in sich aufnahm.

Bear sah erleichtert aus, dass er der Aufmerksamkeit von Faith, der Ziege, entkommen war, die die Köche in der Küche quälte, um so viel menschliches Essen wie möglich zu stibitzen.

Lori zeigte auf einen Teppich aus wilden Veilchen, der im Schatten einer großen Eiche wuchs. »Verwendet die ganze Pflanze, Stängel und Blüten, für Salate. Oder ihr zerdrückt sie und macht daraus einen Honig-Veilchen-Hustensaft. Sie enthalten viel Vitamin A und C, sind antioxidativ, entzündungshemmend und gut gegen Erkältungen.«

Sie zeigte ihnen Brennnesselblätter, Farnspitzen – eine gewundene Pflanze, die wie Spargel schmeckte – und Pilze, wobei sie sorgfältig zwischen den essbaren und den giftigen unterschied.

»Woher weißt du so viel?«, fragte Michelle.

»Als wir das Haus vor zwanzig Jahren gekauft haben, wollten wir es zu einer blühenden Künstlerkolonie machen, zu einem Rückzugsort für Schriftsteller und Kunstschaffende. Einer unserer ersten Autoren war so eine Art Prepper. Er war es, der mir gezeigt hat, wie ich in meinem Garten auf Nahrungssuche gehen kann, und er war es auch, der uns gezeigt hat, was wir mit dem Grundstück alles anstellen können. Das hat uns inspiriert. Wir haben versucht, alles, was wir brauchten, so weit wie möglich auf unserem Land anzubauen. Deshalb haben wir in Ziegen und Hühner investiert, viele essbare Bäume und Sträucher gepflanzt und mit Hydrokulturen begonnen. Von da an wuchs alles.«

Sie sprach weiter. »Ich habe mir jedes Buch gekauft, das ich in die Finger bekommen konnte, das mit essbaren Pflanzen, Nahrungssuche, Selbstversorgung, Vorratshaltung und homöopathischen Mitteln zu tun hatte. Die Bücher haben sich als unbezahlbar erwiesen. Kein Mensch kann alles wissen oder sich alles merken.«

Lena lächelte. »Ich glaube aber, dass du ziemlich nah dran bist.«

Michelle streckte sich und rieb ihren Rücken. »Mir gefällt, was du hier machst, Lori. Ich hätte nie gedacht, dass ich mal einer Kommune beitreten würde, aber jetzt ist es so weit.«

»Verzweifelte Situationen erfordern verzweifelte Maßnahmen«, scherzte Shiloh.

Lori lächelte und ihre Augen funkelten. »Ich gebe zu, ich hätte mir diesen Ort nie als post-apokalyptische Festung vorgestellt.«

Shiloh gefiel der Gedanke. Soll ein Verrückter wie Sykes doch versuchen, diese Festung zu infiltrieren. Sie würden ihn abschlachten. Eli würde ihn Stück für Stück auseinandernehmen und den Krähen und Geiern zum Fraß vorwerfen.

Lori schien nachzudenken. »Ich glaube, dass im Laufe der Zeit immer mehr Menschen zum Schutz und zur Arbeitsteilung wieder in Gruppen leben werden, wie in Clans. So hat die Menschheit jahrtausendelang überlebt. Viele Hände machen unsere Aufgaben weniger beschwerlich. Und auch wenn Gemeinschaft das Leiden nicht beendet, erleichtert Freundschaft die Last.«

Lena kniete neben einem Haufen Morcheln, pflückte einige davon und legte sie in die Leinentasche, die sie an der Brust trug. Sie war zu dünn, ihre Jeansshorts hingen ihr von den Hüften, ihr Gesicht war blass und unter ihren Augen zeichneten sich Ringe ab.

Ohne ausreichend Insulin wurde Lena von Tag zu Tag blasser. Jedes Mal, wenn Shiloh einen Blick auf ihre zerschundenen Fingerspitzen warf, verkrampften sich ihre Eingeweide vor Sorge. Es beunruhigte sie mehr, als sie es in Worte fassen konnte. Eli hatte noch genug für ein paar Wochen mitgebracht, aber das würde nicht reichen. Und was dann? Diese Frage konnte ihr niemand beantworten.

»Wie viele Leute können hier wohnen?«, fragte Lena.

»Wir haben ungefähr hundertfünfzig Bewohner, mehr oder weniger«, sagte Lori. »Ich denke, wir werden auf etwa zweihundert kommen können, wenn wir genug Vorräte finden, um weitere Hütten bauen und eine weitere Latrine ausheben zu können. Wenn es noch mehr werden, kommt es zu Clans innerhalb des größeren Clans und zu Spaltungen. Wir gegen sie, noch mehr Politik und die Probleme mit der Hygiene, den sanitären Einrichtungen, dem Müll und den Klärgruben – zu viele Menschen und es wird erdrückend. Das Einzige, was wir mit Sicherheit wissen, ist, dass Veränderungen unvermeidlich sind. Wir beten, tun unser Bestes und legen den Rest in Gottes Hände.«

»Ich wünschte, wir könnten die Wäsche in Gottes Hände legen«, brummte Shiloh.

Lori lachte. Sie hatte ein freundliches Lachen; es schallte rein und süß von den Bäumen wider. Feine Falten kräuselten sich um ihre Augen und ihren Mund, ihre Wangen waren rosa und prall wie die der Großmütter in den Märchen. Alles an den Brooks schien zu schön, um wahr zu sein.

Shiloh stemmte die Hände in die Hüften. »Warum bist du so nett? Du könntest das alles für dich behalten. Die meisten Menschen würden das tun. Wenn ihr euch den Strom nicht mit so vielen Leuten teilen müsstet, hättet ihr genug, um alles zu versorgen – Warmwasser, Waschmaschine und Licht.«

»Zwei Gründe«, sagte Lori. »Wir könnten versuchen, diesen Ort geheim zu halten, aber irgendwann würde es jemand herausfinden. Und dann würden sie versuchen, uns zu nehmen, was wir haben. Wenn sie mehr Leute hätten als wir, würden sie gewinnen. Wenn wir es nicht behalten können, gehört es uns nicht. Wir haben andere dazu geholt, die uns helfen, uns zu schützen und diesen Ort sicher zu halten. Gemeinsam sind wir stärker, das ist die Wahrheit.«

Das leuchtete Shiloh ein. »Und der zweite Grund?«

»Es ist richtig, das zu tun. Ich glaube an Gott. Ich bin gläubig, und Glaube bedeutet, seine Überzeugungen zu leben. Du musst deinen Glauben leben, denn wozu ist er sonst gut? Glaube ohne gute Taten ist tot.«

Shiloh verzog das Gesicht. »Da muss es doch einen Haken geben.«

»Kein Haken.«

»Ich glaube nicht an diesen Kram.«

Loris Lächeln wurde noch breiter. »Du musst an nichts glauben, Süße. Niemand hier wird dir etwas aufdrängen. Ich glaube aber, dass das Leben einen Sinn und ein Ziel hat. Warum geben wir sonst nicht gleich auf und beenden es? Das Leben ist zu schmerzhaft, wenn es sinnlos ist. Ich habe mich dafür entschieden zu glauben, dass ich einen Sinn habe. Als Menschen auf dieser Erde sind wir füreinander verantwortlich. Engagement und Verantwortung sind Teil des Lebens, eines guten Lebens, eines sinnvollen und lebenswerten Lebens. Das gilt unabhängig davon, ob wir Gesetze, Elektrizität und eine funktionierende Gesellschaft haben oder nicht.«

Shiloh wusste nicht, was sie glaubte, aber sie kannte die Wichtigkeit von Familie bis in ihre Seele hinein. Sie hatte zu viel verloren, um irgendetwas für selbstverständlich zu halten. Und sie würde bis zum Tod kämpfen, um die Menschen, die ihr wichtig waren, und die Orte, die es wert waren, zu schützen – wie diesen hier.

Lori ging weiter den Pfad entlang und hielt an einem Dickicht mit großen grünen, ahornförmigen Blättern und leuchtend roten Beeren inne. »Die Zimt-Himbeere ist eine Delikatesse der UP. Sie ist unglaublich nahrhaft, eine gute Quelle für die Vitamine A und C sowie Kalium, Kalzium und Eisen und sie stärkt das Immunsystem.«

Lena hob die Augenbrauen und sah Shiloh an. »Und für die Naschkatzen unter euch: Aus Zimt-Himbeeren lassen sich leckere Marmeladen und Torten herstellen.«

Shiloh lief das Wasser im Mund zusammen, als sie eine Beere pflückte und sie in den Mund steckte, wobei der säuerlich-süße Saft auf ihrer Zunge explodierte. Sie versuchte, ihre Angst zu vertreiben, und zwang sich Lena zuliebe ein Lächeln auf, das sie nicht spürte. »Jetzt sind wir auf einer Wellenlänge.«

45

JACKSON CROSS
TAG DREIUNDNEUNZIG

Jackson stand in der Tür zum Zimmer seiner Mutter. Regen prasselte auf das Dach und trommelte an die Scheiben. Blitze erhellten die verdunkelten Fenster in kurzen Abständen. »Mom? Bist du wach?«

Dolores blinzelte verschlafen aus dem Bett zu ihm hoch. »Jackson? Bist du das?«

Erleichterung machte sich in ihm breit. »Ich bins.«

»Du hast mich verlassen! Ich war ganz allein, so allein ...«

»Jetzt bin ich hier. Ich bin bei dir.«

Er half seiner Mutter aus dem Nachthemd, wandte seinen Blick von ihrer ausgemergelten Gestalt ab und gab ihr eine Katzenwäsche. Er brachte ihr eine Schüssel mit warmem Wasser und spülte ihre Haare aus, wobei er die spröden Strähnen mit seinen Fingern kämmte. Er redete mit ihr, sagte ihr, dass alles gut werden würde, und rief ihr Erinnerungen und Menschen und Ereignisse ins Gedächtnis, an die sie sich nicht mehr erinnern konnte.

Seine Brust fühlte sich schwer an. Wie schnell hatte sich ihr Verstand in ein unergründliches Nichts zurückgezogen. Es brach ihm das Herz. »Ich werde nicht wieder weggehen, Mom. Ich verspreche es.«

Wenn er sie doch nur auf den Arm nehmen, in seinen Wagen laden

293

und in ein Krankenhaus bringen könnte. Dort würden sich die Krankenschwestern um sie kümmern und die Ärzte würden eine Reihe von Tests anordnen und sie an Maschinen anschließen, um ihre Vitalzeichen zu überwachen. Der Verlust der modernen Medizin war vernichtend. Die Menschheit hatte dieses Wunder für selbstverständlich gehalten. Jetzt war es plötzlich und gnadenlos verschwunden.

»Ich brauche meine Pillen«, murmelte sie. »Ich kann nicht schlafen, ich kann ohne sie nicht schlafen ...«

»Ich weiß. Ich werde sie holen.« Er brachte sie zurück ins Bett, schüttelte die Kissen auf und legte sie sanft hin. »Ich liebe dich, Mom.«

Aber seine Mutter hörte ihm nicht mehr zu. Es war, als ob sie ihn gar nicht hören konnte. Ihre Schulterblätter waren nach außen gekrümmt wie Flügel. Ihre silbernen Haare waren zerzaust, ihre kreppartige Haut hing lose von ihren Wangen. Sie sah so unglaublich zerbrechlich aus.

Jackson blieb bis tief in die Nacht bei ihr und hörte, wie das Rasseln in ihrer Brust sich gemeinsam mit seiner Angst vertiefte.

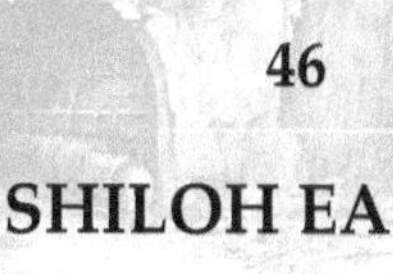

46

SHILOH EASTON
TAG VIERUNDNEUNZIG

S hiloh beschleunigte ihr Tempo. »Ich will zum Wachdienst.«
Eli joggte neben ihr her. »Das ist ein klares Nein.«
»Warum nicht?«

»Du bist ein Kind.«

»Das ist nicht fair.«

»Für mich klingt das absolut vernünftig.«

Shiloh und Eli liefen durch den Wald entlang des Joggingpfads, der um das Northwoods Inn herumführte. Der Pfad, den Eli täglich ablief, um die Sicherheitsmaßnahmen, die Scharfschützenverstecke und die Patrouillen zu überprüfen.

»Ich bin kein kleines Kind mehr.« Sie bewegte ihre Beine schneller, wich Steinen aus und umging Wurzeln, die sich über den Feldweg schlängelten. »Ich bin fast vierzehn.«

Er blieb mitten auf dem Weg stehen und starrte sie mit fassungsloser Miene an. Ihm wurde klar, dass er ihren Geburtstag nicht kannte. Er sah verdammt schuldbewusst aus.

Shiloh hegte keinerlei Groll gegen ihn, aber sie war sich nicht zu schade, diese Schuldgefühle auszunutzen, um ihren Willen durchzusetzen. Sie weitete die Augen und verzog ihre Gesichtszüge, um verletzt zu wirken.

»Wann ...« Er schluckte. »Wann hast du Geburtstag?«

»Am sechzehnten September.« Sie rümpfte die Nase, als sie die Tage des Monats im Kopf durchrechnete. »Das ist nur noch ein paar Wochen entfernt.«

Er nickte sachlich. »Ich werde es mir merken. Es tut mir leid, dass ich es nicht wusste.«

Shiloh nutzte den Moment der Pause von ihrem anstrengenden Lauf, um ihre Flasche aus dem Rucksack zu holen und mehrere Schlucke lauwarmes, gefiltertes Wasser zu trinken. Sie wischte sich den Mund mit der Rückseite ihres Unterarms ab.

»Es tut weh, Eli, ganz tief in meiner Seele. Eine klaffende Wunde, bei der ich nicht weiß, ob ich mich jemals davon erholen werde. Ich werde Jahre der Therapie dafür brauchen. Soweit ich weiß, leben die Psychiater aber genauso wie wir alle von der Hand in den Mund.«

»Ich werde es mir überlegen.«

»Mach das.«

Sie nannte ihn immer noch Eli. Spät in der Nacht, als sie im Bett gelegen hatte, während Bear ihr ins Ohr geschnarcht hatte, hatte sie über die Möglichkeiten nachgedacht. Dad? Vater? Papi? Zu babyhaft. Was, wenn er es nicht mochte, Dad genannt zu werden? Er hatte sein ganzes Leben gelebt, ohne zu wissen, dass er eine Tochter hatte. Das war für ihn wahrscheinlich genauso komisch wie für sie.

Alles zwischen ihnen war so unbeholfen, als würden sie sich noch einmal neu beschnuppern und herausfinden, wie diese seltsame neue Beziehung aussehen könnte. Er war noch nie ein Vater gewesen. Sie hatte noch nie einen gehabt. Keiner von beiden wusste, wie das funktionieren sollte.

»Lauf weiter«, sagte Eli schroff. »Wir müssen die Runde zu Ende bringen.«

Sechzehn verdammte Kilometer mit einem Rucksack. Eli war ein grausamer Anführer. Sie nahm einen letzten Schluck aus ihrer Wasserflasche und steckte sie in eine Seitentasche. Ihr Magen knurrte; sie würde auf der Stelle eine Niere für einen Snickers-Riegel spenden.

Seine dunklen Augen funkelten. »Es sei denn, du bist zu müde.«

»Friss meinen Staub!«

Sie rannte vor ihm los, aber Eli konnte man nicht abhängen. Sie joggten zusammen, Seite an Seite. Eli verlangsamte seine konstanten

Schritte, seine Atemzüge waren gleichmäßig. Shiloh war klein, aber schnell, ihre Beine kämpften, um Schritt zu halten, und sie schnappte nach Luft wie ein sterbender Fisch. Aber um fair zu sein, hatten sie heute auch schon elf Kilometer zurückgelegt.

Alle waren so beschäftigt, und Jackson und Eli waren ständig auf der Jagd nach Sykes, sodass sie Eli nur selten sah, es sei denn, sie begleitete ihn bei seinen Läufen. Sie verabscheute das Laufen. Es brachte sie fast um, aber sie wurde immer stärker, schneller und fitter.

Entweder das, oder sie war kurz davor, sich einen Leistenbruch zu holen.

Ehrlich gesagt, war es nicht nur das Laufen. Sie war die Tochter von Eli Pope. Sie gehörte auf eine Weise zu jemandem, wie sie es noch nie zuvor getan hatte. Das veränderte alles auf eine Art und Weise, die sie noch nicht ganz verstand. Sie würde es nie laut zugeben, aber es war gut. Alles an dieser Vater-Tochter-Beziehung, die sie gemeinsam aufbauten, war gut. Na ja, fast alles.

»Wie läufts im Gasthaus?«, fragte Eli unbeholfen. »Hast du Freunde gefunden?«

»Ich habe es geschafft, den Tag zu überstehen, ohne jemanden mit einem Stuhl zu verprügeln, also würde ich sagen, dass sich meine soziale Kompetenz verbessert.«

Eli lachte laut los.

Sie mochte es, wenn sie ihn zum Lachen bringen konnte. Das war ein seltenes Ereignis. »Wann gerben wir das Fell vom Schwarzbären? Ich glaube, ich werde mehr Respekt bekommen, wenn ich es als meinen neuen Apokalypse-Mantel trage. Es wird meinen Vibe aufpeppen, weißt du? Dann brauche ich nur noch ein paar Lederchaps, um das Outfit zu perfektionieren. Schock und Ehrfurcht. Oder wie sagen die bei der Army? *Shock and Awe*, Baby.«

»Den Teil mit dem Schock verstehe ich, aber bei der Ehrfurcht bin ich mir nicht so sicher.« Eli beschleunigte sein Tempo. »Wenn wir Zeit haben. Falls du es noch nicht bemerkt hast, wir waren damit beschäftigt, alle möglichen Leute davon abzuhalten, uns umzubringen.«

Shiloh bemühte sich, mit ihm Schritt zu halten, während sie Seitenstiche bekam. »Ja, das habe ich gemerkt, was mich direkt zu meinem Vorschlag mit der Sicherheit zurückbringt.«

»Zu gefährlich.«

»Du hast mich trainiert! Ich kann sogar besser mit der Armbrust umgehen als du.«

»Das spielt keine Rolle.«

»Doch, das tut es!«

»Du bist noch nicht bereit.«

»Es ist ja nicht so, als hättest du Elitekrieger der Stufe eins, die deine Kontrollpunkte und die Sicherheit an der Grenze bewachen. Vor zwei Tagen habe ich Jason Anders auf dem nordwestlichen Posten beim Schlafen erwischt. Und als ich gestern Abend in der Latrine war, dachte ich, ich schaue mal nach dem südlichen Patrouillenteam. Amanda Martz hat eine Zigarette geraucht, was die Nachtsicht beeinträchtigt, richtig? Irgendjemand hätte sich ganz einfach an sie heranschleichen können.«

Shiloh sah von dem Weg vor ihr auf und warf einen Blick auf Eli. Sein Profil war so starr, als wäre es aus Stein gemeißelt. Sein Kiefer war verkrampft, seine Lippen flach zusammengepresst. Er war nicht glücklich.

Ihre Turnschuhe klopften rhythmisch auf den festen Boden. Shilohs Puls rauschte in ihren Ohren, ihre Brust war eng und ihre Lunge platzte fast. »Du lässt Drew Stewart in das Sicherheitsteam und er ist erst sechzehn! Er kann seinen Ellbogen nicht von seinem Hinterteil unterscheiden, wenn es um Waffen geht.«

»So schlecht ist er nicht.«

»Alter. Er trifft nicht mal die Breitseite einer Scheune auf drei Meter Entfernung. Ich war schon mit sieben Jahren besser als er. Ich war sogar besser als er, als ich noch in den Windeln gelegen habe!«

Eli brummte und rannte schneller, seine langen Beine hängten sie ab.

Shilohs Seite schmerzte, und in ihren Muskeln sammelte sich Milchsäure. Es fühlte sich an, als würde sie sterben. »Ich habe die Fähigkeiten dazu. Ich bin genauso gut wie die anderen und ich werde besser ...«

»Ich habe nein gesagt!«

»Das ist nicht fair! Warum solltest du das Sagen haben? Nur weil du ... weil du mein ...« Ihre Stimme wurde leiser. Sie blieb mitten auf dem Weg stehen, eine Hand keuchend an ihre Seite gepresst. Heiße Tränen stachen ihr in die Augen und sie blinzelte sie krampfhaft zurück. »Du kannst mich nicht anders behandeln!«

Eli blieb stehen und drehte sich um, um sie anzusehen. Sie standen drei Meter voneinander entfernt. Er war kaum außer Atem. Schweißtropfen standen auf seiner Stirn. »Von wegen, das kann ich nicht.«

Vögel zwitscherten um sie herum. Das Sonnenlicht fiel durch Ahorne, Buchen und Ulmen. Veilchen sprossen im Schatten auf beiden Seiten des Weges. Insekten summten. Zwei Eichhörnchen jagten sich an der Rinde einer massiven Eiche hinauf, deren Äste sich in einem dichten grünen Blätterdach über den Weg wölbten.

»Ich habe mich mehr als bewährt! Ich habe Boone überlebt. Ich habe den Angriff auf den Leuchtturm überlebt. Ich habe den Schwarzbären getötet. Ich habe mich gegen diesen Idioten gewehrt, der mich im Wald angegriffen hat. Ich! Ganz allein!« Sie schlug sich heftig mit der Faust auf die Brust. »Das war alles ich!«

»Das hast du«, gab Eli zu, als wäre es das Schwerste auf der Welt.

»Ich sitze hier hilflos fest, während Menschen sterben! Während Lena krank ist und ich nichts tun kann ...« Jedes Mal, wenn sie an Lenas Tod dachte, schien ihr der Boden unter den Füßen wegzubrechen. Ein Schluchzen kroch ihre Kehle hoch, aber sie zwang es zurück und presste die Worte heraus. »Wozu habe ich das alles getan, wenn ich nicht einmal etwas tun kann, was *wichtig* ist?«

Eli starrte sie eine lange Minute schweigend an. »Ich habe dich gerade erst gefunden«, sagte er mit stockender Stimme. »Ich kann nicht – ich will dich nicht verlieren.«

»Was ist mit mir? Habe ich kein Mitspracherecht? Du und Jackson, ihr riskiert da draußen alles! Vielleicht kann ich es auch nicht ertragen, dich zu verlieren. Hast du darüber mal nachgedacht? Hat irgendjemand mal darüber nachgedacht? Ich weiß schon, wie das läuft. Ich weiß es besser als jeder andere. Der Tod holt sich, wen er will und wann er will. Man kann alles verlieren und denken, dass man unmöglich noch mehr verlieren kann, aber das kann man.« Ihre Stimme war ein heiseres Flüstern. »Man kann immer noch mehr verlieren.«

Eli wischte sich den Schweiß von der Stirn. Sein Gesichtsausdruck verzerrte sich. »Shiloh ...«

»Wage es nicht, mich zu bevormunden. Versuch es gar nicht erst. Nicht nach allem, was passiert ist.« Sie straffte ihre Schultern, richtete ihre Wirbelsäule auf und stand stramm in der Mitte des Weges. Die Bäume erhoben sich über ihren Köpfen und verdeckten die Sonne. Sie atmete den Duft von Tannennadeln, Moos und fruchtbarer Erde ein. »Mach das nicht mit mir.«

Er starrte sie an, als wäre sie eine wilde Kreatur, die er in seinem Haus entdeckt hatte; er wusste nicht, wie er sich ihr nähern sollte, ohne gekratzt oder gebissen zu werden.

Sie stemmte die Hände in die Hüften. »Ich habe das Recht, mein Haus und meine Leute zu verteidigen. Das kannst du mir nicht wegnehmen. Du hast nicht das Recht, mir das wegzunehmen. Ich habe die Wahl!«

Ein langer Moment verging. Schließlich sanken Elis Schultern resigniert nach unten. Er sah nicht glücklich aus, aber er atmete tief durch und nickte ihr zögernd zu. »Okay.«

Sie starrte ihn an. »Okay, was?«

»So sieht der Deal aus«, sagte Eli. »Ich gebe dir Sicherheitsposten mit der geringsten Chance auf Feindkontakt. Du wirst als Wache dienen, das ist alles. Du wirst weder mit mir streiten noch dich beschweren. Du wirst meine Befehle akzeptieren, ohne sie infrage zu stellen. Du wirst jeden Abend mindestens zwei Stunden lang mit dem Sicherheitsteam trainieren, zusätzlich zu deinen anderen Aufgaben.«

Shiloh atmete tief ein und ihre Lungen weiteten sich. Sie spürte eine Leichtigkeit in ihrer Brust, die sich in ihrem ganzen Körper ausbreitete. Sie streckte ihre verschwitzte Hand aus und bot ihr frechstes Grinsen an. »Deal.«

47

JACKSON CROSS
TAG EINHUNDERT

Jackson hockte neben Gideon Crawford auf einem Bett aus Tannennadeln unter einer hohen Kiefer. Sie befanden sich etwa zwei Meter tief in den Wäldern, die den Forstweg säumten. Er atmete gleichmäßig und nahm den Geruch von Tannennadeln, feuchter Erde und Moos auf.

Die Nacht senkte sich tief und dunkel über die Bäume. Der Sichelmond hing hell am wolkenlosen Himmel, die Sterne waren in dichten, funkelnden Bahnen verstreut und die Milchstraße schlängelte sich in einem Bogen.

Ein Ast knarrte über ihnen.

Erschrocken wirbelte Gideon herum und griff nach seiner Waffe. Auf den Knien packte er das Gewehr mit beiden Händen, legte den Schaft an die Schulter und spähte wild durch die optischen Linsen.

Eine große Gestalt setzte sich über ihren Köpfen in Bewegung. Jacksons Herz schlug wie wild in seiner Brust.

Das riesige Geschöpf breitete seine gewaltigen Flügel aus und flog los – ein Virginia-Uhu. Die Details verschwammen vor dem diesigen, grünen Hintergrund ihrer Nachtsichtgeräte. Große, gesprenkelte Flügel schlugen durch die Luft, während das Tier seinen Kopf drehte und mit leuchtend gelben Augen einen Moment lang auf sie herabblickte, bevor es seine Flügel anhob und als schwarze Silhouette im Licht der Sterne davonflog.

Gideon hob sein Gewehr. Jackson streckte die Hand aus und drückte den Lauf auf den Boden. »Was machst du da?«

»Was zum Teufel war das?«, rief Gideon.

»Nur eine Eule.«

Gideon ließ das Gewehr entnervt sinken. »Tut mir leid«, murmelte er. »Ich bin etwas angespannt.«

»Beruhige deine Nerven.«

»Ja, okay. Ich bin wohl doch nervöser, als ich dachte.«

»Das ist nur ein Beobachtungsposten«, versicherte Jackson ihm. »Wir benutzen das Gewehr nur als letzten Ausweg, denn das Geräusch könnte jeden in der Nähe auf unsere Anwesenheit aufmerksam machen. Wir werden nicht kämpfen. Sie werden nicht einmal wissen, dass wir hier sind.«

Gideon nickte, während er seine Position verlagerte und das Gewehr an seine Seite sinken ließ. Sie trugen beide dunkle Kleidung, ihre Gesichter waren mit Elis Tarnschminke bemalt und ihre nackte Haut mit natürlichem Insektenschutzmittel eingeschmiert, um Mücken abzuwehren. Ihre Helme mit den befestigten Nachtsichtgeräten ermöglichten ihnen eine klare Sicht in der Nacht – der Wald leuchtete in einem unheimlichen, befremdlichen Grün.

Jackson spähte zwischen den Stämmen zweier puderweißer Birken hindurch auf den Weg. In der Mitte des Schotterwegs wucherte das Unkraut, und das Gestrüpp breitete sich bis auf den Wanderpfad aus. Darüber bildeten dicht beblätterte Äste einen üppigen Baldachin. Ohne die Naturbehörde eroberte sich die Wildnis die zuvor gepflegten Waldwege schnell zurück.

Jackson und Gideon hatten sich in einem Versteck postiert, ein paar hundert Meter von der nächsten Kreuzung entfernt, an der die Forststraße geradeaus nach Westen führte, nach Osten abzweigte oder sich in einem s-förmigen Bogen nach Norden in Richtung Marquette bewegte.

Sie würden die ganze Nacht auf diesem Horchposten bleiben und sich bei der Wache abwechseln.

Vor vier Tagen hatte die bewegungsaktivierte Wildkamera mehrere dunkle SUVs eingefangen, die diese Straße in Richtung Westen gefahren waren. Jede Nacht hatten sie ihren Horchposten nach und nach verlagert und so Sykes' Standort immer genauer ausfindig gemacht.

Sobald die SUVs den Horchposten passiert hatten, machten sich die Beobachter zu Fuß oder mit dem Fahrrad auf den Weg bis zur nächsten Weggabelung und hielten dort an. In der nächsten Nacht machten die Beobachter am neuen Ort weiter und folgten den SUVs in sicherem Abstand bis zur nächsten Abzweigung, wo sie wieder anhielten.

Auf diese Weise verfolgten sie die Sträflinge heimlich bis zu ihrem Versteck, vorsichtig Kilometer für Kilometer, Nacht für Nacht.

Sie konnten den SUVs nicht mit dem Auto folgen, da jedes Fahrzeug auf der Straße automatisch Verdacht erregen würde. Das Verfahren war nervtötend langsam und mühsam, aber wenn Sykes etwas mitbekam, würde er weiterziehen, und sie würden ihn verlieren.

Gideon war unruhig. Er zappelte ständig herum, räusperte sich nervös und trank hörbar aus seiner Wasserflasche. Für einen Moment wünschte Jackson, er hätte stattdessen Devon mitgebracht. Sie war eine viel bessere Gesellschaft, aber sie hatte einen anderen Horchposten an einer Forststraße sechzehn Kilometer südlich von ihrer Position besetzt.

Außerdem hatte Jackson Gideon nicht ohne Grund als seinen Partner ausgewählt.

Der Wunsch, Sykes zu fassen, verzehrte ihn ebenso wie das dringende Bedürfnis, lebensrettende Medikamente für Lena aufzuspüren, aber er hatte Lilys Fall nicht vergessen, nicht eine Sekunde lang.

Jackson war nicht naiv; ungeklärte Fälle waren selbst an guten Tagen extrem schwer zu lösen, und einen fast zehn Jahre alten Mord inmitten einer weltweiten Katastrophe aufzuklären, fühlte sich überwältigend aussichtslos an – wie die unmögliche Suche nach einer Nadel im Heuhaufen.

Die Nadel war da draußen. Er wusste es. Er *spürte* sie.

Und er war sich sicher, dass der Freiwillige, der neben ihm hockte, ein Lügner war.

Jackson klappte sein Nachtsichtgerät hoch. Die grün leuchtende

Welt verschwand. Stattdessen überzog das Licht des Vollmonds die Umgebung mit einem blassen Schimmer. Er blinzelte, um seine Augen an die Dunkelheit zu gewöhnen. »Wir müssen reden.«

Gideon brummte. »Das würde ich lieber nicht.«

»Ich muss dir ein paar Fragen zu Lily Eastons Fall stellen.«

»Oh, zum Teufel, nein.«

»Es wird nicht lange dauern.«

»Du hast den Mörder bereits gefasst.«

Er sagte dasselbe, was er auch zu Astrid gesagt hatte. »Wir sind dabei, den Fall abzuschließen und die letzten losen Enden zu verknüpfen.« Jackson erwähnte weder Cyrus Lee Jefferson, noch dass er ein Alibi für den Mord gehabt hatte. Er sagte auch nicht, dass er Gideon verdächtigte, es aber nicht beweisen konnte.

»Was spielt das für eine Rolle, wenn es kein Gerichtssystem gibt?«

»Alles spielt eine Rolle. Das Gesetz ist immer noch wichtig. Eines Tages wird die Welt wieder zusammengeklebt, und dann müssen wir uns für das verantworten, was wir in diesen schweren Zeiten getan haben. Ich möchte aussagen können, dass ich alles getan habe, was ich konnte. Meinst du nicht auch?«

»Alles bricht zusammen, auch das Gesetz. Nichts lässt sich wieder zusammensetzen.«

Jackson befürchtete, dass Gideon recht hatte. Selbst wenn die nächsten ein oder zwei Jahrzehnte der nördlichen Hemisphäre wieder Macht und Ordnung bringen würden, würde alles ein chaotisches Durcheinander sein und für Jahre so bleiben. Niemand würde sich daran erinnern, wer was getan hatte, um zu überleben, geschweige denn Beweise sammeln und Prozesse führen. Aber zur Gerechtigkeit gehörte mehr als Gerichte und Gefängnisse.

»Wir müssen unsere Menschlichkeit nicht unbedingt verlieren«, sagte Jackson leise. »Die Entscheidung liegt bei uns.«

Gideons Mund verengte sich vor Wut. »Dafür hast du mich hierhergeholt? Ich habe mich freiwillig gemeldet, um meine Gemeinde zu schützen, nicht, um mich einem sinnlosen Verhör zu unterziehen. Ich muss deine Fragen nicht beantworten.«

»Nein, das musst du nicht. Keiner kann dich dazu zwingen.« Frustration wallte in ihm auf. Er hatte es satt, auf Schritt und Tritt ausgebremst zu werden. Er hielt inne und ließ seine Worte in der Luft hängen. »Ich dachte, du würdest mir helfen wollen, herauszufinden, was mit der Frau passiert ist, von der du behauptet hast, dass du sie geliebt hast.«

Gideon verkrampfte sich, seine Hände ballten sich zu Fäusten, als ob er einen Kampf erwartete und nicht klein beigeben würde. Emotionen verzerrten seine Züge. Waren es Schuldgefühle oder etwas anderes? Er schwieg eine Minute lang, als ob er mit seinem Gewissen kämpfte und der Selbstschutz gegen den Wunsch, das Richtige zu tun, ankämpfte.

Er wandte den Blick ab und zuckte mit den breiten Schultern. »Von mir aus. Stell deine Fragen.«

»Wo warst du in jener Nacht zwischen Mitternacht und zwei Uhr morgens, der Zeit des Mordes?«

»Meine Aussage steht in der Akte.«

»Darin steht, dass du die Bar um zehn Uhr abends verlassen hast und zum Haus von Ana Grady gegangen bist, der Mutter deiner toten Verlobten. Und du bist bis elf Uhr abends geblieben. Du hast kein Alibi für die Zeit des Mordes.«

Gideon sank in sich zusammen. »Ich bin an diesem Abend zu Ana Grady gegangen, weil ich betrunken war, okay? Ich bin betrunken zu ihr gefahren und betrunken nach Hause gefahren. Sie hatte sich bereit erklärt, meine Sponsorin bei den AA zu sein, aber ich konnte nicht länger als einen Monat nüchtern bleiben.«

Scham flackerte in seiner Stimme und in seinem Gesicht auf. »Ihrer Tochter zuliebe hat sie versucht, mir zu helfen, aber es war zu schwer für sie. Ich habe die Hälfe der letzten acht Jahre damit verbracht, mich zu besaufen, sogar bei der Arbeit. Ist es das, was du hören willst? Dass ich ein Versager bin, ein sich selbst schikanierender Verlierer, der keine Beziehung führen und kaum seine Praxis aufrechterhalten kann? Dass das Einzige, worauf ich mich im Leben freue, ist, von der Arbeit nach Hause zu kommen, ein leeres Haus vorzufinden und mich in einen Vollrausch zu saufen? Jetzt wurde mir sogar das genommen.«

Bitterkeit und Bedauern blitzten in den Augen des Mannes auf. Die Tragödien in seinem Leben hatten Wunden gerissen, die nie verheilt waren. Das machte ihn bedauernswert, aber nicht unschuldig.

Gideon kratzte an einer wurmartigen Narbe, die sich über sein Schlüsselbein und an der Seite seines Halses hinaufzog – eine Narbe von dem Unfall, der Astrid zum Krüppel gemacht hatte. Jackson hatte ihn das schon mal machen sehen, eine nervöse, instinktive Geste.

Die Details des Unfalls waren in Jacksons Gedächtnis nur noch vage vorhanden. Er war noch auf dem College gewesen, als es passiert war, aber er hatte den Unfallbericht gelesen. Sein Vater war um drei Uhr morgens bei strömendem Regen als Erster am Unfallort gewesen, die Straßen waren glitschig gewesen und hatten aufgrund von Glasscherben und verbogenem Metall geglänzt.

»Was ist in der Nacht passiert? In der Unfallnacht.«

Gideon rieb sich die Narben fester. »Ich habe im Regen auf dem M-28 die Kontrolle verloren, bin zu schnell in eine Kurve gefahren und mit einem entgegenkommenden Fahrzeug zusammengestoßen. Das hatte man mir gesagt, als ich im Krankenhaus aufgewacht bin. Ich habe keine Erinnerung daran. Null. Das steht in dem Bericht deines Vaters.«

»Ich habe ihn gelesen. Der Bericht ist ziemlich dürftig. Er sagt so gut wie gar nichts aus.«

»Nicht mein Problem.«

»Im Bericht steht, dass niemand schuld gewesen ist.«

Gideons Unterkiefer verhärtete sich im Mondlicht. Sein rechtes Auge zuckte. »So steht es da.«

»Wenn du noch etwas sagen willst, dann höre ich zu.«

Gideon senkte seine Stimme. »Das ist schon lange her. Ich habe es hinter mir gelassen. Jeder hat es hinter sich gelassen.«

Ein Teil von ihm wollte die Sache auf sich beruhen lassen, aber das war nicht der richtige Weg. Es gab Dinge, die ihn quälten. Schnüre und Fäden, die nirgendwohin führten und sich auflösten, je mehr er daran zerrte. Manchmal ergab der Wandteppich keinen Sinn, bis man ihn aus einem anderen Blickwinkel betrachtete.

Es gab hier irgendetwas. Er wusste nur nicht, was.

Er ging ein Risiko ein. »Cyrus Lee Jefferson hat Lily nicht umgebracht. Er hatte ein Alibi. Jemand anderes war es. Jemand, den wir noch nicht gefunden haben.«

Gideon wich zurück. Sein Kopf ruckte hoch und er starrte Jackson an wie ein Reh im Scheinwerferlicht. »Was?«

»Du hast richtig gehört.«

Gideons Gesichtsausdruck verfinsterte sich. »Du denkst, ich war es. Deshalb hast du mich hierhergebracht.«

Jackson leugnete es nicht. Er wandte die übliche Taktik an, sich mit dem Verdächtigen zu identifizieren und ihn glauben zu lassen, dass man auf seiner Seite stand, dass man im Grunde genommen ein Gleichgesinnter war. »Sie hat dich betrogen. Wenn ich es gewesen wäre, wäre ich wütend gewesen. Wütend und untröstlich. So wütend, dass ich nicht mehr klar hätte sehen können«

Gideon starrte ihn wutentbrannt an. »Leck mich.«

»Du bist zu ihr gegangen, um sie zur Rede zu stellen, und die Situation ist aus dem Ruder gelaufen. Das kommt vor.«

»Nein, auf keinen Fall. Nachdem ich Allison bei dem Autounfall verloren habe, dachte ich, ich würde nie wieder jemanden lieben. Ich habe Lily geliebt. Ich habe sie von ganzem Herzen geliebt. Ich hätte ihr nie etwas angetan.«

Jackson sagte nichts. Er ließ die Stille zwischen den beiden andauern, erlaubte der Spannung, sich aufzubauen. Die meisten Verdächtigen konnten mit dieser Stille nicht umgehen; sie mussten sie mit etwas füllen, mit nervösem Geplapper, einem sich abspulenden Seil aus Worten, das Jackson benutzen würde, um sie zu erhängen.

Gideons Augen verfinsterten sich. »Wie ich schon sagte, wusste ich nichts von ihr und Eli, und selbst wenn ich es gewusst hätte, hätte ich ihr nie ein Haar gekrümmt. Ich hätte ihr verziehen. So sehr habe ich sie geliebt. Wir hätten das regeln können.«

Jackson glaubte ihm nicht. Gideon log, aber in Bezug auf was und warum? Und was hatte das mit Lilys Tod zu tun – hatte es überhaupt etwas damit zu tun? Horatio verheimlichte ganz sicher etwas, aber was verheimlichte Gideon Crawford und für wen?

»Das liegt in der Vergangenheit«, sagte Gideon müde. »Was spielt das für eine Rolle?«

»Die Vergangenheit ist nie tot«, sagte Jackson. »Die Vergangenheit ist hier und jetzt. Erst vor ein paar Wochen hat jemand versucht, Lilys Tochter zu töten, um sie zum Schweigen zu bringen. Wenn ich die Person nicht aufhalte, könnte sie es wieder versuchen, und zwar bald. Wenn du Lily nicht getötet hast, dann hilf mir, den Mörder zu finden.« Er sah, wie der Damm brach, wie die Lügen und Täuschungen bröckelten. Der ganze Körper des Mannes erschlaffte. Er atmete aus, als hätte er jahrelang die Luft angehalten.

»Es ist Zeit, Gideon«, sagte Jackson.

Mit niedergeschlagener Stimme sagte Gideon: »Es ist Zeit.«

48

JACKSON CROSS
TAG EINHUNDERT

Gideon begegnete seinem Blick mit glanzlosen Augen. »Lily war dabei. Ich meine nicht die Nacht, in der sie ermordet wurde. Ich meine davor.«

Die Erkenntnis traf Jackson wie ein Schlag in den Solarplexus. »Sie war in der Nacht des Unfalls mit im Auto.«

Gideon nickte. »Wir sind an dem Abend ausgegangen, Lily, Allison und ich. Lily und Allison waren gut befreundet. Es hatte so stark geregnet. Im offiziellen Unfallbericht stand, dass es ein Frontalzusammenstoß zwischen zwei Autos war. Aber Astrids Auto hatte einfach mitten auf der Straße gestanden. Ihr Auto tauchte aus dem Nichts auf. Auf unserer Fahrbahn. Sie war auf unserer Spur.« Seine Stimme stockte. »Ich habe die Leiche erst danach gesehen.«

Jackson bekam dieses Gefühl, dieses kleine Frösteln im Nacken, dass ein Jäger bekommt, wenn er die Witterung seiner Beute aufgenommen hat. Er bewegte sich nicht, änderte weder seinen Gesichtsausdruck noch seinen Tonfall. »Erzähl mir von der Leiche.«

»Astrid, sie ... sie hatte etwas angefahren. Jemanden. Sie hat einen Fußgänger angefahren. Niemand wusste, was er nachts im Regen am Straßenrand gemacht hatte. Er hatte eine Wanderausrüstung, Stiefel, einen großen Rucksack mit einem Zelt und einen Schlafsack dabei. Wie einer dieser Typen, die sich acht Monate Zeit nehmen, um den gesamten North Country Trail von North Dakota nach New York zu wandern.«

Gideon sah zerrissen aus. »Er war völlig zerschlagen, gebrochene Knochen ragten aus seiner Haut heraus. Sein Kopf war … Es war wirklich schlimm. Es war gerade erst passiert. Astrid saß immer noch in ihrem Auto und versuchte irgendwie herauszufinden, was sie tun sollte. Sie wollte nicht wahrhaben, dass es wirklich passiert war. Aus der Motorhaube quoll immer noch Dampf. Und dann kamen wir um die Kurve gerast und knallten direkt in sie hinein.«

Es schien Gideon immens viel Kraft zu kosten, weiterzureden. »Als ich aus dem Auto stolperte, war es wie eine Szene aus einem Albtraum. Durch die Scheinwerfer wurde alles beleuchtet. Überall waren Blut und Glas. Allison … Sie war … sie war schon tot. Im anderen Auto schrie Astrid und kreischte. Mir lief Blut über die Schläfen. Das konnte ich zwar spüren, aber nicht den Schmerz, noch nicht. Ich befand mich in einem Schockzustand. Lily saß auf dem Rücksitz; sie war leicht angeschlagen, aber es ging ihr gut.«

Er hörte nicht auf, zu reden. »Als ich die Gestalt am Straßenrand zusammengesackt auf dem Boden liegen sah, habe ich zuerst gedacht, dass wir es gewesen waren. Ich dachte, wir hätten ihn angefahren und sein Körper wäre über die Straße in den Graben geflogen. In dem Moment bin ich in Panik geraten. Ich wusste, wie schlimm es war – das würde unser Leben ruinieren. Ich habe Lily gesagt, dass sie weglaufen soll. Sie war acht Kilometer von zu Hause entfernt.«

»Du hast ihr gesagt, sie soll von einem Tatort fliehen?«

»Ich dachte, ich würde sie retten.«

»Okay«, sagte Jackson. »Okay.«

»Als sie weg war, habe ich den Notruf verständigt, der über das Büro des Sheriffs läuft. Das Auto gehörte mir, und es war ein Wrack. Ich konnte nicht weglaufen. Ich sitze also am Straßenrand und schluchze, denn ich weiß, dass Allison tot ist, während ich auf die Leiche des Wanderers am Straßenrand starre. Ich konnte meinen Blick nicht abwenden und dann dämmerte es mir: Astrid hat ihn angefahren, nicht wir. Deshalb stand ihr Auto auf unserer Fahrbahn. An ihrer Stoßstange und am Kühlergrill klebte Blut, aber der Regen war dabei, es wegzuwaschen und die Beweise von der Straße zu spülen.«

Gideon strich sich mit einer Hand übers Gesicht. »Sheriff Cross fährt vor und geht eine Minute lang herum. Er ruft einen Krankenwagen für seine Tochter, aber er fordert keine Verstärkung an, noch nicht. Dann entdeckt er die Bierdosen in meinem Auto. Er leuchtet mir mit der Taschenlampe ins Gesicht und zwingt mich, einen Alkoholtest zu machen, dann erklärt er mir, dass ich die Wahl habe. Er behauptet, ich sei betrunken. Ich war nicht wirklich der Meinung, dass ich betrunken gewesen bin, nur angeheitert, aber ich stehe unter Schock, habe Angst und eine Gehirnerschütterung, also was weiß ich schon? Er sagt, er kann mich wegen fahrlässiger Tötung anklagen und mich mit der vollen Härte des Gesetzes bestrafen und mich für Jahre, vielleicht Jahrzehnte wegsperren ... Meine Zukunft wäre dahin.«

Gideon kaute auf seiner Unterlippe und starrte Jackson an, mit einer Mischung aus Vorsicht, Besorgnis und vielleicht auch Angst in seinem Gesicht. »Wir reden hier über deinen Vater. Ich will nicht ... Ich meine ...«

»Ich weiß über meinen Vater Bescheid«, sagte Jackson. »Red weiter.«

»Der Sheriff hat gesagt, ich kann ins Gefängnis gehen oder ich kann die clevere Wahl treffen. Er wird berichten, dass er mich mit einer Gehirnerschütterung und bewusstlos aufgefunden hat. Die Gehirnerschütterung stimmte sogar. Ich hatte mich gefühlt, als ob mein Kopf explodieren würde. Er meinte dann, dass er sich um das Bier im Auto kümmern und alles für mich beseitigen würde. Dass ich nie wieder darüber nachdenken müsste. So würde ich meine Zukunft im Handumdrehen zurückbekommen. Nicht Allisons Zukunft, aber hey, wir haben getrunken und sind gefahren, was zum Teufel haben wir uns dabei gedacht? *Nimm den Gewinn, Junge,* hat er gesagt. *Nimm ihn und lauf.* Das habe ich getan.«

»Horatio hat es vertuscht.«

Gideon nickte unglücklich. »Und ich habe ihn gelassen.«

»Was ist dann passiert?«

»Ich habe getan, was er gesagt hat. Der Krankenwagen kam. Das wars.«

»Waren schon andere Polizisten da, als du weggefahren wurdest?«

Er schüttelte den Kopf. »Nur der Sheriff. Ein anderes Auto

tauchte auf, aber es hatte kein Nummernschild. Ich erinnere mich, dass ich die Scheinwerfer am Krankenwagen vorbeifahren gesehen habe.«

Jemand hatte geholfen, den Wanderer loszuwerden. Vielleicht jemand, der dafür bekannt war, Leichen mit Ketten zu beschweren und sie im Lake Superior zu versenken, dem See, der so kalt und tief war, dass er seine Toten nie wieder hergab.

Jackson erinnerte sich an die Meldung über den vermissten Wanderer zu dieser Zeit. Ein College-Junge aus Wisconsin hatte sich ein Jahr Auszeit genommen, um den siebentausendvierhundert Kilometer langen North Country Trail zu wandern. Dieser Weg erstreckte sich über acht Bundesstaaten, fünf davon im Mittleren Westen, und durchquerte fast die gesamte Breite der Upper Peninsula durch fast neunhundert Kilometer aus Urwald, schroffen Hügeln, spektakulären Wasserfällen, Seen und Flüssen. Es gab viele Orte, an denen er fallen und für immer verschwinden konnte.

Er war an einer Tankstelle in Munising gesehen worden. Die Behörden hatten vermutet, dass er ausgerutscht und von einer steilen Klippe gestürzt war, wo der Wanderweg an der zerklüfteten Küste des Lake Superior entlangführte. Der Fall galt noch als offen.

Die Puzzleteile fügten sich zusammen, das Bild enthüllte sich allmählich und alles ergab einen entsetzlichen Sinn. Horatio hatte einen großen Gefallen eingefordert. Seitdem stand er bei Sawyer in der Schuld.

»Und Lily?«, fragte Jackson.

Gideon rieb sich die Augen und stieß ein verwundetes Geräusch aus, das in seinem Hals stecken blieb. »Sie hatte den Wanderer auch gesehen. Der Sheriff wusste nicht, dass sie im Auto gesessen hatte. Ich habe ihr gesagt, sie müsse nur ihren Mund halten, dann würde alles gut werden. Kurz darauf wurde sie mit Cody schwanger. Ich habe sie gefragt, was es bringen würde, ins Gefängnis zu gehen, nur weil sie die Wahrheit gesagt hat, wenn es doch ein Kind gibt, für das sie sorgen muss. Wir hatten getrunken. Wir waren in Astrids Auto geknallt und haben sie zum Krüppel gemacht. Wenn wir den Sheriff angeschwärzt hätten, hätten wir uns selbst angeschwärzt. Der Sheriff wusste das. Er wusste, dass ich nicht reden würde.«

Gideon sah aus, als hätte er Schmerzen. »Es hat mich innerlich aufgefressen, aber ich bin damit fertig geworden. Lily aber hat es auf eine andere Art aufgefressen. Es hat uns zusammengeschweißt: der Unfall, Allison auf diese Weise verloren zu haben und dieses schreckliche Geheimnis zu bewahren. Wir kamen uns näher und dann haben wir uns ineinander verliebt. Ich habe sie geliebt, obwohl sie von ihren Geistern heimgesucht wurde. Scheiße, das wurden wir beide.«

Gideon schüttelte den Kopf. Die Trauer stand ihm ins Gesicht geschrieben und seine Augen waren glasig vom Schmerz der Erinnerung. »Die Jahre sind vergangen. Ab und zu hat sie darüber nachgedacht, die Wahrheit zu sagen und reinen Tisch zu machen. Ich habe ihr gesagt, dass sie verrückt ist. Sie könne doch nicht anfangen, den Leuten zu erzählen, dass Sheriff Cross ein Tötungsdelikt vertuscht hat, um seine Tochter zu schützen. Ich würde meine Lizenz verlieren und ebenfalls ins Gefängnis wandern. Aber sie wurde immer besessener von der Sache. *Gerechtigkeit für Allison*, sagte sie immer wieder. Wir wären nie in den Unfall geraten, wenn Astrid den Wanderer nicht angefahren hätte.«

Gideon rieb sich mit den Fäusten die Augen. »Lily hat mir in der Nacht vor ihrem Tod gesagt, dass sie die Wahrheit sagen würde, egal was die Konsequenzen wären. Sie konnte nicht mehr damit leben. Sie wollte es dir sagen, Jackson. Ist sie jemals zu dir gekommen?«

Jackson schluckte eine neue Welle der Trauer hinunter. »Nein, das ist sie nicht.«

»Sie hatte nie die Gelegenheit dazu bekommen, nicht wahr?« Gideon schüttelte wütend und verzweifelt den Kopf. »Ich wusste, dass sie mit schlimmen Dingen zu tun hatte. Irgendjemand hatte die Leiche in dieser Nacht entsorgt, jemand Mächtiges und Gefährliches. Dein Dad war der Sheriff. Er würde seinen Job verlieren, ins Gefängnis gehen und gedemütigt werden. Sein Kartenhaus würde in sich zusammenfallen. Ein Mann wie er geht nicht einfach stillschweigend unter, oder?«

»Nein, das tut er nicht.« Ein paar Sekunden lang war es still. Jackson sagte: »Du hattest fast genauso viel zu verlieren, Gideon.«

Der Mann hob seinen Kopf und begegnete Jacksons Blick. Seine Augen waren blutunterlaufen, verzweifelt, aber klar. »Ich habe sie nicht getötet. Ich habe sie geliebt. Ich hätte sie auf der Stelle geheiratet.

Wenn ich zu ihr gestanden hätte, anstatt mich in Wodka zu ertränken, wenn ich mich bereiterklärt hätte, mit ihr ins Reine zu kommen ... dann wäre alles anders. Es ist schwieriger, zwei Menschen zu töten, als nur einen, nicht wahr? Ich war ein Feigling. Ich war ein Feigling und sie ist deswegen gestorben. Ob du mir glaubst oder nicht, das ist die bittere Wahrheit.«

Jackson tat es. Er glaubte ihm. Niemand konnte Gideon Crawford mehr Vorwürfe machen als er sich selbst. Der Mann hatte seine schlimmsten Sünden offenbart. Er hatte nichts mehr zu verbergen.

»Und nachdem Lily ermordet worden war?«

»Ich dachte ... ich dachte zuerst, es war Horatio. Ich hatte Todesangst. Ich dachte, der Sheriff würde mich beschuldigen und damit zwei Fliegen mit einer Klappe schlagen. Der Geliebte ist immer ein leichtes Ziel. Dann wurde Eli verhaftet. Es kam heraus, dass Lily mich betrogen hatte. Sie haben behauptet, dass er eifersüchtig geworden ist, als er das herausgefunden hat, und in einen Mordrausch verfallen ist – den Rest kennst du ja.«

Jackson versteifte sich. Er kannte den Rest viel zu gut. »Du hast zugelassen, dass das Geheimnis begraben bleibt.«

Gideon strich sich über sein müdes Gesicht und zog die Schultern zusammen, als wolle er einen Schlag abwehren. »Ja. Ja, das habe ich. Ich hatte Angst und ich war ein Feigling. Ich dachte, ich hätte genug gelitten, aber ich hatte ja keine Ahnung. Ich hatte wirklich überhaupt keine Ahnung.«

Darauf hatte Jackson keine Antwort.

»Bist du jetzt glücklich?«, fauchte Gideon.

»Nein«, sagte Jackson leise. »Ganz und gar nicht.«

Gideon wischte sich die Nässe aus den Augen und räusperte sich. »Glaubst du ... dein Vater könnte Lily getötet haben?«

Ein Schauer durchlief Jackson. Wenn Lily zu Horatio gegangen wäre, um ihn in seinem Haus zur Rede zu stellen ... dann hätte sein Vater alles verloren: seine glänzende Karriere, seinen Ruf, seine Familie und seine Freiheit. Horatio hatte ein Motiv, die Mittel und die Gelegenheit gehabt.

»Ich werde es herausfinden.«

»W-was wird mit mir passieren?«

Jackson sah ihn an, einen Mann, den er sein ganzes Leben lang gekannt hatte und jetzt kaum wiedererkannte. »Überhaupt nichts.«

Gideons Gesichtszüge schienen sich zusammenzuziehen, er war ausgehöhlt von Schmerz, Geheimnissen und Schuld. All die Jahre, die er in dieser Stadt verbracht hatte, hatte er hilflos mitansehen müssen, wie Sheriff Cross dem Gouverneur die Hand schüttelte, mit dem Polizeipräsidenten aß, Preise und Auszeichnungen erhielt, während Gideon sein schmutziges Geheimnis verborgen hatte. Das Geheimnis, für das seine Verlobte gestorben war. Das Geheimnis, für das er sich selbst verachtete. Die schmutzige Wahrheit, die er vergraben hatte, um seine eigene Haut zu retten. Aber das war nur die halbe, nur ein Teil der Wahrheit – denn irgendetwas war immer noch begraben, ranzig und verrottet, und Horatio befand sich irgendwie im stinkenden Zentrum davon.

Was auch immer es war, Jackson würde es ausgraben. »Ich hätte nie gedacht ...«, fing Gideon an.

Jackson hörte etwas. Er hielt einen Finger an seine Lippen. Gideon nickte knapp.

Er spitzte seine Ohren und lauschte angestrengt. Ein Geräusch drang zu ihnen durch. Es war anders als das Rascheln und Zirpen der Nachtwesen. Es war ein leises, zischendes Schnurren, das Rauschen des Windes in einer windstillen Nacht, das Surren von Reifen über Erde und Gras.

»Sie sind hier«, flüsterte Jackson.

49

JACKSON CROSS
TAG EINHUNDERT

Jackson warf sich auf den Boden und zog Gideon neben sich herunter.

Der erste SUV fuhr hinter den Bäumen vorbei, durch die Nachtsichtgeräte dunkelgrün und fast lautlos. Ein zweiter SUV fuhr vorüber, dann ein dritter und ein vierter.

Auf dem Bauch liegend klappte Jackson sein Nachtsichtgerät über die Augen und kroch durch das Unterholz in Richtung Straße, um einen freien Blick auf die Karawane zu bekommen.

Gideon krabbelte neben ihm her, wobei er viel zu viel Lärm machte. Er war ein Gorilla, groß und unbeholfen. Er scharrte Äste aus dem Weg, rüttelte an Sträuchern und schliff das Gewehr in einer Hand hinter sich her.

»Sei still«, zischte Jackson.

Vor ihnen hatte die Karawane aus SUVs die Kreuzung erreicht. Anstatt nach links oder rechts abzubiegen oder geradeaus zu fahren, hielt das führende Fahrzeug an. Die Bremslichter leuchteten wie Raubtieraugen.

Adrenalin schoss durch seine Adern. Weniger als hundert Meter trennten sie. Ein Dutzend bewaffnete Schläger in vier SUVs gegen zwei Männer mit Gewehren.

»Was machen die da?«, fragte Gideon.

»Ich weiß es nicht.«

»Warum bewegen sie sich nicht?«

»Ich weiß es nicht!«

Doch dann wurde es ihm klar. Die Bremslichter wurden größer. Die Geländewagen fuhren rückwärts und kamen direkt auf sie zu. Die Insassen mussten etwas gesehen haben, den metallischen Schimmer von Gideons Gewehrlauf oder die unnatürlich raschelnden Büsche im Rückspiegel.

So oder so, sie waren am Arsch.

»Geh in Deckung!« Jackson wich auf dem Bauch krabbelnd zurück und kroch schnell hinter den sechzig Zentimeter dicken Baumstamm der Kiefer. Er blieb liegen und spähte um den Stamm herum. Zehn Meter links von ihm versteckte sich Gideon hinter einem umgestürzten Baum und drückte sich in die Mulde unter dem Baumstamm.

Die SUVs hielten auf dem Waldweg direkt vor Jacksons Versteck. Die Fenster des Wagens wurden heruntergekurbelt. Mehrere böse aussehende Gewehrläufe kamen zum Vorschein.

Erschrocken zog sich Jackson hinter die Kiefer zurück, das Gewehr in den Händen und senkrecht zwischen die Oberschenkel geklemmt. Er war unendlich dankbar für die schwarze Kleidung und die Schminke.

Es waren zu viele von ihnen. Ihre einzige Chance war, sich zu verstecken. Klein bleiben, still sein und abwarten. Wenn sie nichts sahen, würden sie in ein oder zwei Minuten verschwinden. Es war sinnlos, auf sie zu schießen, denn das würde nur seine Position verraten. Kämpfen war der allerletzte Ausweg.

Er unterdrückte seinen Atem. Die Angst ließ Säure in seinem Magen aufsteigen und sein Puls rauschte viel zu laut in seinen Ohren. Er war sicher, dass sie es hören und ihn finden würden ...

Schüsse ertönten. Eine Kakofonie aus Maschinengewehrfeuer durchbrach die Nacht. Kugeln schlugen im Unterholz ein, zerfetzten Blätter und Äste und zerschmetterten Baumstämme. Mehrere Kugeln schlugen mit voller Wucht in die Kiefer ein. Die Rinde splitterte dreißig Zentimeter von seinem Schädel entfernt.

Jackson zuckte zusammen, als ein paar Stücke aus Rinde seine Wange trafen. Er presste das Gewehr mit klammen Handflächen an seine Brust. Kalter Schweiß bildete sich auf seiner Stirn. Seine Ohren klingelten, die Geräusche wurden undeutlich.

Eine zweite Welle von automatischem Feuer durchbohrte die Bäume. Tannennadeln und kleine Zweige regneten auf Jacksons Kopf herab. Weitere Geschosse schlugen kaum mehr als einen halben Meter rechts von ihm in den Boden ein. Erdklumpen prasselten auf seine Beine.

Überall um ihn herum knallten Schüsse. Das Trommelfeuer vibrierte in seinen Zähnen und in seiner Brust. So abrupt, wie es begonnen hatte, hörte das donnernde *Ratatata* der Gewehrschüsse auch wieder auf.

Die Nacht wurde totenstill.

Eine der Türen des SUVs öffnete sich knarrend. Ein dumpfer Schlag, als ein Paar Stiefel den Boden berührte. Erste Schritte näherten sich. Jackson nahm eine Gestalt wahr, die an der Kante des Feldwegs stand und in den dichten Wald spähte.

Er hielt den Atem an und drückte seine Wirbelsäule gegen den Sockel der Kiefer. Die Rinde biss in seinen Rücken und seine Schultern. Das unaufhörliche Summen der Insekten war verstummt. Der Wald war gespenstisch still geworden, sein Mund war trocken wie eine Wüste, sein Herz hämmerte und seine Sicht schrumpfte auf einen Tunnelblick, während die Panik an ihm nagte. Egal, wie gut er sich versteckt hatte, sie brauchten nur ein paar Meter in den Wald vorzudringen, um ihn und Gideon zu entdecken.

Eine tiefe Stimme durchbrach die Stille. »Hast du was gesehen?«

»Nein. Was auch immer es war, es ist tot«, sagte eine zweite Stimme.

»Ich hab dir doch gesagt, dass es ein Reh war«, antwortete eine gedämpfte Stimme, wahrscheinlich aus dem Inneren des SUVs.

»Das war kein verdammtes Reh«, knurrte die zweite Stimme. »Ich habe jemanden gesehen. Das weiß ich genau.«

»Wie du gesagt hast, jetzt ist es tot. Du hast ein Dutzend Löcher in alles gebohrt, was im Umkreis von fünfzig Metern lebt.«

Einen Moment lang herrschte Schweigen, während die Schlägertypen über ihren nächsten Schritt nachdachten. Jackson hörte die unterdrückte Angst in ihren Stimmen. Sie mochten weder die Dunkelheit noch den Wald. Sie waren alles andere als begeistert von dem Gedanken, mitten in der Nacht durch die Bäume zu streifen und nach Bedrohungen zu suchen.

Egal, wie geschickt man sich in Deckung und Verborgenheit bewegte, es bestand die Möglichkeit, dass jemand einen Glückstreffer landete und einem eine Kugel in den Kopf jagte. Selbst ausgebildete Soldaten würden zögern, ein solch feindliches Territorium zu betreten. Diese Mistkerle waren brutal und gewalttätig, aber alles andere als trainiert.

»Die Moskitos fressen mich bei lebendigem Leibe auf, Mann«, jammerte eine dritte Stimme. »Wir sind eh spät dran.«

»Komm schon, lass uns gehen.«

Eine weitere Tür schlug zu. Sekunden später folgte das Knattern der Reifen. Fast lautlos fuhren die SUVs los.

Jackson schloss vor Erleichterung für einen Moment die Augen. Sein ganzer Körper zitterte, seine Kiefer waren so fest zusammengebissen, dass er dachte, seine Zähne könnten jeden Moment brechen. Er zwang sich, durch das Unterholz an den Straßenrand zu kriechen, um zu sehen, wie die Karawane aus Elektrofahrzeugen an der Gabelung des Waldweges vorbeikam und geradeaus fuhr.

Augenblicke später waren die Rücklichter verschwunden. »Gideon!«, rief er.

Es kam keine Antwort.

Er konnte vor lauter Ohrensausen kaum seine eigene Stimme hören. Sein Kopf klingelte wie eine angeschlagene Glocke. Sie hatten verdammtes Glück gehabt, dass sich die Gangster nicht die Mühe gemacht hatten, ihre Beute aufzuspüren.

Er rief erneut Gideons Namen. Immer noch nichts.

Er warf sich sein Gewehr über die Schulter und schob das dornige Gestrüpp beiseite, wobei sich die Äste an ihm festkrallten, während er auf den umgefallenen Baumstamm zuging. Die Bäume standen dicht beieinander und versperrten ihm die Sicht.

»Gideon!«, flüsterte er. »Wo bist du?« Immer noch keine Antwort.

Jackson umrundete den Baumstamm. Gideon lag auf dem Boden. Er lag auf der rechten Seite, halb zusammengerollt in Fötusstellung und hielt sich mit beiden Händen das linke Bein. Sein Gewehr lag auf dem Boden unter einem Dickicht aus Rhododendren. Aufgrund der Wellenlänge des Nachtsichtgeräts sah das Blut, das durch Gideons verkrampfte Finger floss, fast durchsichtig aus.

Jackson sank fassungslos neben ihm auf die Knie. Er schob das Gerät auf seinem Helm nach oben. Blutspritzer bedeckten das Laub und die zertrampelten Tannennadeln. Die Flüssigkeit glitzerte im Mondlicht schwarz wie Teer.

Gideon stieß zischend einen Atemzug aus. »Es tut weh.«

Jackson rief über das Funkgerät um Hilfe, aber er bekam nur ein Rauschen als Antwort. Hier draußen in der Wildnis gab es keine Repeater. Jede Verstärkung war zu weit weg.

Jackson griff nach dem Erste-Hilfe-Kasten. Er hatte zwar eine Ersthelferausbildung, aber seine Kenntnisse waren eingerostet und reichten bei Weitem nicht an die von Eli oder Lena heran. Gideon brauchte einen fähigen Chirurgen. Er brauchte ein Krankenhaus und ein Operationsteam, das in Bereitschaft war und auf ihn wartete.

Gideon röchelte, seine Atmung war flach, sein Puls raste. Die Oberschenkelarterie war durchbohrt. Er könnte innerhalb weniger Minuten verbluten.

»Halt durch. Wir schaffen das.« Verzweifelt kramte Jackson nach einem Tourniquet, riss die Verpackung mit den Zähnen auf und zog es ein paar Zentimeter über der Schusswunde um Gideons Oberschenkel. Er drehte den Knebel, um den Druck zu erhöhen und die Blutung zu stoppen, und befestigte ihn dann mit dem Klettverschlussstreifen.

»Du wirst wieder gesund«, sagte er. »Atme. Atme einfach weiter und halte durch.«

»Lasst mich nicht sterben. Ich will nicht sterben ...«

Jackson musste ihn da rausholen, aber Gideon war zu verletzt, um mit seinem Fahrrad zu fahren. Jackson musste in Funkreichweite von Devon gelangen, die den Diesel-Pickup herbringen würde. Sie könnten ihn auf den Rücksitz legen und ihn mit hundertachtzig Sachen zurück in die Stadt fahren.

»Mein ... mein Bauch tut weh.«

Jackson tastete Gideons Oberkörper und Bauch ab, wobei er sein blutgetränktes Shirt anhob. Die Dunkelheit und Gideons schwarze

Kleidung hatten die Wunden verdeckt. Ölschwarze Flüssigkeit sickerte aus mehreren Löchern, die Gideons Bauch unterhalb seines Bauchnabels durchbohrten.

Saure Panik schnürte ihm die Kehle zu. Die Kugeln hatten mit Sicherheit Gideons innere Organe durchgeschlagen. Es war zu viel Blut.

Gideons Haut war kalt und klamm geworden. Sein Atem kam in flachen Stößen, sein Puls war schnell und schwach. Selbst in der Dunkelheit konnte man sehen, dass Gideons Lippen graublau gefärbt waren.

Er befand sich im Schockzustand. »Ist es schlimm?«

Jackson schluckte seine Erschütterung hinunter. Er riss Verbandszeug aus dem Erste-Hilfe-Kasten und hielt es auf die Wunden. Es war zu spät, viel zu spät.

»Wir bringen dich zurück ins Gasthaus und Lena wird dich sofort nähen. Du hast ein paar Fleischwunden. Du wirst schon wieder. Halte ... einfach durch.«

Gideon umklammerte Jacksons Arm mit schwachen Fingern. »Ich ... ich habe sie geliebt ... Ich hätte ... anders handeln sollen ...«

Jackson prüfte seinen schwachen Puls. Er konnte ihn kaum spüren. »Ich glaube dir.«

»Verzeih mir«, flehte Gideon mit heiserer Stimme. »Bitte ... verzeih mir.«

Jackson hatte nicht die Macht, Gideon seine Dämonen zu verzeihen oder irgendjemandem zu vergeben – einschließlich sich selbst. Er hatte Gideon hierhergebracht, um Antworten aus ihm herauszuquetschen, um seine eigenen Ziele zu erreichen. Gideon hatte sich mutig seinen Geistern gestellt und die Wahrheit gesagt, nur um dann für seinen Mut erschossen zu werden. Diese schreckliche Ungerechtigkeit war unbegreiflich. »Bitte ...«, murmelte Gideon.

Jackson kämpfte gegen bittere Tränen an. Er wusste, was Lily sagen würde, wenn sie hier wäre. Er hoffte es zumindest, denn er hatte seine eigenen Sünden zu verantworten. »Lily würde dir verzeihen, Gideon. Sie verzeiht dir.«

Die Zikaden zirpten im Unterholz. Eine Eule heulte von irgendwo in der Nähe. Das Mondlicht beleuchtete die Blätter der Eiche, die sich über ihnen ausbreitete. Gideons Augenlider fielen flatternd zu. Er keuchte und das Blut sprudelte von seinen Lippen.

»Bleib wach!« Jackson beugte sich über ihn und presste verzweifelt den zusammengeknüllten Verband auf die Wunden, aus denen das Blut floss. Es war sinnlos. Er drückte Gideons eiskalte Hand. »Bleib bei mir! Komm schon!«

Gideon gurgelte etwas, das Jackson nicht verstehen konnte. Seine Augen rollten in seinen Hinterkopf. Seine Brust wurde still.

Verzweifelt sank Jackson auf seine Fersen, die Hände schlaff und nutzlos in seinem Schoß. Gideons Blut war warm und klebrig auf seinen Handflächen.

Er wollte zum Himmel schreien und Gott bitten, die Zeit zurückzudrehen, es rückgängig zu machen. Das hätte nicht passieren dürfen. Es war seine Schuld. Der Tod von Gideon war seine Schuld.

Sie waren so nah dran, Sykes zu fassen. Er war näher denn je daran, den Mord an Lily aufzuklären. Und doch fühlte er sich so verloren und allein wie noch nie in seinem Leben.

50

LENA EASTON
TAG EINHUNDERTZWEI

»Ich habe kein Insulin mehr«, sagte Lena.

»Nein«, antwortete Shiloh erschrocken. »Nein, das ist unmöglich.«

Jackson und Eli standen im Konferenzraum neben dem Kamin. Lena hatte sie gebeten, herzukommen, damit sie es ihnen gemeinsam sagen konnte und sie sich vorbereiten konnten. Der Wind pfiff draußen vor den Fenstern, die Glasspritzen klirrten, die Flammen im Kamin knisterten und knackten.

Bear lehnte sich an ihr Bein und warf ihr einen wehmütigen Blick zu, während er traurig winselte. Vielleicht roch er die Süße ihres Atems und konnte irgendwie den gefährlich ansteigenden Zuckergehalt in ihrem Blut spüren.

Sie straffte die Schultern, legte eine Hand auf den Schreibtisch, damit die anderen ihre Schwäche nicht sehen konnten, und stellte sich den drei Menschen, die sie am meisten liebte, um ihnen die Wahrheit zu sagen.

»Ich verstehe das nicht«, sagte Shiloh mit belegter Stimme. »Wie kann es so schnell leer gegangen sein? Du solltest doch noch einen Monat Zeit haben. Eli hat dir einen weiteren Monat verschafft.«

»Ich habe mir das Insulin mit Tracis und Curts kleinem Jungen geteilt.«

Sie starrten sie schockiert an, als ihre Worte langsam in ihr Bewusstsein drangen. Trauer und Wut zeichneten sich auf ihren Gesichtern ab. Ihr Kummer ließ Lenas Brust schmerzen.

»Wie konntest du nur?«, sagte Shiloh mit kläglicher Stimme. »Wie konntest du nur!«

»Es war meine Entscheidung. Nicht deine.« Lena versuchte, ihre Stimme gleichmäßig zu halten, was ihr nicht gelang. Sie wollte Shiloh gegenüber eine tapfere Fassade wahren. »Ich konnte es nicht mit gutem Gewissen für mich behalten. Das war nicht fair.«

»Fair? Wen interessiert schon fair? Du wirst sterben!«

Lena machte einen Schritt auf sie zu und ihr Herz brach mit Shilohs Trauer. »Ich helfe Menschen. Das ist es, was ich tue, wer ich bin. Shiloh, ich muss dir sagen ...«

»Ich akzeptiere das nicht!«, rief Shiloh. »Nein!«

»Ich liebe dich von ganzem Herzen. Daran wird auch der Tod nichts ändern.«

»Du hast es versprochen!« Ihre Stimme brach. »Du hast versprochen, dass du nicht gehst!«

»Ich entscheide mich nicht dafür, zu gehen. Das würde ich nie ...«

Aber Shiloh war untröstlich. Sie floh aus dem Zimmer, wobei sie die Tür hinter sich zuschlug.

Bear senkte seinen Kopf, wimmerte und schnupperte an Lenas Handfläche. Lena streichelte seinen Kopf, um ihn mit zitternden Fingern zu beruhigen. »Es tut mir leid«, flüsterte sie. »Es tut mir so leid.«

»Ich werde sie suchen«, sagte Jackson.

Lena nickte und kämpfte gegen die Tränen an. »Danke.«

Anstatt wegzugehen, kam Jackson zuerst zu ihr und berührte ihre Schulter. »Wir tun alles, was wir können. Wir sind Sykes und den Medikamenten auf der Spur. Wir sind so nah dran, Lena. Gib nicht auf.«

»Das tue ich nicht. Das werde ich nicht.«

Sie sah ihn an – sie sah ihn wirklich an – und ihre Gefühle drückten auf ihre Brust und schnürten ihr die Kehle zu. Sein Gesicht war hager, seine Augen gequält, ein Mann, der von Geistern heimgesucht wurde. Sie wusste, dass Gideon Crawford vor zwei Nächten in

Jacksons Armen gestorben war. Sie wusste, wie wichtig ihm das war, wie sehr er für Gerechtigkeit gekämpft und welchen Preis er dafür bezahlt hatte und immer noch bezahlte.

»Ich liebe dich, das weißt du«, sagte sie. »Du bist der Bruder, den ich nie hatte.«

Jackson umarmte sie. »Du bist die Familie, die ich mir ausgesucht habe.«

Sie umarmte ihn auch. »Wir haben einander ausgesucht.«

»Ich werde für sie da sein«, sagte Jackson.

»Sie braucht dich, dich und Eli. Jetzt mehr denn je.« Lena zog sich zurück und sah ihm ins Gesicht. »Ich möchte, dass du Lilys Mörder findest.«

»Du wirst dabei sein, wenn es passiert …«

»Das werde ich wahrscheinlich nicht, das weißt du«, sagte Lena leise. »Aber ich weiß, dass du ihn weiter jagen wirst. Ich weiß, dass du ihn finden wirst. Für Lily. Aber noch wichtiger ist, dass du ihn für Shiloh findest. Um sie zu beschützen.« Jackson schluckte schwer. »Das werde ich, Lena. Ich verspreche es.« Er ließ sie los und folgte Shiloh, wobei er die Tür leise hinter sich schloss.

Lena und Eli standen sich jetzt allein gegenüber.

Eli schrie nicht, belehrte sie nicht und wütete nicht. Er stand da wie ein Mann, der in eine schreckliche Starre verfallen war.

»Es tut mir leid …«, begann sie.

»Du brauchst dich nicht zu entschuldigen.« Seine Stimme war schroff, rau vor Schmerz. »Du musst dich niemals bei mir entschuldigen.«

Ihr Gesicht verzerrte sich. Ihre Augen füllten sich mit Tränen. Sie blinzelte schnell. Die Angst schnürte ihr die Lunge zu. Egal, wie stark sie sich gab, in Wahrheit hatte sie Angst, große Angst. »Ich versuche, tapfer zu sein. Ich versuche es so sehr. Ich glaube nicht, dass ich das gut hinbekomme.«

»Du musst nicht für alle anderen tapfer sein. Du musst überhaupt nicht tapfer sein. Es ist in Ordnung. Was auch immer du fühlst, es ist in Ordnung.«

Ihr fehlten jegliche Worte. Sie brauchte nichts laut auszusprechen. Er wusste es bereits. Eli öffnete seine Arme und jede Faser ihres Wesens sehnte sich danach, zu ihm zu gehen. Er küsste sie durch ihre Tränen hindurch, leidenschaftlich und verzweifelt. Er schlang seine Arme um sie und zog sie in seine Wärme und seine Kraft. Solange sie an seiner Seite war, fühlte sie sich absolut sicher.

Sie sank in seine Umarmung, drückte ihre Wange an seine Brust und lauschte auf seinen gleichmäßigen Herzschlag. Sie liebte diesen Mann, war wahrhaftig und wahnsinnig in ihn verliebt, mit jedem Schlag ihres Herzens. Es hatte das Ende der Welt gebraucht, um die wahre Liebe zu finden. Wie ironisch.

Tränen liefen ihr über die Wangen. Einmal angefangen, konnte sie sie nicht mehr aufhalten. Er streichelte ihr zärtlich über die Haare. Ihr Herz fühlte sich an, als würde es ihr aus der Brust gerissen. »Ich habe solche Angst.«

»Ich auch«, flüsterte er in ihre Haare.

Sie standen lange Zeit so da, hielten einander und spendeten sich Trost, eine Pause von den Schmerzen, von dem, was sie fürchteten.

Sie murmelte in seine Brust, ihre Worte waren gedämpft. »Ich will nicht sterben.«

»Das wirst du auch nicht.« Er sprach mit Überzeugung, aber er log. Egal, wie sehr er sich bemühte, niemand konnte das Unmögliche versprechen. Er hielt sie fest. »Was auch immer passiert, ich bin bei dir. Ich bin hier, bis zum Ende.«

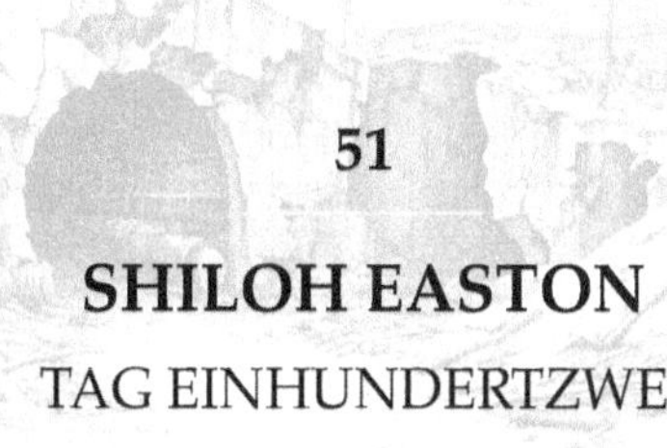

51

SHILOH EASTON
TAG EINHUNDERTZWEI

Shiloh saß mit Jackson auf einem moosbewachsenen Baumstamm am Flussufer auf dem Northwoods-Grundstück. Neben ihnen rauschte ein Wasserfall in den Fluss. Kristallklares Wasser plätscherte über moosbewachsene Felsen und Steinbrocken. Vögel zwitscherten und kleine Lebewesen raschelten durch das Unterholz.

Die Natur funktionierte weiter, als ob nichts passiert wäre, als ob die Welt nicht in zwei Hälften zerbrochen wäre, als ob Shilohs Herz nicht in Stücke zersprang, während sie dort saß, zitternd und am Boden zerstört.

»Ich bin da, falls du reden willst«, sagte Jackson.

Sie wollte nicht reden, sie wollte den Mund aufmachen und schreien und schreien und nicht mehr aufhören. Sie wollte treten, schlagen, jemandem so viele Schmerzen zufügen, wie sie selbst verspürte. »Ihr müsst sie retten.«

»Wir tun alles, was wir können«, sagte er leise. »Aber du musst wissen, dass das vielleicht nicht ausreicht.«

Sie gab einen gequälten Laut von sich, der ihr im Hals stecken blieb. Sie wusste das schon. Natürlich wusste sie es. Lena würde sie verlassen wie alle anderen auch; sie würde sterben und es gab nichts, was Shiloh tun konnte, um es zu verhindern. Die Flutwelle aus Wut und Trauer überwältigte sie fast und raubte ihr den Atem aus der Lunge.

Jackson beugte sich zu ihr. Er sah mitfühlend aus, aber seine Bewegungen waren zögerlich und unsicher, als wollte er sie umarmen, doch sie warf ihm einen so feindseligen Blick zu, dass er sich zurückzog und seine Handflächen zur Kapitulation hochhielt, als sei sie ein tollwütiger Hund. »Schon gut.«

»Nichts ist gut! Nichts wird jemals gut sein.«

»Ich weiß. Ich liebe sie auch. Sie ist meine beste Freundin.«

Sie sah das Leid auf seinem Gesicht und wusste, dass es die Wahrheit war. Jackson war nicht der Schuldige; er hatte sich mehr als jeder andere für sie und Cody eingesetzt. Sie wollte sich entschuldigen, aber die Worte lagen wie ein Klumpen Ton auf ihrer Zunge.

»Ich weiß, dass du wütend bist, ein gebrochenes Herz und Angst hast. Das habe ich auch.«

»Was soll ich denn jetzt tun?«, flüsterte sie.

»Verschwende nicht die Zeit, die du mit ihr hast. Schätze jede Sekunde. Das ist es, was ich tun werde.«

Shiloh schluckte den Kloß in ihrem Hals hinunter und nickte.

»Ich werde dich nicht anlügen. Die Gespräche, die du in den nächsten ein oder zwei Wochen mit Lena führst, könnten die letzten sein, die ihr miteinander erlebt. Wenn sie nicht mehr da ist, wirst du nichts mehr zurücknehmen können. Du wirst ihr nicht mehr *Es tut mir leid* oder *Ich liebe dich* sagen können. Bitte, lass nicht zu, dass deine letzten Worte zu deiner Tante negativ sind.«

Ihre Sicht war unscharf geworden. Sie blickte hinauf in das Sonnenlicht, das durch die Blätter der großen Eiche fiel, die sich über ihnen ausbreitete. Insekten schwirrten umher, Moskitos, Schnaken und Kriebelmücken. Der Tsunami an Gefühlen, der sie zu ertränken drohte, war fast zu viel, um ihn zu ertragen.

»Okay«, sagte sie und meinte es auch so. »Ich verspreche, dass ich es wiedergutmachen werde.«

»Warte nicht.«

»Das werde ich nicht.«

Sie lauschte der Brise, die die Blätter aufwirbelte, dem Rascheln des Grases und dem Summen der Heuschrecken, dem Plätschern des Wasserfalls, der über die moosbedeckten Felsen schwappte, und fasste sich ein Herz.

»Ich möchte über meine Mom sprechen. Darüber, was passiert ist.« Jackson schaute sie erschrocken an. »Jetzt?«

Ihre Nägel gruben sich in ihre Handflächen. »Ja. Jetzt. Ich ... ich stand eine Minute lang vor der Tür und habe versucht, den Mut aufzubringen, wieder reinzugehen. Ich habe gehört, was Lena zu dir gesagt hat. Sie hat dich gebeten, weiter nach dem Mörder meiner Mutter zu suchen. Was ist, wenn Lena ...« Sie schluckte das Kratzen in ihrem Hals hinunter. »Was ist, wenn sie stirbt, ohne jemals die Wahrheit über ihre Schwester zu kennen? Das wäre ... das wäre schrecklich.«

»Ja«, sagte Jackson. »Das wäre es.«

»Und der Kerl, der mich angegriffen hat ... Ich weiß, dass sich alle Sorgen machen, dass jemand anderes versuchen könnte, mir wieder wehzutun, und dass derjenige, der meine Mom getötet hat, dahintersteckt. Beim Insulin kann ich nichts machen, aber vielleicht kann ich in diesem Fall etwas tun. Vielleicht gibt es etwas in meinem Kopf, das helfen könnte.«

Er zögerte. »Hör zu, Shiloh. Es wäre besser, wenn ein Kinderpsychologe das mit dir machen würde. Ich habe darauf gewartet. Ich bin das Verzeichnis, das ich auf der Festplatte meines Laptops gespeichert hatte, durchgegangen und habe nach Kinderpsychologen gesucht, mit denen das Büro des Sheriffs in der Vergangenheit zusammengearbeitet hat. Ich wollte jemanden finden, der Erfahrung mit Kindheitstraumata und dem damit verbundenen Gedächtnisverlust hat, um dir zu helfen, deine Erinnerungen auf sichere Weise erneut zu durchleben. Ich bin nach Manistique, Grand Marais und Marquette gefahren, aber ich habe niemanden gefunden. So viele Menschen sind abgereist, haben sich vor dem Winter auf den Weg ins Landesinnere gemacht oder haben es während der Sonneneruptionen nicht nach Hause geschafft. Flugzeugabstürze, Autounfälle und gestrandete Menschen, die nicht nach Hause konnten ... Es tut mir leid, ich habe es versucht. Ich kann dich nicht bitten, das zu tun ...«

»Ich muss es tun.«

»Bist du sicher?«

Ihre Angst schmeckte wie Batteriesäure in ihrer Kehle. »Ja.«

Jackson sah unsicher aus. »Ich hatte ein paar Fälle von Körperverletzung, bei denen ich einer Therapeutin dabei zugesehen habe, wie sie Techniken angewendet hat, die verdrängte Erinnerungen zurückbringen. Sie hatte es dem Staatsanwalt erklärt, als ich dabei war. Ich bin bei Weitem nicht qualifiziert, das mit dir zu machen, aber wenn du bereit bist, bin ich es auch.«

Sie sackte nach vorn auf dem Baumstamm, stützte die Ellbogen auf die Knie und legte den Kopf in die Hände. Sie schloss die Augen und dachte an Cody, an ihre Mutter, an das ferne Lachen und daran, wie sie sich im Sonnenlicht in starken Armen drehte.

Danach kamen die Dunkelheit, die Schreie und das Blut. Die Erinnerung daran fühlte sich an, als würde sie ersticken.

Jackson beugte sich vor und ergriff ihren Arm. »Shiloh. Hey.«

Sie starrte ihn mit großen Augen an. Die Geister waren in ihrem Kopf, die Dunkelheit lauerte ihr auf.

»Wir müssen das nicht tun.«

»Es ist alles in Ordnung.«

Besorgnis ließ ihn die Stirn runzeln. »Shiloh, nichts ist es wert, dein Wohlergehen zu gefährden, nicht einmal das hier. Wenn du glaubst, dass ich deine psychische Gesundheit für diesen Fall aufs Spiel setzen würde, hast du dich getäuscht. Du bist mir wichtig. Das war schon immer so, von dem Moment an, als du geboren wurdest.«

Sie blinzelte gegen einen plötzlichen Schwall von Tränen an. »Ich weiß«, sagte sie mit fester Stimme. »Ich weiß das.«

Und das tat sie. Die Jahre, in denen er vorbeigekommen war, um nach ihr zu sehen, ihr Bücher und Snickers-Riegel gebracht hatte. Auch nachdem Boone sie gekidnappt hatte, hatte Jackson nicht aufgegeben. Er hatte den Fall geknackt und Eli geholt, um sie zu retten. Sie war von diesen beiden Männern gerettet worden.

»Warum kann ich mich nicht an alles erinnern?«

»Weil das Trauma überwältigend war, geradezu vernichtend. Manchmal ist die einzige Möglichkeit zu überleben, dass das Opfer seinen Körper verlässt. Vollständige Distanzierung. Eine totale Abschottung. Es war zu viel für deinen Verstand, um damit umzugehen, also hat dein Verstand diese Erinnerungen vor dir versteckt, um dich zu schützen. Wenn etwas unerträglich ist, findet unser Gehirn einen Weg, es vor unserem Bewusstsein zu verbergen, um sich selbst zu schützen. Das ist völlig normal, Shiloh. Du hattest eine ganz normale Reaktion auf ein Trauma, du warst immerhin noch ein kleines Kind.«

Das erklärte die Blackouts und wie sie in Momenten extremen Schreckens zusammenbrach.

»Die Erinnerungen sind noch irgendwo in dir«, sagte Jackson. »Der Körper vergisst nicht.«

»Wenn ich einen Hinweis in meinem Kopf habe, wenn ich endlich wissen kann, wer mir und Cody meine Mom weggenommen hat, wenn Lena es wissen kann, bevor ...« Ihre Stimme versagte. Sie hasste ihre Gefühle dafür, dass sie sie verrieten, aber sie konnte es nicht verhindern. Der Kummer drohte sie in den Abgrund zu reißen.

Jackson nickte. »Wir können jederzeit aufhören, verstanden?«

»Lass es uns einfach tun.«

Jackson führte sie langsam und behutsam in die Vergangenheit zurück, stellte ihr Fragen über ihr Haus, ihr Schlafzimmer und ihre Lieblingskuscheltiere und forderte sie auf, die Dinge genau zu beschreiben: ihre Paw-Patrol-Bettlaken, die marineblauen Wände – nicht rosa, wie ihre Mom es gewollt hatte – und den Simba-Plüschlöwen, der jede Nacht bei ihr geschlafen hatte.

Mit einem Ruck erinnerte sie sich daran, dass Eli ihr Simba zu ihrem fünften Geburtstag geschenkt hatte. Das Plüschtier hatte nach ihm gerochen – waldig, wie Tannennadeln und Holzrauch – und sie hatte es geliebt. Schon damals war Eli ein Teil ihres Lebens gewesen. Jackson führte sie durch diese Nacht, die Paw-Patrol-Folge, die sie gesehen, und die Spaghetti, die es zum Abendessen gegeben hatte. »Was hat dich in dieser Nacht geweckt?«

»Ein seltsames Geräusch. Ich weiß nicht, was es ist.« *Rums, Rums, Rums.* Das schreckliche Geräusch überfiel ihre Träume, Nacht für Nacht. »Dann schreit jemand. Es ist Mom; ich weiß, dass es Mom ist. Ich halte die Decke so fest, ich habe solche Angst. Da ist jemand im

Haus. Mom ist hier, aber irgendwie weiß ich, dass sie nicht die Person ist, die ich höre. Die Schritte sind schwer und stockend. Sie hören sich nicht an wie ihre. Sie sind verstohlen und geheimnisvoll. Ich setze mich schnell auf. Ich habe Angst und mein Herz flattert wie ein Vogel in meiner Brust. Ich rufe nach meiner Mom. Der Schrei ertönt noch einmal. In diesem Moment weiß ich, dass es kein Traum ist. Es ist real. Es ist im Haus.«

Ihre Finger gruben sich in den Baumstamm und ihre Nägel krallten sich in die weiche Rinde. Ihre Atmung war flach und rasselnd. Sie bekam nicht genug Sauerstoff und ihre Muskeln waren steif.

Alles drängte an die Oberfläche, Erinnerungen blitzten unter ihrer Haut auf, die Vergangenheit berührte die Gegenwart. Sie schloss ihre Augen und ließ die Erinnerungen kommen, während ihre Umgebung verblasste.

»Was dann? Was passiert jetzt?«

»Das dumpfe Geräusch wird immer lauter. Irgendjemand kommt.«

Shiloh atmete schnell, fast hyperventilierend. Sie zitterte am ganzen Körper und ihre Augen brannten, als die Tränen unaufgefordert hervorquollen.

»Wo bist du? Was siehst du?«

»Ich versuche, mich zu verstecken. Ich habe solche Angst. Mir ist kalt. Ich habe das Gefühl, dass ich mich übergeben muss. Ich versuche, nicht zu weinen. Am liebsten würde ich nach meiner Mom schreien, aber ich weiß, dass irgendwas nicht stimmt. Ein Monster ist im Haus, ein Windigo. Er ist hierhergekommen, um mich und meine Mom zu verschlingen. Ich weiß es. Ich kann es fühlen.«

»Wo bist du?«

»Ich klettere aus dem Bett und rutsche zwischen der Wand und der Seite des Bettes nach unten. Es sind nur dreißig Zentimeter. Ich bin winzig und kann mich dazwischenzwängen. Da gehe ich immer hin, wenn Großvater anfängt zu schreien und Mom nicht da ist. Wenn Mom da ist, steht sie zwischen mir und Cody und ihm. Aber er ist heute Abend nicht da. Es gibt nur mich und Mom und das, was sie zum Schreien bringt. Was auch immer diese furchtbaren Geräusche macht ...«

Noch mehr Geräusche. Stöße und Kratzen und ein schreckliches, schmerzhaftes Stöhnen. Ein gedämpfter Schrei, der in der Mitte abgebrochen, abgehackt wurde. Und dann: Stille. Betäubende Stille. »Jemand ist da. Jemand ist auf der anderen Seite der Mauer, neben der ich mich versteckt habe. Er klopft an die Wand, als wüsste er, dass ich da bin. Als ob er sagen würde: *Komm raus, komm raus, wo immer du bist.* Ich bewege mich nicht. Ich kann mich nicht bewegen. Mein Körper ist blockiert. Ich bin wie erstarrt. Die Dunkelheit kommt auf mich zu, ich habe solche Angst, aber die Dunkelheit wird mich mitnehmen, sie verspricht, die Angst zu vertreiben. Aber das tut sie nicht. Sie tut es einfach nicht.«

»Wo bist du? Was passiert gerade?«

»Ich kauere in meinem Schlafzimmer, eingezwängt zwischen der Wand und dem Bett, und versuche, mich kleinzumachen.«

»Kannst du über das Bett sehen? Was siehst du?«

»Er schaut durch die Tür in mein Schlafzimmer. Ich glaube, er kann mich sehen. Das Nachtlicht ist an.«

»Was hörst du?«

»Das dumpfe Geräusch, als er ins Zimmer kommt.«

»Kannst du sein Gesicht sehen?«

»Er hat einen Hoodie an und hält sich die Kapuze um das Gesicht, sodass ich keine Details sehen kann …«

Shiloh hörte auf zu sprechen, hörte auf zu atmen und starrte ins Leere, wie damals in ihrem Schlafzimmer vor acht Jahren, als sie in das Gesicht eines Monsters geblickt hatte.

Es fühlte sich an, als würde sie sich an zwei Orten gleichzeitig aufhalten, hier mit Jackson und im selben schrecklichen Moment dort mit dem Monster. Die Angst steckte wie ein Haken in ihrer Kehle, ihr Herz donnerte in ihren Ohren und vibrierte in ihrer Brust.

»Er guckt direkt zu mir. In meinen Träumen ist es ein Dämon mit Löchern statt Augen und einem Mund. Das Gesicht wendet sich mir zu, aber es ist verschwommen. Keine Merkmale, keine Details, nur ein Fleck aus Schatten unter der Kapuze. Dann wird alles dunkel. Ich glaube, ich hatte einen Blackout, so wie auf dem Schrottplatz, als Boone Cody entführt hat.«

»Was hast du dann getan?«, fragte Jackson vorsichtig.

»Im Haus ist es immer noch dunkel. Ich weiß nicht, wie viel Zeit vergangen ist, Minuten oder Stunden. Ich stehe neben dem Bett meiner Mutter, schüttle ihren Arm und versuche, sie aufzuwecken, aber sie will nicht. Ihre Gliedmaßen fühlen sich seltsam an ... Sie sind schlaff, wie bei einer Puppe. Ihre Augen sind offen, aber sie starrt an die Decke, als ob sie nichts sehen würde. Sie kann mich nicht hören. Die Decken sind vom Bett geschoben, wie wenn man einen Albtraum hat und die Decke wegkickt. Sie hat keine Klamotten an. Da glitzert eine Halskette, aber ich habe sie noch nie gesehen. Es ist nicht ihre. Mom ist so schön wie eine Porzellanpuppe, ihre dunklen Haare auf dem weißen Satinkissen. Aber irgendetwas stimmt nicht. Ich kann es spüren.«

Shiloh verkrampfte sich. »Ich lege meine Hände auf ihr Gesicht und rufe ihren Namen. Da ist ein glitschiges Zeug auf ihrer Haut. Ich kann nicht sehen, was es ist; es ist wie schwarze Farbe an meinen Fingern, aber ich weiß, dass es das nicht ist. Ich bin noch klein, aber ich weiß es. Ich wusste, dass es der Schatten war, der Windigo, das *Ding*, das in unser Haus eingedrungen ist.«

Shiloh fing an zu weinen. Ihr Körper zitterte, und ihr war kalt, so unglaublich kalt. Ihre Knochen waren eisig, ihr Fleisch war gefroren, als könnte es jeden Moment brechen. Die Tränen kamen erst langsam, dann brach der Damm und sie stürzte in tiefe, heftige Schluchzer. »Sie ist tot. Sie wird sich nicht mehr bewegen. Dieses ... dieses Monster hat sie getötet!«

Sie schlang ihre Arme um ihren Brustkorb und weinte. Sie konnte das Blut so deutlich sehen, den leblosen Blick ihrer Mom, das Glitzern der Halskette an ihrem zerschundenen Hals.

Jackson legte seine Hand auf Shilohs Schulter. Er rückte näher und zog sie zu sich heran. »Ich bin hier, Shiloh, ich bin hier. Wir sind hier. Du bist hier bei mir. Öffne deine Augen. Du bist hier bei mir, du bist jetzt sicher.«

Shiloh öffnete blinzelnd die Augen und sah Jackson wie aus weiter Ferne an, als wäre sie Hunderte von Kilometern unter den Ozean getaucht und wüsste nicht, wie sie wieder an die Oberfläche kommen sollte. Sie konnte nicht aufhören zu zittern und ihr Atem stockte in ihrer Brust.

»Es ist das Hier und Jetzt, nicht das Damals. Du bist in Sicherheit. Du bist jetzt in Sicherheit. Sieh dir das Gras an, sieh dir die Bäume an und konzentriere dich auf deine Atmung. Fang an, deinen Atem zu verlangsamen, Shiloh. Höre dem Wasserfall zu. Du bist nicht mehr in dem Haus, du bist hier. Komm jetzt zurück.«

»Anchorage, Madagaskar, Brüssel, Dubai, Istanbul, Hongkong, Auckland ...« Shiloh murmelte die Namen der Orte, die sie unbedingt besuchen wollte, aber wahrscheinlich nie besuchen würde. Die vertraute Litanei beruhigte sie allmählich.

Der Fluss kehrte zurück, ebenso wie der plätschernde Wasserfall, der blaue Himmel, die Bäume und die brüchige Rinde des Baumstamms unter ihr. Dann kamen die gesprenkelte Sonne, die singenden Vögel, das raschelnde Gras auf der Wiese, das ihre Schienbeine kitzelte, und Jackson, der neben ihr saß.

Schniefend unterdrückte sie ein Schluchzen, schluckte schwer und wischte sich die Tränen und den Rotz aus dem Gesicht, während das Zittern in ihrer Brust langsam nachließ. Sie atmete tief und schwer, um sich zu beruhigen.

»Als er in meinem Zimmer war, hat er überlegt, ob er mich auch töten soll.«

»Ich denke ja.«

»Der Mörder hat mich nicht als Bedrohung gesehen. Er hat mich die Nacht in einem leeren Haus mit meiner toten Mutter verbringen lassen. Er wollte, dass ich sie so finde, dass ich sie sehe nach dem, was er getan hatte. Ich hätte mehr tun sollen. Ich hätte erkennen müssen, wer es war und es der Polizei und dir sagen müssen.«

»Du hast überlebt. Dein Verstand hat deine zerbrechliche Psyche auf die einzige Weise geschützt, die er kannte. Das ist keine Schande, absolut nicht.«

Es waren dieselben Dinge, die sie Ruby immer wieder gesagt hatte. Irgendwie war es einfacher, es jemand anderem zu sagen, als es selbst zu glauben. Es war seltsam, dass die Menschen sich selbst gegenüber am strengsten waren.

»Du bist dadurch stärker geworden.«

»Nein«, sagte Shiloh. »Es ist nicht das Trauma, das einen stärker macht. Es ist jeder Tag, an dem man aufsteht, obwohl man niedergeschlagen wurde, jedes Mal, wenn man sich entscheidet, noch eine Stunde oder einen Tag weiterzukämpfen. Das ist es, was einen stärker macht.«

»Du hast recht.« Jackson drückte erneut ihre Schulter und behielt seine Hand dort, um ihr Trost zu spenden.

Diesmal wich sie nicht zurück.

52

LENA EASTON
TAG EINHUNDERTUNDDREI

»Lena!«

Lena wirbelte herum, hielt sich mit einer Hand ihren Proviantbeutel an die Brust und griff mit der anderen instinktiv nach ihrer Pistole. Ihr Herz schlug ihr bis zum Hals.

Traci Tilton stürzte atemlos auf sie zu. »Ich hatte gehofft, du wärst hier am Leuchtturm. Der Gasthof ist so viel weiter weg und wir haben keine Zeit. Wir haben keine Zeit mehr.« Ihre Worte kamen schnell und hibbelig. Die Frau hyperventilierte, ihr Gesicht war rot vor Anstrengung und ihre blonden Locken waren zerzaust.

Lena ließ die Hand von ihrer Pistole gleiten. »Was ist los?«

Tracis verzweifelter Blick fiel auf Bear, der interessiert an einem Schmetterling schnupperte, der sich auf einem moosbewachsenen Baumstamm niedergelassen hatte. »Shiloh hat gesagt, dass du Such- und Rettungsdienste machst und dass dein Hund jeden finden kann.«

Der lange Schatten des Leuchtturms reichte bis zum Strand, wo die Wellen in weißen Schaumkronen ans Ufer schlugen. Der Wind hatte zugelegt, rüttelte an den Ästen und ließ die Blätter rascheln.

Lena hatte sich für eine Stunde davongeschlichen, um nach wilden Preiselbeeren zu suchen, die sie nur auf dem torfigen Boden im Moor in der Nähe des Leuchtturms finden konnte. Die säuerlichen Beeren, die an den tief hängenden Rebstöcken wuchsen, hatten Ende August angefangen zu reifen. Wildpreiselbeeren enthielten viele Antioxidantien und senkten unter anderem den Blutdruck, verbesserten die Herzgesundheit und beugten Harnwegsinfektionen vor.

»Bear kann fast jeden finden«, sagte Lena. »Traci, was ist los?«

Traci sah erschüttert aus. »Es geht um Keagan. Wir haben an den Enchanted Cascades Enten gejagt. Es gibt so viele von ihnen und sie sind es gewohnt, gefüttert zu werden, also kommen sie direkt auf einen zu ... Wir haben uns kurz umgedreht und dann war er weg. Er ist einfach verschwunden. Wir müssen ihn finden.«

Ein Schauer durchfuhr sie. Lena warf einen Blick auf den bedeckten Himmel. Es war später Nachmittag, schwere Schatten schoben sich über die Bäume. Sie verloren mit jeder Sekunde wertvolles Tageslicht.

Sie schnalzte mit der Zunge nach Bear und machte sich auf den Weg zur Einfahrt, während sie im Kopf die Entfernung berechnete. Es waren etwa sechzehn Kilometer und sie hatte noch vier Stunden bis zum Sonnenuntergang. Instinktiv griff sie mit ihren geschundenen Fingern nach ihrer Pumpe, bevor ihr einfiel, dass sie keine Pumpe und kein Insulin mehr hatte.

Seit heute Morgen hatte sie ihre Blutzuckerwerte nicht mehr überprüft. Es war ein weiterer schmerzhafter Stich gewesen, der ihr gesagt hatte, was sie bereits wusste – ihr Wert war zu hoch und stieg immer weiter an.

Traci hastete hinter ihr her. Lena stolperte und verlor fast das Gleichgewicht, aber die andere Frau bemerkte es nicht; sie war auf ihren vermissten Sohn fokussiert. Lena ignorierte ihre pochenden Kopfschmerzen, ihren verkrampften Magen und das ständige Hungergefühl. Auch Durst plagte sie – egal, wie oft sie trank.

»Wann hat er das letzte Mal eine Spritze bekommen?«

»Heute Morgen gegen zehn Uhr. Seine Werte waren zu hoch. Er braucht eine weitere Injektion. Wir haben noch zwei von dem Vorrat, den du uns gegeben hast. Eine Nacht allein im Wald wird sein System belasten ...«

Lena kannte die schwindenden Chancen. Sie wusste, wie leicht es war, in tausend Kilometern Wildnis zu verschwinden, sich zu verirren, über eine Wurzel zu stolpern und sich den Knöchel zu verstauchen, in einer Schlucht auszurutschen und zu stürzen oder im Kreis zu laufen, bis man an den Folgen der Kälte starb oder, wie in Keagans Fall, ins Koma fiel und nicht mehr aufwachte.

Ein kleiner Junge hatte sich im Wald verirrt, während die Dunkelheit der Nacht nahte. Er hatte kein Essen, kein Insulin, keine Glukosetabletten oder eine Pumpe, kein Zelt, keinen Feueranzünder oder Wasserfilter – nichts, was er brauchte, um eine Nacht in der Wildnis zu überleben.

Sie erreichte die Stelle, an der sie ihr Mountainbike hinter einer Birke verstaut hatte, mit ihrer medizinischen Notfalltasche auf dem Gepäckträger.

Neben ihrem Fahrrad stand ein Pferd in der Einfahrt, gesattelt und schwitzend. In ihrer Verzweiflung, Lena zu finden, hatte Traci es hart angetrieben. Traci stieg auf das Pferd und nahm die Zügel in die Hand. Das Pferd schüttelte seine Mähne und schnaubte ungeduldig.

Lena sah zu ihr auf. »Hast du ein Kleidungsstück von ihm, das er kürzlich, also gestern oder heute, getragen hat?«

»Sein Taschentuch, das er immer mit sich herumträgt. Wir haben es auf dem Weg gefunden. Ich habe es in eine Papiertüte gesteckt. Bitte, Lena. Ich flehe dich an.«

Sie hatte kaum noch Kraft, aber sie hatte keine andere Wahl. Sie hatte schon einmal ihr Leben riskiert, um das von Keagan zu retten. Wenn sie jetzt versagte, was war dann der Sinn ihres Opfers?

Es gab einen Sinn, einen Zweck für ihr gemeinsames Leiden.

Es musste einen geben.

»Wenn nicht wir, wer dann?«, fragte sie Bear.

Bear stupste sie von der Seite an. Sein ganzer Hintern wackelte vor Begeisterung und seine Ohren spitzten sich in Erwartung. Er hatte die Spannung gespürt und witterte ein Abenteuer. Er liebte die Such- und Rettungsarbeit. Er war bereit, loszulegen. Er war immer bereit, loszulegen.

»Lena«, sagte Traci. »Bitte.«

Lena nickte heftig. Weiße Flecken flimmerten in ihrem Sichtfeld. Sie blinzelte sie weg und griff nach ihrem Funkgerät, um Jackson zu rufen. Sie brauchte seine Hilfe, um einen Suchtrupp zu organisieren und Keagan zu finden.

Das Funkgerät war tot. Sie drückte auf die Knöpfe, schaltete es aus und wieder ein, nahm die Batterien heraus und legte sie wieder ein, aber immer noch nichts. Sie wühlte in ihrer Gürteltasche, in der sie einen Satz Ersatzbatterien aufbewahrte, und probierte sie aus – es funktionierte immer noch nicht.

Ihr Herz rutschte ihr in die Hose. Sie hatte keine Ahnung, warum es nicht funktionierte und wie sie es reparieren konnte. »Traci, hast du ein Funkgerät?«

Traci schüttelte den Kopf. »Deshalb habe ich nach dir gesucht.«

Lena zögerte, war unschlüssig. Sie sollte das nicht allein tun, nicht in den besten Zeiten und schon gar nicht krank und mit einem Psychopathen, der irgendwo da draußen unterwegs war. Sie brauchte Hilfe. Eli würde nicht wollen, dass sie das hier allein machte.

Aber das Funkgerät war ausgefallen und das Gasthaus lag mehrere Kilometer in der entgegengesetzten Richtung von dem Ort, an dem Keagan zuletzt gesehen worden war. Sie hatten noch ein paar Stunden Tageslicht.

Sobald die Sonne untergegangen war, sanken die Chancen, ihn lebend zu finden. Lena traf die Entscheidung in Sekundenbruchteilen. Die Zeit drängte, und sie mussten so schnell wie möglich mit der Suche beginnen. Sobald sie den Souvenirladen bei den Enchanted Cascades erreicht hatten, konnte sie Traci oder Curt zu Jackson und Eli schicken. Der kleine Junge war jetzt ihre Priorität.

Sie machte sich auf den Weg zu ihrem Fahrrad. »Ich kenne eine Abkürzung zwischen hier und den Enchanted Cascades. Es gibt einen befestigten Weg durch den Wald. Das spart uns Zeit.«

»Beeil dich«, sagte Traci.

Bear gab ein aufgeregtes *Wuff* von sich und blickte erwartungsvoll zu Lena auf, wobei seine Rute zusammen mit dem ganzen Körper wackelte.

»Ganz genau, Junge«, sagte Lena. »Es ist Zeit, an die Arbeit zu gehen.«

53

LENA EASTON
TAG EINHUNDERTUNDDREI

Irgendetwas stimmte nicht. Dieser einzelne Gedanke schoss Lena durch den Kopf, als sie sich dem Schild näherte, das Besucher zu den Enchanted Cascades willkommen hieß.

Der Pfad hatte sich durch dichtes Terrain geschlängelt und mündete kurz vor den Enchanted Cascades in die Prospect Road. Sie folgten der Schotterstraße achthundert Meter, vorbei an einem Lagerhof, einem Campingplatz und einem großen rostigen Gebäude mit einem Schild, auf dem Ronald's Body Shop stand. Alles war still und ruhig.

Als sie den Feldweg erreicht hatten, ritt Traci vor, um Curt zu treffen. Lena radelte so schnell sie konnte, aber ihre körperliche Schwäche bremste sie aus. Bear war ein starker Hund, aber lange Strecken zu laufen, war anstrengend für seine Gelenke. Ausdauer war eher sein Ding, genau wie Lenas.

Weiter vorn waren ein paar Pferde an einem Baum angebunden. Der Enchanted-Cascades-Souvenirladen stand in der Mitte der Lichtung dahinter. Keine Spur von Traci oder ihrem Mann.

Es hatte letzte Nacht geregnet; Hufabdrücke und Reifenspuren waren auf dem schlammigen Weg zum Souvenirladen zu sehen. Die Reifenspuren waren frisch. Das war merkwürdig: In den letzten

Wochen hatte sie kaum mehr als eine Handvoll Fahrzeuge gesehen, die noch in Betrieb waren.

Ein Dutzend Meter vor dem Parkplatz des Souvenirladens blieb Lena mitten auf der Straße stehen und platzierte die Füße auf dem Boden, um das Mountainbike auszubalancieren. Die Härchen in ihrem Nacken stellten sich auf. Sie war versucht, nach den Tiltons zu rufen, aber irgendetwas hielt sie zurück. Elis Warnung über Situationsbewusstsein schoss ihr durch den Kopf. Irgendetwas stimmte hier nicht.

Die gepflegten Gärten rund um den Enchanted Cascades Gift Shop waren verwildert, das Gras wucherte und die Schaufenster des Souvenirladens waren zerbrochen. Sie nahm alles in Augenschein: den Parkplatz vor ihr, einen großen Teich voller quakender Enten zu ihrer Rechten, den dichten Wald zu ihrer Linken und den Feldweg hinter ihr.

Der Wind wehte durch die Nadeln der Banks-Kiefern. Die Blätter der Zuckerahorne und Hemlocktannen scharrten aneinander und ihre Blätter flatterten. Der bedeckte Himmel war voll mit prallen Wolken, die die Abendsonne verdrängten. Es würde bald wieder regnen.

Lena zog das Fahrrad von der Straße und lehnte es an einen Baum. Bear sprang schwer hechelnd auf sie zu. Unbehagen kroch ihr in die Glieder. Sie griff nach der Pistole an ihrer Hüfte und machte instinktiv einen Schritt zurück. Dann noch einen.

Sie zog ihre Waffe, hielt sie niedrig und suchte überall nach Bedrohungen. Ihre Instinkte warnten sie, zu fliehen, das Fahrrad zu nehmen und zu verschwinden, solange sie noch konnte.

Es war nichts, was sie sah, roch oder hörte. Vielmehr schien die Luft selbst irgendwie falsch zu sein. Sie fühlte sich falsch auf ihrer Haut an. Schwerer. Dichter.

Warum gab es frische Fahrzeugspuren, aber keine Autos oder Pickups auf dem Parkplatz? Warum waren die Tiltons nicht draußen und warteten auf sie? Was, wenn die Tiltons in Schwierigkeiten steckten?

Lena machte einen weiteren Schritt zurück. Sie sollte Verstärkung rufen, Jackson und Eli holen und zurückkommen.

Die Gittertür des Souvenirladens sprang mit einem dumpfen Knall auf. Ein Mann trat heraus. Er hatte eine breite Brust und war groß und kräftig. Gefängnis-Tätowierungen zogen sich über seinen riesigen Bizeps. Er grinste sie mit ausdruckslosen, toten Fischaugen an.

»Du weißt, wer ich bin«, sagte er ohne Umschweife. Seine Stimme war sanft und melodisch, ein Trick, um sie zu entwaffnen und zu locken. »Natürlich weißt du das.«

Lenas Mund wurde knochentrocken. Ihre Eingeweide wurden flüssig vor Angst. Sie hob die Pistole. »Bleib zurück.«

»Das würde ich an deiner Stelle nicht tun«, sagte Darius Sykes.

»Drück ab und ich jage dir eine Kugel durch den Schädel«, sagte eine schroffe Stimme hinter ihr. Knirschende Schritte ertönten, als zwei Männer aus der Baumreihe traten und sich von beiden Seiten auf sie zubewegten.

Zu ihrer Rechten stand ein dünnes hispanisches Gangmitglied mit tätowierten Tränen, die über seine kantigen Wangen tropften. Der Mann zu ihrer Linken war kahl, muskulös und mit Tattoos übersät.

Sie trugen Tarnkleidung und Ausrüstung wie Soldaten, mit Pistolen und Messern an den Hüften und langen Gewehren über den Schultern. Sie bewegten und verhielten sich aber nicht wie Soldaten, sondern wie Handlanger. Sie richteten ihre AK-47 auf ihre Brust.

Lena widerstand dem Drang, sich umzudrehen und zu fliehen. Wenn sie weglief, würde ihr eine Kugel in die Wirbelsäule folgen oder Sykes' Schläger würden sie jagen und noch Schlimmeres mit ihr anstellen.

»Leg die Waffe auf den Boden«, befahl Sykes. »Oder ich schlage dir den Kopf ab.«

Gehorsam ließ Lena die Waffe fallen. Mit gefühllosen Fingern packte sie Bear am Nackenfell und zog ihn dicht an ihre Seite. Sie zweifelte nicht an Sykes' Drohung. Dieser Mann tötete Frauen und Kinder ohne Gewissensbisse – ein Dämon aus Fleisch und Blut.

Sie bemühte sich, ihre Stimme ruhig zu halten. »Wo sind Traci und Curt Tilton? Ich bin ihretwegen hier.«

»Und ich bin deinetwegen hier.« Er reckte sein Kinn den beiden Männern entgegen, die sich ihr näherten. »Das sind Angel Flud und Jacob Huffman. Sie werden deine Eskorte sein.«

Angel trat bis auf drei Meter an sie heran. Bear knurrte eine Warnung tief in seiner Kehle.

»Bleib ruhig!«, flüsterte Lena verzweifelt. Der Neufundländer war ein lieber Kerl, aber er hatte sie vor dem Schwarzbären verteidigt. Sie hatte keinen Zweifel daran, dass er sie wieder verteidigen würde. Doch diesmal waren es zu viele Raubtiere für einen einzigen tapferen Hund. »Bleib ruhig, Junge!«

»Das Ding ist so groß wie ein Pferd.« Das Gangmitglied ließ seine AK-47 sinken und richtete die Mündung auf Bear. »Und gefährlich.«

Der Schrecken schoss durch ihre Adern. »NEIN! Tu ihm nicht weh!«

Bear knurrte noch lauter, ein tiefer, bedrohlicher Bass, der in seiner tonnenschweren Brust vibrierte. Seine schwarzen Lefzen zogen sich zum Knurren über seine Zähne zurück.

»Er ist ein zertifizierter Such- und Rettungshund. Er ist ein Teddybär. Er wird niemandem etwas tun!« In ihrer Verzweiflung überschlugen sich Lenas Worte.

»Lady, das ist kein Teddybär«, sagte Huffman.

Knurrend schwang Bear seinen großen Kopf zwischen den herannahenden Schlägern hin und her. Seine Muskeln spannten sich unter seinem Fell an, als er wütend bellte und das dröhnende Geräusch durch die Bäume schallte.

»Ich hasse Hunde«, sagte Sykes. »Töte ihn.«

»Bear, lauf!«, rief Lena.

Bear rannte nicht. Er stürzte sich auf Angel. Angel zielte auf Bear und schoss.

Die Hinterbeine des Hundes brachen zusammen. Er stieß ein schreckliches Jaulen aus und taumelte zu Boden. Er lag auf der Seite und Blut tropfte aus einer Wunde an seiner Hüfte.

»Nein!«, schrie Lena und rannte auf Bear zu.

»Stopp!«

Angel packte sie von hinten und riss sie mit einem Ruck zurück. Er drückte sie auf die Knie. Mit der anderen Hand richtete er die Waffe auf den Hund.

Lena dachte nicht nach, sondern reagierte nur. Sie stürzte sich seitwärts auf Angel.

Mit der Schulter voran rammte sie ihn in die Seite.

Die Waffe ging los. Der laute Knall hallte in ihren Ohren und dämpfte alle Geräusche. »Du dumme Schlampe!« Etwas Hartes traf sie an ihrem Hinterkopf. Sie fiel auf den Bauch und der Atem wurde ihr aus der Brust gerissen. Desorientiert saugte sie Luft ein und ihre Lungen schrien nach Sauerstoff, den sie nicht bekam.

Keuchend und benommen rappelte sie sich auf und kam auf die Knie. Bear. Wo war Bear? Wenn sie ihm wehgetan hatten oder schlimmer noch … Ab da setzte ihr Verstand aus. Sie hatten Bear angeschossen. Sie hatten auf ihren Hund geschossen.

Der Schuss war danebengegangen; Bear war wieder auf den Beinen. Humpelnd wandte er sich Lena zu, obwohl die Männer mit den Gewehren versuchten, ihn zu töten.

»Lauf!«, schrie sie. »Lauf, Bear!«

Irgendwie schien der Neufundländer zu verstehen. Bear zog die Rute ein und floh. Er war blutverschmiert, aber auf den Beinen. Angel schoss noch einmal, aber zu spät. Bear verschwand zwischen den Bäumen, ein blasser Schatten zwischen tieferen Schatten in der zunehmenden Dämmerung.

Angel lief ihm hinterher. »Ich werde das zu Ende bringen.«

»Nein, du Idiot!«, sagte Sykes. »Wen interessiert schon so ein blödes Tier? Wir haben richtige Arbeit zu tun. Schaff sie rein. Bringen wir es hinter uns.«

54

LENA EASTON
TAG EINHUNDERTDREI

Die Schlägertypen schoben Lena in den Souvenirladen. Die Fliegengittertür fiel quietschend hinter ihnen zu. Lena stolperte. Der Geschmack ihrer Angst war wie Kupferpfennige in ihrem Mund.

Die Sorge um Bear verzehrte sie, aber er war am Leben, er war entkommen. Jetzt musste sie sich um sich selbst kümmern. Sie blinzelte die Tränen zurück und zwang sich, konzentriert zu sein, zu denken und zu überleben.

Der geplünderte Souvenirladen roch nach Sandelholz und Kerzenwachs. Ständer mit T-Shirts und Hüten waren umgekippt, Schnapsgläser zerbrochen, Touristentassen zerschmettert und Keramikfiguren von Bären, Elchen und Vielfraßen zerschlagen worden. Ein paar zerbrochene Kerzen lagen auf dem Boden, aber die meisten waren wahrscheinlich als Lichtquelle gestohlen worden.

In der Mitte des Souvenirladens, zwischen Ständern mit Sonnenbrillen, Schlüsselanhängern und Tassen, knieten drei Personen, deren Hände auf dem Rücken gefesselt waren. Traci kniete neben Curt und Keagan, die beide zusätzlich geknebelt waren. Huffman und Angel richteten ihre Gewehre auf die Eltern.

Trotz ihrer Angst kochte die Wut in ihrer Brust hoch. »Du!«, würgte sie hervor. »Ich habe dir vertraut!«

Mit gesenktem Kopf stieß Traci ein verzweifeltes Geräusch aus, das in ihrer Kehle widerhallte. »Ich habe mich geopfert, um deinen Sohn zu retten, und so zahlst du es mir zurück? Du hast mich direkt in eine Falle gelockt!«

»Du kapierst schnell«, sagte Sykes. »Kluges Mädchen. Du für ihren Sohn, das war der Tausch. Meiner bescheidenen Meinung nach haben sie die richtige Wahl getroffen. Sie können ihr fröhliches Leben weiterleben und ich kann dich benutzen, um Pope zu vernichten. Alle gewinnen, außer dir, so leid es mir tut.«

»Sie haben meinen Hund angeschossen«, fauchte Lena. »Deinetwegen.«

»Sie hätten meinen Sohn getötet!«, wimmerte Traci. Sie schluchzte und ihre Brust bebte. »Es tut mir leid, es tut mir so unendlich leid. Bitte verzeih mir.«

Lena öffnete ihren Mund, aber es kam nichts heraus. Die Angst schnürte ihr die Kehle zu. Die Zeit schien sich zu verlangsamen, ihre Gedanken waren träge, als wäre sie in einem Bottich mit Melasse gefangen.

Panische Tränen liefen über die Wangen der Frau. Man hatte sie nicht angefasst. Sie hatte keine blauen Flecken im Gesicht oder an den Armen. Sie hatte weder eine aufgeplatzte Lippe noch ein blaues Auge. Sonst hätte Lena die Falle bemerkt.

Curt Tilton hatte nicht so viel Glück gehabt. Sein linkes Auge war zugeschwollen und hatte die schwarz-violette Farbe einer Aubergine; seine Lippe war aufgeplatzt und sein Hemd zerrissen und blutig. Er stand unter schwerem Schock, sein Gesicht war leer vor Angst, seine Augen glasig, ausdruckslos und leer.

Keagan hing zusammengesunken zwischen seinen Eltern, sein Gesicht war erschlafft und ein leises Wimmern drang über seine Lippen. Ein großer Knubbel schwoll in der Mitte seiner Stirn an. Blutergüsse zierten seine dünnen Arme und seinen Hals.

Sie hatten ihn vor den Augen seiner Eltern verletzt.

Die Menschen, die sie einmal gewesen waren, hatten aufgehört zu existieren. Jetzt waren sie durch Schock, Angst und Panik gelähmt und durch den Schrecken fast unmenschlich geworden. Diese Menschen hatten sie verraten, sie in eine tödliche Falle gelockt, aber sie waren in die grausamen Fänge dieser Männer geraten; sie konnte sie nicht hassen.

»Lasst den Jungen gehen«, sagte sie. »Lasst sie alle gehen.«

Sykes stieß ein unzufriedenes *Tz-tz-tz* aus. »Ich dachte, du würdest es besser wissen.«

»Der Junge ist Typ-1-Diabetiker und braucht sofortige medizinische Hilfe. Er scheint eine Gehirnerschütterung zu haben.«

Sykes beugte sich vor und sein Verhalten hatte die vertraute Art eines guten Freundes. Das war ihr zuwider. Sein Lächeln war strahlend, der Tod selbst grinste sie an. »Hör auf, dich um alle anderen zu sorgen, und fang an, dir Sorgen um dich selbst zu machen.«

»Was willst du?« Aber sie wusste es schon. Sie wusste es ganz genau.

»Man sagt, Rache ist ein Gericht, das am besten kalt serviert wird. Da bin ich anderer Meinung. Aber das Gefängnis hat bestimmte Ziele ... unerreichbar gemacht. Da die Welt so ist, wie sie jetzt ist, hat sich alles verändert. Ich werde mir meinen Weg an die Spitze durch Verstümmelung und Abschlachten bahnen, so, wie ich es immer getan habe. Nicht alles hat sich geändert. Die Mächtigen werden immer noch über die Schwachen herrschen. Das ist der Lauf der Dinge.«

»Diese Familie hat nichts damit zu tun. Sie sind unschuldig.«

»Ich brauchte sie als Köder. Es hat funktioniert. Und ich brauche *dich* als Köder für Eli Pope.«

Lena begegnete seinem Blick, ohne zu blinzeln, und behielt ihre Angst in sich. »Ich weiß nicht, von wem du redest.«

Sykes lachte. Es war ein hoher, wohlklingender Ton. Es ließ ihr einen Schauer über den Rücken laufen. »Ich habe überall kleine Ohren, kleine Vögel, die ich für ihre Informationen und Loyalität belohne. Ich weiß alles über dich und deine Romanze mit diesem verräterischen Mistkerl. Bedauerlicher Männergeschmack, meine Liebe.«

»Wir sind alte Freunde. Ich habe kein Interesse an ...«

»Ich bin nicht daran interessiert, über Fakten zu diskutieren«, sagte Sykes kalt. »Ich habe Pope ein Versprechen gegeben. Auf dem Zug, den er mir klauen wollte, habe ich dieses Versprechen noch einmal wiederholt. Er hat meine Männer getötet. Das ist ... inakzeptabel. Er hat die Menschen verletzt, die mir wichtig sind, also verletze ich die

Menschen, die ihm wichtig sind. Es ist eine einfache Arithmetik, eine wunderschöne Gleichung.«

Die schreckliche Erkenntnis setzte sich zunächst langsam durch – und dann mit einem Mal. Es gab kein Entrinnen, keinen anderen Ausweg als diesen. »Lass sie gehen und ich werde kampflos mit dir kommen. Ich werde nicht treten oder beißen.«

Sykes lächelte wieder. »Wer sagt denn, dass wir beißen nicht mögen?« Ein paar der Sträflinge lachten und beäugten sie.

Lena wurde schlecht. In ihrem Kopf drehte sich alles.

»Ich mag deinen Kampfgeist, Mädchen«, sagte Sykes. »Also, ich werde dir ein bisschen Unterhaltung bieten. Einer von den dreien muss sterben. Ich brauche eine Leiche zum Aufhängen.«

Traci stöhnte tief in ihrer Kehle. Ihre Augen waren wild und blutunterlaufen, die Sehnen in ihrem Nacken standen wie Schnüre ab. Sie kniete nieder, zitternd und verängstigt, wobei sie es irgendwie geschafft hatte, sich vor ihren Sohn zu schieben und ihn teilweise abzuschirmen.

»Wen wählst du?«, fragte Sykes.

Lena wurde kreidebleich. »Was?«

»Du entscheidest. Wer soll sterben? Wer darf leben? Die Mutter ist diejenige, die dich hierhergelockt hat. Soll ich ihr eine Kugel durch den Schädel jagen? Oder ihrem Ehemann? Glaubst du, er hat sich für dich eingesetzt, oder hat er kapituliert, nachdem Angel seine kostbare kleine Brut in die Finger bekommen hat?« Seine Worte trafen sie wie ein Vorschlaghammer in den Bauch. Übelkeit kroch in ihren Magen, ihre Eingeweide verdrehten sich zu Knoten. Kalter Schweiß brach ihr auf der Stirn aus. Ihre Zunge fühlte sich an wie eine tote Schnecke in ihrem Mund. »Ich kann das nicht tun.«

Sykes zuckte gleichgültig mit den Schultern. »Dann werden wir wohl alle drei erschießen.«

»Nein!«

»Nein? Du willst dich also doch entscheiden? Dann tu es jetzt.« Sykes schaute gelangweilt auf seine Uhr. »Ich bin ein vielbeschäftigter Mann. Du hast dreißig Sekunden Zeit.«

Lena sah die drei entsetzt an. Der Junge, den sie gerettet hatte und der ohne Insulin sterben würde. Die Mutter, die sie verraten hatte. Den Vater, den sie kaum kannte.

Sie roch ihren eigenen sauren, panischen Schweiß. Ihr Sehvermögen verschlechterte sich, ihr Puls rauschte in ihren Ohren. Wie konnte sie diese unmögliche Entscheidung treffen? Wie konnte das überhaupt jemand?

»Ich kann nicht.«

»Gut. Schieß ihnen allen in den Kopf.« Angel hob seine Waffe.

»Nein!« Lena keuchte. »Halt! Ich mache es!«

»Dann tu es endlich.«

Alles in ihr sträubte sich dagegen, aber sie wusste, was auf dem Spiel stand und dass sie eine Entscheidung treffen musste, weil sonst drei Menschenleben verloren gingen anstatt nur eines. Sykes würde sie vielleicht ohnehin alle töten. Aber vielleicht würde er es auch nicht tun.

Sykes liebte Spiele, aber er bluffte nicht. So viel wusste sie.

Curt ließ die Schultern hängen und hob den Kopf. Rotz und Tränen verschmierten sein Gesicht. Er sah sie mit dem Schrecken eines in die Enge getriebenen Tieres an, das wusste, dass es gleich sterben würde. Dann klärte sich sein Blick. Mit dem Knebel im Mund konnte er nicht sprechen, aber das brauchte er auch nicht. Seine Augen flehten sie an – resigniert, entschlossen – und sie verstand seine Bitte.

»Du hast fünf Sekunden, sonst werden alle sterben!«, sang Sykes vergnügt.

Lena begegnete Curts gequältem Blick und nickte. Ihr Kopf wog tausend Pfund. »Lass die Mutter am Leben. Lass den Sohn am Leben.«

Sykes zuckte mit dem Kinn in Richtung Angel. »Du hast sie gehört.«

Lena wollte am liebsten wegschauen, tat es aber nicht. Sie ließ Curt nicht aus den Augen, als Angel einen Schritt nach vorn trat, die Mündung seiner Pistole an den Hinterkopf des Mannes setzte und abdrückte.

Ein scharfer Knall zerriss die Luft. Curt kippte mit dem Gesicht voran nach vorn. Er lag regungslos auf dem Boden. Traci heulte verzweifelt auf. Keagans benommener Gesichtsausdruck wurde schlaff. Er gab keinen Laut von sich.

Es schien nicht real zu sein. Aber das war es. Es war alles real – das Grauen, die Angst und das Blut.

Zwei von Sykes' Schlägern rissen Curtis Tiltons schlaffen Körper an Armen und Beinen hoch und schleppten ihn aus dem Souvenirladen, als wäre er nichts weiter als ein Müllsack. Blut beschmierte den Boden. Blut und andere Substanzen. Die Luft roch nach Schießpulver und Tod.

Sykes zog sein Messer. »Hängt ihn an den Fahnenmast draußen. Jeder soll wissen, dass das mein Werk ist. Nehmt die Pferde, sie werden euch nützlich sein. Alle anderen fangen an zu beladen.«

»Und die beiden?« Huffman zeigte auf Traci und Keagan, die auf dem Boden kauerten.

»Lasst sie hier. Ich stehe zu meinem Wort, wenn mir danach ist.«

»Was ist mit der hier?«, fragte Angel.

»Bringt sie ins Lagerhaus und beobachtet sie. Wir müssen Vorbereitungen treffen, bevor wir Pope sagen, wo sie ist. Keiner macht auch nur einen Mucks, bis ich es sage.«

Angel packte sie am Arm. Lena wehrte sich und versuchte, sich loszureißen, ihm in die Eier zu treten, ihm die Augen auszukratzen oder seinen Adamsapfel mit dem Ellenbogen zu treffen.

Huffman machte einen Schritt nach vorn. Er schlug ihr hart ins Gesicht. Es knirschte scheußlich, als ihre Nase zersplitterte. Die Explosion des Schmerzes war überwältigend.

Ihre Muskeln wurden zu Gelee, ihre Beine erschlafften und ihre Sicht verschwamm. Raue Hände hoben sie in die Luft. Als sich die Bewusstlosigkeit wie ein schwarzer Mantel über sie legte, war das Letzte, was sie hörte, Sykes' seidige Stimme, als er sich dicht an sie heranlehnte: »Keine Sorge, Schätzchen. Ich werde mich besonders gut um dich kümmern.«

55

SHILOH EASTON
TAG EINHUNDERTDREI

S hiloh stand auf dem Laufsteg, der den Laternenraum an der Spitze des Leuchtturms säumte. Sie hatte den Leuchtturm mit einem stechenden Schmerz in ihrer Brust vermisst.

Die Wände bestanden aus raumhohem Glas und boten einen spektakulären 360-Grad-Blick. Ihre Steinsammlung säumte die Fensterbänke: Puddingsteine, Quarz, roter Jaspis, schwarzer Hornstein, roter und gelber Achat, seltene Grünsteine und Yooper-Steine, die unter UV-Licht leuchteten. Neben den Steinen lag das Lockpick-Set, das Cody ihr geschenkt hatte.

An diesem Morgen waren sie und Eli zusammen joggen gegangen. Er war sechzehn Kilometer gelaufen, ohne anzuhalten, sie hatte es diesmal auf fast dreizehn Kilometer gebracht. Danach hatten sie sich auf den Weg in den Wald gemacht, um ihre Schlingen zu überprüfen – sie hatten zwei Kaninchen und einen Waschbären gefangen –, und hatten dann am Leuchtturm Halt gemacht, um den Garten zu jäten, das reife Gemüse einzusammeln und nach dem Rechten zu sehen.

Eli patrouillierte auf dem Grundstück, während sie auf den Turm des Leuchtturms geklettert war, um die zerstörten Überreste des Leuchtfeuers zusammenzufegen. Der Generator war weg, die Fresnel-Linse war zerstört.

352

Sie wusste nicht, was sie jetzt tun sollte. Wenn sie ein anderes Leuchtfeuer bekommen könnten, könnten sie es umbauen und vielleicht eine mit Öl betriebene Laterne verwenden, wie in den alten Zeiten. Fischer und andere kleine Boote fuhren immer noch an den zerklüfteten Ufern des Lake Superiors, deshalb war es wichtig, den Leuchtturm in Betrieb zu halten, um die Boote ans Ufer zu dirigieren und sie davor zu bewahren, an den Felsen der Untiefen zu zerschellen. Der große See war schön und doch heimtückisch; er verbarg die Gefahr unter seiner ruhigen Oberfläche.

Shiloh hob ihr Gesicht zum eisengrauen Himmel. Der Wind zerrte an den Haarsträhnen, die sich aus ihrem Dutt gelöst hatten, und peitschte sie um ihr Gesicht. Möwen krächzten, während sie hoch oben in der Strömung segelten. Ihre Armbrust lehnte an dem Geländer an ihrer Seite.

Der Lake Superior erstreckte sich, so weit das Auge reichte, und das endlose smaragdgrüne Wasser traf in der Ferne auf den Horizont. Entlang der Küste ragten große Sandsteinfelsen wie lange, gezackte Finger empor, Gesteinsschichten, die von jahrhundertealten Gletschern geformt worden waren.

Hier oben fühlte es sich wie eine andere Welt an, eine Welt ohne Brutalität und Tod. Aber das war natürlich nur eine Illusion.

Ihr Blick wurde von der Leinentasche angezogen, in der sich der Klettergurt und das Seil für einen Notabstieg befanden. Vor einem Monat war sie auf diesem Laufsteg von einem Monster verfolgt worden und fast gestorben.

Sie schloss die Augen und dachte an Cody, an ihre Mutter und ihren Großvater, an alles, was sie verloren hatte und was sie noch verlieren könnte.

Trauer hinterließ keine körperlichen Spuren. Cody zu verlieren, war, als ob man ihr die Rippen aufgebrochen und ihr Herz aus der Brust gerissen hätte, blutrot und wund, aber immer noch schlagend. Trauer war der Versuch, sich zusammenzureißen, die inneren Organe in den Armen zu wiegen, die Lunge, die Eingeweide und das pulsierende Herz.

Und Lena ... Wenn sie Lena verlor ... Sie erschauderte bei dem Gedanken, dass sie wie ein bockiges Kind vor ihrer Tante weggerannt war. Sie musste zu ihr gehen, um sich zu entschuldigen, es war unsinnig, auf jemanden wütend zu sein, der im Sterben lag.

Das war Lena gegenüber nicht fair. Shiloh musste verdammt noch mal erwachsen werden, und das würde sie jetzt sofort tun. Wenn dies das Ende war ... Shiloh konnte es kaum ertragen, daran zu denken. Aber sie musste es. Sie musste sich der Sache stellen, und Lena brauchte sie.

Etwas weit unten erregte ihre Aufmerksamkeit, eine Bewegung in den Schatten unter den Bäumen. Sie blinzelte. Es war Bear. Das war seltsam, denn eigentlich sollte er mit Lena im Gasthaus sein.

Shiloh hängte sich die Armbrust über die Schulter und kehrte in den Laternenraum zurück, wobei sie die Tür zum Laufsteg schloss, dann öffnete sie die Luke und stieg die wackelige Wendeltreppe hinunter.

Als sie den Turm verließ, schloss sie die Tür ab, steckte den Schlüssel ein und pfiff nach Bear.

Der Neufundländer bewegte sich mit einem unbeholfenen, ungeschickten Gang, während er über die Wiese trottete. Dunkles Karmesinrot verfilzte sein dickes Fell entlang der Schulter und des Vorderbeins. Es war über seine Brust gesprenkelt wie Farbe. Keine Farbe. Das war keine Farbe.

Das Herz schlug ihr bis zum Hals, als Shiloh hinter den Hund schaute und erwartete, Lena durch die Bäume auftauchen zu sehen. Sie kam nicht.

Ewige Sekunden vergingen und Lena kam immer noch nicht.

Ein Schwall von flüssiger Angst ließ Shilohs Kopfhaut kribbeln. Ihre Kehle schnürte sich zusammen. Es gab keinen Bear ohne Lena und keine Lena ohne Bear, es sei denn, Bear war bei Shiloh, was er nicht gewesen war.

»Eli!«, rief sie alarmiert, während sie über die Wiese sprintete, wobei die Armbrust gegen ihre Wirbelsäule donnerte. Verwachsenes Unkraut und Brennnesseln kratzten an ihren Schienbeinen, aber das war ihr egal.

Der Hund humpelte winselnd auf sie zu, den Kopf gesenkt und die Rute eingezogen. Sie kniete sich neben ihn. »Was ist passiert? Wer hat dir das angetan? Wer hat dich verletzt? Wo ist Lena?«

Bear wimmerte und drückte sein immenses Gewicht gegen sie, sodass sie fast umgeworfen wurde. Brennnesseln und Dornen klebten an seinem Fell. Überall war Blut. Erschrocken schlang sie ihre Arme um ihn, aber nicht zu fest, denn sie war sich nicht sicher, wo er verletzt war und wie schwer.

»Alles wird gut, alles wird gut«, flüsterte sie ihm in sein Schlappohr. »Du wirst wieder gesund.« Aber das wusste sie nicht mit Sicherheit.

Schnelle Schritte näherten sich von der Baumgrenze. Eli ließ die Fallen los und sank neben dem Mädchen und dem Hund auf ein Knie, den Körper halb zum Wald gedreht, das Gewehr an die Schulter gepresst, während er die Schatten zwischen den Bäumen, dem kargen Strand, dem Holzschuppen und dem Quellhaus absuchte.

»Er ist verletzt«, sagte sie.

»Halte Wache, falls derjenige, der das getan hat, ihm folgt.«

Shiloh sprang auf, die Armbrust in der Hand, einen Bolzen gespannt und angezogen. Der Kolben schmiegte sich an ihre Schulter, während sie ihre Wange an den Schaft presste und ihr dominantes Auge auf das Visier richtete. Mit ihrer Schusshand hielt sie den Griff fest – der Zeigefinger lag auf dem Abzug, bereit, auf jede Bedrohung zu schießen, die sich ihr offenbarte.

Eli legte das Gewehr in Reichweite ab und untersuchte Bear. Mit geschickten Fingern strich er über die Hinterbeine, die Wirbelsäule, die Vorderbeine, die Schultern, den Nacken und den Kopf des Hundes, um das dichte, blutverschmierte Fell nach Wunden abzusuchen.

Shiloh zwang sich, ihre Aufmerksamkeit auf den Wald zu richten und nach Bedrohungen Ausschau zu halten – sie traute sich nicht einmal zu atmen. Sie sprach nicht, weil sie Angst hatte, Elis Konzentration zu beeinträchtigen. Die Wut brannte unter ihrer Haut. Irgendjemand würde dafür bezahlen. Wer auch immer Bear das angetan hatte, musste sterben. Sie würde es mit ihren bloßen Händen tun.

Eli stand auf und nahm den großen Hund in seine Arme. Bear wog siebzig Kilo, aber Eli hielt ihn mit Leichtigkeit und Behutsamkeit. Er ging mit sicheren, zielstrebigen Schritten auf das Cottage zu. »Folge mir, aber halte uns den Rücken frei.«

Shiloh gehorchte und ließ ihren Blick von links nach rechts schweifen, dann von rechts nach links, um dann zehn Grad nach oben zu schwenken und erneut zu scannen, während sie sich vorsichtig rückwärts bewegte. »Sag mir, wie ich helfen kann.«

»Ruf Jackson und Devon über Funk. Sag ihnen, dass es ein Notfall ist. Sag ihnen, sie sollen Lena suchen und dass Bear angeschossen wurde.«

Shiloh tätigte den Funkruf einhändig und kontaktierte Devon, die versprach, sofort Jackson zu alarmieren, dann rannte sie vor Eli, überprüfte noch einmal den Wald, stieß die Haustür mit der Schulter auf und stürmte hinein. Sie warf die Armbrust auf den Couchtisch, breitete eine Decke auf dem Sofa aus und zündete eine Coleman-Laterne an, während Eli den Hund auf die Kissen legte.

Shiloh kniete sich neben ihn, hielt den Neufundländer fest und flüsterte ihm beruhigende Worte zu, während Eli ein Rasiermesser aus seiner Hütte holte und Bear das Fell an der rechten Schulter rasierte, damit sie die Wunde begutachten konnten. Als ob er die Dringlichkeit der Aufgabe spüren würde, ließ Bear die Demütigung mit gesenktem Kopf über sich ergehen – winselnd und mit hängenden Ohren.

Shilohs Brust war zu eng. Sie wollte schreien und weinen und mit ihren Fäusten auf irgendwas einschlagen, aber sie tat nichts von alledem.

Eli wischte das Blut auf und spülte die Wunde mithilfe einer Spritze mit aufbereitetem Wasser. Er zog sein Erste-Hilfe-Set aus seiner Weste und fischte QuikClot-Verbände, Desinfektionsmittel und eine antibiotische Salbe heraus. Shiloh sah zu, wie er sich um Bears Verletzungen kümmerte, Salbe auftrug, Mull über den ausgefransten Riss legte und einen Verband um Brust und Schulter des Hundes wickelte.

Er arbeitete konzentriert, effizient und behutsam. Seine Hände waren geschickt im Umgang mit Gewalt, aber sie waren noch viel mehr. Es waren die Hände ihres Vaters.

Ein Kloß stieg in ihrem Hals auf. »Wie schlimm ist es?«

»Zum Glück hat die Kugel sein Schulterblatt nur gestreift. Die Wunde ist etwa eineinhalb Zentimeter tief und fünfundzwanzig Zentimeter lang. Ich sehe keine Knochensplitter oder zerfetzten Sehnen. Die Kugel hat ihn gestreift und ist weitergeflogen. Zwei weitere Zentimeter in irgendeine Richtung und wir würden eine andere Unterhaltung führen. Die Kugel hat den Muskel teilweise zerrissen, aber das kann heilen. Er hat Schmerzen, aber es wurde nichts Entscheidendes verletzt. Er muss sich schonen, um wieder gesund zu werden. Er sollte zu einem Tierarzt. Ich bin kein Mediziner.«

Ihre Sorge um Bear ließ langsam nach, während eine andere Angst tief und breit wie eine Grube unter ihr wuchs. Sie streichelte die pelzige Seite des Neufundländers, dessen Brust sich stetig hob und senkte, und begegnete Elis besorgtem Blick.

Sie dachten beide das Gleiche. »Was ist passiert? Wo zum Teufel ist Lena?«

Als Bear den Namen seines Frauchens hörte, schlug er mit der Rute auf die Kissen, legte den Kopf schief und winselte. Er drehte sich auf den Bauch und versuchte, vom Sofa zu springen.

Eli hielt ihn zurück. »Hey, Junge. Du musst hierbleiben und dich erholen.«

Bear blickte mit seinen braunen Augen verzweifelt zu ihnen auf. Er versuchte, ihnen die schreckliche Wahrheit zu sagen, die sie bereits tief in ihren Knochen kannten.

Zitternd kletterte Shiloh auf ihre Füße. »Bear würde sie nie verlassen. Niemals. Wenn er angeschossen wurde ...«

Sie ließ die schrecklichen Worte unausgesprochen. Sie wussten es. Sie wussten es beide. Eli lief in dem schmalen Wohnzimmer auf und ab, während er Jackson über das Funkgerät verständigte. »Sie ist nicht im Gasthaus«, knisterte Jacksons Stimme. »Wir haben das Gebäude durchsucht. Devon war bei den Carpenters und bei Ana Grady. Sie ist nirgends zu finden.«

»Jemand könnte sie um Hilfe gebeten haben«, sagte Shiloh. »Das macht sie manchmal, sie geht zu den Leuten nach Hause.«

»Sie hätte das melden müssen«, sagte Eli. »Hat sie aber nicht.«

»Es könnte Sykes sein«, sagte Jackson.

»Wir müssen sie finden«, stieß Eli hervor.

Jacksons Stimme ertönte. »Ich bin gleich da.«

Eli schnallte das Funkgerät an seinen Gürtel und ging zum Fenster, um durch das Glas zu schauen und nach Bedrohungen Ausschau zu halten. Er strahlte Anspannung aus, bereit, Gewalt auszuüben.

Er warf einen Blick zurück auf Shiloh. Seine kohleschwarzen Augen spiegelten ihre Ängste wider.

Shiloh brachte Bear eine Schüssel und füllte sie mit gereinigtem Wasser aus dem Krug, den sie auf den Tresen gestellt hatte, bevor sie gegangen waren. Während er trank, rannte Shiloh in Lenas Schlafzimmer und kam kurz darauf mit einer braunen Papiertüte zurück, in die sie eines von Lenas Shirts aus dem Stapel schmutziger Kleidung gesteckt hatte. Sie hatten nur wenige Klamotten mit ins Gasthaus gebracht, weil sie optimistisch gewesen waren, dass sie bald nach Hause zurückkehren würden.

Bear wurde munter, seine Ohren spitzten sich. Er kletterte vom Sofa auf den Boden, wobei er das verletzte Bein schonte, aber er war auf den Pfoten, wedelte mit der Rute und schaute erwartungsvoll von Shiloh zu Eli und wieder zu Shiloh.

Eli beobachtete sie. »Was machst du da?«

»Ich habe eine Idee.«

»Bear kann nicht ...«

»Er kann! Wir brauchen ihren letzten Aufenthaltsort. Bear kann uns dorthin zurückbringen. Vielleicht kann er ihre Spur verfolgen. Zumindest können wir so herausfinden, wo sie zuletzt war. Es wird Hinweise geben, Spuren.«

»Er könnte seine Schulter weiter beschädigen, möglicherweise irreparabel.«

»Ich weiß«, sagte sie mit erstickter Stimme, aber sie ließ nicht locker. »Wir müssen es trotzdem tun.«

Sie starrten einander einen angespannten Moment lang an. Dringlichkeit knisterte durch den Raum.

Eli nickte zögernd. »Aber wie ...«

»Lena hat es mir beigebracht. Ich habe ihr dabei zugesehen. Ich kann das auch. Bear wird mir helfen.«

Shiloh sank vor dem Neufundländer auf die Knie. Bear leckte ihr über die Wangen und blies ihr seinen heißen Hundeatem ins Gesicht. Liebe brannte wie ein heller, harter Funke in ihrer Brust.

»Das ist für Lena. Für unsere Lena, okay?« Ihre Stimme brach. »Ich weiß, dass du sie finden kannst. Bring uns dorthin, wo sie zuletzt gewesen ist, und von dort aus können wir weitermachen. Du bist so stark und so mutig. Ich würde dich nie bitten, wenn es nicht wichtig wäre.«

Bear freute sich und seine Rute wackelte zustimmend. Er legte den Kopf schief, und seine schokoladenbraunen Augen waren so ausdrucksstark, so menschlich, als könnte er ihre Gefühle lesen und wüsste, was sie brauchte und warum. Und er würde es tun. Für sie, für Lena, würde er bereitwillig durchs Feuer gehen.

»Shiloh, das ist gefährlich. Wir wissen nicht, womit wir es zu tun haben. Ich kann nicht zulassen, dass du ...«

»Weißt du, wie man das macht?« Sie wandte ihren Blick nicht von Bear ab. »Wie man mit einem Such- und Rettungshund umgeht? Weißt du, wie du ihn lesen kannst? Welche Handzeichen du ihm geben musst? Denn ich weiß es. Ich komme mit.«

»Auf gar keinen Fall ...«

»Du hast gesagt, der einsame Wolf stirbt«, sagte Shiloh. Er starrte sie an.

»Du hast mir einmal gesagt, dass der einsame Wolf stirbt. Ich musste dir versprechen, nicht allein in die Höhle des Löwen zu gehen.« Sie starrte ihn an. »Du hast es versprochen. Du hast mir dieses Versprechen auch gegeben!«

Sie konnte es in seinen Augen sehen: Er war hin- und hergerissen, von Zweifeln, Sorgen und Ängsten geplagt. »Ich kann dich nicht verlieren, Shiloh.«

»Und wir können Lena nicht verlieren!«

Eli brauchte sie. Er konnte argumentieren, so viel er wollte, aber er verschwendete nur Zeit. Außerdem würde er sie allein im Leuchtturm zurücklassen müssen, wenn er den Helden spielen würde. Auch das war keine Option. Und das wusste er.

Er seufzte. »Du tust alles, was ich sage, keine Widerrede.«

»Verstanden.« Shiloh öffnete die Tasche, zog mit zwei Fingern das ungewaschene Shirt heraus und hielt es Bear an die Schnauze. »Das ist Lena. Du kennst sie. Du kennst diesen Geruch. Wir müssen Lena finden. Bitte bring uns dorthin, wo sie ist.«

Bear schnüffelte an dem Shirt, sein ganzer Körper bebend vor Aufregung. Der Hund freute sich und schwenkte seinen Kopf hin und her, um die Fährte aufzunehmen.

Shiloh war jetzt seine Hundeführerin. Sie gab ihm das Signal, das Lena ihm schon Dutzende Male gegeben hatte – *Zeit zum Arbeiten.*

Bear bellte und trottete zur Tür. Shiloh hängte sich die Armbrust über die Schulter und folgte ihm sofort.

Widerwillig ergriff Eli mit einer Hand sein HK417 und folgte ihnen nach draußen, während er über Funk Jackson und Devon um Verstärkung bat. Der Neufundländer trug keine leuchtend orange Such- und Rettungsweste. Er schlurfte mit einem schmerzerfüllten Hinken, zerlumpt und blutverschmiert, aber er war zäh, unerschütterlich und entschlossen.

Bear hatte eine Aufgabe zu erfüllen. Er musste die Verlorene finden. Er musste Lena nach Hause bringen.

56

SHILOH EASTON
TAG EINHUNDERTUNDDREI

Sie bewegten sich tiefer in den Hiawatha National Forest hinein. Bear übernahm die Führung, Shiloh und Eli folgten ihm. Eli war ein fast lautloser Schatten neben ihr, der mit erhobener Waffe die Umgebung abtastete – links und rechts, vor und hinter ihnen.

Shiloh beobachtete Bears Rute, seine Nackenhaare, seine Ohren und sein Verhalten. Jede Reaktion bedeutete etwas, ein Hinweis auf die unsichtbare Welt, die er wahrnahm, aber nicht die Menschen. Unsichtbare, aber bedeutungsvolle Ströme führten sie weiter.

Lena hatte erklärt, wie leicht eine Fährte verloren gehen konnte: die sich ständig verändernden Luftströme, wie sich die Fährte in sich selbst verlieren oder in Bächen oder Gräben sammeln und in die falsche Richtung leiten konnte und wie Wind und Feuchtigkeit die Strömungsmuster veränderten. An einem heißen, windstillen Tag sammelte sich der Geruch, ohne sich zu verteilen, und schränkte so seine Reichweite ein.

Alle paar Minuten hielt Bear inne und blickte mit schmerzverzerrter Miene über seine bandagierte Schulter. Auch wenn er verletzt war, arbeitete er mit unermüdlicher Hingabe und vergaß dabei, dass er Schmerzen hatte. Sein Hinken verschlimmerte sich.

361

Shilohs Herz war zweigeteilt, denn ihre heftige Verbundenheit mit Bear und ihre unablässige Liebe zu Lena standen sich gegenüber.

Zum ersten Mal in ihrem Leben kam ihr der Wald bedrohlich vor. Obwohl sie hauptsächlich einem Pfad folgten, verfingen sich ihre Füße in gewundenen Wurzeln. Lauernde Schatten spielten ihren müden Augen Streiche. Ihre Stiefel rutschten auf dem feuchten Laub weg; sie fiel fast auf den Hintern, konnte sich aber aufrecht halten, indem sie gegen eine Kiefer prallte. Dornengestrüpp zerkratzte ihren rechten Arm und hinterließ eine Blutspur.

Plötzlich versteifte sich Bear, seine Nackenhaare richteten sich auf und seine Rute reckte sich in die Höhe. Das war sein Alarmsignal. Der Wald verstummte. Die Bäume kauerten und lauschten, warteten mit angehaltenem Atem.

Das Adrenalin ließ ihr Herz auf Hochtouren pumpen. Fünfzig Meter vor ihr gab es einen breiten Durchbruch zwischen den Bäumen, einen offenen Kreis mit schiefergrauem Himmel: eine Lichtung.

Sie erblickte das Dach eines Gebäudes. In der Ferne hörte sie einen Wasserfall, das Plätschern von Wasser, das über Felsen rauschte.

»Bear, komm zu mir.« Sie hob eine Hand, die Handfläche nach außen, um den Hund daran zu hindern, weiterzugehen. »Bear hat Alarm geschlagen. Sie ist hier. Oder sie war hier. Hier muss er angeschossen worden sein.«

Eli bewegte sich vor sie, die Waffe erhoben schwenkend. Er pirschte sich halb gebückt näher heran, während er lautlos von Baumstamm zu Baumstamm huschte und sich unter Ästen hindurchduckte. Während sie ihn beobachtete, schien er nahezu unsichtbar im Hintergrund zu verschwinden und mit dem Wald und den Schatten zu verschmelzen.

Er brauchte ihr nicht zu sagen, was sie tun sollte. Sie packte Bear am Halsband, verschwand hinter dem mächtigen Wurzelballen einer umgestürzten Eiche und funkte Jackson leise ihre Position zu, während sie den Hund mit einer Hand festhielt, um ihn ruhig zu halten.

Nervosität lief ihr über den Rücken. Wer könnte im Inneren des Gebäudes lauern und darauf warten, dass sie sich zu erkennen gaben? Sie hatten keine Ahnung, worauf sie sich da einließen.

Eine Minute später kam Eli zurück und hockte sich neben sie. Er reichte ihr sein Fernglas, während er die Szene durch das optische Zielfernrohr seines Gewehrs betrachtete. Dann zeigte er auf eine Stelle hinter dem Wurzelballen, von der aus sie einen besseren Blick hatten, die aber immer noch Deckung und Sichtschutz bot.

»Bleib in Deckung und halte den Kopf unten.«

Mit dem Bauch flach auf dem feuchten Boden kroch sie an dem riesigen Baumstamm entlang, der mit einer Art weißem Pilz bewachsen war, und schob sich über Zweige, Blätter und Kiefernnadeln, bis sie eine flache Vertiefung im Boden erreichte. Wenn sie den Kopf senkte, konnte sie zwischen dem Boden und dem Baumstamm hindurchspähen, ohne ihre Position preiszugeben. Sie hob das Fernglas. Ein einstöckiges Gebäude stand in der Mitte der Lichtung. Es war eine Hütte, halb aus Holz und halb aus Stein, mit einem roten Metalldach. Sie hatten die Rückseite des Grundstücks betreten. Sie erblickte verwildertes Unkraut, einen steinernen Wunschbrunnen, einen Teich, in dem Enten schwammen und miteinander schnatterten, und einen Pfad, der durch ein Holzschild gekennzeichnet war.

»Ich erkenne diesen Ort. Die Enchanted Cascades. Es ist ein Privatgrundstück. Es gibt einen Wasserfall und Gärten mit einem Souvenirladen. Meistens sind es Touristen, die hierherkommen. Hierhergekommen sind, meine ich. Ohne Touristen ist es sicher seit den Sonneneruptionen leer.«

Anders als die meisten Wasserfälle auf staatlichem Grund in der Nähe von Munising waren die Enchanted Cascades in Privatbesitz. Man musste eine Gebühr bezahlen, um durch die Gärten spazieren und den Wasserfall besuchen zu können.

Nichts bewegte sich. Alles war still, ruhig und friedlich. Schmetterlinge flatterten über Zinnien, Ringelblumen, Flieder und Petunien in den Gärten hinter dem Souvenirladen. Der Duft von Fenchel und Petersilie erfüllte ihre Nasenlöcher.

Ein leises Stöhnen hallte durch die Stille.

Das Geräusch war unüberhörbar. Es war ein Mensch, ein Mensch mit enormen Schmerzen. Bear spitzte die Ohren, hob den Kopf und klopfte mit der Rute, aber Shiloh zog ihn wieder nach unten. Er gehorchte mit einem jämmerlichen Winseln.

Shiloh erstarrte. »Da drin ist jemand verletzt.«

»Das könnte ein Köder sein, um uns anzulocken.«

»Oder die Person stirbt, während wir warten!« Panik schürte ihre Brust zu. Die Verstärkung war noch mindestens zehn Minuten entfernt. »Es könnte Lena sein. Du musst irgendwas tun!«

Mit einer Hand zog Eli ein Headset aus seinem taktischen Rucksack und setzte es ihr auf den Kopf. »Bleib hier. Halte Bear ruhig und lass deinen Kopf unten. Wenn du etwas siehst, sagst du mir sofort Bescheid – so wie wir es trainiert haben.«

Shiloh nickte schlicht und einfach. Sie kannte die Risiken und den Einsatz.

Er sah sie mit einem zögernden Gesichtsausdruck an. So, als ob er Angst hätte, sie zu verlassen, als ob dies eine sehr schlechte Idee wäre. Sie starrte ihn an, völlig verängstigt, aber unerschütterlich. »Ich schaffe das.«

»Ich gehe jetzt rein«, sagte Eli.

57

ELI POPE

TAG EINHUNDERTDREI

Eli hob sein HK417, den Schaft gegen seine Schulter gestützt, und spähte durch das Zielfernrohr. Die Wunde an seinem Unterarm brannte, aber er merkte es kaum. Die kompakte Glock 19, die er aus seinem vergrabenen Versteck geholt hatte, saß in einem Gürtelholster eng an seiner Niere.

Er hasste es, Shiloh im Wald zurückzulassen; er hasste es, ohne Team oder Verstärkung in den Souvenirladen vorzudringen, er hasste es, sich ohne Informationen in die Gefahr zu stürzen, er hasste es, dass Lena verletzt sein könnte oder Schlimmeres.

Ihm standen keine Ressourcen zur Verfügung, er hatte nur ein dreizehnjähriges Mädchen als Wache. Keine Wärmebildkameras oder Abhörgeräte, nicht einmal eine verdammte Drohne.

Er konnte nicht auf Jackson und Devon warten, nicht, wenn Lena verletzt war oder vielleicht sogar im Sterben lag.

Er unterdrückte seine Angst und zwang sich, seine Atmung zu beruhigen und seinen Herzschlag zu verlangsamen. Die vertraute Totenstille eines Schlachtfeldes legte sich über ihn.

In höchster Alarmbereitschaft rückte Eli vor.

Halb geduckt, tief und versteckt in den Bäumen, umrundete er das Gelände und überprüfte schnell die Gärten, die schmalen Steinwege,

365

den Teich und den Wunschbrunnen sowie die kleine Brücke, die über den Bach zum Wasserfall führte, und suchte kontinuierlich nach Bedrohungen. Mit gesenktem Kopf huschte er über die fünfzig Meter lange Strecke von offenem Gelände. Auf der Wiese wimmelte es nur so von Insekten: Grashüpfer sausten umher und hüpften von den herabhängenden Grashalmen, und Wolken von Gnitzen schwirrten im Licht der späten Nachmittagssonne.

Er erreichte die Rückseite des Souvenirladens, ging geduckt unter den Fenstern entlang, erhob sich und spähte hinein – ein Büro und ein Badezimmer, beide leer. Der Laden musste auf der Vorderseite sein.

Er presste seinen Körper eng an die Wand und schlich an der rechten Seite des Gebäudes entlang zur Vorderseite. Vor ihm tauchte der Parkplatz auf. Eine große purpurrote Pfütze befleckte den Asphalt. Blutspritzer verunstalteten die aufgebrochene Oberfläche.

Ein weiteres Stöhnen zerriss die Luft, so schmerzverzerrt, dass er nicht sagen konnte, ob es Lena war.

Vorsichtig näherte sich Eli der vorderen Ecke des Gebäudes und ging mit seiner Pistole voran weiter. Er starrte entsetzt zum Fahnenmast hinauf. Eine amerikanische Flagge flatterte im Wind. Nicht nur eine Flagge.

Curtis Tilton hing vom Fahnenmast herab, das Kinn auf der Brust, sein graues Gesicht schlaff. Sein kraftloser Körper drehte sich langsam in der Schlinge um seine Kehle.

Ein Gefühl der Dringlichkeit durchzuckte Eli. Er bog um die Ecke, sprintete zur Haustür und trat sie ein. Die unverschlossene Tür sprang beim ersten Tritt nach innen auf. Als er den Eingang passierte, fiel er auf ein Knie, um einem direkten Beschuss zu entgehen, während er den Raum absuchte und Stück für Stück mit dem HK417 sicherte.

Er nahm den Ort des Geschehens in Augenschein: Graffitis an den Holzwänden, umgestürzte Regale mit Nippes, gefaltete T-Shirts und Tassen in den Regalen. Plastikaufsteller mit Schlüsselanhängern, Taschenmessern, Schnapsgläsern, Magneten und stapelweise Hüte mit der Aufschrift *Pures Michigan*.

In der Mitte des Ladens lagen zwei Menschen auf dem Holzdielenboden. Die eine größere Gestalt hatte sich um eine zweite kleinere

Person gewickelt. Das Stöhnen kam von dem kleinen Körper, der sich in Embryonalstellung zusammengerollt hatte, während die Arme seiner Mutter schützend um ihn gelegt waren.

Schnell sicherte Eli das Gebäude. Er übermittelte eine Nachricht an Shiloh und sagte ihr, sie solle weiter Wache halten. Als er zu Mutter und Kind zurückkehrte, ging er auf die Knie, befestigte das Gewehr an seinem Riemen und zog seine Glock 19, die er griffbereit neben sich legte, bevor er die Opfer auf Verletzungen untersuchte. »Ich bin ein Freund. Es ist alles in Ordnung, ihr seid jetzt in Sicherheit.«

Der Puls der Frau war stark, aber unruhig. Er überprüfte die Atmung der beiden und tastete ihre Körper mit seinen Händen ab. Bis auf ein paar blaue Flecken und Schürfwunden schienen sie unverletzt zu sein.

Der Puls des Jungen war ebenfalls kräftig, aber er war blass, seine Lippen waren violett und seine Atmung ging schwer. Er hatte es geschafft, das Klebeband an seinem Mund so weit zu lockern, dass er diese unheimlichen Stöhnlaute von sich geben konnte. Er war in einem fast katatonischen Zustand und nicht ansprechbar.

Die Frau rollte sich auf den Rücken und starrte Eli mit blankem Entsetzen an. Rotz und Tränen liefen ihr über das Gesicht. Klebeband bedeckte ihren Mund und fesselte ihre Handgelenke hinter ihrem Rücken und ihre Knöchel.

Eli schnitt sie beide los. Die Frau drehte ihren Kopf und übergab sich. Der säuerlich-kranke Gestank drehte ihm den Magen um, aber er ignorierte es. Er hatte schon viel Schlimmeres gerochen und gesehen. Schlimmeres hing draußen an einem Fahnenmast.

Die Frau beugte sich über ihren Sohn, murmelte seinen Namen, streichelte seine Haare und seine Wangen. Er stöhnte, seine Augenlider flatterten und er rollte sich noch enger zusammen. Sie zog ihn auf ihren Schoß und hielt ihn fest, wobei sie seinen kleinen Körper an ihre Brust drückte, als könne sie alle Feinde abwehren.

»Wie ist dein Name?«, fragte Eli.

Tränen sammelten sich an ihrem Kinn und fielen auf das blasse Gesicht des Jungen. »T-Traci Tilton.«

»Wo ist Lena?«

»Sie ... sie haben sie mitgenommen ...«

Eli konnte nicht atmen, bekam nicht genug Sauerstoff. »Wer sind sie?«

Jeder Atemzug kam mit einem Schluckauf, ihre Worte waren vor lauter Panik verzerrt.

»Dieses schreckliche Monster ... Er hat meinen Sohn ... und meinen Mann entführt und sie gefesselt. Er ... er hat meinem Sohn eine Waffe an den Kopf gehalten und gesagt, er würde ihn zu Tode foltern, wenn ich nicht genau das täte, was er sagt. Es tut mir leid, es tut mir so unendlich ...«

»Atme. Es ist alles gut, du bist in Sicherheit«, sagte er mit einer Gelassenheit, die er nicht empfand. Er wollte sie wie eine Stoffpuppe schütteln, bis sie ihm Antworten gab. Es kostete ihn jedes Quäntchen Selbstbeherrschung, sich zurückzuhalten. »Sag mir, was passiert ist.«

Sie konnte nicht aufhören zu zittern. »Ich bin zu Lena gegangen und habe ihr gesagt, dass mein Sohn verschwunden ist. Ich ... ich musste es tun. Ich hatte keine andere Wahl. Er hat auf sie gewartet.«

»Darius Sykes.«

Sie nickte gequält.

»Er hat sie entführt.«

»Er und die furchtbaren Männer, die bei ihm waren.«

»Haben sie ihr wehgetan?«

»Sie haben sie ein paar Mal geschlagen, aber sie war noch am Leben, als sie mit ihr verschwunden sind. Sie haben ihr eine Haube über den Kopf gezogen und sie gefesselt. Dieser Kerl – er hat meinem Mann in den Kopf geschossen. Ich habe alles getan, was sie verlangt haben, und sie haben ihn trotzdem getötet. Er ist tot. Ich kann nicht glauben, dass er tot ist.«

Eli war nicht gut darin, Opfer zu trösten. Alles, woran er denken konnte, war Lena. »Wo hat er sie hingebracht?«

»Ich ... ich weiß es nicht.«

»Was hat er gesagt? Erzähl mir alles.«

»Er hat gesagt, dass es eine Falle für dich ist. Dass Lena der Köder ist. Er hat gesagt, dass noch nicht alles vorbereitet ist und dass du es merken wirst, wenn es so weit ist.«

»Wie lange ist es her, dass sie gegangen sind?«

»Ich weiß es nicht ...«

»Wie lange?«

»Ich bin mir nicht sicher. Mein Telefon funktioniert nicht mehr. Die Uhr an der Wand ist kaputt ...«

»Schätze.«

»Ein paar Stunden vielleicht.« Traci zögerte. »Mein Sohn ist Diabetiker. Er hat schon seit Stunden kein Insulin mehr bekommen. Ich habe eine Ampulle in meinem Rucksack hinter dem Kassentresen.«

Eli lehnte sich auf seinen Fersen zurück. »Dein Sohn heißt Keagan.«

Sie nickte wortlos und ihre zerzausten Locken fielen ihr ins Gesicht, während sie sich über den Jungen beugte, der sich zu einem noch engeren Ball zusammenrollte. Seine kleine Brust hob und senkte sich in flachen, stockenden Atemzügen. Sie streichelte die schlaffe Wange ihres Sohnes, als könnte er sie retten, als könnte er sie von den schrecklichen Dingen, die sie getan hatte, erlösen.

Elis Stimme war eine Anschuldigung. »Lena hat ihr letztes Insulin geteilt, um ihn am Leben zu halten.«

Ihr geschwollenes Gesicht errötete vor Scham. »Das hat sie getan. Und ich ha-habe es ihr gedankt, indem ich sie verraten habe, um meinen Sohn zu retten. Und er ... er ...« Ihre Züge verzogen sich vor Verzweiflung, unfähig, die Worte laut auszusprechen. Ihr Handeln hatte Lena ins Verderben gestürzt, aber weder ihren Mann noch ihr Kind gerettet, das in wenigen Tagen sterben würde.

Eli biss die Zähne zusammen, zügelte seine Frustration und seine Wut und versuchte, an das Trauma zu denken, das diese Frau erlitten hatte. Der Kummer und die Schuldgefühle würden sie für den Rest ihres Lebens verfolgen.

Er versuchte, sie nicht dafür zu hassen, dass sie Lena verraten hatte, aber er tat es. Er verachtete sie dafür.

Jacksons Stimme ertönte über das Funkgerät. »Wir sind draußen.«

Eli sagte kein Wort. Er stand auf, steckte seine Glock 19 in das Halfter und schlich zur Tür.

»Es tut mir leid!«, rief die Frau hinter ihm. »Bitte ... bitte versteh doch, es tut mir leid ...«

Er konnte ihr nicht geben, worum sie ihn anflehte; er konnte es sich nicht einmal selbst geben. Er hatte kein Mitleid mehr in sich. Seine einzigen Gedanken galten Lena und der scheinbar unmöglichen Aufgabe, die vor ihm lag.

Draußen war die Dämmerung hereingebrochen. Schwere eisengraue Wolken bildeten eine bedrohliche Wand aus Dunkelheit am Horizont. Ein halbes Dutzend Deputys und Polizisten waren auf Fahrrädern, Pferden und Quads eingetroffen.

Nash sperrte den Tatort ab, während Moreno und Hart sich um die Leiche kümmerten, die ein Dutzend Meter von Devon und Jackson entfernt an einem Fahnenmast baumelte. Jackson stand über eine Reifenspur in der unbefestigten Einfahrt gebeugt. Nyx und Antoine waren auf der Suche nach Sykes und prüften mögliche Fluchtwege.

Bear umkreiste Devon humpelnd, aber aufmerksam auf der Suche nach Lenas Fährte und schnüffelte mit ängstlichem Bellen am Boden.

Shiloh rannte die Auffahrt zu Eli hinauf. »Wo ist sie?«

Er stählte sich. »Sie ist nicht hier.«

Die Angst machte sich auf ihrem Gesicht bemerkbar. »Sie haben sie mitgenommen. Die Männer, die das getan haben.« Sie zeigte mit einem zitternden Finger auf die Leiche, die am Fahnenmast hing. »Er ist der Täter. Sykes war das.«

Er konnte sie nicht anlügen. »Ja.«

Ihre Pupillen weiteten sich. Sie stieß einen hohen Schrei der Wut und des Kummers aus. Verzweifelt stürzte sie sich auf ihn und hämmerte mit ihren Fäusten gegen seine Brust.

Er umfasste ihre Handgelenke sanft mit einer Hand. Sie versuchte, sich loszureißen, aber er zog sie an sich und drückte sie an seine Brust, während ihr Herz wild gegen seine Rippen pochte.

»Es tut mir leid«, sagte er in ihre Haare. »Es tut mir so unendlich leid.«

»Du musst sie retten! Sie darf nicht sterben! Du musst sie finden!«

Eine schreckliche Machtlosigkeit überkam ihn. Sykes hatte Lena und er würde ihr schreckliche Dinge antun, bis Eli kommen und tun würde, was Sykes wollte, nämlich langsam und qualvoll sterben, während Lena vor seinen Augen zu Tode gequält wurde. Seine Gedanken wirbelten wild durcheinander, sein Herz raste und seine Handflächen waren klamm vor Angst. Wie konnte er sie retten und alle anderen in Sicherheit bringen? Er wusste es nicht.

Eli hielt seine Tochter im Arm, während sein Herz in tausend Stücke zerbrach.

58

ELI POPE
TAG EINHUNDERTDREI

Eli stand mit Jackson und Devon achthundert Meter vor dem Enchanted Cascades Gift Shop. Bear hatte sein Frauchen bis zur asphaltierten Straße verfolgt, bevor er die Fährte endgültig verloren hatte. Die SUVs waren in Richtung Westen gefahren.

Eli kämpfte gegen den Drang an, aus Frustration etwas oder jemanden zu erschießen. Zum Glück wusste Sykes nichts von Shiloh, sonst hätte er sie auch mitgenommen. Seine Brust verkrampfte sich bei dem Gedanken, Shiloh zu verlieren oder Lena, die schon halb weg war und ihm entglitt.

Er kannte den Geisteskranken, der Lena gefangen hielt, und er wusste, was er ihr antun würde oder vielleicht sogar schon antat. Der bloße Gedanke an Sykes brachte sein Blut zum Kochen.

Er *wollte* Sykes, sehnte sich danach, ihn wie ein Tier zu jagen, ihm eine Kugel in die Schläfe zu treiben oder Schlimmeres, viel Schlimmeres. Bei Gott, er würde sich nicht mehr zurückhalten können. Das wollte er auch gar nicht.

Nash hatte Traci und ihren Sohn in den Gasthof gebracht, zusammen mit Shiloh, die sich mit Händen und Füßen gewehrt hatte – aber sie war mitgegangen.

Moreno und Hart hatten sich um die Leiche gekümmert. Sie

würden ihn auf dem Friedhof neben Gideon Crawford begraben. McCallister und einige andere arbeiteten weiter am Tatort. Sie hatten Abdrücke von den Reifenspuren genommen und sie mit den anderen Tatorten abgeglichen.

Jackson wirkte ausgelaugt, irgendwie geschrumpft durch Stress, Angst und Sorgen. »Wir haben ein Drittel unserer freiwilligen Helfer verloren, als sie gehört haben, dass Gideon während der Wache getötet wurde. Wir haben nicht genug Arbeitskräfte. Ich habe die Staatspolizei über den Amateurfunk um Verstärkung gebeten, aber sie hat die UP auf Anweisung des Gouverneurs verlassen. Sie haben mehr als die Hälfte ihrer Leute verloren. Die verbliebenen Polizisten versuchen verzweifelt, Ordnung in das Chaos in Detroit, Grand Rapids, Kalamazoo und allen anderen großen Bevölkerungszentren zu bringen.«

Devon nahm die Karte der Forststraßen aus ihrem Rucksack und breitete sie auf einem Felsbrocken am Straßenrand aus. »Im Umkreis von hundertsechzig Kilometern um unseren letzten Horchposten gibt es immer noch Dutzende potenzieller Lagerplätze, Minen, Holzfäller-camps und so weiter. Wenn man Campingplätze dazuzählt ...« Devon wedelte mit der Hand über die Karte. »Es gibt immer noch zu viele Orte, um sie zu überprüfen, zumindest auf die Schnelle. Da wir nicht genug Leute vor Ort haben und der Treibstoff für die Fahrzeuge knapp ist, wird es wahrscheinlich Tage dauern.«

Eli musterte die Karte. »Sobald es hell ist, können wir die Drohne starten und die nächstgelegenen Lagerplätze auf Anzeichen neuer Bewegungen untersuchen. Dazu gehören auch die verlassenen Nickel- und Kupferminen westlich von Gwinn. Das ist effizienter, als sie persönlich zu überprüfen, und verbraucht weniger Treibstoff.«

Eli zeigte auf die Stelle auf der Karte, wo der letzte Horchposten Sykes' SUVs aufgespürt hatte. »Die Forststraße teilt sich in der Wildnis nordwestlich von Princeton in mehrere Offroad-Pfade und breitet sich in den Gemeinden Tilden und Richmond aus – westlich des Highway 35 und in Richtung Nordwesten. Ich glaube nicht, dass er sich viel weiter draußen als bis zu dieser Stelle versteckt hat, vielleicht in einem Radius von etwas über dreißig Kilometern.«

»Es ist fast dunkel«, sagte Devon. »Der SUV fährt wahrscheinlich direkt zu seinem Versteck zurück, was bedeutet, dass sie heute Nacht wahrscheinlich nicht an einem Horchposten vorbeikommen werden.«

»Wir machen es trotzdem, nur für den Fall«, sagte Eli, obwohl sie wahrscheinlich recht hatte. Bis jetzt hatte Sykes noch nie mehrere Orte an einem Tag angegriffen.

Jacksons Mund verengte sich zu einer blutleeren Linie. »Ich wette, mein Vater weiß, wo sie die Medikamente lagern, bevor sie sie verticken. Sykes könnte dort sein.«

Eli warf ihm einen fragenden Blick zu. »Wo ist dein Vater?«

»Er hat gemerkt, dass ich ihm auf der Spur bin. Er ist abgehauen. Er ist untergetaucht.« Jackson starrte die leere, von Bäumen gesäumte Straße entlang, wo die Umrisse in der aufkommenden Dunkelheit allmählich verschmolzen. In der Dämmerung war sein Gesicht ein blasses, geisterhaftes Oval. »Ich werde ihn finden. Irgendwie scheinen alle Wege zum selben Ort zu führen ...«

Jackson schwankte auf seinen Füßen. Er fuchtelte mit den Armen und klammerte sich dann an Devons Arm, um nicht zu fallen.

»Hey, gehts dir gut?«, fragte Devon.

»Ja.« Das Blut war aus seinem Gesicht gewichen. Er wischte sich benommen über seine glasigen Augen. »Es geht mir gut.«

Eli musterte ihn. Tiefe Ringe umrahmten seine Augen, seine Haut war grau vor Müdigkeit. Der Verlust von Gideon Crawford, und das auf so brutale Weise, hatte ihn erschüttert. Er sah aus, als stünde er mit einem Bein im Grab. »Wann hast du das letzte Mal geschlafen?«

Jackson zuckte entnervt mit den Schultern. »Ich ... ich weiß es nicht.«

Als Ranger war Eli darauf trainiert, tagelang mit wenig oder gar keinem Schlaf auszukommen. Damals hatte er Tabletten gehabt, die ihm geholfen hatten. Jetzt hatte er keine mehr, aber er konnte sich länger auspowern, als ein normaler Mensch es könnte. Jackson konnte das nicht. »Du brauchst Ruhe. Geh zurück ins Gasthaus, schlaf dich aus und wir fangen morgen früh neu an.«

»Nein. Auf keinen Fall. Nicht, solange Lena da draußen ist ...«

»Du bist im Moment nur eine Belastung«, sagte Eli mit Nachdruck. »In zehn Minuten wird es stockdunkel sein. Wir können die Drohne im Dunkeln nicht benutzen. Moreno und Hart werden heute

Nacht den Horchposten besetzen, auch wenn das eventuell nichts nützt. Geh nach Hause, Jackson.«

»Was hast du vor?«

Eli betrachtete erneut die Karte, wobei sich eine Linie zwischen seinen Brauen bildete. »Ich habe eine Idee.«

»Ich werde dir helfen«, beharrte Jackson.

Eli schüttelte den Kopf. »Das mache ich alleine.«

59

ELI POPE
TAG EINHUNDERTUNDVIER

Eli war Sykes dicht auf den Fersen. Noch eine weitere Peilung auf seiner Karte und er wäre nahe an dem ungefähren Aufenthaltsort.

Er war mit seinem Quad zu seiner letzten bekannten Position gefahren. Er versteckte das Fahrzeug im Gestrüpp und bedeckte es mit seiner Tarndecke und Kiefernzweigen.

Jetzt machte er sich zu Fuß auf den Weg, um Geräusche zu vermeiden. Seine taktische Ausrüstung bestand aus einem Brustgurt und einem Kampfgürtel, wobei er sich sein Gewehr über die Brust gehängt hatte. Die Nachtsichtbrille war über seine Augen gezogen und tauchte die Welt in ein grünes Licht.

In der einen Hand hielt er die Karte, in der anderen eine kuriose Vorrichtung – eine selbstgebaute Richtantenne, die er aus Ersatzteilen gebaut hatte. Die Materialien hatten er und Shiloh im örtlichen Baumarkt, in verlassenen Garagen und Schuppen und auf Amos Eastons Schrottplatz gefunden.

Die Antenne bestand aus mehreren PVC-Rohren und hatte vier auf bestimmte Längen zugeschnittene Messbandarme, die mit Schlauchschellen aus rostfreiem Stahl, einem Koaxialkabel und einem Empfänger mit S-Meter am PVC-Rohrkörper befestigt waren.

Die Antenne, die er gebaut hatte, war rudimentär, aber sie funktionierte. Auf diese Weise konnte er Richtungssignale orten. Vor einer Stunde hatte er eine Übertragung abgefangen. Der Versuch, den Kompass abzulesen, der ihm mitten in der Nacht von verschiedenen Orten im Wald aus die Richtung angab, erwies sich als schwierig. Er war gezwungen, sich an die Forststraßen zu halten, da es unmöglich war, mit einer fast zwei Meter hohen Antenne durch den dichten Wald zu waten.

Um die Quelle des Signals ausfindig zu machen, hatte Eli bereits eine gute Kompasspeilung eines abgefangenen Funkspruchs vorgenommen, sodass er die Richtung auf seiner Karte genau einzeichnen konnte. Dort, wo sich die Linien in einem Dreieck kreuzten, konnte er den Ursprung der Übertragung lokalisieren – hoffentlich Sykes' Versteck oder zumindest einen Ort in der Nähe.

Er brauchte eine gute zweite Peilung von einer neuen Position in einiger Entfernung zur ersten, damit sich die Linien auf seiner Karte kreuzen konnten und er einen halbwegs genauen Standort ermitteln konnte.

Ohne eine gute dritte Peilung würde sein Ergebnis nicht sehr genau sein. Er wusste auch nicht, ob die Funksprüche, die er abfing, von Leuten stammten, die sich auf das Versteck zubewegten oder von dort weg.

Als er seine erste Peilung durchgeführt hatte, war er sich seiner Position ziemlich sicher gewesen; seitdem war er sich weniger sicher über seine genaue Position. Das alles setzte natürlich voraus, dass er jede Peilung präzise auf seiner Karte eingezeichnet hatte.

Er hatte es gerade geschafft, die zweite Peilung zu markieren, als das Signal verstummte. Als ob Sykes seinen Verfolger spüren konnte, versiegte der Funkverkehr abrupt. Er wartete lange Zeit, aber er konnte nichts mehr hören.

War Sykes klug genug, EMCON – Funkstille – anzuwenden, oder steckte etwas anderes dahinter? Es war spät in der Nacht, weit nach Mitternacht. Wer auch immer über Funk kommuniziert hatte, war vielleicht schon schlafen gegangen, obwohl er davon ausging, dass die Patrouillen die ganze Nacht über in Kontakt bleiben würden.

Eine dicke Wolkendecke versteckte den Mond und die Sterne. Insekten surrten und die Nachtgeschöpfe wuselten tief zwischen den

Bäumen. Er blieb am Rande eines Feldwegs stehen, bereit, zwischen die Bäume zu huschen, falls er ein Fahrzeug in der Nähe witterte. Unkraut und Dornen zerrten an seinen Schienbeinen und er überprüfte erneut die Karte.

Innerhalb von acht bis elf Kilometern zählte er zu viele mögliche Orte: drei Campingplätze, ein christliches Jugendcamp, einen Regionalflughafen, Kal's Rustic Log Cabins, die verlassene Kupfermine Eagle Falls und ein halbes Dutzend Höhlen, die für ihre große Fledermauspopulation bekannt waren.

Die Erschöpfung zerrte an seinen Gliedern. Obwohl seine anderen Wunden in den vergangenen zwei Wochen größtenteils verheilt waren, brannte die Wunde an seinem Arm, als hätte ihm jemand Säure auf die Haut geschüttet. Das stundenlange Festhalten der Antenne hatte die gerissenen Muskeln überanstrengt.

Er steckte die Karte ein, legte das PVC-Rohr auf den Boden, lehnte sich an die raue Rinde einer Kiefer und atmete den süßen Duft des Baumharzes in den Rillen ein, während er sich durch seine Angst, seinen Schmerz und seine Frustration atmete.

Sosehr er auch wollte, es war zu mühsam, weiterzugehen. Sobald die Sonne aufgegangen war, würde Eli wieder aufbrechen. Er brauchte den dritten Triangulationspunkt, um das Zielgebiet einzugrenzen.

Spätestens in einem Tag würde Eli ihn haben.

Er betete, dass Lena so lange durchhalten würde. Sie könnte in ein diabetisches Koma fallen, ohne dass Sykes auch nur ein Haar krümmte. Die Zeit wurde knapp.

Er berührte das Medaillon des Sankt Michael unter seinem Shirt und betete wie nie zuvor. Er betete zu jeder übernatürlichen Macht, die es gab: zu Gott, zum Großen Geist seiner indigenen Vorfahren, zu jeder gütigen Macht da oben, die sich noch darum scherte, was hier unten auf diesem verfluchten Planeten geschah. *Helft mir, sie zu retten.*

60

JACKSON CROSS
TAG EINHUNDERTUNDVIER

Jackson saß in seinem Sessel und die Niederlage krümmte seine Wirbelsäule und ließ seine Schultern zusammensacken. Die Coleman-Laterne warf lange Schatten auf den Schreibtisch in seinem Zimmer im Northwoods Inn. Die Luft war still und stickig.

Es war Mitternacht. Er war komplett entkräftet und todmüde. Seine Augen waren trübe, sein Verstand verschwommen vor Müdigkeit, aber er konnte nicht schlafen.

Vorhin hatte Lori Brooks ihm eine Plastikschale mit Chilisuppe gebracht, die jetzt unberührt auf seiner Kommode stand. »Es tut mir so leid, Schatz«, hatte sie mit Tränen in den Augen gesagt. »Wir lieben Lena. Bring sie zu uns zurück.«

»Ich werde es versuchen«, hatte er gesagt.

Er fühlte sich zu krank, um zu essen. Sorgen und Ängste verfolgten ihn wie Bestien aus Albträumen. Verzweiflung wälzte sich in seinem Bauch und kroch ihm die Kehle hinauf.

Sykes hatte Lena gekidnappt. Alles, was er getan hatte, alles, was er geopfert hatte, war nicht genug gewesen. Gideon Crawford war tot. Curtis Tilton war tot, und seine Frau und sein Kind waren traumatisiert.

Eli war immer noch da draußen und suchte. Sie hatten Sykes'

379

Aufenthaltsort eingegrenzt, aber es könnte Tage dauern, ihn zu finden – Tage, die Lena nicht hatte.

Jackson sollte sich ausruhen, aber er konnte es nicht. Wie sollte er auch? Wozu war er gut, wenn er dann, wenn es am wichtigsten war, nicht mal seinen verdammten Job machen konnte?

Im Zimmer war es ruhig. Die Stille drückte gegen seine Trommelfelle. Sein Blut rauschte in seinen Ohren. Er stützte seinen Kopf in die Hände. Seine Gedanken wirbelten durcheinander und drehten sich in manischen Kreisen.

Lenas letzte Bitte kam ihm immer wieder in den Sinn. Sie hatte ihn gebeten, den Mörder ihrer Schwester zu fangen. Wenn er heute Abend nichts tun konnte, um Lena zu retten, dann konnte er wenigstens das tun.

Das Gefühl verfolgte ihn, dass seine Familie irgendwie in alles verwickelt war, auf eine Art und Weise, die er noch nicht genau definieren konnte. Wenn sein Vater sich freiwillig mit dem Kartell eingelassen hatte und das Kartell mit Sykes zusammenarbeitete, dann wusste er vielleicht etwas über Lenas Verschwinden.

Noch schlimmer war, dass Horatio mit Sicherheit etwas über Lilys Tod wusste. Jackson dachte an Gideons Worte vor seinem Tod, als er den Verdacht geäußert hatte, Horatio könnte Gewalt angewendet haben, um die Wahrheit zu verbergen.

Gewisse Fakten ergaben keinen Sinn. Selbst wenn sein Vater seine und Astrids Verbrechen vertuscht hatte, gab es noch mehr in Lilys Fall: das Medaillon mit dem gebrochenen Herzen, die Haarlocke, die Strangulierung und die Schläge im Gesicht.

Jackson hob den Kopf. Er zog den halb geschmolzenen Snickers-Riegel aus seiner Tasche und legte ihn auf den Schreibtisch. Er starrte ihn an und dachte an Shiloh.

Er dachte an all das, was sie durchgemacht hatte, und an die Dinge, an die sie sich erinnerte: das schattenhafte Monster im Hoodie, das dumpfe Geräusch, das sie gehört hatte – das Klopfen des Mörders an die Wand, um sie zu verspotten, der letzte schwache Hilferuf ihrer Mutter oder etwas ganz anderes, ein wichtiger Hinweis, der ihm fehlte.

Er hantierte an Lilys Akte herum und blätterte noch einmal durch die Zeugenaussagen, die Tatortfotos und die Notizen von Underwoods

Pressekonferenz. Er dachte an Shilohs Aussage und die unzusammen-hängenden Erinnerungen seiner Mutter.

Sein Blick blieb an etwas hängen. Ein Satz, ein paar Worte. Die Angelkiste.

Jackson wurde still. Der Sauerstoff entwich aus seiner Lunge und er fühlte sich, als ob er ertrinken würde.

Die Teile fielen mit einer schrecklichen Klarheit an ihren Platz. Und er wusste endlich, was er tun musste.

61

JACKSON CROSS
TAG EINHUNDERTUNDVIER

Jackson öffnete die Haustür. »Ich habe dir ein spätes Abendessen mitgebracht.«

Astrid strahlte ihn von ihrem Platz auf dem Sofa aus an. Sie hatte gerade einen Liebesroman mit einem halb nackten Kerl auf dem Cover gelesen. Sie legte das Buch auf den Couchtisch.

Jackson schloss leise die Tür hinter sich. »Ich dachte, vielleicht hast du Lust auf ein scharfes Chili aus schwarzen Bohnen mit gebratenen Bärenfleischstücken. Lori hat es gemacht.«

»Du weißt, dass es schon nach Mitternacht ist, oder?«

»Du bist eine Nachteule, genau wie ich. Ich hab mir schon gedacht, dass du noch wach bist.«

»Da hast du richtig gedacht.« Astrids Stock klopfte auf den Boden, als sie vom Wohnzimmer in die Küche humpelte. Am Frühstückstisch ließ sie sich in ihren Rollstuhl sinken und lehnte den Stock an einen leeren Stuhl.

Jackson holte zwei Schüsseln und Löffel heraus, wobei er geräuschvoll Schubladen öffnete und schloss. Er steckte einen Gegenstand in seine Tasche und brachte dann die Schüsseln an den Tisch. Er servierte ihr das heiße Chili, das er auf dem Holzofen in der Northwoods-Küche aufgewärmt hatte, bevor er gegangen war.

Astrid lehnte sich zurück und beobachtete ihn. Das Licht war ausnahmsweise aus. Eine Handvoll Kerzen warf einen flackernden Schein in den Raum, was ihre hellen Augen zum Glitzern brachte und ihre seidenen blonden Haare wie einen Heiligenschein um ihren Kopf schimmern ließ. »Wie komme ich zu dieser Ehre?« Er schob ihr die Schüssel über den Tisch. Sie nahm einen Happen und stöhnte vor Vergnügen. Der köstliche Geruch umwehte sie.

Jackson tauchte seinen Löffel in die Schüssel, kostete ein paar Löffel voll, die er nicht schmeckte, bevor er das Besteck in die Schüssel legte und dort liegen ließ. Ihm war der Appetit vergangen.

Er hatte sich überlegt, wie er dieses Gespräch angehen sollte, wie er die Antworten bekommen könnte, die er brauchte. Er beschloss, in die Offensive zu gehen.

»Ich weiß es«, sagte er. »Es ist sinnlos, sich zu verstecken.«

»Du weißt was?«

»Das mit dem Unfall.«

»Ich habe keine Ahnung, was du meinst.«

»Ich weiß, was du in dieser Nacht getan hast – du hast einen Wanderer angefahren und getötet. Dann kam ein anderes Fahrzeug um die Ecke und hat dich gerammt. Gideon, Allison und Lily saßen in dem Auto. Sie waren betrunken. Ihre Unvorsichtigkeit hat dich für immer verkrüppelt.«

Ihre Augen verdunkelten sich, als er sprach, aber ihr Gesichtsausdruck änderte sich nicht, nicht einmal ein Muskelzucken an ihrem Kiefer. Sie war gut, sehr gut.

»Ihnen ist nichts passiert. Du warst das Opferlamm. So hast du dich selbst gesehen. Du hast einen Mann getötet, weil du ihn mit deinem Auto angefahren hast. Du warst betrunken, aber du hast Lily die Schuld gegeben. Gideon ist gefahren und Allison war tot, aber Lily war diejenige, die davongekommen ist. Sie ist in jener Nacht geflohen. Sie ist allen Konsequenzen, allen Schuldzuweisungen entkommen. In dem Auto, das dich angefahren hat, waren alle betrunken. Du wolltest, dass sie für das bezahlen, was dir passiert ist, aber das ging nicht. Um dein Verbrechen zu vertuschen, mussten die der anderen auch verschwinden. Es gab niemanden, dem man die Schuld geben konnte, nicht öffentlich. Aber du wusstest es. Du bist am Unfallort bei

Bewusstsein gewesen und hast nie deine Erinnerungen verloren. Und du hast es gehasst. Du hast *sie* gehasst.«

Astrid sagte: »Du denkst, du bist so schlau.«

»So schlau bin ich nicht«, sagte Jackson.

»Du verstehst das alles falsch.«

»Eins verstehe ich nicht falsch«, sagte Jackson. »Deine Zukunftsaussichten wurden ruiniert. Deine Träume vom College, vom Modeln, von einem erfüllten Leben sind zu Asche verbrannt, und niemand hat dafür bezahlt. Dein Hass auf Lily wuchs mit jeder Minute, jeder Stunde und jedem Tag, an dem du monatelang unter entsetzlichen, unsagbaren Schmerzen gelitten hast. Du hast überlebt, aber du warst im Grunde genommen verkrüppelt, vernarbt und hässlich. Du musstest jahrelang mit diesem Geheimnis, diesem brodelnden Hass, leben. Und du wolltest, dass jemand für dein Elend bezahlt. Du wolltest jemanden dafür bezahlen lassen.«

Astrid sagte nichts. Im Raum herrschte Totenstille. Sie saß regungslos wie eine Statue.

»Du kannst jetzt die Wahrheit sagen. Es gibt keinen Grund, sie zu verbergen.«

Einen Moment lang rührte sie sich nicht, dann beugte sich Astrid mit glühenden Augen vor. »Sie hatte den Unfall ohne einen Kratzer überstanden. Sie hätte zerschmetterte Knochen, gerissene Sehnen und zerquetschte Gliedmaßen verdient gehabt. Sie hätte es verdient gehabt, mit kaputten Beinen im Krankenhaus aufzuwachen. Diese Schlampe war ungeschoren davongekommen, ohne Konsequenzen. Das war nicht richtig. Das war nicht gerecht. Gerade du solltest das verstehen, Jackson.«

Jacksons Stimme blieb ruhig. »Also hast du sie büßen lassen.«

Astrid blinzelte nicht. »Cyrus Lee Jefferson hat Lily getötet.«

»Das hat er nicht.«

»Sheriff Underwood hat es gesagt.«

»Er hat sich geirrt.«

Sie starrte ihn an und nahm einen Bissen Chili, ohne den Blickkontakt zu unterbrechen.

»Da ist noch mehr.«

Sie zog eine feine Augenbraue hoch.

»Als Devon und ich dich befragt haben, hast du Cyrus Lees Angelkasten erwähnt, aber als Underwood die Pressekonferenz gegeben hat, hat er die Trophäenkiste von Lee nicht Angelkasten genannt, sondern Werkzeugkasten. Ich habe mir eine Notiz gemacht, weil ich ihn korrigieren wollte. Du hättest gar nicht wissen können, dass es ein Angelkasten ist, es sei denn, du wusstest es, weil du ihn vorher schon mal gesehen hattest.«

Astrid warf ihm einen ungläubigen Blick zu. »Du oder Devon haben es einen Angelkasten genannt, als ihr mich auf dem Pferderücken befragt habt.«

»Haben wir nicht. Keiner von uns hat es erwähnt. Nur du hast es erwähnt. Ich habe in meinen Notizen nachgesehen.«

»Deine Notizen sind falsch.«

»Ich habe das Gespräch mit meinem Handy aufgezeichnet. Ich bin sehr gründlich.«

»Ich habe eine dumme Kiste mit dem falschen Namen bezeichnet. Das ist alles, was du hast? Ein Problem mit der Wortwahl? Das hat doch nichts zu bedeuten.«

»Vielleicht hat es das, vielleicht auch nicht.«

»Was auch immer du andeuten willst, du liegst falsch.«

»Diesmal nicht.«

»Ein Mann hat sie getötet.« Astrid lächelte, ohne ihren Blick von ihm zu nehmen. »Leider habe ich die Werkzeuge dafür nicht.«

»Alle haben Vermutungen angestellt. Du bist über einen Meter achtzig groß und breitschultrig. In der Dunkelheit kannst du leicht als Mann durchgehen. Du bist stark, selbst jetzt noch. Die Arbeit im Rollstuhl stärkt deinen Rücken und deinen Bizeps. Du hast einen schwarzen Hoodie getragen, um deine Gesichtszüge zu verbergen, falls dich jemand gesehen hätte.«

»Das klingt für mich nach Spekulation. Und nach einer lebhaften Fantasie.«

Er sprach langsam und bedächtig. »Und dann ist da noch Shiloh.«

»Was ist mit ihr?«

»Shiloh hat mir von einem klopfenden Geräusch aus ihren Albträumen erzählt, ein Geräusch, das sie in dieser Nacht gehört hatte. Sie dachte, es wäre jemand, der an die andere Seite der Wand klopft, das

Monster, das ihre Mutter ermordet hat und sie verhöhnt. Mir wurde klar, dass sie es falsch gehört hatte. Es war nicht jemand, der an die Wand klopfte, es warst du. Du und dein Stock. Das Geräusch, das er auf dem Boden machte: *Rums, rums, rums.*«

Astrids Pupillen zogen sich leicht zusammen. »Das bedeutet doch nichts.«

»Oh, das bedeutet sehr viel mehr als nichts. Es bedeutet etwas. Und dieses Etwas hat mich direkt zu dir geführt.«

Astrid nahm einen großen Happen des Chilis. Sie kaute langsam und mechanisch. Sie schluckte und tupfte sich mit der Serviette die Lippen ab, bevor sie sie neben der Schüssel zusammenfaltete.

Das Schweigen war angespannt. Er wartete ab. Wenn sie einknicken würde, dann jetzt oder nie. Ein Teil von ihr sehnte sich danach, mit ihrer Heldentat zu prahlen. Darauf zählte er.

Sie war stolz auf sich. Alle Soziopathen litten unter einem enormen Ego. Ihre größte Enttäuschung bestand in der Erkenntnis, dass, je gerissener sie waren, desto weniger Menschen, wenn überhaupt jemand, ihre Genialität jemals zu schätzen wissen würden. Das nutzte er jetzt aus.

»Es war spät in der Nacht, aber Lily hat die Tür aufgemacht, weil sie dich kannte, deshalb gab es auch keine Anzeichen für ein gewaltsames Eindringen. Sie hat deine Stärke unterschätzt – und deine Brutalität. Du hast Lily mit deinem Stock ins Gesicht geschlagen und sie bewusstlos geprügelt, damit sie sich nicht wehren konnte. Dann hast du sie erwürgt.«

Jackson ließ die Worte ein paar Sekunden ruhen, bevor er weitersprach. »Und all die Jahre hat niemand gewusst, dass du es warst. Du warst das arme verkrüppelte Mädchen, das kaum laufen konnte. Keiner hat dich verdächtigt. Du warst nicht einmal auf unserem Radar. Dank des Sheriffs wusste niemand, dass du ein Motiv für einen Mord hattest. Selbst wenn ein paar Polizisten Verdacht geschöpft hätten, hatte unser Vater schon einmal ein Verbrechen für dich vertuscht; du wusstest, dass er es wieder tun würde. Du bist ungeschoren davongekommen.«

Ein Zucken ihrer Lippen. Ein Aufblitzen von irgendetwas – Arroganz. Ein Schimmer von Verachtung. In diesem Moment wusste er ohne den Schatten eines Zweifels, dass er das richtige Monster erwischt hatte.

Jede verworrene Spur, jeder verdrehte Hinweis, jede Lüge, jeder Betrug und jede Irreführung führte zurück zu seiner eigenen korrupten Familie. Zuerst zu seinem Vater und dann zu seiner Schwester.

»Du glaubst doch, dass du alles durchschaut hast«, fauchte sie. »Wozu brauchst du mich dann noch?«

»Für das Geständnis, das du mir geben wirst.«

Astrid schnaubte und nahm einen weiteren Happen Chili. Die einzigen Geräusche waren ihr gleichmäßiges Kauen und das Klappern ihres Löffels, während sie die Schüssel leerte.

Schließlich sah sie ihn an. Und lächelte. »Shiloh. Diese kleine Ratte.«

62

JACKSON CROSS
TAG EINHUNDERTUNDVIER

A strids Augen glitzerten im Kerzenlicht, ihre Haut war zart und leuchtete wie die eines Engels. Das war verdammt beunruhigend.

»Töten ist ein Rausch«, sagte sie, »genau wie man sagt, dass es das ist. Es ist alles wahr. Es ist besser als Drogen, besser als Sex, besser als ein Lottogewinn. Es gibt nichts Vergleichbares. Es liegt so viel Macht in deinen Händen, absolute Macht über einen anderen Menschen.«

Jackson fühlte sich wie ausgeweidet. Er hatte damit gerechnet, aber es schockierte ihn trotzdem. Ihm war schlecht und er fühlte sich angewidert, aber er tat es ihr gleich, Schritt für Schritt, so kontrolliert und berechnend wie das Raubtier, das ihm gegenübersaß.

»Du hast versucht, Shiloh zu töten. Du hast diesen Junkie angeheuert, um sie im Wald zu ermorden, genau wie die beiden Drogensüchtigen, die Lenas Insulin klauen wollten.«

»Ich hätte sie selbst umbringen sollen«, sagte sie abwesend, als würde sie über das Wetter reden. »Lektion gelernt.«

Jackson hatte gedacht, dass er nicht noch fassungsloser sein könnte, aber er hatte sich wieder einmal geirrt. Er war entsetzt und verblüfft über ihre Gefühllosigkeit, ihre unbekümmerte Grausamkeit.

Astrid verzog hübsch das Gesicht. »Ich wusste, dass du dabei warst, mir auf die Schliche zu kommen, und dass Shiloh sich an Dinge

388

erinnern könnte. Ich habe dafür gesorgt, dass sie mich bei dem FEMA-Aufstand sieht, um zu prüfen, ob sie darauf reagiert. Das hat sie nicht, aber ich habe mir gedacht, dass ich sie trotzdem töten sollte, nur um sicherzugehen.« Sie zuckte mit den Schultern. »Ich kannte den Cracksüchtigen aus dem Obdachlosenheim. Es war leicht, ihn dazu zu bewegen, es zu tun. Er hätte alles für die Aussicht auf einen weiteren Schuss getan. Aber er hat es verbockt und sich dabei umbringen lassen. Geschieht ihm recht. Danach habe ich beschlossen, dass ich es selbst tun muss, und ich hätte es auch getan. Alles, was ich tun musste, war, sie allein zu erwischen. Ich hatte alles geplant. Dann ist Sykes aufgetaucht, und alle sind auf Defcon 4 gegangen. Du und Eli habt sie in diese Northwoods-Sekte gesteckt und ich kam nicht mehr an sie ran.« Sie hielt ihren Daumen und ihren Zeigefinger ganz nah aneinander. »Ich war so nah dran.«

Ihm lief ein Schauer über den Rücken. »Du hast Shiloh unterschätzt.«

»Das Mädchen hat Mumm«, sagte Astrid mit etwas, das wie Bewunderung klang. Sie lehnte sich aufmerksam vor. »Ich werde sie schon noch kriegen. Am Ende bekomme ich immer, was ich will.«

Die Angst schmeckte wie verfaulte Früchte auf seiner Zunge, wie Tod und Verwesung. Eine Soziopathin zu verhören, war wie ein Drahtseilakt Hunderte von Metern in der Luft; die Höhe war schwindelerregend und verwirrend, und ein Fehltritt würde einen kopfüber in den Abgrund stürzen.

Die Erinnerungen überfielen ihn, eine nach der anderen: Wie Astrid das Nachbarskind vom Fahrrad hatte stürzen sehen, mit einem Lächeln im Gesicht, wie Astrid nie geweint, nie Mitgefühl gezeigt hatte, sondern nur Verachtung und Spott. Sie hatte sich im Obdachlosenheim freiwillig gemeldet, um zu sehen, wie andere litten – Obdachlose, Drogensüchtige, Misshandelte und Unterdrückte. Sie labte sich an Elend und Leid.

Astrid nahm einen Schluck aus dem Wasserglas und stellte es wieder ab. »Ich hätte sie damals einfach beseitigen sollen. Problem gelöst. Die Wahrheit ist, dass ich Lilys Rotzbengel vergessen hatte, bis ich ein Geräusch im Schlafzimmer gehört habe, als ich vorbeigegangen bin. Ich habe sie gesehen, wie sie sich zwischen dem Bettgestell und der

Wand versteckt hat. Sie war so winzig. Ich war so mächtig. Was hatte ich von einem Baby zu befürchten? Ich dachte mir, dass sie zu jung war, dass es zu dunkel war und dass sie nichts sehen konnte. Sie war ein Nichts. Ich habe ihr Gnade gewährt. Und jetzt sieh dir an, was sie mit dieser Gnade gemacht hat. Sie hat sie mir ins Gesicht geschleudert.«

Jackson lehnte sich auf seinem Stuhl zurück und starrte sie an. Tausend schreckliche Gefühle durchströmten ihn – Entsetzen, Abscheu, Ekel und Angst. Er riss sich zusammen und zwang sich, ruhig und emotionslos zu bleiben.

Mit gleichmäßiger Stimme fragte er: »Mehr Chili?«

Sie nickte und er stand auf, ging zum Tresen und kippte den Rest des Chilis in ihre Schüssel, wobei er darauf achtete, dass seine Hände ruhig blieben und sie sich nicht bewegte, während er ihr den Rücken zudrehte. Er brachte die Schüssel zurück an den Tisch und setzte sich.

Sie nahm die Schüssel entgegen. »Danke«, sagte sie mit tadellosen Manieren, als wäre dies ein ganz normales Familienessen an einem Sonntag, obwohl es alles andere als das war.

Er wechselte die Taktik. »Wie lange weißt du schon, dass Cyrus Lee ein Mörder ist?«

Sie verengte ihre Augen. »Ich wusste es nicht.«

»Ich weiß, dass du es herausgefunden hattest. Niemand außer dir hatte es herausgefunden.«

Jetzt strahlte sie. »Vor neun Jahren. Ihr Cops seid erbärmlich.«

»Woher wusstest du es?« Sie musste ihm nicht antworten. Er hatte einen Verdacht.

Sie zuckte nachlässig mit den Schultern. »Ich habe den Angelkasten in Cyrus Lees Garage gefunden. Mir war sofort klar, wer und was er war. Mir war klar, wie leicht es sein würde, jemanden zu töten und damit davonzukommen. Ich hatte die Beweise, die ich jemand anderem anhängen konnte, direkt in der Hand.«

»Und da hast du dich entschieden.«

Ihr linkes Augenlid zuckte. Er hatte den Nagel auf den Kopf getroffen.

»Warum hast du Cyrus Lee nicht angezeigt, als du erfahren hast, was er ist und was er getan hat?«

»Er hat mich immer wie eine Königin behandelt.«

»Er hat Frauen gestalkt und ermordet.«

Sie warf ihm einen gereizten Blick zu. »Nicht mich.«

»Du hast nicht geglaubt, dass er dir wehtun würde?«

»Ich war nicht sein Typ. Ich war seine Tarnung. Er brauchte eine Verkleidung und ich habe sie ihm geboten. Ich habe ihm Zugang zu laufenden Mord- und Körperverletzungsfällen verschafft. Er brauchte mich.«

»Als du herausgefunden hattest, was er war, warst du eine größere Bedrohung für ihn als sein Bedürfnis.«

»Deshalb habe ich vier Halsketten gestohlen und jeweils eine in einem Bankschließfach in vier verschiedenen Banken deponiert. Ich habe Elice McNeelys Führerschein im Boden des versteckten Fachs in dieser Angelkiste gefunden. Ich wusste, dass sie vermisst wurde. Die Haare in dem Medaillon stimmten mit ihrer Haarfarbe überein, die ich auf ihren Social-Media-Konten gesehen hatte. Ich habe McNeelys Führerschein auch in eines der Schließfächer gelegt. Ich habe Cyrus erzählt, was passieren würde, falls ich verschwinden würde – dass ich einen Brief für meinen Vater und für dich hinterlassen habe, den ihr finden würdet. Ich habe ihn überzeugt, dass ich eine Verbündete bin, die lebend nützlicher ist als tot. Klugerweise hat er dem zugestimmt.«

»Er hat weiter Frauen umgebracht. Die ganze Zeit über hast du davon gewusst und nichts unternommen.«

Ein weiteres abfälliges Achselzucken. »Nicht mein Problem.«

Jackson starrte sie ungläubig an, als wären ihr drei Köpfe gewachsen. Die Worte aus ihrem Mund klangen so unverständlich, als ob er in einer fremden Dimension steckte und den Weg zurück in die Realität nicht finden konnte.

»Er hat es diskret gemacht.«

Er versuchte, seinen Abscheu zu verbergen – und scheiterte kläglich.

»Guck nicht so entsetzt, Jackson. Es ist ja nicht so, als hätten andere Serienmörder keine Partner gehabt. Fred und Rosemary West, Gerald und Charlene Gallego, die Lonely-Hearts-Killer und die Sunset-Strip-Killer. Es war nicht so, dass ich *mitgemacht* hätte …«, sie sagte die Worte mit Abscheu, »wie diese verkorksten Huren. Ich habe es einfach akzeptiert. Es ist einfacher, als du denkst.«

»Du hast nicht einfach irgendetwas akzeptiert. Du hast einen grausamen Mord begangen und den Tatort so inszeniert, dass er wie die früheren Verbrechen deines Freundes ausgesehen hat, um ihm etwas anzuhängen. Du kanntest die Details, weil du ihn überredet hast, dir alles zu erzählen, was er getan hat.«

Sie warf ihm einen selbstgefälligen, triumphierenden Blick zu. »Ich war mir so sicher, dass er dafür untergehen würde. Er war der perfekte Sündenbock. Leider waren die Leichen seiner anderen Opfer noch nicht entdeckt worden, sodass die Halskette nicht viel bedeutet hatte, bis du diese Beweise gegen Eli verwendet hast. Du hast dich entschieden, deinen besten Freund zu beschuldigen, und am Ende hat sich für mich alles zum Guten gewendet, so wie es sein sollte.«

»Was ist in dir vorgegangen? Warum hast du es ausgerechnet in dieser Nacht getan?«

»Lily hat sich das selbst zuzuschreiben. Ihr Tod war ihre eigene Schuld. Ich hatte Cyrus Lees Halskette, von der ich wusste, dass ich sie benutzen konnte, um mich zu schützen, wenn ich es tun wollte. Ich habe sie gehasst, aber ich hatte keinen Plan. Nicht bis zu dem Abend, an dem sie auf der Suche nach dir an unsere Tür gehämmert hat. Sie hat nicht dich gefunden, sondern mich. Du warst mit Vater bei einer Drogenfahndung unterwegs.«

Astrid lächelte dieses durchtriebene, grausame Lächeln. »Vater dachte, er hätte alles unter Kontrolle, dass er Lily unter seiner Fuchtel halten könnte, aber ich habe es in ihrem Gesicht gesehen. Sie hat ihn gehasst, und sie hat mich gehasst. Sie hatte lange genug mit ihren Geheimnissen gelebt und jetzt wollte sie anfangen zu reden. Sie hat gedroht, es dir zu sagen. Sie wollte Vater und mich zerstören. Also habe ich etwas dagegen getan.«

Jackson zitterte unter der Anstrengung, seine Gefühle im Zaum zu halten. Er war gegenüber so vielen Dingen blind gewesen. Jetzt war er nicht mehr blind. Zum ersten Mal sah er klar. Er sah die Gier seines Vaters, die Grausamkeit seiner Schwester und die Verzweiflung von Lily.

Für jemanden, der geschworen hatte, Lily aus der Ferne zu lieben, hatte er ihr gegenüber kläglich versagt. Er dachte nicht minder von ihr, von den Dingen, die sie für sich behalten, und von den Geheimnissen, die sie bewahrt hatte. Sie hatte gewusst, was Jackson nicht hatte wahrhaben wollen: Der Sheriff von Alger County war durch und durch korrupt, und sie hatte keine Chance gegen ihn gehabt. Im Laufe der Jahre hatte es sie zerfressen, bis die ätzenden Lügen mehr Schaden angerichtet hatten als die gefährliche Wahrheit.

»Und sie hat dich einfach ins Haus gelassen? So spät in der Nacht?«

»Ich habe geklingelt. Sie kam in ihrem Schlafanzug an die Tür. Ich habe ihr gesagt, dass sie mit allem recht hatte, dass ich auch nicht mit der Schuld leben wollte und mit ihr zusammen beichten würde. Es war, als würde man einem Kind den Lutscher wegnehmen.« Astrids hübsche Gesichtszüge verwandelten sich in etwas Groteskes. »Sie war zu dumm, um Angst zu haben. Sie hätte Angst haben müssen. Aber am Ende habe ich sie dazu gebracht, mich zu fürchten.«

Er sah die Hässlichkeit, die sich unter der schönen Maske verbarg. Der Unfall hatte ihr nicht nur die Beine gebrochen, sondern auch etwas Entscheidendes in ihr zerschmettert, und niemand konnte sie wieder zusammensetzen. Aber das war eine weitere Lüge, eine Verschleierung, ein Verwischen der Wahrheit.

Astrid war schon lange vor ihrem Unfall gebrochen gewesen. Das Unrecht in seiner eigenen Familie, das jeder erkannt, aber lieber ignoriert hatte, war der monströse Elefant im Raum.

»Vater hat es gewusst«, sagte er schlaff. »Nicht das mit dem Unfall, sondern das mit Lily. Er weiß, was du getan hast.«

Ihr zufriedenes Lächeln verriet ihm alles.

»Und Garrett? Was hat er mit der Sache zu tun?«

»Ich bin nicht die Hüterin unseres Bruders. Geh und frag Vater. Er weiß es.«

»Hat Garrett es herausgefunden? Ist er deshalb gegangen?«

Sie schüttelte leicht den Kopf. »Du hast keine Ahnung, wer Garrett überhaupt ist, oder? Du hast nicht die geringste Ahnung.«

Er ignorierte ihren Versuch, ihn abzulenken. »Und was ist mit Mom?«

»Du dachtest, sie würde unseren Vater schützen.« Ihr Lächeln wurde breiter. »Ich war das. Es war von Anfang an ich gewesen.« Er dachte mit einer Mischung aus Abscheu und Mitleid an seine Eltern.

Sein ganzes Leben lang hatte er die unausgesprochenen Regeln seiner Familie verstanden. Eine Beschönigung der Realität, eine Glättung der rauen Stellen, der hässlichen Dinge. Die Fähigkeit, nicht zu sehen, was direkt vor ihnen lag. Das Problem war nicht die Person, die die Straftat begangen hatte. Es war die Person, die es wagte, es auszusprechen und die anderen dazu zu zwingen, das zuzugeben, was sie nicht ertragen konnten – die Wahrheit und ihre eigene Schuld.

»Dieses Gespräch langweilt mich langsam.« Astrid ließ eine Hand unter den Tisch in ihren Schoß gleiten. Mit der anderen Hand löffelte sie den letzten Rest des Chilis aus. »Vergiss, dass wir dieses Gespräch je geführt haben. Du hast die Wahrheit bekommen, die du wolltest; du solltest jetzt glücklich sein. Lass die Vergangenheit in der Vergangenheit ruhen und sterben. Nichts davon ist wichtig. Das hier ist die neue Welt, wie Vater sagt, und wir sind diejenigen, die sie nach unserem Geschmack umgestalten werden.«

Er starrte sie so lange an, bis ihre Gestalt verschwamm und sich veränderte, bis sie kaum noch menschlich aussah, ihr hämisches Grinsen eine Karikatur der Menschlichkeit, eine Nachbildung, die dem Echten so nahe kam, dass es fast unheimlich war.

Er hatte sich geirrt: Sie war kein Monster. Sie war ein vollwertiger Mensch. Das war das Schlimmste daran.

»Nein, das glaube ich nicht.« Jackson zückte ein Paar Handschellen und legte sie auf den Tisch zwischen ihnen. »Ich nehme dich fest und bringe dich in eine Gefängniszelle im Büro des Sheriffs. Von dort aus werde ich die Sache regeln, aber du bist verhaftet. Du hast das Recht zu schweigen. Alles, was du sagst, kann vor Gericht gegen dich verwendet werden.«

Astrid lachte hysterisch. »Ein Gericht? In welcher Fantasiewelt lebst du denn bitte? Das interessiert doch niemanden!«

»Mich interessiert es«, sagte Jackson leise. »Und ich bin immer noch das Gesetz.«

Astrid schob ihren Rollstuhl zurück und taumelte auf die Beine. Das Glitzern von scharfkantigem Stahl verriet das Fleischermesser in ihrer linken Hand. Sie musste die Waffe in ihrem Rollstuhl unter ihren Beinen versteckt gehabt haben. »Ich hatte gehofft, du würdest zur Vernunft kommen, aber da du dich weigerst, vernünftig zu sein, muss ich dich auch töten. Ich bin nicht so verkrüppelt, dass ich nicht tun kann, was getan werden muss.«

Sie winkte ihm mit dem Messer zu. Schwerfällig machte sie einen Schritt um den Tisch herum. Ihre Lippen verzogen sich zu einem Knurren. »Nimms nicht persönlich, Bruder.«

Jackson war auf sie vorbereitet. Er hatte mit dem Angriff gerechnet. Vorsichtig stand er auf und schob seinen Stuhl zurück. »Bei dir ist es immer persönlich, Astrid.« Sie ging auf ihn zu. Auf halbem Weg um den Tisch stolperte sie, fiel fast hin und fing sich an der Tischkante ab. Ihre Kaffeetasse kippte um und der Löffel klapperte in der leeren Schüssel.

Verwirrung blitzte in ihrem Gesicht auf. Mit der freien Hand griff sie sich an die Kehle. Ihre Wangen färbten sich tiefrot. »Was ...«

»Du bist eine Soziopathin, ein Parasit, eine unübersehbare Gefahr für alles Gute, das es auf dieser Welt noch gibt. Du zerstörst alles, was du anfasst.«

Ihre Augen weiteten sich. Das Fleischermesser glitt ihr aus den Fingern. Es klapperte auf den Kachelboden. »Was hast du getan?!«

Er hatte alle Möglichkeiten durchdacht, die Optionen abgewogen und die Konsequenzen bedacht. Er dachte an Lily: die wilde, rücksichtslose, leidenschaftliche Lily, die nie die Chance bekommen hatte, ihre Fehler hinter sich zu lassen und etwas Neues zu schaffen.

Und er dachte an Shiloh. Astrid würde nicht aufhören, niemals. Sie hatte versucht, Shiloh zu töten, und sie würde es bei der ersten Gelegenheit wieder tun. Solange sie lebte, war sie eine Bedrohung, nicht nur für Lilys Tochter, sondern für alles, was sie zu schützen versuchten.

»Ungefähr jetzt müsste sich deine Kehle zuschnüren. Es wird dir schwerfallen, zu atmen.«

Ihr Mund öffnete und schloss sich. Sie war zu schockiert, um zu sprechen.

Er stützte seine Hände auf den Tisch, um sich zu beruhigen. Er hatte diese Zerstörung herbeigeführt; es war seine Pflicht, sie zu Ende zu führen. »Ich habe eine besondere Zutat in deine zweite Schüssel Chili getan. Gemahlene Erdnüsse, von einem Snickers-Riegel für Shiloh. Shiloh, das Mädchen, das du tot sehen wolltest. Wie ironisch, findest du nicht auch?«

Sie starrte ihn fassungslos an.

»Ich wusste, dass du schuldig bist, aber ich musste es von dir hören. Ich brauchte dein Geständnis. Du hast es mir gegeben. Du konntest nicht anders. Du bist so unglaublich stolz auf dich, so selbstgefällig und arrogant. Du hast mich unterschätzt, so wie du Shiloh unterschätzt hast.«

Astrid taumelte zu der Küchenschublade neben dem Kühlschrank. Jackson holte einen Gegenstand aus seiner Tasche, den er beim Holen der Schüsseln heimlich eingesteckt hatte. Er hielt ihren EpiPen gegen ihre Erdnussallergie in der Hand. »Suchst du das hier? Er ist nicht da, wo du ihn hingelegt hast.«

Sie drehte sich halb stolpernd um und stützte sich an der Arbeitsplatte ab. »Gib mir ... den ... Epi!« Er hielt ihn hoch, außerhalb ihrer Reichweite. »Es gibt noch eine Chance für dich. Eine Möglichkeit, dich zu retten. Wo ist Lena Easton?«

Sie verfluchte ihn, spuckte und zischte, ihre Augen geschwollen und aufgedunsen.

Ihre Haut war rot geworden. »Woher soll ich das wissen?«

»Du weißt es. Du weißt, wo sie ist. Du weißt, wo sie Lena festhalten. Du hast Vaters Funkverkehr mitgehört. Du hast mit deinem Rollstuhl Abriebspuren auf dem Boden seines Büros hinterlassen. Du hast genau gewusst, was unser Vater vorhatte.«

»Leck mich ...«

»Wenn du es mir nicht sagst, wirst du sterben. Wenn du es mir sagst, hast du eine Chance zu leben, aber du solltest besser anfangen zu reden.«

Auf ihrer Stirn traten Adern hervor. Schweiß rann ihr die Schläfen hinunter. Panik blitzte in ihren Augen auf, als sich ihre Atemwege immer mehr verengten. Sie begann zu keuchen, ihr Körper rang verzweifelt nach Sauerstoff. »Du Kakerlake, du dummer Idiot, ich bringe dich um.«

»Sag es mir.« Er starrte sie ernst und emotionslos an. »Das ist deine Abrechnung. Ein Leben für ein Leben.«

»Du kommst ... zu spät.« Ein wahnsinniges Grinsen breitete sich auf ihrem Gesicht aus. »Sie haben Lena ... Sie werden sie umbringen. Zu spät ... Du bist immer ... zu spät. Wenn du mich tötest ... wirst du es nie erfahren ... Du kannst sie nicht retten ...«

»Dir läuft die Zeit davon. Sag mir, was ich wissen muss.«

Mit einem markerschütternden Schrei stürzte sich seine Schwester auf ihn. Sie machte zwei schwankende Schritte, bevor ihre Beine nachgaben. Mit einem Knall stürzte sie auf den Boden. Das Silberbesteck auf dem Tisch klapperte, als ihre Hüfte gegen das Tischbein knallte. Sie sackte auf Hände und Knie, das Röcheln wurde immer lauter, und sie tastete nach dem Messer, das nicht weit von ihr entfernt lag.

Selbst im Sterben griff sie ihn an, ein Raubtier durch und durch.

Jackson kam näher und trat gegen das Messer, sodass es über die Kacheln flog und aus ihrer Reichweite verschwand. Er hielt den EpiPen hoch, damit sie ihn sehen konnte. »Fang an zu reden.«

»Du wirst ... mich nicht ... sterben lassen. Du hast nicht das Zeug dazu.«

»Werden wir ja sehen.« Das war seine Schwester, die Frau, die er sein ganzes Leben lang geliebt und gehasst hatte. Vor seinem geistigen Auge sah er sie als dickes, kicherndes Baby, als Fünfjährige, die hingebungsvoll hinter ihrem Vater herlief, und als Zehnjährige, die Frösche mit Steinen tötete. Und dann immer schlimmer wurde.

Er wünschte sich, die Welt wäre anders, aber das war sie nicht. Das Gesetz, an das er sich geklammert und auf das er sich verlassen hatte, um sein Leben in Ordnung und das Chaos in Schach zu halten, existierte nicht. War das alles eine Lüge, eine Fata Morgana gewesen? Hatte das Chaos schon immer auf ihn gewartet und sich im Herzen seiner Existenz eingenistet?

»Sag es mir!«, rief er.

»Eine Mine!«, stieß sie halb würgend hervor. »Im Funk ... Sykes hat dem Kartell gesagt ... er hat sie dahin ...«

»Welche Mine?«

Astrid brach zusammen. Sie krümmte sich auf dem Rücken und fuchtelte mit den Händen. Ihr Gesicht schwoll an und wurde leuchtend tomatenrot, ihre Lippen wurden dick und verfärbten sich. Auf ihren Wangen bildete sich ein wilder Ausschlag. Ihre Augen quollen vor Wut und Angst hervor. Sie murmelte etwas.

Er lehnte sich näher heran. »Welche Mine?«

»Ich weiß es nicht! Im Funk ... Sie haben Codes benutzt ... Ich weiß nicht ...«

»Was für eine Mine?«

»K-Kupfer. Eine Kupfermine.« Ausnahmsweise glaubte er ihr.

Sie lag auf dem Rücken, krümmte sich, umklammerte mit einer Hand ihre Kehle und griff mit der anderen flehend nach ihm. »Gib ihn ... mir!«

Er hielt das Epinephrin in seiner Hand. Es war kühl und glatt in seiner Handfläche.

Er hielt es zurück.

»Du!«, gurgelte sie. Ihr aufgedunsenes Gesicht verzerrte sich vor Schmerz, Unglauben und Wut. »Du musst ... mir ... helfen ...«

»Das wird nicht passieren.«

»W-was?«

Jackson hockte sich neben sie. Er gab ihr den EpiPen nicht.

In dieser neuen Welt würde sie nie vor Gericht gestellt werden, um den Rest ihres verkommenen Lebens im Gefängnis zu verbringen.

Sosehr er es auch verabscheute, die einzige Gerechtigkeit war diese, hier und jetzt, in diesem Raum.

»Das ist Gnade«, sagte er.

Ihre Hände klammerten sich hilflos an ihre Kehle, während ihr geschwollener Mund nach Luft schnappte. In ihren Augen blitzte ein klares Bewusstsein auf: Das war das Ende, sie lag im Sterben. Jackson würde sie sterben lassen.

Eine quälende Minute später war es vorbei. Er fühlte sich wie betäubt. Einen Moment lang starrte er mit einer Mischung aus Bestürzung und ekelerregender Angst auf ihre regungslose Gestalt, gequält von der schrecklichen Sache, die er getan hatte. Er fühlte keine Genugtuung, nur eine elende Leere und einen gewaltigen Schmerz in seiner Brust.

Und dennoch ... Er spürte ein Kribbeln in seinem Nacken, das leise Ausatmen eines Geistes, der endlich zur Ruhe gekommen war. Lily hatte endlich ihren Frieden gefunden.

Die Strafe oder Buße, die ihm für diese abscheuliche Tat zustand, würde warten müssen. Die Toten waren tot und begraben; die Lebenden konnten noch gerettet werden.

Gestärkt stand Jackson auf und drehte der Leiche von Lilys Mörder den Rücken zu. Er wollte seine Mutter nicht mit einer Toten allein lassen, also funkte er zuerst Fiona Smith an und bat sie, sich zu Dolores zu setzen. Er wollte nicht, dass seine Mutter oder Fiona über die Leiche stolperten, also brachte er sie in die Waschküche und schloss die Tür. Er würde sich später um den Leichnam kümmern.

Als er in die Küche zurückkehrte, stellte er den umgestürzten Stuhl wieder auf, räumte das Geschirr in die Spüle und überprüfte seine Dienstpistole: Sie war gesichert und geladen für den bevorstehenden Kampf. Er funkte Eli an und teilte ihm mit, was er herausgefunden hatte, und betete verzweifelt, dass es reichen würde.

»Sykes hat sie in einer Kupfermine, aber ich weiß nicht, in welcher. Wir haben keine Zeit, sie alle zu überprüfen.«

»Ich weiß, wo sie ist«, sagte Eli.

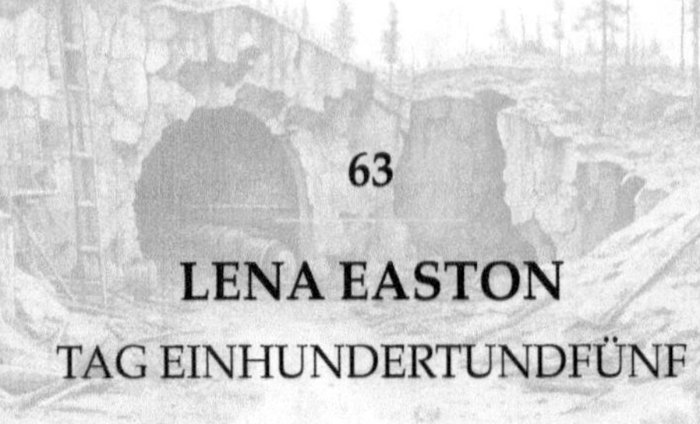

63

LENA EASTON
TAG EINHUNDERTUNDFÜNF

Lena erwachte in völliger Dunkelheit.

Angst schnürte ihr die Lunge zu. Ihre Schultergelenke taten weh. Ihre Arme waren hinter ihrem Rücken verschränkt und mit Kabelbindern, die in ihre Handgelenke schnitten, fest verschnürt. Sie zerrte an den Fesseln, aber sie gaben keinen Millimeter nach, das Plastik bohrte sich in ihre Haut, ihr Fleisch war wund.

Von der Mitte ihres Gesichts strahlte ein Schmerz aus, getrocknetes Blut klebte an ihren Lippen, ihrem Kinn und ihrer Kehle. Ihre Nase war gebrochen. Ihre Rippen taten so weh, als ob sie von einem Pferd getreten worden wäre.

Keuchend spitzte sie ihre Ohren und fokussierte ihre Augen, aber sie hörte und sah nichts. Ihre Sinne waren vernebelt. Es gab keine Geräusche außer ihrem Puls und ihren stockenden Atemzügen. Keine Tiergeräusche. Keine Vögel, Eichhörnchen oder Insekten. Totale Stille.

Die Dunkelheit war absolut. Sie war dicht, und Lena spürte, wie ein physisches Gewicht auf sie drückte, ein Gefühl von ungeheurer Schwere.

Sie kam sich vor wie ein Maulwurf tief unter einem Berg, taubstumm und blind.

Sie bewegte sich, verlagerte ihren Rücken und konzentrierte sich auf jedes Gefühl. Unter ihrem Hintern waren harte, klumpige Felsen, die sich in ihr Steißbein gruben. Sie lehnte an etwas Glattem und Quadratischem. Sie atmete tief ein. Feuchte, nasse Luft füllte ihre Lunge. Es war kalt, sehr kalt. Eine Gänsehaut wanderte über ihre nackten Arme und Beine. Sie zitterte und verbrauchte wertvolle Energie.

Eine Höhle. Sie war in einer Höhle. »Hallo?«, rief sie leise.

Das Geräusch hallte zu ihr zurück. Es war eine Art Grotte – dem Echo nach zu urteilen, eine große.

Ihre Erinnerungen kehrten schnell zurück: der große Kerl mit den Tattoos, der ihr ins Gesicht schlug und sie wie einen Sack Kartoffeln über seine Schulter warf, als sie das Bewusstsein verlor.

»Hilfe«, flüsterte sie, ihre Kehle wie ausgedörrt. »Hilfe.«

Der Klang ihrer Worte hallte wie Hohn zu ihr zurück. Ihr Atem kam in kurzen, flachen Zügen. Ein Schwindelgefühl überkam sie. Sie musste ihre Werte überprüfen. Sie waren in die Höhe geschossen, gefährlich hoch. Sie konnte es spüren.

Wie viele Stunden waren schon vergangen? Sie hatte kein Gefühl für Zeit. Es könnten Tage gewesen sein. Ihr Magen war eingefallen, der Hunger nagte an ihr. Ihre Kehle brannte vor Durst.

Lena war eine Gefangene, eingesperrt in den feuchten Tiefen der Erde, und sie hatte kein Insulin, keine Glukosetabletten und keine Notfallspritze – nichts. Jede Stunde, jede Minute, die verging, brachte sie näher an den Abgrund, an ihren Tod.

Es war so weit. Die Zeit lief ihr davon. Sie kannte die Symptome: ihre klamme Haut, das Schwindelgefühl, ihr Blutzucker, der immer weiter anstieg und ihre Zellen vergiftete.

Entfernte Geräusche hallten in der Dunkelheit wider: sich nähernde Schritte. Das Licht blitzte hell und brutal auf ihre Netzhaut. Sie blinzelte gegen das grelle Licht an, neigte den Kopf und verengte die Augen, als der Strahl einer starken Taschenlampe die Höhle erleuchtete. Sie war etwa achtzehn mal fünfundzwanzig Meter groß und die grob behauene Decke wölbte sich drei Stockwerke hoch über ihr.

Angel Flud kam aus dem Tunnel am anderen Ende der Höhle, bekleidet mit einem übergroßen T-Shirt über einer Cargohose und schwarzen Kampfstiefeln. Er war mit einer Pistole und einem Messer bewaffnet, wobei er in der einen Hand eine Taschenlampe und in der anderen eine Laterne hielt.

Der Gangster stellte die Coleman-Laterne auf eine der Dutzenden von Kisten, die am Rande der Höhle gestapelt waren. Kisten auf Holzpaletten, die in Plastik eingewickelt und auf deren Seiten Etiketten gekritzelt waren: AbbVie, Merck, GlaxoSmithKline, Bayer, Gilead Sciences, Sanofi und Pfizer.

Die Erkenntnis traf sie wie ein Schlag in die Magengrube: Das war das Lager, in das Sykes und seine Leute die gestohlenen Medikamente aus dem Zug geladen hatten.

Ein Funken Hoffnung flammte in ihrer Brust auf. Das Insulin musste hier irgendwo sein.

Es musste einfach da sein.

»Du hast meinen Hund angeschossen«, sagte sie.

Angel zuckte unbekümmert mit den Schultern und schaute sie kaum an, während er seine Gürtelschnalle zurechtrückte. Er hatte wohl die Höhle verlassen, um dem Ruf der Natur zu folgen; sie war kurz vor seiner Rückkehr aufgewacht. »Wenn ich diesen hässlichen Köter das nächste Mal sehe, werde ich die Sache zu Ende bringen.«

Angst packte ihre Kehle mit stählernen Krallen, aber da war noch etwas anderes, etwas Dunkles, das sich unter dem Schrecken bildete – kalter, kristallisierter Zorn.

Ihre natürliche Neigung zur Fürsorge und zum Mitgefühl wurde von einer unbändigen Wut verdrängt, die so hell brannte, dass sie regelrecht glühte. Diese Psychopathen hatten die Menschen bedroht, die ihr wichtig waren. Sie hatten gemordet und geplündert. Sie hatten ihren geliebten Hund verletzt.

Sie hasste sie alle, aber diesen einen am allermeisten.

Völlig unbeeindruckt thronte Angel auf einer der Kisten, fünf Meter von ihr entfernt, ein Auge auf sie und das andere auf den Durchgang gerichtet. Er zog ein Kampfmesser aus der Scheide an seinem Gürtel, zusammen mit einem Stück Feuerstein, und fing an, die Klinge zu schärfen.

»Wo sind wir?«

»Unter der Erde.«

»Eine Höhle?«

»Nein.«

»Dann in einer alten Mine.«

Der Sträfling schabte seine Klinge in gleichmäßigen Zügen über den Schleifstein. Die Laterne warf lange, flackernde Schatten, die die unebene Oberfläche des Felsens hervorhoben, der im achtzehnten Jahrhundert von halb blinden Bergleuten – denen nur eine einzige Kerze zur Verfügung gestellt worden war – Hunderte von Metern unter der Oberfläche von Hand bearbeitet worden war.

»Das sind alles Medikamente, die das Leben von Menschen retten können.«

Angel machte sich nicht die Mühe, zu antworten.

»Irgendwo da muss es Insulin in einem gekühlten Behälter geben. Ohne das werde ich sterben.«

»Nicht mein Problem, Lady.«

»Ich weiß, dass es hier ist, wahrscheinlich direkt in dieser Höhle. Bitte, ich brauche deine Hilfe.«

Angel ignorierte sie.

Sie dachte taktisch, so wie Eli es ihr beigebracht hatte, und suchte ihre Umgebung nach allem ab, was ihr bei der Flucht helfen könnte. Zu ihrer Linken befand sich ein schmaler Gang im Felsen. Das Netz aus Flaschenzügen und Seilen, das an der Decke des Hauptgangs befestigt war, sah neu aus.

Ein alter Metallkarren stand auf verrosteten Schienen, die vor hundert Jahren zum Abtransport des schweren Kupfererzes benutzt worden waren. Die glatten Wände waren mit tiefen Furchen übersät, in denen das Kupfer in mühsamer Handarbeit mit Meißeln abgebaut worden war.

Es könnte noch weitere Öffnungen und Gänge geben, die sie nicht sehen konnte. Dort, wo das Licht nicht hinkam, lauerte dichte Schwärze. Dieser Ort war die Heimat von Dämonen und Schattengeistern, den Monstern der Tiefe.

»Lass mich gehen«, sagte sie, um die Aufmerksamkeit ihres Kidnappers auf ihre Worte und nicht auf ihre Taten zu lenken, während sie mit ihren Fingern hinter sich herumfummelte, wobei ihre Bewegungen durch die Handfesseln behindert wurden. Anders als in den Filmen hatten ihre Entführer ihre Hände korrekt hinter ihrem Rücken gefesselt.

Ihre Fingerspitzen streiften die glatte Ecke einer mit Plastik versiegelten Schachtel.

»Lass mich gehen und dir muss nichts Schlimmes passieren.«

Angel schnaubte. »Na klar, Süße. Es war alles nur ein schreckliches Missverständnis.«

Ihre gefesselten Hände fanden die raue Kante der Holzpalette hinter ihr, auf der die Kisten gestapelt waren. Unauffällig rutschte sie auf ihren Hintern und senkte die Schultern, bis ihre Handgelenke mit der Ecke der Palette auf einer Höhe waren.

»Wie habt ihr mich gefunden?«

»Sykes hat seine Ohren überall. Wir haben die richtigen Leute ausgehorcht, bis wir das richtige Gerücht gehört haben. Es dauerte nicht lange, bis wir von Eli Popes besonderer Freundin erfahren haben – der Sanitäterin mit dem großen Hund, die im Leuchtturm gewohnt hat. Außerdem haben deine Freunde, die Tiltons, zu viel geredet. Sie haben dich in den höchsten Tönen gelobt und jedem Hans und Franz erzählt, wie du ihr Kind gerettet hast. Sykes dachte sich, dass eine Ersthelferin aus ihrem Versteck kommen würde, um ein Kind zu retten, vor allem eines, das sie schon einmal gerettet hat.«

Und er hatte recht gehabt. Lena verzog das Gesicht. Die Tiltons waren ein Mittel zum Zweck gewesen, genau wie sie selbst. Sie waren nur Spielfiguren in einem tödlichen Spiel, bei dem es nur einen Sieger geben konnte.

Sie war der Köder in der Falle, die Sykes für Eli aufgestellt hatte; das war ihr klar.

Wenn sie sich hätte opfern können, um ihn zu schützen, um ihn davor zu bewahren, hätte sie es sofort getan. Aber jetzt war es zu spät – der Plan war bereits in Gang gesetzt worden.

Eli würde wissen, dass dies eine Falle war, und trotzdem würde er kommen. Daran hatte sie keinen Zweifel.

Das Einzige, was sie jetzt tun konnte, war, ihr Bestes zu geben, um am Leben zu bleiben und ihm zu helfen, wenn die Zeit gekommen war.

Lena presste ihre Kiefer zusammen. »Bitte lass mich gehen.«

Angel blickte kurz hinter sich, dann wandte er sich wieder seinem Messer zu. »Halt die Klappe. Du gehst mir auf die Nerven.«

»Dein Boss hat dir gesagt, dass du mich am Leben erhalten sollst. Wenn mein Blutzucker zu hoch wird, verliere ich das Bewusstsein und falle in ein diabetisches Koma. Wenn das passiert, werde ich sterben, wenn ich nicht ins Krankenhaus komme und intensivmedizinisch behandelt werde.«

»Für mich siehst du gesund aus.«

»Bitte, ohne mein Insulin sterbe ich.«

»So lautet mein Befehl nicht, Lady.«

»Wenn ich in ein diabetisches Koma falle, bevor Sykes die Falle für Eli Pope auslöst, wird er stinksauer sein. Du hast gesehen, was er mit seinen Feinden macht. Was glaubst du, wird er mit dir machen?«

Angels Gesichtsausdruck verhärtete sich. »Halt die Klappe!«

»Ich muss mich um ein dreizehnjähriges Mädchen kümmern. Ihre Mutter ist tot. Ich bin alles, was sie noch hat.«

»Das wissen wir bereits«, sagte Angel mit einer abweisenden Handbewegung. »Wenn du Sykes nicht das gibst, was er will, wird er sich die Kleine als Nächstes schnappen.«

Lena erschauderte bei dem Gedanken, dass Sykes Shiloh anfassen könnte. Sie hatte geglaubt, die Angst bestens zu kennen, die Tiefen des Schreckens erforscht zu haben, aber sie hatte noch nicht einmal an der Oberfläche gekratzt; es gab immer neue Stufen der Qual.

Er lächelte boshaft über ihre Angst. Er genoss sie. Er wollte ihr wehtun, ihr unter die Haut gehen, sie gefügig machen, sie erniedrigt und verängstigt kuschen lassen.

Sie sehnte sich danach, ihm die Augen auszukratzen. Diese brodelnde Wut war ihr fremd, und doch fühlte sie sich so natürlich an wie das Atmen. Ohne zu zögern, würde sie Gewalt anwenden, um Shiloh zu beschützen, so wie sie es schon einmal getan hatte, und sie würde es wieder tun, und zwar so oft wie nötig.

Lena verschwendete keine Energie damit, um ihr Leben zu betteln. Ihr Versuch, ihn dazu zu bringen, sie als eine Person zu betrachten, die er nicht einfach loswerden konnte, war gescheitert. Er war ein Soziopath, grausam und brutal, ohne Moral, ohne Mitgefühl und ohne ein Wertesystem jenseits seiner eigenen verdrehten Begierden.

Die Erschöpfung zerrte an ihr, zusammen mit dem Schmerz, dem Entsetzen und der Angst. Die Muskeln in ihren Armen spannten sich an und protestierten, doch sie rieb ihre Handgelenke unablässig an der gezackten Stelle, während ihre Haut brannte und blutete.

Angel steckte sein Messer in die Scheide und starrte sie an. Das Licht der Laterne warf unheimliche Schatten unter seine eingefallenen Augen und auf die markante Linie seiner Wangenknochen. »Du bist tot. Es interessiert niemanden, ob du in einer Stunde oder einem Tag stirbst. Die Falle für Eli ist gestellt. Ich habe keine Ahnung, warum Sykes dir nicht schon längst eine Kugel verpasst hat.«

Sie wusste, warum. Sie hatte es in Sykes' toten Augen gesehen. Er war nicht nur ein Mörder, er war ein Sadist. Eine Kugel war zu einfach, zu schnell, zu schmerzlos. Er hatte die Absicht, sie vor Elis Augen zu foltern, bevor er sie beide tötete.

Bevor sie reagieren konnte, ertönte ein Geräusch hinter ihnen. Ein Klappern, ein Prasseln wie von einem Kieselstein, der über einen unebenen Steinboden rollt. Der Felsenberg ließ sich mit einem Ächzen nieder.

Angel zuckte zusammen, sein Gesicht war blass und ein Anflug von Besorgnis huschte über seine straffen Züge. Er hatte eine Hand über die Schulter gelegt, als wollte er sich vor etwas Unsichtbarem schützen, als wollte er einen bösen Geist abwehren.

Er hatte Angst vor der Dunkelheit – oder vielleicht hatte er auch Angst vor Eli. Auf jeden Fall hatte er Angst. Vielleicht konnte sie das ausnutzen.

Fast hundert Meter unter der Oberfläche schienen die feuchten, gemeißelten Wände die Geschichte von Tausenden von Menschen zu erzählen, die an diesem elenden Ort gelitten und ausgeharrt hatten und sogar gestorben waren.

Sogar Kinder im Alter von fünf Jahren hatten in den Kupferminen gearbeitet. Den ganzen Tag über hatten sie in der Dunkelheit die Kupferklumpen gesammelt und die großen Brocken auf Karren transportiert. Hier unten war es leicht, an Gespenster und böse Geister zu glauben, an den Tod selbst, der hinter einem herschlich.

»Es gibt hier unten Geister. Sie haben gelitten, sie sind gefangen und sie sind wütend.«

Angel fummelte nervös an seinem Funkgerät herum, aber er bekam kein Signal. »Sykes! Sykes, melde dich, verdammt noch mal!«

Nichts als Rauschen.

»Hier herrscht ganz schlechtes Mojo«, murmelte er vor sich hin. »Mein Großvater hat dreißig Jahre lang in diesem Höllenloch geschuftet. Vierzehn Stunden im Dunkeln, sechs Tage die Woche. Er ist davon blind geworden. Ich habe keine Angst vor der Dunkelheit. Ich habe vor nichts Angst.« Er wiederholte die Worte wie ein Mantra. »Ich habe keine Angst!«

Lenas Finger schlossen sich um einen Kieselstein auf dem Boden. Sie versuchte, ihn zu werfen, um noch mehr unnatürliche Geräusche zu erzeugen, aber ihre gefesselten Hände waren nutzlos. Der Kieselstein fiel ihr mit einem kaum hörbaren Klirren aus den Fingern. »Hast du das gehört?«

»Ich sagte, halt die Klappe!«, brüllte Angel. Das Geräusch sprang von den Felsen zurück, hallte schaurig wider und verschwand in der bedrückenden Stille. Angel atmete röchelnd und seine Augen huschten hektisch in alle Richtungen.

Sie hatte ihn fast am Haken. Sie glaubte nicht an viel, aber sie glaubte an Gott und nicht an Geister, die hispanische Gangmitglieder heimsuchten, um blutige Rache zu nehmen.

Das Licht der Laterne flackerte und zischte. Angel stieß einen kleinen Schreckenslaut aus.

Lena machte den Fehler, zu lächeln.

Angel sah es. Seine Wut verdunkelte sein Gesicht und er stürzte schneller, als sie es für möglich gehalten hatte, durch die Höhle, packte sie an ihrem Shirt und zerrte sie zu sich, nur wenige Zentimeter von seinem Gesicht entfernt. Sein abgestandener Atem strich ihr über die Wangen. Selbst in dem schwachen Licht konnte sie die Poren seiner Haut sehen, die Tattoo-Tränen, die sein Gesicht vernarbten, und seine glasigen, blutunterlaufenen Augen.

»Niemand hat gesagt, dass ich dir nicht wehtun darf, *Señorita*«, knurrte er.

Sie schluckte die Panik hinunter, die sich in ihrer Kehle festsetzte. »Es tut mir leid, es tut mir leid.«

Angel stieß sie zu Boden, richtete sich auf und trat ihr in die Rippen.

Der Schmerz raubte ihr den Atem. Zuckend rollte sie sich zu einer Kugel zusammen, um ihre inneren Organe zu schützen, aber es gab keine Möglichkeit, ihren Kopf abzuschirmen. Wenn er ihr den Schädel einschlagen wollte, würde er es tun. »Hör auf! Bitte hör auf!«

»Wir fangen doch gerade erst an.«

Er genoss ihre Angst. Sie zwang sich, ihm ihren Schmerz und ihre Angst zu zeigen. Sie ließ zu, dass er sich an ihnen berauschte. Ihre einzige Chance war, sich unterwürfig und schwach zu verhalten.

Diese Leute sahen sie als Beute, also würde sie sich auch wie eine verhalten.

Sie zwang sich zu betteln. »Bitte tu mir nicht weh!«

Er trat sie erneut, dieses Mal halbherzig, und ging zu dem Kistenstapel zurück, wo die Coleman-Laterne warm und einladend leuchtete. Er lehnte sich an einen Karton mit dem roten Lilly-Emblem und grinste verschlagen und selbstzufrieden – jetzt war er selbstbewusster.

Sie zu verspotten, hatte ihn besänftigt und seine eigenen abgrundtiefen Ängste zurückgeschlagen. Er dachte, er hätte seine Dämonen besiegt. Er dachte, die Finsternis sei gezähmt worden. Das war nicht der Fall.

Lena musste am Leben bleiben, bis Eli sie holen kam. Er würde kommen. Dann würde die Dunkelheit die geringste von Angel Fluds Ängsten sein.

64

ELI POPE

TAG EINHUNDERTFÜNF

Die Anspannung zog sich wie ein heißer Draht durch Elis Körper.

Er hockte unter einem Kalksteinüberhang, abgeschirmt vom Unterholz, das an seiner Kleidung zerrte, während er sich durch sein Fernglas auf das Ziel vor ihm konzentrierte. In seinem Kopf kreisten die Gedanken um Taktiken und Strategien, Stärken und Schwächen, Vor- und Nachteile.

Am frühen Morgen hatten Eli und Jackson das Team versammelt, waren von Haus zu Haus gegangen und hatten an die Türen geklopft. Dann hatten sie sich auf den Weg zur Eagle Falls Mine gemacht, die südwestlich von Ishpeming und nördlich von Iron Mountain lag.

Obwohl Sykes wahrscheinlich häufig den Standort wechselte, war Eli ziemlich sicher, dass er Lena dort festhielt. Es war ein perfekter Ort, um einen Hinterhalt vorzubereiten.

Die fast hundertdreißig Kilometer lange Hinfahrt würde ihren Notfalltreibstoff deutlich reduzieren. Eli befürchtete, dass sie nicht genug Benzin haben würden, um nach Munising zurückzukehren, aber das war ein Problem für später.

Während sie gefahren waren, war Jackson angespannt gewesen, seine Fingerknöchel waren weiß geworden, als er das Lenkrad umklam-

409

mert hatte. Er war blass und abgemagert und so aufgewühlt, wie Eli ihn noch nie gesehen hatte. Irgendetwas war passiert, aber als Eli ihn darauf angesprochen hatte, war er distanziert und vage geblieben. Jackson hatte geblinzelt und sein Blick hatte sich geklärt. »Es geht mir gut. Mein Kopf ist voll im Spiel. Mach dir keine Sorgen.« Er hatte gestockt. »Im Moment müssen wir uns auf Sykes konzentrieren.« Eli hatte ihm nicht widersprochen.

Jetzt hockte er im Dreck und erkundete das Ziel. Vor ihm bog sich der unebene Boden in eine tiefe Schlucht zwischen zwei Bergrücken, die mit dichtem juwelenfarbenem Grün von Kiefern, Fichten und Tannen bewachsen waren.

Sie hatten sich auf dem gegenüberliegenden Hügel auf halber Höhe, etwa vierhundert Meter vom Haupteingang der Mine entfernt, positioniert und sich hinter einem hausgroßen Felsbrocken verschanzt, der ihnen gute Deckung und Versteckmöglichkeiten bot.

Mehrere Teammitglieder hockten neben Jackson, der eine Karte auf dem Boden ausgebreitet hatte. Hart und Nash hielten auf beiden Seiten des Felsens Ausschau, während Nyx sich in einem Scharfschützenversteck irgendwo auf dem Hügel über ihnen verschanzt hatte, um Wache zu halten. Von ihrer erhöhten Position aus hatte sie einen hervorragenden Blick auf die Schlucht, den Abhang und die Mine.

Bevor sie aufgebrochen waren, hatte Jackson aus der Bibliothek Geschichtsbücher über die regionalen Kupfer- und Erzminen der Upper Peninsula herausgesucht, darunter auch eine alte Schwarz-Weiß-Kopie einer Karte der Eagle Falls Mine.

In den letzten hundertfünfzig Jahren waren in der UP fünfeinhalb Milliarden Kilo Kupfer abgebaut worden. Obwohl sich die Hauptkupferregion entlang der westlichen Gebirgskette von Ontonagon County bis zur Spitze der Keweenaw-Halbinsel erstreckte, war südlich des Marquette-Gebirges ein kleineres Vorkommen entdeckt worden, das von den 1850er- bis in die 1960er-Jahre in Betrieb gewesen war, bevor es stillgelegt worden war.

Jackson zeigte auf verschiedene Punkte auf der Karte. »Die ersten vier Ebenen fallen etwa hundertzwanzig Meter ab. Die fünfte und sechste Ebene sind überflutet und extrem instabil. Der Haupteingang ist hier. Hier draußen an dieser unbefestigten Straße liegt das alte Bergbaudorf. Folgt der Straße eineinhalb Kilometer nach Norden bis zum Haupteingang der Mine, der in den Hang gehauen ist.«

Eli senkte kurz sein Fernglas, um einen Blick auf die Karte zu werfen. Feuchtigkeit sammelte sich unter seinen Achseln, Schweißperlen rannen an seinen Schläfen herunter und sein Herz klopfte rasend schnell in seiner Brust. »Was ist das hier?«

»Das ist die Müllhalde, der Seitentunnel, in dem sie den Abfall abgeladen haben – Tonnen von nutzlosem Gestein, das sie ausgegraben und den Berg hinuntergeschüttet haben. Er ist verdammt steil.«

»Aber der Schacht führt zu den Haupttunneln?«

Jackson nickte. »Es gibt acht Haupthöhlen, die groß genug sind, um größere Mengen an Vorräten zu lagern. Es ist wahrscheinlich, dass Sykes Lena in einer dieser Höhlen gefangen hält, aber wir können uns nicht sicher sein.«

»Das sind verdammt viele verschiedene Möglichkeiten«, sagte Antoine.

Von seinem Aussichtspunkt aus betrachtete Eli die Seite des Hügels durch sein Fernglas. Der Tunneleingang war ungefähr zweieinhalb Meter hoch und zwei Meter breit und ragte mit einem schmalen Felsvorsprung aus dem Hang heraus.

Die Felswand war sechzig Meter hoch und fiel in einem Winkel von fünfundvierzig Grad steil ab. Im Laufe der Jahrzehnte waren Tausende von Gesteinsbrocken über die Seite geworfen worden und hatten den Hang übersät, als hätte die Mine ihre Innereien ausgekotzt. Das Gestein war so tief aufgeschüttet, dass die Basis des Hügels begraben war.

Jackson hatte recht. Der Hang war steil, aber mit der richtigen Ausrüstung nicht unmöglich zu erklimmen.

»Wie steht es um eure Bergsteigerfähigkeiten?«, fragte er.

»Eingerostet«, murmelte Moreno.

»Jeder, der die Seite des Hügels erklimmt, ist völlig ungeschützt«, sagte Jackson.

»Wir haben eine Wache und ständigen Funkkontakt«, sagte Antoine. Seine Verletzungen von dem Zugüberfall waren größtenteils verheilt, zumindest so weit, dass er kämpfen konnte. Die Brandwunde an der Seite seines Gesichts war immer noch rosa und ein bisschen wund.

»Bis wir drinnen sind. Unter all dem Gestein gibt es kein Funksignal.«

Eli sah eine Bewegung in den Schatten des Tunneleingangs. Er erstarrte und schaute durch sein Fernglas, als eine entfernte Gestalt den Kopf herausstreckte, den Wald unter sich musterte, dann eine Zigarette und ein Feuerzeug aus ihrer Tasche zog und sie anzündete.

Der Mann stand entspannt und lässig da und rauchte. Offensichtlich erwartete er nicht, dass von der Müllkippe unter ihm eine Bedrohung ausgehen würde. Der Mann war stämmig, bärtig und stark tätowiert. Er hatte ein Gewehr über eine Schulter gehängt und eine Pistole an der Hüfte. Er trug einen militärischen Brustpanzer über einem T-Shirt und zerschlissenen Jeans.

Ein zweiter Wächter erschien und nahm dem ersten das Licht ab. Der zweite Mann war hager, wahrscheinlich vom Drogenkonsum, und hatte seine fettigen, strähnigen Haare zu einem Pferdeschwanz zurückgebunden. Er trug eine M4 in den Händen.

Elis Atmung beschleunigte sich. Er erkannte die beiden aus seiner Zeit im Gefängnis. Der große Bärtige war ein ehemaliger Soldat, zwar keiner von den Spezialeinheiten, aber er wusste genug, um gefährlich zu sein. Als langjähriges Mitglied von Sykes' Bande hatte er bewaffnete Raubüberfälle begangen, darunter auch einen, bei dem er den Kopf des Hausbesitzers mit einem Brecheisen eingeschlagen hatte. Er würde ein Problem darstellen.

Der schmächtige Mann war ein kleiner Drogendealer, der nach einer Autoschießerei, bei der er einen rivalisierenden Dealer und dessen Freundin auf offener Straße niedergemetzelt hatte, zu zwei Jahrzehnten Haft verurteilt worden war. Er sah nicht besonders gefährlich aus, aber er war bösartig und blutrünstig.

»Ich habe Sichtkontakt zu zwei Wachposten, die die Müllhalde bewachen«, sagte er in sein Funkgerät. »Das sind definitiv Sykes' Leute. Lagebericht, Echo Two.«

Alexis sprach über das Headset. »Vier Häftlinge bewachen den

Haupteingang. Sie wechseln zu jeder vollen Stunde den Wachdienst. Alle sind schwer bewaffnet. Wir haben zwei weitere Wachen achthundert Meter weiter an der Abzweigung entdeckt, die dafür sorgen, dass niemand durchkommt. Ich habe vier weitere Männer gesehen, die am Eingang ein- und ausgingen. Vor einer Stunde haben zwei Sträflinge einen Lkw mit Kisten beladen und sind verschwunden.«

Alexis hatte sich in einem verlassenen Café eineinhalb Kilometer von der Mine entfernt postiert und mit der Drohne Sykes' Sicherheitsvorkehrungen im Blick. Sie hatten das Zielgebiet drei Stunden lang erkundet. Eli war so versessen darauf, hineinzukommen, dass er fast aus seiner Haut fahren wollte.

Antoine runzelte die Stirn und eine Linie erschien zwischen seinen buschigen Brauen. »Ich sage es nur ungern, aber Sykes hat sie vielleicht schon getötet, Bruder. Wenn das meine Operation wäre und ich der Bösewicht, würde ich genau das tun.«

»Er wird sie nicht töten, bevor er mich hat.« Die Worte waren wie Rasierklingen in seiner Kehle. »Er hat mir klargemacht, dass er mich dabei zusehen lassen wird, wie er Lena foltert. Das ist Teil seines kranken Racheplans.«

Das war nicht ganz richtig. Es gab massenhaft Möglichkeiten, wie eine Geisel getötet werden konnte. Wenn Sykes' Racheplan fehlschlug, könnte er Lena in den Kopf schießen und ihre Leiche Eli überlassen.

Neben ihm tauschten Jackson und Devon besorgte Blicke aus. Darius Sykes war nicht die einzige Bedrohung; Lenas Körper war eine tickende Zeitbombe, und das wussten sie alle.

Über ihnen hingen dunkle, vom Regen aufgequollene Wolken tief am Himmel. In der Luft knisterten Elektronen, die ihm die Haare auf den Armen und im Nacken zu Berge stehen ließen. Ein Sturm zog auf sie zu.

»Damit ich das richtig verstehe«, sagte Moreno. »Sie haben dreimal so viele Männer wie wir. Wir haben keine Ahnung, wo sie sich im Labyrinth aufhalten und welche Waffen sie dort haben. Sie sind Lakaien des Kartells. Sie könnten sogar Raketen haben, nach allem, was wir wissen. Wir haben keine Ahnung, wo in dieser Drachenhöhle sich die Geisel befindet, aber wir können mit Sicherheit davon ausgehen, dass aus jedem Tunnel, jedem Loch, jedem Winkel und jeder Ritze mehrere Bedrohungen auftauchen und uns überraschen, wenn wir es am wenigsten erwarten.« Moreno erschauderte. »Und Ratten. Ich wette, da drin sind Ratten.«

Eli wollte nur noch den Abhang hinunterspringen, rennen und schießen, den Feind mit Schock und Ehrfurcht und schierer Gewalt niedermähen und die Liebe seines Lebens retten.

Seine Gedanken rasten durch die taktischen Fragen, auf die sie keine Antworten hatten. Es gab zu viele Unbekannte. Es war ein logistischer Albtraum. »Das kommt ziemlich genau hin.«

Er musste sich immer wieder vor Augen führen, dass die meisten Mitglieder des Teams Kleinstadtoffiziere waren, die sich ihrer Arbeit widmeten und sehr mutig und loyal waren, aber weder Soldaten noch Spezialeinheiten. Sie hatten keine jahrelange Erfahrung mit Geiselbefreiung. Sie waren keine Stoßtrupps.

»Ich kann niemanden bitten, das zu tun«, sagte Eli. »Er ist hinter mir her.«

»Am Arsch!«, explodierte Jackson. »Du wirst, noch bevor du zehn Schritte geschafft hast, plattgemacht, und das weißt du. Wir stecken da zusammen drin. Wir sind ein Team. Wir nehmen das Risiko gemeinsam auf uns, wir erringen den Sieg gemeinsam. Wir feiern oder trauern gemeinsam. So läuft das hier.«

»Dem stimme ich zu«, sagte Antoine.

»Lasst uns diese Bastarde schnappen und Lena nach Hause bringen«, sagte Devon entschlossen.

Moreno zuckte mit den Schultern. »Was solls? Ich bin dabei, Ratten hin oder her. Sag mir einfach, wo ich unterschreiben soll.«

Eli starrte sie verdutzt an. Er war acht Jahre lang in einer Zelle mit Monstern gefangen gewesen, einsam und allein, auf Schritt und Tritt gejagt, verraten und verlassen. Wieder Vertrauen zu fassen, war schwierig und unglaublich schmerzhaft. Es fühlte sich fremd und unnatürlich an.

»Okay«, sagte er. »Okay.«

»Wir sind dabei«, sagte Jackson. »Aber ich werde meine Männer nicht wegen eines unausgereiften Plans verlieren. Ich hasse es genauso wie alle anderen, aber wir brauchen bessere Informationen.«

»Er hat recht. Wir können da nicht ohne Informationen reingehen. Das ist unmöglich. Sie könnten Minenschächte mit Sprengladungen versehen haben. Sie könnten in verschiedenen Gängen auf der Lauer liegen und uns wie Fische in einem Fass erschießen. Wir haben keine Ahnung, worauf wir uns da einlassen. Wenn wir so reingehen, werden wir sterben – nicht nur Lena, sondern wir alle.«

Zögernd nickten die anderen.

»Wir werden sie nicht sterben lassen«, sagte Devon.

»Das werden wir nicht«, sagte Eli. »Aber wir werden Informationen bekommen, so oder so.«

»Wie?«, fragte Jackson zähneknirschend, als wolle er es besser gar nicht wissen.

Bevor Eli antworten konnte, meldete sich Alexis in seinem Headset. »Hier ist Echo Two für Alpha One. Ich habe Bewegung am Eingang. Ein roter Jeep ist gerade vorgefahren. Ein Verdächtiger sitzt hinter dem Lenkrad. Zwei weitere nähern sich dem Fahrzeug.«

»Beobachte weiter, Echo Two.«

Einen Moment lang herrschte angespannte Stille. Alle warteten. Eine Kriebelmücke schwirrte um Elis Gesicht, aber er ignorierte sie. Frustration machte sich in ihm breit. Er war komplett blind und er hasste es.

»Jetzt sitzen zwei Verdächtige in dem Jeep. Sie fahren auf dem Feldweg in Richtung Hauptzufahrt.«

Sein Puls beschleunigte sich. Er schaute sich in der Gruppe um und überlegte, was er tun sollte. Er vertraute darauf, dass Jackson ihm den Rücken freihalten und in der kommenden Schlacht mit aller Kraft kämpfen würde, aber Jackson war ein Idealist, der nicht das Zeug dazu hatte, das zu tun, was getan werden musste.

Eli brauchte jemanden, der so kaltblütig war wie er selbst.

»Lass uns gehen«, sagte Nyx. Sie war den Hügel hinuntergekommen, um mit Antoine zu tauschen, der die nächste Schicht der Wache übernehmen sollte. In ihren blauen Augen und ihrem starren Kiefer spiegelten sich eine stählerne Entschlossenheit. »Du und ich. Beeil dich, bevor sie außer Reichweite sind.«

Eli betrachtete den Verband, der um ihre Schulter gewickelt war.

Sie starrte ihn finster an. »Es tut höllisch weh, aber ich kann mich voll bewegen. Wie gehts *deinem* Arm?«

»Touché.« Er schenkte ihr ein grimmiges Lächeln. Nyx würde das schon hinkriegen. Eli richtete sich auf. »Wir verfolgen die Ziele im Jeep, um die Informationen zu bekommen. Ihr anderen behaltet das Hauptziel im Auge und informiert mich über jede Veränderung. Wir kommen zurück, sobald wir können.«

Jackson warf ihm mit zögerlichem Gesichtsausdruck einen beunruhigten Blick zu. »Wie willst du an diese Informationen kommen?«

»Frag mich das nicht, Jackson.«

Jacksons Augen waren dunkel und widersprüchlich, als würde er Eli aufhalten wollen und als würde sein Idealismus mit der Realität dessen kollidieren, was sie in dieser Welt tun mussten, um zu überleben.

Ein angespannter Blick wanderte zwischen ihnen hin und her, belastet von allem, was sie ungesagt gelassen hatten. Er wusste, dass Jackson zwischen Ordnung und Gesetzlosigkeit, Moral und Überleben, Barmherzigkeit und Gewalt hin- und hergerissen war. Jackson sah auf eine Art und Weise gequält aus, wie Eli es noch nie gesehen hatte.

Mit einem Ruck wurde ihm klar, dass es ihn immer noch interessierte, was Jackson dachte.

»Diese Menschen sind nicht unschuldig«, sagte Eli. »Sie sind die Wölfe, die sich an den Unschuldigen vergreifen.«

Jacksons Mund verengte sich zu einer blutleeren Linie. Er hatte eine gewisse Härte an sich, die Eli vorher nicht bemerkt hatte. Obwohl sein Gesicht immer noch von Widerwillen gezeichnet war, nickte er. »Ich vertraue dir.«

Eli speicherte diese Worte ab, um später darüber nachzudenken: Jacksons Bekenntnis und was es für ihn und für Jackson bedeutete – für ihre vorläufige, komplizierte Beziehung. Bedeutete Vertrauen Freundschaft? War es überhaupt das, was Eli wollte?

Er verdrängte den Gedanken, während er Nyx mit der Waffe in der Hand ein Zeichen gab. »Lass uns gehen.«

Ohne ein Wort zu sagen, marschierte Nyx bergab. Eli folgte ihr und joggte den Wildwechsel entlang, der durch das Unterholz den steilen Hügel hinunterführte.

Er sprach in sein Headset. »Echo Two, behalte sie mit der Drohne im Auge und lass sie nicht aus dem Blickfeld!«

»Solange sie nicht außer Reichweite fahren oder der Akku leer geht, kümmere ich mich darum. Aber unsere Zeit ist knapp bemessen.«

Eli war sich der Zeit, die er nicht hatte, noch nie so bewusst gewesen wie jetzt.

65

LENA EASTON
TAG EINHUNDERTFÜNF

Ein schwaches Geräusch kam aus der Dunkelheit. Ein leises Kratzen, wie eine Ratte, die in der Finsternis herumkrabbelte, oder Fingernägel, die über Felsen kratzten. Oder ein Dämon, der aus dem Abgrund emporkletterte.

Erschrocken sprang Angel von seinem Platz in der Höhle auf. Er drehte sich und richtete die Taschenlampe auf etwas hinter ihm. Der Lichtstrahl flimmerte wild über zerfurchte Steine und Felsbrocken.

Er war unruhig und seine Angst stieg ins Unermessliche.

Lena war fast im Delirium vor Durst und Hunger, ihr Bauch war nur noch ein schmerzender Knoten. Ihre gebrochene Nase pulsierte heftig und machte es ihr schwer, klar zu denken. Getrocknetes Blut klebte an ihren Lippen und ihrem Kinn.

Vor Stunden hatte sie das Wasser aus der Flasche getrunken, die Angel ihr an den Mund gehalten hatte, um sie am Leben und bei Bewusstsein zu halten. Zweimal hatte er sie zu einer Stelle in einem Nebentunnel außerhalb der Höhle gezerrt, damit sie eine chemische Toilette benutzen konnte, wobei er ihr die Hose heruntergezogen und sie mit einem anzüglichen Lächeln beobachtet hatte. Er erniedrigte sie, weil es ihm gefiel, Menschen klein und verängstigt zu machen.

Wut durchströmte sie, aber sie verbarg ihre Gefühle und verhielt

418

sich so, wie er es erwartete: schwach und ängstlich, eine harmlose Maus.

Zu ihrer Linken huschte ein kleines pelziges Wesen hinter einem Stapel Kisten hervor. Keine Maus, sondern eine Ratte. Die Anwesenheit eines weiteren Lebewesens in diesem Höllenloch war auf seltsame Weise beruhigend. Zum Glück hatte Angel sie nicht gesehen. »Da draußen ist irgendwas«, sagte sie. »Ich habe es auch gehört.«

Er fluchte, dann bekreuzigte er sich und griff nach seinem Funkgerät, aber es rauschte nur.

»Was ist, wenn es hier unten Geister gibt?« Lena zitterte und spielte die Verängstigte, während sie ihre gefesselten Handgelenke mit dem Rand der Palette bearbeitete. »Die kleinen Kinder, die gestorben sind und nach ihren Mamas gefleht haben. Was ist, wenn ihre Körper immer noch hier unten gefangen sind und sie wütend sind und Rache nehmen wollen?«

»Ich hab doch gesagt, du sollst die Klappe halten!«, rief Angel. Seine Stimme schwankte und überschlug sich, verzerrt durch das Echo, geradezu geistesgestört. »Ich weiß, wie ich dein hübsches kleines Maul schließen kann. Und zwar für immer.«

Er schleuderte Drohungen herum wie ein Junge, der mit Steinen nach einer streunenden Katze warf – aber er war nicht mit dem Herzen bei der Sache. Seine Aufmerksamkeit war woanders, sein Kopf drehte sich, die Sehnen in seinem Nacken traten hervor, seine Bewegungen waren nervös und angespannt.

Lena richtete ihre Aufmerksamkeit halb auf ihn, halb auf die Ratte. Sie huschte zwischen der Kiste und der Höhlenwand hin und her und verschwand dann. Sie beugte sich näher heran und blinzelte. Der Schatten, den die Kistenreihe warf, verdeckte ein Loch, das etwa sechzig Zentimeter breit und sechzig Zentimeter hoch war.

Kein Loch, sondern ein Tunnel in Menschengröße.

Angel drehte sich ruckartig um, hob die Pistole und zielte wie wild auf die Geister, die er nicht sehen konnte. Von einem Adrenalinstoß angestachelt, richtete Lena ihre Wirbelsäule auf, wandte sich vom Tunnel ab und verlagerte ihren Körper geschickt, um das Loch vor Angels Blick zu schützen.

Seine Angst machte ihn wütend, und Lena war das nächste Ziel.

Mit einem bösartigen Lächeln wirbelte er zu ihr herum. »Sykes wird dich vor Popes Augen zerstückeln, und dann wird er das Gleiche mit ihm tun. Am Ende werdet ihr beide um Gnade betteln, und ich werde alles beobachten. Wenn er mit dir fertig ist, wird er durch die UP wüten und alles und jeden abschlachten, der sich ihm in den Weg stellt. Niemand wird einen von euch holen kommen. Wir können machen, was auch immer zur Hölle wir wollen, mit wem auch immer wir wollen; wir können uns nehmen, worauf wir Lust haben. Es gehört uns. Es gehört alles uns. Es gibt niemanden, der uns aufhalten kann.«

Lena sagte nichts.

»Wir werden alle deine Freunde töten. Sykes wartet auf sie. Er hat die Falle gestellt. Sie werden es nicht einmal kommen sehen.«

Lena reagierte nicht. Sie starrte auf ihre Füße, hielt sich klein und still. Nach einer Minute verlor Angel das Interesse daran, sie zu verspotten, ohne dass sie eine Reaktion zeigte.

Stattdessen hantierte er mit dem stummen Funkgerät herum. Seine Hände zitterten und er schaute sie mit halb wilden Augen an. »Ich gehe an die Oberfläche, um ein Signal zu bekommen. Wage es bloß nicht, dich zu bewegen.«

Mit der Taschenlampe in der Hand stakste Angel durch die Höhle in den nördlichen Gang und verschwand aus dem Blickfeld. Die Coleman-Laterne ließ er zurück.

Lena schloss die Augen und lauschte den hallenden Schritten, die im Nichts verschwanden. Ihre Atmung war flach und sie sparte Energie, abgesehen von der frenetischen Aktivität hinter ihr. Ihre Handgelenke waren gequetscht und bluteten, aber sie arbeitete fieberhaft weiter.

Ihre Sicht verdunkelte sich, als die Kraft aus ihren Muskeln wich, während das krebsartige Ungeheuer in ihr trotz ihrer Hartnäckigkeit und ihrer Willenskraft an ihr nagte. Man konnte die Biologie nicht überlisten.

Die Zeit war jetzt ihr Feind, eine schleichende Dunkelheit, die sie Stück für Stück verzehrte, während ihr Körper sie im Stich ließ.

Mit einem letzten Ruck ihrer Arme riss die Fessel. Lenas Hände waren frei.

66

ELI POPE

TAG EINHUNDERTFÜNF

Eli joggte dicht auf den Fersen von Nyx den Hügel hinunter.

Sie huschten einen steilen Wildwechselweg entlang, der durch Primärwälder aus Laubholz, Birke, Schierling und Ahorn führte. Ein Streifenhörnchen huschte über den Wildwechsel. Dicke Mückenwolken wirbelten herum und stachen, als wollten sie sie bis auf die Knochen aussaugen.

»Sag mir, wohin wir gehen, Echo Two!«

Es herrschte einen Moment lang Stille. Dann sprach Alexis. »Es sieht so aus, als ob sie zu dem alten Minenbetrieb unterwegs sind. Es ist eine Ansammlung von verfallenen Gebäuden. Die Straße verläuft in einer langen Schleife, aber es gibt einen Feldweg, der durch den Wald entlang des Baches führt. So könnt ihr sie einholen.«

Sie hatten ihre Quads im Süden versteckt, abseits der Straße, zwischen den Bäumen und mit Kiefernzweigen abgedeckt.

Jetzt schoben sie das Laub beiseite, ignorierten die Käfer und kletterten auf das Fahrzeug, Eli vor Nyx, die mit einer Hand seine Taille umklammerte und mit der anderen Hand ihre Pistole an ihren Oberschenkel drückte.

»Verstanden«, sagte Eli.

»Wenn sie auf die Hauptstraße abbiegen und nach Osten oder

421

Westen fahren, kann ich ihnen nur ein paar Kilometer weit folgen. Die Drohne wird außer Reichweite sein. Wir werden sie verlieren.«

»Hoffen wir, dass sie in der Nähe bleiben.«

Sie nahmen den schmalen Feldweg, der sich durch den Wald schlängelte – die Bäume drängten sich eng aneinander. Dornen und Brombeeren zerkratzten ihre Arme und Beine, während sie fuhren, und niedrige Äste und Zweige schlugen ihnen ins Gesicht.

Fünf Minuten später bestätigte Echo Two, dass der Jeep tatsächlich an dem alten Minenbetrieb angehalten hatte. Eli und Nyx versteckten das Quad nach achthundert Metern hinter einigen Kiefern und verringerten den Abstand zu Fuß, wobei sie den Wald zwischen sich und ihren Zielen hielten.

Alle fünfzig Meter gingen sie in die Knie und hielten hinter einem Baum, einem Felsbrocken oder einer anderen natürlichen Versteckmöglichkeit inne, um zu lauschen und nach Wachen, umherstreifenden Patrouillen oder Sprengfallen Ausschau zu halten.

Eli warf einen besorgten Blick durch das Blätterdach nach oben. Der Wind hatte zugenommen, peitschte durch das Laub und verdeckte das Geräusch ihrer Bewegungen, während sich der Himmel in ein metallisches Grau verwandelte. Dichte dunkle Wolken zogen über ihnen auf.

Er konnte die Drohne, die ungefähr einhundert Meter über ihnen schwebte, weder sehen noch hören. Hoffentlich hatten ihre Ziele sie auch nicht bemerkt, sonst würden er und Nyx in eine Todesfalle laufen.

Vor ihnen tauchte eine Lichtung auf. Die Luft roch nach Verfall und Fäulnis. Die klapprigen Gebäude lagen in Trümmern, die Dächer waren halb eingestürzt und Ranken und Efeu schlängelten sich über die verrotteten Bretterwände. Staubige, von Unkraut überwucherte Bahngleise führten durch das Gelände und hier und da standen Bergbaugeräte wie ausgebleichte Dinosaurierskelette herum.

Es sah aus wie eine Geisterstadt.

Eli zeigte auf das zweistöckige Gebäude in der Mitte, neben dem ein roter Jeep parkte. Nyx nickte, den Revolver in der Hand, ihr M2010 Scharfschützengewehr über den Rücken geschnallt.

Nachdem sie das Gebiet umrundet hatten, näherten sie sich der

Rückseite des Gebäudes. Sie schlichen in tiefer Hocke an der Nordwand entlang, wobei Eli mit seinem Gewehr voranging, als er die Ecke des Gebäudes umrundete. Nyx war direkt hinter ihm und gab ihm Deckung.

Sie schlichen sich zur Eingangstür und jeder nahm eine Seite ein. Ein Gefühl der Dringlichkeit durchzuckte ihn. Mindestens zwei Feinde waren drinnen und warteten auf sie, vielleicht auch mehr.

So oder so würden sie da eindringen.

Sie zählten bis drei und stürmten los. Eli wirbelte herum und trat gegen den Türknauf. Das verfaulte Holz splitterte. Die Tür stürzte nach innen, als er und Nyx den Eingang durchbrachen und ins Innere stürmten. Eli ging tief in die Hocke und schwenkte nach links, während Nyx aufrecht stehen blieb und sich nach rechts drehte.

In der Mitte des großen Raumes kniete ein Mann über einem Seesack. Erschrocken wandte er sich der Bedrohung zu und griff nach einer Waffe.

Eli hatte ihn genau im Visier, den Finger am Abzug, aber er drückte nicht ab, noch nicht. »Keine Bewegung!«

Auf der rechten Seite hob der zweite Feind seine Langwaffe und schwang sie herum, um auf Eli zu schießen. Nyx drückte zuerst ab. Der Mann taumelte rückwärts, stolperte über einen weiteren Seesack und landete auf seinem Hintern.

Mit einem Schrei ließ er die Waffe fallen und griff nach seiner Kniescheibe, die nur noch ein zermatschtes Etwas war. Blut sprudelte aus der Wunde und durchtränkte seine Hose. Er hatte verdammtes Glück, dass Nyx mit einer .44 Special und nicht mit einer .44 Magnum schoss, sonst hätte er kein Knie mehr.

Nyx zielte mit ihrem Revolver auf seine Körpermitte. »Wir haben gesagt, ihr sollt euch nicht bewegen.«

Besiegt hoben die Feinde ihre Hände. Sie starrten Nyx und Eli mit purem Hass an.

Der erste Mann war kräftig gebaut. Er war in seinen Dreißigern und hatte einen kahlen Kopf und einen Schnurrbart, als wäre er lieber ein Cowboy aus dem Wilden Westen als ein gewöhnlicher Gangster. In seinem Hosenbund steckte eine Pistole mit Schalldämpfer.

Er war mit Sykes im Gefängnis gewesen und hatte jeden zusammengeschlagen, der es gewagt hatte, Sykes' Befehle zu missachten. Er hieß Paul Macek.

»Ich kenne dich«, knurrte Macek mit einer rauen Raucherstimme.

»Witzig, ich hatte dich komplett vergessen.«

Eli erkannte auch den Mann mit dem kaputten Knie. Er war Afroamerikaner, mit einem Meter siebenundsechzig eher klein, mager und ausgemergelt, mit markanten Hasenzähnen und dem zerlumpten Aussehen eines Junkies, der alles für einen Schuss tun würde.

Kirk Thompson hatte Eli einmal in der Kantine mit einer angespitzten Zahnbürste angegriffen. Als Vergeltung hatte Eli ihm drei Rippen gebrochen und einen Lungenflügel mit Thompsons eigener Zahnbürste zum Kollabieren gebracht.

»Funkgeräte raus«, befahl Nyx. »Schmeißt sie zu uns rüber. Messer und Pistolen auch.«

Langsam und wütend gehorchten die Männer. Eines der Messer schlitterte über den staubigen Dielenboden und landete vor Nyx' Stiefel. Sie schaute nicht darauf hinunter, sondern ließ ihren Blick die Umgebung absuchen.

Eli befahl ihnen, sich in Bauchlage auf den Boden zu legen, die Hände nach vorn zu strecken und die Beine zu kreuzen, damit sie keine krummen Dinger versuchen konnten. Derjenige, auf den Nyx geschossen hatte, heulte vor Schmerz auf, als er auf dem Bauch landete.

Nyx gab Eli Deckung, während er ihnen die Hände mit Kabelbindern auf dem Rücken festband, sie gründlich abtastete und Thompson eine Knöchelpistole und Macek ein Taschenmesser abnahm.

Thompson heulte weiter. Eli musste ihn ruhig stellen. Er drückte ihm seine Glock 19 an den Schädel. »Halt die Klappe oder ich kneble dich, aber nicht, bevor ich dir nicht auch noch in das andere Knie geschossen habe.«

Das Winseln hörte auf. Die Atmung des Mannes war tief und röchelnd. Er zitterte – wahrscheinlich wegen des Blutverlustes –, aber das war Eli egal.

Während Nyx ihre Gefangenen beobachtete, durchsuchte Eli das Gebäude und fand nichts Interessantes außer ein paar schimmelige Schlafsäcke in einer Ecke, jede Menge Müll und mehrere Seesäcke umgeben von Fußabdrücken in einer Ecke mit der verräterischen Wölbung von Waffen, die gegen den Stoff drückten.

Sykes hatte diesen Ort als weiteres behelfsmäßiges Waffendepot genutzt.

In der Mitte des Hauptraums hielt ein massiver Stützbalken die schimmelige Decke aufrecht. Die abgestandene Luft roch leicht nach Urin. Staub wirbelte durch das schwache Licht, das durch die zerbrochenen Fenster fiel. Eine dicke Schmutzschicht bedeckte alles – den Boden, die Fenster und die Wände. Die Ausrüstung war vor Jahrzehnten ausrangiert, verkauft oder gestohlen worden.

Eine Minute später kam Eli zurück. »Die Luft ist rein. Überprüfe die Seesäcke.«

Nyx bückte sich, öffnete ein paar und fluchte vor Freude. »Ein ganzer Haufen Spielzeug! AR-15, Munition und Magazine und, was noch besser ist, ein Haufen Blendgranaten, Rauchgranaten und Handgranaten.«

Eli lächelte. »Perfekt.«

»Was zum Teufel wollt ihr von uns?«, knurrte Macek. »Glaubt ihr, Sykes wird das auf sich beruhen lassen? Er wird euch dafür umbringen.«

»Er hat sowieso vor, mich zu töten. Da ist es wohl egal, was ich tue, oder?«

Macek wurde blass.

Eli drehte sich zu Nyx. »Falls du Bedenken hast, was wir vorhaben: Thompson ist ein Serienvergewaltiger und Macek steht darauf, Frauen zu verprügeln.«

Nyx zeigte ihre Zähne. »Ich habe keine Bedenken mehr.«

Er dachte kurz über ihre Vergangenheit nach und über das, was sie so abgebrüht gemacht hatte. Es war keine Zeit für irgendetwas anderes als für die anstehende Mission. Er wandte sich an ihre Gefangenen. »Wo in der Mine wird Lena festgehalten?«

Sie starrten ihn ausdruckslos an, mit Hass in den Augen, aber auch mit gewalttätigen Zügen.

Keiner der Männer sprach.

»Wir brauchen Antworten und die bekommen wir so oder so.«

Macek schnaubte spöttisch. Er hatte noch keine Angst, nicht annähernd genug. »Wisst ihr, warum ihr noch beide am Leben seid?«

Sie antworteten nicht.

»Damit ich einen von euch töten kann, um den anderen zum Reden zu bringen.«

Thompson zuckte zusammen. Maceks Miene verhärtete sich. Thompson war der Ängstlichere der beiden und litt bereits unter enormen Schmerzen. Er war das schwächere Glied. Männer, die Frauen überfielen, waren feige, jeder Einzelne von ihnen.

»Euer Leben hängt davon ab, dass ihr uns die Wahrheit sagt. Sagt uns, was wir wissen wollen, und wir lassen euch gehen. Sagt ihr es uns nicht, schießen wir auf Körperteile.«

»Ihr wollt uns sowieso töten!«, wimmerte Thompson.

»Wir fesseln dich an diesen tragenden Balken in der Mitte des Raums und überlassen dich deinem Schicksal. Wenn eine deiner Informationen falsch ist und irgendeiner meiner Jungs erwischt wird, kommen wir zurück und machen Dinge mit dir, die du dir nicht einmal vorstellen kannst.«

Macek sah skeptisch aus. Thompsons verzweifelter Blick huschte überallhin, nur nicht zu dem Gewehrlauf, der ihm ins Gesicht gedrückt wurde, sein ganzer Körper bebend vor Angst.

»Großes Pfadfinderehrenwort«, sagte Eli. »Oder wir machen es auf die harte Tour.«

»Ich glaube, sie wollen die harte Tour«, sagte Nyx.

Er neigte sein Kinn in ihre Richtung. »Nur zu.«

Nyx steckte ihren Revolver in das Holster und zog ihr Ka-Bar-Messer. Sie hielt die Spitze der siebzehn Zentimeter langen Klinge aus Karbonstahl an Thompsons Oberschenkel.

»Hey, warte ...«

Nyx wartete nicht. Sie stieß das Ka-Bar in den fleischigen Teil seines Beins, wobei sie darauf achtete, keine Arterie zu treffen. Er sollte nicht verbluten, bevor sie die Informationen hatten.

Thompson schrie vor Schmerzen auf und wälzte sich auf dem Boden, wobei Staub aufgewirbelt wurde. Der kupferne Geruch von Blut erfüllte die Luft. Seine Atmung wurde schneller und keuchend.

Nyx legte ihr Knie auf seinen Rücken und packte ihn an den

Haaren. Sie drückte die Klinge gegen die Falte oben an seinem Ohr. Ein Grinsen huschte über ihr Gesicht. »Das könnte ich den ganzen Tag tun.«

»Wofür benutzt ihr die Mine?«, fragte Eli. »Entweder einer von euch antwortet mir oder Thompson verliert ein Ohr.«

Macek war blass geworden. »Sykes nutzt verlassene Minen als Umschlagplätze für den Schwarzmarkt. Der Zug entlädt die Ladung an verschiedenen strategisch günstigen Orten. Dann transportieren wir die Vorräte per Lkw, Pferd, Quad, Boot oder was auch immer zu den regionalen Händlern.«

»Ihr habt die Medikamente hier«, sagte Nyx. Eli wusste, dass sie an die Betablocker dachte, die ihre Großmutter so dringend brauchte.

Das ergab Sinn. Die verlassenen Minen boten natürliche Kühlung, waren gut versteckt und leicht zu verteidigen. »Wo wird Lena festgehalten?«

»Ich weiß es nicht«, beharrte Macek.

Nyx stieß die Klinge leicht in Thompsons Ohr. Thompson kreischte. »Warte! Warte!«

Nyx zögerte. »Fang an zu reden.«

»Sykes hat sie in der Mine!«

»Ach was«, sagte Nyx. »Sag uns etwas, das wir nicht wissen.«

»Welche Kammer?«, fragte Eli.

»Die ... die zweite. Auf der zweiten Ebene. Wo die meisten Medikamente sind.«

Eli ließ nicht zu, dass sich sein Gesichtsausdruck änderte. Endlich kamen sie weiter. »Wie viele Leute bewachen sie?«

»Einer, soweit ich weiß. Sie haben sie gefesselt.«

»Und wo ist das Insulin?«

»Das ... was?« Thompson sah aufrichtig verwirrt aus.

»Insulin, du Schwachkopf«, sagte Nyx. »Das Elixier, das Diabetiker am Leben erhält.«

Er schüttelte verzweifelt den Kopf. »Ich weiß es nicht, Mann. Die zweite und dritte Kammer auf der zweiten Ebene sind die Lagerebenen. Das ist alles, was ich weiß.«

»Wie viele Wachen sind da drin?«

»Fünf«, sagte Macek.

»Lügner.« Eli bewegte sich so schnell, dass Macek es nicht kommen sah. Er zog seine Kampfklinge und stieß sie tief in Maceks linkes Knie. Der Mann gab einen schmerzerfüllten Schrei von sich.

Eli setzte ein grausames Lächeln auf. Ein Teil von ihm hasste sich dafür, dass er den Schmerz dieses Mannes genoss, er hasste es, dass es ihm Spaß machte, bösen Menschen wehzutun. Ein anderer Teil von ihm akzeptierte es.

Die Wut war in ihm, hart und brodelnd. Die Dunkelheit, die er nicht kontrollieren konnte, nicht kontrollieren wollte. Der Teufel in ihm.

Er war das Monster, das er sein musste. Eli drehte das Messer. »Wie viele?«

»Zweiunddreißig!«, schrie Macek. »Sykes hat alle in der Mine. Er sagt, er will alle auf einmal ausschalten. Die ... die örtlichen Polizisten.« Er schluchzte fast vor lauter Schmerz.

Neben ihm sackte Thompson leise wimmernd zusammen. Er verlor viel Blut und würde bald einen Schock erleiden.

»Mir geht die Zeit aus. Und die Geduld.« Eli drückte das Messer an Maceks Halsschlagader. »Ich brauche nur einen von euch beiden. Willst du der Erste sein, der geht?« Macek hatte den Punkt erreicht, an dem er ausreichend Schmerzen und Angst hatte. Er konnte gar nicht schnell genug reden. Er gab ihnen, was sie brauchten: die Anzahl der Wachen und ihre Positionen in der Mine, die Kammer, in der die Sträflinge schliefen, welche Tunnel mit Sprengfallen versehen waren und wie der Alarm ausgelöst werden würde. Außerdem nannte er die Waffen, zu denen sie Zugang hatten – automatische Waffen, Granaten, Rauchgranaten und eine .50 M2 Browning.

Am Ende erfuhr Eli alles außer den genauen Standort des Insulins, und das auch nur, weil diese beiden Clowns zu dumm waren, um zu wissen, was sie nicht wussten.

»Wann sollt ihr euch bei euren Vorgesetzten melden?«, fragte Nyx.

»Wir sind nicht mehr in Funkreichweite«, sagte Macek dumpf. »Wir haben keine Langstreckenfunkgeräte. Wir sollten nur die letzte Ladung Waffen einsammeln und zur Mine bringen.«

»Ich schätze, wir haben weniger als eine Stunde, bevor die Alarmglocken schrillen«, sagte Eli.

»Zeit abzudüsen.« Nyx starrte ihre Gefangenen mit blutrünstigen Augen an. »Sollen wir sie umbringen? Bitte sag mir, dass ich sie umbringen darf.«

Er dachte an sein Versprechen an Jackson. Lenas Gesicht blitzte in seinem Kopf auf. In einer anderen Welt hätte er sich vielleicht erweichen lassen, hätte sein Wort gegenüber Jackson gehalten und zugestimmt, zurückzukommen, wenn sich ihre Informationen als stichhaltig herausstellen würden, wenn das Team den Angriff überleben würde. Er hätte die Handlanger im Gefängnis verrotten lassen.

Doch diese Welt war untergegangen. Jeder Anflug von Barmherzigkeit, den Eli sich bewahrt hatte, war mit ihr untergegangen.

Er wollte nicht zu der Sorte Mann gehören, die andere Menschen zum Sterben verurteilt, aber er *war* dieser Mann.

Diese abgebrühten Verbrecher hatten keine Skrupel, anderen etwas wegzunehmen und alles Gute zu zerstören. Sie waren Parasiten, die sich an den Schwachen und Wehrlosen vergriffen. Jetzt nicht mehr.

Ein Monster weniger auf der Welt bedeutete ein Kind mehr, das nachts friedlich in seinem Bett schlafen konnte. Und das war eine Sache, die er nicht bedauern würde.

»Töte sie«, sagte Eli. »Aber verschwende keine Munition.«

»Du hast versprochen, dass du uns gehen lässt!«, heulte Macek. »Das könnt ihr nicht tun!«

Sie ignorierten ihn. Eine Minute später war es vorbei.

Eli schaute hektisch auf seine Uhr. Fünfzehn Minuten waren vergangen. Die Zeit lief ab. Wenn Jackson ihn dafür hasste, dann sollte es so sein. Er drehte sich zur Tür. »Zeit zu verschwinden.«

Nyx schnappte sich die Taschen mit den Waffen. »Ich bin hinter dir.«

Ohne einen weiteren Blick zu verschwenden, schritten Eli und Nyx aus dem verfallenen Gebäude in die Dunkelheit.

Die Luft war erfüllt von Ozon; sie hatte einen beißenden Geschmack. Ein Sturm war im Anmarsch, und zwar ein großer.

Der düstere Himmel verdunkelte sich wie ein Schandfleck, als wüsste Mutter Natur um die bösen Taten, die sie begangen hatten, für die sie sie nun bestrafen würde.

Die ersten Regentropfen fielen.

67

ELI POPE

TAG EINHUNDERTFÜNF

Regen prasselte vom Himmel. Er trommelte gegen die Schutzplane und das Wasser plätscherte auf den schlammigen Boden, während sich die Baumstämme unter dem Druck des Ansturms bogen.

Eli und die anderen kauerten unter einer getarnten Plane, die zwischen ein paar Bäumen gespannt war, und trafen allerletzte Vorbereitungen für die bevorstehende Mission, ihre Gesichter entschlossen und bestimmt, ihre Ausrüstung und Waffen bereit.

Jackson war still und starrte mit distanziertem Blick ins Leere. Irgendetwas beunruhigte ihn, aber das war ein Problem für später. Moreno lud konzentriert die Magazine nach und Antoine vibrierte vor nervöser Energie. Nyx wippte mit angespanntem Unterkiefer auf den Fußballen und massierte mit einem Finger den Abzugsbügel ihres M2010 Scharfschützengewehrs.

»Wir gehen bei Einbruch der Nacht rein«, sagte Eli grimmig, »bei der nächsten Wachablösung. Die Dunkelheit wird uns Deckung geben und der Regen und die Wolken werden uns zusätzlich helfen.«

Moreno reckte sein Kinn in Richtung des Hügels gegenüber ihrer Position. »Du willst, dass wir mitten in der Nacht im strömenden Regen da raufklettern und hoffen, dass wir nicht erschossen werden?«

Eli lächelte reumütig. »Ich habe dir nie einen Ponyhof versprochen.«

»Ich bin billig«, murmelte Antoine. »Ich nehme Pastys als meine himmlische Belohnung. So viele Pastys, wie ich essen kann, für immer und ewig, amen.«

Eli ignorierte ihn und richtete seine Aufmerksamkeit auf die Gruppe. »Wir teilen uns in zwei Sechser-Teams auf, wie wir es trainiert haben, und steigen über die Müllhalde ein. Sobald wir in der Mine sind, muss jedes Team in der Lage sein, völlig unabhängig zu agieren, da unsere Kommunikation im Inneren der Mine auf Sichtweite beschränkt ist und wir uns nicht gegenseitig unterstützen können. Jedes Team ist für seine Verwundeten verantwortlich und sorgt dafür, dass sie da rauskommen. Wenn ihr mehrere Leute verliert, entweder tot oder verwundet, kann es sein, dass euer Team ineffektiv wird, dann solltet ihr sofort abziehen.«

Eli schaute in die Runde. »Wenn ihr eure Mission erfüllt habt, geht ihr durch den Haupteingang raus. Sobald Nyx die Wachen am Eingang der Müllhalde ausgeschaltet hat, begibt sie sich in ein Versteck mit Blick auf den Haupteingang. Sie hält Wache und schaltet alle Verfolger mit dem 300-Win-Magazin aus. Alexis steuert die Drohne. Ich überlasse Devon die SAW. Die drei werden jede schnelle Eingreiftruppe vernichten oder zumindest verlangsamen, aber ihr müsst alleine aus dem Labyrinth rauskommen.«

Alle nickten und hörten aufmerksam zu.

Eli zeigte auf die Karte. »Bravo-Team, ihr geht zu dem Versteck, in dem sich Sykes' Männer verschanzt haben, hier in der vierten Kammer auf der zweiten Ebene. Ihr solltet mindestens acht Feinde finden, vielleicht zehn oder mehr, die schlafen. Ein paar sind vielleicht wach und bereiten Waffen vor, sind am Essen und so weiter. Verwendet die Infrarot-Leuchtstäbe und Infrarot-Strahler, wenn es stockdunkel ist. Sie werden nicht wissen, was sie getroffen hat. Wenn es Umgebungslicht gibt, benutzt ihr die normale Einstellung an euren Nachtsichtgeräten.«

Eli verzog das Gesicht. »Ihr werdet in der Unterzahl sein, also ist das euer größter Vorteil. Wenn ihr es richtig macht, werden die meisten Leute, die ihr umbringt, es nicht mal merken. Wenn ihr das Überraschungsmoment verliert, nehmt stattdessen die Granaten und achtet darauf, dass ihr Deckung habt, wenn ihr sie werft. Euer Hauptziel ist es, so viele von Sykes' Männern wie möglich auszuschalten. Und zwar ohne Vorbehalte. Sie sind eine Plage und müssen vom Angesicht der Erde gewischt werden.«

»Das verdient ein Amen«, sagte Nyx.

»Scheiße, ja«, sagte Moreno.

Eli fuhr fort. »Antoine und ich werden das Alpha-Team anführen, um die Geisel zu sichern und sie und unsere Männer lebend aus diesem Höllenloch herauszuholen.«

In der Ferne pulsierten Blitze und das Grollen des Donners wurde von den peitschenden Bäumen geschluckt. Der Wind schlug mit einem schnalzenden Geräusch gegen die Plane. Der Regen trommelte gegen den Stoff und schlug gegen das Unterholz, sodass der felsige Boden mit schlammigen, braunen Wasserrinnsalen überzogen wurde.

»Schnelligkeit, Überraschung und überwältigende Gewalt«, sagte Eli. »Das ist unsere beste Chance auf Erfolg.«

Er sagte nicht, dass es ihre einzige Chance war, dass die Wahrscheinlichkeit eines Erfolgs unglaublich gering war oder dass die Aussicht, dass alle diese Operation überlebten, noch geringer war.

Er sagte auch nicht, dass er allein dafür sorgen würde, dass Sykes nicht überleben würde. Sykes war entschlossen, die Menschen zu töten, die Eli liebte. Deshalb musste er sterben, auch wenn es Eli das Leben kosten würde.

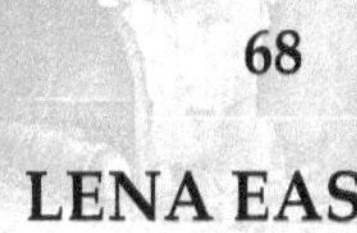

68

LENA EASTON

TAG EINHUNDERTFÜNF

Lena rappelte sich auf, schwankte und stolperte durch die Höhle, bevor sie an der Kiste mit dem Insulin zusammenbrach.

Ihre geschundenen Fingerspitzen brannten, als sie an dem schweren Plastik herumfummelte, das die Kisten in harte, undurchdringliche Schichten hüllte, und vergeblich versuchte, es mit ihren Fingernägeln aufzukratzen.

Sie brauchte ein Messer, irgendetwas Scharfes. Schwer atmend bückte sie sich und nagte mit den Zähnen an der Ecke der Kiste. Eine Explosion der Pein strahlte aus ihrer Nase und ihrem Kiefer. Helle weiße Sterne schossen ihr in schwindelerregenden Schockwellen vor die Augen und ihre Beine gaben nach, während sie keuchend gegen die Kiste kippte.

Der Versuch, sich durch das dicke Plastik zu beißen, tat so weh, dass sie fast ohnmächtig wurde. Hunger und Durst zerrten an ihren Organen. Ihr von Diabetes verursachter Kopfschmerz pulsierte wie ein Hammer in ihrem Schädel. Die raue Haut an ihren Handgelenken brannte und ihre gebrochene Nase pochte.

Sie stöhnte vor Schmerz und Frustration und drückte ihre Handfläche gegen das *Eli-Lilly*-Symbol, das auf dem Kühlbehälter prangte, um das Gleichgewicht zu halten. Ihre Gedanken waren verschwom-

433

men, aber die Ironie war ihr nicht entgangen – der Name des Insulinherstellers, der sie am Leben hielt, trug den Namen ihres Geliebten und ihrer toten Schwester.

Was für ein grausamer, bitterer Scherz. Sie suchte die Höhle ab und überlegte, welche Möglichkeiten sie hatte. Es gab zwei Gänge: den größeren nördlichen Tunnel, durch den Angel vor wenigen Augenblicken gegangen war, was eine schlechte Idee war, und den kleineren Gang im Süden, der wahrscheinlich tiefer in das Labyrinth der Mine führte.

Beide Optionen waren alles andere als sicher. Selbst wenn einer von Sykes' Männern sie nicht erschießen würde, könnte sie sich in dem unterirdischen Tunnelgewirr verirren, allein, krank und blind in der Dunkelheit.

Dann blieb nur noch das kleine Loch in der Wand hinter ihr. Die Röhre mit einem Durchmesser von etwa sechzig Zentimetern befand sich etwa dreißig Zentimeter über dem Boden der Höhle und war groß genug, dass sich eine schlanke Person hindurchzwängen konnte.

Wohin führte der Weg? Jemand hatte ihn zu einem bestimmten Zweck gegraben. Vielleicht würde er ihre Rettung sein, vielleicht aber auch zu ihrem Tod führen. Das Unbekannte war beängstigend. So oder so, es war ihre einzige Möglichkeit.

Sie ging auf Hände und Knie, zwängte sich zwischen den Kistenstapel und die Höhlenwand und verschwand in dem schwarzen Schacht. Irgendwo vor ihr hörte sie das fast schon beruhigende Quietschen und Krabbeln der Ratte.

Felsen umgaben sie. Sie kroch auf den Bauch, die Beine flach hinter sich, die Arme eng an den Körper gepresst. Klaustrophobie schnürte ihr die Lunge zu. Sie hatte sich noch nie vor engen Räumen gefürchtet, aber jetzt hatte sie eine ganz neue Stufe der Angst erreicht.

Das Gestein war feucht und rutschig unter ihren Fingern, es roch schwach nach Dingen, die vor hundert Jahren gelebt hatten und gestorben waren. Hunderte Meter unter der Oberfläche, wo hundert Millionen Tonnen Gestein auf sie drückten. Das einzige Geräusch war ihr röchelnder Atem und das Kratzen und Scharren ihrer Füße und Arme, während sie sich vorwärtsbewegte.

Ihr Scheitel stieß gegen die Felsdecke, ihre Arme und Beine waren in dem immer enger werdenden Raum eingeklemmt. Zentimeter für Zentimeter verengte sich die Röhre, drückte auf sie ein und zwängte ihren Körper zusammen, als ob sie von einer großen Schlange verschluckt worden wäre.

Der schwache Schein der Coleman-Laterne verschwand, während sie immer weiter in die Röhre kroch. Als die tiefe Dunkelheit sie schließlich komplett einhüllte, konnte sie weder ihre Hände noch irgendetwas anderes mehr sehen. Sie war vollkommen blind.

Ein Quietschen in der Nähe ihres Ohrs. Winzige Krallen gruben sich in ihre Hand. Sie schluckte einen erschrockenen Schrei hinunter und erwartete fast, dass sich kleine Zähne in ihre Finger bohrten. Sie erstarrte, als das Gewicht eines kleinen Körpers über ihren Arm und ihre Schulter, ihre Wirbelsäule hinunter und über ihre Beine huschte. Sie konnte sich nicht bewegen, konnte nicht einmal zurückweichen.

Einfach so war die Ratte verschwunden und sie war wieder ganz allein. Der Schacht verengte sich immer weiter; sie konnte sich kaum noch vorwärtsbewegen.

Panik schnappte mit suchenden Fingern nach ihr. Sie zitterte und ihr war schwindelig von der Überzuckerung. Was, wenn sie stecken blieb? Was, wenn …

Ihre ausgestreckten Hände stießen auf Fels. Sie tastete blindlings vor sich umher, über ihrem Kopf und zu beiden Seiten. Alles, was sie berührte, war noch mehr Fels.

Eine Sackgasse.

»Nein«, flüsterte sie. »Bitte, nein.«

Verzweiflung brodelte in ihrem Bauch. Sie hatte nichts Sinnvolles mit ihrer Freiheit erreicht. Angel würde jeden Moment zurückkehren und Sykes mitbringen. Sie würden sie foltern und töten.

Sie konnte im Schacht bleiben und beten, dass sie nicht gefunden wurde, aber das war eine vergebliche Hoffnung, denn der Schacht war höchstens acht oder neun Meter tief; sie würden das Loch finden.

Ihre Entführer konnten ihr nicht hinterherkriechen, aber das brauchten sie auch nicht. Eine Kugel würde genügen. Ihre Leiche würde für immer hier feststecken, ihr Fleisch würde sich auflösen, ihre Kleidung verrotten, bis sie nur noch ein Haufen Knochen wäre, der in hundert Jahren entdeckt werden würde – wenn überhaupt.

Sie würde an diesem Ort sterben, nur wenige Meter von den Medikamenten entfernt, die sie so dringend brauchte, aber nicht bekommen konnte – wie ein verzweifeltes Tier, das in einer Schlinge gefangen war.

Ein Schluchzen riss ihre Kehle auf. Sie sackte gegen den Felsen, der sich in ihren Bauch und ihre Oberschenkel grub, und drückte ihre Wange auf den kalten Boden, während ihre Brust bebte und Tränen über ihr Gesicht liefen.

Das war also das Ende. Es gab keinen Ausweg. Sie war endgültig gefangen.

Es war eine Art Erleichterung, das Unvermeidliche zu akzeptieren und den Kampf ums Überleben aufzugeben. Man gab sein eigenes Selbst auf.

Nein, flüsterte ihr Verstand. Nein. Sie konnte nicht aufgeben. Das lag nicht in ihrer Natur. Sie wüsste nicht, wie. Sie dachte an Shiloh, an Eli. Nein, sie konnte nicht aufgeben, niemals. Wenn dies ihre letzten Momente waren, dann sollte es so sein, aber sie würde nicht kampflos aufgeben.

Nicht so wie jetzt – als gefangene und hilflose Beute.

Lena hob ihren Kopf. Die Tränen trockneten auf ihrem Gesicht. Durch den Dunst der Panik hindurch zwang sie sich zu denken, etwas zu tun, irgendetwas, Hauptsache, es war eine Handlung.

Ihre Hände tasteten erneut die unebene Felswand ab, auf der Suche nach etwas, das sie in der Dunkelheit übersehen haben könnte. Am Boden des Tunnels zu ihrer Linken, in der Nähe ihres Ellenbogens, streifte ihr Daumen etwas Fremdes, etwas, das kein grob behauener Fels war.

Sie tastete ungeschickt durch die Dunkelheit, wobei ihre Finger die Arbeit ihrer Augen übernahmen, und fühlte den Gegenstand: die lange, dünne Schiene, die flache Halterung, den Haken an einer Seite und das spitze Ende. Es war etwa sechzehn Zentimeter lang und fünf Zentimeter breit.

Sie erkannte es, wie jede Schülerin, die auf einer Exkursion die historischen Kupferminen besucht hatte. In den Anfängen des Bergbaus in den 1800er-Jahren benutzten die Bergleute ein Gerät namens Sticking Tommy. Dabei handelte es sich um einen altmodischen, aus Eisen geschmiedeten Kerzenständer.

An einem Ende befand sich ein Kerzenhalter, am anderen ein langer, dünner Stab, der in einen Holzbalken oder eine Felsspalte geschlagen wurde, um den Bereich zu beleuchten, in dem der Bergmann zwölf bis vierzehn Stunden am Tag gearbeitet hatte.

Wie lange hatte dieser Gegenstand hier gelegen? Hatte es ein Arbeiterkind vor hundert Jahren zurückgelassen, als es in diesen engen Schacht gekrochen war, um eine Kupferader herauszuschlagen, die es nicht einmal hatte sehen können?

Sie wusste es nicht, aber das war auch egal – dieses Geschenk durfte sie nicht verschwenden. Ihre Finger schlossen sich um den Sticking Tommy. Mit den Füßen und der freien Hand drückte sie sich nach hinten. Sie hielt den Kopf gesenkt, während ihr Bauch über den Stein kratzte.

Die Felswände klammerten sich an sie und kamen immer näher. Sie kämpfte um jeden Zentimeter, ihr Herz pochte und ihr Mund war trocken. In ihren Ohren rauschte das Blut. Ein Meter, zwei, dann drei Meter. Jede Bewegung war quälend langsam.

Entfernte Schritte hallten vom nördlichen Durchgang wider.

Adrenalin schoss durch ihre Adern. Sie wackelte rückwärts, drückte und schob sich verzweifelt nach hinten, während sie mit ihren Füßen und Händen scharrte. Ihre Handflächen waren aufgeschürft und bluteten, aber sie bemerkte es kaum.

Die Schritte wurden lauter.

Sie befreite sich mit den Beinen aus dem Tunnel, riss sich los und sprang zur Kiste. Sie lehnte sich dagegen und sackte in sich zusammen, die Beine unter sich verschränkt, die Hände hinter dem Rücken, als wären ihre Handgelenke noch immer gefesselt, den Kerzenständer in der einen Hand.

Keine Sekunde später stürmten vier Männer in den Raum. Angel und Sykes und zwei weitere, große, muskulöse Männer mit harten Gesichtern und noch härteren Augen; sie waren mit sperrigen Waffen ausgerüstet, trugen sowohl Brustpanzer als auch Helme und hatten ihre Nachtsichtgeräte aus dem Gesicht geschoben.

Darius Sykes durchquerte die Höhle und hockte sich vor sie, etwa eineinhalb Meter von ihr entfernt. Seine Lippen verzogen sich zu einem widerlichen Lächeln. Angst bebte in ihrem Körper. Ihr Herz hämmerte gegen ihre Rippen und drohte, sich aus ihrer Brust herauszuschlagen.

Sie umklammerte den Sticking Tommy fester, hielt ihn geschickt hinter sich versteckt und versuchte, schwach zu wirken. Das war nicht schwer – sie *war* schwach, aber nicht so schwach, wie sie dachten.

Wenn Sykes nur ein paar Zentimeter näher kommen würde, wäre er in Reichweite ihrer Waffe. Sie würde ihn töten, wenn sie könnte, um Eli und den anderen eine etwas bessere Chance zu geben, dieses Höllenloch zu überleben. Wenn er doch nur ein bisschen näher käme.

Sykes leckte sich über die Lippen, als ob er sich auf eine köstliche Mahlzeit freuen würde. Sein Gesicht hatte etwas Obszönes an sich, und die Falschheit verursachte bei Lena ein mulmiges Gefühl im Bauch. In dieser Welt gab es das pure Böse. Sie stand ihm von Angesicht zu Angesicht in menschlicher Form gegenüber.

»Fahr zur Hölle«, sagte sie so leise, dass er sich zu ihr beugen musste, um ihre Worte zu hören.

Sykes grinste. »Die Hölle ist leer und alle Teufel sind hier.«

»Nicht alle«, sagte Lena. »Einer ist da draußen und er wird dich holen.«

Sykes stieß ein schallendes, hohles Lachen aus. »Du hast ganz schön Mumm, was?«

»Komm näher«, flüsterte sie. »Dann zeige ich dir, wie viel Mumm ich habe.«

»Diese Zeit wird noch früh genug kommen, mach dir keine Sorgen.« Statt näher zu kommen, erhob er sich auf seine Füße, immer noch knapp außerhalb ihrer Reichweite. Er starrte sie hungrig an, als wolle er sie verschlingen. »Oh, das werde ich genießen.«

69

SHILOH EASTON
TAG EINHUNDERTUNDFÜNF

In Shilohs Brust ratterte die Angst.

Dicke schwarze Wolken zogen von Westen her über den Lake Superior und brachten heftige Regenschauer über das von Wellen gepeitschte Wasser. Es gab keinen Mond und kein Kaleidoskop von Sternen. Hinter ihr krümmten sich die Bäume unter dem Ansturm.

Shiloh und Ruby lagen auf dem Bauch in dem Scharfschützenversteck, das Eli am Rande der Steilküste gebaut hatte – eine perfekte Position für Wachposten, um nach Bedrohungen Ausschau zu halten, die versuchen würden, das Northwoods Inn vom Wasser aus zu infiltrieren. Die hohen Klippen waren ein erhebliches Hindernis für einen Angriff und damit der unwahrscheinlichste Ort für einen Durchbruch, und das war der einzige Grund, warum Eli Shiloh und Ruby erlaubte, Wache zu halten.

Am Rande des Abgrunds fühlte es sich an, als würde man auf der Messerkante der Welt balancieren. Shiloh hatte sich noch nie so klein gefühlt. Mutter Natur scherte sich einen feuchten Kehricht um die Taten der Menschen. Sie hatte sich nicht darum geschert, als die Sonne eine Milliarde Tonnen Plasma auf die Erde geschleudert hatte und auch jetzt nicht, während die Bäume sich krümmten, der große See wütete und der Wind tobte.

Die schiere Unermesslichkeit des Lake Superiors war überwältigend. Er fühlte sich an wie ein Ozean, ein tobendes Meer, mit der ganzen Kraft von Poseidon dahinter. Drei bis vier Meter hohe Wellen krachten und rollten gegen die Klippen unter ihnen. Der Zorn der Natur kam plötzlich und gewaltig. Sie blinzelte die Nässe zurück und spähte aufmerksam durch ihr Zielfernrohr. Verschwommene Formen tauchten aus der Dunkelheit auf: schwankende Bäume links und rechts von ihr, der zerklüftete Felsvorsprung der Kalksteinklippe ein paar Meter vor ihr.

Die große Kuppel des Himmels war grau wie Asche. Der stechende Regen peitschte gegen ihren Kopf und ihre Schultern, der Wind war bitterkalt, riss an ihren Haaren und schlug ihr nasse Strähnen ins Gesicht.

»Wir sollten gehen!«, rief Ruby neben ihr. »Das ist gefährlich!«

Ihr Gesicht war ein grässliches weißes Oval, nur dreißig Zentimeter von Shiloh entfernt. Ihre Augen waren riesig in ihrem blassen Gesicht und ihre roten Haare klebten wie ein durchnässter Pelz an ihrer Kopfhaut. »Shiloh!«

»Das ist mein Job. Ich erledige meinen Job!«

»Bei diesem Sturm können sich uns keine Boote nähern. Sie würden an den Untiefen zerschellen und sich umbringen. Wir müssen ins Haus gehen und uns aufwärmen. Wir sind die, die in Gefahr sind!«

Die heftigen Sturmböen, die über den See wehten, fühlten sich an, als würden sie in den Schleudergang einer Waschmaschine gesaugt. Sie waren machtlos gegen sie. Wie bei den Sonneneruptionen konnte man sich nur an etwas festhalten und hoffen, dass man unbeschadet überstand.

Ruby hatte recht, natürlich hatte sie recht, aber Shiloh bewegte sich nicht. Ihre Muskeln waren steif und angeschlagen, ihr Körper war starr an seinem Platz. Wenn sie ihrer Verantwortung, Wache zu halten, nicht nachkam, würde der Sturm alles und jeden zerstören, den sie liebte.

»Du solltest gehen!«, rief sie.

»Auf keinen Fall!« Ruby zögerte. »Wir sollten nach Bear sehen!«

Ruby versuchte, Shiloh ein schlechtes Gewissen einzureden, damit sie ging. Bear würde es gut gehen; Lori passte gerade auf ihn auf. Aber in den letzten zwei Tagen war Bear nicht mehr von Shilohs Seite gewichen.

Sie hatte sich um seine Schusswunde gekümmert, sie gesäubert, ein Antiseptikum aufgetragen und die Verbände neu angelegt – aber der Neufundländer wollte Lena.

Der Hund spürte Lenas Abwesenheit deutlich und schlurfte immer wieder zur Tür, um sich auf die Hinterbeine zu stellen, die Fenster zu überprüfen und nach Lena zu winseln. Er schlief neben der Tür zu Lenas Zimmer und stöhnte im Schlaf. Seine Pfoten zuckten, als würde er ihr hinterherjagen und selbst in seinen Träumen verzweifelt nach ihr suchen.

Shiloh teilte seine Verzweiflung. Sie hatte schreckliche Angst um Lena und um Eli. Sie hatte ihren Vater gefunden, nur um Gefahr zu laufen, ihn zu verlieren, und es gab nichts, was sie dagegen tun konnte. Sie sehnte sich danach, gegen alles anzukämpfen, den Sturm zu erschießen, die Wellen zu durchbohren und auf die Welt einzuschlagen, bis sie sich zurückzog und ihr das zurückgab, wonach Shiloh sich so verzweifelt sehnte.

Sie konnte es nicht erklären, dieses trostlose Gefühl, den verzweifelten Schmerz in ihrer Brust. Sie spürte es in ihrem Herzen, in ihrer Seele – das langsame Schwinden der Hoffnung und das Ende aller Dinge. Es gab so viel Zerbrochenes in der alten und in dieser neuen Welt. So viel Falschheit: Gefahr und Angst und Verzweiflung, Schmerz und Verlust.

»Ich will bleiben«, sagte sie. »Ich ... ich muss bleiben.«

Hartnäckig schüttelte Ruby den Kopf. »Wenn du bleibst, bleibe ich auch.«

Shiloh öffnete ihren Mund, aber es kam nichts heraus. Regen rann wie Tränen über ihr Gesicht. Vielleicht waren es auch Tränen – sie schmeckten salzig auf ihrer Zunge. Sie weinte und sie konnte nicht aufhören, wusste nicht, wie sie aufhören sollte. *Santiago, Chile. Bogotá, Kolumbien. Brasilia, Brasilien ...*

Ruby nahm ihre nasse, eiskalte Hand in ihre eigene und drückte sie fest. Erschrocken, fast verlegen, wollte Shiloh am liebsten die Hand wegziehen.

Sie zwang sich, es nicht zu tun. Stattdessen drückte sie Rubys Hand direkt zurück.

Trotz der Kälte und des eiskalten Regens, der sie bis auf die Knochen durchnässte, spürte sie Wärme in ihrer Brust. Das war also eine wahre Freundin: diejenige, die bleibt, die sich weigert, loszulassen, die in der dunklen Nacht die Hand hält, die dabei zusieht, wie man sich mühsam Stück für Stück wieder zusammensetzt.

Der Wind rauschte wie ein Zug auf sie zu, riss an ihren Klamotten, zerrte an ihren Haaren und drohte, sie über den Rand zu schleudern, als wären sie Puppen in der Luft.

Sie stemmten sich dagegen und hielten sich fest.

70

ELI POPE

TAG EINHUNDERTFÜNF

Sie bewegten sich im Regen und in der Dunkelheit, lautlose und tödliche Raubtiere.

Eli kletterte den steilen Abhang hinauf, seine Haare klebten unter dem Helm an der Kopfhaut, Wasser tropfte ihm in den Nacken und strömte über sein Gesicht, Tröpfchen klebten an seinen Wimpern, während er durch sein Nachtsichtgerät spähte und die Welt in ein unheimliches grünes Licht tauchte.

Jackson, Antoine und Moreno kletterten neben ihn. Hart und Nash blieben am Fuße des Hügels, versteckt in einer dichten Fichtengruppe, und schwenkten ihre Gewehre auf der Suche nach Zielen, während die Teams den felsigen Hang hinaufstiegen.

Die Gewehre auf den Rücken geschnallt, mit Brustpanzern und Kampfgürteln, die mit Ersatzmagazinen beladen waren, kletterten sie den glatten Felsen hinauf. Sie benutzten rutschige Fußstützen und Haltegriffe, während sich die instabilen Gesteinsschichten unter ihren Füßen und Händen bewegten und drohten, den Kletterern die Knöchel zu verdrehen oder Schlimmeres.

Der strömende Regen erschwerte den Aufstieg, aber das stetige Trommeln verdeckte die Geräusche ihres Vorstoßes und der Regen war ein dicker grauer Vorhang, der die Landschaft verschleierte.

Über ihnen lag Nyx in ihrem Scharfschützenversteck auf der

anderen Seite der Schlucht und schaute durch das Zielfernrohr ihres Gewehrs – ein Nachbau des Scharfschützengewehrs M2010, das sie nach den Standards der US-Armee gebaut hatte. Das Gewehr war mit Winchester-Magnum-Patronen vom Kaliber .300 geladen und mit einem großen Schalldämpfer und einem AN/PVS-29-Nachtsichtgerät für Scharfschützen ausgestattet. Es war eine wunderschöne, tödliche Waffe.

Sie war bereit, die beiden Wachposten in der Sekunde auszuschalten, in der sie auftauchten, damit sie keinen Alarm an ihre Kameraden funken konnten. Die in der Mine waren unerreichbar, aber Devon hatte mindestens vier Männer im Blick, die den Haupteingang bewachten.

Auf halber Höhe, einen Meter rechts von Eli, balancierte Antoine auf einem Fuß und griff nach einem Felsvorsprung, um sich an den nächsten Haltepunkt zu hieven. Der Felsen, auf den er sein Gewicht gelegt hatte, wackelte. Sein Stiefel rutschte ab.

Mit einem Fluch mühte er sich ab, um wieder Halt zu finden. Ein Dutzend loser Steine rutschte lautstark den Abhang hinunter.

Alle erstarrten. Die Männer drückten ihre Körper gegen den Fels, klammerten sich wie Spinnen daran fest und atmeten kaum. Eli verkrampfte sich, die Stiche in seinem Unterarm brannten.

Antoine drehte seinen Kopf zu Eli, sein Gesicht war ein weißer Fleck im starken Regen, die Augen vor Angst geweitet. Sie waren völlig ungeschützt. Wenn die Wachen über den Rand spähten, wäre es ein Kinderspiel für sie, sie abzuknallen. Mindestens dreißig Männer mit automatischen Waffen würden innerhalb weniger Minuten auf sie zustürmen.

»Sie haben etwas gehört«, sagte Nyx in ihre Headsets. »Wache eins bewegt sich auf den Eingang des Tunnels zu. Wache zwei ist direkt hinter ihm. Sie haben beide ihre Waffen erhoben. Komm schon, komm schon, noch einen Schritt weiter. Komm raus ins Freie ...«

»Nyx«, sagte Antoine angespannt.

»Ich kümmere mich darum«, sagte Nyx durch ihre Headsets.

»Wenn einer von ihnen das Funkgerät in die Hände bekommt ...«

»Ich sagte, ich kümmere mich darum«, erklärte Nyx. »Halt die Klappe und beobachte, wie sich die Magie entfaltet.«

Ein spuckendes Geräusch zerteilte die Nachtluft. Eine Sekunde später folgte ein weiteres Geräusch dem ersten. Irgendetwas stürzte die Felswand hinunter, während es abprallend und drehend an ihnen vorbeiflog.

Ein Körper.

Zwei Sekunden später folgte ein zweiter.

Eli klammerte sich an den Abhang und blickte hinunter. Zwei Leichen lagen verbogen und zerbrochen auf den aufgetürmten Steinen, ein kleines rundes Loch in der Mitte ihrer Stirn, die Hinterseite ihrer Schädel komplett weggesprengt.

Das 300er-Magazin war ursprünglich für die Elefantenjagd entwickelt worden und wurde von Scharfschützen der Armee und der Marine wegen seiner überlegenen ballistischen Leistung auf große Entfernungen eingesetzt. Bei menschlichen Zielen war es verheerend.

»Volltreffer!«, jubelte Nyx. »Versucht das nicht zu Hause, Jungs.«

Erleichtert kletterte Eli weiter. Jackson und Antoine folgten schneller, aber immer noch vorsichtig auf den glitschigen Felsen, ihre Kleidung war durchnässt und ihre Haut aufgeweicht. In dem sintflutartigen Regen waren sie nur noch verschwommene, verwaschene Gestalten, deren Umrisse nicht mehr zu erkennen waren.

Er kletterte über die Kante auf den breiten Vorsprung, der in die Mine führte. Ein vergittertes Eisentor mit einem rostigen Vorhängeschloss hatte einst die Schaulustigen ferngehalten – das Schloss war aufgebrochen worden, wahrscheinlich mithilfe eines Vorschlaghammers oder Bolzenschneiders. Jackson und Moreno richteten ihre Waffen auf den Tunnel, während Eli und Antoine am Eingang hockten und den Fuß des Hügels und die umliegenden Bäume nach einem Anzeichen von Bewegung absuchten. Unter ihnen kletterte Team Bravo den glatten Abhang hinauf.

Einige Felsen lösten sich und stürzten den Hügel hinunter, aber es waren keine Feinde zu sehen. Als alle den Vorsprung erreicht hatten, führte Chief McCallister das Bravo-Team auf der Suche nach der vierten Kammer in die Mine, um so viele von Sykes' Männern wie möglich auszuschalten.

Dann war Team Alpha an der Reihe. Sie betraten den Eingang des Tunnels und wurden von der Dunkelheit verschluckt, während sie in den Schlund der Mine hinunterschlichen. Es war, als würden sie in die Unterwelt hinabsteigen, in das Haus von Hades selbst.

Sie bildeten eine Zweierkolonne, Antoine und Eli an der Spitze, Eli auf der rechten Seite, Antoine links. Moreno und Hart reihten sich hinter Eli auf, während Jackson und Nash sich hinter Antoine positionierten.

Eli hatte ein Nachtsichtgerät mit Scheinwerfern an den Objektiven und Infrarot-Leuchtstäbe in einer Tasche an seinem Brustgurt, dazu mehrere Blendgranaten und fünf Splittergranaten, die sie Sykes' Männern abgenommen hatten.

Normalerweise wurden Infrarot-Leuchtstäbe von taktischen Teams nicht verwendet, da Feinde mit Nachtsichtgeräten ihre genaue Position erkennen konnten, aber in Situationen ohne Umgebungslicht – wie in dieser verdammten Mine – waren sie ein notwendiges Übel.

Jeder von ihnen trug ein Headset, doch ihr Kommunikationssystem funktionierte unter Tage nur in Sichtweite. Jedes Team konnte mit seinen Teamkollegen kommunizieren, aber mit niemandem sonst.

Sie waren von der Welt da oben abgeschnitten. Team Bravo bog an der ersten Gabelung nach links ab, während Team Alpha nach rechts ging. Leise schlichen sie durch die verdunkelten Schächte. Die kalte, feuchte Luft roch nach Ablagerungen und Rost. Ihre Kleidung und Ausrüstung gaben leise Raschelgeräusche von sich, aber ansonsten waren sie still.

Eli hatte sich die Baupläne der Mine eingeprägt, aber verblasste Linien auf einem Stück Papier und die Realität der tiefen unterirdischen Tunnel waren zwei sehr unterschiedliche Dinge. Ein Labyrinth aus größeren Tunneln und kleinen Gängen zweigte in verschiedene Richtungen ab.

Die Gänge waren übersät mit den Zeichen eines lange ruhenden Bergbaus: Löcher, die für Dynamit in den Fels gebohrt worden waren, verrostete Werkzeuge und alte Gerätschaften, die wie Abfall zurückgelassen worden waren. Sie traten über Abschnitte von Originalschienen, altmodischen Bohrstähle und Kerzenhalter aus Eisen hinweg.

Als sie sich einem Seitentunnel näherten, betraten drei Teammitglieder diesen und sicherten die ersten sechs Meter, während Antoine und Eli ihre Waffen nach vorn hielten und Nash seine nach hinten richtete, um sich abzusichern.

Nachdem der Tunnel gesichert war, fielen die drei zurück in die Reihe, und die Zweierkolonne ging weiter den Gang entlang. Vor ihnen erstreckte sich ein langer gerader Tunnel.

Eli gab ein Zeichen und drei Männer rückten vor, während drei hinter der Kurve in Deckung blieben. Bei jeder Kurve, jedem verlassenen Minenkarren und jedem hohen Steinhaufen führten sie die gleiche Prozedur durch.

Auf diese Weise bewegten sie sich vorsichtig von Deckungspunkt zu Deckungspunkt.

Eli hasste die beengten Verhältnisse, das Gefühl der Entblößung, während sie sich in den engen Tunneln bewegten. Ballistische Schutzschilde hätten in diesen labyrinthartigen Gängen wesentlichen Schutz geboten, aber die Deputys waren nicht darin geschult, sie zu benutzen, und weder das ländliche Büro des Sheriffs noch die Polizeibehörde hatten das Budget gehabt, um solche zu kaufen.

Vor ihnen gabelte sich der Tunnel in zwei Richtungen. Der linke Durchgang war zweieinhalb Meter breit und drei Meter hoch, mit einem zwei Meter hohen Steinhaufen, der wie ein riesiges Steinmännchen neben dem Eingang aufgeschichtet war. Auf der rechten Seite war der Schacht schmal und mit niedrigen Decken ausgestattet.

Laut den Informationen, die sie von Macek erhalten hatten, war der linke Gang hinter dem Steinhaufen mit einer Sprengfalle versehen, die durch einen Stolperdraht ausgelöst wurde. Eli überprüfte das und nahm das Schimmern des dünnen Drahtes wahr, der in Knöchelhöhe quer durch den Tunnel gespannt war. Team Alpha ging nach rechts und folgte dem Tunnel einige Meter geradeaus, bevor dieser in eine Kurve abknickte, über die hinaus man nichts sehen konnte.

An der Spitze der Zweierkolonne blieben Antoine und Eli stehen, gingen in die Knie und horchten konzentriert. Die Männer hinter ihnen taten dasselbe. Es waren keine Geräusche von sich nähernden Feinden zu hören, nur das Klopfen ihrer Herzen und das Rauschen ihres Atems.

Eli wollte Antoine gerade zu verstehen geben, dass er in den rechten Zweig eines weiteren gegabelten Ganges abbiegen sollte, als er erstarrte. Der rötliche Schein des Infrarots beleuchtete einen silbernen Faden, der sich etwa zweieinhalb Zentimeter über dem Boden befand. Ein weiterer Stolperdraht.

Eli hielt eine geschlossene Faust hoch. Antoine folgte seinem Beispiel.

Hinter ihnen hielt das Team Alpha inne. Eli folgte dem dünnen Draht mit seinen Augen bis zu der Granate, die in einem Spalt im Schatten versteckt war.

Er gab seinem Team ein Zeichen und schritt vorsichtig über den Draht. Sie setzten ihren Weg fort, geduckt und verstohlen, während sie sich leise durch das Labyrinth in die Tiefen der Erde hinabbewegten.

Immer wieder gingen Antoine und Eli in die Knie und hielten inne, um zu lauschen. Elis Wunde brannte und die Fäden zerrten bei seinen Bewegungen. Sie war noch nicht verheilt, aber dagegen war nichts zu machen.

Lena würde einen Anfall bekommen. Aber wenn das bedeutete, dass sie am Leben war, würde er hundert Belehrungen akzeptieren.

Er erhob sich langsam. Dann hörte er es. Kieselsteine, die unter Schuhen knirschten.

Weit vor ihm näherte sich ein einzelnes Paar Schritte aus der Kurve. Ein kleiner Lichtstrahl tauchte auf, der über die Tunnelwände hin- und herfegte.

Eli gab seinem Team ein Zeichen, dann lehnte er sich gegen die Wand, ließ das HK417 in seinen Riemen fallen und zog sein Kampfmesser. Moreno und Nash taten es ihm gleich, während Antoines Kolonne sich an die gegenüberliegende Tunnelwand presste.

Adrenalin schoss durch seine Adern, während er sich anspannte und wartete. Eine Sekunde später tauchte der Feind hinter der Ecke auf. Er war groß und stämmig und starrte mit eingesteckten Waffen geradeaus, ohne aufzupassen. Die Taschenlampe behinderte seine Nachtsicht.

Eli war innerhalb eines Herzschlags an ihm dran. Er presste eine Hand auf den Mund des Schlägers und rammte ihm die Messerspitze in den Nacken, sodass sie den Hirnstamm durchbohrte und ihn praktisch auf der Stelle tötete.

Der Mann sackte in sich zusammen. Eli ließ die Leiche auf den

Boden sinken, während das Team Alpha wieder in Position ging und über die Leiche trat, als sie sich der ersten der großen Höhlen näherten.

Eli spähte, mit seiner Waffe voran, um die Ecke. Laut Macek hatte Sykes hier keine Männer stationiert. Ihr Infrarotlicht reichte nicht bis zur gegenüberliegenden Seite der Höhle. Er spürte eine große Offenheit; der unterirdische Raum war riesig.

Ihm widerstrebte der Gedanke, den ungeschützten Raum zu durchqueren, aber der Gang, der zu Lena führte, befand sich in dieser Höhle. Es gab also keine andere Möglichkeit, als hindurchzugehen.

Eli und Antoine gingen halb geduckt voran, die Waffen erhoben und bereit, den Blick nach vorn gerichtet. Die anderen folgten ihnen. Sie bewegten sich durch die Dunkelheit. Das Blut rauschte in Elis Ohren. Er zählte die Schritte. Zehn. Zwanzig. Dreißig ...

Ein Geräusch kam von vorn. Bevor Eli reagieren konnte, tauchten die ersten Feinde auf.

Vom gegenüberliegenden Ende der Höhle marschierten mehrere Schläger in die Höhle, wobei Lichtstrahlen die Wände und die Decke bestrahlten. Erschrocken hielten sie inne. Eli entdeckte sieben schattenhafte Gestalten, die AR15 und AK-47 trugen und taktische Taschenlampen an ihren Waffen befestigt hatten.

Team Alpha reagierte als Erstes. Das sechsköpfige Team eröffnete das Schnellfeuer, während es sich rasch zurückzog. Schreie und Schüsse explodierten, als sie sich hinter der letzten Tunnelwand in Deckung begaben. Geschosse schlugen in die Decke ein.

Eli riss eine Granate aus seiner Tasche, zog den Stift und schleuderte sie in die Höhle. Er duckte sich in den Gang, gerade als die Schläger ein Trommelfeuer eröffneten. In Erwartung der Druckwelle schloss Eli seine Augen und öffnete seinen Mund.

Irgendjemand rief: »Granate!«

Ein donnernder Knall erschütterte die Höhlenwand und scheinbar auch die Mine selbst. Eine Kakofonie aus gequälten Schreien zerfetzte die Luft. Selbst mit den geräuschdämpfenden Kopfhörern war es ohrenbetäubend. Elis Ohren klingelten, die Geräusche wurden schwächer.

Anders als im Film gab es keinen riesigen Feuerball. Die Splittergranate hatte einen Tötungsradius von fünf Metern, wobei die Reichweite bis zu fünfzehn Metern betrug, also ungefähr so groß wie die Höhle selbst. Einen Moment später sprang Team Alpha auf und stürmte in die Höhle, um nach Zielen zu suchen, die es auszuschalten galt. Die Waffenlampen auf dem Boden lieferten genug Umgebungslicht für die Nachtsichtgeräte, sodass sie jetzt die gesamte Kammer sehen konnten.

Rauch hing schwer in der Luft. Tausende von verbogenen Metallsplittern waren über den Grund der Höhle verstreut. Fünf Männer lagen auf dem Boden. Zwei waren in Stücke gerissen und schienen tot zu sein. Drei krümmten sich im Dreck, orientierungslos und tödlich verwundet, während sie vor Schmerzen schrien.

Antoine schwenkte nach rechts und schoss auf zwei der Verletzten. Eli drehte sich nach links und verpasste den Toten einen Kopfschuss, um sicherzugehen, dass die Toten auch tot blieben. Nash und Hart schwärmten aus, bewegten sich jeweils durch einen Teil der Höhle und schalteten zwei weitere feindliche Kämpfer aus.

Am anderen Ende der Höhle saß einer der Feinde an die Wand gelehnt, sein rechtes Bein ein blutiges Wrack, aber er war bei Bewusstsein und schoss. Die Kugeln klirrten und krachten über ihren Köpfen.

Nash ließ sich auf ein Knie fallen, schoss zweimal und verfehlte. Jackson wirbelte herum und feuerte einen Doppelschuss ab. Beide Kugeln trafen das Gesicht. Der Verbrecher sackte tot gegen die Wand. Die Feinde trugen ballistische Westen und Kopfbedeckungen, ihre Nachtsichtgeräte waren hochgeschoben. Das hatte ihnen wenig genützt.

»So viel zum Thema ›unbemerkt‹.« Antoine griff nach unten und nahm einer der Leichen eine M4 ab. Unter dem Lauf der M4 war ein M203-Granatwerfer angebracht. Antoine grinste, als wäre es sein Geburtstag. »Dieses süße Baby wird einigen Schaden anrichten!«

Jackson wies auf den gegenüberliegenden Tunnel. »Zeit zu gehen! Los gehts!«

Wenn ihre Anwesenheit noch nicht bemerkt worden war, dann aber sicher jetzt. Die Spannung pulsierte in Eli, seine Nerven lagen blank. Die Sekunden wurden mit seinem Blut heruntergezählt. Lenas Zeit wurde immer knapper.

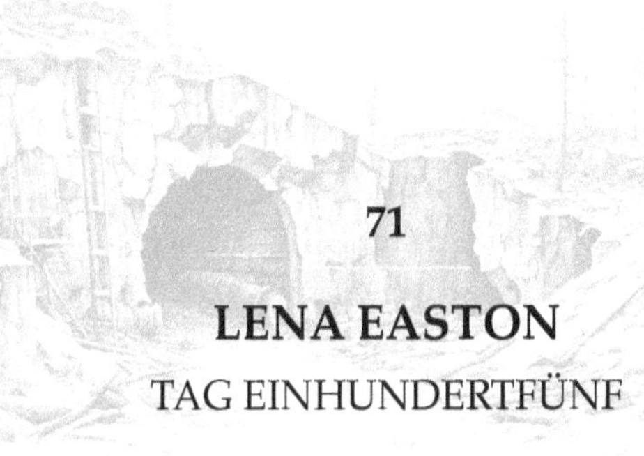

71

LENA EASTON
TAG EINHUNDERTFÜNF

Schnelle Schritte hallten aus dem gegenüberliegenden Tunnel wider.

Lena schaute auf, als ein riesiger Mann auftauchte. Er war in seinen Dreißigern, hatte große bullige Hände und einen muskulösen, tätowierten Körper; eine gezackte Narbe schnitt tief in seine ledrige rechte Wange. Er trug ein automatisches Gewehr und eine Pistole, die er hinten in seine Jeans gestopft hatte.

»Ich hoffe, du hast gute Nachrichten, Huffman«, sagte Sykes, der seine Aufmerksamkeit immer noch auf Lena gerichtet hatte.

»Garr und Reynolds haben sich nicht wie geplant gemeldet. Ich habe Clayton geschickt, um nach ihnen zu sehen.«

Sykes wurde still. »Fehlt sonst noch jemand?«

Huffman zögerte nur einen Moment lang. »Na ja, Thompson und Macek sollten schon seit zwanzig Minuten zurück sein, aber der Sturm könnte sie aufgehalten haben ...«

»Das ist Popes Werk!«, knurrte Sykes.

»Das wissen wir nicht«, sagte Huffman.

Sykes drehte sich zu ihm um. »Natürlich wissen wir, dass er es ist! Es ist zu früh! Wie zum Teufel hat er uns gefunden?«

»Ich weiß es nicht ...«

»Das war eine rhetorische Frage, du Idiot. Weck die Männer auf

451

und sag ihnen, dass sie sich auf einen Angriff vorbereiten sollen. Sofort!«

Wieder zögerte Huffman.

»Los!«, knurrte Sykes. »Komm nicht zurück, bevor diese Deputys tot sind. Jeder Einzelne von ihnen! Hängt sie mit ihren Eingeweiden an den nächsten Baum! Lasst jeden Polizisten von hier bis Marquette wissen, wer jetzt das Sagen hat und was mit den Kakerlaken passiert, die dumm genug sind, sich uns in den Weg zu stellen.«

Mit einem knappen Nicken verschwand Huffman durch den Haupttunnel. Sykes reckte seinen anderen Männern das Kinn entgegen. »Bewacht die Tunnel! Keiner kommt rein oder raus, ohne dass ich es sage!«

Sie gehorchten, und Sykes wandte sich an Angel. »Pope glaubt, dass er uns einen Strich durch die Rechnung macht, oder? Tja, dann sollten wir jetzt mit ihr anfangen. Ihre Schreie werden ihn anlocken. Wenn er ihren zerfetzten Körper sieht, wird er wissen, dass er längst verloren hat. Ich werde ihn brechen, bevor ich ihn ausweide.«

Panik schoss durch sie hindurch. Eli war auf dem Weg zu ihr, aber zu spät. Ihre Sicht wurde unscharf und verschwommen. Ihre Glieder waren wie Blei. Sie war zu schwach, um etwas zu tun, um ihm oder sich selbst zu helfen.

Also tat sie das Einzige, was sie tun konnte: Sie wurde schlaff. Ihre Muskeln verwandelten sich in Wasser, ihre Knochen verflüssigten sich. Sie sackte gegen die Seite der Kiste, die Arme hinter dem Rücken, als wären sie gefesselt, das Gesicht schlaff.

»Wach auf!«, rief Angel ihr zu. Sie reagierte nicht.

Angel ging auf sie zu und trat ihr brutal in die Rippen, sodass sie auf die Seite fiel. Der Schmerz war wie ein heißer Schürhaken in ihren Nieren. Er drückte seinen Stiefel auf ihre Kehle und schnitt ihr den Atem ab. Nur ein wenig mehr Druck und er hätte ihr das Genick wie einen Zweig gebrochen.

Sie musste ihre ganze Selbstbeherrschung aufbringen, um ruhig zu bleiben.

Angel nahm den Stiefel von ihrer Kehle und stieß ihr in die Rippen. »Ich sagte, wach auf!«

Sie bewegte sich nicht. Sie war leblos wie Luft, ein Phantom, ein Gespenst.

»Was stimmt nicht mit ihr?«, fragte Sykes.

»Sie hat gesagt, sie sei Diabetikerin. Dass sie ins Koma fallen könnte oder so.«

Sykes fluchte. »Das erklärt, warum Pope den Güterzug überfallen hat. Verflucht noch mal!«

»Ich dachte, sie lügt.«

»Überprüfe ihren Bauch. Sie hat bestimmt eine Pumpe oder so.«

Ein Schatten fiel über ihren Körper. Sie spürte, wie sich eine Gestalt über ihr aufbaute, roch den sauren Geruch von Angels Schweiß, seinen feuchten, ungewaschenen Gestank. Er ging in die Hocke und fuhr mit spinnenartigen Fingern unter ihr Shirt. Sie kämpfte gegen den Drang an, vor seiner Berührung zurückzuschrecken.

»Äh, keine Pumpe, aber sie hat so ein komisches Loch in der Seite. Ich schätze, sie hat die Wahrheit gesagt. Sie atmet, aber sie ist bewusstlos.«

Sykes fluchte noch lauter. »Du wertloser Vollidiot! Ich hätte dir schon auf dem Gefängnistransport eine Kugel in den Bauch jagen sollen! Bring sie in Ordnung!«

»Was soll ich denn machen?«

Einen Moment lang sagte keiner der beiden Männer etwas. Man hörte nur das Geräusch ihrer röchelnden Atemzüge. Lena blieb ganz still, die Augen geschlossen, der Körper schlaff; ihre rechte Hand, mit der sie den Sticking Tommy umklammerte, hing hinter ihr, verborgen in den Schatten der gestapelten Kisten.

»Pope wird den Unterschied nicht bemerken. Er wird denken, dass ich sie getötet habe. So oder so werde ich sein Gesicht in ihre blutigen Eingeweide reiben.« Sykes' Worte waren ruhig und kontrolliert, aber in seiner sanften Stimme schwang Wut mit. Es gab ein Geräusch wie das Scharren eines Messers, das aus der Scheide glitt. »Bringt sie hierher ins Licht. Ich will mein Werk begutachten.«

Angel beugte sich über sie. Sein stechender Atem schlug ihr ins Gesicht. Seine feuchten Hände packten ihre Schultern, zerrten an ihr, zogen sie hoch und schleiften sie in den Tod.

In dem Moment ertönte ein weiteres, wesentlich lauteres Geräusch – ein fernes Grollen wie Donner oder das kehlige Knurren eines Drachens, der tief unter der Erde aus seinem Schlummer erwacht war.

Das war zweifellos Eli, der sie holen wollte.

Angel riss seinen Kopf hoch. »Was zur Hölle ...«

»Pope ist hier!«, rief Sykes, halb wütend, halb in Panik. »Töte sie!« Bevor Angel reagieren konnte, riss Lena die Augen auf. Mit einer Hand packte sie das Shirt des Gangsters und riss ihn zu sich, wodurch er aus dem Gleichgewicht geriet.

Er erstarrte, verwirrt darüber, dass sie zwei freie Hände hatte, obwohl sie doch gefesselt und hilflos sein sollte. Noch überraschter war er über den seltsamen, scharfen Gegenstand in ihrer Hand.

Mit letzter Kraft erhob sich Lena und stieß das Objekt in Angel Fluds tätowierte Kehle, direkt unter seinen heftig wippenden Adamsapfel. Der Stab drang sieben Zentimeter tief ein. Sein Mund klaffte auf und seine Augen weiteten sich. Das Blut spritzte heiß und nass über ihre Brust. Als er auf ihr zusammensackte, flüsterte sie: »Das ist dafür, dass du meinen Hund angeschossen hast.«

72

ELI POPE
TAG EINHUNDERTFÜNF

Eli zeigte auf einen Durchgang rechts von ihnen. Er und Antoine übernahmen die Führung, während sich das Team hinter ihnen in Position brachte.

Sie durchquerten die Höhle und betraten den breiten Gang, der sich nach links schlängelte, bevor er wieder gerade wurde. Mit einem taktischen Nachladen ließ Eli das halb verbrauchte Magazin in eine leere Tasche an seinem Brustgurt fallen, nahm ein neues aus einer anderen Tasche und steckte es ein.

Dreißig Meter weiter im Tunnel tauchten zwei weitere Feinde auf. Als die bewaffneten Männer sie entdeckten, rannten sie los und feuerten wild mit ihren automatischen Waffen.

Jackson, Nash, Hart und Moreno warfen sich auf den Boden. Eli und Antoine kauerten an gegenüberliegenden Seiten der Tunnelwand.

Mit einem Adrenalinstoß feuerte Eli zwei Schüsse auf den ersten Angreifer ab. Er verfehlte ihn und beide Schüsse landeten weit oben.

Die Kugeln schlugen überall um sie herum ein, prallten ab und sprengten das Gestein.

Die schiere Menge der Feuerkraft war ohrenbetäubend.

Eli zielte auf den Oberkörper und gab zwei weitere Schüsse ab. Sie trafen das erste Ziel in die Leiste und zerschmetterten sein Becken. Als er fiel, feuerte Eli einen tödlichen Schuss in seine Schläfe ab.

Der zweite Angreifer feuerte Kugeln ab, die über Elis Kopf hinwegflogen. Bevor Eli das zweite Ziel neu anvisieren konnte, ertönte ein gewaltiger Knall. Antoine hatte den Granatwerfer abgefeuert, der sich unter dem Lauf seiner neu erworbenen M4 befand. Das massive Rohr enthielt eine Schrotpatrone, deren Bleikugeln die Weste, die Leistengegend und die Kehle des zweiten Angreifers durchlöcherten.

Das Ergebnis folgte sofort. Der Mann stürzte mit einem gequälten Schrei zu Boden. Der Tod trat innerhalb von Sekunden ein.

Zur gleichen Zeit tauchte ein dritter Mann aus einem Seitentunnel direkt hinter Antoine und Eli auf.

Er rannte den Gang hinunter und stürzte wie ein Dämon auf sie zu, während die Kugeln flogen. Hart schwang seine Waffe über Elis Schulter und schoss, traf den dritten Mann in sein rechtes Schlüsselbein und feuerte erneut.

Die Kugel durchschlug seinen Oberschenkel. Der Verbrecher taumelte nach hinten, immer noch feuernd und mit einem zuckenden Finger am Abzug.

»Er ist getroffen, aber nicht am Boden!«, brüllte Hart.

Eli wirbelte herum und verpasste dem Schläger einen tödlichen Schuss mitten in die Stirn. »Jetzt ist er es auf jeden Fall.«

Neben ihm löste Jackson sein verbrauchtes Magazin und steckte ein neues ein. »Moreno und ich überprüfen den Tunnel, um sicherzugehen, dass es nicht noch mehr gibt.«

Jackson und Moreno bewegten sich in den Eingangsbereich des Tunnels. Nash lehnte sich an die Wand und ließ die Waffe sinken, während er fluchend auf sein Bein hinunterblickte.

»Gehts dir gut, Mann?«, fragte Antoine.

Im Licht der Infrarotstrahler sah Eli, dass aus einem Loch in Nashs Hosenbein an der Außenseite des rechten Oberschenkels Blut sickerte.

»Alles dufte«, sagte Nash durch zusammengebissene Zähne. »Es geht mir gut. Es ist alles in Ordnung.«

»Von wegen, wir werden dich zuerst untersuchen. Antoine, gib mir Deckung.« Eli hockte sich vor Nash. »Zieh deine Hose runter, Junge. Entweder das oder ich schneide sie ab. Das ist nicht die Zeit für Bescheidenheit.«

Nash verzog gequält das Gesicht, aber er gehorchte. Eli untersuchte die Wunde. Es war nur ein Streifschuss, eine blutige Kerbe, die einen Zentimeter tief in das Fleisch seines Oberschenkels gegraben war. Es tat höllisch weh, war aber nicht tödlich. Eli griff nach seinem Erste-Hilfe-Kasten und versorgte die Wunde schnell mit einem Druckverband. »Bist du sicher, dass du weitergehen kannst? Wir können dich sonst später abholen.«

Nash presste seine Kiefer zusammen. »Ihr lasst mich auf keinen Fall zurück. Es geht mir gut.«

Moreno und Jackson kamen zurück. »Keiner im Tunnel. Wir sind startklar.«

Eli richtete sich auf. »Wir sind fast da. Haltet die Augen offen.« Das Team erhob sich, nahm seine lockere Formation wieder ein und ging weiter.

Ein Gefühl der Dringlichkeit stieg in ihnen auf. Sie traten über die Leichen hinweg und bewegten sich schnell.

Blut tropfte an Elis linkem Arm herunter. Seine Fäden waren aufgerissen, aber das Adrenalin überdeckte den Schmerz. Er ignorierte es und bewegte sich weiter, immer weiter.

Eine Minute später änderte sich die Akustik. Vor ihm tat sich ein großer Raum auf. Er spitzte die Ohren und lauschte den Stimmen, die aus der Ferne widerhallten. Er atmete den feuchten mineralischen Geruch der Mine ein, der sich mit dem Geruch von Kerosin vermischte.

Das war der Moment der Wahrheit. Alles stand auf dem Spiel, für Lena und für die Männer unter seinem Kommando. Eli war fest entschlossen, sein Team durch den tödlichen Trichter des Kammereingangs zu bringen. Wenn sie das nicht schafften, würden Menschen sterben.

In der Hocke spähten Eli und Antoine um die Ecke. Ein schwaches Laternenlicht schimmerte aus dem Eingang, hell genug, dass sie ihre Nachtsichtgeräte nicht brauchten. Sie schoben die Schutzbrillen auf ihre Helme.

»Ich kann Lena nicht sehen«, flüsterte Eli. »Keine Blendgranaten oder andere Granaten. Wenn ich *jetzt* sage, will ich, dass Jackson und

Antoine reingehen und nach links und rechts ausschwärmen. Sobald ihr an den hinteren Ecken angekommen seid, eröffnet das Feuer. Nash und Moreno, ihr geht nach mir rein, einer auf jeder Seite, und bewegt euch zu den Kisten in der Mitte, die wir als Deckung benutzen werden. Hart, du bleibst zurück und gibst uns Rückendeckung.«

»Los gehts!«, sagte Antoine.

Hart zeigte einen Daumen nach oben.

Als Eli das Zeichen über die Kommunikationsgeräte gab, sprintete Jackson mit erhobener Waffe in die zweite Höhle und schwenkte in einem Neunzig-Grad-Winkel zum Tunneleingang nach links. Antoine stürmte schnell hinein und richtete seine Waffe in einem Winkel von neunzig Grad nach rechts.

Eli, Nash und Moreno verteilten sich fächerförmig hinter ihnen und bewegten sich vorwärts, um den Umfang der riesigen Kammer zu decken. Hart blieb am Tunneleingang stehen, ging in die Hocke und spähte nach hinten, um nach Bedrohungen Ausschau zu halten.

Die Höhle war gewaltig und hoch wie eine Kathedrale. Stapel von großen Kisten und Kartons säumten den Raum. Das Licht der Laternen flackerte über die grob behauenen Wände. In der Mitte der Höhle drehten sich vier bewaffnete Verbrecher mit erhobenen automatischen Waffen zu ihnen um. Die Schüsse hagelten in wilden Bahnen. Die Kugeln schlugen in den Wänden und der Decke der Höhle ein, ließen das Gestein zersplittern und prasselten auf Holzkisten.

Eli warf sich auf den Boden. Ein Dutzend Kugeln schossen über seinen Kopf hinweg. Er rollte sich hart herum, ging in die Hocke und drückte den Abzug in schneller Folge, um dem nächsten Mann in die Brust zu schießen. Die ersten beiden Kugeln trafen die Panzerung, die nächsten beiden schlugen in seine Kehle und seinen Schädel ein.

Der Mann wurde nach hinten gegen eine Kiste geschleudert und rutschte zu Boden.

Eli schwenkte nach links und feuerte auf einen Gangster, der seine Waffe in Anschlag brachte. Mehrere Kugeln trafen auf die Körperpanzerung, aber die letzte traf ins Schwarze. Das Projektil bohrte sich in seinen Mund und riss ihm das halbe Gesicht weg, bevor er mit einem erstickten Schrei zu Boden ging.

Eli suchte bereits mit seiner Waffe nach dem nächsten Ziel. »Achtung!«, schrie Moreno. »Von links!«

Auf neun Uhr kauerten Nash und Moreno an der Seite eines Kistenstapels. Sie eröffneten das Feuer, als ein halbes Dutzend von Sykes' Männern aus einem Nebentunnel in die Höhle strömte.

Sie feuerten mit voller Kraft, aber unpräzise. Bei jedem ruckartigen Schritt hüpften die Mündungen, und sie zielten wild umher. Die Kugeln schlugen überall um sie herum ein und prallten an den Steinen ab.

Die Feinde waren in ihrem eigenen tödlichen Trichter gefangen. Sie fielen einer nach dem anderen, während Nash und Moreno das Feuer erwiderten und die 5,56er-Geschosse in die Körperteile drangen, die nicht durch die Keramikplatten in ihren Brustpanzern geschützt waren.

Eli sah eine Chance. »Nash und Moreno, wenn ich mich in Bewegung setze, lauft ihr zu den Kisten vor euch. Antoine und Jackson schießen, wenn wir vordringen.«

»Wir kümmern uns drum, Bruder.« Antoine und Jackson schlichen sich an den Rand des Lagers und hielten Nash und Moreno im Blickfeld, während sie sich vorwärtsbewegten. Als Moreno und Nash ihre Deckungsposition erreicht hatten, eröffneten sie das Feuer auf die Männer, die im gegenüberliegenden Tunnel kauerten, während Antoine, Jackson und Eli vorrückten.

Ganz rechts, auf drei Uhr von Eli, kauerte eine Gestalt zwischen zwei Kisten auf dem Boden und suchte Schutz vor dem Feuergefecht – Lena. Neben ihr lag eine Leiche, aus deren Kehle Blut sprudelte. Einer der Schläger rannte auf sie zu, wahrscheinlich um ihr eine Waffe an den Kopf zu halten und sie als Geisel zu benutzen. Bevor Eli nachjustieren und zielen konnte, brachte Antoine den Handlanger zu Fall, indem er ihm Kugeln vom Schritt bis zur Kehle in den Oberkörper jagte. Er sackte drei Meter von Lena entfernt in sich zusammen.

Eli hatte keine Zeit, Erleichterung zu empfinden. Das *Ratatata* einer AK-47 zerfetzte die Luft.

Kugeln prasselten in die Wände und prallten an den Felsen ab.

Er drehte sich nach rechts und riss die Waffe herum.

Auf der anderen Seite der Höhle ließ Sykes sein Kalaschnikow-

Gewehr fallen, das 30-Schuss-Magazin war leer. Er trug weder eine Schutzweste noch einen Kampfgürtel mit zusätzlichen Magazinen.

Sykes floh durch einen zweiten Tunnel nach rechts. Jackson und Moreno drehten sich um und schossen auf ihn. Beide Schüsse verfehlten ihn. Sykes schlüpfte zwischen zwei Kisten hindurch und flüchtete in den Schacht, während er mit seiner Pistole hinter sich feuerte.

Das Donnern der Schüsse verebbte, die feindlichen Kämpfer waren entweder tot oder auf der Flucht. Elis Ohren klingelten und seine Nasenlöcher füllten sich mit dem Gestank des Schießpulvers.

Während der Rest von Team Alpha die Tunnel absicherte, ging Eli zu Lena.

Angel Flud wand sich neben ihr auf dem Boden. Blut floss aus seiner durchstochenen Kehle, sein Mund schnappte wie der eines sterbenden Fisches nach Luft und seine Gliedmaßen verkrampften sich.

Ohne einen Funken Reue schoss Eli dem Gangmitglied zwischen die Augen.

Lena war blutüberströmt. Es klebte auf ihrem Shirt, ihrem Gesicht und ihren Händen. Ihre Haut war kreidebleich und ihre Augen waren geschlossen. Ein in Blut getränktes Werkzeug lag vor ihren Füßen.

Panik schlug ihm in die Brust. Einen qualvollen Moment lang wusste er nicht, ob sie noch lebte oder schon tot war. Er kniete sich neben sie, das Gewehr in einer Hand, und berührte ihre Wange. »Lena!«

Ihre Augenlider flatterten, dann öffneten sie sich. Ihre Augen waren die schönsten, die er je gesehen hatte. Er untersuchte sie schnell – eine gebrochene Nase, blaue Flecken, ein paar Schrammen. Das meiste Blut stammte nicht von ihr.

»Ich wusste, dass du kommen würdest«, sagte sie.

Er erhob sich schon wieder. »Wir müssen dich hier rausbringen.«

»Insulin«, keuchte Lena.

Er schaute sich zwischen den Hunderten von Kisten um. »Wo ist es?« Schwach deutete sie auf eine Box auf der anderen Seite der Höhle. Jackson ging dorthin und riss sie auf. Sie hatten eine Spritze und ihr Blutzuckermessgerät mitgebracht. Innerhalb weniger Augenblicke hatten sie gefunden, was sie brauchten.

Er hatte nicht gewusst, ob Lena bei Bewusstsein sein würde, wenn sie sie fanden, aber bevor sie entführt worden war, hatte Lena sowohl Eli als auch Shiloh genaue Anweisungen gegeben, was zu tun war, wenn sie in ein diabetisches Koma fallen sollte. Eli verabreichte ihr sofort das Insulin.

Lena war kaum noch bei Verstand. Sie versuchte aufzustehen und schwankte unsicher. »Ich schaffe das schon.«

Aber sie schaffte es nicht. Sie taumelte, und Jackson fing sie auf.

Sie war eindeutig körperlich geschwächt, aber ihr Wille war noch da. Sie hatten sie nicht gebrochen, und Eli war überzeugt, dass seine Brust gleich vor Liebe und Angst explodieren würde. Er würde nicht eher aufatmen, bis sie hier sicher und gesund raus war. Er würde nicht ruhen, bis Sykes tot war.

Hart lud seine Waffe nach und schob ein neues Magazin ein. »Lass uns von hier verschwinden!«

Jackson legte seinen Arm um Lena und half ihr auf die Beine. Sie legten sie auf die mobile Trage, die sie in Harts Marschgepäck verstaut hatten. Hart und Nash trugen die Bahre mit Antoine und Jackson an der Spitze, während Moreno das Schlusslicht bildete. Sie machten sich auf den Weg zum Haupttunnel.

Eli folgte ihnen nicht.

Jackson zögerte. Er schaute Eli an, ein dunkler Blick in seinem Gesicht – er wusste, was Eli tun wollte, was er tun musste.

Jackson nickte, nicht um stillschweigend zuzustimmen, sondern um es zu akzeptieren. »Ich werde sie rausbringen.«

Eli hatte keine andere Wahl, als Jackson ihr Leben anzuvertrauen. »Ich weiß.«

»Wir haben sie, los gehts!«, rief Antoine und fluchte lautstark auf Französisch.

Team Alpha verschwand im Tunnel. Lena war zu benommen, um zu merken, dass Eli nicht bei ihnen war, und das war auch gut so. Die Schritte hallten leise wider und verstummten dann.

Eli drehte sich um und ging auf den Durchgang zu, den Sykes weniger als eine Minute zuvor genutzt hatte, um zu fliehen. Er musste im Feuergefecht erwischt worden sein; eine schwache Blutspur schimmerte ölschwarz im Licht seiner Infrarotlampe.

Der Schlund des Tunnels vor ihm war dunkel wie ein Sarg. Er wischte sich das Blut, das an seinem Arm hinunterlief, an seiner Brustausrüstung ab und betrat ihn. Der unterirdische Luftzug flüsterte, als würde eine uralte Stimme aus dem Rachen der Mine zu ihm sprechen.

Das endete jetzt, in dieser Stunde.

Entweder Sykes starb oder er selbst. Eine Sache war klar – nur einer von ihnen würde hier lebend herauskommen.

73

ELI POPE
TAG EINHUNDERT FÜNF

Er jagte.

Wenn es etwas gab, worin Eli Pope gut war, dann war es die Jagd auf Menschen.

Wieder betrat er die verwinkelten Tunnel, die bedrückende Dunkelheit. Die Luft war feucht auf seiner Haut, die Kälte wie der Kuss eines Geistes in seinem Nacken.

Es fühlte sich an wie ein Labyrinth, in das er bereitwillig einen Fuß setzte, um in das Herz der Dunkelheit zu gelangen. Im Herzen des Labyrinths befand sich ein Monster. Es gab immer ein Monster.

Er würde nie alles Böse ausrotten können. Das Böse war allgegenwärtig, ein Teil eines jeden menschlichen Herzens. Es verbreitete sich wie ein Schimmelpilz, eine Krankheit. Es gab kein Ziel, kein Ende.

Aber dieses Böse, dieses Monster – Eli würde ihm jetzt ein Ende bereiten, auf die eine oder andere Weise.

Er bewegte sich vorsichtig durch den Tunnel, lauschte angestrengt, tastete mit der linken Hand die Wand ab, seine Glock 19 fest in der rechten, und orientierte sich hauptsächlich durch Geräusche und Berührungen. Nur gelegentlich schaltete er die Lampe ein, um zu sehen, was seine Hände und vorsichtigen Schritte ihm nicht offenbarten.

Er suchte nach den vereinzelten glitzernden Blutstropfen, Sykes dicht auf den Fersen. Sein Infrarotstrahl überflog einen Tunneleingang nach dem anderen. Undurchdringliche Schatten lauerten außerhalb der Reichweite des Lichts und warteten darauf, über ihn herzufallen.

Der feuchte Geruch von Wasser und Mineralien erfüllte seine Nasenlöcher. Er spitzte die Ohren und lauschte angestrengt, aber ohne Erfolg. Sein Gehör war beeinträchtigt. Er würde die Schritte nicht hören können, falls Sykes sich an ihn heranschleichen würde.

Seine Kehle schnürte sich vor Angst zu. Es wäre eine schreckliche Art zu sterben, hier unten, verloren, blind und voller Angst. Wie schnell konnte es passieren, dass er an einer Abzweigung falsch abbog, den falschen Tunnel wählte, sich den Knöchel verstauchte, stolperte und in einen Abgrund stürzte? Der Gedanke daran bereitete ihm eine Gänsehaut.

Er kam an einem Hohlraum in der Wand vorbei, der nicht größer war als ein begehbarer Kleiderschrank – etwa einen Meter zwanzig breit und drei Meter tief – der Anfang eines Tunnels, der von der Hauptschlagader abzweigte. Er führte nirgendwohin; die Kupferader, der die Bergleute gefolgt waren, war versiegt.

Ähnliche Grotten waren überall in diesem Schacht verteilt. Sie boten Sykes perfekte Hinterhalte, in denen er ihm auflauern konnte. Vor ihm erblickte er einen weiteren Blutfleck, frisch und glitzernd.

Eli hatte keine andere Wahl, als weiterzugehen. Die Decke des Tunnels sank immer tiefer. Die Wände schlossen sich und wurden immer enger. Felsen kratzten an seiner Wirbelsäule wie Klauenfinger.

Kalte Panik erfasste ihn. Er kämpfte sie zurück und ging weiter.

Fünf Minuten später betrat er einen größeren Raum, dessen Decke sich zwölf bis fünfzehn Meter über ihm wölbte. Auf der linken Seite befand sich ein schmaler, steil abfallender, zwei Meter breiter Weg. Auf der rechten Seite befand sich eine Klippe, deren Abgrund so schwarz und unendlich war wie der Abyssus.

In seiner Fantasie stellte er sich Dämonen und Schattengeister vor, die aus der Tiefe kamen und die steilen Wände hinaufkrochen, um diejenigen zu verschlingen, die es wagten, den Pfad zu betreten – der Windigo auf der Jagd nach Menschenfleisch, das er verschlingen konnte.

Der schmale Pfad schlängelte sich am Rand der Klippe entlang und führte zu einem weiteren Durchgang, der etwa hundert Meter entfernt war.

Wenn Sykes hinter der Kurve versteckt war, würde er Elis Licht schon von Weitem sehen können. Mit ernsthaften Bedenken schaltete er seinen Infrarotscheinwerfer aus. Er tauchte in die Dunkelheit ein.

Er würde seinen Weg von hier aus ertasten müssen. Er hielt inne, um über das dumpfe Klingeln in seinen Ohren hinwegzulauschen. Hatte er etwas gehört? Vielleicht einen leisen Schritt. Einen ausgestoßenen Atemzug. Er hielt den Atem an. Seine Muskeln verkrampften. Er wartete eine ganze Minute lang still, hörte aber keine weiteren Geräusche.

Instinktiv fuhr er mit der Hand über seine Brust und wünschte sich, er könnte das Medaillon von Sankt Michael darunter berühren – als Glücksbringer, als Segen für alle Heiligen oder übernatürlichen Wesen, die von oben herab über ihn wachen könnten. Er dachte an die Opfer, die edle Männer gebracht hatten.

Vorsichtig, mit blanken Nerven, setzte er sich wieder in Bewegung. Er blieb dicht an der Wand, seine Handfläche schabte über den rauen Felsen und spürte dann einen leeren Raum, der in den Gang gegraben war: eine weitere Grotte.

Kieselsteine knirschten unter seinen Füßen. Blut rauschte durch seine Adern.

Absolute Schwärze drückte auf ihn ein. Das Grauen pirschte sich in der Dunkelheit an ihn heran.

Hinter ihm klapperte ein Kieselstein. Ein Hauch von Körpergeruch. Eli wollte sich umdrehen ...

Der Stein traf Eli an der Wirbelsäule, direkt unter den Schulterblättern.

Schmerzen schossen durch seinen ganzen Körper. Eli wurde von den Füßen gerissen, stürzte nach vorn und schlug mit dem Gesicht gegen die Wand, dann fiel er auf den Rücken, wobei der Atem aus seiner Lunge entwich.

Seine Pistole wurde ihm aus der Hand geschlagen. Sie rutschte von der Kante und stürzte über den Abgrund. Er hörte nicht, wie sie auf dem Boden aufschlug, so tief war sie gefallen.

Sykes hatte ihn angegriffen. Versteckt in einer der Grotten, musste er sich von hinten angeschlichen und ihn mit einem Stein niedergeschlagen haben.

Eli spürte schreckliche Angst in sich aufsteigen. Ein Schmerz wie ein heißer Schürhaken brannte zwischen seinen Schulterblättern. Keuchend drehte er sich auf den Bauch, der Boden glitschig und uneben, kippte nach unten in Richtung des Abgrunds, den er nicht sehen konnte, und wusste genau, dass Sykes irgendwo unsichtbar und außer Reichweite war und wieder angreifen würde.

Mühsam kletterte Eli auf seine Knie. Bevor er auf die Füße kommen konnte, sprang eine schwere Gestalt auf seinen Rücken. Heißer Atem in seinem Ohr, Hände wie Klauen auf seinen Schultern und an seiner Kehle.

Eli tastete verzweifelt in der Dunkelheit umher. Er fand Sykes' Arm, verschränkte ihn mit seinem eigenen und schleuderte ihn zu Boden.

Etwas Hartes knallte gegen seine Stirn. Sykes hatte ihm eine Kopfnuss verpasst. Eli war gezwungen, seinen Griff zu lösen, stolperte zurück und hatte Mühe, das Gleichgewicht zu halten. Weiße Sterne blitzten in seinem Blickfeld. Seine Brust hämmerte und seine Lunge japste nach Luft. Er spürte, wie Sykes sich zurückbewegte, er hörte das dumpfe Geräusch seiner Schritte und das Gleiten einer Klinge aus der Scheide, als Sykes sein Karambit-Messer zog.

Zur gleichen Zeit holte Eli sein Kampfmesser heraus. Die Männer standen sich mit gezückten Messern gegenüber. Beide waren blind und in allumfassende Schwärze gehüllt. Sie balancierten auf einem schmalen Vorsprung, die Wand zu Elis Rechten, die Klippe zu seiner Linken. Ein Kampf auf Leben und Tod in völliger Dunkelheit, Hunderte von Metern unter der Erdoberfläche.

So sollte es wohl sein.

Eli holte einmal tief Luft. Er stürzte sich auf Sykes und versetzte ihm einen harten Tritt. Sein Stiefel landete in Sykes' Magen.

Sykes stöhnte vor Schmerz auf.

Weißglühende Qualen durchzuckten sein Schienbein. Blut floss sein Bein hinunter, als Elis Stiefel auf dem Boden aufsetzte. Sykes hatte ihn mit der Klinge erwischt. Er tänzelte zurück und versuchte, dicht an der Wand zu bleiben.

Ein Gefühl von Bewegung, eine Verschiebung in den Luftmolekülen.

Eli hob den linken Unterarm an, um sein Gesicht und seine Kehle zu schützen, und stach mit dem Messer nach vorn. Er traf auf leere Luft.

Er drehte sich und versuchte, Sykes anhand von Geräuschen zu orten. Ein Stöhnen, ein Schritt. Links von ihm? Einen halben Meter entfernt? Einen Meter nach rechts?

Er spürte nicht einmal, dass Sykes sich bewegte. Ein plötzlicher, stechender Schmerz durchbohrte seine rechte Schulter außerhalb seiner Brustplatte.

Sykes hatte nach unten gestochen und nur knapp verfehlt, die Klinge für einen Todesstoß unter Elis Weste zu schieben. Die Wunde schlitzte sein Fleisch von der Schulter bis zur Achselhöhle auf.

Eli hielt seine Klinge vor sich, aber seine Muskeln reagierten nur langsam. Seine Schulter bewegte sich nicht richtig. Irgendetwas stimmte nicht. Sein ganzer Arm war eine glühende Flamme des Schmerzes.

Eli trat erneut zu und traf. Sykes fluchte und stolperte nach hinten, aber der Schmerz des Hiebes schoss an Elis Bein hoch bis zu der Stelle, an der das Karambit ihn durchbohrt hatte.

Sein Bein verlor viel Blut, das seinen Stiefel füllte. Sein Puls pochte in der aufgeschnittenen Schulter und mit jedem Herzschlag quoll das Blut hervor und durchnässte sein T-Shirt.

Ein Windhauch berührte seine Wange, als Sykes einen weiteren Angriff landete. Die Klinge schnitt die Vorderseite seiner Brustplatte auf. Eli überprüfte den Arm, der die Klinge hielt, während seine Messerhand über und unter Sykes Arm glitt, um ihn zu entwaffnen, um seine Hand oder sein Handgelenk zu durchtrennen.

Aber Elis rechter Arm war verletzt, zu langsam und blutend. In der Dunkelheit konnte er seine Vorgehensweise nicht erkennen. Er verfehlte.

Sykes nicht. Die Karambit-Klinge schnitt quer durch Elis linke Hand und durchtrennte Fleisch, Sehnen und Knochen.

Mit einem erstickten Schrei zuckte Eli zurück. Sein blutverschmierter Fuß stieß gegen einen Stein. Er stolperte und stürzte fast.

Das Gefühl einer gähnenden Leere zu seiner Linken war die einzige Warnung, dass er nur noch wenige Zentimeter vom Abgrund entfernt war.

Als er das Gleichgewicht wiedererlangte, ballte er die Fäuste. Das Blut rann in Rinnsalen seine Finger hinunter. Der Schmerz pulsierte mit jedem Herzschlag.

Sykes löste sich und wich schwer atmend zurück.

»Tod durch tausend Schnitte, Pope.« Seine mädchenhafte Singstimme hallte gespenstisch wider und schien aus allen Richtungen gleichzeitig zu kommen. »Wie ich es dir versprochen habe.«

In der völligen Dunkelheit konnte er Sykes' Atem hören, seinen sauren Schweiß und das würzige Adrenalin riechen, sein eigenes kupfriges Blut vermischt mit der feuchten Luft der Mine. Eli saugte Sauerstoff ein, seine Lunge brannte und der Schmerz pochte durch seinen Körper und schwächte ihn Schlag für Schlag.

»Ich werde dich aufschlitzen und dir beim Bluten zusehen.« Sykes' Worte hallten von den Wänden der Höhle wider und wurden in der gähnenden Grube reflektiert. »Deine Freundin ist die Nächste. Sie kann zusehen, wie ich deine Tochter foltere und töte, bevor ich das Gleiche mit ihr mache. Ach ja, wir haben das mit Shiloh herausgefunden. Hast du gedacht, du könntest sie vor mir verstecken, Eli? Hast du geglaubt, du hättest eine Chance?«

Übelkeit kroch in Elis Bauch empor. Er schwankte, angeekelt und wütend.

»Du hältst dich für einen großen Macker, aber jeder wird wissen, dass du versagt hast. Ich werde deinen Kopf auf einen Pfahl spießen und ihn vor deinen Freunden zur Schau stellen, bevor ich sie auch noch töte. Gib es zu. Du kannst mich nicht besiegen. Du wirst nie gewinnen. Du kannst nicht gewinnen.«

Eli wusste, was passieren würde, was passieren musste. Er durfte nicht zulassen, dass dieser verrückte Psychopath seiner Tochter oder der Frau, die er liebte, etwas antat.

Der Schmerz ließ nach, die Angst verschwand und wurde durch eine kalte Entschlossenheit ersetzt. So würde es also enden.

Für Sykes, aber auch für Eli.

Er bewegte sich nach links, weg von der Wand. Vor seinem geistigen Auge konnte er Sykes' Position anhand seiner Stimme ausmachen: direkt vor ihm, ungefähr eineinhalb Meter zwischen ihnen.

Sykes lachte. »Du wurdest besiegt. Du bist allein im Dunkeln und so wirst du auch sterben. Ich gewinne, Pope, nicht du ...«

»Ich muss nicht gewinnen.«

Er spürte, wie Sykes für einen Moment ruhig wurde, verwirrt von seinen Worten. »Du musst nur verlieren«, sagte Eli.

Mit letzter Kraft warf er sich in die Dunkelheit. Er stürzte sich nicht auf Sykes, sondern an ihm vorbei, bis zum Rand der Schlucht. Sein linker Fuß glitt über den Abgrund. Seine rechte Hand streifte die Außenseite von Sykes' Arm.

Jetzt war er hinter Sykes, drehte sich und packte ihn mit der linken Hand an den Haaren. Mit seinem verletzten rechten Arm gelang es ihm, seine Klinge tief in Sykes' Seite zu stoßen und seine Niere zu durchbohren.

Fassungslos stieß Sykes einen unterdrückten Schrei aus. Er schlug wild mit seinem Messer um sich. Aber Eli war hinter ihm und außerhalb seiner Reichweite.

Eli zog Sykes dicht an sich heran, spürte seine Körperwärme und roch seinen sauren Schweiß. Er flüsterte ihm ins Ohr: »Game over.«

Er schloss Sykes in seine Arme und warf sich mit ihm seitlich in Richtung der Klippe. Sykes' Füße suchten nach Halt, fanden aber keinen. Er brüllte vor Wut und schlug mit seiner Messerhand nach hinten und unten, in der Hoffnung, Elis Hals zu treffen.

Das Messer schlitzte sein Ohr auf, aber er spürte den Schmerz nicht. Eli stieß das Messer tiefer in Sykes' Seite. Dann schob er sie beide über die Kante.

Sykes taumelte und krallte sich an Elis blutigen Armen fest. Das Blut machte seine Haut glitschig. Sykes' Hände rutschten weg.

Er schrie wie ein verwundeter Dämon, der in die Hölle zurückkehrte. Er stürzte in den Abgrund.

Eli fiel mit ihm.

Während des Falls gelang es Eli, sich in der Luft zu drehen. Seine obere Körperhälfte prallte gegen den Fels. Seine Beine baumelten über dem Abgrund, seine Brust lag auf dem Felsvorsprung und seine Hände griffen nach irgendetwas, das ihn halten konnte.

Schwach registrierte er den Aufprall eines Körpers auf den harten Felsen weit unter ihm.

Sein eigener Körper rutschte nach hinten. Ein Felsbrocken löste sich und schlitterte die steile Wand hinunter, dreißig Meter, vielleicht noch tiefer. Schmerz bebte durch jeden Nerv in seinem Körper. Sein rechter Arm funktionierte nicht mehr richtig. Die Qualen drohten ihn zu lähmen und seine Muskeln verkrampften sich, während er auf den Abgrund zurutschte.

Panik verbiss sich in ihm. Eli klammerte sich an die blutverschmierten Felsen und versuchte verzweifelt, sich über den Vorsprung zu ziehen. Seine Finger waren starr wie Klauen. Seine Fingernägel splitterten, als seine Hände einen flachen Steinvorsprung fanden und sich dort festkrallten, während seine Muskeln verkrampften. Sein ganzer Körper zitterte vor Anstrengung und nervenaufreibenden Qualen.

Er stieß ein Stöhnen aus. Das Geräusch hallte wider und verhöhnte ihn gnadenlos. Er war im Begriff zu fallen, über die Kante in den Tod zu stürzen, ohne dass jemand außer dem kalten, gleichgültigen Felsen Zeuge seines Untergangs werden würde.

Zentimeter für zitternden Zentimeter schleppte er seine obere Hälfte auf den Vorsprung. Seine Stiefel rutschten an der steilen Wand hinunter. Er sackte einige Zentimeter ab, bevor er sich fangen konnte.

Stechende, brennende Schmerzen zerrissen seinen Arm, sein Bein und seine Rippen. Stöhnend und unter Einsatz all seiner Kräfte schaffte er es, ein Bein hochzuziehen. Dann schleuderte er endlich sein linkes Bein über die Kante, dann das rechte.

Erleichtert keuchend rollte er sich vom Rand weg. Er lag auf dem Rücken, der Schmerz drückte wie ein Felsbrocken auf seine Brust, Blut sickerte aus einem halben Dutzend Schnitten und sein Atem rasselte aus geprellten Lungenflügeln.

Benommen und mit tauben Fingern berührte er seinen Kopf. Seine Hand kam klebrig zurück. Seine Nachtsichtbrille war verschwunden. Sie musste ihm bei dem Kampf abgeschlagen worden sein. Er starrte hinauf ins schwarze Nichts, zu den weißen Sternen, die hinter seinen Augenlidern flimmerten.

Das Monster war tot.

Eli hatte gedacht, er würde sterben. Er war dazu bestimmt gewesen, mit Sykes über die Klippe zu tanzen. Durch ein verdammtes Wunder, das er nicht begreifen konnte, war er nicht gestorben.

Er war noch lange nicht in Sicherheit. Er war verletzt, blutete stark und war hoffnungslos verloren. Unten in der Dunkelheit, Hunderte von Metern unter der Sonne, ohne Licht, das ihm den Weg nach Hause weisen konnte.

74

ELI POPE
TAG EINHUNDERTFÜNF

Eli versuchte aufzustehen und tastete sich an der rauen Wand entlang, aber seine Beine konnten sein Gewicht nicht mehr halten. Seine Knie knickten ein. Er sank gegen die Tunnelmauer – der Fels war feucht an seinem Kopf und seiner Wirbelsäule. Er stieß einen unkontrollierten Atemzug aus.

Schwindelgefühl überkam ihn. Er hatte eine Menge Blut verloren. Er blutete stark aus mehreren Einstichen und Schürfwunden, aus einem Dutzend winziger Verletzungen – aus tausend Schnitten.

Das war okay. Das war okay, weil er das getan hatte, was er sich vorgenommen hatte. Das Monster war tot. Eli hatte es getötet. Das Mädchen und die Frau, die er liebte, würden jetzt sicher sein, sicher im Weltuntergang.

Es gab keinen Weg aus dem Labyrinth. Wenn er Ariadnes Faden gehabt hätte, wäre er vielleicht wie Theseus dem sicheren Tod entkommen, aber leider hatte er keinen Faden, der ihn aus diesem dunklen Labyrinth ans kostbare Tageslicht führte. Er war kein griechischer Held, und das hier war kein Mythos.

Mit langsamen und trägen Bewegungen zwang er sich, nach seinem Erste-Hilfe-Set zu greifen, das er in einer Tasche an seinem Brustgurt verstaut hatte, und nach Verbandszeug zu suchen, um die Blutung zu stillen.

Eine seiner Hände umklammerte seinen Bauch, sein Blut pulsierend wie ein kleiner Fluss, der in Rinnsalen über seine Finger lief und im Takt seines Herzens immer langsamer und langsamer wurde. Er lag im Sterben.

Die Zeit verstrich. Minuten, dann Stunden. Die Stille war drückend und schwer, sein Herz hatte sich gegen ihn gewandt und pumpte das Leben aus seinem kraftlosen Körper. Er war zur Dunkelheit geworden, er war die Dunkelheit, die Dunkelheit war in ihm und wollte ihn verschlingen.

Welch eine Ironie. Am Ende der Welt wie er sie kannte, hatte er seinen Neuanfang gefunden, nur damit man ihn ihm brutal raubte. Gewalt war eine grausame Geliebte, ein zweischneidiges Schwert.

Das Geräusch kam schleichend, wie aus weiter Ferne, unerkannt und fremd hier unten. Schritte näherten sich – langsam und zögernd, aber zielstrebig.

Er wusste, dass er Halluzinationen haben musste. Hier unten gab es nichts außer Dämonen und Teufeln, ihn selbst eingeschlossen.

Eine rote taktische Taschenlampe schimmerte über den Felsenboden und wurde von glatten Wasserpfützen reflektiert. Nein, kein Wasser, sondern Blut, dachte er benommen – sein Blut.

Und dann stand Jackson vor ihm. Er ging in die Hocke und hielt den Lichtstrahl der Taschenlampe schräg nach unten, um Elis Augen nicht zu schaden.

Trotzdem blinzelte Eli, als wäre er seit Jahren in der Dunkelheit gefangen, als hätte seine Seele das Versprechen des Lichts vergessen.

Jackson blickte sich mit der Pistole in der Hand vorsichtig um. »Wo ist Sykes?«

»Auf dem Grund der Hölle.«

»Gut.«

»Lena«, krächzte Eli.

»Die wird schon wieder.«

»Die ... die anderen ...«, murmelte er und dachte an die tapferen Teammitglieder, die mit ihm das Labyrinth betreten hatten.

»Mach dir keine Sorgen um sie. Die Schlacht ist vorbei. Wir müssen uns jetzt um dich kümmern.«

Eli nickte träge. »Du bist meinetwegen zurückgekommen.«

»Das bin ich.«

»Warum?«

»Bevor wir losgefahren sind, hat mir ein dreizehnjähriger Satansbraten gesagt, sie würde mir die Zunge herausschneiden und mich
damit füttern, wenn ich dich nicht nach Hause bringe.«

»Das klingt doch absolut nachvollziehbar.«

»Sie ist eben die Tochter ihres Vaters.«

Eli versuchte in der Dunkelheit zu lächeln. Es tat weh. Sein Mund
funktionierte nicht mehr richtig.

»Ich bin gekommen, um dich nach Hause zu bringen«, sagte Jackson. »Nachdem sie Lena rausgebracht hatten, wollten alle zurückkommen, um dich zu holen. Antoine, Devon und Nyx sind ein Stückchen
weiter hinten und geben uns Rückendeckung. Sie haben die tragbare
Bahre dabei. Sieht aus, als würdest du sie brauchen.«

Eli versuchte zu sagen, dass es ihm gut ging, aber die Worte wollten
ihm nicht über die Lippen kommen. Es ging ihm alles andere als gut,
und Jackson wusste das.

Jackson schnallte seinen Rucksack ab, ging in die Hocke und
kramte darin herum, während er sprach. »Du blutest ziemlich stark,
also verbinde ich dich so gut es geht mit dieser Notfallbandage und
QuikClot, damit die Blutung aufhört. Dann bringen wir dich hier
raus, okay?«

Während Jackson sich um ihn kümmerte, verschwand Elis Geist
für eine Weile. Alles verschwamm und war weit weg. Und kalt, so
unvorstellbar kalt. Als er wieder zu sich kam, zitterte er unkontrol-
lierbar.

»Ich glaube, ich sterbe«, murmelte er.

»Dafür bist du viel zu nervtötend. Komm schon, steh auf. Die
Leute warten auf uns.«

Eli brachte ein einziges Wort heraus. »Wer?«

»Alle, die wichtig sind«, sagte Jackson schlicht.

Dann legte sich Jacksons Arm um seine Rippen, wobei sich Elis
Arm um Jacksons Hals schlang. Seine Beine waren schwer und schlep-
pend, Jackson trug ihn förmlich, während sie in die fast komplette
Dunkelheit stapften, die Schatten drückend und die Geister um sie

herum atmend. Jeder Schritt war eine zermürbende Tortur aus Schmerz, Anstrengung und Erschöpfung.

Nicht heute, dachte er schwach. Die Dunkelheit würde ihn holen kommen, aber nicht heute.

»Wie hast du mich gefunden?«, fragte Eli.

Jacksons Stimme war schief und grimmig. »Ich bin den Kekskrümeln gefolgt.«

»Krümel?«

»Blut, du Dummkopf. Ich bin deinem Blut gefolgt.«

75

ELI POPE
TAG EINHUNDERTZEHN

»Du bist wach.«

Elis Lider flatterten. Er stöhnte und versuchte, sich aufzusetzen, aber eine Explosion von Schmerzen in seinem ganzen Körper ließ ihn sofort wieder zusammensacken. Er lag auf dem Rücken in einem Bett, eine Matratze unter ihm, und ein Federkissen stützte seinen Kopf.

Er trug kein Shirt, und seine Erkennungsmarke und das Medaillon des Sankt Michael lagen auf dicken weißen Bandagen, die seine Rippen und seine rechte Schulter umhüllten. Seine linke Hand war bandagiert, ebenso wie sein linkes Bein vom Knöchel bis zum Knie – gestützt durch weitere Kissen am Fußende des Bettes.

Ein Infusionsbeutel hing an einem Haken am Bettrahmen und Kochsalzlösung tropfte unaufhörlich durch einen Plastikschlauch in die Nadel, die an der Innenseite seines Unterarms angebracht war. Die tiefe Risswunde an seinem Ohr war genäht worden; es fühlte sich an, als hätte jemand ein heißes Bügeleisen auf die Seite seines Gesichts gedrückt.

Es tat überall weh. Es tat weh, sich zu bewegen, zu atmen. »Ich lebe«, krächzte er überrascht.

»Du lebst«, bestätigte Lena. Sie saß in einem Sessel neben seinem Bett, einen Stapel Garn und Stricknadeln auf dem Schoß, und auf

476

der antiken Kommode hinter ihr stapelte sich eine Reihe medizinischer Utensilien – Verbände, Mull, antibiotische Cremes, Kochsalzbeutel, Nadeln, eine Urinflasche und eine Bettpfanne. »Gerade noch so.« Shiloh saß im Schneidersitz auf einem Hocker und trug ein übergroßes T-Shirt, auf dem ein Bild von Darth Vader prangte, unter dem die Worte *BEST DAD* gekritzelt waren. Ihr Kopf war gebeugt und die schwarzen Strähnen ihrer Haare fielen ihr ins Gesicht; ihr Mund war konzentriert zusammengezogen, während sie ihr Messer schärfte.

Bear lag ausgestreckt vor ihr auf dem Boden und schnarchte laut. Eli blinzelte. »Wie bin ich ...«

»Noch am Atmen?«, fragte Lena. »Dr. Virtanen ist zurückgekommen. Ihre Familie ... hat es nicht geschafft. Also hat sie beschlossen, zurückzukommen, und zwar gerade noch rechtzeitig. Du hast eine Menge Blut verloren. Wir haben dich zusammengeflickt, aber du standest eine Zeit lang etwas auf der Kippe.«

»Mehr als ein bisschen«, sagte Shiloh.

»Du hast eine Bluttransfusion gebraucht. Das Krankenhaus hatte keine mehr, aber wir hatten einen freiwilligen Spender. Dr. Virtanen war zwar etwas eingerostet, was die Arbeit mit einem lebenden Patienten angeht. Sie bevorzugt Tote, da die keine Widerworte geben. Du warst ihr erster lebender Patient seit einer ganzen Weile, aber wir haben es geschafft. Ich kannte deine Blutgruppe noch von dem Tag, an dem du in Chapel Rock mit dem Kopf auf dem Felsen aufgeschlagen bist, als wir zwölf waren, weißt du noch?«

Das tat er. Er erinnerte sich daran, wie er in der Notaufnahme aufgewacht war und ihr besorgtes, hübsches, vorwurfsvolles Gesicht über ihm geschwebt hatte, genau wie jetzt. »Der Spender?«

»Jackson.«

Eli stöhnte. Jackson Cross, der Mann, den er liebte und hasste. »Warum bin ich nicht überrascht?«

»Ihr seid Brüder, Eli. Im Geiste, wenn auch nicht durch die DNA. Es liegt euch im Blut.«

»Buchstäblich«, witzelte Shiloh.

»Er ist für mich zurückgekommen.«

Lena lächelte. »Er war entschlossen, niemanden zurückzulassen.

Wenn ich eines über Jackson sagen kann, dann dass er, wenn er sich etwas vornimmt, so lange dranbleibt, bis es erledigt ist.«

»Wie ein Pitbull.«

»Oder eine Kakerlake«, sagte Shiloh.

»Er ist jemandem, den ich kenne, gar nicht so unähnlich.« Lenas Augen leuchteten voller Zuneigung, während ihr ihre kastanienbraunen Haare über eine Schulter fielen und die weichen Wellen bronzefarben im Kerzenlicht schimmerten.

Sie war immer noch zu dünn, ihr Gesicht geschwollen und geprellt von der gebrochenen Nase durch Angel Flud, aber sie strahlte geradezu vor Vitalität. Ihr Blick war klar und wach und ihre Wangen leuchteten in einem gesunden Rosa. Sein Herz pochte in seiner Brust. Sie war wunderschön, so schön, dass er für einen Moment den Schmerz vergaß und nicht mehr wusste, wie er atmen sollte.

Er räusperte sich unbeholfen und zwang sich, den Blick abzuwenden, um seine Umgebung in Augenschein zu nehmen. Er blinzelte verschlafen, als er die Bretterwände und die Spitzenvorhänge erkannte und den süßen Geruch von Holzrauch wahrnahm. Die Wellen plätscherten in der Ferne an die Küste.

»Ich bin am Leuchtturm.«

Shiloh verdrehte die Augen. »Er ist ein Genie. Keine bleibenden Schäden vom Beinahe-Tod.«

»Sykes ...«

»Ist tot«, sagte Lena. »Und seine Bande von Kriminellen auch. Dafür hat Jackson gesorgt. Ich glaube, Nyx hat fünf oder sechs mit ihrem Scharfschützengewehr im Alleingang ausgeschaltet. Sie haben es geschafft, alle zu erledigen, bis auf einen oder zwei, die den Schwanz eingezogen haben und abgehauen sind.«

Es war, als würde er aus einer großen Tiefe heraufschwimmen, alles war weit weg und verschwommen. Der Schmerz verwirrte sein Gehirn.

»Was ist mit Devon? Nyx und Antoine?«

Ein Schatten verdunkelte ihre Züge. »Es geht ihnen gut. Sie sind entkommen.«

Eli lief es kalt den Rücken herunter. Sie hatten jemanden verloren – mindestens einen. Er konnte es in ihrem Gesicht sehen. »Wer?«

»Die Polizeichefin, Sarah McCallister. Ein paar Kugeln sind unter ihren Platten eingedrungen und haben sie in den Bauch getroffen. Der Schaden war zu erheblich. Wir haben es versucht, aber die Operation, die sie brauchte, konnten wir nicht durchführen.«

Er kannte sie kaum, aber er wusste, dass sie zäh und mutig gewesen war, eine von denen, die bereit waren, sich dem Kampf gegen das Böse zu stellen, ganz ohne Bezahlung oder Belohnung. Dafür hatte sie elendig gelitten und war gestorben.

Sie hatte unter seiner Obhut gestanden, und er hatte sie verloren. So wie er Charlie Payne und David Kepford verloren hatte, als sie gekämpft hatten, um ihn zu retten. Wie das unschuldige Kind im Inneren von Sawyers Yacht. Er schloss die Augen und erinnerte sich daran, dass Lena und Shiloh hier und in Sicherheit waren und dass Sykes nicht mehr da war.

Das war doch schon mal ein Anfang.

»Und das Insulin?«, fragte er.

»Das haben wir auch. Und den Rest der Medikamente. Kartons und Kisten mit den guten Sachen: Antibiotika, Schmerzmittel, Betablocker, Antipsychotika und Antidepressiva und Steroide. Nyx hat die Betablocker für ihre Oma bekommen. Wir haben genug, um eine richtige Klinik zu eröffnen, vielleicht sogar einen kleinen Flügel des Krankenhauses.«

Eli nickte gequält. »Was ist mit den Tiltons? Traci und ihrem Sohn?«

Ein Schatten zog über Lenas Gesicht. »Keagan ist stabil. Er war ziemlich überzuckert, aber jetzt, wo er das notwendige Insulin bekommt, geht es ihm gut, zumindest körperlich. Er und seine Mom sind immer noch im Gasthaus. Sie stehen beide unter Schock und betrauern Curtis' Tod.«

»Wir sollten sie rausschmeißen nach dem, was diese Frau getan hat«, sagte Shiloh. »Ich schätze, der Junge kann bleiben, aber sie hat dich fast umgebracht!«

Lena warf Shiloh einen warnenden Blick zu. »Niemand wird rausgeschmissen, zumindest nicht im Moment.«

»Irgendetwas muss mit ihr passieren. Sie kann nicht einfach mit ihrer Tat davonkommen!«

»Wir kümmern uns später um sie«, sagte Lena. »Wir haben hier im

Moment genug um die Ohren.«

Shiloh schmollte, aber sie widersprach ausnahmsweise nicht.

»Wie lange war ich weg?«, fragte Eli.

Lena zögerte. »Fünf Tage.«

Fünf Tage? Der Schock ließ ihn schwindelig werden. Er stöhnte und versuchte aufzustehen oder sich zumindest aufzusetzen. Ein stechender Schmerz in seinem ganzen Körper erinnerte ihn daran, warum er das nicht tun sollte.

»Immer langsam mit den jungen Pferden, Cowboy.« Lena beugte sich vor, legte ihre Hand auf seine bandagierte Brust und drückte ihn sanft, aber bestimmt zurück. »Du musst dich ausruhen.«

»Aber beeil dich«, sagte Shiloh. »Lieg hier nicht zu lange auf deinem faulen Hintern rum. Ich mache deine Arbeit schon seit Tagen, und das nervt gewaltig.«

Widerwillig gehorchte Eli. »Ich schätze, ich werde die Sechzehn-Kilometerläufe für eine Weile ausfallen lassen.«

»Da hast du verdammt recht«, sagte Lena.

»Hast du Hunger?«, fragte Shiloh. »Wir haben Bären-Frikadellen, Bären-Speck, Bären-Chili oder Bären-Steak.«

»Klingt lecker.« Er schenkte ihr ein schiefes Lächeln. Das Lächeln tat weh, aber es fühlte sich gut an. Es fühlte sich ... wundervoll an. Es gab immer noch Bedrohungen: verzweifelte Menschen, Sawyer und das Kartell. Aber dieser Moment, genau hier, war perfekt. Lena wischte sich über die Augen, die plötzlich glasig geworden waren. »Ich könnte dich ohrfeigen.«

Er runzelte verwirrt die Stirn. »Das war ein heftiger Themenwechsel.«

»Wir hätten dich fast verloren.« Ihre Stimme war rau vor Sorge und ihr Gesichtsausdruck spiegelte die Angst und den Kummer wider, den sie in sich trug. »Ich hätte dich fast verloren.«

»Das beruht auf Gegenseitigkeit.« Er ergriff ihre Hand. »Wir sind hier. Ich bin hier.«

Sie schenkte ihm ein schüchternes Lächeln. »Ich schätze, wir müssen die verlorene Zeit wieder aufholen.«

»Das sollten wir besser.«

Sie drückte seine Hand. »Niemand weiß, wie die Geschichte ausgeht.«

»Was soll das heißen?«, fragte Shiloh.

»Es soll heißen, dass ich nie gedacht hätte, dass ich jemals hier sein würde, mit dir und Eli. Dass ich jemals eine Familie haben würde. Trotz allem Schrecklichen, was passiert ist, gibt es hier auch etwas Gutes. Es gibt Schönheit, Freude und Güte.«

Shiloh verzog angewidert das Gesicht. »Igitt. Werd jetzt bloß nicht peinlich.«

»Zu spät.« Lena begegnete Elis Blick. »Wir können nur jeden Tag unser Bestes geben. Das ist alles, was wir haben. Wir versuchen es weiter.« Sie beugte sich vor und küsste ihn auf die Wange. Sie roch nach Vanille und Sonnenlicht. Ihre warmen Lippen brachten seine Haut zum Kribbeln. »Wir geben einander nicht auf, niemals.«

Trotz des Schmerzes streckte Eli seine Hand aus und berührte ihre Schläfe, strich ihr eine Strähne ihrer seidigen Haare hinter das Ohr und fuhr die Konturen ihrer Wange nach. »Ich weiß.«

Shiloh beobachtete sie und ihre Augen weiteten sich verwirrt. »Warte, was passiert hier gerade?«

Bear erwachte mit einem Schnauben, hob den Kopf und wimmerte, wobei sein großer Kopf verwirrt von Shiloh zu Eli und Lena und wieder zurück zu Shiloh schwang. Seine buschige Rute klopfte fröhlich. Dort, wo er geschoren worden war, wuchs sein Fell bereits nach.

Seine Wunde heilte. Wie bei den Menschen würde sie eine Narbe hinterlassen. Die wandelnden Verwundeten, mit Narben, die zeigten, was sie überlebt hatten.

Lena lächelte, als sie Eli auf den Mund küsste. Er küsste sie zurück. »Ekelhaft!«, rief Shiloh. Entsetzt schlug sie sich die Hände vor die Augen.

»Hört auf, bitte! Was zur Hölle passiert hier?«

Sie hörten nicht auf. Eli küsste sie fester, intensiver, mit jeder Faser seines Wesens. Lena erwiderte den Kuss mit Begeisterung, obwohl sie vorsichtig mit ihrer heilenden Nase war. Sie hielt sein Gesicht in ihren Händen, ihre Haare wie ein Vorhang um sie gelegt.

Mit einem verzweifelten Stöhnen sprang Shiloh vom Hocker und floh aus dem Zimmer. »Und wer bezahlt jetzt meine Therapie?!«, rief sie.

76

JACKSON CROSS
TAG EINHUNDERTVIERZEHN

»Es war Astrid«, sagte Jackson.

Lena blinzelte verblüfft. »Was?«

Shilohs Gesichtsausdruck verfinsterte sich. Ihre Augen glühten voller Grausamkeit – ein schreckliches Verständnis. »Astrid hat Lily getötet.«

Lena, Shiloh und Jackson waren nach Sand Point gewandert, um am Strand und im Sumpf nach Essbarem zu suchen. Ein paar Kilometer nördlich der Stadt hatten sie den Weg durch dichte Laubwälder aus Zucker- und Rotahorn, Gelbbirken und Hemlocktannen zurückgelegt, vorbei an mehreren tosenden Wasserfällen. Die Blätter der Bäume waren bereits rot, orange und gelb gefärbt.

Der Sommer war so schnell verschwunden, wie er gekommen war. Die Hitze und die Feuchtigkeit sickerten aus der Erde und die Kälte des Herbstes schlich sich ein. Der Himmel war hart und eisblau, so unbarmherzig wie der Winter, sobald er mit aller Macht über sie hereinbrechen würde.

Jackson erzählte ihnen alles: wie er das Geheimnis entschlüsselt hatte, Spur für Spur, die erst zu Gideon Crawford, dann zu seinem Vater und schließlich zu Astrid geführt hatten.

Er sah seine Schwester jetzt klar und deutlich: eine erbärmliche Seele, verunstaltet nicht durch die Narben an ihren Beinen, sondern durch den grotesken Hass, den sie genährt hatte, bis er sie und alles in ihrer Nähe verzehrt hatte. »Sie hat versucht, mich umbringen zu lassen«, sagte Shiloh. »Sie dachte, ich würde mich erinnern.«

»Ja, das stimmt. Das dumpfe Geräusch, das du gehört hast, hat mir geholfen, die letzten Teile zusammenzufügen. Es war ihr Stock.«

Shiloh nickte ernst, Stolz und Zufriedenheit in ihren Augen. Sie hatte geholfen, den Mörder ihrer Mutter zu fangen.

»Glaubst du, dein Vater wusste, dass Astrid Lily getötet hat?«, fragte Lena.

Die Frage verfolgte ihn immer noch. »Ich glaube, er hat sein Leben damit verbracht, Astrid vor Konsequenzen zu schützen. Er wollte *seinen* Ruf schützen. Ich habe weiter herumgeschnüffelt und Fragen gestellt, und meine Mutter wusste etwas. Sie hat angefangen, sich zu erinnern, und Horatio hat sie als Bedrohung gesehen, also hat er sie unter Drogen gesetzt, damit sie nicht die Wahrheit sagt. Für meinen Vater bleiben Geheimnisse geheim und Leichen bleiben begraben, egal, was passiert. Für jemanden wie ihn ist die Wahrheit gefährlicher als Kryptonit. Er hat sich seine eigene Realität geschaffen, die auf einem wackeligen Kartenhaus balanciert. Wenn eine dieser Karten umkippen würde, bräche das ganze Haus zusammen.«

»Wo ist dein Vater?«, fragte Lena.

»Er ist weggelaufen. Er ist verschwunden. Vielleicht hat er sich mit dem Côté-Kartell zusammengetan. Das weiß man noch nicht.«

»Und wo ist Astrid jetzt?«, fragte Shiloh.

Ein Schuldgefühl durchzuckte ihn. »Astrid ist tot.«

Er wusste nicht, was er erwartet hatte, aber Lena nickte einfach nur und akzeptierte es. Ihre Reaktion überraschte ihn. Sie hatte einen unbezwingbaren Willen. Obwohl es in ihrer Natur lag, zu heilen, zu pflegen und zu helfen, waren nur wenige unerschrockener, wenn es darum ging, die zu schützen, die sie liebte.

Lena war aufmerksam, ihre Augen strahlten und sie kam schnell wieder zu Kräften. Sie hatte jahrelang Insulin bekommen, das sie gesund und am Leben hielt. Jackson liebte sie wie eine Familie, mehr als eine Familie, sowohl sie als auch Shiloh.

»Gut«, murmelte Shiloh. Das Mädchen hatte den gleichen Kämpfergeist wie ihr Vater. Sie zuckte im Angesicht des Todes nicht einmal mit der Wimper. Ein Leben zu nehmen, schien sie nicht so zu quälen wie die sanfteren Seelen, wie die von Lena und ihm selbst.

»Ich habe sie getötet.« Jackson starrte, ohne wirklich etwas zu sehen, auf den Lake Superior. Das Wasser glänzte ruhig und hell an diesem fast windstillen Tag und kleine, schaumige Wellen kräuselten seine Oberfläche. »Ich weiß nicht, ob es richtig war. Ich habe Angst, dass ich nicht besser bin als ein gewöhnlicher Verbrecher.«

»Es war Gerechtigkeit«, sagte Lena.

Faire Gesetze, ein unparteiisches Gerichtssystem und Gefängnisse, in denen diejenigen eingesperrt wurden, die sich nicht an die Regeln der Gesellschaft halten konnten – das war die Gerechtigkeit, an die er sein Leben lang geglaubt hatte. Doch diese Gerechtigkeit war schon immer unvollkommen gewesen, auch bevor die Sonneneruptionen die Zivilisation in Brand gesetzt hatten.

Das Rechtssystem war zusammengebrochen. Er hatte das Gerechteste getan, was ihm in den Sinn gekommen war. Die Welt hatte sich verändert. Zum Guten wie zum Schlechten, und er veränderte sich mit ihr.

Vor vier Monaten wäre es noch schockierend und verwerflich gewesen, einem anderen Menschen das Leben zu nehmen. Doch die Perspektive hatte alles verändert. Er gewöhnte sich an den Zerfall der alten Welt und an die Geburt von etwas Neuem.

Trotzdem zerrte ein Hauch von Verzweiflung an seiner Brust. Ein Teil von ihm hatte das Gefühl, dass er seine Seele geopfert hatte, als er seine Schwester getötet hatte. Irgendwo tief in seinem Inneren nagte die Angst an ihm; er hatte eine Grenze überschritten, die nie wieder rückgängig gemacht werden konnte.

Sein ganzes Leben lang hatte er geglaubt, dass er wusste, was das Richtige, das moralisch Richtige ist. Er war der gute Kerl. Und jetzt? Jetzt wusste er gar nichts mehr.

»Ich habe so viele Zweifel«, sagte er. »Ich habe Albträume.«

»Zweifle weiter. In dem Moment, in dem du deine Zweifel verlierst und denkst, du wüsstest alles, hast du deinen Weg verloren.« Lena beugte sich vor und strich ihm eine widerspenstige Haarsträhne aus den Augen. »Du hast deinen Weg nicht verloren.«

Jackson war sich nicht sicher, ob er ihr glaubte.

Shiloh sah die Qualen auf seinem Gesicht und nahm seine Hand. »Danke.«

Ihm war bis zu diesem Moment nicht klar gewesen, wie sehr er ihre Vergebung brauchte. Shiloh hielt seine Hand in ihrer kleinen, warmen und schaute ihn mit einer Art Zuneigung an, die aus ihrem schelmischen Elfengesicht strahlte. Ihre kohleschwarzen Augen waren leidenschaftlich und so lebendig.

Er wusste tief in seinem Herzen, dass er getan hatte, was er hatte tun müssen. Ob es das Richtige oder das Gerechte gewesen war, war eine andere Frage. Es war eine Narbe, mit der er leben musste.

»Du bist jetzt frei, Jackson«, sagte Lena.

»Was meinst du damit?«

Lena warf ihm einen durchdringenden Blick zu. Durch das Insulin gewann sie schnell ihre Kraft und Vitalität zurück; ihre Augen waren strahlend und wachsam. Sie hatte ihn schon immer besser gekannt als er sich selbst. »All die Jahre wurdest du von diesem Fall, von Lily, heimgesucht. Ich glaube nicht an Geister, aber wenn ich es täte, würde ich dir sagen, dass sie jetzt ruht. Und du kannst jetzt auch ruhen.«

Es fühlte sich wie eine Erleichterung an, eine Befreiung. Er hatte das Versprechen gehalten, das er Shiloh und Lena gegeben hatte. Er hatte den Fall bis zum bitteren Ende verfolgt und für Lily und sich selbst einen gewissen Frieden gefunden.

Aber das war nicht ganz richtig. Für jedes Geheimnis, das er aufklärte, lag ein anderes in immer dunkleren Schichten darunter. Es gab eine offene Rechnung zu begleichen, Dinge, die auf eine Art und Weise unvollendet blieben, die er nicht in Worte fassen konnte.

In gewisser Hinsicht hatte er sein ganzes Leben als Buße für seine Familie aufgebaut. Es würde keine Erlösung geben, bevor er nicht seinen verschwundenen Vater aufgespürt und ihm ins Gesicht gesehen hatte.

Um was herauszufinden? Er wusste es nicht. Die Last der Familie Cross, der Fluch, der ihn von Geburt an geplagt hatte, war noch nicht von ihm abgefallen. Auch er war noch nicht fertig damit.

Eine kalte Entschlossenheit, zu beenden, was beendet werden musste, überkam ihn. Lena berührte seinen Arm. »Das mit deiner Mom tut mir leid.«

Seine Mutter war auch nicht mehr da. Es überraschte ihn immer noch, dass ihn in unerwarteten Momenten neuer Kummer überkam. Er hatte geplant, sie zu sich in den Gasthof zu holen, aber zwei Tage nach dem Überfall auf die Mine hatte er seine Mutter steif in ihrem Bett gefunden.

Fiona Smith hatte die Nacht bei ihr verbracht, war aber gegangen, als Jackson aufgetaucht war, um Astrids Leiche zu bergen und sie auf dem schnell wachsenden Friedhof zu begraben. Als er Stunden später mit schwieligen und schmutzigen Händen zurückgekommen war, war Dolores tot gewesen.

Auf dem Nachttisch neben dem Bett hatten mehrere leere Pillenflaschen und ein leeres Glas gestanden. Auf ihrem Nachthemd hatte Erbrochenes geklebt. Er wusste nicht, ob es ein Unfall gewesen war oder ob sie es absichtlich getan hatte; vielleicht hatte sie den Zustand der Welt unbegreiflich gefunden und beschlossen, auf ihr eigenes Leben zu verzichten.

In Wahrheit hatte Jackson sie kaum gekannt, nicht richtig. Seine Mutter hatte ihre tiefsten Gefühle abgeschirmt, eine ansprechende Maske aufgesetzt und die Rolle gespielt, die man ihr zugestanden hatte, weil es bequem war. Sie hatte sich nach den Bedürfnissen und Wünschen der anderen gerichtet, nie nach ihren eigenen.

Er war der Einzige, der sie vermissen würde, obwohl Garrett noch irgendwo da draußen war. Auf einen Schlag hatte er seine Mutter und seine Schwester verloren. Sein korrupter Vater war verschwunden und sein verschollener Bruder war ein völlig anderes Rätsel. Die Familie, die ihn geprägt, ihm Schuldgefühle eingeflößt und ihn heimgesucht hatte, war verschwunden.

Shiloh sah ihn mit einem nachdenklichen Blick an, als wüsste sie genau, was er fühlte. In vielerlei Hinsicht war sie die Einzige, die es wissen konnte.

»Du hast uns«, sagte sie. »Wir sind jetzt deine Familie.«

77

ELI POPE
TAG EINHUNDERTZWANZIG

»Eli«, sagte eine Stimme hinter ihm.

Eli erkannte Jacksons unverwechselbare Schritte und drehte sich nicht einmal um. Jackson kam auf ihn zu und stellte sich neben ihn. Eli stützte sich schwer auf seine Krücken. Er war immer noch unglaublich schwach, seine Beine wie Gummi, seine Schulter steif und schmerzend – sein Körper betrog ihn bei jeder Bewegung.

Lena bestand darauf, dass er sich ausruhen sollte, aber Eli hatte keinen Funken Ruhe in seinem Körper. Er musste sich bewegen, egal, wie weh es tat. Aber jeden Tag, Schritt für Schritt, wurde er ein bisschen stärker.

Gemeinsam standen Jackson und Eli auf der Klippe und blickten über die zerklüftete Küste. Die für die Jahreszeit ungewöhnlich hohen Temperaturen hatten endlich eine Pause eingelegt. Der Tag war kühl, so um die achtzehn Grad. Der Wind peitschte weiße Schaumkronen über den See.

Es war bereits September. Der Winter stand vor der Tür und mit ihm eisige Kälte, Hunger und noch mehr Tod.

Vier Monate war es her, dass die feurigen Nordlichter den Himmel erhellt und die halbe Welt in Brand gesetzt hatten. Die Vereinigten Staaten von Amerika waren in Dunkelheit getaucht worden, ebenso

Kanada und Mexiko, Russland, Europa und das gesamte Vereinigte Königreich sowie fast ganz Asien mit Ausnahme von Indonesien. Insgesamt waren über fünfzig Länder mit Milliarden von Menschen betroffen.

Alles hatte sich innerhalb eines Herzschlages verändert. Die Dinge änderten sich immer noch so schnell, dass den Menschen der Kopf schwirrte. Man muss sich an neue Methoden anpassen oder sterben. Einige Menschen hatten sich besser angepasst als andere.

Einige hatten sich entschieden, ihren Kummer in Alkohol, verschreibungspflichtigen Pillen, Meth oder Heroin oder mit einer Kugel im Gehirn zu betäuben. Hunderttausende starben an mangelnder medizinischer Versorgung, Hunger und Krankheiten – durch Wasser übertragene Seuchen und fehlende sanitäre Anlagen, insbesondere in den Städten.

Eli hatte sein Zuhause im Leuchtturm gefunden, obwohl er befürchtete, dass es für seine kleine Familie noch nicht sicher genug war, um zurückzukehren. Vielleicht würde es nie sicher sein.

Er spürte Jacksons Anspannung. »Was ist los?«

»Antoine hat mich gerade angefunkt. Ein Sicherheitsteam hat jemanden erwischt, der versucht hat, den Checkpoint am Adam's Trail beim Pictured-Rocks-Golfplatz zu umgehen, wo wir die Golfwagen gefunden haben.«

»Wozu brauchst du mich? Moreno oder Nyx können sich darum kümmern.«

»Antoine sagt, du musst es sein. Er glaubt, dieser Clown ist ein Spion.«

Eli schnappte nach Luft. »Für Sawyer?«

»Nein«, sagte Jackson. »Für das Kartell.«

Eli hatte aus erster Hand erfahren, dass das Kartell alles, was es anfasste, in Schutt und Asche legen konnte. Unzählige Tote, Krähen, die zähes Fleisch von den Leichen pflücken, Fliegen, die über ein grausames Schlachtfeld schwirren – das waren die Bilder des Krieges, die ihm durch den Kopf gingen.

Jede Zelle in seinem Körper bebte in Alarmbereitschaft. Unbeholfen auf seinen Krücken balancierend, zog er seine Pistole, drehte den Kopf und scannte die friedliche Landschaft, als ob er die unsichtbare Bedrohung ausmachen könnte, die durch die Bäume schlich und wieder einmal hinter allem her war, was er liebte.

In dieser rauen neuen Welt gab es keine Happy Ends. Die Dunkelheit war unerbittlich, rücksichtslos und bösartig; das Einzige, was man tun konnte, war zu kämpfen. Immer weiter zu kämpfen. In einem nicht enden wollenden Kampf konnte man die Verzweiflung lediglich für einen Moment zurückdrängen, für einen Tag, für eine kurze Atempause, bevor man wieder aufstand, um erneut zu kämpfen.

»Sie haben ihn zum Reden gebracht«, sagte Jackson. »Er behauptet, das Kartell sei auf dem Weg hierher, nach Munising. Sie wissen, dass wir die Medikamente von Sykes gestohlen und ihre Hilfssoldaten getötet haben. Er sagte ...« Jackson zögerte, die Angst stand ihm ins Gesicht geschrieben.

»Sag es mir«, sagte Eli.

»Er sagt, sie werden uns niederbrennen.«

ANMERKUNG DER AUTORIN

Vielen Dank, dass du das dritte Buch der *Lost-Light-Serie, Auf der Spur der Hoffnung,* gelesen hast. Diese Geschichte ist mit 130.000 Wörtern meine bisher längste! Ich hoffe, ihr habt die wilde Fahrt genossen! Es hat mir sehr viel Spaß gemacht, die Upper Peninsula in Michigan, eine ländliche, unberührte und wunderschöne Gegend, weiter auszuarbeiten.

Im vergangenen September haben meine Familie und ich die UP besucht und eine verlassene Kupfermine besichtigt. Dafür mussten wir uns in ein Loch von fast hundert Metern Tiefe abseilen und eine schmale Holzbrücke, die über eine fünfzehn Meter tiefe Grube führte, überqueren.

Dort habe ich den Sticky-Tommy-Kerzenhalter gesehen, den die Bergleute früher benutzt haben; ich wusste sofort, dass er die perfekte Mordwaffe für eine meiner Figuren ist. Ich wusste zuerst nicht, dass es Lena sein würde, aber sie hat sich in diesem dritten Buch der Reihe wirklich gesteigert, und ich kann es kaum erwarten, zu sehen, was sie und die anderen als Nächstes tun. Bist du auch so gespannt?

Vielen Dank, dass du diese Reihe liest und Jackson, Eli, Lena und Shiloh dabei begleitest, wie sie nicht nur ums Überleben, sondern auch um ein sinnvolles Leben kämpfen, während die Welt um sie herum zusammenbricht.

DANKSAGUNGEN

Wie immer ein herzliches Dankeschön an die Leserinnen und Leser hinter den Kulissen, die mir ein erstes Feedback auf das Rohmanuskript geben, während ich die endgültige Geschichte forme, die du jetzt in Händen hältst. Sie entdecken die lästigen Tippfehler, achten auf Handlungslöcher und stellen sicher, dass ich die Fakten richtig wiedergebe. Alle Fehler sind meine eigenen.

Danke an Joanna Niederer und Jenny Avery für ihr detailliertes Feedback und das Korrekturlesen.

Und noch ein besonderes Dankeschön an David Kepford für sein taktisches Fachwissen und seine Erfahrung in allen Bereichen, von der verdeckten Ermittlungsarbeit über die Ausrüstung von Sanitätern bis hin zu psychologischen Einblicken in den verdrehten Verstand eines Killers.

An meinen Mann, der sich um das Haus, die Kinder und das Kochen kümmert, wenn ich wegen eines Abgabetermins unter Zeitdruck stehe, selbst wenn die Kläranlage in den fertigen Keller läuft!

An meine Kinder, die mir jeden Tag die wahre Bedeutung von Liebe zeigen und mich immer wieder inspirieren.

Danke an Gott für seinen Segen. Er ist mit uns, selbst in den dunkelsten Zeiten.Vielen Dank.

ÜBER DIE AUORIN

Ich verbringe meine Tage damit, apokalyptische und dystopische Romane zu schreiben, wobei ich alle möglichen Arten des Weltuntergangs erkunde.

Ich liebe es, Geschichten zu schreiben, in denen es darum geht, wie gewöhnliche Menschen mit außergewöhnlichen Umständen zurechtkommen, besonders in Situationen, in denen sie des gewohnten Komforts, der Annehmlichkeiten und der Regeln beraubt werden.

Meine Lieblingsgeschichten handeln von Figuren, die mit ihren inneren Dämonen kämpfen und lernen, sich ihren Ängsten zu stellen und sie zu überwinden, um die Rollen der starken, mutigen Krieger anzunehmen, die das Schicksal für sie vorherbestimmt hat.

Zu meinen Lieblingsbüchern gehören *Die Straße, Der Übergang, Die Tribute von Panem* und *Ready Player One*. Meine Lieblingsfilme sind *Der Herr der Ringe* und *Gladiator*.

Wenn man mir dann noch einen kühlen Herbstabend vor einem knisternden Kaminfeuer dazugibt, eingemummelt in eine kuschelige Decke, mit einem Buch in der einen und einem heißen Caffé Mocha in der anderen Hand ist das für mich der Himmel auf Erden.

Ich liebe es, von meinen Leserinnen und Lesern zu hören! Entdecke meine Bücher und chatte mit mir über einen der folgenden Kanäle. Oder schreib mir eine E-Mail an KylaStone@yahoo.com.